APOKRYPHEN

ZUM ALTEN UND NEUEN TESTAMENT

Herausgegeben, eingeleitet und erläutert
von Alfred Schindler
Mit 20 Handzeichnungen von Rembrandt

MANESSE VERLAG
ZÜRICH

Diese Buchausgabe der *Manesse Bibliothek der Weltliteratur*
wurde mit der Bembo gesetzt, im
Bogenoffset gedruckt und in Fadenheftung gebunden.
Alle verwendeten Materialien entsprechen alterungs-
beständiger Qualität, und die Papiere sind
chlor- und säurefrei.

Die Deutsche Bibliothek – CIP-Einheitsaufnahme

Apokryphen zum Alten und Neuen Testament
hrsg., eingeleitet und erl. von Alfred Schindler
Mit 20 Handzeichn. von Rembrandt
Zürich : Manesse Verlag, 1998
(Manesse Bibliothek der Weltliteratur)
Einheitssacht.: Apocrypha ⟨dt.⟩
ISBN 3-7175-1756-2 Gewebe
ISBN 3-7175-1757-0 Ldr.

MANESSE BIBLIOTHEK DER WELTLITERATUR

Vorwort

Unter apokryphen Schriften versteht man solche, die sich in Stil oder Inhalt an die biblischen Bücher anlehnen und zum Teil den Anspruch erheben, ihnen gleichwertig zu sein: Ein alttestamentlicher Patriarch oder Prophet oder einer der Apostel soll der Verfasser sein, die Bibelsprache wird nachgeahmt, und angebliche Informationen oder besondere Belehrungen werden vermittelt, die die Bibel ergänzen sollen.

Das griechische Adjektiv «apókryphos» (verborgen) hat sich zwar im Lauf vieler Jahrhunderte für diese Schriftengruppe eingebürgert, ist aber wenig zutreffend. Richtig wären Ausdrücke wie «pseudobiblisch» oder «nicht- bzw. außerkanonisch»; denn das Gemeinsame dieser Schriften ist ja keineswegs, daß es sich um verborgene, d. h. Geheimschriften handelt, sondern daß sie sich am Rand des Kanons, d. h. der von den Kirchen anerkannten Heiligen Schrift, angesiedelt haben.

Für einige wenige Schriften trifft die Bezeichnung freilich trotzdem zu, und zwar deshalb, weil sie in den ersten Jahrhunderten des Christentums als Geheimbücher zirkulierten. Solche Apokryphen im wahren Sinne des Wortes waren vor allem bei den Gnostikern beliebt. Der Gnostizismus war im 2. und 3. Jahrhundert eine breite und für die Kirche gefährliche Strömung, die leidenschaftlich als Ketzerei bekämpft wurde; denn mit christlichen Inhalten verbreiteten die Gnostiker zugleich höhere, dem Außenstehenden oft geheimgehaltene Lehren. Typisch gnostische Lehren waren etwa die Auffassung des alttestamentlichen Gottes als eines minderwertigen Wesens, dessen Gesetze nicht oder nur bedingt zu beachten seien, oder der Glaube an eine Scheinleiblichkeit Jesu und seine Leidensunfähigkeit, verbunden mit einer allgemeinen Abwertung des Leibes und des Sichtbaren überhaupt. Solch tiefere Einsicht blieb nach gnostischer Ansicht den gewöhnlichen Kirchenchristen verschlossen, und je nach Schulrichtung und Situation behielt man die entsprechenden Bücher den Eingeweihten vor. Auch erheben manche von ihnen den Anspruch, zum Beispiel aus besonderen, geheimen Offenbarungen Jesu an einen Jünger hervorzugehen (Textsammlungen S. 754f. erwähnt).

In der Auseinandersetzung mit der Gnosis entwickelte sich deshalb bei den kirchlich-orthodoxen Schriftstellern des Altertums der Wortgebrauch von «apokryph» im Sinne von «ketzerisch», «verfälscht», wenn auch nicht ganz konsequent: Die Bezeichnung wird auch gelegentlich denjenigen Schriften gegeben, die bloß nicht zum Kanon der biblischen Schriften zählen, ohne deshalb unbedingt auch als verwerflich zu gelten. Und *diese* Bedeutung hat sich schließlich durchgesetzt, vor allem unter dem Einfluß der Bibelübersetzung Luthers. Dort erscheinen im bzw. nach dem Alten Testament unter dem Titel «Apocrypha. Das sind Bücher, so der Heiligen Schrift nicht gleich gehalten, und doch nützlich und gut zu lesen sind» die Bücher Judith, Weisheit Salomos, Tobias, Jesus Sirach, Baruch, 1. und 2. Makkabäer, Stücke zu Esther und Daniel und das Gebet Manasses.

Da nun diese Bücher aber in allen katholischen Bibeln einfach zum Alten Testament gehören und nicht als Apokryphen gekennzeichnet sind, muß – über die terminologische Frage hinaus – noch etwas zur Abgrenzung des biblischen Kanons in den verschiedenen Konfessionen gesagt werden:

Die Frage, *welche* Schriften eigentlich als *heilige* Schrift gelten und welche nicht, ist im Lauf der Geschichte nicht immer gleich beantwortet worden. Das *Alte Testament* ist erst in den letzten vorchristlichen Jahrhunderten zu dem auch im Protestantismus geltenden Korpus von 39 Schriften zusammengewachsen und damit zugleich gegen andere Literatur abgegrenzt worden, die eben dadurch von der gottesdienstlichen Vorlesung in den Synagogen ausgeschlossen, aber nicht überhaupt verworfen wurde. Förmlich in Geltung war dieser Kanon seit etwa 100 n. Chr., aber keineswegs bei allen Juden; das Judentum hatte sich seit der Ausbreitung griechischen Denkens und Lebensstils nach Osten, d. h. etwa seit Alexander dem Großen (356–323), teilweise stark dem Geist dieses – heute sogenannten – Hellenismus geöffnet, und es gab ums östliche Mittelmeer viele hellenisierte Juden und hellenistische Synagogen. Aus ihnen stammt auch die griechische Übersetzung des Alten Testaments, die Septuaginta, deren Entstehungslegende im sogenannten Aristeasbrief enthalten ist (s. S. 315ff.). Der eben erwähnte Kanon galt nun vornehmlich beim palästinischen, hebräisch oder aramäisch redenden Judentum, während das hellenistische Judentum, dessen größtes Zentrum Alexandrien war, weitere Schriften benützte, die zum Teil gar nie hebräisch existiert hatten (so etwa das 2. Makkabäerbuch, s. S. 85).

Dieser alexandrinisch-jüdische Kanon ist es, der vom frühen Christentum als Heilige Schrift des Alten Bundes übernommen wurde. Obschon der maßgebende Übersetzer der *lateinischen* Bibel, Hieronymus, auf den hebräischen Text und Kanon zurückgriff, übernahm er doch die größere Auswahl der Septuaginta. Die auf ihn zurückgehende lateinische Bibel wurde zur autorisierten Übersetzung der gesamten abendländischen Kirche bis zur Reformation, zur *Vulgata,* und enthielt somit, vereinfacht gesagt, als Altes Testament die Auswahl der hellenistischen Synagogen. Luthers Klassierung einiger Schriften als Apokryphen war nichts anderes als der Rückgriff auf den hebräisch-palästinischen Kanon, so daß *seine* Apokryphen ungefähr identisch sind mit dem «Überschuß» des Alten Testaments der Septuaginta (und Vulgata) gegenüber dem hebräischen Alten Testament. Dieser Maßnahme schlossen sich die aus der Reformation hervorgegangenen Kirchen an, und dies veranlaßte die katholische Kirche zur Zeit der Gegenreformation, d. h. auf dem Konzil von Trient (1545–63), in aller Form den Umfang des alttestamentlichen Kanons zu fixieren, d. h. alle in der Vulgata enthaltenen Bücher zur Heiligen Schrift zu erklären. In evangelischen Bibeln *können* deshalb bis heute die Apokryphen fehlen, in katholischen sind diese Schriften (als «deuterokanonische») Teil des Alten Testaments selbst.

Was sind die Apokryphen ihrem *Inhalt* nach? Die *alttestamentlichen Apokryphen,* die nur für den

Protestanten als «apokryph» gelten, sind zeitlich und inhaltlich nahe verwandt mit den spätesten Schriften des (allgemein anerkannten) alttestamentlichen Kanons, also mit Erzählungen etwa wie der Geschichte von Daniel oder Dichtungen wie dem «Prediger Salomo». Es handelt sich bei diesen Apokryphen um Schriften aus den letzten vorchristlichen Jahrhunderten des Judentums, die zum Teil angebliche Lücken in älteren Geschichten auffüllen, wie etwa die Stücke zu Esther, oder die die Psalmendichtung weiterführen, wie etwa der Gesang der drei Jünglinge im Feuerofen, und – wohl am umfangreichsten –, um solche, die die Weisheits-Spruchdichtung weiterführen: Jesus Sirach und die «Weisheit Salomos». Von besonderer Bedeutung sind die beiden Makkabäerbücher, die die alttestamentliche Geschichtsschreibung nicht etwa nachträglich ausschmücken, sondern auf ihre Art wieder aufnehmen und den für das Judentum jener Zeit so ungemein wichtigen Kampf mit dem Hellenismus zeigen (s. S. 21ff.).

Was über diesen Kreis hinaus sonst noch unter alttestamentlichen Apokryphen zu verstehen sei, darüber kann man verschiedener Meinung sein. In Kautzschs großer Sammlung (vgl. Bibliographie S. 754) erscheinen neben den üblichen Apokryphen die «Pseudepigraphen», d. h. jene Schriften, die «fälschlich irgendeiner hervorragenden Persönlichkeit des hebräischen Altertums zugeschrieben wurden» (S. XII). Dieser Definition nach gehören dazu auch das kanonische Danielbuch oder das Buch Baruch aus den «gewöhnlichen» Apokryphen. Dennoch kann unter diesem Gesichtspunkt eine große Zahl von Schriften zusammengefaßt werden, die ebenfalls dem nachalttestamentlichen Judentum entstammen und den Anspruch auf besondere Inspiration oder Verfasserschaft durch eine biblische Person erheben. Diese Gruppe der pseudo-alttestamentlichen Schriften ist aber ungeheuer groß und in einem Bändchen wie diesem auch nicht in repräsentativer Auswahl wiederzugeben. Riesslers Sammlung des altjüdischen Schrifttums außerhalb der Bibel (s. Bibliographie) umfaßt zum Beispiel über 1300 Seiten!

Ähnlich unbegrenzt ist das Schrifttum, aus welchem hier eine Auswahl an *neutestamentlichen Apokryphen* gegeben wird. Die Legenden zum Beispiel über Marias Schicksal, über Pilatus und vor allem über die Apostel sind über mehr als ein Jahrtausend der Kirchengeschichte hinweg immer weiter gewachsen und mannigfachen Wandlungen unterworfen gewesen. All das könnte grundsätzlich in den Kreis der neutestamentlichen Apokryphen einbezogen werden. Hinzu kommen seit den Handschriftenfunden der neuesten Zeit weitere «Pseudepigraphen», die in Höhlen und Verstecken die Jahrhunderte bzw. Jahrtausende überdauert haben und ebenfalls von biblischen Personen zu stammen behaupten, etwa das Thomas- oder das Philippus-Evangelium, die man in Nag Hammadi in Oberägypten gefunden hat und die sehr wertvolle Zeugen der christlichen Gnosis, jener als Ketzerei abgelehnten Strömung des Altertums (s. S. 7f.), darstellen. Dieses ganze Schrifttum muß in den besonderen Sammlungen gesucht werden, deren Umfang allein schon zeigt, daß eine vollständige Kollektion zahlreiche Bände füllen würde:

Die Legendentradition ist am ehesten faßbar in der «Legenda aurea» (s. Bibliographie S. 755), und das gnostische Schrifttum liegt in drei Bänden der «Bibliothek der Alten Welt» vor (s. Bibliographie).

Was hier gesammelt ist, repräsentiert die Volksfrömmigkeit – zum Teil mit ketzerischem Einschlag – etwa des 2. bis 5. Jahrhunderts n. Chr. und ist keineswegs vollständig, sondern ausgewählt unter dem Gesichtspunkt der Wirkungsgeschichte in der kirchlich-offiziellen wie in der Volksfrömmigkeit. Diese Wirkungsgeschichte ist am direktesten faßbar in der *bildenden Kunst.* Sie paßt sich einerseits dem kirchlich Anerkannten einigermaßen an, bevorzugt aber naturgemäß jene Themen und Bildmotive, die sich besonderer Beliebtheit erfreuen, und zu diesen gehören eben in ganz besonderem Maß die Erzählungen der biblischen Apokryphen: Wem sind die Gestalten der Judith – mit dem abgeschlagenen Haupt des Holofernes –, der Sibylle, Joachims und Annas an der goldenen Pforte, wem sind die Todesstunde der Jungfrau Maria inmitten des Jüngerkreises oder die Höllenqualen der Verdammten im Weltgericht nicht aus Malerei und Skulptur geläufig? Quellen zu diesen Darstellungen sind direkt oder indirekt die biblischen Apokryphen. So wird man Joachim und Anna im Kindheitsevangelium des Jakobus (s. S. 409ff.) finden, das Hinscheiden der Maria und ihre leibhaftige Entrückung ins Paradies im «Transitus» (s. S. 701ff.), und die Petrus-Apokalypse schildert als erste christliche Schrift die Qualen und Wonnen der Seelen im Jenseits (s. S. 723ff.). Die Reihe der Beispiele ließe sich lange fortsetzen.

Dem Reisenden im «Heiligen Land» begegnen diese Dinge auch in Form von Gedenkstätten, die er auf Grund seiner Bibelkenntnis allein nicht erwarten würde, etwa die Geburts*grotte* in Bethlehem, die ohne das eben erwähnte Kindheitsevangelium des Jakobus nie «gefunden» worden wäre.

Haben diese apokryphen Schriften irgendeinen historischen Wert? Ihr *historischer* Wert liegt ohne Zweifel in den Informationen, die uns die alttestamentlichen Apokryphen über das frühe Judentum in nachalttestamentlicher Zeit und die neutestamentlichen Apokryphen über die Frömmigkeit des frühen Christentums in nachneutestamentlicher Zeit liefern. Allerdings besteht eine Spannung zwischen diesem indirekten Informationswert und dem eigenen Anspruch vieler unserer Schriften, historisch Richtiges, Wichtiges und (bisher) Unbekanntes zu berichten. Nur in einem einzigen Falle, bei den «verstreuten Herrenworten», mag dieser Anspruch in geringem Maß gerechtfertigt sein (s. S. 399ff.). Sonst ist er abzulehnen und wurde auch weitgehend in der Zeit der ersten Ausbreitung dieses Schrifttums vom offiziellen Judentum und von den Kirchen abgelehnt, unter anderem durch die Verweigerung der Aufnahme in den Kanon.

Aber zwischen der Leichtgläubigkeit der Leser und der Faszination, die diese Erfindungen immer wieder ausüben, auf der einen Seite und der zurückhaltenden Bewertung und Verwendung, evtl. Ablehnung, durch offizielle Instanzen auf der anderen besteht eine Spannung, die bis heute nicht verschwunden ist. Bis heute werden apokryphe

Schriften fabriziert oder «entdeckt» und von den «etablierten» Kirchen ebenso wie von den zuständigen Literatur- oder Geschichtskennern als Erfindungen abgelehnt, haben aber trotzdem ein dankbares Publikum und werden zum Teil in Riesenauflagen verbreitet. Seitdem östliche Religionen bei uns wieder neues Interesse finden, sind zum Beispiel die älteren Berichte über Jesu Aufenthalt in Indien vor seinem öffentlichen Auftreten oder nach seinem nur scheinbaren Tod in Zirkulation, oft verbunden mit dem «Essäerbrief»; dieser geht in seinem Kern auf rationalistische Erklärungen des Lebens Jesu im 18. Jahrhundert zurück und schildert, wie Jesus von den (heute meist so genannten) Essenern beschützt und schließlich vom Kreuz noch lebendig abgenommen und geheilt wurde. Hier handelt es sich also um Apokryphen aus den letzten Jahrzehnten oder Jahrhunderten (dazu s. Bibliographie S. 757).

Auf ähnliche Weise gibt es in der Gegenwart auch ein Interesse an Apokryphen der christlichen Frühzeit, und unter ihnen nimmt das Thomas-Evangelium (s. S. 440f.) einen bevorzugten Platz ein. Hier wird jenes geistige, höhere Christentum verkündet, das die Kirchen immer wieder verdrängt, ja verfolgt und verketzert haben sollen. Man kann sich mit Hilfe eines solchen Textes in die Linie der antiken Gnosis stellen und die Evangelien der Bibel gleichsam überflügeln. Dies geschieht heute weniger in bestimmten Gruppen, Sekten, Bewegungen als durch eine weitgestreute Lesergemeinde. Immerhin gibt es in der Anthroposophie Rudolf Steiners einige Anknüpfungspunkte für diese Art der Apokryphen-Aktualisierung. Rudolf

Steiner bezog sein Wissen ja aus einem wahrhaft apokryphen, nämlich verborgenen, rein ideell existierenden, grob gesagt: erfundenen Werk, der sogenannten Akasha-Chronik. Aber er war überzeugt, daß das fünfte Evangelium, die neue Offenbarung, einst auch schriftlich faßbar sein werde. Auf der Suche nach Dokumenten höherer Weisheit ist darum die Anthroposophie besonders stimulierend. All dies konnte in unserer Sammlung natürlich nicht berücksichtigt werden. Wir bleiben bei den «alten» Apokryphen.

Die hier vorliegende Sammlung weist somit *Lücken* auf, die nicht bloß im Problem des Umfangs ihren Grund haben, sondern auch gerechtfertigt erscheinen, wenn man den Gesichtspunkt des legendarischen und künstlerischen Nachwirkens gelten läßt: Weggelassen sind vor allem die erwähnten, anderswo zugänglichen, gnostischen Schriften, die, weil sie «apokryph», d. h. versteckt gehalten wurden oder überhaupt verschwanden und erst wieder neu entdeckt wurden, keine große Wirkung entfalten konnten. Außerdem sind das Buch Jesus Sirach und die Weisheit Salomos, die ja auch keine Legenden enthalten, weggelassen; sie können aber in allen katholischen Bibeln und in allen evangelischen Bibeln mit Apokryphen leicht gefunden werden. Im großen ganzen sind sonst die «üblichen» alttestamentlichen Apokryphen sowie weitere apokryphe Schriften zum Alten Testament aufgenommen, die man in keiner Bibelausgabe findet. Bibelausgaben mit neutestamentlichen Apokryphen gibt es nicht, da sich die großen Konfessionen hier über den Kanon der 28 Schriften praktisch einig sind.

Schließlich noch ein Hinweis zur *sprachlichen Form:* Bei den in der Lutherbibel enthaltenen Apokryphen ist diese, also die Luther-Übersetzung, wiedergegeben. Es handelt sich freilich (anders als bei den kanonischen Büchern) nicht um eine Übersetzung, die Luther selbst angefertigt hätte. Zwar war er an der jahrelangen Überarbeitung des Textes beteiligt und schrieb Vorreden auch zu den Apokryphen. Aber die wirklichen Übersetzer sind in seinem Mitarbeiterkreis zu suchen (u.a. Justus Jonas, Philipp Melanchthon), ohne daß wir genau wüßten, wer welche Schrift ursprünglich verdeutscht hat. Bei der hier abgedruckten «Luther»-Übersetzung handelt es sich außerdem nicht um eine genaue Wiedergabe zum Beispiel der Druckausgabe von 1545 (deren Abschnittsunterteilungen übernommen wurden). Wir haben jene Fassung der Lutherbibel gewählt, die dem Sprachgebrauch des frühen 20. Jahrhunderts angepaßt wurde (Revision von 1912). Sie weicht zwar an schwerverständlichen Stellen von Luther ab, behält aber doch so viel vom Original bei, daß die Sprache dieser Übersetzung, die ja weit über den Protestantismus hinaus wirkte, im großen und ganzen noch voll zur Geltung kommt. Die neueste Korrektur der Übersetzung Luthers, die viel weiterreichende Modifikationen brachte (s. Bibliographie S. 756), schien zum Nachdruck weniger geeignet, da es hier ja auf die Wirkungsgeschichte ankommt und nicht auf eine möglichst moderne Wiedergabe antiker Schriften. Das übrige Schrifttum dagegen ist verschiedenen neueren Übersetzungen entnommen, die unter philologisch-historischen Gesichtspunkten angefertigt wurden.

Die jahrhundertelange Differenz in der *Schreibung biblischer Eigennamen,* wie sie zwischen den Konfessionen bestand (Jesaja – Isaias, Kapernaum – Kapharnaum), kann seit der Festlegung der «Loccumer Richtlinien» von 1971 (s. Bibliographie S. 756) beseitigt bzw. die Schreibung vereinheitlicht werden. Dies ist hier jedoch vor allem mit Rücksicht auf den Luther-Text nicht geschehen. Auch bei den übrigen Texten, die alle aus bereits existierenden Übersetzungen entnommen und nur ganz leicht bearbeitet sind, schien die Vereinheitlichung eben deshalb nicht angebracht.

Daß wir bei den *Illustrationen* Rembrandt-Handzeichnungen zu einem Teil der alttestamentlichen Apokryphen wiedergeben und nicht Gebrauch machen von der Überfülle an Bildmotiven, die sich allenthalben gerade zu den hier abgedruckten Texten finden lassen, hängt mit der Entscheidung für die Einheitlichkeit der Ausstattung zusammen. Es sollte, ähnlich wie bei den «Luther-Apokryphen», eine klassische Interpretation wiedergegeben und keinesfalls der Eindruck erweckt werden, man wolle das breite kunstgeschichtliche Nachwirken der Apokryphen dokumentieren. Dazu bedürfte es eines großen Bildbandes (vgl. die Bibliographie S. 757).

Alfred Schindler

Die Bücher der Makkabäer

Einleitung

Die Makkabäerbücher sind für das Verständnis eines großen Teils der alttestamentlichen Apokryphen von grundlegender Bedeutung. Zwar gehören nur zwei von ihnen zu den «Luther-Apokryphen» bzw. zu den in den katholischen Bibeln so genannten deuterokanonischen Schriften (dazu s. S. 10). Das 3. und das 4. Makkabäerbuch sind nie Teile eines Bibelkanons gewesen.

Grundlegend sind diese Bücher aber als Zeugen für die Geschichte und die Frömmigkeit zugleich, die das Judentum in der Auseinandersetzung im Hellenismus prägten (dazu s. S. 9ff.). Nachdem Alexander der Große gestorben war, zerfiel das immense von ihm eroberte Gebiet in die Herrschaftsbereiche der sogenannten Diadochen. Palästina kam im Jahre 200 v. Chr. unter die Herrschaft der Seleukiden (von Seleukus I., gest. 280 v. Chr.) in Antiochien.

Die ständige Berührung und Beeinflussung durch griechische Mentalität mußte über kurz oder lang die religiöse und nationale Identität der Juden in Frage stellen. Innerhalb des Judentums entwickelten sich viele Konflikte zwischen Parteien und Richtungen, die zum Teil den Hintergrund des 1. und 2. Makkabäerbuchs bilden. Vordergründig geht es in diesen Schriften um den Kampf der gesetzestreuen Juden gegen die Heiden, zuerst gegen den Seleukidenkönig Antiochus IV. Epiphanes, der die Juden vom Gesetz bzw. von den Speisegeboten abspenstig machen und heidnischen Kult im Jerusalemer Tempel einführen wollte. Die unbedingte Gesetzestreue in allen Formen zu verteidigen und den zeitlichen und ewigen Lohn für solche Treue zu preisen, ist das

Hauptziel aller vier Makkabäerbücher. Daß die Abgrenzung vom Hellenismus jedoch in vieler Hinsicht keineswegs von vornherein klar war und es bei allen Parteien viele Anleihen bei griechischem Denken und Lebensstil gab, erkennt man zum Beispiel, wenn man 1. Makk. 1,15 von der Errichtung eines Gymnasions in Jerusalem liest, die für den Autor ein Greuel ist und ein Ausdruck dafür, daß seine (jüdischen) Gegner Verräter waren, während das 3. und 4. Makkabäerbuch sich in der Lehre sehr stark an die griechisch-hellenistische Philosophie anlehnen. Aber auch das 2. Makkabäerbuch ist voll von Erzählelementen und Vorstellungen, die – wie seine Originalsprache – griechisch sind.

Die ideale Grundlinie kann grob etwa so umschrieben werden: Die heiligen Schriften, der Tempelkult und also das rituelle wie das moralische Gesetz müssen in der Praxis ohne Abstriche eingehalten werden. In der Gedankenwelt, also in der Theorie, ist das Griechentum, vor allem seine Moralphilosophie und das, was dem Glauben an den einen Gott nicht zuwiderläuft, jedoch gut brauchbar. Daß es faktisch auch bei der Gesetzeserfüllung nicht ohne Kompromisse abging, zeigt der Verzicht auf die Sabbatruhe im Falle eines feindlichen Angriffs im Krieg (1. Makk. 2,41).

Das 1. Makkabäerbuch ist ein Geschichtswerk von der Art der alttestamentlichen Königsbücher. Das 2. behandelt einen viel kürzeren Zeitraum und verfolgt deutlicher einen erbaulichen Zweck. Einen Höhepunkt stellt dort das Martyrium der sieben Brüder dar (Kap. 7), das im 4. Makkabäerbuch zum nahezu alleinigen Hauptthema wird (s. S. 157ff.). Demgegenüber ist das 3. Makkabäerbuch eine Legende ganz anderer Art. Aber auch in ihr geht es um einen Herrscher, diesmal einen Ptolemäer, also einen jener ägyptischen Nachfolger Alexanders, die bis 200 v. Chr. über die Juden herrschten. Es wird erzählt, wie er den Tempel in Jerusalem betreten will und von Gott daran gehindert wird. Zur Rache will er in Ägypten die Juden grausam umbringen lassen. Auch dies wird durch ein Wunder verhindert, und die Juden triumphieren und können Rache an ihren abtrünnigen Volksgenossen nehmen. Dieses Makkabäerbuch ist in unsere Sammlung nicht aufgenommen worden. Nur das 4. Makkabäerbuch hat auf die Legende von den sieben Brüdern eingewirkt.

Der Name «Makkabäer» ist ursprünglich Beiname des Judas (vgl. 1. Makk. 2,4), der nach dem Tod seines Vaters Mattathias (1. Makk. 2,69) die Führung der Bewegung übernimmt. Ihm sind die Kapitel 3 bis 9 (Vers 22) gewidmet, danach die Kapitel 9 (ab 23) bis 12 seinem Bruder und Nachfolger Jonathan, und schließlich die Kapitel 13 bis 16 einem weiteren Bruder, dem Nachfolger Jonathans, mit Namen Simon. Sie alle, aber auch die späteren Nachfolger (sowie die Bücher), erhielten als Partei- oder Familiennamen die Bezeichnung «Makkabäer». Wahrscheinlich bedeutet das Wort als Beiname des Judas so etwas wie «der Hämmerer» oder «der Hammerartige». Für die lange Reihe makkabäischer Herrscher aus derselben Familie bis 37 v. Chr. ist die Bezeichnung «Hasmonäer» üblicher.

Das erste Buch der Makkabäer

Einleitung

Das 1. Makkabäerbuch behandelt nach einem kurzen Rückblick auf Alexander den Großen die Maßnahmen Antiochus' IV. Epiphanes gegen die Juden, den Beginn des jüdischen Aufstands unter dem Priester Mattathias und dann, wie oben erwähnt, die Führerschaft (später auch das Hohepriestertum) seiner Söhne, bis in den letzten Versen (16,23–34) die Herrschaft des Johannes Hyrkanos, also des ersten Repräsentanten der nächsten makkabäischen (oder hasmonäischen) Generation, erwähnt wird. Der Zeitraum umfaßt die Jahre 175 bis 135 v. Chr.

In dieser unserer Sammlung ist das Buch jedoch nur bis zum Tod des Judas Makkabäus abgedruckt (9,22). Diese Kürzung wurde vor allem deshalb vorgenommen, weil die langen Kriegsberichte aus der Zeit seiner Nachfolger im Blick auf Wirkungsgeschichte und spätere Illustration der Makkabäerbücher von geringem Interesse sind. Außerdem ist für den Vergleich mit dem 2. oder gar 4. Makkabäerbuch nur dieser Teil von Bedeutung. Das letzte Kapitel des 2. Makkabäerbuches hat seine Parallele im 7. Kapitel des 1. Makkabäerbuches. Es erzählt also den Tod des Judas nicht mehr, geschweige denn die weitere Geschichte der hasmonäischen Dynastie.

Der uns namentlich nicht bekannte Verfasser muß, wie der Buchschluß zeigt, nach dem Amtsantritt des Johannes Hyrkanos geschrieben haben, aber denkbar wäre auch – vgl. vor allem die zwei allerletzten Verse! –, daß dieser Herrscher bereits gestorben (105 v. Chr.) und das Werk unter seinem Nachfolger

Aristobul oder eher Alexander Jannaios, d.h. um 100 v.Chr., verfaßt wäre.

Die Originalsprache war Hebräisch. Erhalten sind aber nur die griechische, lateinische, syrische u.a. Übersetzungen. Der hier abgedruckten Übersetzung der Lutherbibel liegt der lateinische Text der Vulgata zugrunde. Abweichungen von den modernen Übersetzungen, soweit sie das 1. Makkabäerbuch umfassen, können also auch in der Vorlage begründet sein, nicht nur in der anderen Art des Übersetzens.

Das Werk ist ein im ganzen zuverlässiges, aus einer großen Zahl schriftlicher Quellen zusammengestelltes Dokument, dessen Tendenz zwar deutlich erkennbar, aber im Vergleich zum 2. Makkabäerbuch nicht aufdringlich ist. Auch das religiöse Element tritt relativ stark zurück. Gebete und Wunder, überhaupt ein direkter Kontakt zu Gott, spielen keine wichtige Rolle, aber natürlich ist Gott auch für das 1. Makkabäerbuch Lenker der Geschichte. Die Vorstellung einer Endzeit oder Jenseitserwartungen sind nicht zu erkennen.

Noch eine Bemerkung zu den Datierungen, die in unserem Werk relativ häufig auftreten und nicht immer leicht in unsere Zeitrechnung umzusetzen sind: Wir meinen, wenn wir zum Beispiel sagen «168 vor Christus», die Jahre vom Januar bis Dezember und rechnen mit dem uns vertrauten römischen (Julianischen bzw. Gregorianischen) Kalender rückwärts. Der Verfasser unseres Buches jedoch zählt (natürlich vorwärts!) die Jahre seit der Eroberung Babylons durch Seleukus I. im Herbst 312 v.Chr., so daß sein Jahr Nr.1 unserem Herbst 312 bis Herbst 311 v.Chr. entspricht. Außerdem hat der Verfasser des 1. Makkabäerbuches Vorlagen benützt, die abweichend von der geschilderten Zeitrechnung, aber ihm selbst nicht bewußt, jeweils das Neujahr im Frühling ansetzten, wie es der babylonischen und jüdischen Gewohnheit entsprach.

Die in den Anmerkungen gegebenen Umrechnungen in Daten «vor Christi Geburt» sind deshalb von drei Schwierigkeiten belastet, über die im einzelnen nicht referiert wird:

1. Grundsätzlich abweichende Zählung und *anderer Jahresanfang als bei uns;*

2. Unklarheiten innerhalb des 1. Makkabäerbuches wegen (unbemerkt) verschieden zählender Vorlagen;

3. Verschiedene Meinungen moderner Forscher über das nach heutiger Erkenntnis zutreffende Datum.

Es ist deshalb leicht möglich, daß jemand beim Vergleich unserer Erläuterungen mit anderen (erläuterten) Bibelübersetzungen oder mit sonstigen Darstellungen der jüdischen Geschichte Abweichungen feststellt, die hier nicht näher begründet werden können.

Hochstehende Ziffern (¹) verweisen auf *Anmerkungen* am Schluß der jeweiligen Texte.

1

Des Antiochus Epiphanes Gottlosigkeit und Tyrannei

1 Alexander, der Sohn des Philippus, König von
Mazedonien, der erste Monarch in Griechenland,
ist ausgezogen aus dem Lande Chittim[1] und hat
große Kriege geführt, viel feste Städte erobert
und der Perser und Meder König Darius geschla-
gen, 2 hernach andere Könige in allen Landen
unter sich gebracht 3 und ist immer fortgezogen[2]
und hat alle Lande und Königreiche eingenom-
men. 4 Und niemand hat sich ihm widersetzen
dürfen; und er hatte ein gewaltiges, gutes Kriegs-
volk.

5 Da er nun die Königreiche innehatte, ward er
stolz und fiel in Krankheit. 6 Da er aber merkte,
daß er sterben würde, 7 forderte er zu sich seine
Fürsten, die mit ihm von Jugend auf erzogen wa-
ren, und setzte sie zu Hauptleuten über die Länder
bei seinem Leben. 8 Hernach ist Alexander gestor-
ben, als er regiert hatte zwölf Jahre.

9 Nach seinem Tod ist das Reich auf seine Für-
sten gekommen; die nahmen die Länder ein, ein
jeglicher Hauptmann seinen Ort. 10 Und machten
sich alle zu Königen, und sie und ihre Nachkom-
men regierten lange Zeit. Und große Kriege sind
zwischen ihnen gewesen, und ist allenthalben in
der ganzen Welt viel Jammer geworden.

11 Von dieser Fürsten einem ist geboren eine
schädliche, böse Wurzel, Antiochus, genannt der
Edle, der zu Rom als Geisel gewesen ist für seinen
Vater, den großen Antiochus. Und dieser Antio-
chus der Edle fing an zu regieren im hundert-

undsiebenunddreißigsten Jahr des griechischen
Reichs[3].
12 Zu dieser Zeit waren in Israel böse Leute; die
überredeten das Volk und sprachen: Laßt uns einen
Bund machen mit den Heiden umher und ihre
Gottesdienste annehmen; denn wir haben viel lei-
den müssen seit der Zeit, da wir uns von den
Heiden abgesondert haben. 13 Diese Meinung
gefiel ihnen wohl. 14 Und etliche vom Volk wur-
den zum König gesandt; der erlaubte ihnen, heid-
nische Weise anzufangen. 15 Da richteten sie zu
Jerusalem ein heidnisches Spielhaus[4] her 16 und
hielten die Beschneidung nicht mehr und fielen ab
vom heiligen Bund und hielten sich als Heiden und
wurden ganz verstockt, alle Schande und Laster zu
treiben.
17 Als nun Antiochus sein Reich gewaltig inne-
hatte, gedachte er, das Königreich Ägypten auch
an sich zu bringen, daß er beide Königreiche hät-
te, 18 und zog nach Ägypten, wohl gerüstet mit
Wagen, Elefanten, Reisigen[5] und vielen Schiffen,
19 und kriegte mit Ptolemäus, dem König Ägyp-
tens[6]. Aber Ptolemäus fürchtete sich und floh; und
sind viel Ägypter umgekommen. 20 Und Anti-
ochus hatte die festen Städte in Ägypten einge-
nommen und großes Gut da geraubt und davon-
gebracht.
21 Als aber Antiochus in Ägypten gesiegt hatte
und wieder heimzog im hundertunddreiundvier-
zigsten Jahr[7], reiste er durch Israel 22 und kam gen
Jerusalem mit einem großen Volk 23 und ging
trotzig in das Heiligtum und ließ wegnehmen den
goldenen Altar, den Leuchter und was dazugehört,
den Tisch, darauf die Schaubrote lagen, die Be-

cher, die Schalen, die goldenen Kellen, den Vor-
hang, die Kronen und den goldenen Schmuck vorn
am Tempel und zerschlug alles. 24 Und nahm das
Silber und Gold und die köstlichen Gefäße und die
verborgenen Schätze, soviel er fand, und führte es
mit sich in sein Land. 25 Und ließ viel Leute töten
und lästerliche Gebote ausrufen. 26 Da war überall
in ganz Israel großes Herzeleid: 27 die Fürsten und
Ältesten trauerten, die Jungfrauen und Jünglinge
sahen[8] jämmerlich, 28 Mann und Weib klagten;
29 und das ganze Land ward betrübt wegen der
Wüterei, die darin geschah; und das ganze Haus
Jakob war voll Jammer.

30 Und nach zwei Jahren sandte der König einen
Rentmeister[9] nach Juda; der kam mit einem gro-
ßen Kriegsvolk gen Jerusalem 31 und begehrte,
man sollte ihn einlassen, so wollte er keinen Scha-
den tun; aber es war eitel Betrug. 32 Da sie ihm
nun glaubten und ließen ihn ein, überfiel er die
Stadt verräterisch und erschlug viel Leute von
Israel 33 und plünderte die Stadt und verbrannte
die Häuser, riß die Mauern nieder 34 und führte
Weib und Kind und Vieh weg 35 und befestigte
die Stadt Davids mit starken Mauern und Türmen,
und sie wurde ihre Burg. 36 Und versetzte sie mit
einem gottlosen Haufen, der allen Mutwillen dar-
auf übte. 37 Sie raubten Waffen und Speise aus
der Stadt Jerusalem und schafften's auf die Burg
38 und belagerten da das Heiligtum und lauerten
auf die Leute, die in den Tempel gingen, und fie-
len heraus[10] aus der Burg in das Heiligtum, den
Gottesdienst zu wehren[11], 39 und vergossen viel
unschuldig Blut bei dem Heiligtum und entheilig-
ten es.

40 Und die Bürger zu Jerusalem flohen weg, und
die Fremden blieben zu Jerusalem, und die, so
daselbst geboren waren, mußten weichen. 41 Das
Heiligtum ward wüst, die Feiertage wurden eitel
Trauertage, die Sabbate eitel Jammer, und alle ihre
Herrlichkeit ward zunichte. 42 So herrlich und
hoch Jerusalem zuvor gewesen war, so jämmerlich
und elend mußte es dazumal sein.

43 Und Antiochus ließ ein Gebot ausgehen durch
sein ganzes Königreich, daß alle Völker zugleich
einerlei Gottesdienst halten sollten. 44 Da verlie-
ßen alle Völker ihre Gesetze und willigten in die
Weise des Antiochus. 45 Und viele aus Israel wil-
ligten auch darein und opferten den Götzen und
entheiligten den Sabbat.

46 Antiochus sandte auch Briefe gen Jerusalem
und in alle Städte Judas, darin er gebot, daß sie der
Heiden Gottesdienst annehmen sollten 47 und die
Brandopfer, Speisopfer, Sündopfer im Heiligtum,
48 Sabbate und andere Feste abtun. 49 Und befahl,
daß man das Heiligtum und das heilige Volk Israel
entheiligen sollte. 50 Und ließ Altäre, Tempel und
Götzen aufrichten und Saufleisch opfern und an-
dere unreine Tiere. 51 Und die Beschneidung ver-
bot er und gebot, die Leute zu gewöhnen zu allen
Greueln, daß sie Gottes Gesetz und Recht verges-
sen und andere Weise[12] annehmen sollten. 52 Und
wer dem König nicht gehorsam sein würde, den
sollte man töten.

53 Dies Gebot ließ er ausgehen durch sein ganzes
Königreich und verordnete Hauptleute, die das
Volk zwingen sollten, solches zu halten. 54 Diese
richteten[13] in Juda Opfer an und geboten, die
zu halten. 55 Und viele vom Volk fielen ab von

Judith vor dem Zelt des Holofernes

Judith 10,18

Gottes Gesetz zu ihnen. 56 Allen Mutwillen trie-
ben sie im Lande und verjagten das Volk Israel,
daß es sich verbergen und verstecken mußte in
die Höhlen als die Flüchtigen.

57 Im hundertundfünfundvierzigsten Jahr, am
fünfzehnten Tage des Monats Chislev[14], ließ der
König Antiochus den Greuel der Verwüstung[15] auf
Gottes Altar setzen und ließ in allen Städten Judas
Altäre aufrichten, 58 daß man öffentlich in den
Gassen und ein jeder vor seinem Hause räucherte
und opferte; 59 und ließ die Bücher des Gesetzes
Gottes zerreißen und verbrennen 60 und alle, bei
denen man die Bücher des Bundes Gottes fand,
und alle, so Gottes Gesetz hielten, totschlagen.
61 Und das taten sie mit ihrem Kriegsvolk alle
Monate, wenn das Volk zusammenkam in die
Städte. 62 Am fünfundzwanzigsten Tage des Mo-
nats opferten sie auf dem Altar, den sie auf den
Altar des Herrn gesetzt hatten.

63 Die Weiber, welche ihre Kinder beschnit-
ten, wurden getötet, wie Antiochus geboten hatte.
64 Die Eltern wurden in ihren Häusern erwürgt und
die Kinder drinnen aufgehängt. 65 Aber viele vom
Volk Israel waren beständig und wollten nichts
Unreines essen 66 und ließen sich lieber töten,
denn daß sie sich verunreinigten, 67 und wollten
nicht vom heiligen Gesetz Gottes abfallen, darum
wurden sie umgebracht. 68 Und es war ein sehr
großer Zorn über Israel.

2

Des Priesters Mattathias Eifer · Auswanderung und Gegenwehr der Frommen · Ermahnung des sterbenden Mattathias an seine Söhne

1 Es war aber ein Priester, Mattathias, der Sohn
des Johannes, des Sohnes Simeons, aus dem Ge-
schlecht Jojaribs von Jerusalem, der wohnte in
Modin[16] 2 und hatte fünf Söhne: Johannes, mit
dem Zunamen Gaddis, 3 Simon, mit dem Zuna-
men Thassi, 4 Judas, mit dem Zunamen Makka-
bäus, 5 Eleasar, mit dem Zunamen Awaran, und
Jonathan, mit dem Zunamen Apphus. 6 Diese
jammerte sehr das große Elend in Juda und Jerusa-
lem.

7 Und Mattathias klagte: Ach daß ich dazu ge-
boren bin, daß ich meines Volks und der Heiligen
Stadt Zerstörung sehen muß und dazu stillsitzen
und die Feinde ihren Mutwillen treiben lassen!
8 Die Fremden haben das Heiligtum inne, und
der Tempel Gottes ist wie ein ehrloser Mensch.
9 Seinen Schmuck hat man weggeführt. Die Kind-
lein sind auf den Gassen erschlagen, und die junge
Mannschaft ist von Fremden erstochen. 10 Das
Reich ist allen Heiden zuteil geworden, die es
plündern. 11 Alle seine Herrlichkeit ist weg. Es
war eine Königin, nun ist's eine Magd. 12 Siehe,
unser Heiligtum und unser Ruhm und Preis ist
weg! die Heiden haben's verwüstet. 13 Wen sollte
noch gelüsten zu leben? 14 Und Mattathias zerriß
seine Kleider, er und seine Söhne, und zogen Säcke
an und trauerten sehr.

15 Da nun des Antiochus Hauptleute auch dahin
kamen, die, so geflohen waren in die Stadt Modin,
auch zu drängen, von Gottes Gesetze abzufallen

und zu opfern und zu räuchern, 16 da fielen viele
vom Volk Israel zu ihnen. Aber Mattathias und
seine Söhne blieben beständig. 17 Und die Haupt-
leute des Antiochus sprachen zu Mattathias: Du
bist der Vornehmste und Gewaltigste in dieser
Stadt und hast viel Söhne und eine große Freund-
schaft[17]. 18 Darum tritt du zuerst hin und tue, was
der König geboten hat, wie alle Länder getan haben
und die Leute Judas und die, so noch zu Jerusalem
sind; so wirst du und deine Söhne einen gnädigen
König haben und begabt werden mit Gold und
Silber und großen Gaben.

19 Da sprach Mattathias frei heraus: Wenn schon
alle Länder dem Antiochus gehorsam wären und
jedermann abfiele von seiner Väter Gesetz und
willigte in des Königs Gebot, 20 so wollen doch
ich und meine Söhne und Brüder im Bunde unsrer
Väter wandeln. 21 Da sei Gott vor! Das wäre uns
nicht gut, daß wir von Gottes Wort und Gottes
Gesetz abfielen. 22 Wir wollen nicht willigen in
das Gebot des Antiochus und wollen nicht opfern
und von unserm Gesetz abfallen und eine andere
Weise annehmen.

23 Da er also ausgeredet hatte, geht ein Jude hin
vor ihrer aller Augen und opfert auf dem Götzen-
altar zu Modin, wie der König geboten hatte.
24 Das sah Mattathias, und es ging ihm durchs
Herz, und sein Eifer entbrannte um das Gesetz;
25 und er lief hinzu und tötete bei dem Altar den
Juden und den Hauptmann des Antiochus und
warf den Altar um 26 und eiferte um das Ge-
setz, wie Pinehas tat dem Simri, dem Sohn Salus
(4. Mose 25,6–15). 27 Und Mattathias schrie laut
durch die ganze Stadt: Wer um das Gesetz eifert

und den Bund halten will, der ziehe mit mir aus der
Stadt! 28 Also flohen er und seine Söhne aufs
Gebirge und verließen alles, was sie hatten in der
Stadt. 29 Und viel fromme Leute zogen hinaus in
die Wüste 30 und blieben da mit Weib und Kind
und ihrem Vieh; denn die Tyrannei war allzu groß
geworden.

31 Da aber des Königs Volk zu Jerusalem in der
Stadt Davids hörte, daß etliche sich wider des
Königs Gebot setzten und sich aus den Städten
getan hätten, sich heimlich in der Wüste zu ver-
stecken und aufzuhalten, und daß viel Volks zu
ihnen gezogen war, 32 erhoben sie sich eilend am
Sabbat, sie zu überfallen, 33 und ließen ihnen sa-
gen: Wollt ihr noch nicht gehorsam sein? Ziehet
heraus[18] und tut, was der König geboten hat, so
sollt ihr sicher sein. 34 Darauf antworteten sie:
Wir wollen nicht herausziehen, gedenken auch den
Sabbat nicht zu entheiligen, wie der König gebie-
tet.

35 Und die draußen stürmten den Felsen; 36 und
die drinnen wehrten sich nicht, warfen nicht einen
Stein heraus, machten auch die Höhlen nicht zu
37 und sprachen: Wir wollen also sterben in unsrer
Unschuld; Himmel und Erde werden Zeugen sein,
daß ihr uns mit Gewalt und Unrecht umbringt.
38 Also wurden die drinnen am Sabbat überfallen
und ihre Weiber und Kinder samt dem Vieh um-
gebracht, bei tausend Personen.

39 Da Mattathias und seine Freunde solches hör-
ten, tat es ihnen sehr weh; 40 und sie sprachen
untereinander: Wollen wir alle tun wie unsere Brü-
der und uns nicht wehren wider die Heiden, unser
Leben und Gesetz zu retten, so haben sie uns leicht

ganz vertilgt. 41 Und beschlossen bei sich: So man
uns am Sabbat angreifen würde, wollen wir uns
wehren, daß wir nicht alle umkommen, wie unsre
Brüder in den Höhlen ermordet sind.
42 Und es sammelte sich eine große Menge der
Frommen, tapfere Leute aus Israel, die alle bestän-
dig blieben im Gesetz; 43 und kamen zu ihnen alle
die, so vor der Tyrannei flohen, und mehrten ihre
Stärke. 44 Darum rüsteten sie sich auch und er-
schlugen viel Gottlose und Abtrünnige in ihrem
Eifer und Zorn; die übrigen aber gaben die Flucht[19]
und entrannen zu den Heiden. 45 Darnach zogen
Mattathias und seine Freunde umher im Lande
Israel und rissen die Altäre wieder nieder 46 und
beschnitten die Kinder, so noch unbeschnitten wa-
ren, 47 und griffen die Gottlosen an; und es ist
ihnen gelungen, 48 daß sie das Gesetz erhielten
wider alle Macht der Heiden und Könige, daß die
Gottlosen nicht über sie Herren wurden.
49 Da aber Mattathias sehr alt war, sprach er vor
seinem Tod zu seinen Söhnen: Es ist große Tyran-
nei und Verfolgung und ein großer Grimm und
harte Strafe über uns gekommen. 50 Darum, liebe
Söhne, eifert um das Gesetz und waget euer Leben
für den Bund unsrer Väter 51 und gedenket, wel-
che Taten unsre Väter zu ihren Zeiten getan haben,
so werdet ihr rechte Ehre und einen ewigen Na-
men erlangen.
52 Abraham ward versucht und blieb fest im
Glauben; das ist ihm gerechnet worden zur Ge-
rechtigkeit (1. Mose 15,6; 22).
53 Joseph hielt das Gebot in seiner Trübsal und
ist Herr in Ägypten geworden (1. Mose 39–41).
54 Pinehas, unser Vater, eiferte Gott zu Ehren

und erlangte den Bund, daß das Priestertum auf ihm bleiben sollte (4. Mose 25,7–13).

55 Josua richtete den Befehl aus, der ihm gegeben war; darum ward er der oberste Fürst in Israel (Jos. 1).

56 Kaleb gab Zeugnis und strafte[20] das Volk; darum hat er ein besonderes Erbe erlangt (4. Mose 14,6–9; Jos. 14,6–14).

57 David blieb treu und rechtschaffen an Gott; darum erbte er das Königreich ewiglich (2. Sam. 7,16).

58 Elia eiferte um das Gesetz und ward gen Himmel geführt (1. Kön. 18f.; 2. Kön. 2,11).

59 Hananja, Asarja und Misael glaubten und wurden aus dem Feuer errettet (Dan. 3).

60 Daniel ward wegen seiner Unschuld errettet von den Löwen (Dan. 6).

61 Also bedenket, was zu jeder Zeit geschehen ist, so werdet ihr finden, daß alle, so auf
Gott vertrauen, erhalten werden. 62 Darum fürch-
tet euch nicht vor der Gottlosen Trotz[21]; denn
ihre Herrlichkeit ist Kot und Würmer. 63 Heute
schwebt er empor, morgen liegt er darnieder und ist nichts mehr, so er wieder zu Erde geworden ist; und sein Vornehmen ist zunichte geworden.

64 Derhalben, liebe Kinder, seid unerschrocken und haltet fest ob[22] dem Gesetz, so wird euch Gott
wiederum herrlich machen. 65 Euer Bruder Si-
mon ist weise; dem gehorchet allezeit als einem
Vater. 66 Judas Makkabäus ist stark und ein Held von Jugend auf; der soll Hauptmann sein und den
Krieg führen. 67 Und fordert zu euch alle, so das Gesetz halten. Rächet die Gewalt, an eurem Volk
geübt, 68 und bezahlet den Heiden, wie sie ver-

dient haben; und haltet mit Ernst ob dem Gesetz.
69 Darnach segnete er sie und ward versammelt
zu seinen Vätern 70 und starb im hundertund-
sechsundvierzigsten Jahr[23]. Und die Söhne begru-
ben ihn in seiner Väter Grab zu Modin[24]; und ganz
Israel trauerte sehr um ihn.

3

Judas, der Makkabäer, schlägt den Apollonius
Antiochus rüstet mächtig zum Kampf

1 Und Judas Makkabäus kam an seines Vaters
Statt. 2 Und seine Brüder und alle, die sich zum
Vater gehalten hatten, halfen ihm und stritten für
Israel mit Freuden. 3 Judas erlangte dem Volk
große Ehre; er zog in seinem Harnisch wie ein
Held und schützte sein Heer mit seinem Schwert.
4 Er war mutig wie ein Löwe, kühn wie ein jun-
ger, brüllender Löwe, der etwas jagt.
5 Er suchte die Abtrünnigen und die Gottlosen,
die das Volk drängten, vom Gesetz abzufallen,
und strafte und verbrannte sie, 6 daß allenthalben
seine Feinde vor ihm erschraken und flohen und
die Abtrünnigen gedämpft wurden; und er hatte
Glück und Sieg. 7 Das verdroß viele Könige; aber
Jakob[25] war es eine Freude und ewiger Ruhm und
Ehre. 8 Er zog durch die Städte Judas und vertilgte
darin die Gottlosen, daß er den Zorn von Israel
abwendete. 9 Und er war allenthalben im Lande
berühmt, daß alle Unterdrückten zu ihm liefen.
10 Dagegen brachte Apollonius[26] ein großes
Heer zusammen von Heiden und von Samaria,
wider Israel zu streiten. 11 Da Judas das hörte, zog
er ihm entgegen und tat eine Schlacht mit ihm
und erschlug ihn und einen großen Haufen Feinde

mit ihm; die übrigen aber flohen. 12 Und Judas
gewann den Raub[27] und nahm des Apollonius
Schwert; das führte er hernach sein Leben lang.
13 Darnach, da Seron, der Hauptmann zu Syrien,
hörte, daß die Frommen sich zu Judas hielten und
daß ein großes Volk beieinander war, sprach er:
14 Ich will Ehre einlegen, daß ich im ganzen Kö-
nigreich gepriesen werde, und will Judas und
seinen Haufen, der des Königs Gebot verachtet,
schlagen. 15 Darum rüstete er sich, und es zog mit
ihm eine große Macht Gottloser, daß sie ihm hül-
fen und sich an Israel rächten; und sie kamen, bis
wo man hinaufgeht gen Beth-Horon[28].

16 Da zog Judas ihm entgegen mit einem kleinen
Haufen. 17 Als sie aber die Feinde sahen, sprachen
sie zu Judas: Unser sind wenige, dazu sind wir
heute matt vom Fasten; wie sollen wir uns mit
einem solchen großen und starken Haufen schla-
gen? 18 Aber Judas sprach: Es kann wohl gesche-
hen, daß wenige einen großen Haufen überwin-
den; denn Gott kann ebensowohl durch wenige
Sieg geben als durch viele (vgl. 1. Sam. 14,6).
19 Denn der Sieg kommt vom Himmel und wird
nicht durch große Menge erlangt. 20 Sie trotzen
auf ihre große Macht und wollen uns, unsre
Weiber und Kinder ermorden und berauben.
21 Wir aber müssen uns wehren und für unser
Leben und Gesetz streiten. 22 Darum wird sie Gott
vor unsern Augen vertilgen; ihr sollt sie nicht
fürchten.

23 Da er also ausgeredet hatte, griff er die Feinde
an, ehe sie sich's versahen, und schlug den Seron
und sein Volk in die Flucht 24 und jagte sie von
Beth-Horon herunter ins Blachfeld[29] und schlug

bei achthundert zu Tod; die übrigen flohen in
der Philister Land. 25 Also kam eine Furcht in
alle Völker umher vor Judas und seinen Brüdern.
26 Und in allen Ländern sagte man von Judas und
seinen Taten, und es kam auch vor den König[30].

27 Da nun solches alles Antiochus hörte, er-
grimmte er sehr und schickte aus und ließ aufbie-
ten im ganzen Königreich und brachte eine große
Macht zusammen 28 und griff seine Schätze an
und ordnete[31] Sold auf ein Jahr und gebot, daß man
stets sollte gerüstet sein. 29 Da er aber sah, daß er
nicht Geld genug hatte und daß das Land wegen
der Zwietracht und des Kriegs, den er führte wi-
der die alten Gesetze, nicht viel geben konnte,
30 besorgte er, er vermöchte die großen Kosten
nicht länger zu tragen wie bisher, da er Sold und
Gaben ausgegeben hatte mehr denn alle Könige
vor ihm. 31 Darum ward er betrübt und zog nach
Persien, das Land zu schätzen und viel Geld aufzu-
bringen.

32 Und ließ im Lande einen Fürsten aus könig-
lichem Stamm, mit Namen Lysias, den machte er
zum Hauptmann über das ganze Königreich, vom
Euphrat an bis an[32] Ägypten, 33 und befahl ihm
seinen Sohn, den jungen Antiochus, solange er
außer Landes sein würde, 34 und ließ ihm die
Hälfte des Kriegsvolks und die Elefanten und tat
ihm Befehl von allen Sachen, auch von Judäa und
Jerusalem, 35 daß er mehr Volk dahinschicken
sollte, auszurotten die übrigen Leute in Israel und
Jerusalem 36 und das Land den Fremden auszu-
teilen und Heiden allenthalben dareinzusetzen.

37 Im hundertundsiebenundvierzigsten Jahr[33]
nahm der König die andere Hälfte des Kriegsvolks

und zog aus von seiner Stadt Antiochien über den
Euphrat hinauf in die oberen Länder. 38 Aber
Lysias wählte etliche Fürsten, des Königs Freunde,
zu Hauptleuten, nämlich Ptolemäus, den Sohn des
Dorymenes, Nikanor und Gorgias, 39 und gab
ihnen vierzigtausend Mann zu Fuß und siebentau-
send zu Roß, daß sie das Land Juda überziehen
sollten und die Juden ausrotten, wie der König
befohlen hatte. 40 Nachdem sie nun mit diesem
Heer ausgezogen waren, lagerten sie sich bei Em-
maus[34] auf dem Blachfeld. 41 Da solches die Kauf-
leute in den Landen umher hörten, kamen sie in das
Lager und brachten viel Geld und Fesseln mit sich,
die Kinder Israel zu kaufen, daß sie ihre Knechte
sein müßten. Und aus Syrien und von andern
Heiden zog ihnen mehr Kriegsvolk zu.

42 Da nun Judas und seine Brüder sahen, daß die
Verfolgung größer ward und daß die Feinde an der
Grenze lagen, und vernahmen, daß der König ge-
boten hatte, ganz Juda zu vertilgen, 43 waren sie
unerschrocken und vereinigten sich, sie wollten
ihr Volk retten und für das Heiligtum streiten.
44 Darum brachten sie ihr Kriegsvolk zusammen,
daß sie beieinander wären und warteten, wenn
man die Feinde angreifen müßte, daß sie auch
miteinander beteten um Gnade und Hilfe von
Gott.

45 Aber zu der Zeit war Jerusalem wüst und
wohnte kein Bürger mehr da, und das Heiligtum
war zertreten; und die Heiden hatten die Burg inne,
und war alle Herrlichkeit von Jakob weggenom-
men, und man hörte da weder Pfeife noch Harfe.

46 Darum kam das Volk zusammen gen Mizpa,
gegenüber Jerusalem; denn Israel hatte vorzeiten

zu Mizpa[35] angebetet. 47 An diesem Ort kamen sie
jetzt auch zusammen, fasteten da und zogen Säcke
an, streuten Asche auf ihre Häupter und zerrissen
ihre Kleider 48 und trugen hervor die Bücher des
Gesetzes, welche die Heiden suchen ließen, ihre
Götzen darein zu schreiben und zu malen. 49 Sie
brachten auch dahin die priesterlichen Kleider, die
Erstlinge und Zehnten und ließen herbeikommen
die Geweihten[36], welche ihre bestimmte Zeit er-
füllt hatten, 50 und schrien kläglich gen Himmel:
Wo sollen wir diese hinführen? 51 denn dein Hei-
ligtum ist zertreten und verunreinigt, deine Prie-
ster sind in Trauer und Niedrigkeit. 52 Und siehe,
alle Heiden empören sich wider uns, daß sie uns
ganz vertilgen. Du weißt, was sie wider uns im
Sinn haben. 53 Wie können wir vor ihnen blei-
ben, du helfest uns denn, unser Gott?

54 Darnach ließ Judas das Volk zusammenrufen
mit der Posaune 55 und machte eine Feldordnung,
Oberste, Hauptleute, Unterhauptleute und Wei-
bel. 56 Auch ließ er ausrufen, daß diejenigen, so
Häuser bauten oder freiten oder Weinberge pflanz-
ten oder die voll Furcht waren, wieder heim-
ziehen möchten, wie solchen das Gesetz erlaubt
(5. Mose 20,5–9). 57 Darnach zogen sie fort und
schlugen ihr Lager auf bei Emmaus gegen Mittag.
58 Und Judas vermahnte sein Volk und sprach:
Rüstet euch und seid unerschrocken, daß ihr mor-
gen früh bereit seid, zu streiten wider diese Heiden,
die uns und unser Heiligtum gedenken zu vertil-
gen! 59 Uns ist besser, daß wir im Streit umkom-
men, denn daß wir solchen Jammer an unserm
Volk und Heiligtum sehen. 60 Aber was Gott im
Himmel will, das geschehe!

4

Judas schlägt den Gorgias und Lysias, reinigt den Tempel und stiftet das Fest der Tempelweihe

1 Und Gorgias nahm fünftausend zu Fuß und
tausend Reisige[37], die besten, und rückte bei Nacht
heimlich hinan an der Juden Lager, 2 sie unverse-
hens zu überfallen; und den Haufen führten etliche,
die auf der Burg in Besatzung lagen[38]. 3 Aber Judas
war zuvor auf[39] mit dem besten Haufen, daß er
eher käme und die Feinde, so bei Emmaus waren,
übereilte und schlüge sie, 4 dieweil sie noch zer-
streut hin und her lagen.

5 Da nun Gorgias des Nachts an des Judas Lager
kam und niemand da fand, zog er ihnen nach in das
Gebirge und meinte, sie wären vor ihm geflohen.
6 Aber Judas eilte, daß er morgens früh ins Blach-
feld käme mit dreitausend Mann, die doch keinen
Harnisch hatten, sondern allein ihre Kleider und
Schwerter. 7 Da sie nun sahen, daß die Feinde
wohl gerüstet waren mit Harnischen und hatten
eine starke Reiterei und waren rechte Kriegsleute,
8 sprach Judas zu seinem Volk: Fürchtet euch nicht
vor dieser großen Menge, und vor ihrer Macht
erschrecket nicht! 9 Gedenket, wie unsre Väter im
Roten Meer errettet sind, da ihnen Pharao mit
einem großen Heer nacheilte (2. Mose 14). 10 Laßt
uns gen Himmel rufen, so wird uns der Herr auch
gnädig sein und an den Bund gedenken, den er
mit unsern Vätern gemacht hat, und wird unsere
Feinde heute vor unsern Augen vertilgen. 11 Und
alle Heiden sollen innewerden, daß es Gott ist, der
sich Israels annimmt, hilft und errettet.

12 Da nun die Heiden sahen, daß Judas gegen
sie kam, 13 zogen sie auch aus dem Lager, Judas

anzugreifen. Judas aber ließ drommeten[40] 14 und
griff die Feinde an; und die Heiden wurden in die
Flucht geschlagen, daß sie über das Blachfeld flo-
hen und die letzten erstochen wurden. 15 Denn
Judas jagte ihnen nach bis gen Assaremoth und bis
ins Gefilde von Idumäa und gegen Asdod und
Jamnia; und blieben tot bei dreitausend Mann.
16 Da aber Judas wieder umkehrte, gebot er seinem
Volk 17 und sprach: Ihr sollt nicht plündern; denn
wir müssen noch eine Schlacht tun. 18 Gorgias und
sein Haufe ist vor uns im Gebirge; darum bleibt in
der Ordnung und wehrt euch. Darnach, so ihr die
Feinde geschlagen habt, könnt ihr plündern sicher
und ohne Gefahr.

19 Da Judas also redet, tut sich ein Haufe aus
dem Gebirge hervor. 20 Und Gorgias sah, daß
seine Leute geschlagen waren und das Lager ange-
zündet; denn er sah den Rauch; davon konnte er
abnehmen[41], was geschehen war. 21 Dazu sahen sie
Judas und sein Kriegsvolk im Blachfeld, gerüstet
zur Schlacht; darum erschraken sie sehr 22 und
flohen alle in der Heiden Land. 23 Also kehrte
Judas wieder um, das Lager zu plündern, und
eroberte einen großen Raub: viel Gold, Silber,
blauen und roten Purpur und großes Volk.
24 Darnach zogen sie heim, dankten und lobten
Gott mit Gesang und sprachen: Danket dem
Herrn; denn er ist freundlich, und seine Güte wäh-
ret ewiglich (Ps. 106,1 u. a.). 25 Auf diesen Tag hat
Israel herrlichen Sieg gehabt.

26 Die Heiden aber, so entronnen waren, kamen
zu Lysias[42] und sagten ihm, wie es ihnen gegangen
war. 27 Als Lysias solches hörte, ward er sehr
bestürzt, daß nicht geraten war, was er Israel hatte

tun wollen und was der König befohlen hatte.
28 Darum brachte Lysias im folgenden Jahr wiederum viel Kriegsvolk zusammen, sechzigtausend Mann zu Fuß und fünftausend Reisige, die Juden zu vertilgen.
29 Dies Heer zog gegen Idumäa[43] und lagerte sich bei Bethzur[44]. Dahin kam Judas auch mit zehntausend Mann.

30 Da er aber sah, daß die Feinde ein so großes Volk hatten, betete er und sprach: Lob sei dir, du Heiland Israels, der du durch die Hand deines Knechtes David den großen Riesen erschlagen hast und hast ein ganzes Heer der Heiden gegeben in die Hände Jonathans, Sauls Sohnes, und seines Waffenträgers (1. Sam. 17 u. 14).
31 Ich bitte dich, du wollest diese unsre Feinde auch in die Hände deines Volks Israel geben, daß sie mit ihrer Macht und ihren Reisigen zu Schanden werden.
32 Gib ihnen ein erschrockenes und verzagtes Herz;
33 schlage sie nieder mit dem Schwert derer, so dich lieben, daß dich loben und preisen alle, so deinen Namen kennen.
34 Darnach griff er sie an. Und Lysias verlor bei fünftausend Mann.

35 Da aber Lysias sah, daß die Seinen flohen und daß die Juden unerschrocken waren und daß sie bereit waren, ehrlich zu leben oder ehrlich zu sterben, zog er ab gen Antiochien, wiederum Kriegsvolk aufzubringen und die Juden noch stärker zu bekriegen.

36 Judas aber und seine Brüder sprachen: Dieweil unsere Feinde verjagt sind, so laßt uns hinaufziehen und das Heiligtum[45] wieder reinigen!
37 Darum kam das Kriegsvolk alles zusammen, und sie zogen miteinander auf den Berg Zion.
38 Und da sie sahen, wie das Heiligtum verwüstet war, der Altar

entheiligt, die Pforten verbrannt, und daß der Platz
umher mit Gras bewachsen war wie ein Wald oder
Gebirge und der Priester Zellen zerfallen waren:
39 da zerrissen sie ihre Kleider und hatten eine große
Klage, streuten Asche auf ihre Häupter, 40 fielen
nieder auf ihr Angesicht und bliesen die Halldrom-
meten[46] und schrien gen Himmel. 41 Und Judas
wählte einen Haufen, den Feinden in der Burg zu
wehren, daß sie nicht herausfielen, dieweil er das
Heiligtum reinigen ließe. 42 Und nahm dazu Prie-
ster, die sich nicht verunreinigt hatten, sondern
beständig im Gesetz geblieben waren. 43 Diese
reinigten das Heiligtum und trugen die unreinen
Steine[47] weg an unheilige Orte.

44 Und weil der Altar des Brandopfers entheiligt
war, hielten sie Rat, wie sie es damit halten sollten.
45 Und fanden einen guten Rat, nämlich, daß man
ihn ganz einreißen sollte, daß nicht Ärgernis davon
käme, dieweil ihn die Heiden entheiligt hatten;
darum ward er ganz eingerissen. 46 Und sie ver-
wahrten die Steine auf dem Berge bei dem Haus an
einem besondern Ort, bis ein Prophet käme, der
anzeigte, was man damit tun sollte. 47 Sie nah-
men aber andere, neue, ungehauene Steine, wie das
Gesetz lehrt (2. Mose 20,25), und bauten einen
neuen Altar, gleichwie der vorige gewesen war.
48 Und bauten das Heiligtum wieder und das In-
wendige des Hauses und weihten die Vorhöfe.
49 Und ließen neue heilige Gefäße machen, den
goldenen Leuchter, den Räucheraltar und den
Tisch; und brachten's wieder in den Tempel.
50 Und stellten das Räuchwerk auf den Altar und
zündeten die Lampen auf dem Leuchter an, daß sie
im Tempel leuchteten. 51 Auf den Tisch legten sie

die Brote und hängten die Vorhänge auf und rich-
teten den Tempel ganz wieder her.
52 Und am fünfundzwanzigsten Tage des neun-
ten Monats, der da heißt Chislev, im hundertund-
achtundvierzigsten Jahr[48], 53 standen sie früh auf
und opferten wiederum nach dem Gesetz auf dem
Altar des Brandopfers. 54 Eben auf die Zeit und
auf den Tag, da die Heiden das Heiligtum verun-
reinigt hatten (1,62), ward dieses Opfer wieder
angerichtet mit Gesang und mit Pfeifen, Harfen
und Zimbeln. 55 Und alles Volk fiel nieder auf das
Angesicht, betete an und lobte den Herrn im Him-
mel, der ihnen Glück und Sieg gegeben hatte.
56 Und sie hielten das Fest des neuen Altars acht
Tage und opferten darauf Brandopfer und Dank-
opfer mit Freuden 57 und schmückten die vor-
dere Seite des Tempels mit goldenen Kränzen
und Schilden und machten neue Tore und Zellen.
58 Und war sehr große Freude im Volk, daß die
Schande von ihnen genommen war, die ihnen die
Heiden angetan hatten. 59 Und Judas und seine
Brüder und alles Volk Israel beschlossen, daß man
jährlich vom fünfundzwanzigsten Tage an des
Monats Chislev acht Tage des neuen Altars Fest
halten sollte mit Freude und Danksagung[49].
60 Und sie bauten feste Mauern und Türme um
das Heiligtum auf dem Berge Zion, daß die Hei-
den das Heiligtum nicht einnehmen und zertreten
könnten wie zuvor. 61 Und Judas legte Kriegsvolk
darein, das Heiligtum zu bewahren. Er befestigte
auch Bethzur, daß das Volk eine Festung innehätte
gegen Idumäa (vgl. 4,29), darin sie sich aufhalten
und wehren konnten.

5

Siege des Judas über die Heiden umher · Niederlage der Juden unter Joseph und Asarja

1 Da aber die Heiden umher hörten, daß der
Altar wieder aufgerichtet und das Heiligtum gerei-
nigt war, ergrimmten sie sehr 2 und nahmen sich
vor, das Geschlecht Jakobs in ihrer Mitte auszurot-
ten, und fingen an, die Juden in ihren Grenzen zu
töten. 3 Aber Judas zog in Idumäa wider die
Kinder Esau und überfiel sie zu Akrabattine[50], da
sie die Kinder Israel belagert hatten, und schlug viel
Idumäer tot und plünderte sie. 4 Dieweil auch die
Kinder Bean auf den Straßen Untreue und Mord
getrieben hatten wider Israel, 5 hat's ihnen Judas
auch gedacht, und belagerte und verbannte[51] sie
und verbrannte ihre Burgen mit allen, so darin
waren. 6 Darnach zog er wider Ammon; die wa-
ren wohl gerüstet und hatten viel Kriegsvolk und
einen Hauptmann, Timotheus. 7 Darum tat Judas
viel Schlachten mit ihnen, und hatte Sieg 8 und
gewann die Stadt Jaser[52] mit andern, umliegenden
Flecken. Darnach zog er wieder heim gen Judäa.
9 Es machten sich aber die Heiden auch auf in
Gilead wider Israel an ihrer Grenze, sie zu vertil-
gen; aber das Volk floh auf die Burg Dathema[53].
10 Und sie schrieben an Judas und seine Brüder also:
11 Die Heiden umher haben sich versammelt wider
uns, daß sie uns alle umbringen; ihr Hauptmann ist
Timotheus, und wollen unsre Burg, darein wir
geflohen sind, stürmen. 12 Darum bitten wir, du
wollest uns zu Hilfe kommen und uns retten; denn
unser sind wenige, denn die Feinde haben viele
umgebracht 13 und im Lande Tob bei tausend
Mann getötet und ihre Weiber, Kinder und Güter

weggeführt. 14 Da man diesen Brief las, kamen
andere Boten aus Galiläa, die zerrissen ihre Kleider
15 und sagten kläglich, daß die Heiden aus allen
Städten umher mit Macht Galiläa überzogen hätten, aus Ptolemais, Tyrus und Sidon[54], und daß
ganz Galiläa voll Feinde wäre, Israel auszurotten.

16 Als Judas und das Volk solches hörten, hielt
man Rat, wie sie ihren Brüdern in dieser Not helfen
könnten. 17 Und Judas befahl seinem Bruder Simon, daß er sich einen besondern Haufen wählen
sollte und nach Galiläa ziehen, die Brüder da zu
retten; so wollten er und sein Bruder Jonathan nach
Gilead ziehen. 18 Und er machte Joseph, den Sohn
des Zacharias, und Asarja zu Hauptleuten über das
übrige Volk daheim, Judäa zu bewahren. 19 Und
befahl ihnen, sie sollten das Volk regieren und
nicht ausziehen, die Feinde anzugreifen, bis er wiederkäme.

20 Und Simon zog nach Galilia mit dreitausend
Mann, Judas nach Gilead mit achttausend. 21 Da
nun Simon nach Galiläa kam, tat er viel Schlachten
mit den Heiden und siegte und jagte sie bis gen
Ptolemais an das Tor, 22 daß bei dreitausend Heiden umkamen; und Simon plünderte sie. 23 Darnach kam er wieder zu seinen Brüdern in Galiläa
und zu Arbatta und hieß sie mit Weib und Kind mit
ihm nach Judäa ziehen und führte sie dahin mit
großen Freuden.

24 Aber Judas Makkabäus und Jonathan, sein
Bruder, zogen über den Jordan in die Wüste drei
Tagereisen. 25 Da kamen zu ihnen die Nabatäer
und empfingen sie freundlich und zeigten ihnen
an, wie es ihren Brüdern in Gilead ginge 26 und
daß viele eingeschlossen wären in Bozra, Bosor,

Alema, Chasphor, Maked und Karnaim[55], welches
eitel große und feste Städte waren; 27 daß auch
viele in andern Städten in Gilead eingeschlossen
wären und die Feinde beschlossen hätten, daß sie
des Morgens alsbald ihre Befestigungen überzie-
hen und stürmen wollten. 28 Und Judas kehrte
zurück eine Tagereise und stürmte die Stadt Bosor,
ehe sie sich's versahen, und eroberte sie und ließ
alle Mannsbilder darin erstechen und plünderte
und verbrannte die Stadt.

29 Darnach zog er fort bei Nacht zu der Burg, da
seine Brüder belagert waren (vgl. Vers 9). 30 Und
da er des Morgens dahin kam, sah er eine große,
mächtige Menge Volks ohne Zahl da, welche Lei-
tern und Kriegsrüstung zum Sturm trugen und den
Sturm anfingen; 31 und war in der Stadt ein kläg-
liches Geschrei, das zum Himmel schallte. 32 Da
vermahnte Judas sein Volk, daß sie für ihre Brüder
streiten wollten, sie zu retten. 33 Und machte drei
Rotten und griff sie von hinten an und ließ drom-
meten; und das Volk schrie laut und betete zu Gott.
34 Als aber das Heer des Timotheus sah, daß Judas
hinter ihnen war, flohen sie und wurden hart ge-
schlagen, daß aus ihnen diesen Tag bei achttausend
tot blieben. 35 Darnach zog Judas gen Maspha,
stürmte und eroberte es und ließ alle Mannsbil-
der darin töten und plünderte und verbrannte die
Stadt. 36 Darnach gewann er Chasphor, Maked,
Bosor und die andern Städte in Gilead (vgl. Vers 26).

37 Aber Timotheus brachte wiederum ein großes
Heer zusammen und lagerte sich gegen Raphon
jenseit des Bachs. 38 Da schickte Judas Kundschaf-
ter hin und ließ besehen, wie stark die Feinde wären
und wie sie lägen. Diese sagten ihm wieder, daß

ihrer eine sehr große Menge wäre aus allen Heiden
umher, 39 daß sie auch Kriegsknechte aus Arabien
bei sich hätten, denen sie Sold müßten geben, und
daß sich das Heer jenseit des Bachs gelagert hätte
und wären gerüstet zur Schlacht. Darum zog Judas
aus wider sie. 40 Und Timotheus sprach zu seinen
Hauptleuten: Wenn Judas an den Bach kommt und
so mutig ist, daß er herüberzieht, so können wir
ihm nicht widerstehen, sondern er wird uns schla-
gen. 41 Wenn er sich aber fürchtet und nicht über
den Bach herübergeht, so wollen wir über das
Wasser und ihn angreifen und schlagen.

42 Da nun Judas an den Bach kam, stellte er die
Amtleute an das Wasser und gebot ihnen, sie soll-
ten alles Volk hinübertreiben, daß sie die Feinde
hülfen schlagen, und niemand sollte dahintenblei-
ben. 43 Da nun also Judas und sein Heer zuerst
über das Wasser kamen, flohen die Feinde und
ließen ihre Wehr fallen und kamen in einen Tempel
in der Stadt Karnaim (vgl. Vers 26). 44 Aber Judas
eroberte die Stadt und verbrannte den Tempel und
alle, die darin waren; und Karnaim ward überwäl-
tigt und konnte sich nicht schützen vor Judas.

45 Darnach ließ Judas alles Volk Israel, das in
Gilead war, klein und groß, Weib und Kind, zu-
sammenkommen, daß es mit nach Judäa zöge.
46 Und auf dem Wege kamen sie zu einer großen,
festen Stadt, Ephron, die an der Straße lag, da man
durch mußte und nicht nebenhin ziehen konnte.
47 Nun wollten die Leute zu Ephron Judas nicht
durchlassen, 48 sondern machten sich in die Stadt
und hielten die Tore zu. 49 Aber Judas sandte zu
ihnen, sagte ihnen Frieden zu und bat freundlich,
50 daß man sie durchließe; denn ihnen sollte kein

Schade von den Seinen geschehen; er begehrte nichts denn allein durchzuziehen. Aber die von Ephron wollten sie nicht einlassen.

51 Da ließ Judas ausrufen im ganzen Heer, daß
das Kriegsvolk Halt machen sollte und Sturm lau-
fen, ein jeder Haufe an seinem Ort. Also stürmten
sie die Stadt den ganzen Tag und die ganze Nacht
und eroberten sie. 52 Und Judas ließ erstechen
alle Mannsbilder darin, plünderte und zerstörte sie
und zog durch über die toten Körper hin; und sie
kamen über den Jordan auf das Blachfeld gegen-
über Bethsan. 53 Und Judas trieb das Volk an, das
sich dahinten säumte, und ermutigte sie den gan-
zen Weg über, bis er sie ins Land Judäa brachte.
54 Da zogen sie auf den Berg Zion mit großen
Freuden und opferten Brandopfer, daß ihnen Gott
Sieg gegeben und sie mit Frieden wieder heim-
gebracht hatte.

55 Dieweil aber Judas und Jonathan in Gilead
waren und Simon, ihr Bruder, in Galiläa vor Ptole-
mais, 56 hörte Joseph, der Sohn des Zacharias,
und Asarja, die Hauptleute, von ihrem Sieg und gro-
ßen Taten und sprachen: 57 Wir wollen auch Ehre
einlegen und die Heiden um uns her angreifen.
58 Und geboten ihrem Kriegsvolk, daß sie sollten
auf sein, und zogen gen Jamnia[56]. 59 Da zog wider
sie heraus Gorgias mit seinem Heer 60 und schlug
den Joseph und Asarja in die Flucht und jagte sie
bis ins Land Juda. Und Israel verlor den Tag viel
Volks, nämlich bei zweitausend Mann, 61 darum
daß sie des Judas und seines Bruders Befehl (Vers
19) nicht gehorcht hatten und sich aus eigener
Vermessenheit unterstanden, einen Ruhm zu er-
jagen, 62 so sie doch nicht aus dem Geschlecht der

Männer waren, denen Gott verliehen hatte, daß
Israel durch sie geholfen würde. 63 Aber Judas und
seine Brüder wurden groß geachtet bei dem gan-
zen Israel und bei allen Heiden; 64 und wo man sie
nannte, wurden sie gepriesen.

65 Und Judas zog aus mit seinen Brüdern wi-
der die Kinder Esau (vgl. Vers 3) gegen Mittag
und eroberte Hebron und die Flecken umher
und riß ihre Mauern nieder und verbrannte ihre
Türme. 66 Und kehrte um der Philister Land
und zog durch Samaria[57]. 67 Da sind viele Prie-
ster umgekommen, welche auch zu kühn waren
und die Feinde ohne Rat und Befehl angriffen.
68 Und Judas zog gen Asdod in der Philister Land
und riß die Götzenaltäre ein und verbrannte die
Götzen und plünderte die Städte und kam wie-
der heim ins Land Juda.

6

Antiochus Epiphanes stirbt unter bitterer Reue · Sein Sohn bekriegt den Judas, muß aber Frieden schließen und den Juden Religionsfreiheit gestatten

1 Da aber der König Antiochus oben im König-
reich hin und her zog (3,37), hörte er von einer
berühmten Stadt in Elymais in Persien, daß viel
Gold und Silber und großer Reichtum da wäre
2 und daß im Tempel großes Gut und die goldenen
Kleider, Harnische und Schilde wären, die der
Sohn des Philippus, Alexander, der König von
Mazedonien, dahin gegeben hatte. 3 Darum kam
Antiochus vor die Stadt, sie zu erobern und zu
plündern; aber die in der Stadt waren verwarnt.
4 Darum waren sie auf, sich zu wehren. Und
Antiochus konnte nichts schaffen, sondern mußte

fliehen, und zog wieder ab mit großem Unmut,
daß er umkehrte gen Babylon.
5 Da kam ihm Botschaft nach Persien, daß sein
Heer, das er in das Land Juda gesandt hatte, ge-
schlagen wäre 6 und daß Lysias hätte fliehen müs-
sen und daß die Juden in seinem Lager großes Gut
und viele Waffen gewonnen, damit sie sich hernach
besser gerüstet hätten und mächtiger geworden
wären; 7 und hätten den Greuel, den er auf den
Altar zu Jerusalem gebaut hatte, zerstört und das
Heiligtum wieder mit festen Mauern bewahrt wie
zuvor, dazu auch Bethzur befestigt. 8 Da Anti-
ochus solches hörte, erschrak er sehr und ward
hoch betrübt, legte sich nieder und ward vor Leid
krank, daß sein Vornehmen nicht geraten war.
9 Und blieb lange daselbst; denn der Kummer ward
je länger, je größer und machte ihn so schwach, daß
er sah, daß er sterben müßte.
10 Darum forderte[58] er seine Freunde zu sich und
sprach zu ihnen: Ich kann keinen Schlaf mehr
haben vor großem Kummer und Herzeleid, das ich
habe. 11 Ach wie hat sich's so gar mit mir umge-
kehrt! Solange ich regiert habe, habe ich Freude
und Sieg gehabt und bin bei den Meinen auch lieb
und wert gewesen. 12 Aber nun bin ich so herzlich
betrübt und gedenke an das Übel, das ich zu Jerusa-
lem getan habe, da ich alle goldenen und silbernen
Gefäße aus dem Tempel wegführte und ließ un-
schuldige Leute in Judäa töten. 13 Daher kommt
mir jetzt alles Unglück, und ich muß in einem
fremden Lande in dieser Traurigkeit sterben.
14 Und er forderte einen seiner Freunde, Philippus;
den verordnete er zum Hauptmann über das ganze
Königreich 15 und gab ihm die Krone, Mantel und

Ring und befahl ihm, seinen Sohn, den jungen
Antiochus, aufzuziehen und in das Königreich ein-
zusetzen. 16 Darnach starb Antiochus daselbst im
hundertneunundvierzigsten Jahr[59].

17 Da nun Lysias hörte, daß der König tot war,
machte er zum König den Sohn des Antiochus des
Edlen, den jungen Antiochus, den er erzogen hatte,
und nannte ihn Eupator.

18 Nun taten die Heiden, so die Burg[60] noch
innehatten, dem Volk Israel im Heiligtum viel
Schaden; denn sie hatten eine gute Festung.
19 Darum nahm Judas sich vor, sie zu belagern,
damit er sie vertilgen möchte. 20 Und das Volk
kam zusammen im hundertundfünfzigsten Jahr[61]
und brachten davor allerlei Kriegsrüstung und
Geschütz. 21 Und etliche Heiden kamen aus der
Burg, daß sie zum König zögen, Hilfe zu suchen.
Zu diesen taten sich viele Abtrünnige aus Israel;
die zogen mit ihnen zum König und sprachen:
22 Warum willst du nicht strafen und unsre Brüder
rächen? 23 Denn wir wollten deinem Vater unter-
tan und seinen Geboten gehorsam sein. 24 Da fiel
unser Volk von uns ab; und wo sie unser einen
ergriffen, töteten sie ihn, und unser Erbe teilten sie
unter sich; 25 und plagten nicht allein uns, sondern
trieben solches im ganzen Lande. 26 Und jetzt
belagern sie die Burg zu Jerusalem, sie zu erobern,
und haben das Heiligtum und Bethzur befestigt
(4,60f.). 27 Wo du nicht eilen wirst, ihnen zu
wehren, werden sie stärker werden und mehr
Schaden tun, und du wirst sie nicht mehr bezwin-
gen können.

28 Da der König solches hörte, ergrimmte er
sehr und ließ zusammenfordern seine Fürsten und

Hauptleute über das Fußvolk und über die Reisi-
gen 29 und nahm fremde Knechte an aus andern
Königreichen und aus den Inseln 30 und brachte
zusammen hunderttausend Mann zu Fuß, zwan-
zigtausend zu Roß und zweiunddreißig Elefan-
ten, zum Krieg gewöhnt. 31 Dies Heer zog durch
Idumäa, belagerte Bethzur und machte davor man-
cherlei Kriegsrüstung zum Sturme; aber die Juden
fielen heraus und verbrannten diese Werke und
stritten ritterlich.

32 Und Judas zog ab von der Burg und kam mit
dem Heer gen Bethzachara[62], dem Lager des Kö-
nigs gegenüber. 33 Da brach der König morgens
früh auf vor Tage und führte das Heer an die Straße
vor Bethzachara und ließ die Schlachtordnung ma-
chen und drommeten 34 und den Elefanten roten
Wein und Maulbeersaft vorhalten, sie anzureizen
und zu erzürnen; 35 und sie teilten die Elefanten in
die Haufen, also daß je zu einem Elefanten tausend
Mann zu Fuß in eisernen Helmen und Harnischen
und fünfhundert Pferde verordnet wurden.

36 Diese warteten also auf den Elefanten, daß
sie nicht von ihm wichen, und wohin man den Ele-
fanten wandte, da mußten sie auch hin. 37 Und
ein jeder Elefant trug einen hölzernen Turm, dar-
in waren je zweiunddreißig Krieger und der In-
der, der das Tier regierte. 38 Die übrige Reiterei
ordnete er auf beiden Seiten, das Fußvolk zu
decken, daß es nicht zertrennt würde.

39 Und da die Sonne aufging und schien auf die
goldenen und ehernen Schilde, leuchtete das ganze
Gebirge davon, als wäre es eitel Feuer. 40 Und von
des Königs Heer zog ein Teil auf dem Gebirge, ein
Teil unten im Blachfeld in guter Ordnung und

vorsichtig. 41 Und wer sie hörte, der entsetzte sich
vor dem grausamen Getön und der großen Menge
und dem Getümmel, das sie mit Harnisch und
Eisen machten; denn es war ein sehr großes und
wohlgerüstetes Volk. 42 Und Judas zog auch ge-
gen sie in seiner Ordnung und schlug sechshundert
tot aus des Königs Heer.
43 Und Eleasar Awaran (2,5) merkte einen Ele-
fanten, der war höher und besser gerüstet denn die
andern, und dachte, der König wäre darauf; 44 und
gab sich hin, daß er das Volk Israel errettete und
einen ewigen Namen erlangte, 45 lief mit großer
Kühnheit hinzu, drang durch die Feinde und tötete
ihrer viele auf beiden Seiten. 46 Und machte sich
unter den Elefanten und stach ihn, daß der Elefant
umfiel auf ihn und starb und schlug ihn auch tot.
47 Dieweil aber die Juden sahen, daß des Königs
Heer eine solche große Macht war, wichen sie von
ihnen beiseits. 48 Darum zog des Königs Heer fort
gen Jerusalem und kam nach Judäa.
49 Aber die auf Bethzur konnten Hungers hal-
ben nicht länger darin bleiben; denn es war das sie-
bente Jahr, darin man die Felder mußte feiern las-
sen[63]; und sie erlangten Geleit vom König, daß
sie sicher heraus könnten gehen. 50 Da nahm der
König Bethzur ein und legte Kriegsvolk darein,
diese Festung zu bewahren. 51 Und zog fort gen
Zion und belagerte das Heiligtum eine lange Zeit
und richtete dagegen auf allerlei Geschütz. 52 Es
wehrte sich aber das Volk Israel im Heiligtum viele
Tage und machten auch Geschütz und Kriegs-
rüstung wider die Feinde. 53 Es hatte aber auch
nicht zu essen, dieweil es das siebente Jahr war;
und die fremden Juden, so aus der Heiden Län-

dern nach Judäa um Sicherheit willen geführt
waren, hatten allen Vorrat verzehrt. 54 Und es
blieben sehr wenige im Heiligtum, denn der Hun-
ger nahm überhand; darum mußten sie vonein-
anderziehen und sich in andere Städte verteilen.
55 Mittlerzeit vernahm Lysias, daß Philippus
(6,14f.), dem des Königs Vater, Antiochus, den
jungen König und das Reich bei seinem Leben
befohlen hatte, 56 wiedergekommen war aus Per-
sien und Medien mit dem Kriegsvolk, das der
König dahin geführt hatte, und daß Philippus nach
der Herrschaft trachtete. 57 Darum eilte er, weg-
zuziehen aus Judäa wieder ins Königreich, und
sprach zum König und zu den Hauptleuten: Wir
leiden hier Not und haben nichts zu essen und
verlieren viel Leute, und dieser Ort ist sehr fest, so
wir doch daheim nötigere Sachen zu tun haben,
Frieden im Königreich zu erhalten. 58 Laßt uns
Frieden mit diesem Volk machen 59 und zulassen,
daß sie ihr Gesetz halten wie zuvor; denn sie zürnen
und streiten allein darum, daß wir ihnen ihr Gesetz
abtun wollen. 60 Diese Meinung gefiel dem König
und den Fürsten wohl. Und der König schickte zu
ihnen, einen Frieden mit ihnen aufzurichten; und
sie nahmen es an.

61 Und da der König und die Fürsten schwuren,
kamen sie aus ihrer Festung heraus, und der König
zog hinein auf den Berg Zion. 62 Da er aber sah,
daß der Ort so fest war, hielt er seinen Eid nicht,
sondern gebot, die Mauer umher wieder einzu-
reißen. 63 Darnach zog er eilend weg gen Anti-
ochien. Da vernahm er, daß sich Philippus aufge-
worfen hatte zum Herrn der Stadt. Mit dem stritt
er und eroberte die Stadt wiederum.

7

Veränderungen im syrischen Reich · Alcimus wird Hoherpriester
Sieg des Judas über Nikanor

1 Im hundertundeinundfünfzigsten Jahr ging
Demetrius, des Seleukus Sohn, von Rom weg und
kam in eine Stadt am Meer mit wenig Männern
und regierte da als König[64]. 2 Und da er in die
Hauptstadt Antiochien kam, fing das Kriegsvolk
Antiochus und Lysias, sie dem Demetrius zu über-
antworten. 3 Da aber solches Demetrius angezeigt
ward, gebot er, man sollte sie nicht vor seine
Augen kommen lassen.

4 Darum tötete sie das Kriegsvolk. Da nun De-
metrius das Reich innehatte, 5 kamen zu ihm viel
gottlose und abtrünnige Leute aus Israel; und der
Vornehmste unter ihnen war Alcimus, der wäre
gern Hoherpriester geworden. 6 Diese verklagten
Judas und ihr eigen Volk und sprachen: Judas und
seine Brüder haben alle, so dir wollten gehorsam
sein, umgebracht und uns aus unserm Lande ver-
jagt. 7 Darum sende jemand dahin, dem du ver-
traust, daß er sehe, wie sie uns und des Königs Land
verderbt haben, und laß sie und allen ihren Anhang
strafen.

8 Darum erwählte der König Bacchides, seinen
Freund, der Hauptmann war über das Land jenseit
des Euphrat und gewaltig im Reich, und dem der
König viel vertraute. 9 Und schickte mit ihm den
abtrünnigen Alcimus, den er zum Hohenpriester
gemacht hatte, und befahl ihm, das Volk Israel
zu strafen. 10 Und sie zogen ins Land Juda mit
einem großen Heer und schickten Botschafter zu
Judas und seinen Brüdern, vom Frieden zu han-
deln, und stellten sich, als wollten sie Frieden mit

ihnen halten. 11 Aber es war eitel Betrug. Darum
glaubte ihnen Judas nicht; denn er sah, daß sie wohl
gerüstet waren und ein großes Heer mit sich führ-
ten.

12 Aber viele Schriftgelehrte kamen zu Alcimus
und Bacchides und viele von den Frommen in
Israel; 13 die versahen sich Gutes zu Alcimus[65] und
begehrten Frieden 14 und sprachen: Ein Priester
aus dem Geschlechte Aaron[66] ist mit dem Heer
gekommen; er wird uns keine Untreue beweisen.
15 Und Alcimus sagte ihnen Frieden zu und tat
einen Eid und sprach: Wir wollen euch und euren
Freunden kein Leid tun. 16 Da sie ihm also glaub-
ten, ließ er sechzig aus ihnen fangen und tötete sie
alle auf *einen* Tag, wie die Schrift spricht: 17 Das
Fleisch deiner Heiligen haben sie den Tieren ge-
geben; sie haben Blut vergossen um Jerusalem um-
her wie Wasser; und war niemand, der sie begrub
(Ps. 79,2f.). 18 Darum kam eine sehr große Furcht
und Schrecken in das Volk, welches klagte, daß
weder Glaube noch Treue in Alcimus wäre; denn
er hielt seinen Eid nicht.

19 Und Bacchides zog weg von Jerusalem und
belagerte Bethzeth[67] und sandte aus und ließ viele
fangen, so zuvor sich an ihn ergeben hatten und
wegen der Untreue wieder von ihm geflohen wa-
ren, und ließ ihrer viele töten; die warf er in eine
große Grube. 20 Darnach befahl Bacchides das
Land Alcimus und ließ Kriegsvolk bei ihm, und er
zog wieder zum König. 21 Und Alcimus nahm
sich vor, mit Gewalt Hoherpriester zu werden,
22 und hängte an sich alle Abtrünnigen in Israel
und brachte das Land Juda mit Gewalt unter sich
und plagte das Volk Israel sehr hart.

23 Da nun Judas sah, daß Alcimus und die Ab-
trünnigen aus Israel viel größeren Schaden in Israel
taten denn die Heiden, 24 zog er abermals umher
durch das ganze Land Juda und strafte die Abtrün-
nigen und wehrte ihnen, daß sie nicht mehr also im
Lande hin und her ziehen durften.

25 Da aber Alcimus sah, daß Judas und sein Volk
wieder gewaltig war und daß er ihnen nicht wider-
stehen konnte, zog er wieder zum König und
verklagte sie hart. 26 Darum sandte der König
einen großen Fürsten, Nikanor (3,38), dahin, der
dem Volk Israel sehr gram war, und gebot ihm, das
Volk Israel ganz zu vertilgen.

27 Und Nikanor zog mit einem großen Heer gen
Jerusalem und schickte Boten zu Judas und sei-
nen Brüdern betrüglich, die sich stellen sollten, als
wollte er Frieden mit ihnen halten, und sprechen:
28 Wir wollen Frieden miteinander halten, ich und
ihr, und ich will mit wenig Volks kommen fried-
lich, daß ich dich anspreche. 29 Also kam Nikanor
zu Judas, und sie sprachen einander friedlich an;
aber es war bestellt, daß man den Judas da fangen
sollte. 30 Dies ward Judas verkundschaftet, daß
Nikanor darum zu ihm gekommen wäre, ihn mit
diesem Betrug zu fangen; darum hütete er sich vor
ihm und wollte nicht mehr zu ihm kommen.

31 Und da Nikanor merkte, daß sein Vornehmen
war offenbar geworden, zog er wider Judas und tat
eine Schlacht mit ihm bei Kaphar Salama[68]. 32 Da
verlor Nikanor bei fünftausend Mann, und sein
Heer mußte fliehen auf Davids Burg. 33 Darnach
kam Nikanor auch zum Heiligtum auf den Berg
Zion. Und die Priester und die Ältesten gingen
heraus, ihn friedlich zu empfangen und ihm zu

zeigen, daß sie für den König große Opfer täten.
34 Aber Nikanor verspottete und verlachte sie und
tat ihnen Schimpf an und lästerte 35 und schwur
einen Eid und sprach: Werdet ihr mir Judas und
sein Heer nicht überantworten in meine Hand, so
will ich dieses Haus verbrennen, sobald ich glücklich wieder herkomme, – und zog weg mit großem
Grimm.

36 Aber die Priester gingen hinein und traten vor
den Altar im Tempel und weinten und sprachen:
37 Ach Herr, dieweil du dieses Haus erwählt hast,
daß man dich da anrufen und zu dir beten soll,
38 so bitten wir, du wollest an diesem Nikanor und
seinem Heer Rache üben und daran gedenken, daß
sie dein Heiligtum und dich gelästert haben, und
wollest sie aus dem Lande verjagen und vertilgen.

39 Und Nikanor zog von Jerusalem weg und
lagerte sich bei Beth-Horon[69]. Da kam noch ein
Heer aus Syrien zu ihm, ihm zu helfen. 40 Aber
Judas lagerte sich bei Adasa[70] mit dreitausend
Mann und betete zu Gott und sprach also: 41 Herr
Gott, da dich die Boten des Königs Sanherib lästerten, schicktest du einen Engel, der schlug tot
hundertundfünfundachtzigtausend Mann (2. Kön.
19,35). 42 Also schlage diese unsre Feinde heute
vor unsern Augen und richte diesen Nikanor nach
seiner großen Missetat, daß die andern Leute erkennen, daß du ihn darum gestraft hast, daß er dein
Heiligtum gelästert hat.

43 Und am dreizehnten Tage des Monats Adar[71]
taten sie eine Schlacht miteinander, und Nikanor
kam zuallererst um. 44 Und da sein Heer solches
sah, warfen sie die Waffen von sich und flohen.
45 Aber Judas jagte ihnen nach eine Tagereise, von

Judith tötet Holofernes

Judith 13,9

Adasa bis gen Gazara, und ließ hinter ihnen her
die Halldrommeten blasen (4,13 u. 40), 46 daß das
Volk aus allen Flecken umher auf dem Lande her-
aus zu ihm liefe und hülfe die Feinde schlagen; und
sie kamen zu Judas und hielten sich wieder zu ihm.
Also ward das Heer Nikanors geschlagen und kam
niemand davon. 47 Und Judas plünderte sie und
führte den Raub mit sich weg.

Dem Nikanor aber ließ er den Kopf abhauen
und die rechte Hand, die er zum Eid ausgereckt
hatte, da er lästerte und dem Heiligtum drohte; und
ließ beide, Kopf und Hand, mitführen und zu
Jerusalem aufhängen. 48 Da ward das Volk wieder
sehr fröhlich, und sie feierten diesen Tag mit gro-
ßen Freuden. 49 Und verordneten, daß man jähr-
lich diesen Tag, nämlich den dreizehnten Tag des
Monats Adar, feiern sollte. 50 Also ward wieder
Friede im Lande Juda eine kleine Zeit.

8

Judas schließt ein Bündnis mit den Römern

1 Es hörte aber Judas von den Römern, daß sie
sehr mächtig wären und fremde Völker gern in
Schutz nähmen, die Hilfe bei ihnen suchten, und
daß sie Treue und Glauben hielten. 2 Denn er
hörte, wie herrliche Taten sie getan wider die
Gallier, welche sie bezwungen und unter sich ge-
bracht hatten; 3 auch welche große Kriege sie in
Spanien geführt hatten und die Bergwerke erobert,
da man Gold und Silber gräbt, und daß sie viel
Länder fern von Rom mit großer Vernunft und
Ernst gewonnen hätten und erhielten; 4 daß sie
auch viel gewaltige Könige, die ihnen in ihr Land
mit Macht gezogen sind, geschlagen und verjagt

hätten und ihre Königreiche unter sich gebracht;
5 und daß sie neulich den König von Chittim,
Philippus, und hernach seinen Sohn Perseus überwunden hätten[72];

6 auch von dem großen Antiochus[73], dem König
in Asien, der wider die Römer gezogen war mit
hundertundzwanzig Elefanten, mit Reitern und
Wagen und sehr vielem Volk; aber die Römer
hatten sein Heer geschlagen 7 und ihn gezwun-
gen, daß er um Frieden bitten mußte; und haben
ihm und seinen Erben nach ihm eine große Schatzung aufgelegt, die sie jährlich den Römern geben
mußten; dazu mußte er den Römern Geiseln schikken (1,11). 8 Sie nahmen ihm auch Ionien, Asien
und Lydien und andere der edelsten Länder und
gaben sie dem König Eumenes. 9 Es setzten sich
auch die Griechen mit großer Macht wider sie.
10 Aber sie schickten einen Feldhauptmann wider
die Griechen; der schlug sie und nahm das Land ein
und ließ in den Städten die Mauern niederreißen,
daß sie mußten Frieden halten und gehorsam sein.
11 Solchen Ernst zeigten sie gegen alle ihre Feinde,
daß sie alle diejenigen bezwangen, die sich wider
sie setzten.

12 Aber mit den Freunden und Bundesgenossen
hielten sie guten Frieden und hielten Glauben[74]
und waren mächtig und gefürchtet in allen Landen. 13 Wem sie halfen, der ward geschützt und
erhalten bei seinem Königreich; wen sie aber
strafen wollten, der ward von Land und Leuten
verjagt; und sie wurden sehr mächtig. 14 Und
war solche Tugend bei ihnen, daß sich keiner
zum König machte; es war auch kein König da,
15 sondern der Rat[75], das waren dreihundertund-

zwanzig Mann, die regierten wohl. 16 Und jähr-
lich wählte man einen Hauptmann[76], der in allen
ihren Landen zu gebieten hatte, dem mußten sie
alle gehorsam sein. Und war keine Hoffart, Neid
noch Zwietracht bei ihnen.

17 Und Judas wählte Eupolemus[77], den Sohn
des Johannes, des Sohnes des Akkos, und Jason,
Eleasars Sohn, und sandte sie gen Rom, mit den
Römern Freundschaft und einen Bund zu machen,
18 daß sie ihnen hülfen, daß Israel nicht unter-
drückt würde von dem Königreich der Griechen.
19 Diese zogen gen Rom einen weiten Weg und
kamen vor den Rat und sprachen also: 20 Judas
Makkabäus und seine Brüder und das jüdische
Volk haben uns zu euch gesandt, einen Frieden und
Bund mit euch zu machen, daß ihr uns in Schutz
nehmen wollet als Freunde und Bundesgenossen.
21 Das gefiel den Römern; 22 und sie ließen den
Bund auf eherne Tafeln schreiben und schickten
die Abschrift gen Jerusalem zu einem Gedächtnis
des aufgerichteten Friedens und Bundes. Und lau-
tete also:

23 Gott gebe den Römern und den Juden Glück
und Frieden zu Land und zu Wasser und behüte sie
vor Krieg und Feinden ewiglich! 24 Wo aber die
Römer Krieg haben würden zu Rom oder in ihren
Landen und Gebieten, 25 so sollen die Juden den
Römern getreulich Hilfe tun, darnach es die Not
fordert; 26 und sollen der Römer Feinden nicht
Speise, Waffen, Geld, Schiffe und andere Dinge
zuschicken. Dieses fordern die Römer von den
Juden; und sollen die Juden solche Stücke treulich
halten ohne allen Betrug. 27 Dagegen auch, so die
Juden Krieg haben würden, sollen ihnen die Rö-

mer getreulich helfen, darnach es die Not fordert;
28 und sollen der Juden Feinden nicht Speise, Waf-
fen, Geld, Schiffe oder andere Dinge zuschicken.
Das sagen die Römer zu; und wollen solchen Bund
treulich und ohne Betrug halten. 29 Also ward der
Bund zwischen den Römern und den Juden auf-
gerichtet.

30 So aber hernach dieser oder jener Teil gedäch-
ten, mehr Stücke dazuzusetzen oder etwas davon-
zutun, so sollen beide Teile darüber sich vertragen.
Und was sie dazusetzen oder davontun werden,
soll alles stet und fest gehalten werden.

31 Weil aber auch der König Demetrius an den
Juden Gewalt übt, davon haben wir ihm geschrie-
ben also: Warum plagst du unsre Freunde und
Bundesgenossen? 32 Wo sie weiter über dich kla-
gen werden, so müssen wir sie schützen und wol-
len dich zu Land und Wasser angreifen.

9

Judas fällt im Treffen gegen die Syrer · Sein Bruder Jonathan tritt an seine Stelle · Alcimus stirbt · Vergeblicher Zug des Bacchides

1 Mittlerzeit, da Demetrius vernahm, daß Nika-
nor mit seinem Heer geschlagen und umgekom-
men war, sandte er wiederum nach Judäa diese
zwei, Bacchides und Alcimus, und mit ihnen den
Teil seines Kriegsvolks, der auf der rechten Seite
stand[78]. 2 Diese zogen gegen Galgala und belager-
ten und eroberten Masloth in Arbela[79] und töteten
da viel Leute.

3 Darnach im hundertundzweiundfünfzigsten
Jahr, im ersten Monat[80], zogen sie gen Jerusalem
4 und von da gen Berea mit zwanzigtausend Mann

zu Fuß und zweitausend zu Roß. 5 Und Judas
lagerte sich bei Laisa[81] mit dreitausend auserlesenen
Leuten. 6 Da aber sein Volk sah, daß die Feinde
eine solche große Macht hatten, erschraken sie und
flohen davon, daß nicht mehr bei Judas blieben
denn achthundert Mann.

7 Da Judas sah, daß sein Heer nicht beieinander-
blieb und doch die Feinde auf ihn drangen, ward
ihm bang. Und da er sah, daß er nicht Raum hatte,
sein Volk wieder zusammenzubringen, 8 sprach
er in dieser Angst zu den übrigen: Auf, und laßt uns
versuchen, ob wir die Feinde angreifen und schla-
gen möchten! 9 Aber sie wollten nicht und wehr-
ten ihm und sprachen: Es ist nicht möglich, daß wir
etwas schaffen; sondern laßt uns auf diesmal wei-
chen und wieder abziehen und unsre Brüder, die
von uns gelaufen sind, wieder zusammenbringen;
dann wollen wir wiederum an die Feinde ziehen
und sie angreifen; jetzt sind unser viel zu wenig.
10 Aber Judas sprach: Das sei ferne, daß wir fliehen
sollten! Ist unsre Zeit gekommen, so wollen wir
ritterlich sterben um unsrer Brüder willen und
unsre Ehre nicht lassen zu Schanden werden.

11 Und die Feinde machten sich auf und machten
ihre Ordnung also: im Vorzug[82] waren die Schleu-
derer und Bogenschützen, und die besten Krie-
ger standen vorn an der Spitze; die Reiterei war
geteilt in zwei Haufen, auf jeder Seite einer;
12 der Hauptmann Bacchides war auf der rechten
Seite. Mit dieser Ordnung zogen sie daher mit
großem Geschrei und Drommeten. 13 Da ließ
Judas auch drommeten und zog an sie und tat eine
Schlacht von Morgen an bis auf den Abend, daß die
Erde bebte von dem großen Getümmel.

14 Da nun Judas sah, daß auf der rechten Seite
Bacchides selbst samt der großen Macht war, da
griff er daselbst an, er und die andern, die ihr Leben
wagten, und erschreckten sie 15 und schlugen den
Haufen auf der rechten Seite in die Flucht und
jagten ihnen nach bis an den Berg bei Asdod. 16 Da
aber die auf der linken Seite solches sahen, daß
Judas jenen nachjagte, eilten sie dem Judas auch
nach. 17 Da mußte sich Judas gegen diese kehren
und wehrte sich lange. Und geschah da eine harte
Schlacht, daß viele verwundet wurden und um-
kamen auf beiden Seiten, 18 bis Judas auch zuletzt
umkam. Da flohen die übrigen. 19 Und Jonathan
und Simon (2,5 u. 2,3) nahmen den Leichnam ihres
Bruders Judas und begruben ihn in seiner Väter
Grab in Modin[83]. 20 Und alles Volk Israel trauerte
um Judas lange Zeit und klagte um ihn sehr und
sprach: 21 Ach daß der Held umgekommen ist, der
Israel geschützt und errettet hat!

22 Dies ist die Geschichte von Judas. Er hat aber
sonst noch viel mehr große Taten getan, welche
um der Menge willen nicht alle beschrieben sind[84].

Anmerkungen

1 «Chittim» ist die hebraisierte Form von Kition auf Zypern, gemeint ist allgemein Griechenland bzw. Mazedonien.

2 d. h. weitergezogen

3 Über diesen Herrscher, Antiochus IV. Epiphanes, der von 175 bis 164 v. Chr. regierte, s. S. 83.

4 Spielhaus = Gymnasion, d. h. Gebäude zur Pflege der Gymnastik, wie es in griechischen Städten üblich war.

5 d. h. Reiterei

6 Ptolemäus VI. Philometor, 180–145 v. Chr.

7 169 v. Chr. (vgl. dazu 2. Makk. 5,11–21)

8 d. h. sahen aus

9 Luthers Übersetzung von 1545 spricht hier von einem «Heubtman», gemeint ist ein Tribut- und Steuereintreiber. Nach 2. Makk. 5,24 (und hier 3,10) hieß er Apollonius.

10 d. h. einen Ausfall machen

11 d. h. behindern, hindern

12 d. h. Lebensweise, Sitten (vgl. auch 2,23)

13 d. h. ordneten

14 Dezember 168 v. Chr.

15 Unter dem «Greuel der Verwüstung» ist ein heidnischer Altar zu verstehen, der *auf* den Altar Gottes gesetzt wurde (vgl. Vers 62).

16 Modin (oder Modeïn), heute el-Midje, liegt ungefähr auf der Luftlinie Jerusalem–Tel Aviv, am Fuß des judäischen Berglandes.

17 d. h. Verwandtschaft

18 d. h. aus euren Schlupflöchern

19 d. h. sie fliehen

20 d. h. tadeln
21 d. h. Frechheit, Anmaßung. Der «er» im folgenden Vers ist der Gottlose.
22 d. h. an (vgl. auch Vers 68)
23 167 oder 166 v. Chr.
24 s. Anm. 16
25 Jakob = das Volk Israel (vgl. 1. Mose 49,7)
26 vgl. Anm. 9 zu 1,30
27 d. h. Beute machen
28 Der Ort (heutige Schreibweise: Bet-Horon) liegt auf dem Weg von Modin (s. Anm. 16 zu 2,1) nach Jerusalem.
29 d. h. Ebene
30 Das ist der im folgenden Vers genannte Antiochus (IV. Epiphanes), s. Anm. 3 zu 1,11.
31 d. h. anweisen, auszahlen
32 d. h. in der Nähe, bei der Grenze (Ägyptens)
33 165 v. Chr.
34 südlich von Modin und Bet-Horon (s. Anm. 28 zu 3,15) zwischen Jerusalem und dem Meer gelegen
35 heute Tell en-Nasbeh, 12 km nördlich von Jerusalem (vgl. Richt. 29 f.)
36 Leute, die ein besonderes Gelübde auf sich genommen hatten, sog. Nasiräer (vgl. 4. Mose 6)
37 Zu Gorgias vgl. oben 3,38. «Reisige» = Reiterei.
38 vgl. oben 1,35 f.
39 auf sein = aufbrechen
40 d. h. trompeten (vgl. 4. Mose 10,9)
41 d. h. entnehmen, erkennen
42 vgl. oben 3,32
43 Idumäa (= Edom) heißt das südjudäische Gebirge von Hebron bis Beerseba und gilt als Wohnsitz der Esau-Nachkommen (vgl. 1. Mose 36, auch unten 5,3).
44 Bethzur (moderne Schreibweise Bet-Zur) heißt heute

Chirbet et-Tubeqa, liegt zwischen Hebron und Bethlehem.

45 d. h. den Tempel in Jerusalem

46 Halldrommeten = die Trompeten von 4. Mose 10, 1–10 (vgl. Anm. 40)

47 d. h. die Steine, aus denen der «Greuel der Verwüstung» gebaut war (vgl. Anm. 15)

48 Dezember 165 v. Chr.

49 Bis heute wichtiges jüdisches Fest (Chanukka = Einweihung), das gelegentlich (je nach Datum des jüdischen Neujahrs) zeitlich mit dem christlichen Weihnachtsfest zusammenfällt.

50 Ortschaft etwa 30 km südwestlich des Südendes des Toten Meeres, heute Ma'ale Aqrabbim. Zu Idumäa und Esau s. Anm. 43 zu 4,29.

51 d. h. den Bann vollstrecken, was nach 1. Sam. 15,3 mit der völligen Vernichtung identisch ist. Wer die Beans- bzw. Bajans-Nachkommen waren, ist unbekannt.

52 Ammon (vgl. das heutige jordanische Amman) bzw. die Ammoniter sind die östlich des Jordans im Süden Wohnenden, und die Stadt Jaser dürfte ca. 25 km westlich von Amman gelegen haben.

53 Das Gebiet Gilead liegt nördlich von Ammon (s. vorhergehende Anm.), ebenfalls östlich des Jordans. Dathema kann nicht sicher lokalisiert werden, ebensowenig das «Land Tob» (Vers 13), wo ebenfalls Juden wohnten.

54 Ptolemais = Akko, Tyrus = Sur, Sidon = Saida, alle drei Städte am Mittelmeer, heute in Israel bzw. Libanon.

55 Wie die Städte in den noch folgenden Versen 35, 37 und 46 zum Teil nicht sicher identifizierbare Orte. Alle östlich des Sees von Tiberias (bzw. Genezareth) oder des Jordans.

56 Heute Javne, an der Küstenstraße nördlich von Asdod, im Alten Testament Jabneel.

57 «Samaria» beruht auf einer falschen Überlieferung. Richtig muß es heißen «Maresa», eine Stadt zwischen Hebron und der Küstenebene (= der Philister Land).

58 d. h. rief

59 164/163 v. Chr.

60 in Jerusalem (vgl. 1,35 f.)

61 163 v. Chr.

62 heute Bet-Iskarje, 12 km südwestlich von Bethlehem

63 d. h. ruhen; betrifft das Sabbatjahr nach 3. Mose 25, 1–7

64 Demetrius war ein Neffe von Antiochus IV. Epiphanes, also ein Vetter des (nach 6,17) inzwischen zum Herrscher gewordenen Antiochus V. Eupator. Er hatte seinerzeit Antiochus IV. als Geisel in Rom abgelöst (1,11); die hier erzählte Flucht aus Rom fällt in das Jahr zwischen Herbst 162 und Herbst 161 v. Chr. Er erhob Anspruch auf den Thron, weil sein Vater der ältere Bruder Antiochus' IV. gewesen war, er also sich als Erben des Königtums auf Grund des Erstgeburtsrechts ansah. Die Stadt, in der er seine Residenz errichtete, war nach 2. Makk. 14,1 Tripolis an der Mittelmeerküste (heute im Libanon).

65 sich Gutes versehen zu jemandem = von ihm Gutes erwarten

66 d. h. ein legitimer Anwärter auf das Hohepriesteramt, was Alcimus (= hebräisch Eljakim) auch tatsächlich war (vgl. 7,5)

67 in der Nähe von Bet-Zur (s. Anm. 44 zu 4,29)

68 wahrscheinlich nördlich von Jerusalem

69 s. Anm. 28 zu 3,15

70 ebenfalls wenige Kilometer nördlich von Jerusalem (heute Chirbet Adasa) auf dem Weg nach Bet-Horon

71 sehr wahrscheinlich März 161 v. Chr.

72 Zu Chittim = Mazedonien s. Anm. 1. Die zwei Siege gegen Philipp V. von Mazedonien und seinen Sohn Perseus ereigneten sich 197 v. Chr. und 168 v. Chr.

73 Antiochus III. (223–187 v. Chr.), Vater des in den ersten Kapiteln dieses Makkabäerbuchs auftretenden Antiochus IV. Epiphanes

74 «Glauben» hier wie in «Treu und Glauben» praktisch mit «Treue» gleichbedeutend

75 Rat = der Senat in Rom

76 Gemeint sind wohl die jeweils nacheinander regierenden *zwei* Konsuln Roms.

77 Möglicherweise handelt es sich hier um den griechisch schreibenden jüdischen Historiker, auf dessen Aufzeichnungen vielleicht ein Teil dieses Makkabäerbuchs beruht.

78 Die Lutherbibel von 1545 ist hier verständlicher, auch wenn es nicht sicher ist, ob damit der ursprüngliche Sinn der Stelle getroffen ist: «und mit ihnen sein best Kriegsvolk, das in Schlachten pflegte auf der rechten Seiten zu stehen».

79 Die geographischen Angaben in diesem Vers sind zum Teil unklar. Gemeint ist wohl Galiläa («Galgala»), und Arbela ist westlich vom See von Tiberias (bzw. Genezareth) zu lokalisieren.

80 Wahrscheinlich April 161 v. Chr., evtl. 160 v. Chr.

81 Die Ortsangaben in den Versen 4 und 5 sind unklar.

82 d. h. Vorhut

83 Zu Modin s. Anm. 16 zu 2,1.

84 Hier endet ganz offensichtlich die vom Verfasser des 1. Makkabäerbuchs als Quelle benutzte Lebensbeschreibung des Judas. Zur Begründung für die Weglassung von 1. Makk. 9,23 bis 16,24 s. die Einleitung S. 27.

1 [illegible]
2 Zu Chittim = Macedonien [illegible] Kriege gegen Philipp V. von Mazedonien und seinen Sohn Perseus [illegible] 197 v. Chr. und 168 v. Chr.
3 Antiochus III. (223–187 v. Chr.), Vater des in den [illegible] Kapiteln dieses Makkabäerbuchs auftretenden Antiochus IV. Epiphanes.
4 [illegible] hier wie [illegible] Glauben [illegible] Treue gleichbedeutend.
5 = der Senat in Rom.
6 Gemeint sind wohl die jeweils nacheinander regierenden Konsuln Roms.
7 Tatsächlich handelt es sich hier um den griechischen [illegible] vielleicht ein Teil dieses [illegible] beruht.
8 Die Unterschiede von [illegible] nicht sicher ist, ob [illegible] Sinn der Stelle getroffen ist [illegible] Kriegs[illegible] Schlacht [illegible] Seiten zu sichern.
9 Die geographischen Angaben in diesem Vers sind zum Teil unklar. Gemeint ist wohl Galiläa (Gal[illegible]) und Arbela ist [illegible] Gennezaret(?) zu lokalisieren.
10 Wohl [illegible] April 161 v. Chr. [illegible] 160 v. Chr.
11 Die Ortsangaben in den Versen 4 und 5 sind unklar.
12 [illegible]
13 Zu Modeïn [illegible] 2,1.
14 Hier endet [illegible] die [illegible] Vorlage des 1. Makkabäerbuchs [illegible] Lebensbeschreibung des Judas [illegible] Begründung für die [illegible] von 1 Makk 9,23 bis 16 [illegible] Einführung S. 27.

Das zweite Buch der Makkabäer

Einleitung

Das 2. Makkabäerbuch ist nicht – wie etwa das 2. Samuel- oder 2. Königsbuch des hebräischen Alten Testaments – eine Fortsetzung des ersten, sondern eine genauere, auch «erbaulichere», zum Teil abweichende Erzählung der 1. Makk. 1–7 berichteten Ereignisse. Da das 2. Makkabäerbuch erst im 5. Kapitel zu den im 1. Makkabäerbuch, Kapitel 1, berichteten Vorkommnissen kommt, vermittelt es uns Kenntnisse über die Vorgeschichte der Ereignisse, mit denen das 1. Makkabäerbuch einsetzt. Der empörende Eingriff Antiochus' IV. Epiphanes in den jüdischen Kult und der Versuch, alle Juden zum Beispiel Schweinefleisch essen zu lassen, hebt sich nämlich von der Toleranz, ja Privilegierung des jüdischen Kultus durch Antiochus' Großvater ab. Das 3. Kapitel spielt in der Regierungszeit von dessen Sohn, Seleukus' IV. (187–175 v. Chr.), und das 4. Kapitel leitet dann zu den innerjüdischen Auseinandersetzungen über, die Antiochus IV. (175–164 v. Chr.) dazu verführten, das Amt des Hohenpriesters jeweils «dem Meistbietenden» anzuvertrauen und so einen häufigen Wechsel und schwere innerjüdische Konflikte hervorzurufen. Diese veranlassen ihn zu seinen zweifellos unklugen Gewaltmaßnahmen, die die makkabäische Erhebung hervorrufen und schließlich unter seinen Nachfolgern zu einem eigenen, vom Seleukidenreich abgelösten jüdischen Staat führen (unter Simon, 1. Makk. 13–16, hier nicht abgedruckt).

Im weiteren Verlauf informiert das 2. Makkabäerbuch aber bei weitem nicht über so viele Ereignisse wie das 1. Makkabäerbuch, sondern ist im wesentlichen eine verherrlichende Schilderung der Taten des Judas Makkabäus. Es bezeichnet sich selbst als einen Auszug aus «fünf Büchern des Jason von Kyrene», und zwar in der eigentlichen Einleitung zum Ganzen, die sich in Kapitel 2, Verse 20–33 findet.

Diesem wirklichen Anfang des Werkes sind zwei Briefe vorangestellt. Von diesen war der erste vielleicht ursprünglich Anlaß und Anfang des Werkes; denn er fordert die Juden Ägyptens auf, zum selben Zeitpunkt wie die Juden Palästinas die Wiederherstellung des Tempelkults zu feiern (heute: Chanukkafest), und zwar im Dezember des Jahres 124. Als Festbrief paßt er zum Inhalt der Kapitel 5 bis 10 sehr gut. Man nimmt deshalb an, daß unser Buch etwa zu der Zeit auch verfaßt wurde.

Der zweite Brief (1,10–2,19) dürfte hingegen eine Fälschung sein, die im Jahre 164, also kurz nach dem Tode Antiochus' IV. Epiphanes, geschrieben sein will und von den Umständen dieses Todes eine von 2. Makk. 9 abweichende Schilderung gibt. Ob es sich bei diesem zweiten Brief um ein Dokument handelt, das längere Zeit nach 124 v. Chr. im Zusammenhang einer wesentlich späteren Überarbeitung des 2. Makkabäerbuchs eingefügt wurde, ist nicht definitiv zu entscheiden. Es spricht aber viel dafür; denn auch das berühmte 7. Kapitel weist legendarische Züge auf – zum Beispiel, daß Antiochus persönlich in Jerusalem die sieben Brüder zu Tode foltern läßt.

Wie dem auch sei: Auf die jüdische und fast noch mehr auf die christliche Auffassung vom Martyrium hat dieses Kapitel, das ja auch fast das ganze 4. Makkabäerbuch füllt, einen enormen Einfluß ausgeübt. Es wird ergänzt durch die Abschnitte in Kapitel 12 (43–45) und 14 (37–46), wo der Auferstehungsglaube – innerhalb des Judentums damals noch keine Selbstverständlichkeit –

nachdrücklich bezeugt wird, allerdings eine Auferstehung nur für die Gerechten, während die Gottlosen keine jenseitige Zukunft zu erwarten haben. Wichtig ist auch, daß die sieben Brüder stellvertretend für die Sünden des Volkes (Abfall in der Verfolgung) leiden und Sühne leisten können, ferner die Überzeugung, daß Gebete und Opfer für die Verstorbenen möglich sind und ihnen die Auferstehung ermöglichen können (2. Makk. 12, 38–46, vgl. auch 15,14!). Diese Stelle, die indirekt als Legitimation für Totenmessen, Fegefeuer und Ablaß verwendet werden konnte, mißfiel den Reformatoren und war ein zusätzliches Motiv für die Ablehnung der kanonischen Geltung der Makkabäerbücher.

Auch das 2. Makkabäerbuch ist wie das 1. ein kostbares Dokument für die Geschichte der Makkabäer, in der Regel zuverlässig und original griechisch geschrieben; es ist in der Lutherbibel auch aus dem Griechischen übersetzt.

1

Zwei Briefe der Juden zu Jerusalem an ihre Brüder in Ägypten von der Tempelweihe und der Auffindung des heiligen Feuers

1 Wir Juden, eure Brüder, so zu Jerusalem und durch das ganze jüdische Land sind, wünschen euch Juden, unsern Brüdern, so in Ägypten sind, Glück und Heil.

2 Gott segne euch und gedenke an seinen Bund,
den er Abraham, Isaak und Jakob, seinen treuen
Knechten, zugesagt hat, 3 und gebe euch ein
rechtschaffenes Herz, daß ihr in seinem Gesetz fest
und beständig bleibet, 4 und verleihe euch, daß ihr
fleißig seid in seinen Geboten, und tröste euch;
5 er erhöre euer Gebet und sei euch gnädig und
lasse euch nicht in der Not! 6 Also bitten wir stets
für euch.

7 Zu der Zeit des Königs Demetrius, im hundertundneunundsechzigsten Jahr[1], haben wir Juden an euch geschrieben in unsrer höchsten Not, da Jason und sein Anhang von dem Heiligen Lande und von dem Königreich abtrünnig ward (4,7 ff.),
8 und verbrannten unsere Tore und vergossen das
unschuldige Blut. Da beteten wir, und der Herr
erhörte uns. Und wir opferten ihm Opfer und
Semmelmehl und zündeten die Lampen an und
legten die Schaubrote auf. 9 Und begehren, daß
ihr jetzt wollet die Tempelweihe mit uns halten des
Monats Chislev (1. Makk. 4,59). Gegeben im hundertundachtundachtzigsten Jahr[2].

10 Wir zu Jerusalem[3] und im ganzen Judäa samt den Ältesten und Judas wünschen dem Aristobulus, des Königs Ptolemäus[4] Lehrer, der von dem

hohenpriesterlichen Stamme ist, und den andern
Juden, so in Ägypten sind, Glück und Heil.

11 Wir danken Gott billig[5], daß er uns aus so
großer Not erlöst hat, die wir uns gegen einen so
mächtigen König wehren mußten[6]. 12 Denn Gott
hat unsre Feinde aus der Heiligen Stadt weggetrie-
ben. 13 Denn als der König mit seinem unüber-
windlichen Heere nach Persien gekommen war,
wurde er im Tempel der Nanäa erwürgt durch List
der Priester der Nanäa. 14 Denn da Antiochus
dahin kam samt seinen Freunden, als wollte er die
Göttin freien und alles Geld aus dem Tempel zur
Morgengabe nehmen, 15 und da es die Priester der
Nanäa hervortrugen und er mit etlichen in das
Heiligtum gegangen war, schlossen sie den Tem-
pel hinter ihm zu 16 und öffneten die verborgene
Türe der Decke und warfen ihn und alle, die mit
ihm waren, mit Steinen zu Tod. Darnach hieben sie
ihn in Stücke und warfen sie heraus[7]. 17 Gott habe
immer Lob, daß er die Gottlosen so hat weggerich-
tet!

18 Demnach, weil wir auf den fünfundzwanzig-
sten Tag des Monats Chislev gedenken, die Rei-
nigung des Tempels zu begehen (1. Makk. 4,59),
haben wir's euch wollen anzeigen, daß ihr auch
mit uns dasselbe Fest begehet, wie man begeht das
Laubhüttenfest und den Tag, an dem Nehemia das
Feuer gefunden hat[8], da er den Tempel und den
Altar baute und wieder opferte.

19 Denn da unsre Väter nach Persien weggeführt
wurden, haben die frommen Priester das Feuer
vom Altar in einen tiefen, trockenen Brunnen ver-
steckt und erhalten, daß es niemand erführe. 20 Als
nun nach vielen Jahren Nehemia nach dem Willen

Gottes vom König heimgesandt ward, schickte er
derselben Priester Nachkommen, die das Feuer
verborgen hatten, daß sie es wieder suchten. Aber
wie sie uns berichtet haben, haben sie kein Feuer,
sondern ein dickes Wasser gefunden. 21 Dasselbe
hat er sie heißen schöpfen und bringen. Da es nun
alles zum Opfer zugerüstet war, hat Nehemia be-
fohlen, sie sollten das Wasser über das Holz und das
Opfer, das auf dem Holz lag, gießen. 22 Als sie
das getan hatten und die Sonne wohl heraufgekom-
men war und die Wolken vergangen, da zündete
sich ein großes Feuer an; des verwunderten sie sich
alle. 23 Da fingen die Priester und das Volk an zu
beten, bis das Opfer verbrannt war. Und Jonathan
sang vor, die andern aber sprachen ihm nach mit
Nehemia.

24 Dies aber war das Gebet Nehemias: Herr,
unser Gott, der du alle Dinge geschaffen hast und
bist schrecklich, stark und gerecht und barmherzig
und allein der rechte König und Wohltäter, 25 der
du allein alle Gaben gibst, der du allein gerecht,
allmächtig und ewig bist, der du Israel erlösest aus
allem Übel, der du unsere Väter erwählt und sie ge-
heiligt hast: 26 nimm das Opfer an für das ganze
Volk Israel und bewahre und heilige dein Erbe.
27 Bringe uns Zerstreute wieder zusammen, erlöse
die, so den Heiden dienen müssen, und siehe uns
Verachtete an, vor denen jedermann ein Grauen
hat: daß doch die Heiden erfahren, daß du unser
Gott bist. 28 Strafe, die uns unterdrücken und
mit großem Übermut uns alle Schande anlegen[9].
29 Pflanze dein Volk wieder an deinen heiligen
Ort, wie Mose gesagt hat (5. Mose 30,1–5).

30 Darnach sangen die Priester Lobgesänge da-

zu, bis das Opfer verzehrt ward.
31 Darnach hieß Nehemia das übrige Wasser auf die großen Steine gießen.
32 Da ging auch eine Flamme auf; aber sie ward verzehrt von der Flamme des Feuers auf dem Altar.
33 Dies ist bald lautbar[10] geworden und vor den König der Perser gekommen, wie man an dem Ort, da man das Feuer versteckt hatte, Wasser gefunden und dasselbe die Opfer angezündet hätte.
34 Da prüfte es der König und ließ den Ort aussondern und umfriedigen
35 und gab viel Geld dazu.
36 Und des Nehemia Gesellen nannten selbiges Wasser Nephthar, auf deutsch: Reinigung; etliche heißen es auch Nephtha[11].

2

Jeremia verbirgt die Bundeslade · Hinweis auf ältere Schriften

1 Man findet auch in den Schriften, daß Jeremia, der Prophet, die, so weggeführt waren, geheißen habe, daß sie vom Feuer sollten nehmen, wie oben angezeigt (1,19),
2 und ihnen das Gesetz mitgegeben und befohlen habe, daß sie ja des Herrn Gebote nicht vergäßen und sich nicht ließen verführen, wenn sie die goldenen und silbernen Götzen und ihren Schmuck sähen;
3 und habe ihnen dergleichen vielmehr befohlen, daß sie das Gesetz nicht aus ihrem Herzen wollten lassen.
4 So stand das auch in derselben Schrift, daß der Prophet nach göttlichem Befehl sie geheißen habe, daß sie die Hütte des Zeugnisses und die Lade sollten mitnehmen.

5 Als sie nun an den Berg kamen, darauf Mose gewesen war und des Herrn Erbland gesehen hatte[12], fand Jeremia eine Höhle; darein versteckte er die Hütte und die Lade und den Altar des

Räuchopfers und verschloß das Loch. 6 Aber et-
liche, die auch mitgingen, wollten sich das Loch
merken und zeichnen; sie konnten's aber nicht
finden. 7 Da das Jeremia erfuhr, strafte er sie und
sprach: Diese Stätte soll kein Mensch finden noch
wissen, bis der Herr sein Volk wieder zuhauf brin-
gen und ihnen gnädig sein wird. 8 Dann wird es
ihnen der Herr wohl offenbaren; und man wird
dann des Herrn Herrlichkeit sehen in einer Wolke,
wie er zu Moses Zeiten erschien (2. Mose 40,34 f.),
und wie Salomo bat, daß er die Stätte wollte heili-
gen (1. Kön. 8,28–30).

9 Und Jeremia erzählte ihnen auch, wie Salomo
geopfert hatte, den Tempel einzuweihen, da er
fertig ward (1. Kön. 8,62–64); 10 und wie Mose
den Herrn gebeten und das Feuer vom Himmel
das Opfer verzehrt hatte (3. Mose 9,24), also bat
auch Salomo, und das Feuer verzehrte das Brand-
opfer (2. Chron. 7,1). 11 Und Mose sagte, daß
das Sündopfer sei vom Feuer verzehrt worden,
weil man's nicht gegessen habe (3. Mose 10,
10 f.). 12 Also hat Salomo auch acht Tage gefeiert
(1. Kön. 8,66).

13 Das alles findet man in den Schriften, die zu
Nehemias Zeiten geschrieben sind, und wie er der
Könige, der Propheten und Davids Bücher und die
Briefe der Könige von den[13] Weihgeschenken zu-
sammengesucht und ein Bücherhaus zugerichtet
hat. 14 Also hat auch Judas die Bücher, so verloren-
gegangen waren, weil Kriege im Lande gewesen
sind, alle wieder zusammengebracht. 15 Und wir
haben sie hier. Wollt ihr sie nun lesen, so lasset sie
bei uns holen.

16 Dieweil wir nun solches Fest begehen wollen

(1,18), haben wir's euch wollen schreiben; denn
es gebührt euch, daß ihr's auch haltet. 17 Wir hof-
fen aber zu Gott, daß der Herr, der seinem Volk
hilft und das Erbe uns wiedergibt, nämlich das
Reich und das Priestertum, 18 wie er's im Gesetz
verheißen hat (2. Mose 19,5f.), werde sich unser
bald erbarmen und werde uns aus der weiten Welt
an den heiligen Ort wieder zusammenbringen,
19 wie er uns bereits aus großem Unglück errettet
und den Ort[14] gereinigt hat.

Der Verfasser legt die Absicht seines Buches dar

20 Die Geschichten aber von Judas, dem Makka-
bäer, und seinen Brüdern und von der Reinigung
des großen Tempels, und wie man den Altar ge-
weiht hat; 21 und von dem Krieg wider Antiochus
den Edlen und seinen Sohn Eupator; 22 und von
den Zeichen vom Himmel, die denen, so das Ju-
dentum redlich beschützt haben, offenbart sind;
daß ihrer so ein kleiner Haufe das ganze Land
wieder erobert und eine große Menge der Heiden
in die Flucht geschlagen haben und ihnen nach-
geeilt sind; 23 und weiter von dem Tempel, der in
aller Welt berühmt ist, wie sie ihn wiedererlangt
und die Stadt befreit haben; daß die Gesetze, wel-
che man aufheben wollte, wieder aufgerichtet
worden sind, weil der Herr ihnen wohlwollte und
gnädig war:

24 dies und anderes mehr, das Jason von Kyrene
in fünf Büchern verzeichnete, gedenken wir hier
auf das kürzeste zusammenzuziehen[15]. 25 Denn
wir sehen, wie der Zahlen soviel sind und daß es
schwer will sein, die Geschichten, weil sie also auf
einem Haufen liegen, recht zu fassen. 26 Darum

haben wir's also machen wollen, daß man's gerne
lese und leichter behalten könne und es jedermann
möge nützlich sein. 27 Und wir merken wohl, daß
es uns eben nicht leicht will werden, daß wir uns
der Mühe unterzogen haben; denn es gehört viel
Arbeit und großer Fleiß dazu, 28 gleichwie es ohne
Arbeit nicht zugeht, wenn man eine Mahlzeit zu-
richten und den Gästen gütlich tun will. Dennoch
wollen wir dasselbe nicht ansehen und diese Mühe,
den andern damit zu dienen, gern auf uns nehmen.
29 An den Geschichten selbst wollen wir nichts
ändern, sondern es bleiben lassen, wie sie vormals
geschrieben sind, außer daß wir's kürzer wollen
zusammenziehen. 30 Und gleichwie ein Zimmer-
mann, wenn er ein neues Haus baut, nicht weiter
denkt, denn daß er's also mache, daß es einen
Bestand habe, – wie man es aber malen und
schmücken soll, dafür läßt er einen andern sorgen:
31 also wollen wir auch tun und den, der zum ersten
die Geschichte geschrieben hat, dafür sorgen las-
sen, wie er alles geredet und alle Stücke mit Fleiß
durchgearbeitet habe. 32 Wir aber wollen nicht
mehr tun denn aufs kürzeste die Summe fassen.
33 Und wollen nun zu der Geschichte greifen und
dies also zum Eingang gesagt haben, daß nicht die
Vorrede größer werde denn die ganze Historie.

3

Der Schatz im Tempel wird wider Heliodorus wunderbar beschützt

1 Als man nun in gutem Frieden zu Jerusalem
wohnte und das Gesetz fein im Schwange ging,
weil der Hohepriester Onias so fromm war und so
fleißig darüber hielt[16], 2 wurden auch die Könige

bewogen, die Stadt zu ehren, und schickten herr-
liche Geschenke in den Tempel, 3 also daß Seleu-
kus[17], der König in Asien, aus seinen Ämtern ver-
ordnen ließ alle Kosten, so man zum Opfer be-
durfte.

4 Nun war dazumal ein Vogt des Tempels, der
hieß Simon, ein Benjaminiter; der war dem Ho-
henpriester feind, darum daß dieser ihm seinen
Mutwillen in der Stadt[18] nicht gestatten wollte.
5 Weil ihm aber Onias zu mächtig war, zog er zu
Apollonius, des Thrasäus Sohn, dem Hauptmann
in Cölesyrien und Phönizien; 6 und sagte ihm, wie
der Gotteskasten zu Jerusalem über die Maßen
reich an Geld wäre und sehr viel übrig, das man
nicht bedürfte zum Opfer, und der König möchte
es wohl an sich nehmen. 7 Da nun Apollonius zum
König kam, sagte er ihm an, was ihm Simon vom
Gelde angezeigt hatte. Da verordnete der König
den Heliodorus, seinen Kämmerer, und gab ihm
Befehl, er sollte das Geld bringen. 8 Der machte
sich alsbald auf und wandte vor, er müßte Ren-
ten einnehmen in Cölesyrien und Phönizien. Sei-
ne Meinung aber war, daß er des Königs Befehl
wollte ausrichten.

9 Als Heliodorus nun gen Jerusalem kam und der
Hohepriester ihn freundlich empfangen hatte, er-
zählte er ihm, was seinem Herrn berichtet worden
und warum er da wäre, und fragte, ob es also wäre
oder nicht. 10 Da antwortete ihm der Hohepries-
ter: Es ist ein Teil hinterlegt zu treuer Hand, das
Witwen und Waisen gehört. 11 Das andere gehört
dem Hyrkanus, des Tobias Sohn, einem trefflichen
Manne. Und es verhält sich gar nicht also, wie der
Verräter Simon gesagt hat; denn es sind nicht mehr

denn vierhundert Zentner Silber und zweihundert
Zentner Gold. 12 So wäre es ein großer Frevel,
daß man es so hinwegnähme und die, so das Ihre
vertraut haben dem heiligen Tempel, der in aller
Welt so hoch geehrt und eine Freistätte ist, sollte
um das Ihre betrügen.

13 Aber Heliodorus bestand auf dem Befehl des
Königs, er müßte es an sich nehmen, 14 und kam
auf einen bestimmten Tag in den Tempel und
wollte es besehen. Da erhob sich ein großer Jam-
mer durch die ganze Stadt. 15 Die Priester lagen in
ihrem heiligen Schmuck vor dem Altar und riefen
Gott im Himmel an, der selbst geboten hat, daß
man das Hinterlegte nicht soll veruntreuen, daß er
den Leuten das Ihre, so sie an den Ort zu treuen
Händen hinterlegt hatten, wollte erhalten. 16 Der
Hohepriester aber sah so jämmerlich aus, daß ihn
niemand ohne großes Mitleiden ansehen konnte;
denn man sah es ihm an, weil er sich so im Ange-
sicht entfärbt hatte, daß er in großen Ängsten war.
17 Denn er war so gar erschrocken, daß er ganz
zitterte; daraus man leicht spüren konnte, wie übel
ihm zu Sinn war. 18 Die Leute aber liefen haufen-
weise aus den Häusern zusammen und beteten
miteinander, weil sie sahen, daß der Tempel in
Verachtung sollte kommen. 19 Und die Weiber
legten Säcke an, liefen auf den Gassen um; und die
Jungfrauen, so sonst nicht unter die Leute gingen,
liefen unter die Tore und auf die Mauern; etliche
lagen in den Fenstern; 20 und alle hoben ihre
Hände auf gen Himmel und beteten. 21 Es war
beides zum Erbarmen, daß das Volk untereinander
so gar erschrocken und der Hohepriester so in
Ängsten war.

22 Wie sie also den allmächtigen Gott anriefen,
daß er das Gut denen, so es hinterlegt hatten,
erhalten wollte, 23 gedachte Heliodorus sein Vor-
nehmen auszurichten. Und da er bei dem Gottes-
kasten steht mit Kriegsknechten, 24 tat der all-
mächtige Gott ein großes Zeichen, daß er, und die
um ihn waren, sich vor der Macht Gottes entsetz-
ten und in große Furcht und Schrecken fielen.
25 Denn sie sahen ein Pferd, das wohl geschmückt
war, darauf saß ein schrecklicher Reiter; das rannte
mit aller Macht auf den Heliodorus zu und stieß
ihn mit den vordern zwei Füßen. Und der Reiter
auf dem Pferd hatte einen goldenen Harnisch an.
26 Sie sahen auch zwei junge Gesellen, die stark und
schön waren und sehr wohlgekleidet; die standen
dem Heliodorus zu beiden Seiten und schlugen
getrost[19] auf ihn, 27 daß er vor Ohnmacht zur Erde
sank und ihm das Gesicht[20] verging. 28 Da nahmen
sie ihn, der soeben mit großer Pracht und allen
seinen Kriegsknechten in die Schatzkammer ge-
gangen war, und trugen ihn in einer Sänfte davon;
und seine Gewalt half ihm gar nichts, 29 daß man
öffentlich die Kraft des Herrn merken mußte. Und
er lag also für tot und redete kein Wort. 30 Die
Juden aber lobten Gott, daß er seinen Tempel so
geehrt hatte. Und der Tempel, der zuvor voll
Furcht und Schrecken gewesen war, ward voll
Freude und Wonne nach diesem Zeichen des all-
mächtigen Gottes.

31 Aber etliche Freunde des Heliodorus kamen
und baten Onias, daß er doch den Herrn bitten
wollte, daß er dem Heliodorus, der jetzt in den
letzten Zügen lag, das Leben wollte schenken.
32 Weil aber der Hohepriester besorgte, der König

Judith befiehlt der Dienerin, das Haupt
des Holofernes in den Sack zu stoßen

Judith 13,10

würde einen Argwohn auf die Juden haben, als
hätten sie dem Heliodorus etwas getan, opferte er
für ihn, daß er gesund würde.
33 Und da er betete,
erschienen die zwei jungen Gesellen wieder in ihrer
vorigen Kleidung und sagten zum Heliodorus:
Danke dem Hohenpriester Onias fleißig, denn um
seinetwillen hat dir der Herr das Leben geschenkt;
34 und verkündige allenthalben die große Kraft des
Herrn, weil du vom Himmel herab gestäupt[21] bist.
Und da sie dies geredet hatten, verschwanden sie.
35 Heliodorus aber opferte dem Herrn und gelobte
ihm viel, darum daß er ihm das Leben wiedergegeben hatte, und dankte dem Onias und reiste darnach wieder zum König
36 und sagte jedermann,
wie er mit seinen Augen die Werke des höchsten
Gottes gesehen hätte.
37 Als ihn aber der König
fragte, wen er meinte, den er gen Jerusalem schikken könnte, der etwas ausrichtete, antwortete ihm
Heliodorus:
38 Wenn du einen Feind hast oder
einen, der dich aus dem Reich gedenkt zu stoßen,
den schicke hin. Wenn der also gestäupt wird wie
ich und mit dem Leben davonkommt, so magst du
ihn wohl wieder annehmen.
39 Denn es ist wahrhaftig eine Kraft Gottes an dem Ort, und der seine
Wohnung im Himmel hat, sieht darauf und rettet
ihn; und die ihn beschädigen wollen, straft er und
schlägt sie zu Tod.
40 Dies sei genug von der
Schatzkammer und Heliodorus.

4

Die Hohenpriester Onias, Jason und Menelaus · Zerrüttung des Staats, Einführung griechischer Sitten

1 Simon aber, der den Schatz und sein Vaterland
so verraten hatte, redete dem Onias übel nach, wie

er solch Unglück gestiftet hätte, das Heliodorus
widerfahren war, 2 und gab ihm schuld, daß er
trachtete, Herr im Lande zu werden; so er doch der
Stadt alles Gute tat und sein Volk mit Treuen
meinte[22] und festhielt über[23] Gottes Geboten. 3 Da
nun der Haß und Neid so groß war, daß des Si-
mon Anhänger etliche darob erwürgten, 4 und da
Onias sah, daß viel Unheil aus solcher Uneinigkeit
kommen würde, weil Apollonius, der Hauptmann
in Cölesyrien, also wütete und des Simon Mutwil-
len stärkte: machte er sich auf zum König, 5 nicht,
sein Volk zu verklagen, sondern Land und Leu-
ten zugut. 6 Denn er sah, wenn der König nichts
würde dazutun, so wäre es nicht möglich, in die
Länge Frieden zu erhalten noch Simons Mutwillen
zu steuern.

7 Da aber Seleukus gestorben war und das Re-
giment auf Antiochus den Edlen kam[24], stand Ja-
son, des Onias Bruder, nach dem Hohenpriester-
amt 8 und verhieß dem König, wenn er's zuwe-
ge brächte, dreihundertundsechzig Zentner Silber
und von anderm Einkommen achtzig Zentner[25].
9 Und überdas verhieß er ihm auch sonst zu
verschreiben[26] hundertundfünfzig Zentner, wenn
man ihm zulassen wollte, daß er ein Spielhaus
herrichten möchte und die Antiochier, die zu Jeru-
salem wohnten, als Bürger einzuschreiben.

10 Da solches der König bewilligte und Jason
das Priestertum kriegte, gewöhnte er alsbald seine
Leute an der Heiden Sitten. 11 Und die den Juden
freundlichen Rechte, von den Königen geordnet
durch Johannes, den Vater des Eupolemus, wel-
cher gen Rom geschickt wurde, mit den Römern
einen Bund zu machen[27], tat er ganz ab und tilgte

die alten ehrlichen Gesetze und richtete andere,
unehrliche Weise an (1. Makk. 1,14–16). 12 Ge-
rade unter der Burg baute er ein Spielhaus und
verordnete, daß sich die stärksten jungen Gesellen
darin üben sollten. 13 Und das griechische Wesen
nahm also überhand durch den gottlosen Hohen-
priester Jason, 14 daß die Priester des Opfers und
des Tempels nicht mehr achteten, sondern liefen in
das Spielhaus und sahen, wie man den Diskus warf
und andere Spiele trieb; 15 und ließen also ihrer
Väter Sitten fahren und hielten die griechischen für
köstlich. 16 Sie mußten's auch wohl bezahlen;
denn Gott schickte über sie eben die, welchen sie
solche Spiele wollten nachtun, daß die sie mußten
strafen[28]. 17 Denn es ist mit Gottes Wort nicht zu
scherzen; es findet sich doch zuletzt.

18 Da man nun das Kampfspiel zu Tyrus hielt,
das alle fünf Jahre gefeiert wurde, und der König
selbst dabei war, 19 schickte der Bösewicht Jason
etliche Antiochier, als wären sie von Jersusalem, als
Gesandte, daß sie das Spiel besähen; und schickte
mit ihnen dreihundert Drachmen, daß man dem
Herkules davon opferte. Die aber, denen solches
befohlen war, sahen, daß es sich nicht schicken
würde, wollten's derhalben dazu nicht brauchen,
sondern an etwas anderes wenden. 20 Darum,
ob er's gleich zu des Herkules Opfer gesendet
hatte, bestellten sie doch die Schiffsrüstung da-
für[29].

21 Nachdem aber Ptolemäus Philometor (1,10),
der junge König in Ägypten, seinen ersten Reichs-
tag ausgeschrieben hatte, da schickte Antiochus
den Apollonius, des Mnesteus Sohn[30], auf densel-
ben Reichstag nach Ägypten. Da er aber vernahm,

daß man ihm dort abgünstig geworden war, gedachte er, wie er sein Reich in Frieden erhalten möchte, und kam gen Joppe[31] und von dannen gen
Jerusalem. 22 Und ward von Jason und der ganzen
Stadt herrlich empfangen und eingeleitet mit Fakkeln und großem Triumph. Darnach zog er wieder nach Phönizien.

23 Aber nach drei Jahren schickte Jason den Menelaus, des obgedachten (3,4; 4,1) Simon Bruder, daß er dem König das Geld brächte und ihn etlicher
nötiger Sachen halben erinnerte. 24 Und da er bei
dem König in Gnaden kam, schmeichelte er ihm und brachte das Hohepriestertum an sich und gab dem König dreihundert Zentner Silber mehr denn
Jason. 25 Und kam also mit des Königs Befehl
wieder gen Jerusalem und handelte nicht wie ein Hoherpriester, sondern wie ein wütiger Tyrann und wie ein grausames wildes Tier.

26 Also ward Jason, der seinen Bruder von seinem Amt abgestoßen hatte (4,7f.), wieder durch einen andern davongestoßen und mußte in der
Ammoniter Land[32] fliehen; 27 und Menelaus be-
hielt das Regiment. Da er aber das Geld, das er dem König versprochen hatte, nicht konnte entrichten, da es Sostratus, der Hauptmann in der Burg[33], von
ihm forderte, 28 wie ihm der König befohlen
hatte, ließ sie der König beide vor sich laden.

29 Und Menelaus hinterließ an seiner Statt seinen Bruder Lysimachus als Hohenpriester, Sostratus
aber den Krates, den Amtmann in Zypern. 30 Da
es nun also bestellt war, richteten die Tarser und Malloter einen Aufruhr an[34], darum daß sie der König seinem Kebsweibe Antiochis geschenkt
hatte. 31 Da machte sich der König eilends auf, daß

er den Aufruhr stillte, und ließ hinter sich den
Fürsten Andronikus zum Statthalter. 32 Da das
Menelaus inne ward, gedachte er, daß er Gelegen-
heit hätte, daß er wiederum zu seinem alten Stand
kommen könnte, und stahl etliche goldene Klein-
ode aus dem Tempel und schenkte sie dem Andro-
nikus und verkaufte etliches nach Tyrus und in
andere umliegende Städte.

33 Da das Onias erfuhr, begab er sich in eine
Freistätte zu Daphne, das vor Antiochien liegt, und
strafte ihn[35]. 34 Aber Menelaus kam zu Androni-
kus allein und ermahnte ihn, daß er Onias umbrin-
gen sollte. Das tat er und ging zu ihm und beredete
ihn mit List, gab ihm auch seine Hand und den Eid
darauf, daß er aus der Freistätte zu ihm kam; denn
er wußte, daß sich Onias nichts Gutes zu ihm
versah. Und da er ihn also überredet hatte, erstach
er ihn wider alles Recht. 35 Das tat nicht allein
den Juden weh, sondern verdroß auch viele Hei-
den, daß er den frommen Mann so umgebracht
hatte.

36 Da nun der König alle Sachen in Zilizien (Vers
31) verrichtet hatte und wieder heimreiste, liefen
ihn die Juden in allen Städten an und auch etliche
Heiden und klagten ihm, daß Onias unschuldig
ermordet wäre. 37 Und Antiochus bekümmerte
sich herzlich darum, und es jammerte ihn, daß der
fromme, ehrbare Mann so jämmerlich war umge-
kommen; 38 und er ergrimmte über den Androni-
kus und ließ ihm das Purpurkleid samt dem andern
Schmuck abziehen und ihn also in der ganzen Stadt
umherführen und zuletzt richten an dem Ort, da er
Onias erstochen hatte. Also hat ihn Gott nach
seinem Verdienst wieder gestraft.

39 Als aber Lysimachus (Vers 29) auf Rat seines
Bruders Menelaus viel aus dem Tempel gestohlen
hatte und das Geschrei[36] unter die Leute gekommen war, sammelte sich die Gemeinde wider Lysimachus, da der goldenen Kleinode schon viele
hinweggekommen waren. 40 Da sich nun die Gemeinde gesammelt hatte und sehr zornig war,
rüstete Lysimachus dreitausend Mann und wollte
sich mit Gewalt schützen; und setzte über sie einen
alten listigen Hauptmann. 41 Da dies die Bürger
sahen, nahmen etliche Steine, etliche starke Stangen, etliche warfen den Leuten des Lysimachus
Asche unter die Augen, 42 daß ihrer also viele
wund wurden und etliche gar zu Boden geschlagen, die andern alle davonliefen. Und den Tempelräuber erschlugen sie bei der Schatzkammer.
43 Darnach zogen sie den Menelaus vor Gericht.
44 Und als der König gen Tyrus gekommen war,
ließen ihrer drei, des Rats Gesandte, den Handel
vor ihn gelangen, daß er darin sollte Urteil sprechen. 45 Als aber Menelaus überwiesen ward,
verhieß er Ptolemäus, dem Sohne des Dorymenes[37], viel Geld, wenn er ihn beim König möchte
ausbitten. 46 Da ging Ptolemäus mit dem König
in einen Saal, darin er sich kühlte, und beredete
den König, 47 daß er Menelaus, der alles Unglück
angerichtet hatte, losließ und die armen Leute zum
Tod verurteilte, die doch sogar bei Szythen[38] unschuldig erfunden und erkannt worden wären.
48 Also wurden die, so des Volks und des Tempels
Sachen auf das treulichste gehandelt hatten, unschuldig erwürgt[39]. 49 Das tat etlichen zu Tyrus[40]
weh und ließen sie mit Ehren zur Erde bestatten.
50 Menelaus aber blieb beim Amt durch Hilfe

etlicher Gewaltigen am Hofe, die von ihm Gewinn hatten, und ward je länger, je ärger und tat den Bürgern alles Unglück an.

5

Antiochus wütet in Jerusalem und plündert den Tempel

1 Um dieselbe Zeit zog Antiochus zum andern-
mal[41] nach Ägypten. 2 Man sah aber durch die
ganze Stadt vierzig Tage nacheinander in der Luft
Reiter in goldenem Harnisch mit langen Spießen
in einer Schlachtordnung; 3 und man sah, wie sie
aufeinander trafen und mit den Schilden und Spie-
ßen sich wehrten, und wie sie die Schwerter zück-
ten und aufeinander schossen, und wie die golde-
nen Rüstungen schimmerten, und wie sie man-
cherlei Harnische hatten. 4 Da betete jedermann,
daß es ja nichts Böses bedeuten sollte.

5 Aber es kam ein erlogenes Geschrei aus, daß
Antiochus sollte tot sein. Da nahm Jason (4,26) bei
tausend Mann zu sich und griff unversehens die
Stadt an. Und als er die Mauer mit den Seinen
erstiegen und die Stadt erobert hatte, 6 floh Me-
nelaus auf die Burg. Jason aber würgte seine Brü-
der jämmerlich und gedachte nicht, weil es ihm so
glückte wider seine Freunde, daß es sein großes
Unglück wäre, sondern ließ sich dünken, er siegte
wider seine Feinde und nicht wider seine Bürger.
7 Er konnte aber gleichwohl das Regiment nicht
erlangen, sondern kriegte seinen Lohn, wie er ver-
dient hatte, und floh mit Schanden wieder in der
Ammoniter Land. 8 Da ward er zuletzt verklagt
vor Aretas, der Araber König[42], daß er von einer
Stadt in die andere fliehen mußte und nirgend
sicher war. Und jedermann war ihm feind als

einem, der von seinem Gesetz abtrünnig war.
Auch verfluchte ihn jedermann als einen Verräter
und Feind seines Vaterlandes; und ist also nach
Ägypten verstoßen worden.
9 Und wie er viel
Leute aus ihrem Vaterland vertrieben hatte, so
mußte er auch selbst in der Fremde sterben, in
Lazedämon[43], da er hoffte einen Aufenthalt zu
finden, weil sie miteinander verwandt waren.
10 Aber wie er viele unbegraben hingeworfen hat,
so ist er auch hingestorben, daß niemand um ihn
Leid getragen; und hat nicht allein nicht das Glück
gehabt, daß er in seinem Vaterland wäre begraben
worden, sondern hat auch in der Fremde kein
ehrlich Grab finden können.

11 Als solches vor den König kam, gedachte er,
ganz Judäa würde von ihm abfallen. Und er zog
in Grimm aus Ägypten und nahm Jerusalem mit
Gewalt ein (1. Makk. 1,21–29).
12 Und hieß die
Kriegsknechte erschlagen ohne alle Barmherzig-
keit, was sie fanden auf der Gasse und in den
Häusern.
13 Da würgte man durcheinander jung
und alt, Mann und Weib, Kinder und Jungfrauen,
ja auch die Kinder in der Wiege,
14 daß also in drei
Tagen achtzigtausend zugrunde gingen, indem
vierzigtausend getötet und ebensoviel verkauft
wurden.

15 Aber Antiochus ließ sich daran nicht genügen,
sondern griff auch die heiligste Stätte auf Erden
an; und Menelaus, der Verräter, führte ihn hinein.
16 Da raubte er mit seinen unreinen Händen die
heiligen Gefäße; und alles, was die andern Könige
zum Tempel gegeben hatten zu Schmuck und
Zierde, das raffte er mit seinen sündigen Händen
hinweg
17 und überhob sich sehr und sah nicht,

daß der Herr solches verhängte über die, so in der Stadt waren, um ihrer Sünden willen. Das war die Ursache, daß Gott die heilige Stätte so schändlich zurichten ließ.

18 Sonst sollte es dem Antiochus eben gegangen sein wie dem Heliodorus, der vom König Seleukus gesandt war, die Schatzkammer zu besichtigen, und ward wohl darob zerschlagen, daß er mußte von seinem freveln Vornehmen abstehen (3,23 bis
29). 19 Denn Gott hat das Volk nicht auserwählt um der Stätte willen, sondern die Stätte um des
Volks willen. 20 Darum mußte der heilige Tempel auch mit leiden, da das Volk gestraft ward, wie er auch wiederum die Wohltaten genoß, die dem Volke erzeigt wurden. Denn wie der Tempel von den Feinden eingenommen ward, da der Herr zürnte, also ist er wieder zu Ehren und zu Recht gekommen, da der Herr ihnen wieder gnädig ward.

21 Die Summe aber alles des, was Antiochus aus dem Tempel geraubt hat, sind achtzehnhundert Zentner Silber; die nahm er mit sich und zog flugs gen Antiochien mit solchem Stolz und Hochmut, daß er gedachte, er wollte nun die Erde machen, daß man darauf schiffte wie auf dem Meer, und das Meer, daß man darauf wandelte wie auf der
Erde[44]. 22 Und er ließ hinter sich zu Jerusalem etliche Amtleute, böse Buben: Philippus aus Phrygien, der noch ärger und wilder war denn sein
Herr; 23 zu Garizim[45] Andronikus und neben den beiden Menelaus, welcher ärger als die andern alle war, daß er sein eigen Volk so plagte.

24 Weil aber Antiochus den Juden so gar feind war, schickte er ihnen den schändlichen Buben

Apollonius[46] (1. Makk. 1,30–39) mit zweiund-
zwanzigtausend Mann ins Land und gebot ihm,
er sollte alle erwachsenen Männer erwürgen, die
Weiber aber und das junge Volk verkaufen. 25 Als
er nun vor Jerusalem kam, stellte er sich friedlich,
bis auf den Sabbattag, an dem die Juden feiern; da
gebot er flugs seinen Leuten, sie sollten sich rüsten.
26 Als nun jedermann zulief und sehen wollte, was
da werden würde, ließ er sie alle erstechen; und
kam also mit seinem Heer in die Stadt und erschlug
eine große Menge.

27 Aber Judas Makkabäus machte sich davon mit
neun andern in die Wildnis und das Gebirge und
erhielt sich da mit allen, so sich zu ihm geschlagen
hatten, von den Kräutern, daß er nicht müßte unter
den unreinen Heiden leben (1. Makk. 2,28).

6

Verunreinigung des Tempels (1. Makk. 1,43–68)
Eleasars Zeugentod

1 Nicht lange darnach sandte der König einen
alten Mann von Athen, daß er die Juden zwingen
sollte, daß sie von ihrer Väter Gesetz abfielen und
Gottes Gesetz nicht mehr hielten, 2 und daß er den
Tempel zu Jerusalem sollte verunreinigen und ihn
heißen des Jupiter Olympius Tempel, und den zu
Garizim (5,23) des Jupiter Xenius Tempel, dieweil
fremde Leute daselbst wohnten[47]. 3 Aber solch
wüstes Wesen tat jedermann sehr weh. 4 Denn die
Heiden schwelgten und praßten im Tempel und
trieben allerlei Unzucht mit den Weibern an der
heiligen Stätte und trugen viel hinein, das sich nicht
gebührte.

5 Man opferte auf dem Altar Opfer, die im

Gesetz verboten waren, 6 und hielt weder Sabbate
noch andere gewöhnliche Feiertage; und durfte sich
gar niemand merken lassen, daß er ein Jude wäre;
7 sondern man trieb sie mit Gewalt alle Monate
zum Opfer, wenn des Königs Geburtstag war.
Wenn man aber des Bacchus Fest beging, da zwang
man die Juden, daß sie in Kränzen von Efeu dem
Bacchus zu Ehren einhergehen mußten. 8 Man
hatte auch auf des Ptolemäus Angeben ein Gebot
lassen ausgehen an die Städte der Heiden, die um
Jerusalem waren, daß sie die Juden allenthalben
zum Opfer zwingen sollten; 9 und so etliche dar-
auf bestünden, daß sie es nicht mit den Heiden
halten wollten, die sollte man flugs erstechen. Da
sah man einen großen Jammer.

10 Zwei Frauen wurden vorgeführt, weil sie ihre
Söhne beschnitten hatten. Denen band man die
Kindlein an die Brust und führte sie herum durch
die ganze Stadt und warf sie zuletzt über die Mauer
hinab. 11 Etliche hatten sich in der Nähe verkro-
chen in die Höhlen, daß sie den Sabbat halten
möchten. Als das Philippus (5,22) angezeigt ward,
verbrannte man sie; denn sie wollten sich nicht
wehren, damit sie sich am Sabbat nicht vergriffen
(1. Makk. 2,31–38).

12 Ich muß aber hier den Leser vermahnen,
daß er sich nicht ärgere[48] an diesem Jammer, son-
dern gedenke, daß unserm Volke die Strafen nicht
zum Verderben, sondern zur Warnung widerfah-
ren. 13 Denn das ist eine große Gnade, daß Gott
den Sündern steuert, daß sie nicht fortfahren,
und ist alsbald hinter ihnen her mit der Strafe.
14 Denn unser Herr Gott sieht uns nicht so lange zu
wie den andern Völkern, die er läßt hingehen, bis

sie ihr Maß der Sünden erfüllt haben, daß er sie
darnach strafe; sondern wehrt uns, daß wir's nicht
zuviel machen und er zuletzt sich nicht an uns
rächen müsse. 15 Derhalben hat er seine Barmher-
zigkeit noch nie von uns ganz genommen; und ob
er uns mit einem Unglück gezüchtigt hat, hat er
dennoch sein Volk nicht ganz verlassen. 16 Dies
habe ich zu einer Ermahnung hier sagen wollen.
17 Nun wollen wir wieder auf die Geschichte kom-
men.

18 Es war der vornehmsten Schriftgelehrten ei-
ner, Eleasar, ein betagter und doch sehr schöner
Mann; dem sperrten sie mit Gewalt den Mund auf,
daß er sollte Schweinefleisch essen. 19 Aber er
wollte lieber ehrlich sterben denn so schändlich
leben und spie es aus. 20 Und da er freiwillig zur
Marter ging, strafte er die, so verbotenes Fleisch
aßen aus Liebe des zeitlichen Lebens. 21 Weil nun
die, so verordnet waren, daß sie die Leute zu
Schweinefleisch wider das Gesetz dringen sollten,
ihn eine so lange Zeit gekannt hatten, nahmen sie
ihn an einen Ort und sagten, sie wollten ihm
Fleisch bringen, das er wohl essen dürfte; er sollte
sich aber stellen, als wäre es geopfertes Schweine-
fleisch, und sollte es dem König zulieb essen,

22 daß er also am Leben bliebe und der alten
Freundschaft genösse. 23 Aber er bedachte sich
also[49], wie es seinem großen Alter und eisgrauen
Kopf, auch seinem guten Wandel, den er von
Jugend auf geführt hatte, und dem heiligen gött-
lichen Gesetz gemäß war, und sagte dürr heraus:
Schickt mich immer unter die Erde hin ins Grab.
24 Denn es will meinem Alter übel anstehen, daß
ich auch so heuchle, daß die Jugend gedenken muß,

Eleasar, der nun neunzig Jahre alt ist, sei auch zum
Heiden geworden, 25 und sie also durch meine
Heuchelei verführt werden, daß ich mich so vor
den Leuten stelle und mein Leben eine so kleine
Zeit, die ich noch zu leben habe, also friste. Das
wäre mir eine ewige Schande. 26 Und fürwahr,
was habe ich davon, wenn ich schon jetzt der
Menschen Strafe also entflöhe, da ich doch Gottes
Händen, ich sei lebendig oder tot, nicht entfliehen
kann? 27 Darum will ich jetzt fröhlich sterben, wie
es mir altem Mann wohl ansteht, 28 und der Ju-
gend ein gutes Beispiel hinterlassen, daß sie willig
und getrost um des herrlichen, heiligen Gesetzes
willen sterben.

29 Da er diese Worte also geredet hatte, brachte
man ihn an die Marter[50]. Die ihn aber führten und
ihm zuvor freundlich gewesen waren, ergrimm-
ten über ihn um solcher Worte willen; denn sie
meinten, er hätte es aus Trotz gesagt. 30 Als sie ihn
aber geschlagen hatten, daß er jetzt sterben sollte,
seufzte er und sprach: Der Herr, dem nichts ver-
borgen ist, der weiß es, daß ich die Schläge und
großen Schmerzen, die ich an meinem Leibe trage,
wohl hätte können umgehen, wo ich gewollt hätte;
aber der Seele nach leide ich's gern um Gottes
willen. 31 Und ist also verschieden; und hat mit
seinem Tod ein tröstlich Beispiel hinterlassen, das
nicht allein die Jugend, sondern jedermann zur
Tugend ermahnen soll.

7

Märtyrertod der sieben Brüder und ihrer Mutter

1 Es wurden auch sieben Brüder samt ihrer
Mutter gefangen und mit Geißeln und Riemen

gestäupt und gedrungen vom König[51], daß sie
sollten Schweinefleisch essen, das ihnen im Gesetz
verboten war.

2 Da sagte der Älteste unter ihnen also: Was
willst du viel fragen und von uns wissen? Wir
wollen eher sterben denn etwas wider unser väter-
liches Gesetz handeln. 3 Da ergrimmte der König
und gebot, man sollte eilend Pfannen und Kessel
über das Feuer setzen. 4 Da man das getan hatte,
gebot er, man sollte dem Ältesten die Zunge aus-
schneiden und Hände und Füße abhauen, daß die
andern Brüder und die Mutter sollten zusehen.
5 Als er nun so verstümmelt war, ließ er ihn zum
Feuer führen und in der Pfanne braten. Und da die
Lohe allenthalben in die Pfanne schlug, ermahnten
sie sich untereinander samt der Mutter, daß sie un-
verzagt stürben, und sprachen: 6 Gott der Herr
wird das Recht ansehen und uns gnädig sein, wie
Mose in seinem Gesang, darin er ins Angesicht
wider sie zeugt, verkündigt und spricht: Und sei-
nen Knechten wird er gnädig sein (5. Mose 32,36).

7 Als der erste so verschieden war, führte man
den zweiten auch hin, daß sie ihren Mutwillen mit
ihm trieben; und sie zogen ihm vom Kopf Haut
und Haar ab und fragten ihn, ob er Saufleisch essen
wollte oder den ganzen Leib mit allen Gliedern
martern lassen. 8 Er aber antwortete in seiner
Sprache und sagte: Ich will's nicht tun. 9 Da
nahmen sie ihn und marterten ihn wie den ersten.
Als er nun jetzt in den letzten Zügen lag, sprach er:
Du verruchter Mensch, du nimmst mir wohl das
zeitliche Leben; aber der Herr aller Welt wird uns,
die wir um seines Gesetzes willen sterben, auf-
erwecken zu einem ewigen Leben (Dan. 12,2).

10 Darnach nahmen sie den dritten und trieben
auch ihren Mutwillen mit ihm. Und da sie es von
ihm forderten, reckte er die Zunge frei heraus
und streckte die Hände dar und sprach getrost:
11 Diese Gliedmaßen sind mir vom Himmel gege-
ben; darum will ich sie gern fahrenlassen um seines
Gesetzes willen; denn ich hoffe, er werde mir sie
wohl wiedergeben. 12 Der König aber und seine
Diener verwunderten sich, daß der Jüngling so
freudig war und die Marter so gar nichts ach-
tete.

13 Da dieser auch tot war, peinigten sie den
vierten auch und geißelten ihn. 14 Da er aber jetzt
sterben wollte, sprach er: Das ist ein großer Trost,
daß wir hoffen, wenn uns die Menschen erwürgen,
daß uns Gott wird wieder auferwecken; du aber
wirst nicht auferweckt werden zum Leben.

15 Darnach nahmen sie den fünften und geißel-
ten ihn auch. Der sah Antiochus an und sprach zu
ihm: 16 Du bist ein Mensch und mußt sterben.
Weil du aber gewaltig auf Erden bist, so tust du,
was du willst. Das sollst du aber nicht in den
Sinn nehmen, daß uns Gott ganz verlassen habe.
17 Verzieh[52] eine kleine Weile, so sollst du erfahren,
wie mächtig Gott ist, der dich und dein Geschlecht
plagen wird (9,5f.).

18 Nach diesem führten sie den sechsten auch
herzu. Der sagte auch, da er jetzt sterben sollte:
Betrüge dich nicht so vergeblich; denn wir haben
dies Leiden wohl verdient, darum daß wir uns an
unserm Gott versündigt haben; und er handelt
schrecklich mit uns. 19 Aber es wird dir nicht so
hingehen[53], daß du also wider Gott tobest.

20 Es war aber ein großes Wunder an der Mutter

und ist ein Beispiel, das wohl wert ist, daß man's
von ihr schreibe. Denn sie sah ihre Söhne alle
sieben auf *einen* Tag nacheinander martern und litt
es mit großer Geduld um der Hoffnung willen, die
sie zu Gott hatte. 21 Dadurch ward sie so mutig,
daß sie einen Sohn nach dem andern in ihrer Spra-
che tröstete, und faßte ein männlich Herz und
sprach zu ihnen: 22 Ich bin ja eure Mutter und habe
euch geboren; aber den Odem und das Leben habe
ich euch nicht gegeben noch eure Gliedmaßen
also gemacht. 23 Darum so wird der, der die
Welt und alle Menschen geschaffen hat, euch den
Odem und das Leben gnädig wiedergeben, wie
ihr's jetzt um seines Gesetzes willen waget und
fahrenlasset.

24 Da Antiochus dies hörte, meinte er, sie ver-
achtete und schmähte ihn in ihrer Sprache, und
nahm den jüngsten Sohn vor sich, der noch übrig
war, und vermahnte ihn mit guten Worten und
verhieß ihm mit einem Eide, wenn er von seinem
väterlichen Gesetz abtreten wollte, so sollte er
einen gnädigen Herrn an ihm haben, und er wollte
ihn reich und einen Herrn aus ihm machen.

25 Da er sich aber nicht wollte bereden lassen,
ließ der König die Mutter vor sich kommen und
vermahnte sie, sie wollte doch den Sohn dahin
bereden, daß er am Leben erhalten würde. 26 Da er
sie mit vielen Worten gebeten hatte, sagte sie ihm
zu, sie wollte es tun. 27 Aber sie spottete nur des
Tyrannen. Denn sie ging zum Sohne und redete
heimlich in ihrer Sprache mit ihm und sprach:
28 Du mein liebes Kind, das ich neun Monden unter
meinem Herzen getragen und drei Jahre gesäugt
und mit großer Mühe auferzogen habe, erbarme

dich doch über mich! Siehe an Himmel und Erde
und alles, was darinnen ist; dies hat Gott alles aus
nichts gemacht, und wir Menschen sind auch so
gemacht. 29 Darum fürchte dich nicht vor diesem
Henker, sondern stirb gern wie deine Brüder, daß
dich der gnädige Gott samt deinen Brüdern wieder
lebendig mache und mir wiedergebe.

30 Da die Mutter noch mit dem Sohn also re-
dete, sprach der Jüngling: Worauf harret ihr? Ge-
denket nur nicht, daß ich dem Tyrannen hierin
gehorsam sein will; sondern ich will das Gesetz
halten, das unsern Vätern durch Mose gegeben ist.
31 Du aber, der du den Juden alles Leid antust,
sollst unserm Herrn Gott nicht entlaufen. 32 Wir
leiden um unsrer Sünden willen, das ist wahr.
33 Und obwohl der lebendige Gott eine Weile über
uns zornig ist und uns straft und züchtigt, so wird
er doch seinen Knechten wiederum gnädig wer-
den. 34 Aber du gottloser, unreiner Mensch, über-
hebe dich deiner Gewalt nicht zu sehr und trotze
nicht auf eitle Hoffnungen[54], daß du die Kinder
Gottes verfolgst. 35 Denn du bist dem Gericht des
allmächtigen Gottes, der alle Dinge sieht, noch
nicht entlaufen.

36 Meine Brüder, die eine kleine Zeit sich haben
martern lassen, die warten jetzt des ewigen Lebens
nach der Verheißung Gottes. Du aber sollst nach
dem Urteil Gottes gestraft werden, wie du mit
deinem Hochmut verdient hast. 37 Ich will mein
Leib und Leben um des Gesetzes meiner Väter
willen dahingeben wie meine Brüder und zu Gott
schreien, daß er bald seinem Volk gnädig werde;
du aber wirst noch selbst bekennen müssen durch
große Marter und Qual, daß er allein der rechte

Gott sei (9,13–17). 38 Aber Gottes Zorn wird sich
an mir und meinen Brüdern wenden, welcher bil-
lig[55] über unser ganzes Volk ergangen ist.

39 Da dies der König hörte, ward er toll und
töricht und ließ ihn noch härter martern denn die
andern; denn es verdroß ihn, daß sie sein noch dazu
spotteten. 40 Also ist dieser auch rein dahingestor-
ben und hat allen seinen Trost auf Gott gestellt.
41 Zum letzten ward die Mutter auch hingerichtet.
42 Dies sei genug von den heidnischen Opfern und
der grausamen Marter.

8

Judas siegt über Nikanor

1 Aber Judas Makkabäus und seine Gesellen gin-
gen heimlich hin und wieder in die Flecken und
riefen zuhauf ihre Freundschaft und was sonst bei
der Juden Glauben geblieben war, daß er bei sechs-
tausend Mann zuhauf brachte. 2 Und sie riefen
Gott an, daß er das arme Volk, welches von jeder-
mann geplagt war, ansehen wolle und sich erbar-
men über den Tempel, welchen die gottlosen Men-
schen entheiligt hatten, 3 und über die Stadt, die
also verderbt und ganz wüst ward, und daß er doch
das unschuldige Blut, so zu ihm rief, hören 4 und
der unschuldigen Kindlein, so wider alles Recht
umgebracht wurden, gedenken wolle und die Lä-
sterung seines Namens rächen.

5 Und Makkabäus mit seinem Haufen plagte die
Heiden wohl; denn der Herr ließ von seinem Zorn
und ward ihnen wieder gnädig. 6 Er überfiel un-
versehens Städte und Flecken und steckte sie an
und nahm ein die bequemsten Orte und tat den
Feinden großen Schaden. 7 Am meisten aber trieb

er das bei Nacht, daß man weit und breit von
seinen Taten sagte (1. Makk. 3,1–9).
8 Da aber Philippus (5,22; 6,11) sah, daß er je
länger, je stärker ward, weil es ihm so glückte,
schrieb er an Ptolemäus (4,45), den Hauptmann in
Cölesyrien und Phönizien, um Hilfe; denn es lag
dem König viel daran. 9 Da schickte Ptolemäus
seinen besten Freund, den Nikanor[56], des Patroklus
Sohn, mit zwanzigtausend Mann, daß er die Juden
ganz ausrotten sollte; und gab ihm einen Haupt-
mann zu, mit Namen Gorgias, welcher ein erfahre-
ner Krieger war (1. Makk. 3,38–41). 10 Nikanor
aber gedachte, er wollte aus den gefangenen Juden
das Geld lösen, das der König den Römern jähr-
lich geben mußte, nämlich zweitausend Zentner.
11 Darum schickte er alsbald in die Städte am Meer
hin und wieder und ließ ausrufen, wie er die Juden
verkaufen wollte, neunzig Juden um einen Zent-
ner; denn er gedachte nicht, daß ihm die Strafe von
Gott so nahe wäre.
12 Da nun Judas hörte von dem Zug, den Nika-
nor vorhatte, hielt er es seinen Juden vor, die bei
ihm waren, daß ein Heer kommen würde. 13 Wel-
che nun verzagt waren und hatten das Vertrauen
nicht zu Gott, daß er strafen würde, die liefen
davon und flohen (1. Makk. 3,56). 14 Die andern
aber verkauften alles, was sie hatten, und baten den
Herrn, daß er sie ja erretten wolle, welche der
Nikanor verkauft hatte, ehe er sie gefangen hatte.
15 Und wollte er's nicht um ihretwillen tun, daß
er's doch täte um des Bundes willen, den er mit
ihren Vätern gemacht hatte, und um seines herr-
lichen, großen Namens willen, darnach sie genannt
sind.

16 Als nun Makkabäus seine Leute zuhauf ge-
bracht hatte bei sechstausend, vermahnte er sie
zum ersten, daß sie sich nicht entsetzen sollten vor
den Feinden noch sich fürchten vor der großen
Menge der Heiden, die sie wider Recht und unbil-
lig plagten, 17 sondern sich tapfer wehren und
gedenken an die Schmach, die sie der heiligen
Stätte angetan, und wie sie die Stadt verhöhnt und
geplagt und das väterliche Gesetz abgetan hätten.
18 Sie verlassen sich, sprach er, auf ihre Waffen und
sind voll Trotzes; aber wir verlassen uns auf den
allmächtigen Gott, welcher kann in einem Augen-
blick nicht allein die, so jetzt wider uns ziehen,
sondern auch die ganze Welt zu Boden schlagen.

19 Er erzählte ihnen aber auch alle Geschichten,
wie Gott so oft gnädig ihren Vätern geholfen hätte;
wie Sanherib mit hundertundfünfundachtzigtau-
send Mann in *einer* Nacht umgekommen wäre
(2. Kön. 19,35; vgl. 1. Makk. 7,41); 20 wie es in der
Schlacht zu Babylon wider die Galater gegangen,
wie sie alle in große Not gekommen seien, achttau-
send Juden und viertausend Mazedonier; wie die
Mazedonier aus Furcht stillgehalten und die acht-
tausend Juden allein mit der Hilfe Gottes hundert-
undzwanzigtausend Mann erschlagen und großes
Gut dadurch erlangt hätten[57].

21 Da er ihnen mit solchen Worten ein Herz
gemacht hatte, daß sie um des Gesetzes und ihres
Vaterlands willen gern sterben wollten, 22 machte
er vier Haufen und ordnete seine Brüder vorn an
die Spitze, daß sie dieselben führen sollten, nämlich
Simon, Joseph und Jonathan, und gab einem jeden
fünfzehnhundert Mann. 23 Darnach ließ er Eleasar
das heilige Buch lesen und gab ihnen die Losung:

Gott unsre Hilfe! und zog also vorn an der Spitze
vor den andern her und traf mit dem Nikanor
zusammen. 24 Aber der allmächtige Gott stand
ihnen bei, daß sie das ganze Heer in die Flucht
schlugen und viele wund machten und verstüm-
melten und bei neuntausend erschlugen. 25 Denen
aber, die gekommen waren, daß sie die Juden
kaufen wollten, nahmen sie das Geld. 26 Und
nachdem sie den Feinden lange nachgejagt hatten,
mußten sie wieder umkehren; denn es war der
Abend vor dem Sabbat. Das war die Ursache, daß
sie aufhörten, jenen nachzueilen.

27 Darnach plünderten sie und nahmen Waffen
und Wehr und hielten den Sabbat und lobten und
priesen Gott, der sie bis auf den Tag erhalten und
wieder angefangen hatte, seine Gnade zu erzeigen.
28 Nach dem Sabbat teilten sie von dem Raub aus
unter die Bedrängten, Witwen und Waisen; und
das übrige behielten sie für sich und ihre Kinder.
29 Und sie hielten ein gemeinsames Gebet, daß der
barmherzige Gott wollte seinen Zorn ganz von
ihnen abwenden.

30 Darnach taten sie viel Schlachten mit Timo-
theus (1. Makk. 5,6 u. 34) und Bacchides (1. Makk.
7,8 u. 9,1) und erschlugen über zwanzigtausend
Mann und eroberten starke Festungen und teilten
den Raub gleich unter sich und unter die Bedräng-
ten, Waisen, Witwen und Alten. 31 Und da sie die
Waffen gesammelt hatten, brachten sie dieselben
auf die Festungen und führten auch großen Raub
gen Jerusalem; 32 und brachten um einen Haupt-
mann bei Timotheus, einen gottlosen Mann, der
die Juden sehr geplagt hatte. 33 Sie feierten aber
den Sieg daheim zu Jerusalem und verbrannten den

Kallisthenes und einige andere, welche die heiligen Tore angezündet hatten (1,8) und in ein kleines Haus geflohen waren, daß sie also den verdienten Lohn ihres gottlosen Wesens empfingen[58].

34 Der Erzbösewicht Nikanor aber, der die tausend Kaufleute mitgebracht hatte, daß sie die Juden
kaufen sollten, 35 wurde durch die Hilfe des Herrn
von denen gedemütigt, die er für die Allergeringsten gehalten hatte. Und nachdem er sein prächtiges Gewand abgelegt hatte, kam er ganz allein wie ein entlaufener Knecht mitten durchs Land nach Antiochien und war über die Maßen traurig, daß
sein Heer zunichte geworden war. 36 Und der sich
unterwunden hatte, er wollte von den Gefangenen Jerusalems das Geld lösen, das den Römern jährlich zu bezahlen war, der mußte verkündigen, daß Gott für die Juden streite und daß die Juden darum unüberwindlich seien, weil sie wandelten in den Geboten, die Gott ihnen gegeben hat.

9

Schreckliches Ende des Antiochus
(1. Makk. 6,1–16; 2. Makk. 1,13–16)

1 Um dieselbe Zeit mußte Antiochus mit Schan-
den aus Persien abziehen. 2 Denn als er gen Persepolis gezogen war und hatte sich da vorgenommen, den Tempel zu plündern und die Stadt einzunehmen, machten sich die Bürger auf und wehrten sich und trieben den Antiochus zurück, daß er mit
Schanden mußte abziehen. 3 Als er nun zu Ekba-
tana war, kam es vor ihn, wie es Nikanor und
Timotheus gegangen wäre. 4 Da ergrimmte er
und gedachte die Schmach an den Juden zu rächen und fuhr[59] Tag und Nacht, daß er ja bald hinkäme.

Denn es trieb ihn Gottes Zorn, weil er so frech
geredet hatte, sobald er gen Jerusalem käme, so
wollte er aus der Stadt eine Totengrube machen.
5 Darum strafte ihn der allmächtige Herr, der
Gott Israels, mit einer heimlichen Plage, die nie-
mand heilen konnte. Denn sobald er solches ge-
redet hatte, kam ihn ein solches Reißen im Leib an
und ein so großes Grimmen in den Därmen, daß
man ihm nicht helfen konnte. 6 Und es geschah
ihm eben recht, darum daß er andere Leute mit
mancherlei und zuvor unerhörter Marter geplagt
hatte. 7 Dennoch ließ er von seinem Trotz nicht
ab, sondern ward noch wütiger und brannte vor
Bosheit wider die Juden und eilte; und im Rennen
fiel er von dem Wagen so hart, daß es ihn an allen
seinen Gliedern riß. 8 Da mußte der, so zuvor sich
vor großer Hoffart dünken ließ, er wollte dem
Meer gebieten und die Berge aufeinandersetzen
(5,21), von einem einzigen Fall sich in einer Sänfte
tragen lassen, daß frei[60] jedermann an ihm sah die
Gewalt Gottes.

9 Es wuchsen auch Maden aus dem Leibe des
Gottlosen, und er verfaulte mit großen Schmerzen,
daß ganze Stücke von seinem Leibe fielen, und
stank so übel, daß niemand vor dem Gestank blei-
ben konnte. 10 Und der sich zuvor dünken ließ, er
rührte an den Himmel, den konnte niemand tragen
um des unleidlichen Gestanks willen. 11 Da mußte
er von seinem Hochmut ablassen und sich erken-
nen, weil er von Gott so angegriffen war und die
Schmerzen immer größer wurden.

12 Und da er zuletzt den Gestank selbst nicht
mehr erleiden konnte, da sprach er: Es ist ja recht,
daß man sich vor Gott demütige und daß ein

sterblicher Mensch nicht so vermessen sei, daß er
sich dünken lasse, er sei Gott gleich. 13 Und der
Bösewicht hob an und betete zu dem Herrn, der
sich nun nicht mehr über ihn erbarmen wollte,
14 und verhieß, daß er die Heilige Stadt, die er zu-
vor gedachte zu vertilgen und eine Totengrube
daraus zu machen, frei wollte lassen. 15 Und die
Juden, die er zuvor nicht wert geachtet, daß sie
sollten begraben werden, sondern den Vögeln und
Tieren zu fressen geben wollte, die wollte er frei-
lassen wie die Bürger zu Athen. 16 Und den heili-
gen Tempel, den er zuvor beraubt hatte, wollte er
mit allerlei Schmuck wieder zieren und viel mehr
heiliges Gerät dahin geben denn zuvor da gewe-
sen wäre; und was jährlich für die Opfer aufginge,
das wollte er von seinen eigenen Renten reichen.
17 Dazu wollte er selbst ein Jude werden und an
allen Orten die Gewalt Gottes preisen und ver-
kündigen.

18 Da aber die Krankheit nicht wollte nachlas-
sen, denn es war Gottes gerechter Zorn zu hart
über ihn gekommen, verzweifelte er an seinem
Leben und schrieb diese demütige Schrift an die
Juden, wie folgt:

19 Antiochus, der König und Heerfürst, entbietet
seinen Bürgern, den frommen Juden, seinen Gruß.

20 So ihr samt euren Kindern frisch und gesund
seid und es euch wohl geht, dafür will ich Gott
danken, der ich meine Hoffnung auf den Himmel
setze. 21 Ich aber bin sehr krank.

Dieweil ich gern wollte einen gemeinen Frieden
erhalten, wie es denn die Not fordert, nachdem ich
auf der Reise aus Persien krank bin geworden,
denke ich gnädig an eure Treue und Freundschaft;

22 wiewohl ich fest hoffe, daß es soll besser mit
mir werden. 23 Und nachdem mein Vater, als er
in die oberen Länder zog, einen König nach ihm
machte, 24 damit man wüßte, wo sich etwa ein
Unfall zutrüge oder sonst Unfriede würde, wer
Herr sein sollte, und das Reich nicht zerrüttet
würde; 25 also auch ich, weil ich sehe, daß die
umliegenden Fürsten nach meinem Königreich
trachten, wo mir's übel ginge, habe ich meinen
Sohn Antiochus zum König gemacht, welchen ich
euch oft treulich befohlen habe, wenn ich in die
oberen Länder gezogen bin (1. Makk. 3,32–37);
denselben befehle ich euch jetzt auch. 26 Derhal-
ben vermahne und bitte ich euch um aller Wohltat
willen, so ich allen insgemein und insonderheit
gegen einen jeglichen erzeigt habe, daß ihr mir und
meinem Sohn fortan freundlich und treu sein wol-
let. 27 Denn ich versehe mich zu ihm, er werde
sich gnädig und freundlich gegen euch halten und
meiner Weise folgen.

28 Also starb der Mörder und Gotteslästerer
Antiochus in großen Schmerzen, wie er andern
Leuten getan hatte, in einem fremden Lande und
in der Wildnis eines jämmerlichen Todes. 29 Und
Philippus (1. Makk. 6,14 u. 55), der mit ihm auf-
erzogen war, bestattete ihn zur Erde. Und weil
er sich vor des Antiochus Sohn fürchtete[61], floh er
nach Ägypten zum König Ptolemäus Philometor.

10

Reinigung des Tempels (1. Makk. 4,36–59) · Siege des Makkabäers Judas über die Edomiter und Timotheus

1 Also gab Gott dem Makkabäus und seinem
Haufen den Mut, daß sie den Tempel und die Stadt

wieder einnahmen. 2 Und sie zerstörten die an-
dern Altäre und Tempel, so die Heiden hin und her
auf den Gassen hatten aufgerichtet. 3 Und nach-
dem sie den Tempel gereinigt hatten, machten sie
einen andern Altar und nahmen Feuersteine und
schlugen Feuer auf und opferten wieder, was in
zwei Jahren und sechs Monaten nicht geschehen
war, und opferten Räuchwerk und zündeten die
Lampen an und legten die Schaubrote auf. 4 Da
nun solches alles geschehen war, fielen sie auf ihr
Angesicht nieder vor dem Herrn und beteten, daß
er sie ja nicht mehr in solchen Jammer wollte
kommen lassen; sondern ob sie sich mehr an ihm
versündigen würden, daß er sie gnädig strafen und
nicht in der Gotteslästerer, der grausamen Heiden,
Hände geben wollte.

5 Und Gott schickte es also, daß an dem Tage
der Tempel gereinigt ward, an welchem ihn die
Heiden verunreinigt hatten, nämlich am fünfund-
zwanzigsten Tage des Monats Chislev. 6 Und sie
hielten mit Freuden acht Tage Feier wie ein Fest der
Laubhütten und gedachten daran, daß sie vor einer
kleinen Zeit ihr Laubhüttenfest in der Wildnis und
in der Höhle wie die wilden Tiere gehalten hatten.
7 Und trugen Maien und grüne Zweige und Pal-
men und lobten Gott, der ihnen den Sieg gegeben
hatte, seinen Tempel zu reinigen. 8 Sie ließen auch
ein Gebot ausgehen durch das ganze Judentum,
daß man diesen Tag jährlich feiern sollte. 9 Also
nahm Antiochus der Edle ein Ende.

10 Nun wollen wir aufs kürzeste erzählen von
dem Antiochus Eupator, des gottlosen Antiochus
Sohn, was für Kriege unter ihm für und für ge-
wesen sind (1. Makk. 6,17). 11 Da Eupator König

ward, setzte er Lysias, der zuvor Hauptmann in
Phönizien und Cölesyrien war, zum obersten Für-
sten (1. Makk. 3,32; 4,26 ff.). 12 Aber Ptolemäus
Makron, der die Juden gern bei Recht geschützt
hätte, weil sie bisher so viel Gewalt und Unrecht
erlitten hatten, arbeitete dahin, daß man sie sollte
in Frieden lassen. 13 Derhalben verklagten ihn die
Freunde des Königs bei Eupator und hießen ihn
öffentlich einen Verräter, darum daß er die Insel
Zypern, welche ihm Philometor befohlen, verlas-
sen hatte und zu Antiochus dem Edlen übergegan-
gen war; und da er nicht mehr mit Ehren sein Amt
hatte, grämte er sich so, daß er sich selbst mit Gift
umbrachte.

14 Da nun Gorgias (8,9) über dieselben Orte
Hauptmann ward, nahm er fremde Kriegsknech-
te an und legte sich überall wider die Juden.
15 Desgleichen taten auch die Edomiter[62]. Da sie
feste und gelegene Flecken innehatten, machten sie
den Juden viel zu schaffen und nahmen zu sich die
abtrünnigen Juden, aus Jerusalem verjagt.

16 Da machte sich Makkabäus und sein Haufe
zusammen und beteten, daß ihnen Gott wollte
beistehen, 17 und fielen den Edomitern in die
festen Flecken und eroberten sie mit Gewalt und
erwürgten alles, was sich auf den Mauern zur
Gegenwehr stellte und an was sie sonst kamen, bis
in die zwanzigtausend (1. Makk. 5,3). 18 Es entran-
nen ihnen aber bei neuntausend auf zwei starke
Türme, die wider den Sturm wohl gerüstet waren.
19 Da verordnete Makkabäus den Simon, Joseph
(8,22) und Zachäus und ließ ihnen so viel Leute,
daß sie stark genug waren zum Sturm; er aber
zog fort vor andere Städte. 20 Aber die Leute bei

Simon ließen sich durch etliche, die in den Türmen
waren, mit Geld bewegen und nahmen siebzigtau-
send Drachmen von ihnen und ließen sie davon-
kommen. 21 Da es nun Makkabäus erfuhr, brachte
er die Hauptleute zusammen und klagte sie an, daß
sie ihre Brüder ums Geld verkauft und die Feinde
hätten davonkommen lassen, 22 und ließ sie töten
als Verräter und stürmte alsbald die zwei Türme.
23 Und es glückte ihm, und er erwürgte in den zwei
Festungen mehr denn zwanzigtausend Mann.

24 Timotheus aber, welchen die Juden zuvor
(8,30–33) geschlagen hatten, rüstete sich mit einer
Menge fremden Volks und sammelte viel Reiterei
aus Asien und kam, in der Meinung, daß er die
Juden ganz vertilgen wollte. 25 Und da er zu dem
Land kam, betete Makkabäus und sein Haufe zum
Herrn 26 und streuten Asche auf ihre Häupter und
legten Säcke an und fielen nieder vor dem Altar
und baten, daß ihnen Gott gnädig und ihren Fein-
den ungnädig sein wolle und sich wider die setzen,
so sich wider sie setzten, wie im Gesetz geschrieben
steht (2. Mose 23,22).

27 Da sie nun also gebetet hatten, nahmen sie ihre
Wehr[63] und zogen einen guten Weg vor die Stadt
hinaus, bis sie zu den Feinden kamen. 28 Und
sobald die Sonne aufging, trafen sie aneinander,
wiewohl es ein ungleiches Heer war: denn die
Juden hatten eine freudige Zuversicht zum Herrn,
welche ein gewisses Zeichen des Sieges ist; jene
aber hatten's angefangen aus eitel Trotz und Ver-
messenheit.

29 Als nun die Schlacht am heftigsten war, er-
schienen den Feinden vom Himmel fünf herrliche
Männer auf Pferden mit goldenen Zäumen, die vor

den Juden her zogen; 30 und zwei hielten neben
dem Makkabäus und beschützten ihn mit ihrer
Wehr, daß ihn niemand verwunden konnte; und
schossen Pfeile und Donnerstrahlen in die Feinde,
daß sie geblendet und flüchtig wurden. 31 Und
wurden erschlagen zwanzigtausend und fünfhun-
dert zu Fuß und sechshundert Reisige[64].

32 Timotheus aber entfloh gen Gazara[65], in einen
festen Flecken, welchen der Hauptmann Chäreas
innehatte. 33 Da lagerte sich Makkabäus und
sein Haufe davor vier Tage. 34 Aber die in dem
Flecken verließen sich darauf, daß er so fest war,
und lästerten und schmähten über die Maßen sehr.
35 Aber am fünften Tage ergrimmten zwanzig
junge Männer um der Lästerung willen und liefen
männlich Sturm an die Mauer und erwürgten im
Grimm, was ihnen entgegenkam. 36 Denen folg-
ten die andern und erstiegen auf einer andern Seite
den Flecken und zündeten die Türme an und ver-
brannten die Gotteslästerer. 37 Etliche hieben die
Tore auf, daß der ganze Haufe hinein konnte. Also
eroberten sie die Stadt und erschlugen den Timo-
theus, der sich in einer Grube versteckt hatte, und
den Chäreas, seinen Bruder, und Apollophanes.
38 Als sie solches alles ausgerichtet hatten, priesen
sie den Herrn mit Lobgesang, der Israel so große
Wohltat erzeigt und ihnen den Sieg gegeben
hatte.

11

Neuer Sieg des Judas über den Lysias (1. Makk. 4,26–35)
Antiochus schließt Frieden mit den Juden (1. Makk. 6,58–60)
Die Römer bieten sich zur Vermittlung an

1 Da nun Lysias (10,11), des Königs Vormund
und Vetter und oberster Rat, dies alles erfuhr, tat es

ihm sehr weh.
2 Und er brachte zusammen achtzigtausend Mann und die ganze Reiterei und zog wider die Juden, in der Meinung, daß er Heiden in die Stadt setzen
3 und den Tempel zu seinem jährlichen Nutzen brauchen wollte wie andere Heidentempel und das Hohepriestertum jährlich um Geld verleihen.
4 Er gedachte aber nicht, daß Gott noch mächtiger wäre, sondern trotzte[66] auf den großen Haufen, den er zu Roß und zu Fuß hatte, und auf die achtzig Elefanten.
5 Als er nun nach Judäa kam, lagerte er sich vor einen festen Flecken, Bethzur genannt, der bei fünf Feld Wegs von Jerusalem lag[67].

6 Da aber Makkabäus und die Seinen hörten, daß er die Festungen belagerte, baten sie und der ganze Haufe mit Seufzen und Tränen den Herrn, daß er einen guten Engel senden wollte, der Israel hülfe.
7 Und Makkabäus war der erste, der sich rüstete, und vermahnte die andern, daß sie es mit ihm wagen und ihren Brüdern helfen wollten.
8 Und zogen also gutes Muts miteinander aus. Sobald sie aber vor die Stadt Jerusalem hinauskamen, erschien ihnen einer zu Roß in einem weißen Kleide und goldenem Harnisch und zog vor ihnen her.
9 Da lobten sie alle den barmherzigen Gott und wurden keck, daß sie ihre Feinde schlagen wollten, wenn sie gleich die wildesten Tiere und eiserne Mauern vor sich hätten.
10 Mit einem solchen Mut zog das ganze Heer fort samt ihrem Gehilfen, den ihnen der barmherzige Gott vom Himmel gesandt hatte.
11 Und sie griffen ihre Feinde an wie die Löwen und erschlugen ihrer elftausend zu Fuß und sechzehnhundert zu Roß
12 und trieben die andern alle in die Flucht, daß der meiste Haufe,

so davonkam, verwundet ward. Und Lysias selbst
floh auch schändlich und entrann. 13 Es war aber
Lysias ein vernünftiger Mann.

Da er nun die Schlacht, die er verloren hatte, bei sich selbst bedachte und sah, daß das jüdische Volk unüberwindlich war, weil ihnen Gott der Allmächtige so beistand, schickte er zu ihnen und bot
ihnen Frieden an auf billige Bedingungen 14 und
verhieß ihnen daneben, er wollte den König dahin vermögen[68], daß er ihr guter Freund würde.
15 Makkabäus ließ es sich wohl gefallen; denn er sah, daß es das beste war. Und der König willigte in den Vertrag, den Lysias mit Makkabäus und den Juden gemacht hatte.

16 Und der Brief, den Lysias den Juden schrieb, lautete also: Lysias entbietet den Juden seinen Gruß.

17 Johannes und Absalom, eure Gesandten, haben einen Brief gebracht und gebeten um die Sache, derhalben sie gesandt waren.
18 Was nun dem
König anzuzeigen gewesen ist, habe ich getan, und
er hat alles, was nützlich ist, bewilligt. 19 Wer-
det ihr nun Treue und Glauben halten, so will ich auch hinfort mich befleißigen, daß ich euer Bestes
schaffe. 20 Und von jeglichem Stück insonder-
heit haben eure und meine Gesandten Befehl, euch
weiter zu unterrichten. Gehabt euch wohl! 21 Ge-
geben im hundertundachtundvierzigsten Jahr, am vierundzwanzigsten Tage des Monats Dioskorus[69].

22 Des Königs Brief lautete also: König Antiochus entbietet seinem Bruder Lysias seinen Gruß.

23 Nachdem unser Vater von hinnen geschieden und ein Gott geworden ist, ist uns nichts Lieberes,

denn daß Friede in unserm Reich sei, damit jedermann des Seinen warten könne.
24 Nun hören wir,
daß die Juden nicht haben wollen willigen in die Veränderung ihres Gottesdienstes auf griechische Weise, sondern wollen bei ihrem Glauben bleiben, und bitten derhalben, daß man sie dabei wolle bleiben lassen.
25 Weil wir es nun für gut ansehen,
daß dies Volk auch im Frieden lebe und still sei, so ist unsre Meinung, daß man ihnen ihren Tempel wiedergebe und sie bei ihrem Regiment und Wesen, wie es ihre Vorfahren gehalten, bleiben lasse.
26 Darum wollest du etliche zu ihnen senden und Frieden mit ihnen aufrichten, auf daß sie, wenn sie unsre Meinung wissen, sicher seien und ihres Tuns ohne alle Sorge warten mögen.

27 Des Königs Brief an die Juden lautete also:
Der König Antiochus entbietet dem Rat und der
Gemeinde der Juden seinen Gruß.
28 Wenn es euch
allen wohl ginge, das hörten wir gern; uns geht es
auch wohl.
29 Es hat uns Menelaus[70] berichtet, wie
ihr begehrt, zu dem Eurigen zurückzukehren und
euer Gewerbe zu treiben.
30 Darum sollen alle die
Juden, so zwischen hier und dem dreißigsten Tage des April reisen werden, freies, sicheres Geleit
haben,
31 sich zu halten mit Essen und anderm
nach ihrem Gesetz wie zuvor. Es soll auch keinem ein Leid widerfahren um deswillen, was bisher
wider uns getan ist.
32 Des zum Zeugnis habe ich
Menelaus zu euch senden wollen, euch davon weiter zu berichten.
33 Gehabt euch wohl! Im hundertundachtundvierzigsten Jahr, am fünfzehnten Tage des April.

34 Es schrieben auch die Römer den Juden, wie folgt:

Quintus Memmius, Titus Manlius, der Römer
Botschafter, entbieten den Juden ihren Gruß.
35 Alles, was euch Lysias, des Königs Vetter,
nachgelassen hat, bewilligen wir auch. 36 Weil er
aber für gut ansieht, daß man etliches an den König
gelangen lasse, so beratschlaget euch untereinander
und sendet auf das förderlichste jemand zu uns,
daß wir uns miteinander vereinigen; denn wir ziehen
jetzt gen Antiochien. 37 Darum eilet und sendet
etliche, daß wir wissen, wie ihr gesinnt seid.
38 Gehabt euch wohl! Im hundertundachtundvierzigsten
Jahr, am fünfzehnten Tage des April.

12

Verschiedene Siege des Judas über die Einwohner von Joppe und Jamnia, über die Araber und über einige Statthalter Sühnopfer für die Erschlagenen

1 Da dieser Vertrag also beschlossen war, zog Lysias zum König; die Juden aber warteten ihres
Ackerbaus. 2 Aber die Hauptleute an denselben
Örtern, Timotheus (8,30–33; 10,24–32) und Apollonius, des Gennäus Sohn, und Hieronymus und Demophon samt dem Nikanor, dem Hauptmann in Zypern[71], ließen ihnen keinen Frieden noch Ruhe.

3 Und die zu Joppe[72] verübten eine verräterische Tat. Denn sie beredeten die Juden, so bei ihnen wohnten, daß sie mit ihren Weibern und Kindern in die Schiffe, so von ihnen bestellt[73] waren, treten
wollten, als wären's gute Freunde mit ihnen. 4 Da
nun die Juden solches taten, wie es in der Stadt beschlossen war, und fürchteten nichts Unfriedliches und sie auf das Meer kamen, ersäuften sie sie alle, an die zweihundert Personen.

5 Als nun Judas hörte, wie greulich man mit
seinen Brüdern gehandelt hatte, bot er seine Leute
auf 6 und rief zu Gott, dem gerechten Richter,
und zog wider die, so seine Brüder ermordet hat-
ten, und zündete bei Nacht den Hafen an und
verbrannte die Schiffe alle; und was für Leute
im Hafen waren, erwürgte er mit dem Schwert.
7 Weil aber die Stadt verschlossen war, zog er ab in
der Meinung, daß er bald wiederkommen und die
Stadt schleifen wollte.

8 Es ward ihm auch angezeigt, wie die zu
Jamnia[74] ebensolches wider die Juden, so bei ihnen
wohnten, vorhatten. 9 Darum fiel er auch bei
Nacht zu ihnen ein und verbrannte ihnen den
Hafen und alle Schiffe, daß man das Feuer zu
Jerusalem sah, welches doch zweihundertundvier-
zig Feld Wegs davon lag.

10 Darnach zog er neun Feld Wegs fort wider den
Timotheus; da stießen bei fünftausend Araber[75]
und fünfhundert Reiter auf ihn 11 und schlugen
sich mit ihm und taten eine große Schlacht; und
Judas mit seinem Haufen behielt durch göttliche
Hilfe den Sieg. Und weil die Araber darnieder-
lagen, baten sie ihn um Frieden und verhießen ihm,
sie wollten ihm Vieh geben und auch sonst Hilfe
tun. 12 Judas gedachte, wie es denn auch wahr
war, sie möchten ihm auch wohl nütze sein, und
sagte ihnen Frieden zu. Und da sie es einander
gelobt hatten, zogen sie wieder heim.

13 Er fiel auch in eine Stadt, die mit Brücken
wohl bewahrt und mit einer Mauer umschlossen
war, darin mancherlei Volk wohnte, die hieß Kas-
pin[76]. 14 Aber die in der Stadt verließen sich auf
ihre festen Mauern und großen Vorrat von Speise

und fragten nicht viel nach Judas und den Seinen; ja
sie spotteten ihrer noch dazu und lästerten und
fluchten ihnen übel. 15 Da rief Judas und sein
Haufe zu dem mächtigen Herrn aller Welt, der zu
Josuas Zeiten ohne alle Kriegsrüstung, so man zum
Sturm braucht, Jericho ineinandergeworfen hatte
(Jos. 6,20). 16 Und sie liefen mit Grimm an die
Mauer und eroberten mit Gottes Willen die Stadt
und erwürgten unsäglich viel Menschen, daß der
Teich, der dabeilag und wohl zwei Feld Wegs weit
war, aussah wie eitel Blut.

17 Darnach zogen sie weiter siebenhundertund-
fünfzig Feld Wegs und kamen gen Charak zu den
Juden, die man Tubianer heißt[77]. 18 Aber sie fan-
den Timotheus nicht; denn er hatte sich davon-
gemacht und nichts da ausgerichtet, außer daß er
einen Flecken stark besetzt hatte. 19 Da machten
sich zwei Hauptleute aus des Makkabäus Haufen
auf, nämlich Dositheus und Sosipater, und brach-
ten sie alle um, die Timotheus zur Besatzung ge-
lassen hatte, mehr denn zehntausend Mann.

20 Makkabäus aber ordnete sein Volk und teilte
es in etliche Haufen und zog wider Timotheus,
welcher hundertundzwanzigtausend Fußknechte
und fünfzehnhundert Reisige bei sich hatte (1.
Makk. 5,37–44). 21 Da nun Timotheus erfuhr,
daß Judas wider ihn zöge, schickte er Weib und
Kind – und was nicht in den Krieg taugte – in
einen Flecken, Karnion[78], welches im engen Ge-
birge lag, daß man's nicht belagern konnte. 22 Als
er aber den ersten Haufen des Makkabäus sah, kam
die Feinde Furcht und Schrecken an, weil der wider
sie war und sich sehen ließ, der alle Dinge sieht;
und sie hoben an zu fliehen, einer da, der andere

Der alte Tobias macht seiner Frau Vorwürfe
wegen des Diebstahls der Ziege

Tobias 2,20–22

dort hinaus, daß sie sich selbst untereinander be-
schädigten und verwundeten. 23 Judas aber rückte
nach und schlug die Gottlosen und brachte ihrer in
die dreißigtausend um.

24 Und Timotheus kam dem Dositheus und
Sosipater in die Hände und bat sie sehr, daß sie ihn
nicht töteten; denn er hätte viel ihrer Väter und
Brüder, die auch sterben müßten, wo er getötet
würde. 25 Da er sich nun verbürgt hatte, daß er
auf einen bestimmten Tag sie unbeschädigt ihnen
überantworten wollte, ließen sie ihn um ihrer Brü-
der willen los. 26 Darnach zog Makkabäus gen
Karnion und Atargation und erwürgte bei fünf-
undzwanzigtausend Menschen.

27 Nach diesem Zug und der Schlacht brach
Judas auf wider die feste Stadt Ephron[79] (1. Makk. 5,45–52), in welcher Lysias und sonst viel Volks war. Die junge Mannschaft aber, die vor der Stadt stand, wehrte sich tapfer; denn sie hatten Geschütz
und Wehr genug. 28 Da riefen sie zu dem Herrn,
der mit Gewalt der Feinde Stärke zerbricht, und eroberten die Stadt und erwürgten fünfundzwanzigtausend Menschen.

29 Darnach zogen sie von dannen wider Szythopolis[80], die sechshundert Feld Wegs von Jerusalem
liegt. 30 Weil aber die Juden, so daselbst wohnten,
denen zu Szythopolis Zeugnis gaben, daß sie ihnen alle Freundschaft in den schweren Zeiten bewiesen hätten, stellten sie sich auch freundlich zu ihnen
31 und dankten ihnen dafür und baten sie, sie wollten weiter gegen ihre Leute so gutwillig sein. Und zogen also wieder gen Jerusalem und kamen eben auf Pfingsten wieder heim (1. Makk. 5,52–54).

32 Nach Pfingsten aber zogen sie wider Gor-

gias, der Edomiter Hauptmann (2. Makk. 10,14 f.).
33 Der begegnete ihnen mit dreitausend Fuß-
knechten und vierhundert Reisigen. 34 Und da es
an die Schlacht ging, kamen wenig Juden um.
35 Und Dositheus[81], ein starker Reiter aus des Ba-
kenor Haufen, erhaschte Gorgias und hielt ihn beim Mantel und führte ihn mit Gewalt und wollte ihn lebendig fangen. Aber ein Reiter aus Thrazien rannte auf ihn zu und hieb ihm den Arm ab, daß Gorgias davon entrann gen Maresa.

36 Da nun des Esdris Haufe länger sich wehrte
und Not vorhanden war, rief Judas zum Herrn, daß
er ihnen helfen und für sie streiten wollte, 37 und
schrie seine Leute an auf hebräisch und fing einen Gesang an[82]. Da wandte sich des Gorgias Volk
unversehens in die Flucht. 38 Und Judas zog mit
seinem Volk in die Stadt Adullam[83]; und weil der siebente Tag herbeikam, reinigten sie sich nach dem Gesetz und hielten den Sabbat daselbst.

39 Am andern Tage darnach kamen sie zu Ju-
das[84], daß sie ihre Toten (Vers 34) holten, wie man
pflegt, und bei ihren Vätern begrüben. 40 Da sie
nun auszogen, fanden sie bei einem jeden Erschlagenen unter dem Hemde Kleinode von den Götzen aus Jamnia (12,8), welches den Juden im Gesetz verboten ist. Da ward es offenbar vor jedermann,
warum diese erschlagen wären. 41 Da dankten sie
Gott, dem gerechten Richter, der das Heimliche
so an den Tag gebracht hatte, 42 und baten ihn, er
wolle ja um dieser Sünde willen sie nicht alle vertilgen. Und der Held Judas vermahnte den Haufen, daß sie sich forthin vor Sünden bewahren wollten, weil sie vor ihren Augen sähen, daß diese um ihrer Sünde willen erschlagen wären.

43 Darnach hieß er sie eine Steuer zusammen-
legen, zweitausend Drachmen Silber; die schickte
er gen Jerusalem zum Sündopfer. Und er tat wohl
und fein daran, dieweil er dachte an die Auferste-
hung. 44 Denn wo er nicht gehofft hätte, daß die,
so erschlagen waren, würden auferstehen, wäre es
vergeblich und eine Torheit gewesen, für die To-
ten zu bitten. 45 Weil er aber bedachte, daß die, so
im rechten Glauben sterben, Freude und Seligkeit
zu hoffen haben, ist es eine gute und heilige Mei-
nung gewesen. 46 Darum hat er auch für die Toten
gebeten, daß ihnen die Sünde vergeben würde[85].

13

Neuer glücklicher Kampf des Judas gegen den König Antiochus Eupator, der mit den Juden Frieden schließt

1 Im hundertundneunundvierzigsten Jahr[86] kam
es vor Judas und die Seinen, daß Antiochus Eupa-
tor mit einer großen Macht wider Judäa zöge,
2 und Lysias (10,11; 11,1), sein Vormund und ober-
ster Rat, mit ihm, und hätten hundertundzehntau-
send griechische Fußknechte und fünftausend und
dreihundert zu Roß und zweiundzwanzig Elefan-
ten und dreihundert Wagen mit Sicheln. 3 Dar-
über schlug sich Menelaus (11,29) auch zu ihnen
und vermahnte Antiochus mit großer Heuchelei
zum Verderben seines Vaterlands, daß er dadurch
das Hohepriesteramt erlangte.

4 Aber der König aller Könige erweckte des
Antiochus Mut, daß er den abtrünnigen Schalk
strafte. Denn Lysias zeigte ihm an, wie er eine
Ursache wäre aller dieser Unruhe; darum ließ er
ihn gen Beröa[87] führen und nach ihrer Landesweise
am selben Ort töten. 5 Denn es war ein Turm da,

fünfzig Ellen hoch, voll Asche; und über der Asche
war ein umlaufendes, schaukelndes Rad. 6 Da
stieß man die Gotteslästerer und großen Übeltäter
hinab, daß sie umkamen. 7 Eines solchen Todes
mußte der abtrünnige Menelaus auch sterben und
nicht begraben werden. 8 Und geschah ihm recht.
Denn weil er sich so oft an des Herrn Altar, da
das heilige Feuer und die Asche war, versündigt
hatte, hat er auch in der Asche müssen getötet werden.

9 Der König war aber sehr ergrimmt auf die
Juden und gedachte es ja so greulich zu machen mit
ihnen, wie es sein Vater gemacht hatte (Kap. 5f.).
10 Solches erfuhr Judas und gebot dem ganzen
Volk, sie sollten Tag und Nacht den Herrn anrufen, daß er ihnen jetzt, wie oftmals zuvor, wider
die helfen wollte, die sie des Gesetzes, des Vaterlands und des heiligen Tempels berauben wollten,
11 und daß er das Volk, das sich kaum ein wenig
erholt hatte, nicht wollte in der verruchten Heiden Hände geben. 12 Da sie nun solches einhellig
miteinander taten und baten den barmherzigen
Gott mit Weinen und Fasten und lagen drei ganze
Tage auf der Erde, tröstete sie Judas und hieß sie
bereit sein. 13 Und da er und die Ältesten beisammen waren, beratschlagte er mit ihnen, er wollte,
ehe der König mit seinem Heer nach Judäa käme
und die Stadt einnähme, ihm entgegenziehen und
die Sache mit Gottes Hilfe enden. 14 Und befahl
sich also dem Schöpfer der Welt und vermahnte
sein Volk, daß sie wollten getrost bis in den Tod
streiten, zu erhalten das Gesetz, den Tempel, die
Stadt, das Vaterland und Regiment.

15 Und er lagerte sich bei Modin[88] und gab diese

Worte ihnen zur Losung: Gott gibt Sieg (8,23)!
Darnach machte er sich bei Nacht auf mit den
besten Kriegsknechten und fiel dem König in sein
Lager und erschlug bei viertausend Mann und den
vordersten Elefanten samt allen, die im Türmlein
waren (1. Makk. 6,46). 16 Damit brachten sie gro-
ßen Schrecken und Furcht in das ganze Lager und
zogen mit Ehren und glücklich davon 17 am Mor-
gen, da der Tag anbrach; denn Gott war ihr Helfer
gewesen.

18 Der König aber, als er so erfahren hatte, daß
die Juden so mutig wären, trachtete, die Orte mit
List in seine Gewalt zu bringen, 19 und führte sein
Volk vor die Festung der Juden, Bethzur (11,5).
Aber er ward auch in die Flucht geschlagen und
richtete nichts aus und nahm Schaden (1. Makk.
6,28–31), 20 denn Judas schickte alle Notdurft in
die Festung.

21 Es war aber einer unter den Juden, Rodokus,
der verriet den Heiden alle Heimlichkeiten. Aber
man suchte nach ihm und fing ihn und warf ihn ins
Gefängnis.

22 Darnach ward der König anders zu Rat und
machte Frieden mit denen zu Bethzur und zog
davon und schlug sich mit Judas und verlor die
Schlacht (1. Makk. 6,47–50). 23 Und weil er erfah-
ren hatte, daß Philippus (9,29) abgefallen war, den
er hinter sich zu Antiochien zum Statthalter ge-
lassen hatte, erschrak er sehr und ließ mit den Ju-
den verhandeln und vertrug sich mit ihnen und
schwur, den Vertrag zu halten, und ward also ihr
Freund und opferte und ehrte den Tempel und hielt
sich freundlich gegen die Stadt (1. Makk. 6,55–60).
24 Er nahm auch Makkabäus an zum Freund und

machte den Hegemonides zum Hauptmann von Ptolemais an bis an die Gerrener[89].

25 Als aber der König gen Ptolemais kam, sahen
die Ptolemaier den Vertrag nicht gern; denn sie
waren besorgt und hätten ihn gern aufgehoben.
26 Da trat Lysias öffentlich auf und entschuldigte
den König und beredete sie, daß sie zufrieden
waren, und stillte sie, daß sie sich alles Guten zu
ihnen versehen sollten; darnach kehrte er wieder
zurück gen Antiochien. So ist's mit dieses Königs
Reise und Wiederheimzug gegangen.

14

Alcimus und der König Demetrius; dessen Feldherr Nikanor und Judas (1. Makk. 7,1–38) · Der Jude Razis stürzt sich in den Tod

1 Drei Jahre darnach vernahm Judas und die Seinen, daß Demetrius, des Seleukus Sohn, zu Tripolis mit großem Volk und vielen Schiffen angekommen wäre
2 und das Land eingenommen
und Antiochus samt Lysias, seinem Vormund,
erschlagen hätte[90].
3 Alcimus aber, der zuvor Hoherpriester gewesen und schändlich abgefallen war
zur Zeit der Verfolgung und nun dachte, daß er
weder am Leben bleiben noch wieder zum Hohenpriesteramt kommen möchte,
4 der zog zum König Demetrius im hundertundeinundfünfzigsten
Jahr[91] und brachte ihm eine goldene Krone und
Palmen und dazu Ölzweige, die in den Tempel
gehörten;
5 und den ersten Tag verzog er, bis er
seine Zeit ersah, die ihm hülfe zu seiner Wüterei.
Da ihn nun Demetrius in den Rat fordern und
fragen ließ, wie es um die Juden stünde und was sie
vorhätten,

6 antwortete er also: Diejenigen Juden, die sich
die Frommen nennen, deren Hauptmann Judas
Makkabäus ist, erregen immerdar Krieg und Auf-
ruhr und lassen deinem Reich keinen Frieden;
7 haben auch mich meiner väterlichen Herrlichkeit,
nämlich des Hohenpriestertums, beraubt. Darum
bin ich hierhergekommen: 8 zum ersten dem Kö-
nig zugut und weil ich's treulich meine; zum an-
dern, daß ich auch meinem Volk gern wollte Rat
schaffen; denn mit solcher Unordnung wird unser
ganzes Geschlecht untergehen. 9 Darum wolle der
König in die Sache sehen und nach seiner berühm-
ten Gütigkeit dem Lande und unserm bedräng-
ten Geschlecht in dieser Sache raten und helfen.
10 Denn solange Judas lebt, ist es nicht möglich, daß
Friede im Lande werde.

11 Da er solches geredet hatte, verhetzten auch
die andern, welche wider den Judas ergrimmt wa-
ren, den Demetrius wider ihn, 12 daß er alsbald
Nikanor, den Hauptmann über die Elefanten, for-
derte und ihn zum Hauptmann wider die Juden
verordnete; 13 und ihm befahl, daß er Judas um-
bringen und seinen Haufen zertrennen und Alci-
mus zum Hohenpriester einsetzen sollte. 14 Da
schlugen sich zu Nikanor alle die Heiden, so Judas
aus dem Lande verjagt hatte, und hofften, der
Juden Unglück sollte ihr Glück sein.

15 Als nun Judas und die Seinen hörten, daß
Nikanor wider sie zöge und die Heiden allenthal-
ben sich in Haufen zu ihm schlügen, bestreuten sie
sich mit Asche und riefen Gott an, der sein Volk auf
ewige Zeiten zubereitet hat und immerdar seinem
Erbteil offenbarlich hilft. 16 Da ihnen nun ihr
Hauptmann gebot, machten sie sich auf und stie-

ßen auf die Feinde beim Flecken Dessa. 17 Simon
aber, des Judas Bruder, stieß auf Nikanor und wäre
schier geschlagen worden, weil ihn die Feinde
angriffen, ehe er ihrer gewahr ward. 18 Da aber
Nikanor hörte, daß Judas solche kühne Leute bei
sich hätte, die Leib und Gut getrost wagten für
ihr Vaterland, fürchtete er sich und wollte keine
Schlacht mit ihnen tun, 19 sondern sandte zu ihm
Posidonius, Theodotus und Mattathias, Frieden
mit ihm zu machen. 20 Da sie nun lange darob
beratschlagten und ihr Hauptmann dem Volk alle
Sachen vorhielt und sie in der Sache einig waren,
willigten sie in den Vertrag 21 und bestimmten
einen Tag, da die beiden allein zusammenkommen
sollten. Da nun der Tag kam, setzte man jeglichem
einen Stuhl.

22 Und Judas verordnete etliche mit ihren Waf-
fen nicht fern davon, daß die Feinde nicht unver-
sehens ihm eine Tücke bewiesen; und sie rede-
ten miteinander, was not war. 23 Und Nikanor
blieb eine Zeitlang zu Jerusalem und nahm nichts
vor wider sie und ließ sein Kriegsvolk abziehen.
24 Und hielt den Judas herrlich vor den Leuten und
tat sich freundlich zu ihm, 25 vermahnte ihn auch,
daß er ein Weib nehmen und Kinder zeugen sollte.
Also nahm Judas ein Weib und hatte guten Frieden
und wartete seiner Nahrung.

26 Da nun Alcimus sah, daß diese zwei eins
miteinander waren und Frieden gemacht hatten,
zog er wiederum zum Demetrius und verklagte
den Nikanor, daß er untreu geworden wäre; denn
er hätte Judas, des Königs Feind, an seiner Statt
zum Hohenpriester gemacht. 27 Da ward der Kö-
nig durch des Bösewichts Lügen bewegt und sehr

zornig und schrieb dem Nikanor, daß ihm gar nicht gefiele, daß er Frieden mit den Juden gemacht hätte, und gebot ihm, er sollte eilends den Makkabäus fangen und gen Antiochien schicken.

28 Als nun solcher Befehl dem Nikanor zukam,
ward er betrübt und war übel zufrieden, daß er
nicht sollte Glauben[92] halten, so doch Judas nichts
verschuldet hätte. 29 Aber doch, weil er nicht
wider den König handeln durfte, gedachte er ihn
mit List zu fangen. 30 Da aber Makkabäus merk-
te, daß er sich unfreundlicher zu ihm stellte denn
zuvor, und ließ sich wohl dünken, es bedeutete
nichts Gutes, nahm er etliche zu sich, und sie
verbargen sich vor ihm.

31 Als nun Nikanor sah, daß ihm Makkabäus
klüglich zuvorgekommen war, ging er hinauf zu
dem schönen, heiligen Tempel und gebot den Prie-
stern, so da opferten, sie sollten ihm den Mann
herausgeben. 32 Da sie aber hoch und teuer
schwuren, sie wüßten nicht, wo er wäre, reckte
er seine rechte Hand gegen den Tempel 33 und
schwur: Werdet ihr mir den Judas nicht gebunden
überantworten, so will ich dies Gotteshaus schlei-
fen und den Altar umreißen und dem Bacchus
einen schönen Tempel an die Stätte setzen. 34 Und
da er dies geredet hatte, ging er davon.

Die Priester aber reckten ihre Hände auf gen
Himmel und riefen den an, der allezeit unser Volk
beschützt hat, 35 und sprachen: Herr, wiewohl du
keines Dinges bedarfst, hat es dir dennoch wohl
gefallen, daß dein Tempel, darin du wohnest, unter
uns sein sollte. 36 Darum, du heiliger Gott, dem
allein gehört alles, was heilig ist, bewahre fortan
dein Haus, welches wir neulich gereinigt haben

(10,1–8), daß es nicht wieder verunreinigt werde, und stopfe die bösen Mäuler.

37 Es ward aber dem Nikanor angezeigt einer aus
den Ältesten zu Jerusalem mit Namen Razis, daß er
ein Mann wäre, der das väterliche Gesetz lieb und
allenthalben ein gutes Lob und solche Gunst unter
seinen Bürgern hätte, daß ihn jedermann der Juden
Vater hieße. 38 Auch war er vor dieser Zeit darum
verklagt und verfolgt gewesen und hatte Leib und
Leben männlich gewagt für der Juden Glauben.
39 Da nun Nikanor sich erzeigen wollte, wie bitter
feind er den Juden wäre, sandte er über fünfhundert
Kriegsknechte, die ihn sollten fangen. 40 Denn er
meinte, wenn er ihn gefangen hätte, er würde
ihnen einen großen Schaden zuwenden. 41 Da sie
aber an dem Turm, darin er war, das Tor des Hofes
stürmten und Feuer bringen hießen und das Tor
anzündeten und er merkte, daß er gefangen wäre,
wollte er sich selbst erstechen; 42 denn er wollte lie-
ber ehrlich sterben denn den Gottlosen in die Hän-
de kommen und von ihnen schändlich gehöhnt
werden. Aber in der Angst traf er sich nicht recht.

43 Da sie nun in Haufen zu ihm einfielen, entlief
er auf die Mauer und stürzte sich männlich hinab
unter die Leute. 44 Sie wichen ihm aber, daß er
Raum hätte; und er fiel mitten auf den leeren Platz.
45 Er lebte aber gleichwohl noch und machte sich in
einem Grimm auf, wiewohl er sehr blutete und die
Wunden ihm weh taten, und lief durch das Volk
und trat auf einen hohen Felsen. 46 Und da er sich
ganz verblutet hatte, nahm er die Därme aus dem
Leibe und warf sie unter die Kriegsknechte und
rief zu Gott, der über Leben und Geist Herr ist, er
wolle ihm dies alles wiedergeben; und starb also[93].

15

Großer Sieg des Judas über den übermütigen Nikanor, welcher selbst getötet wird (1. Makk. 7,39–50)

1 Da aber Nikanor hörte, daß Judas mit den
Seinen in Samaria sich aufhielt, gedachte er, er
wollte sie des Sabbats ohne alle Gefahr angreifen.
2 Und da ihn die Juden, so er genötigt hatte mitzu-
ziehen, vermahnten, er wolle sie nicht so jämmer-
lich umbringen, sondern des heiligen Tages scho-
nen, den Gott selbst geehrt und geheiligt hätte,
3 fragte sie der Erzbösewicht: Der den Sabbat ge-
boten hat, ist der der Herr im Himmel? 4 Und
da sie ihm antworteten: Ja, es ist der lebendige
Herr, er ist der Herr im Himmel, der den siebenten
Tag zu feiern geboten hat, – 5 sprach er darauf:
So bin ich der Herr auf Erden und gebiete euch,
ihr sollt euch rüsten und des Königs Befehl aus-
richten. 6 Aber er konnte sein Vornehmen gleich-
wohl nicht vollbringen. Und Nikanor rühmte und trotzte und war gewiß, daß er wollte große Ehre einlegen wider den Judas.

7 Aber Makkabäus hatte eine stete Zuversicht
und Hoffnung, der Herr würde ihm beistehen,
8 und tröstete die, so um ihn waren, sie wollten sich
vor den Heiden, so wider sie zögen, nicht fürchten,
sondern gedenken an die Hilfe, die ihnen vormals
oft vom Himmel herab geschehen wäre, und jetzt
auch auf den künftigen Sieg und die Hilfe, die
ihnen der Herr schicken würde, hoffen. 9 Also
tröstete er sie aus dem Gesetz und den Propheten
und erinnerte sie der glücklichen Schlachten, die
sie zuvor getan hatten, und machte ihnen also ein
Herz. 10 Und da er sie also ermahnt hatte, erzählte
er ihnen auch, wie die Heiden keine Treue gehalten

hätten und wider ihre Eidespflicht täten. 11 Und
rüstete sie also, nicht mit Trotz[94] auf Spieß oder
Schild, sondern mit Trost auf Gottes Wort.

Er sagte ihnen auch ein Gesicht, das glaublich
war, das er gesehen hatte, davon alle Mut kriegen.
12 Und das war dies Gesicht: Onias, der Hohe-
priester (3,1; 4,34), ein trefflicher, edler, gütiger,
wohlberedeter Mann, der sich von Jugend auf aller
Tugend geflissen hatte, der reckte seine Hände aus
und betete für das ganze Volk der Juden. 13 Dar-
nach erschien ihm ein anderer alter herrlicher
Mann in köstlichen Kleidern und in einer ganz
herrlichen Gestalt. 14 Und Onias sprach zu Ju-
das: Dieser ist Jeremia, der Prophet Gottes, der
deine Brüder sehr lieb hat und betet stets für das
Volk und die Heilige Stadt. 15 Darnach gab Je-
remia mit seinen Händen dem Judas ein goldenes
Schwert 16 und sprach zu ihm: Nimm hin das
heilige Schwert, das dir Gott schenkt; damit sollst
du die Feinde schlagen!

17 Da sie nun Judas mit solchen schönen Worten,
die einem Herz und Mut machen, getröstet hatte,
beschlossen sie, sie wollten kein Lager machen,
sondern stracks an die Feinde ziehen und sie männ-
lich angreifen und der Sache ein Ende machen;
denn es stand die Stadt, der Gottesdienst und der
Tempel in Gefahr. 18 Und zwar der Weiber und
Kinder, Brüder und Freunde Gefahr achteten sie
nicht so hoch; sondern ihre höchste Sorge war
für den heiligen Tempel. 19 Und die in der Stadt
blieben, waren in großer Sorge für ihr Kriegsvolk
draußen im Felde.

20 Da es nun gelten sollte zum Treffen und die
Feinde sich versammelt und ihre Ordnung ge-

macht und die Elefanten an ihren Ort verordnet
und die Reiterei zu beiden Seiten angehängt hatten
21 und Makkabäus die Feinde sah und ihre man-
cherlei Rüstung und die schrecklichen Tiere, reckte
er seine Hände gen Himmel und bat den wunder-
baren Gott, der alles sieht; denn er wußte wohl, daß
der Sieg nicht käme durch Waffen, sondern Gott
gäbe ihn, wem er's gönnte. 22 Und er betete also:

Herr, du hast deinen Engel zur Zeit Hiskias, des
Königs der Juden, gesandt; und derselbe erschlug
in des Sanherib Lager hundertundfünfundachtzig-
tausend Mann (8,19). 23 So schicke nun auch, du
Herr im Himmel, einen guten Engel vor uns her,
die Feinde zu erschrecken. 24 Laß die erschrecken
vor deinem starken Arm, die mit Gotteslästerung
wider dein heiliges Volk ziehen. Und damit hörte
Judas auf.

25 Also zog Nikanor und sein Haufe her mit
Drommeten und großem Geschrei. 26 Judas aber
und die Seinen griffen die Feinde an mit Gebet und
Rufen zu Gott. Und mit den Händen schlugen sie,
27 mit dem Herzen aber schrien sie zu Gott, und
erschlugen in die fünfunddreißigtausend Mann;
und freuten sich sehr, daß sich Gott so gnädig
erzeigt hatte.

28 Da nun die Schlacht vollendet war und sie
wieder abzogen, kannten sie Nikanor am Har-
nisch, daß er auch erschlagen war. 29 Da erhob
sich ein großes Geschrei und Jauchzen, und sie
lobten Gott in ihrer Sprache. 30 Und Judas, der
Leib und Gut für sein Volk dargeboten und von
Jugend auf seinem Volk viel Gutes getan hatte,
gebot, man sollte dem Nikanor den Kopf und die
Hand samt der Schulter abhauen und mit gen

Jerusalem führen. 31 Als er nun hinkam, rief er sein
Volk zuhauf und stellte die Priester vor den Altar
und schickte zu den Feinden auf die Burg; 32 und
zeigte des Nikanor Kopf und des Lästerers Hand,
welche er gegen das heilige Haus des Allmächtigen
ausgereckt und dabei er sich hoch vermessen hatte
(14,32f.). 33 Er schnitt auch dem gottlosen Ni-
kanor die Zunge ab und hieß sie in Stücke für die
Vögel zerhauen, und die Hand, damit er die Unsin-
nigkeit geübt hatte, gegenüber dem Tempel auf-
hängen.

34 Und das ganze Volk lobte Gott im Himmel
und sprachen: Gelobt sei der, der seine Stadt be-
wahrt hat, daß sie nicht ist verunreinigt worden!
35 Und er steckte des Nikanor Kopf auf, daß es
jedermann aus der Burg sehen konnte, zu einem
öffentlichen Zeichen, daß ihnen der Herr gehol-
fen hatte. 36 Es ward auch einträchtig von allen
beschlossen, man sollte den Tag nicht vergessen,
37 sondern feiern, nämlich den dreizehnten Tag
des zwölften Monats, der Adar auf syrisch heißt,
einen Tag vor des Mardochai Fest[95].

38 So will ich nun hiemit dies Buch beschließen,
nachdem Nikanor umgekommen und die Juden
die Stadt wieder erobert haben. 39 Und hätte ich's
lieblich gemacht, das wollte ich gerne. Ist's aber zu
gering, so habe ich doch getan, soviel ich ver-
mochte. 40 Denn allezeit nur Wein oder Wasser
trinken ist nicht lustig; sondern zuweilen Wein,
zuweilen Wasser trinken, das ist lustig. Also ist's
auch lustig, so man mancherlei liest. Das sei das
Ende.

Anmerkungen

1 ca. 143 v. Chr.
2 ca. 124 v. Chr.
3 Hier beginnt ein zweiter Brief. Über diese beiden Briefe vgl. die Einleitung S. 84.
4 Gemeint ist Ptolemäus VI. Philometor (180–145 v. Chr.), vgl. 1. Makk. 1,19 (und 10,51 ff.). Bei Aristobulus kann es sich um den bekannten jüdisch-hellenistischen Bibel-Ausleger handeln, von dem nur Fragmente erhalten sind und der sein Werk wohl diesem ägyptischen Herrscher Ptolemaios widmete.
5 d. h. verdientermaßen, in angemessener Weise
6 Die Ereignisse um das Ende des Antiochus IV. Epiphanes (oder «der Edle»), auf die im folgenden Bezug genommen wird, werden ausführlicher, zum Teil auch im Widerspruch zu diesem Text hier, in 1. Makk. 6,1–16 und 2. Makk. 9 erzählt.
7 Über den Tod des Antiochus 164 v. Chr. Weiteres unten in Kapitel 9.
8 Die Legende von dem in Jerusalem heimlich während der babylonischen Verbannung aufbewahrten Altarfeuer (vgl. die folgenden Verse) ist sonst nirgends bezeugt.
9 d. h. antun
10 d. h. ruchbar, bekannt
11 Es muß an ein leicht entzündliches Erdöl gedacht sein (Naphtha).
12 der Nebo, nach 5. Mose 32,48–52; 34,1–8
13 d. h. über die Weihgeschenke
14 d. h. den Tempel in Jerusalem von götzendienerischer Verunreinigung gereinigt hat (nach 1. Makk. 4,41–59 und hier 1,18)

15 Über die Quellen des 2. Makkabäerbuches s. die Einleitung S. 84.

16 d. h. darüber wachte

17 Seleukus IV. Philopator, älterer Sohn Antiochus' III., regierte von 187 bis 175 v. Chr. (vgl. dazu 1. Makk. 8,6 und dort Anm. 73).

18 betraf die Marktordnung der Stadt

19 d. h. furchtlos, unbekümmert

20 d. h. Sehkraft

21 d. h. ausgepeitscht

22 d. h. sich kümmern, besorgt sein um

23 d. h. an

24 Seleukus IV. starb 175 v. Chr., im selben Jahr wurde sein jüngerer Bruder Antiochus IV., «der Edle» (oder: Epiphanes) König. Zu weiteren Einzelheiten vgl. Anm. 64 zu 1. Makk. 7,1.

25 stehen nach = streben nach (Vers 7). Da der Hohepriester auch für die Steuern zuständig war, konnte eine solche Zusage für den (unrechtmäßigen) Erwerb des Amtes ausschlaggebend sein (vgl. auch 4,24).

26 d. h. überschreiben, überweisen. Zu der einschneidenden Maßnahme, die Jason in die Wege leitete, s. die Einleitung S. 83.

27 1. Makk. 8,17 ff. wird die Mission nach Rom unter Eupolemus beschrieben. Ihr voraus ging die Gewährung von Privilegien durch Antiochus III. (223 bis 187 v. Chr.), den Vater von Seleukus IV. und Antiochus IV. Diese Privilegien schützten vor allem den gesetzesgemäßen Tempelkult. Die Errichtung eines «Spielhauses» = Gymnasion mußte als heidnische Überfremdung, als Akt der Gottlosigkeit erscheinen.

28 nämlich die Griechen bzw. die hellenistischen Herrscher des seleukidischen Reiches, mit denen sich die

vielen Konflikte ergaben, die in 1. und 2. Makk. behandelt sind

29 Die Antiochier *waren* Jerusalemer, die jedoch als hellenisierte Juden «Antiochier» hießen, aber sie wollten (entgegen Jasons Absicht) die Unterstützung des heidnischen Kults vermeiden, so daß das Geld zur Ausrüstung von Kriegsschiffen verwendet wurde.

30 Dieser Apollonius, schon 4,4 genannt, ist Amtsnachfolger des in 3,5 erwähnten Apollonius (Statthalter von Cölesyrien und Phönizien mit Judäa).

31 heute Jaffa bei Tel Aviv

32 vgl. Anm. 52 zu 1. Makk. 5,6–8

33 d.h. in der Burg von Jerusalem, in der eine königliche Garnison lag. Im 1. Makkabäerbuch sehr oft erwähnt.

34 «Da es nun also bestellt war» = «Als die Dinge so standen», «während dieser Vorgänge». Der Aufstand der zwei zilizischen (kleinasiatischen) Städte Tarsos und Mallos (s. Vers 36) hat mit den judäischen Vorgängen nichts zu tun.

35 Onias, der von Jason verdrängte Hohepriester (4,7 ff.), befand sich offenbar gleichzeitig wie Menelaus in Antiochien, d. h. wohl in dem berühmten Heiligtum von Apollon und Artemis, das sich in Daphne befand, wo er das Asylrecht in Anspruch nahm. Daher dann auch die Empörung der *Heiden* in Vers 35 ff. über die Verletzung des Asylrechts.

36 d. h. Gerücht (ebenso unten 5,5)

37 überweisen = überführen. Dieser Ptolemäus, auch 1. Makk. 3,38 erwähnt, war Nachfolger des Apollonius (s. Anm. 30 zu 4,21).

38 Die Szythen (Skythen) galten im Altertum als brutal und unvernünftig.

39 d. h. töten, ebenso «würgen» in 5,6

40 Vermutlich handelte es sich um Juden, die in Tyrus wohnten.

41 Zwei Feldzüge des Antiochus mit je einem Besuch in Jerusalem 169 und 168 v. Chr. dürften in diesem Kapitel vermischt sein.

42 Aretas war König der Nabatäer (vgl. dazu 1. Makk. 5,25 ff.).

43 d. h. Sparta. Zur (legendarischen) Verwandtschaft der Juden mit den Spartanern vgl. auch 1. Makk. 12,2–23 und 14,20–23 (hier nicht abgedruckt).

44 Damit wird sein Übermut und die Meinung, das Unmögliche zu vermögen, angedeutet.

45 Der Garizim ist der Berg südlich von Sichem (= Nablus), wo sich das kultische Zentrum der Samaritaner befindet.

46 Nicht identisch mit Apollonius in 4,4 und 4,21 und dem anderen Apollonius in 3,5.

47 Der (Jupiter =) Zeus Xenios ist der «gastfreundliche» Zeus, und deshalb muß übersetzt werden: «dieweil gastfreie Leute daselbst wohnten».

48 d. h. Anstoß nehme

49 «er bedachte sich also, wie» = «er überlegte sich die Sache so, wie»

50 d. h. Richtblock

51 Hier ist Antiochus plötzlich selbst in Jerusalem. Das ganze 7. Kapitel, obschon im Judentum und Christentum besonders bekannt geworden (s. Einleitung S. 84 f.), muß ein Einschub sein entweder des Verfassers (2,20 ff.), der hier eine andere Quelle benützt hat, oder später von anderer Hand.

52 d. h. warte

53 d. h. ungestraft bleiben

54 trotzen auf = vertrauen auf; Trotz (unten 8,18) = Anmaßung

55 sich wenden = zum Stillstand kommen; billig = zu Recht, verdientermaßen

56 Nikanor ist 1. Makk. 3,38; 7,26–47; 9,1 und in diesem Kapitel erwähnt sowie in den Kapiteln 9, 14 und 15. Die Schlachtschilderung ist als Parallele zu 1. Makk. 3,38 ff. anzusehen.

57 Was für eine Schlacht gemeint sein könnte, ist nicht klar.

58 Die Verse 30 bis 33 unterbrechen den Zusammenhang und gehören eher einer späteren Phase der Kämpfe an (vgl. die angegebenen Parallelen aus 1. Makk.). Die Verse 33 bis 36 fehlen in der Lutherbibel von 1545.

59 fuhr mit dem Wagen, d. h. reiste

60 d. h. offen

61 Er fürchtete sich vor Lysias (10,11), in dessen Hand Antiochus V. Eupator war (1. Makk. 6,17, vgl. 3,32 bis 36; 4,26 ff.).

62 Zu den Edomitern s. Anm. 43 zu 1. Makk. 4,29.

63 d. h. Waffen

64 d. h. Reiter

65 heute Tell Gezer, südlich von Lydda (Lod) am Fuß des judäischen Berglandes

66 trotzen auf = vertrauen auf

67 Zu Bet-Zur s. Anm. 44 zu 1. Makk. 4,29. 1 Feld Wegs = 1 Stadion = ca. 200 m (s. auch 12,9 f., 16 f. und 29).

68 d. h. bewegen, etwas zu tun

69 wahrscheinlich März 164 v. Chr.

70 Daß hier Menelaus als Vermittler erscheint, der nach den früher geschilderten Ereignissen ein Feind des Makkabäus sein muß (4,23–5,23), deutet auf Unstimmigkeiten hin; die Anhänger des Judas waren wohl von den hier gewährten Rechten nicht berührt.

71 Außer Timotheus sind die übrigen Befehlshaber nicht

identisch mit den zum Teil namensgleichen Personen im bisherigen Verlauf der Erzählung.

72 Zu Joppe s. Anm. 31 zu 2. Makk. 4,21.

73 d. h. bereitgestellt

74 Zu Jamnia s. Anm. 56 zu 1. Makk. 5,58.

75 Evtl. ist an die Nabatäer zu denken (vgl. 1. Makk. 5,25–27).

76 Wahrscheinlich heute el-Muzeirib südöstlich vom See von Tiberias (bzw. Genezareth) und von den Golanhöhen.

77 Vielleicht handelt es sich um die 1. Makk. 5,13 bereits erwähnte Gegend, d. h. um eine Stadt im nördlichen Ostjordanland.

78 Es muß sich um das im analogen Zusammenhang 1. Makk. 5,26 und 43f. genannte Karnaim handeln (vgl. Anm. 55 zu 1. Makk. 5,26).

79 Zu Ephron vgl. Anm. 55 zu 1. Makk. 5,26.

80 Szy- bzw. Skythopolis, 25 km südlich des Sees von Tiberias (bzw. Genezareth), heute Bet-Schean.

81 Dositheus (evtl. nicht derselbe wie in 12,19 und 24) und Esdris (im nächsten Vers) sind offenbar Unterfeldherrn des Judas.

82 Gemeint ist das Kriegsgeschrei.

83 An dem Ort – etwa 20 km südwestlich von Jerusalem – hatte sich auch David aufgehalten (1. Sam. 22,1).

84 Hier liegt ein Irrtum vor: *Judas* und die Seinen holen ihre Toten ein.

85 Zu diesem Passus (43–46) s. die Einleitung S. 84f.

86 164/163 v. Chr.

87 Beröa = Aleppo

88 Zu Modin, das in 1. Makk. sehr oft, in 2. Makk. nur hier erwähnt wird, s. Anm. 16 zu 1. Makk. 2,1.

89 Zu Ptolemais s. Anm. 54 zu 1. Makk. 5,15. Die Gerrener heißen nach Gerar, südlich von Gaza.

90 Zu diesen Vorgängen s. Anm. 64 zu 1. Makk. 7,1.
91 162/161 v. Chr.
92 d. h. Treue
93 Ob ein solches Selbstmord-Martyrium zulässig sei, wird später im Christentum diskutiert werden.
94 d. h. Vertrauen, Zuversicht
95 «des Mardochai Fest» = das Purimfest (vgl. Esth. 9, 17–19).

Das vierte Buch der Makkabäer

Einleitung

Wie schon früher bemerkt (s. S. 22f.), bringt das 4. Makkabäerbuch gegenüber dem 1. und 2. Makkabäerbuch eine weitere, ja ausschließliche Konzentration auf die Martyrien Eleasars, der sieben Brüder und ihrer Mutter (zum sog. 3. Makkabäerbuch s. S. 22f.). Der erzählerische Inhalt deckt sich im großen und ganzen mit den Kapiteln 6,18ff. und 7 des 2. Makkabäerbuchs, wobei einige wenige vorbereitende und abschließende Ereignisse aus 2. Makk. 3 und 4 sowie 9 (vgl. die Anm. 12 bis 14 und 26) zugefügt sind. Ab Kapitel 5 beherrscht das Thema der Martyrien das Feld. Die Länge der Erzählung hat zwar auch mit einer (gegenüber 2. Makk. 6f.) detaillierteren Schilderung der Folter zu tun, aber weitaus den meisten Raum nimmt die erbauliche philosophisch-religiöse Belehrung ein. Ein ganz ungeheures Gewicht bekommt ab 14,11ff. vor allem die Mutter der sieben Jünglinge, die zwar unmißverständlich als Glied des «schwächeren Geschlechts» aufgefaßt, aber nur desto höher gelobt wird, ja, sie war «in der Standhaftigkeit edler als Mannen und in der Ausdauer mannhafter als Männer» (15,30).

Die predigtartige Darbietung kreist um den einen Gedanken, der immer wieder, vor allem programmatisch in 1,13ff. ausgesprochen ist: Die Vernunft ist Selbstherrin der Triebe. «Vernunft» ist angemessen übersetzt (logismos), da das Gemeinte wirklich sehr stark rational gedacht ist. Die Verbindung mit Gottesglaube und Kenntnis des jüdischen Gesetzes ändert an der Vernünftigkeit dieser psychischen Instanz nichts, und deshalb gilt der «Lehrsatz» für Juden wie auch für Heiden. «Selbst-

herrin» ist eine etwas eigenwillige, allerdings wörtliche Übersetzung für «autokrator», eine Bezeichnung, die sonst etwa dem römischen Kaiser gegeben wird. Aber das Beweisziel ist ja auch die absolut uneingeschränkte Herrschaft der Vernunft über die «Triebe». Dieser Begriff bedarf deshalb der Erläuterung, weil er im Griechischen (pathos) nicht etwa vor allem das Antriebhafte bezeichnet, sondern das «Leiden» der Seele, die widervernünftigen Affektionen, die manchmal fast Krankheiten sein können. Zu diesem «pathologischen» Sinn des Wortes vgl. etwa 1,5f. und 2,24 bis 3,5 oder 18,2. Sonst aber ist das Wort mit unserem deutschen «Leidenschaft» vergleichbar.

Aus dem Gesagten ergibt sich, daß wir es mit einer Abhandlung zu tun haben, die sehr viele Elemente griechischer, vor allem stoischer Philosophie mit dem Judentum und dem Alten Testament verbindet, ähnlich wie der Aristeasbrief und zum Beispiel die Werke des ägyptischen Juden Philon, dem das 4. Makkabäerbuch relativ nahesteht.

Datierbar ist das Werk ins 1. Jahrhundert n. Chr., etwa in die Mitte, und als Abfassungsort kommt Antiochien in Frage, aber auch Alexandrien, das größte Zentrum des hellenistischen Judentums. Zeitlich und örtlich, aber auch inhaltlich steht das Werk demnach den neutestamentlichen Schriften sehr nahe. Auch es kennt zum Beispiel Feindesliebe (2,13f.) und stellvertretendes Leiden des Gerechten für das Volk (Anm. 3). Wie ganz allgemein die Werke aus dem hellenistischen Zweig des antiken Judentums, das die Spätantike nicht überlebte, so ist auch das 4. Makkabäerbuch vor allem von den christlichen Autoren seit dem Altertum sehr geschätzt und im Zusammenhang mit der christlichen Verehrung der makkabäischen Märtyrer immer wieder benutzt wor-

den. Vor allem die «Passio sanctorum Maccabaeorum», eine christliche Paraphrase unseres Buches aus dem 4. Jahrhundert, hat eine lange Wirkungsgeschichte bis hin zur Neuausgabe und -paraphrase durch Erasmus im Jahre 1517 gehabt. Gegenüber der kurzen und rein erzählerischen Fassung im 2. Makkabäerbuch bot unser Werk natürlich mehr gedankliche Anregung und mehr Ausschmückung für die Weitergabe der Märtyrergeschichte.

Die bei uns abgedruckte Übersetzung stammt aus Kautzschs «Apokryphen und Pseudepigraphen des Alten Testaments» (s. Bibliographie S. 754).

1

Prolog

1 Echt philosophisch ist die Ansprache, die ich
über die Frage halten will, ob die fromme Vernunft
Selbstherrscherin der Triebe ist. Darum darf ich
euch wohl mit Recht den Rat geben, auf diese
Philosophie aufmerksam zu achten. 2 Ist doch die
Ansprache so, daß ein jeglicher sich mit ihr ver-
traut machen muß, und enthält sie doch in beson-
derer Weise der größten Tugend, ich meine der
Einsicht, Lobpreis!

3 Ist es also klar, daß die Vernunft die der Beson-
nenheit hindernd entgegenstehenden Triebe, Freß-
sucht und Gier, beherrscht, 4 dann auch, daß sie
über die die Gerechtigkeit hemmenden Triebe, wie
die Bosheit, gebietet und über die die Mannhaftig-
keit hemmenden Triebe, Erregung, Schmerz und
Furcht?

5 Wie kommt es nun, könnten vielleicht einige
einwenden, daß die Vernunft, wenn sie über die
Triebe herrscht, über Vergessen und Unwissenheit
nicht regiert? 6 Was sie damit sagen wollen, ist
etwas Lächerliches: denn nicht über ihre eigenen
feindlichen Triebe herrscht die Vernunft, sondern
über die der Gerechtigkeit, der Mannhaftigkeit,
der Besonnenheit und der Einsicht feindlichen,
und auch über diese nicht so, daß sie dieselben
ausrottet, sondern so, daß sie ihnen nicht nach-
gibt.

7 An mancherlei Beispielen hierher und dorther
könnte ich euch nun zeigen, daß die fromme Ver-
nunft Selbstherrin der Triebe ist. 8 Am allerbesten

aber glaube ich es beweisen zu können ausgehend von der wackeren Männlichkeit derer, die der Tugend zuliebe den Tod erlitten, des Eleazaros[1], der sieben Brüder und ihrer Mutter.
9 Denn indem diese der Schmerzen bis zum Tod allesamt nicht achteten, zeigten sie, daß die Vernunft über die Triebe Gewalt hat.

10 So liegt mir denn ob, wegen ihrer Tugenden die Männer zu preisen, die der Tugend zuliebe um diese Zeit[2] mit ihrer Mutter gestorben sind. Um ihrer Ehren willen aber möchte ich sie selig preisen:
11 denn ob ihrer Mannhaftigkeit und Ausdauer nicht nur von allen Menschen, sondern auch von ihren Peinigern bewundert, sind sie die Ursache gewesen, daß die auf dem Volke lastende Tyrannei zunichte gemacht wurde, indem sie den Tyrannen durch die Ausdauer besiegten also, daß durch sie das Vaterland geläutert wurde[3].
12 Aber hierüber zu reden wird mir sogleich vergönnt sein, nachdem ich, wie ich das zu tun gewohnt bin, die Betrachtung des Lehrsatzes an den Anfang gestellt haben werde. Dann werde ich mich zur Betrachtung ihrer Geschichte wenden, Ehre gebend dem allweisen Gott.

Philosophische Betrachtung des Lehrsatzes

13 Wir untersuchen also jetzt die Frage, ob die Vernunft Selbstherrin der Triebe ist.
14 Da wollen wir bestimmen, was denn «Vernunft» ist und was «Trieb», ferner wie viele Arten von Trieben es gibt und ob diese alle die Vernunft beherrscht.

15 Vernunft also ist Verstand, der mit richtiger Überlegung das Leben der Weisheit erwählt.
16 Weisheit aber ist Erkenntnis göttlicher und

Der alte Tobias und seine Frau mit der Ziege

Tobias 2,20–22

menschlicher Dinge und ihrer Gründe. 17 Diese
wieder ist näher zu bestimmen als die durch das
Gesetz erlangte Bildung, durch die wir das Göttli-
che in würdiger und das Menschliche in fördernder
Weise erlernen. 18 Der Weisheit Arten stellen dar
Einsicht, Gerechtigkeit, Mannhaftigkeit und Be-
sonnenheit. 19 Die vorzüglichste von allen aber ist
die Einsicht; ist sie es doch, von der aus die Ver-
nunft die Triebe beherrscht.

20 Unter den Trieben aber sind zwei Gewächse
die wesentlichsten, Lust und Schmerz, die beide
auch die Seele umwachsen. 21 Nun umgibt die
Lust und den Schmerz auch ein zahlreiches Gefolge
von Trieben: 22 vor der Lust her geht die Gier,
hinter der Lust die Freude; 23 vor dem Schmerz
her geht die Angst, hinter dem Schmerz der Kum-
mer. 24 Ein der Lust und dem Schmerze gemein-
samer Trieb ist die Erregung, was sich zeigt, wenn
man über sie nachsinnt, sobald sie einen befallen
hat. 25 Unter den Begriff «Lust» fällt ferner der
vielgestaltigste von allen Trieben, jene sittliche
Verkommenheit, 26 die sich an der Seele als Prah-
lerei, Geldgier, Ehrgeiz, Zanksucht und Klatsch-
sucht äußert, 27 an dem Leibe als nimmersattes
Fressen, Schlingen und Alleinprassen[4]. 28 Wie nun
Lust und Schmerz gleichsam zwei Pflanzen des
Leibes und der Seele sind, so gibt es viele Ne-
bensprößlinge dieser Triebe. 29 Diese alle putzt
die Allgärtnerin Vernunft entweder aus oder be-
schneidet sie, umwickelt sie, begießt sie oder leitet
das Wasser ganz fort und veredelt so die Natur der
Stimmungen und Triebe. 30 Denn die Vernunft
ist der Tugenden Führerin, aber der Triebe Selbst-
herrin.

Seht denn nun fürs erste durch die Betrachtung
der der Besonnenheit hindernd entgegenstehenden
Dinge, daß die Vernunft Selbstherrin der Triebe
ist. 31 Besonnenheit ist Beherrschung der Begier-
den. 32 Von den Begierden aber sind die einen
seelisch, die anderen leiblich, und daß diese beiden
die Vernunft beherrscht, ist klar. 33 Denn wie
käme es sonst, daß wir uns zu den verbotenen
Nahrungsmitteln zwar hingezogen fühlen, die von
ihnen verheißenen Freuden aber verabscheuen?
Liegt da nicht die Tatsache vor, daß die Vernunft
imstande ist, die Gelüste zu beherrschen? Ich für
mein Teil glaube es. 34 Deshalb, wenngleich es uns
nach Wassertieren gelüstet und nach Vögeln und
Vierfüßlern, kurz nach den mancherlei Speisen, die
uns nach dem Gesetz untersagt sind, so sind wir
doch enthaltsam vermöge der Übermacht der Ver-
nunft. 35 Denn niedergehalten werden die durch
den besonnenen Verstand umgewandelten gelü-
stenden Triebe, und geknebelt werden alle Regun-
gen des Leibes durch die Vernunft.

2

1 Ferner: was braucht man sich darüber zu ver-
wundern, daß auch die zu einer Vereinigung mit
der Schönheit drängenden Begierden[5] der Seele
ihre Kraft verlieren? 2 Der besonnene Joseph we-
nigstens wird doch deshalb gelobt, weil er durch
Überlegung Gewalt erlangte über die Wollust.
3 Denn obschon ein Jüngling in voller Reife für den
Verkehr, entkräftete er doch durch die Vernunft
die Brunst der Triebe. 4 Es ist übrigens klar, daß
die Vernunft nicht nur die Brünstigkeit der Wol-

lust beherrscht, sondern eine jede Begierde. 5 Es
sagt wenigstens das Gesetz: Laß dich nicht gelüsten
deines Nächsten Weibes noch alles, das dein Näch-
ster hat (2. Mose 20,17). 6 Doch aus der Tatsache,
daß das untrügliche Gesetz es ist, das den Aus-
spruch getan hat, wir sollten uns nicht gelüsten
lassen, glaube ich euch noch viel überzeugender als
durch das einzelne Beispiel des Joseph dartun zu
können, daß die Vernunft imstande ist, über die
Begierden zu herrschen.

So auch über die der Gerechtigkeit hindernd
entgegenstehenden Triebe. 7 Denn wie könnte
sonst jemand, der ein gewohnheitsmäßiger Allein-
prasser, Fresser und Säufer ist, umerzogen werden,
wenn nicht offenbar die Vernunft Gebieterin der
Triebe wäre? 8 Ein Mensch jedenfalls, der nach
dem Gesetze wandelt, bezwingt, auch wenn er
geldgierig sein sollte, auf der Stelle sein eigent-
liches Wesen: er borgt den Bedürftigen ohne Zin-
sen[6], trotzdem er dereinst, wenn die Siebentjahre
kommen, sogar des verliehenen Kapitals verlustig
geht[7]. 9 Und wenn jemand auch sparsam ist, so
läßt er sich doch durch die Vernunft von dem
Gesetze beherrschen und hält weder Fruchtnach-
lese auf den abgeernteten Feldern noch Trauben-
nachlese in den Weinbergen[8].

Auch an anderen Tatsachen ist zu erkennen, daß
die Vernunft über die Triebe herrscht. 10 Denn
einmal herrscht das Gesetz über die Zuneigung zu
den Eltern: es gibt selbst um ihretwillen die Tu-
gend nicht preis. 11 Weiter beherrscht es die Liebe
zur Gattin: im Fall eines Vergehens weist es sie
zurecht. 12 Ferner gebietet es über die Liebe zu den
Kindern: im Fall einer Schlechtigkeit bestraft es sie.

Endlich regiert es auch über die Anhänglichkeit an
die Freunde: im Fall einer Bosheit gibt es ihnen
einen Verweis. 13 Ihr braucht übrigens nicht zu
wähnen, daß dies alles etwas Unglaubliches sei: ist
doch die Vernunft imstande, durch das Gesetz so-
gar den Feindeshaß zu beherrschen! 14 Sie unter-
läßt es, im Kriege die Nutzpflanzungen der Feinde
durch Umhauen der Bäume zu verwüsten; sie
nimmt sich des verirrten Viehs, das etwa den per-
sönlichen Gegnern entlaufen ist, rettend an und
hilft dem unter seiner Last zusammengebrochenen
Vieh des persönlichen Gegners wieder auf[9].

15 Aber auch, daß die Vernunft über die roheren
Triebe herrscht, ist klar, nämlich über die Herrsch-
sucht, die Eitelkeit, die Prahlerei, die Hoffart und
die Klatschsucht. 16 Alle diese unsittlichen Triebe
verabscheut der besonnene Verstand ebensosehr
wie die Erregung, über die er ja auch regiert.
17 Moses wenigstens in seiner Erregung über Da-
than und Abiram unterließ es, im Zustande der
Erregung etwas gegen sie zu unternehmen; er zü-
gelte vielmehr seine Erregung durch die Vernunft
(vgl. 4. Mose 16). 18 Denn der besonnene Ver-
stand ist, wie gesagt, fähig, im Kampfe wider die
Triebe den Sieg zu erringen und sie teils umzustim-
men, teils zu entkräften. 19 Was wäre sonst der
Grund dafür, daß unser allweiser Vater Jakob den
Symeon und den Levi samt ihren Leuten der ver-
nunftlosen Massenabschlachtung der Sichemiten
(vgl. 1. Mose 34) mit dem Worte beschuldigt: Ver-
flucht sei ihre Zorneserregung (1. Mose 49,7)?
20 Denn wäre die Vernunft nicht imstande, über die
Erregungen zu herrschen, so hätte er nicht in dieser
Weise gesprochen. 21 War es doch Gott, der bei

der Schöpfung des Menschen dessen Triebe und Stimmungen um ihn her pflanzte,
22 der jedoch über sie alle den hehren Herrscher Verstand durch die Sinne[10] auf den Thron setzte
23 und ihm ein Gesetz gab, dessen Befolgung ihm eine Königsherrschaft voll Besonnenheit, Gerechtigkeit, Güte und Mannhaftigkeit verhieß.

24 Wie kommt es nun, könnte da jemand einwenden, daß die Vernunft, wenn sie über die Triebe herrscht, über Vergessen und Unwissenheit nicht herrscht?

3

1 Es ist das aber ein recht lächerliches Wort. Denn es ist klar, daß die Vernunft nicht ihre eigenen feindlichen Triebe beherrscht, sondern die der Gerechtigkeit, der Mannhaftigkeit, der Besonnenheit und der Einsicht feindlichen, und auch diese nicht so, daß sie dieselben ausrottet, sondern so, daß sie ihnen nicht nachgibt[11].
2 So kann zum Beispiel die Gier niemand unter euch ausrotten, aber daß man nicht zum Sklaven der Gier wird, das kann die Vernunft gewähren.
3 Niemand kann unter euch die Erregung aus der Seele ausrotten, aber der Erregung zu helfen, das ist möglich.
4 Die Bosheit kann niemand unter euch ausrotten, aber daß man sich von der Bosheit niederzwingen läßt, dagegen kann doch wohl die Vernunft mitkämpfen.
5 Denn nicht Entwurzlerin, sondern Bekämpferin der Triebe ist die Vernunft.

6 Man kann sich nun diese Wahrheit an der Geschichte von dem Durste des Königs David (2. Sam. 23,14–17) noch etwas deutlicher machen.
7 Es hatte einmal David einen vollen Tag mit den

Philistern gekämpft und mit Hilfe der Krieger sei-
nes Volks viele von ihnen getötet. 8 Als es dann
Abend geworden war, ging er schweißbedeckt
und sehr ermüdet zum königlichen Zelt, um wel-
ches sich das ganze Heer unserer Vorfahren ge-
lagert hatte. 9 Nun waren die anderen alle beim
Essen. 10 Der König aber, obwohl heftigsten
Durst leidend, und trotzdem die Quellen, die er in
der Nähe hatte, gar nicht kärglich waren, ver-
mochte es nicht über sich zu gewinnen, an ihnen
den Durst zu stillen. 11 Vielmehr dörrte ihn eine
unvernünftige Gier nach dem Wasser bei den Fein-
den aus, die sich immer mehr steigerte und ihn mit
ihrer erschlaffenden Glut verzehrte. 12 Da legten,
als die Schildträger über die Gier des Königs zu
murren anfingen, zwei Jünglinge, starke Krieger,
in ehrfurchtsvoller Rücksichtnahme auf die unge-
stillte, peinigende Gier des Königs ihre ganze Rü-
stung an, nahmen ein Gefäß und stiegen über die
Palissaden der Feinde. 13 Von den Torwächtern
nicht bemerkt, schlichen sie findig im ganzen La-
ger der Feinde umher, 14 machten so voll Mut die
Quelle ausfindig und füllten aus ihr in das Gefäß
den Trunk für den König. 15 Der aber, obwohl
vom Durste verbrannt, überlegte, ein Trunk, den
man als gleichwertig mit kostbarem Menschen-
blute ansehen müsse, sei eine ganz furchtbare
Gefahr für die Seele. 16 Daher stellte er der Gier
die Vernunft gegenüber und spendete den Trank
durch Ausgießen Gott. 17 Denn der besonnene
Verstand ist fähig, den Drang der Triebe zu über-
winden und die Flammen der Brunst zu löschen,
18 die Schmerzen des Körpers, mögen sie auch über
die Maßen stark sein, niederzukämpfen und durch

die Tugend der Vernunft allen Herrschaftsgelüsten der Triebe mit Verachtung zu begegnen.

Erweis des Lehrsatzes aus der Geschichte

19 Doch die gegenwärtige festliche Zeit mahnt uns jetzt zur Erzählung der Geschichte von der besonnenen Vernunft.

20 Tiefen Frieden hatten vorzeiten unsere Väter infolge ihrer guten Gesetze und lebten in Wohlstand also, daß selbst der König von Asien, Seleukos Nikanor, ihnen sogar Geldmittel zum Besten des heiligen Tempeldienstes aussetzte und
ihre Verfassung anerkannte[12]. 21 Da störten einige
Neuerer die allgemeine Eintracht, wofür sie freilich mancherlei Unheil zu kosten bekamen[13].

4

1 So zum Beispiel ein gewisser Simon. Er war mit Onias, dem damaligen Inhaber der Hohenpriesterwürde auf Lebenszeit, einem tugendhaften Manne, politisch verfeindet. Da er ihm nun trotz aller erdenklichen Verleumdungen um des dem Onias anhängenden Volkes willen nicht zu schaden vermochte, ging er flüchtig, um sein Vaterland
zu verraten. 2 So kam er zu Apollonios, dem
Strategen von Syrien, Phönikien und Kilikien, und
sprach: 3 Ich bin ein königstreuer Mann und
komme deshalb mit der Anzeige, daß in den Schatzhäusern zu Jerusalem viele Millionen privater Gelder aufgesammelt liegt, die mit dem Tempelvermögen nichts zu schaffen haben, sondern
dem Könige Seleukos zukommen. 4 Als dann
Apollonios alles Nähere hierüber ermittelt hatte,

belobte er Simon wegen seines Interesses für den
König, eilte zu Seleukos hinauf und zeigte ihm den
Geldschatz an. 5 Da erhielt er in dieser Sache
Vollmacht, rückte eilig mit dem verfluchten Si-
mon und einem sehr starken Heer in unser Vater-
land 6 und verkündigte nach seiner Ankunft, er
komme auf königlichen Befehl, um die privaten
Gelder des Schatzhauses zu holen. 7 Das Volk
widersprach murrend diesem Vorhaben; man hielt
es für etwas ganz Furchtbares, wenn diejenigen, die
dem hehren Schatz ihre Spareinlagen anvertraut
hätten, beraubt würden, und so suchte man ihn,
solange es ging, zu hindern. 8 Jedoch Apollonios
rückte unter einer Drohung in den Tempel. 9 Da
flehten die Priester mit Weibern und Kindern im
Tempel zu Gott, er möge über die mißachtete
Stätte seinen Schild halten. 10 Und als Apollonios
mit gewappnetem Heere losging, um das Geld zu
rauben, erschienen vom Himmel her auf Rossen
Engel mit blitzenden Waffen und jagten ihnen
gewaltige Furcht ein und Zittern. 11 Da stürzte
Apollonios im Tempel, im Vorhof der Heiden,
halb tot nieder, streckte die Hände gen Himmel
und bat die Hebräer unter Tränen, sie möchten
für ihn betend das himmlische Heer besänftigen.
12 Aber noch mehr: denn er bekannte sich als
Sünder, der den Tod verdient habe; da er aber mit
dem Leben davongekommen sei, werde er allen
Menschen von der Wunderkraft der hehren Stätte
ein Lied singen. 13 Durch diese Worte bewogen,
betete der Hohepriester Onias, obwohl sonst in
religiösen Dingen vorsichtig, für ihn, damit der
König Seleukos nicht am Ende die Meinung er-
hielte, Apollonios sei durch einen menschlichen

Anschlag hinweggerafft worden, nicht aber durch
göttliche Gerechtigkeit. 14 So zog der wider Er-
warten Gerettete davon, um dem Könige zu be-
richten, was ihm zugestoßen war.

15 Als aber der König Seleukos gestorben war,
folgte ihm in der Herrschaft sein Sohn Antiochos
Epiphanes, ein übermütiger, gewalttätiger Mann[14].
16 Der entsetzte den Onias des Hohenpriester-
tums und machte dessen Bruder Jason zum Ho-
henpriester. 17 Denn dieser hatte sich ihm ver-
pflichtet, wenn er ihm die Würde übertrüge, jähr-
lich dreitausendsechshundertundsechzig Talente
zu zahlen, 18 und so übertrug ihm jener das Amt
des Hohenpriesters und des Regenten über das Volk.
19 Der nun gewöhnte das Volk an eine andere
Lebenshaltung und an eine andere Verfassung,
kurz an jede Gesetzwidrigkeit. 20 So errichtete er
nicht nur ein Gymnasion, noch dazu auf der Burg-
höhe unseres Vaterlandes, sondern richtete auch
den Tempeldienst zugrunde. 21 Ergrimmt darob,
führte die göttliche Gerechtigkeit freilich gerade
den Antiochos zum Krieg herbei. 22 Als dieser
nämlich in Ägypten mit Ptolemaios Krieg führte,
hörte er, daß auf ein Gerücht hin, er sei gestorben,
sich die Jerusalemiten ganz über die Maßen gefreut
hätten; da war er rasch entschlossen gegen diese
aufgebrochen. 23 Und nachdem er sie überwältigt
hatte, gab er den Erlaß: wer von ihnen nachweisbar
das väterliche Gesetz befolge, der solle sterben.
24 Da er nun auf keine Weise die Gesetzestreue des
Volks durch die Erlasse unwirksam zu machen
vermochte, vielmehr alle seine Drohungen und
Strafen unwirksam sah, 25 also daß sogar Frauen,
weil sie ihre Knäblein beschnitten hatten, sich mit-

samt den Säuglingen freiwillig in die Tiefe stürz-
ten – wußten sie doch im voraus, daß sie dies
ohnehin erleiden würden –, 26 da also seine Erlasse
von der Nation mißachtet wurden, suchte er per-
sönlich einen jeden einzelnen des Volks durch Fol-
terqualen zu zwingen, unreine Speisen zu kosten
und dadurch das Judentum abzuschwören.

5

Das Martyrium des Eleazar

1 So hielt denn der Tyrann Antiochos mit seinen
Beisitzern auf einer hochgelegenen Stätte öffent-
lich Gericht, rings umgeben von seinen unter den
Waffen stehenden Truppen, 2 und er befahl den
Speerträgern, jeden einzelnen der Hebräer heran-
zuschleppen und ihn zu zwingen, Schweine- und
Götzenopferfleisch zu kosten; 3 die sich aber etwa
weigerten, Unreines zu essen, die sollten durch
Rädern umgebracht werden. 4 Als nun schon viele
gewaltsam herbeigeführt worden waren, da wurde
als erster aus der Menge ein Hebräer nahe vor ihn
hingestellt, mit Namen Eleazaros, seiner Abstam-
mung nach Priester, seiner Bildung nach Gesetzes-
gelehrter und von vorgeschrittenem Alter, vielen
in der Umgebung des Tyrannen wegen seiner
Philosophie[15] wohlbekannt.

5 Als Antiochos ihn sah, sprach er: 6 Ich für
mein Teil, bevor ich die Foltern an dir beginnen
lasse, Alter, möchte dir den Rat geben, dich durch
Kosten des Schweinefleisches zu retten; denn ich
habe Achtung vor deinem Alter und deinem Grau-
kopf, wiewohl mir jemand, der ihn schon so lange
wie du trägt und sich immer noch zur Judenreli-

gion hält, gerade nicht als Philosoph vorkommt.
7 Denn warum verabscheust du, wo doch die Natur die gnädige Spenderin ist, den Genuß des vorzüglich schmeckenden Fleisches dieses Tieres da?
8 Es ist doch wahrhaftig ein Unsinn, dieses Nichtgenießen der unschuldigsten Freuden; ja es ist ein Unrecht, die Gnadenspenden der Natur zurückzuweisen.
9 Du aber, du scheinst mir einen noch größeren Unsinn zu begehen, wenn du etwa in deiner hohlen Meinung über das Wahre
10 auch noch mich mißachtest zu deinem eigenen Schaden. Willst du nicht noch erwachen aus euerer albernen Philosophie,
11 dem leeren Dunst deiner Meinungen den Abschied geben, Vernunft annehmen, wie sie zu deinem Alter paßt, und über die Wahrheit philosophieren, die etwas nutzt?
12 Willst du nicht Ehrfurcht haben vor meinem menschenfreundlichen Zureden und Mitleid mit deinem Greisenalter?
13 Denn bedenke doch: wenn über dieser euerer Religion wirklich eine beaufsichtigende Macht waltet, dann wird sie dir doch gewiß jede dir aufgezwungene Gesetzesübertretung verzeihen.

14 Während so der Tyrann zum gesetzeswidrigen Fleischgenuß ermunterte, bat Eleazaros ums Wort
15 und begann, als er die Erlaubnis zu reden erhalten hatte, folgendermaßen mit lauten Worten:
16 Wir, Antiochos, die wir ein göttliches Gesetz gehorsam befolgen, sind der Meinung, einen stärkeren Zwang gebe es nicht als den treuen Gehorsam gegen unser Gesetz.
17 Deshalb halten wir es in keinem einzigen Falle für recht, gegen das Gesetz zu handeln.
18 Ja sogar wenn unser Gesetz, wie du annimmst, in Wahrheit nicht ein göttliches wäre,

wir aber nur der Meinung wären, es sei gött-
lich, selbst dann dürften wir unsere Ansicht über
die Frömmigkeit nicht außer Geltung setzen.
19 Darum glaube du ja nicht, es sei das eine kleine
Sünde, wenn wir Unreines essen würden. 20 Denn
kleine und große Gesetzesübertretungen sind
gleich ernst; 21 wird doch in beiden Fällen mit
gleichem Übermut gegen das Gesetz gefrevelt.
22 Du spottest über unsere «Philosophie», als sei
es ein Mangel an vernünftiger Überlegung, daß
wir in ihr leben. 23 Dabei lehrt sie uns nämlich Be-
sonnenheit, so daß wir über alle Lüste und Be-
gierden herrschen; in Mannhaftigkeit übt sie uns,
so daß wir jeden Schmerz freiwillig erdulden;
24 in Gerechtigkeit erzieht sie uns, so daß wir in
allen wechselnden Stimmungen gleichmäßig han-
deln; in Frömmigkeit unterweist sie uns, so daß wir
allein den Gott, der ist, mit dem ihm gebührenden
Glanze verehren. 25 Deshalb essen wir nichts Un-
reines; denn obwohl wir glauben, daß das Gesetz
eine Sache Gottes ist, so wissen wir doch, daß der
Schöpfer der Welt als Gesetzgeber seiner Natur
nach mit uns empfindet[16]. 26 Was unserer Seele
verwandt sein werde, das gestattete er uns zu essen;
den Genuß widerlichen Fleisches aber verbot er.
27 Tyrannisch dagegen ist es von dir, uns zu zwin-
gen, nicht nur gegen das Gesetz zu handeln, son-
dern auch noch außerdem deshalb zu essen, damit
du über die uns tief verhaßte Esserei dieses Unrei-
nen lachen kannst. 28 Über mich freilich sollst du
dieses Lachen nicht lachen, 29 noch will ich wahr-
lich die hehren Eidesgelübde der Vorfahren, das
Gesetz zu halten, brechen, 30 selbst dann nicht,
wenn du mir die Augen ausreißen und die Ein-

geweide schmelzen wirst. 31 So greisenhaft un-
männlich bin ich denn doch nicht, daß sich meine
Vernunft, wo es sich um die Frömmigkeit handelt,
nicht verjüngen könnte. 32 Gegen diese Mächte
magst du die Folterräder rüsten, magst du das
Feuer noch heftiger anfachen! 33 So stark wird
mein Mitleid mit meinem Greisenalter denn doch
nicht sein, daß ich aus eigner Machtvollkom-
menheit das väterliche Gesetz zunichte machen
könnte. 34 Nicht belügen will ich dich, Erzieher
Gesetz, nicht als Flüchtling dich verlassen, Freun-
din Selbstbeherrschung, 35 nicht dich schänden,
weisheitliebende Vernunft, nicht dich verleugnen,
hochwürdiges Priesteramt und Gesetzesverständ-
nis! 36 Und nicht beflecken sollst du, Mund,
durch das Essen des Unreinen mein ehrwürdiges
Alter und die Neige eines gesetzestreuen Lebens!
37 Fehllos sollen mich die Väter im Himmel zu sich
aufnehmen, und ohne daß ich gebebt hätte vor
deinen Todesmartern. 38 Gottlose sind es, über
die du Tyrann sein magst; über meine Gedanken
von der Frömmigkeit wirst du weder mit Worten
regieren noch mit Taten!

6

1 Als Eleazaros derart den zuredenden Worten
des Tyrannen Gegenrede getan hatte, schleppten
ihn die dabeistehenden Speerträger voll Roheit zu
den Foltergeräten. 2 Zunächst zogen sie den Greis
vollständig aus; reich geschmückt freilich blieb er
durch jenen Adel, der die Frömmigkeit umwaltet.
3 Dann banden sie ihm von beiden Seiten die Hände
auf den Rücken und peinigten ihn mit Geißelhie-

ben, 4 während von einer anderen Seite ein Herold
ihm zubrüllte: Gehorche den Geboten des Königs!
5 Er aber, der Hochgemute und Edelgeborene, im
wahren Sinne des Namens ein Eleazaros[17], kehrte
sich nicht im mindesten daran, gerade als träume er
nur von den Foltern; 6 vielmehr die Augen hoch
gen Himmel richtend, ließ sich der Greis das
Fleisch in Stücken vom Leibe geißeln, ließ sich von
Blut überströmen und die Seiten mit Wunden
bedecken. 7 Und als er am Zusammenbrechen
war, weil sein Körper die Schmerzen nicht mehr
ertrug, da hielt er doch aufrecht und ungebeugt die
Vernunft. 8 Einer der rohen Speerträger sprang
ihm in die Weichen und gab ihm einen Fußtritt,
damit er, der Zusammenbrechende, sich wieder
aufrecht stelle. 9 Er aber hielt die Schmerzen
aus, verachtete den Zwang und ertrug die Miß-
handlungen, 10 und wie ein braver Athlet sich
schlagend, überwand der Greis seine Peiniger.
11 Selbst von diesen wurde er, schweißbedeckten
Antlitzes und schwer keuchend, wegen seines
wackeren Mutes angestaunt.

12 Teils aus Mitleid mit seinem Greisenalter,
13 teils aus Teilnahme für ihren Bekannten, teils
aus Bewunderung seiner Standhaftigkeit traten da
einige vom Hofe des Königs zu ihm und sprachen:
14 Warum willst du dich wegen dieser erbärmli-
chen Geschichten unvernünftig zugrunde richten,
Eleazar? 15 Wir wollen dir von der gekochten
reinen Speise zu essen geben; du aber tue, als
kostetest du von dem Schweinefleisch, und rette
dich dadurch!

16 Doch Eleazaros, als sei er durch diesen Rat
noch roher gepeinigt worden, schrie auf: 17 Nein!

Von so schlechter Gesinnung wollen wir nicht
sein, wir Söhne Abrahams, daß wir mit weichli-
cher Seele eine unser unwürdige Komödie spielen.
18 Ja, das wäre «unvernünftig», wenn wir, die wir
unser Leben lang bis zum Greisenalter im Verkehr
mit der Wahrheit gelebt und unsere Ansicht hier-
über mit gesetzestreuem Ernste vertreten haben, –
wenn wir uns jetzt ändern würden 19 und wenn
wir in eigner Person der Jugend ein Urbild der
Gottlosigkeit würden, um als Beispiel dafür zu
dienen, daß man Unreines genießen darf. 20 Ja eine
Schande wäre es, wenn wir während des vielleicht
nur kurzen Restes unseres Lebens von allen wegen
unserer Feigheit ausgelacht 21 und von dem Ty-
rannen als unmännlich verachtet würden, unser
göttliches Gesetz aber nicht bis in den Tod be-
schirmt hätten. 22 Solchen Zumutungen gegen-
über geht ihr, ihr Söhne Abrahams, voll adeliger
Gesinnung im Dienste der Frömmigkeit in den
Tod! 23 Ihr aber, ihr Speerträger des Tyrannen,
was zaudert ihr?

24 Als sie ihn den Zwangsmitteln gegenüber so
hochgemut und selbst ihrem Mitleide gegenüber
so unbeugsam sahen, schleppten sie ihn auf das
Feuer, 25 legten neues Brennholz unter, brann-
ten ihn mit grausam ersonnenen Werkzeugen und
gossen ihm stinkende Brühe in die Nasenlöcher.
26 Er aber, schon bis auf die Knochen verbrannt
und nahe daran, das Leben auszuhauchen, hob
seine Augen auf zu Gott und sprach: 27 Du, o Gott,
weißt es: ich hätte mich retten können, aber unter
des Feuers Qualen sterbe ich um des Gesetzes
willen. 28 Sei gnädig deinem Volke, laß dir genü-
gen die Strafe, die wir um sie erdulden! 29 Zu einer

Läuterung laß ihnen mein Blut dienen und als
Ersatz für ihre Seele nimm meine Seele! 30 Nach
diesen Worten starb der hehre Mann voll adeliger
Gesinnung in den Martern: bis zu den Todesmar-
tern konnte er durch die Vernunft Widerstand
leisten um des Gesetzes willen.

31 So ist es denn sonnenklar, daß Herrin der
Triebe die fromme Vernunft ist. 32 Denn wenn in
dem Martyrium des Eleazar die Triebe über die
Vernunft geherrscht hätten, dann hätte ich ihnen
wohl das Zeugnis gegeben, daß sie die Übermacht
haben. 33 Nun aber hat die Vernunft über die
Triebe gesiegt, folglich gestehen wir ihr mit Fug
und Recht den Anspruch auf die Oberleitung zu.
34 Und es ist in der Ordnung, daß wir bekennen,
die Macht gebühre der Vernunft, da sie ja selbst
die äußeren Schmerzen beherrscht, als wären sie
lächerliche Dinge. 35 Zudem zeige ich ja, daß die
Vernunft nicht nur über die Schmerzen geherrscht
hat, sondern auch, daß sie über die Lüste herrscht,
ohne ihnen zu weichen.

7

1 Lenkte doch wie ein trefflicher Steuermann die
Vernunft unseres Vaters Eleazaros mit dem Steuer
in der Hand das Schiff der Frömmigkeit im Meer
der Triebe, 2 und umstürmt von den Drohungen
des Tyrannen und überflutet von den Wogenmas-
sen der Martern, 3 wandte sie die Steuerruder der
Frömmigkeit nicht um Haaresbreite vom Ziele
weg, bis sie eingelaufen war in den Hafen des
unsterblichen Siegs. 4 Noch niemals leistete eine
mit zahlreichen Maschinen jeder Art belagerte

Stadt einen solchen Widerstand wie jener Allhei-
lige. An seiner hehren Seele durch hochnotpeinli-
che Feuerqualen bedrängt, zwang er die Belagerer
zum Abzuge, weil über ihn den Schild hielt die
fromme Vernunft. 5 Wie an einer ins Meer ra-
genden Felsenspitze, so ließ der Vater Eleazaros
an seiner Überlegung die wütenden Wogen der
Triebe sich brechen. 6 Ja, du des Priestertums
würdiger Priester, weder hast du besudelt die heh-
ren Zähne, noch den Leib, der nur Gottesfurcht
und Reinhaltung in sich schloß, gemein gemacht
durch Genuß des Unreinen! 7 O du mit dem
Gesetze zusammenklingende Seele und du Philo-
soph eines göttlichen Lebens! 8 So sollten alle die
sein, die sich von Amtes wegen mit dem Gesetz zu
beschäftigen haben: mit eigenem Blut und mit
edlem Schweiß wider die bis in den Tod dauernden
Triebe den Schild über das Gesetz haltend! 9 Du,
Vater, hast unserer Gesetzestreue ruhmvolles
Recht durch deine Ausdauer erwiesen, hast unsere
heiligen Bräuche mit würdiger Sprache vor der
Vernichtung geschützt und hast durch die Taten
bewiesen, daß die Worte der Philosophie zuver-
lässig sind, 10 du Greis, stärker als Foltern, du
Alter, mächtiger als Feuer, du Großkönig über die
Triebe, Eleazar! 11 Wie der Vater Aaron, mit der
Räucherpfanne gerüstet, durch die Volksmenge
eilte und den Brandengel überwand[18], 12 so blieb
der Aaronide Eleazaros, von des Feuers Schmelz-
hitze verzehrt, unerschüttert in seiner Vernunft.
13 Was aber das Wunderbarste war: er, der Greis,
wurde, als die Sehnen seines Körpers bereits er-
schlafft waren, seine Fleischteile sich überall gelöst
hatten und seine Muskeln gelähmt waren, wieder

jung 14 durch den Geist der Vernunft und machte
durch die isakische[19] Vernunft die vielköpfige Fol-
ter unwirksam. 15 O über das glückselige Greisen-
alter und das ehrwürdige Silberhaar und das geset-
zestreue Leben, dem der Tod das Echtheitssiegel
der Vollendung aufdrückte!
16 Wenn nach alledem ein Greis die Martern bis
zum Tod aus Frömmigkeit verachten konnte, so ist
die fromme Vernunft sonnenklar die Führerin der
Triebe. 17 Vielleicht möchten da aber einige ein-
wenden: Über die Triebe haben nicht alle Men-
schen Gewalt, weil ja nicht bei allen die Vernunft
verständig ist. 18 Aber wer immer sich um die
Frömmigkeit von ganzem Herzen kümmert, der,
aber auch nur der ist imstande, über die Triebe des
Fleisches zu herrschen, 19 in dem Glauben, daß
man, wie auch unsere Erzväter Abraham, Isaak
und Jakob, Gotte nicht stirbt, sondern Gotte lebt.
20 Also widerspricht unserem Satz in keiner Weise
die offenbare Tatsache, daß einige, weil ihre Ver-
nunft geschwächt ist, von den Trieben beherrscht
werden. 21 Ist es denn überhaupt möglich, daß je-
mand, der nach dem unverkürzten Maße der Phi-
losophie fromm philosophiert, der gottesgläubig
ist 22 und weiß, daß es Glückseligkeit ist, um der
Tugend willen jedes Ungemach zu erdulden, – um
der Frömmigkeit willen über die Triebe keine Ge-
walt bekommt? 23 Ist doch einzig der Weise und
Besonnene der mannhafte Herr über die Triebe.

Das Martyrium der sieben Brüder

24 So konnten denn auch junge Burschen kraft
ihrer Philosophie der frommen Vernunft noch
grausigerer Martern Herr werden.

8

1 Der Tyrann nämlich, der bei dem ersten Ver-
such eine offenbare Niederlage erlitten hatte, da es
ihm nicht gelungen war, einen Greis zum Essen des
Unreinen zu zwingen, 2 befahl nun in heftigster
Leidenschaft, andere, nämlich dieses Mal aus der
Jugend der Hebräer, vorzuführen: wenn sie Unrei-
nes genießen würden, dann seien sie nach dem
Genusse freizulassen; wenn sie sich aber weigerten,
dann seien sie noch peinlicher zu foltern. 3 Auf
dieses Gebot des Tyrannen wurden samt ihrer
alten Mutter sieben Brüder vorgeführt, schön, be-
scheiden, edel und in jeder Beziehung anmutig.
4 Als der Tyrann sie erblickte, wie sie gleichsam
im Chore die Mutter umringten, erhielt er einen
günstigen Eindruck von ihnen, und betroffen von
ihrem Anstand und Adel, lächelte er ihnen zu, rief
sie näher und sagte: 5 Ihr jungen Männer, ich bin
einem jeden einzelnen von euch wohlgeneigt und
bewundere euere Schönheit, habe auch einen gro-
ßen Respekt vor einer so stattlichen Zahl von
Brüdern. Darum gebe ich euch nicht nur den Rat,
doch nicht dieselbe Verrücktheit zu begehen wie
der eben gefolterte Greis, 6 sondern ich fordere
euch auch auf, mir insgesamt nachzugeben und
euch dadurch den Genuß meiner Freundschaft zu
erwerben. Denn zu beidem bin ich imstande: die
meinen Geboten nicht Gehorsamen zu bestrafen
und den Treugehorsamen Wohltaten zu erweisen.
7 Verlaßt euch darauf, ihr sollt in meinem Staats-
dienst in leitende Stellungen kommen, wenn ihr
den Brauch euerer väterlichen Verfassung aufgebt.
8 Nehmt doch hellenische Lebensart an, ändert eure

Gewohnheiten und genießt eure Jugend! 9 Ande-
renfalls, wenn ihr mich durch euren Ungehorsam
zornig macht, zwingt ihr mich, euch nach schwe-
ren Strafen Mann für Mann peinlich hinrichten zu
lassen. 10 Habt denn Mitleid mit euch selbst, die
ihr sogar mich persönlich, eueren Feind, wegen
eurer Jugend und Wohlgestalt dauert! 11 Wollt ihr
denn nicht bedenken, daß bei einem etwaigen Un-
gehorsam nur eins für euch herauskommt: der
Foltertod?

12 Nach diesen Worten befahl er, um sie durch
die Furcht zum Genusse des Unreinen zu bewe-
gen, die Folterwerkzeuge an Ort und Stelle zu ho-
len. 13 So holten denn die Speerträger Räder und
Gliedverrenker, Marterzeug und Schleifhaken und
Schwingen und Kessel, Pfannen und Fingerschrau-
ben und eiserne Hände und Keile und Feuerblase-
bälge. Der Tyrann aber hob von neuem an und
sprach: 14 Ihr Bürschchen, geratet nur in Angst!
Die Gerechtigkeit Gottes, die ihr verehrt, wird
euch gnädig sein, weil die Gesetzesübertretung
euch nur aufgezwungen worden ist.

15 Sie aber, die so Verlockendes hörten und so
Grausiges schauten, gerieten nicht nur nicht in
Angst, sondern leisteten dem Tyrannen in Philoso-
phenrede Widerstand und machten durch die Ver-
nunft ihrer Überlegung seine Tyrannei zunichte.
16 Trotzdem wollen wir zunächst einmal den Fall
überlegen, daß einige unter ihnen feige gesinnt und
unmännlich gewesen wären. Was für Worte hätten
sie dann wohl gehabt? Nicht die folgenden: 17 O
wir Armen mit unserer großen Torheit! Ein König
ermahnt uns und ruft uns zu einer Wohltat; soll-
ten wir uns da nicht von ihm überreden lassen?

18 Warum unsere Freude haben an leeren Launen
und uns erkühnen zu todbringendem Ungehor-
sam? 19 Wollen wir nicht, Männer und Brüder,
der Furcht vor den Foltergeräten Raum geben und
die angedrohten Folterqualen bedenken, nicht die-
sem leeren Wahn und dieser verderbenbringenden
Prahlerei entrinnen? 20 Wir wollen Mitleid haben
mit unserer eigenen Jugend und Erbarmen mit
dem Alter unserer Mutter 21 und beherzigen, daß
auf unserem Ungehorsam der sichere Tod steht!
22 Verzeihen wird uns ja auch die göttliche Gerech-
tigkeit, weil wir nur dem Zwange nachgebend den
König gefürchtet haben. 23 Warum uns dem so
lieben Leben entziehen und uns der süßen Welt
berauben? 24 Wir wollen nicht Gewalt wider
Zwang setzen und nicht einen Wahn des Ruhms in
unserer Marter suchen! 25 Auch das Gesetz ver-
dammt uns nicht zum Tode, wenn wir unfreiwillig
handeln, nur aus Furcht vor den Foltern. 26 Woher
stammt sie überhaupt, diese Rechthaberei, die wir
uns in den Kopf gesetzt haben, und diese Hartnäk-
kigkeit, die uns gefällt, aber auch den Tod bringt,
während es uns doch freisteht, dem Könige zu
gehorchen und ein geruhiges Leben zu führen?

27 Doch nichts von alledem sprachen oder dach-
ten auch nur die vor der Folter stehenden Jüng-
linge. 28 Waren sie doch kraft ihrer Gesinnung
über die Triebe erhaben und Selbstherrscher über
die Schmerzen. 29 Und so sprachen sie denn, als
der Tyrann mit seinem Zureden, sie möchten Un-
reines genießen, zu Ende war, alle zusammen ein-
stimmig, wie aus einer Seele heraus, also:

9

1 Was zauderst du, Tyrann? Sind wir doch eher
zu sterben bereit, als unsere väterlichen Gebote zu
übertreten. 2 Schämen müßten wir uns ja füglich
vor unseren Vorfahren, wenn wir den treuen Gehorsam gegen das Gesetz und Mose als Ratgeber
beiseite ließen. 3 Du aber, Tyrann, du Ratgeber
der Ungesetzlichkeit, unterlasse es, uns selbst an
Mitleid mit uns übertreffen zu wollen, da du uns
doch hassest. 4 Denn härter als selbst der Tod
deucht uns dein Mitleid zu sein, das uns zu einer Rettung durch Gesetzesübertretung verführen
möchte. 5 Du meinst, indem du uns den peinlichen Tod androhst, uns erbeben zu machen, gerade als hättest du vorhin von Eleazaros keine
Lehre empfangen. 6 Und doch, wenn der Hebräer
Greise um der Frömmigkeit willen selbst mit Erduldung von Folterqualen in den Tod gehen konnten, dann dürfen wir, die Jungen, doch wohl mit noch größerem Recht in den Tod gehen, nicht ansehend die Qualen deiner Zwangsmittel, die selbst ein Greis wie unser Erzieher überwunden
hat. 7 So stelle denn, Tyrann, auf die Probe! Daß
du uns auch an unseren Seelen mit deiner Folter einen Schaden zufügst, wenn du uns um der Frömmigkeit willen töten wirst, das glaube nicht!
8 Denn wir, wir werden durch dieses geduldige Ertragen des Leidens die Siegespreise der Tugend erhalten und bei Gott sein, um dessentwillen wir
dieses leiden; 9 du aber wirst um unserer Ermordung willen, mit der du dich beflecktest, durch die göttliche Gerechtigkeit eine entsprechende ewige Qual zu erdulden haben.

10 Als sie so sprachen, ergrimmte der Tyrann
nicht nur über ihren Ungehorsam, sondern er
ward auch zornig über ihre Undankbarkeit. 11 So
schleppten denn auf sein Geheiß die Geißler den
Ältesten von ihnen herbei, zerrissen sein Gewand
und banden ihm die Hände und Arme auf beiden
Seiten mit Riemen fest. 12 Als sie sich aber an ihm
müde gegeißelt hatten, ohne doch etwas auszurich-
ten, warfen sie ihn auf das Rad. 13 Um dieses
wurde der edelgeborene Jüngling gespannt, so daß
seine Glieder sich ausrenkten. 14 Als so seine sämt-
lichen Glieder gebrochen waren, brach er in die
Anklage aus: 15 Du schmutzigster der Tyrannen,
du Widersacher der himmlischen Gerechtigkeit
und du Grausamer, nicht weil ich einen Menschen
gemordet hätte, folterst du mich so, oder weil ich
wider Gott gefrevelt hätte, sondern weil ich vor ein
göttliches Gesetz den Schild halte. 16 Da sagten die
Speerträger zu ihm: Willige doch ein und iß, damit
du der Foltern ledig wirst! 17 Er aber sprach: Euer
Rad ist nicht so mächtig, ihr schmutzigen Knechte,
daß es meine Vernunft erdrosseln könnte. Zer-
schneidet meine Glieder, verbrennet mein Fleisch
in einzelnen Stücken, verrenkt meine Gelenke!
18 Bei allen diesen Foltern will ich euch zeigen, daß
einzig die Söhne der Hebräer im Kampfe für die
Tugend unbesiegbar sind. 19 Während er noch so
redete, machten sie unter ihm ein Feuer an und
spannten unter fortwährendem Anfachen das Rad
immer mehr an. 20 Überall wurde da das Rad mit
Blut befleckt, die aufgehäuften glühenden Kohlen
verlöschten durch das viele herabtröpfelnde Blut-
wasser, und die Fleischstücke fuhren umher um die
Achsen der Maschine. 21 Aber trotzdem ihm be-

reits das Knochengerüst überall zu schmelzen be-
gann, seufzte der hochgemute und abramiäische[20]
Jüngling nicht. 22 Vielmehr, als wäre ihm im
Feuer durch Verwandlung Unzerstörbarkeit ver-
liehen worden, ertrug er voll Adel die Foltern:
23 Folgt meinem Beispiele, Brüder, so rief er, deser-
tiert nicht aus meiner Kämpferschar, schwört nicht
ab, sondern beweist, daß auch im wackeren Mut
ein Bruderbund zwischen euch und mir besteht.
Kämpft einen hehren und edlen Kampf um die
Frömmigkeit, 24 durch den die gerechte, von un-
seren Vätern verehrte Vorsehung unserem Volke
gnädig sein und den verruchten Tyrannen bestra-
fen wird! 25 Als der hochehrwürdige Jüngling dies
gesagt hatte, hauchte er seine Seele aus.

26 Doch während sich noch alle über seine See-
lenstärke verwunderten, schleppten die Speerträ-
ger schon den Zweitältesten heran, legten sich die
eisernen Hände an und schlossen ihn mit den spit-
zen Krallen an die Maschinen und die Schwinge an.
27 Als sie aber vor der Folterung auf die Frage, ob er
essen wolle, die Antwort voll Adel vernommen
hatten, 28 krallten ihm die Pantherbestien in der
ganzen Gegend von den Nackensehnen bis zum
Kinn die eisernen Hände ins Fleisch, zogen an und
rissen ihm die Kopfhaut ab. Er jedoch ertrug voll
Stärke diesen Schmerz und sprach: 29 Wie süß ist
doch, in jeder Form, der um der Frömmigkeit
unserer Väter willen erlittene Tod! Zu dem Tyran-
nen aber sprach er: 30 Glaubst du nicht selbst, du
rohester aller Tyrannen, daß du in diesem Augen-
blicke schlimmer gefoltert wirst als ich? Mußt du
es doch mit ansehen, wie deine übermütige Tyran-
nenvernunft gedemütigt wird durch unsere Stand-

haftigkeit um der Frömmigkeit willen. 31 Denn
ich, ich fühle durch die die Tugend begleitenden
Freuden meinen Schmerz gemildert. 32 Du aber,
du wirst mitten in deinen gottlosen Drohungen
gefoltert und wirst, du schmutzigster der Tyrannen, den Strafen des göttlichen Zornes nicht entrinnen!

10

1 Als er dann den Ruhmestod standhaft ertragen
hatte, wurde der dritte herangeschleppt, von vielen inständig ermahnt, doch zu essen und sich so
zu retten. 2 Er aber schrie auf: Wisset ihr denn
eigentlich gar nicht, daß mich derselbe Vater erzeugt hat wie die Getöteten, daß mich dieselbe
Mutter geboren hat, daß ich auf dem Grunde
derselben Lehrsätze erzogen bin? 3 Ich schwöre
ihn nicht ab, den adelsverwandten Bruderbund!
4 Wenn ihr gegen diese Macht ein Strafmittel habt,
nur heran damit, aber nur an meinen Körper!
Meine Seele werdet ihr, selbst wenn ihr diese Absicht hättet, nicht antasten! 5 Jene aber, erbittert
über den Freimut des Mannes, renkten ihm mit
Gliederverrenkmaschinen Hände und Füße aus,
hoben die einzelnen Glieder aus den Gelenken
6 und zerbrachen ihm Finger, Arme, Schenkel und
Ellenbogen. 7 Da sie aber in keiner Weise sein
Leben zu ersticken vermochten, zerrten sie ihm die
ganze Haut mitsamt den äußersten Fingerspitzen
herunter, skalpierten ihn nach Skythenart und legten ihn dann sofort auf das Rad. 8 Um dieses
herumgebunden, sah er, während ihm vom Wirbel
an die einzelnen Glieder zerstückelt wurden, wie
sein Fleisch zerfetzt wurde und an seinen Einge-

weiden die Blutstropfen herabrannen. 9 Da, im
Augenblicke des Todes sprach er: 10 Wir, du
schmutzigster der Tyrannen, wir erdulden sol-
ches um der gottgefälligen Zucht und Tugend wil-
len; 11 du aber wirst um der Gottlosigkeit und
Blutschuld willen unaufhörliche Martern erdul-
den!

12 Nachdem auch er seiner Brüder würdig ge-
storben war, führten sie den vierten herbei und
sprachen: 13 Sei du doch nicht derselbe Narr wie
deine Brüder, sondern gehorche dem König und
rette dich! 14 Er aber erwiderte ihnen: So heiß
brennt das Feuer, das ihr wider mich angesteckt
habt, nicht, daß ich ein feiger Mann werden müßte.
15 Bei dem glückseligen Tode meiner Brüder und
dem ewigen Verderben des Tyrannen und dem
ruhmvollen Leben der Frommen, ich will den ade-
ligen Bruderbund nicht verleugnen! 16 Ersinne
nur, Tyrann, Martern: auch durch sie sollst du nur
lernen, daß ich der Bruder der vor mir Gemarter-
ten bin! 17 Als dies der blutdürstige, mordgierige
und allerschmutzigste Antiochos hörte, befahl er,
ihm die Zunge auszuschneiden. 18 Er aber erwi-
derte: Wenn du mir auch das Werkzeug der Spra-
che raubst, Gott hört auch die Stummen. 19 Siehe,
herausgestreckt ist meine Zunge! Schneide sie ab!
Du wirst deswegen doch nicht unserer Vernunft
die Zunge abschneiden. 20 Gern lassen wir uns
für Gott die Glieder des Leibes verstümmeln.
21 Vor dich aber wird in kurzer Frist Gott hintreten;
denn die Zunge, die du abschneidest, ist der Got-
teshymnen Sängerin!

11

1 Als nun auch dieser den Foltertod erlitten hatte,
sprang der fünfte vor und rief: 2 Ich gedenke,
Tyrann, mich zu der für die Tugend zu erdul-
dende Folterqual nicht erst nötigen zu lassen,
3 sondern von selbst bin ich vorgetreten, damit du,
auch mich tötend, die Frevel, derentwegen du der
himmlischen Gerechtigkeit Strafe schuldest, noch
mehr anhäufst. 4 Du Tugend- und Menschenhas-
ser, was haben wir begangen, daß du uns derart ver-
gewaltigst? 5 Oder kommt es dir etwa als etwas
Böses vor, daß wir den Schöpfer des Alls fromm
verehren und nach seinem Tugendgesetze leben?
6 Aber ein solches Verhalten ist doch der Ehren und
nicht der Foltern wert, 7 wenn anders du ein
Gefühl für die Sehnsüchte des Menschen und eine
Hoffnung auf ein Heil bei Gott hättest. 8 Tatsäch-
lich aber bist du Gott entfremdet und streitest
wider die, welche voll Frömmigkeit sind gegen
Gott! 9 Während er noch so sprach, banden ihn die
Speerträger und zerrten ihn zur Schwinge, 10 ban-
den ihn mit den Knien darauf, spannten diese in
eiserne Fußschellen und beugten seine Hüfte um
den Radkeil hernieder. Hierum wie ein Skorpion
auf das Rad zurückgebogen, wurde er Glied für
Glied zerstückelt. 11 In diesem Zustande sprach
er, beengten Atems und erstickenden Körpers:
12 Herrlich sind, Tyrann, wider deinen Willen
die Gnaden, mit denen du uns begnadest; herr-
lich, weil du es uns vergönnst, durch die edelsten
Leiden die Stärke unserer Gesetzestreue zu zei-
gen!

13 So starb auch dieser. Als aber der sechste junge

Bursche vorgeführt wurde und der Tyrann sich
erkundigte, ob er essen und freigelassen werden
wolle, da erwiderte dieser: 14 Ich, ich bin an Alter
jünger als meine Brüder, an Überlegung aber
ihr Altersgenosse. 15 Denn für die gleiche Sa-
che geboren und erzogen, sind wir für die glei-
che Sache in gleicher Weise schuldig zu sterben.
16 Deshalb, wenn du es für gut befindest, die zu
foltern, die den Genuß des Unreinen ablehnen, so
foltere nur! 17 Nach diesen seinen Worten führten
sie ihn zum Rade. 18 Auf dieses wurde er regel-
recht gespannt; dann wurden ihm die Wirbel aus-
gerenkt, während er von unten langsam verbrannt
wurde. 19 Endlich machten sie spitze Spieße glü-
hend, hielten sie ihm an den Rücken und verbrann-
ten ihm, durch die Seiten stechend, noch die Einge-
weide. 20 Er aber rief in seinen Folterqualen: O
wie hochwürdig ist der Wettkampf, bei welchem
wir, eine solche Brüderschar, um der Frömmigkeit
willen zu schmerzensreicher Übung berufen und
nicht besiegt worden sind! 21 Denn unbesiegbar
ist, du Tyrann, die fromme Bildung. 22 Mit Tu-
gend gewappnet, will auch ich mit meinen Brü-
dern sterben 23 und dadurch auch für mein Teil
einen Gewaltigen über dich bringen, der deine
Blutschuld ahndet, du Erfinder von Foltern, du
Feind der wahrhaftigen Frommen! 24 Sechs junge
Bürschchen sind wir und haben deine Tyrannei
zunichte gemacht. 25 Denn daß du außerstande
warst, unsere Vernunft umzustimmen und uns
zum Genusse des Unreinen zu zwingen, ist das
nicht dein Sturz? 26 Dein Feuer ist kühl für uns,
schmerzlos sind deine Schwingen und kraftlos
deine Gewalt. 27 Denn nicht eines Tyrannen, son-

dern eines göttlichen Gesetzes Speerträger stehen
vor uns. Deshalb ist unsere Vernunft unbesiegbar!

12

1 Nachdem auch dieser glückselig verschieden
war – man hatte ihn in einen Kessel geworfen –,
trat der siebente vor, der Allerjüngste. 2 Mit ihm
hatte der Tyrann, obwohl er von dessen Brüdern
furchtbar gepeinigt worden war, Mitleid. 3 Und
als er sah, daß man ihm schon die Fesseln anlegte,
ließ er ihn näher kommen und versuchte ihm durch
folgende Worte zuzureden: 4 Wie deiner Brüder
Wahnsinn endet, das siehst du: um ihres Ungehor-
sams willen sind sie peinlich hingerichtet worden.
Du, wenn du nicht gehorchst, wirst ebenfalls grau-
envoll gefoltert werden und einen vorzeitigen Tod
sterben. 5 Gehorchst du aber, so sollst du mir
Freund sein und an den Regierungsgeschäften teil-
nehmen. 6 Unter solchen Mahnworten ließ er die
Mutter des Knaben näher herankommen, um sie,
der schon so viele Söhne geraubt waren, durch sein
Mitleid dazu zu bringen, den übriggebliebenen
Sohn zum rettenden Gehorsam zu bewegen. 7 Der
aber, als die Mutter ihn in hebräischer Sprache
ermahnt hatte – wovon wir gleich noch reden
werden[21] –, 8 sagte: Laßt mich los! Ich habe dem
König und allen Freunden in seinem Gefolge etwas
zu sagen. 9 Hocherfreut über die Ankündigung
des Knaben, ließen sie ihn da eiligst los. 10 Und er
sprang in die Nähe der Pfannen und rief: 11 Du
frevelhafter Tyrann, du gottlosester aller Schlech-
ten, du scheutest dich nicht, nachdem du Güter und
Herrschaft von Gott empfangen hast, seine Diener

zu töten und die der Frömmigkeit sich Widmenden
zu martern. 12 Zur Vergeltung dafür hebt dich die
göttliche Gerechtigkeit für ein stärkeres und ewi-
ges Feuer auf und für Qualen, die dich in alle
Ewigkeit nicht loslassen werden. 13 Du scheutest
dich nicht, trotzdem du ein Mensch bist, du viehi-
sches Scheusal, den Wesen, die dasselbe empfinden
und die aus denselben Stoffen gebildet sind wie du,
die Zunge auszuschneiden und auf so schändliche
Weise Qualen und Martern zu bereiten. 14 Sie
freilich haben durch ihren adeligen Tod ihre Fröm-
migkeit gegen Gott zur Vollendung gebracht;
15 du aber sollst noch elendiglich darüber jammern,
daß du die Tugendkämpfer ohne Grund gemordet
hast. 16 Deshalb will auch ich, fuhr er fort, dem
Tode zwar ins Auge blickend, 17 der Sache nicht
abtrünnig werden, für die meine Brüder Zeugnis
abgelegt haben. 18 Ich rufe den Gott der Väter an,
daß er meinem Geschlechte gnädig sei. 19 Dich
aber soll er in diesem Leben und nach deinem Tode
bestrafen! 20 Nach diesem Gebete stürzte er sich
selbst in die Pfannen und gab seinen Geist auf.

13

1 Wenn nach alledem die sieben Brüder die
Schmerzen bis in den Tod verachtet haben, so dür-
fen wir von der Wahrheit des Satzes, daß Selbst-
herrscherin der Triebe die fromme Vernunft ist,
ebenso völlig überzeugt sein, 2 wie wir ja auch,
angenommen, sie hätten, von den Trieben zu Skla-
ven gemacht, Unreines gegessen, umgekehrt zu-
geben müßten, sie seien von den Trieben besiegt
worden. 3 Nun ist aber dies letztere nicht der Fall.

Vielmehr durch die bei Gott in hohem Ansehen
stehende Vernunft waren sie stärker als die Triebe.
4 Auch die Oberherrschaft ihrer Überlegung kann
nicht übersehen werden: beherrschten sie doch den
Trieb und die Leiden. 5 Wie sollte man da die der
vernünftigen Überlegung zustehende Herrschaft
über die Triebe denen nicht zuerkennen, die sich
um des Feuers Pein nicht kümmerten? 6 Wie
nämlich die ins Meer hinausgebauten Hafentürme
die dräuenden Wogen zurückwerfen und den Einfahrenden einen ruhigen Ankerplatz gewähren,
7 so war die siebentürmige vernünftige Überlegung der Jünglinge ein Bollwerk für den Hafen der
Frömmigkeit und überwand die Zügellosigkeit
der Triebe. 8 War es doch ein hehrer Chor der
Frömmigkeit, den sie darstellten. Ermunterten sie
einander doch mit solchen Worten: 9 Brüderlich
laßt uns, Brüder, für das Gesetz sterben! Laßt uns
nachahmen die drei Jünglinge in Assyrien[22], die
den Ofen verachteten, obschon er ihnen die den unserigen gleichen Martern bereitete! 10 Laßt uns
nicht feige sein, wo es gilt, den Beweis der Frömmigkeit zu führen! 11 Getrost, Bruder! rief einer;
ein anderer: Wacker ausgehalten! 12 wieder ein
anderer: Gedenket daran, von wem ihr abstammt!
oder: Wer war doch der Vater, durch dessen Hand
sich schlachten zu lassen Isaak um der Frömmigkeit willen geduldig bereit war? 13 Mann für
Mann blickten sie sich aber auch insgesamt strahlend und hochgemut an und sprachen: Von ganzem Herzen wollen wir uns dem Gotte weihen, der
die Seelen gab, und unsere Leiber dahingeben als
Schutzwehr um das Gesetz. 14 Wir wollen uns vor
dem nicht fürchten, der da meint, er könne töten.

Der Engel Raphael bereitet die Eltern
auf die Abreise des jungen Tobias vor

Tobias 5

15 Denn schwer ist der Seele Kampfesmühe und
Gefahr, die in der ewigen Qual aufbehalten ist
denen, die das Gebot Gottes übertreten haben.
16 So wollen wir uns denn wappnen mit der triebe-
beherrschenden göttlichen Vernunft! 17 Wenn wir
in dieser Kraft gelitten haben, dann werden uns
Abraham, Isaak und Jakob aufnehmen und die
Väter alle uns Lob spenden! 18 Einem jeden ein-
zelnen der Brüder überdies, der weggeschleppt
wurde, riefen die zurückbleibenden zu: Mache uns
keine Schande, Bruder, und die in den Tod voraus-
gegangenen mache nicht zu Lügnern!

19 Aber ihr wißt es ja selbst recht wohl, über
welche Zauberkräfte die Bruderliebe verfügt. Ist
es doch die göttliche und allweise Vorsehung, die
sie bei der Zeugung den Kindern durch die Väter
zuerteilte und durch den Mutterleib einpflanzte.
20 In diesem wohnte dann jeder Bruder gleichlange
Zeit, entwickelte sich in gleichlanger Zeit, erhielt
von dem gleichen Blute sein Gedeihen und von der
gleichen Seele seine Reife, 21 wurde dann nach
Ablauf einer gleichlangen Zeit zur Welt gebracht
und trinkt Milch aus den gleichen Quellen; durch
solche Zärtlichkeit wachsen die Seelen voll Bru-
derliebe zusammen auf. 22 Sie wachsen dann mehr
und mehr heran unter gemeinsamer Zucht, unter
täglichem Zusammensein, unter den übrigen Bil-
dungseinflüssen und bei uns unter der Übung im
Gesetze Gottes. 23 Da es nun um die Innigkeit der
Bruderliebe überhaupt so bestellt ist, so hatten
doch die sieben Brüder untereinander ein noch
innigeres Verhältnis. 24 Denn in demselben Gesetz
erzogen und in denselben Tugenden geübt und in
der gerechten Lebensführung zusammen groß ge-

worden, liebten sie sich noch stärker. 25 Steigerte
doch ihr gemeinsamer Eifer für die Tugend ihre
Einmütigkeit untereinander. 26 Vermehrte doch
in Gemeinschaft mit der Frömmigkeit die Ver-
nunft die Inbrunst ihrer Bruderliebe. 27 Und ob-
wohl durch Natur, Zusammenleben und tugend-
hafte Gesinnung die Zauberkräfte ihrer Bruder-
liebe gestärkt wurden, hielten gleichwohl um der
Frömmigkeit willen die Überlebenden bei den
Qualen ihrer Brüder aus, trotzdem sie mit ansehen
mußten, daß sie zu Tode gefoltert wurden; 1 ja sie
feuerten sie noch an, die Qual auf sich zu nehmen.
So haben sie nicht nur die Schmerzen verach-
tet, sondern auch die Triebe der Bruderliebe be-
herrscht.

14

2 O Vernunftgedanken, königlicher als ein Kö-
nig und freier als Freie! 3 O über die hehre und
harmonische Übereinstimmung der sieben Brüder
in der Frömmigkeit! 4 Kein einziger der sieben
jungen Burschen zagte oder zauderte, als es zum
Sterben ging, 5 sondern alle liefen mit einer Eile
zu dem peinlichen Tod, als seien sie auf dem Wege
zur Unsterblichkeit. 6 Denn wie sich Hände und
Füße harmonisch nach den Weisungen der Seele
bewegen, so waren jene hehren Knaben kraft der
Unsterblichkeit ihrer frommen Seele einmütig in
dem Entschlusse, für die Frömmigkeit zu sterben.
7 O allheilige Siebenzahl gleichgestimmter Brüder!
Denn wie die sieben Schöpfungstage um die hei-
lige Siebenzahl, 8 so kreisten die jungen Knaben
im Chor um die Frömmigkeit und machten die
Furcht vor den Martern zunichte. 9 Wir, wenn

wir heute von den Leiden der Jünglinge hören, schaudern; sie aber waren weder bloße Augen- noch bloße Ohrenzeugen, als der sofort auszuführende Drohbefehl gegeben wurde, sondern sie mußten seine Ausführung erdulden und, was noch mehr heißen will, sie wurden durch die Qualen des Feuers erst recht standhaft.
10 Und was wäre wohl schmerzhafter als diese? Zerstört doch des Feuers scharfe und schnelle Macht rasch die Leiber.

Das Martyrium der Mutter

11 Und doch, für etwas besonders Wunderbares braucht ihr es nicht zu halten, daß die Vernunft über jene Männer in den Martern Gewalt hatte: hat doch selbst eines Weibes Verstand noch ganz andere Schmerzen verachtet.
12 Ich meine die Mutter der sieben Jünglinge: erduldete sie doch die Folterqualen eines jeden einzelnen ihrer Kinder!
13 Nun überlegt euch aber einmal, wie vielgeflochten das Liebesband der Liebe zu den Kindern ist, das alle anderen Triebe an das Mitgefühl des Herzens kettet,
14 selbst bei den unvernünftigen Tieren, die ja das gleiche liebende Mitgefühl mit ihren Jungen haben wie die Menschen.
15 Zum Beispiel bei den Vögeln. Da beschirmen die zahmen ihre Jungen dadurch, daß sie unter den Dächern der Häuser nisten;
16 die anderen hindern das Herankommen von Feinden, indem sie auf den Gipfeln der Berge und in Felsenabhängen und in Baumlöchern oder -wipfeln brütend ihre Jungen hecken.
17 Wenn es ihnen aber trotzdem einmal nicht gelingt, jemanden fernzuhalten, so flattern sie in liebevollem Schmerz um sie herum, rufen sie zwitschernd zu sich herbei und leisten dadurch, so gut sie es eben

können, den Jungen Hilfe. 18 Doch was braucht
man das Mitgefühl der unvernünftigen Tiere mit
ihren Jungen noch erst zu erweisen, 19 wo doch
auch die Bienen in der Zeit des Wabenbaus die sich
Nähernden abwehren, mit ihrem Stachel wie mit
eiserner Waffe die ihrer Brut sich Nähernden ver-
wunden und so bis in den Tod abwehren? 20 Aber
nicht so die dem Abraham an Gesinnung glei-
chende Mutter der Jünglinge! Sie ließ sich durch
das Mitgefühl mit ihren Kindern nicht umstim-
men.

15

1 O über die Vernunft von Kindern, die der
Triebe Gebieterin geworden! O über die Fröm-
migkeit, die einer Mutter teurer war als selbst ihre
so überaus vortrefflichen Kinder! 2 Eine Mutter,
welche die Wahl hatte zwischen zwei Möglichkei-
ten, der Frömmigkeit und der zeitlichen Rettung
ihrer sieben Söhne nach des Tyrannen Verhei-
ßung, – 3 sie liebte die Frömmigkeit mehr, die ins
ewige Leben rettet nach Gottes Verheißung! 4 O
mit welchen Worten könnte ich das innerste Wesen
jener Triebe schildern, kraft deren Eltern ihre Kin-
der lieben? Den Stempel der Ähnlichkeit mit unse-
rer eigenen Seele und Gestalt drücken wir dem
zarten Kindeswesen wunderbar auf, ganz beson-
ders die Mütter, weil sie für die von ihnen Gebore-
nen ein innigeres Mitgefühl haben als die Väter.
5 Denn so schwach und vielgebärend die Mütter
auch sind, so viel lieber als die Väter haben sie die
Kinder. 6 Von allen Müttern aber hatte die Mutter
der sieben ihre Kinder am liebsten, – sie, der in
sieben Schwangerschaften die zärtliche Liebe zu

ihnen eingepflanzt 7 und der durch die vielen
Wehen bei einem jeden einzelnen das Mitgefühl
mit ihnen aufgezwungen worden war, 8 die aber
trotzdem um der Gottesfurcht willen die zeitliche
Rettung ihrer Kinder außer acht ließ. 9 Doch nein!
die Gründe ihrer einzigartigen Mutterliebe sind
noch nicht erschöpft, vielmehr war ihre zärtliche
Liebe zu ihren Söhnen auch wegen ihrer Tugend
und ihres treuen Gehorsams gegen das Gesetz noch
inniger: 10 waren sie doch gerecht, besonnen,
mannhaft, hochherzig, voll Bruderliebe und von
solcher Liebe zu ihrer Mutter, daß sie ihr durch
Befolgung der Verordnungen bis in den Tod Gehorsam leisteten. 11 Aber trotz alledem, obschon
so starke Gründe der Liebe zu den Kindern die
Mutter an das Mitgefühl ketteten, vermochten
doch die allerverschiedensten Martern ihre Vernunft bei keinem einzigen ihrer Söhne vom rechten Wege abzubringen, 12 sondern jeden einzelnen
ihrer Söhne und alle zusammen ermunterte sie, die
Mutter, zu dem Tode der Frömmigkeit. 13 O du
hehre Natur, o ihr Zauberkräfte der Eltern, o
Schöpfung, du liebevolle Erzieherin, o ihr unbezwingbaren Muttertriebe! 14 Einen Sohn nach
dem anderen sah die Mutter gefoltert und gebrannt, aber sie blieb fest um der Frömmigkeit
willen. 15 Das Fleisch ihrer Kinder sah sie in
Stücken auf dem Feuer schmelzen, die Zehen und
Finger auf der Erde zucken, die Fleischteile des
Kopfes eines jeden bis zur Kinngegend wie Masken daliegen. 16 O Mutter, wie viel bitterer als die
Wehen bei ihrer Geburt sind die Schmerzen, durch
die du jetzt versucht wurdest! 17 O Weib, du
einzige, welche die vollkommene Frömmigkeit

zur Welt geboren hat! 18 Vom rechten Wege
brachte dich nicht ab der Erstgeborene, als er sei-
nen Geist aufgab, nicht der zweite, als er in seinen
Qualen dich Ärmste anblickte, nicht der dritte, als
er seine Seele aushauchte. 19 Du aber, du sahst die
Augen eines jeden einzelnen in seinen Qualen stie-
ren Blicks auf ihre Folterung starren und ihre Nü-
stern die Nähe des Todes anzeigen, aber du wein-
test nicht. 20 Du sahst das Fleisch deiner Kinder in
immer neuen Stücken verbrennen, sahst, wie ihnen
Hand um Hand abgeschnitten, Kopf auf Kopf
abgehauen wurde und Leiche auf Leiche stürzte,
sahst den Ort, wo deine Kinder standen, um ihrer
Qualen willen von einer gaffenden Menschen-
masse umgeben, aber du hattest keine Tränen.
21 So verlocken nicht die Lieder der Sirenen noch
die Stimmen der Schwäne die Hörer zur Aufmerk-
samkeit wie die Stimmen von gequälten Kindern,
die nach der Mutter schreien. 22 Wie schlimm und
arg müssen doch die Qualen gewesen sein, von
denen sie, die Mutter, da gequält wurde, als ihre
Söhne mit Rädern und Brennwerkzeugen gequält
wurden! 23 Aber mitten in den Trieben war es die
fromme Vernunft, die ihr das Herz mutig dem
Entschlusse zuwandte, die zeitliche Mutterliebe
außer acht zu lassen, 24 trotzdem diese den Unter-
gang von sieben Kindern und der Foltern vielfäl-
tige Fülle schaute: sie alle[23] machte die edle Mut-
ter kraft ihres Glaubens an Gott zunichte. 25 Als
stünde sie im Rathause, so schaute sie in ihrer Seele
die gestrengen Ratsherren Natur, Schöpfung, Lie-
be zu den Kindern und Folterung der Kinder,
26 so hielt sie, die Mutter, zwei Stimmsteinchen in
der Hand, ein todbringendes und ein die Kinder

errettendes: 27 und doch wollte sie von der Ret-
tung von sieben Kindern auf kurze Zeit nichts
wissen, 28 sondern der Standhaftigkeit des gottes-
fürchtigen Abraham gedachte seine Tochter. 29 Ja,
du Mutter des Volks, du Rächerin des Gesetzes und
Beschirmerin der Frömmigkeit, du Preisgekrönte
des Kampfes, bei dem das Herz zu ringen hat, 30 in
der Standhaftigkeit warst du edler als Mannen und
in der Ausdauer mannhafter als Männer! 31 Wie
die Arche Noahs, in der weltüberschwemmenden
Flut die Welt in sich bergend, die gewaltigen Wo-
gen aushielt, 32 so hast auch du, du Gesetzeswäch-
terin, von allen Seiten in der Flut der Triebe um-
brandet und von gewaltigen Winden, den Qualen
deiner Söhne, bedräut, den über die Frömmigkeit
brausenden Stürmen wacker standgehalten.

16

1 Wenn nach alledem ein Weib, noch dazu Grei-
sin und Mutter von sieben Söhnen, den Todesqua-
len ihrer Söhne zusehen und doch standhalten
konnte, so ist die fromme Vernunft sonnenklar
Selbstherrin der Triebe. 2 Den Beweis habe ich
jedenfalls erbracht, nicht nur, daß Männer ihre
Begierden beherrschten, sondern auch, daß ein
Weib die größten Qualen verachtete. 3 Ja so grim-
mig waren nicht die Löwen um Daniel noch des
Misael aufs gierigste brennender Feuerofen[24] wie
die natürliche Mutterliebe, die jene Frau bei dem
Anblick ihrer sieben gefolterten Söhne umzün-
gelte. 4 Doch mit der Frömmigkeit der Vernunft
löschte selbst sie, die Mutter, die so gewaltigen und
so heftigen Triebe aus.

5 Ihr könnt euch ja auch einmal den Fall des
Gegenteils überlegen: angenommen, die Frau
wäre, obwohl sie Mutter war, feige gesinnt gewe-
sen, dann hätte sie doch wohl um jene gejammert
und vielleicht folgendermaßen geredet: 6 O ich
Elende und immer wieder dreimal Unglückselige!
Sieben Söhne habe ich geboren und bin doch jetzt
die Mutter nicht eines einzigen! 7 O vergeblich
sind sieben Schwangerschaften gewesen, unnütz
siebenmal zehn Monde, fruchtlos die Jahre der
Pflege, unheilvoll die Zeiten, da ich mit meiner
Milch sie nährte! 8 Umsonst ist's, ihr Söhne, daß
ich euretwegen so viele Wehen erduldet habe und
die noch schwereren Sorgen des Großziehens! 9 O
über meine Söhne! Die einen unvermählt, die an-
deren unnütz vermählt! Nicht darf ich von euch
Kinder schauen, nicht Großmutter heißen und
mich deswegen glücklich preisen lassen! 10 Oh,
daß ich die Mutter so vieler und so schöner Söhne
bin und doch eine Witwe und Verlassene voller
Tränen! Und wenn ich gestorben bin, dann werde
ich keinen Sohn haben, der mich begräbt!

11 Doch mitnichten bejammerte die hehre und
gottesfürchtige Mutter mit solcher Klage auch nur
einen einzigen, 12 mahnte auch keinen einzigen
vom Sterben ab und betrauerte auch nicht die
Getöteten. 13 Im Gegenteil: als hätte sie einen
stählernen Sinn, und als gälte es, die Vollzahl ihrer
Söhne wiederzugebären in die Unsterblichkeit, er-
mahnte sie diese vielmehr im Interesse der Fröm-
migkeit flehentlich zum Tode. 14 O Mutter, du
Streiterin Gottes um der Frömmigkeit willen, ob-
wohl nur eine Greisin und ein Weib! Mit Standhaf-
tigkeit besiegtest du selbst den Tyrannen und wur-

dest in Taten und Worten mächtiger als er erfun-
den, obwohl nur eine Witwe! 15 Als du mitsamt
deinen Knaben ergriffen wurdest, nicht wahr, da
standest du unter dem Eindruck der Martern des
Eleazaros und sagtest zu deinen Knaben auf hebrä-
isch: 16 Knaben, das ist ein edler Kampf; werdet
ihr zu ihm berufen, um Zeugnis abzulegen für das
Volk, so kämpft getrost für das väterliche Gesetz!
17 Das wäre ja eine Schande, wenn ihr, wo doch
dieser Greis die Schmerzen um der Frömmigkeit
willen erträgt, als die Jüngeren vor den Qualen
zurückschrecken wolltet. 18 Gedenket daran, daß
Gott es ist, durch den ihr an der Welt teilhabt und
euch des Lebens erfreut. 19 Deshalb seid ihr schul-
dig, um Gottes willen jede Mühsal zu erdulden.
20 Um seinetwillen geschah es, daß auch unser
Vater Abraham eilte, seinen Sohn, den Völkerva-
ter, zu schlachten, und daß Isaak, als er die schwert-
bewaffnete väterliche Hand auf sich niederzucken
sah, nicht erschrak. 21 Daniel der Gerechte wurde
in die Löwengrube geworfen, Ananias, Azarias
und Misael wurden in den Feuerofen geschleudert:
und sie harrten aus um Gottes willen. 22 Darum
auch ihr, die ihr denselben Glauben an Gott habt:
seid nicht betrübt! 23 Denn das wäre doch unver-
nünftig, sich auf die Frömmigkeit zu verstehen und
doch unfähig zu sein, den Leiden Widerstand zu
leisten!

24 Mit diesen Worten mahnte die Mutter der
sieben jeden einzelnen ihrer Söhne und bewog ihn,
eher zu sterben als das Gebot Gottes zu übertreten,
25 zumal sie auch außerdem wußten, daß sie, wenn
sie um Gottes willen stürben, Gotte leben würden,
wie Abraham, Isaak und Jakob und alle Erzväter.

17

1 Es erzählten übrigens noch einige der Speerträger, daß sie, als auch sie zum Tode geschleppt werden sollte, sich selbst in den Scheiterhaufen gestürzt habe, damit niemand ihren Leib berühre.

2 O Mutter, die du mitsamt deinen sieben Knaben die Gewalt des Tyrannen zunichte gemacht, seine bösen Anschläge vereitelt und den Adel des
Glaubens erwiesen hast! 3 Denn wie ein Dach,
stark gestützt auf deine Knaben als Säulen, so hieltest du die Erschütterung durch das Erdbeben
der Martern aus, ohne zu wanken. 4 Getrost des-
halb, du Mutter mit der hehren Seele! Ist dir doch die Hoffnung auf Gott, die dich ausharren ließ,
verbürgt! 5 So erhaben steht nicht der Mond am
Himmel mitsamt den Sternen, wie du, die du deine sternengleichen sieben Knaben den Lichtesweg zur Frömmigkeit geführt, bei Gott in Ehren stehst und samt ihnen im Himmel eine feste Stätte hast!
6 War es doch der Vater Abraham, nach dem du
dich im Werke der Kinderzucht gerichtet hattest.

Schluß

7 Wenn es uns aber möglich wäre, wie auf einem Gemälde die Geschichte deiner Frömmigkeit zu malen, würde dann nicht ein Schauder alle die ergreifen, die eine Mutter von sieben Kindern um der Frömmigkeit willen die mannigfachsten Qua-
len erdulden sähen? 8 Ja, es wäre auch in der
Ordnung, auf eben dieses Grabgemälde auch folgende Worte zum Gedächtnis für die Volksgenossen zu schreiben:

9 Hier sind bestattet
ein greiser Priester, ein greises Weib und sieben Knaben
durch die Gewalt eines Tyrannen,
der Willens war, der Hebräer Verfassung zu vernichten.
10 Sie haben das Volk gerettet,
zu Gott aufblickend
und den Folterqualen bis in den Tod standhaltend.

11 Ja wahrhaftig, ein göttlicher Kampf war es, der
von ihnen gekämpft wurde. 12 Die Kampfespreise
dabei hatte die Tugend ausgesetzt, und diese fällte
die Entscheidung nach der von den Kämpfern an
den Tag gelegten Ausdauer. Der Sieg war die
Unvergänglichkeit in einem lange dauernden Le-
ben. 13 Eleazar war der Vorkämpfer, die Mutter
der sieben Knaben stand ringend dabei, die Brüder
kämpften. 14 Der Tyrann war der Gegner im
Kampfe, die Welt und die Menschheit waren die
Zuschauer. 15 Siegerin aber blieb die Gottsfurcht,
die dann ihren Athleten den Kranz reichte. 16 Wer
sollte sie nicht anstaunen, die Athleten der gött-
lichen Gesetzgebung? Wer sollte vor ihnen nicht
erbeben?

17 Er selbst wenigstens, der Tyrann, und der
ganze Rat staunten ihre Ausdauer an, 18 um de-
rentwillen sie jetzt auch dem göttlichen Throne
nahestehen und die glückselige Ewigkeit leben.
19 Sagt doch auch Moses: Und alle Geheiligten sind
unter deinen Händen (5. Mose 33,3). 20 Diese um
Gottes willen Geheiligten sind nun geehrt, nicht
nur mit dieser himmlischen Ehre, sondern auch
dadurch, daß um ihretwillen die Feinde über
unser Volk keine Macht mehr hatten, 21 der Ty-
rann bestraft und das Vaterland geläutert wurde;

22 sind sie doch gleichsam ein Ersatz geworden für die durch die Sünde befleckte Seele des Volks. Durch das Blut jener Frommen und ihren zur Sühne dienenden Tod hat die göttliche Vorsehung das vorher schlimm bedrängte Israel gerettet.

23 Denn auf die Mannhaftigkeit ihrer Tugend und auf ihre Standhaftigkeit in den Folterqualen hatte der Tyrann sein Augenmerk gerichtet, und so geschah es, daß Antiochos seinen Soldaten durch Herolde die Standhaftigkeit jener Leute als Vorbild
verkünden ließ. 24 Und wirklich hatte er in ihnen
fortan wackere und mannhafte Leute im Feld- und Belagerungskrieg und besiegte und vernichtete alle seine Feinde[25].

18

1 O ihr Nachkommen des Abrahamssamens, Israeliten, folgt diesem Gesetz und seid in allen
Stücken fromm, 2 in der Erkenntnis, daß der
Triebe Herrin die fromme Vernunft ist, und zwar nicht nur der von innen, sondern auch der von außen kommenden Schmerzen.

3 Weil jene um der Frömmigkeit willen ihre Leiber den Schmerzen preisgegeben haben, wurden sie nicht nur von den Menschen bewundert, sondern auch der Teilhaberschaft am Göttlichen gewürdigt.

4 Und um ihretwillen erhielt das Volk Frieden, und man schlug, als man sich im Vaterlande mit neuer Treue zum Gesetze hielt, die Feinde in die
Flucht. 5 Und der Tyrann Antiochos, – er ist auf
Erden bestraft worden und wird auch nach seinem Tode noch gezüchtigt. Als er nämlich die Jerusalemiten nicht im Allergeringsten zu zwingen ver-

mocht hatte, fremde Sitten anzunehmen und die
väterlichen Satzungen mit einer anderen Lebens-
haltung zu vertauschen, 6 da war er von Jerusalem
abgerückt und wider die Perser gezogen[26].
Es redete aber die Mutter der sieben Söhne[27], die
Gerechte, auch Folgendes zu ihren Kindern: 7 Ich
war eine keusche Jungfrau und überschritt nicht
die Schwelle meines Vaterhauses; vielmehr hütete
ich die erbaute Seite[28]. 8 Nicht schändete mich ein
Verderber an einsamem Ort, ein Schänder auf dem
Felde; auch verdarb mir nicht die Keuschheit mei-
ner Jungfrauschaft ein Verderber durch Betrug,
eine Schlange. In der Zeit meiner Jugendblüte blieb
ich mit meinem Manne verbunden. 9 Als diese
aber groß wurden, da starb der Vater. Glückselig
ist er deswegen zu preisen; hat er doch die Zeit des
Kindersegens sich ausgesucht und brauchte des-
halb die Stunde der Kinderlosigkeit nicht zu er-
leben. 10 Er pflegte euch, als er noch bei uns war,
das Gesetz und die Propheten zu lehren. 11 Die
Ermordung Abels durch Kain pflegte er uns vorzu-
lesen und die Brandopferung Isaaks und Joseph im
Gefängnis. 12 Zu sprechen pflegte er mit uns von
dem Eiferer Phinees und euch zu belehren über
Ananias, Azarias und Misael im Feuer, 13 zu rüh-
men und glückselig zu preisen Daniel in der Lö-
wengrube, 14 euch die Schrift des Jesaja einzuprä-
gen, die da sagt: Und wenn du auch durchs Feuer
gehst, so soll dich die Flamme doch nicht verbren-
nen, 15 pflegte uns den Hymnendichter David zu
singen, der da sagt: Viel sind der Leiden der Ge-
rechten, 16 und den Spruchredner Salomo anzu-
führen, der da sagt: Einen Baum des Lebens ha-
ben alle, die seinen Willen tun. 17 Dem Hesekiel

pflegte er recht zu geben, der da sagt: Werden diese
verdorrten Gebeine wieder aufleben? 18 Auch den
Gesang, den Moses gelehrt hat, vergaß er nicht, der
da lehrt: Ich werde töten und werde lebendig ma-
chen. 19 Dies ist euer Leben und die Länge eurer
Tage.[29]

20 O jenes furchtbaren und doch nicht furchtba-
ren Tags, als der furchtbare Hellenentyrann, unter
den grausigen Kesseln Feuer mit Feuer löschend,
heißen Grimms die sieben Knaben der Abraha-
mitin zur Schwinge und von neuem zu seinen
Foltern schleppte, 21 ihre Augäpfel durchbohrte,
ihre Zungen ausschnitt und sie unter den mannig-
fachsten Folterqualen mordete! 22 Dafür hat die
göttliche Gerechtigkeit den Verruchten gestraft
und wird ihn in der Ewigkeit strafen. 23 Die
abrahamiäischen Knaben aber samt der preisge-
krönten Mutter sind dem Chore der Väter zu-
gesellt, nachdem sie reine und unsterbliche Seelen
empfangen haben von Gott, 24 welchem sei die
Ehre in die Ewigkeiten der Ewigkeiten! Amen.

Anmerkungen

1 Gemeint ist natürlich derselbe, der in der Luther-Übersetzung Eleasar heißt (s. dazu 2. Makk. 6,18 ff., oben S. 109 ff.).

2 Die Wiederholung von «Tugend» ist eine Verlegenheitslösung, weil das zweite Mal der klassische griechische Begriff «kalokagathia» verwendet wird, eine Kombination aus «schön» und «gut». «Um diese Zeit» deutet wohl wie 3,19 auf die Vorlesung des 4. Makkabäerbuchs am Gedenktag dieser Märtyrer hin.

3 Gemeint ist hier dreierlei: der moralische Sieg über die Peiniger, die nachfolgende Befreiung durch den Abzug des Antiochus und den Makkabäeraufstand (vgl. 1. und 2. Makk., hier auch 17,20–22; 18,4) *und* das stellvertretende Leiden des Gerechten für sein Volk (sehr deutlich 6,29, außerdem 9,24 und 17,21 f.).

4 Gemeint ist evtl. das Schlemmen im geheimen, unter Ausschluß anderer, vor allem Bedürftiger; oder das heimliche Essen von für Juden unerlaubten Speisen (vgl. Vers 34). Das Wort «monophagia» auch 2,7.

5 Gemeint ist der Geschlechtstrieb, und die nachfolgende Anspielung auf Joseph bezieht sich auf 1. Mose 39.

6 vgl. 2. Mose 22,25, 3. Mose 25,35–37, 5. Mose 23,20, aber auch Luk. 6,34 f.

7 Gemeint ist das 5. Mose 15 aufgezeichnete Gebot, nach sechs Jahren Darlehen zu erlassen und Sklaven freizugeben.

8 vgl. 3. Mose 19,9 f.

9 Das entspricht den Geboten in 5. Mose 20,19 f. und 2. Mose 23,4 f.

10 Diese Wendung ist nicht ganz klar, doch ist der Gedanke eindeutig: Wie Adam über die Pflanzen (und Tiere) und ein König über seine Untertanen, so herrscht der Weise über seine Triebe.

11 Hier wird fast wörtlich 1,6f. wiederholt, und zwar nun wohl im richtigen Zusammenhang, aus dem sich ergibt, daß Vergessen und Unwissenheit eher als Krankheit gelten müssen, gegen die die Vernunft nicht wie gegen die Leidenschaften kämpfen kann.

12 vgl. 2. Makk. 3,1–3. Es handelt sich um Seleukus IV. Philopator, nicht Nikanor.

13 Die folgenden Ereignisse entsprechen den in 2. Makk. 3,4ff. erzählten (s. S. 94ff.). Abweichungen sind hier nicht vermerkt. Eine ähnliche Geschichte findet sich im 3. Makkabäerbuch.

14 Die folgenden Ereignisse entsprechen den in 2. Makk. 4,7ff. erzählten (s. S. 99ff.), sind aber sehr stark abgekürzt. So entspricht schon Vers 25 2. Makk. 6,10.

15 «Philosophie» im Sinne von Frömmigkeit und Gesetzeskenntnis (ähnliche Verwendung z. B. im Titel des Thomas-Kindheitsevangeliums). Der Fürst nimmt in seiner Rede, mit der er Eleasar zum Abfall bringen will, ironisch auf seine «Philosophie» Bezug. Über die Parallele zu 2. Makk. 6,18ff. hier und in den folgenden Kapiteln vgl. die Einleitung S. 159.

16 oder: «*unserer* Natur entsprechend mit uns mit empfindend seine Gebote gibt».

17 Im Hebräischen bedeutet der Name «Gott hilft», evtl. auch «Same Gottes».

18 vgl. 4. Mose 16,41–50 (Lutherbibel und griechische Bibel: 17,6–15) und Weish. 18,20–25

19 Gemeint ist Isaaks (von Gott verhinderte) Opferung durch Abraham (1. Mose 22). Ähnlich (etwas ausführlicher) 16,20.

20 d. h. ein wahrer Sohn Abrahams, also gleichbedeutend mit «die Söhne der Hebräer» in Vers 18 (vgl. auch 15,28; 17,6)

21 vgl. 16,15–23

22 vgl. Dan. 3

23 d. h. die Folterungen bzw. die negative Wirkung auf ihr Gemüt

24 vgl. Dan. 6 und 3, ebenso Vers 21

25 Die Erwähnung der Siege des grausamen Tyrannen, dem ungezählte Male Gottes irdisches und ewiges Strafgericht angedroht worden ist, erstaunt an dieser Stelle. Zwar folgt gleich der Hinweis auf sein Ende (18,5); hier müssen seine kriegerischen Erfolge als letzter Beweis für die Vorbildlichkeit der Märtyrer herhalten.

26 vgl. 1. Makk. 6 und 2. Makk. 9

27 Diese Rede der Mutter wäre besser als Fortsetzung der Rede in 16,16–23 plaziert.

28 «erbaute Seite» = der Leib der Frau; Anspielung auf die Schöpfung der Frau nach 1. Mose 2,22 (im griechischen Wortlaut besser verständlich).

29 Die Bibelstellen der *Erzählungen:* 1. Mose 4; 22; 39; 4. Mose 25; Dan. 3; 6; die *Zitate* sind aus der griechischen Bibel entnommen und nicht alle genau so in den (aus dem Hebräischen übersetzten) deutschen Bibeln zu finden: Jes. 43,2; Ps. 33,20 (hebräisch und deutsch: 34,20); Spr. 3,18; Ez. 37,3; 5. Mose 32,39 und 30,20.

Das Buch Judith

Einleitung

Die Geschichte von Judith, der gesetzestreuen Jüdin, die dank ihrem Mut und ihrer Klugheit ihre Vaterstadt und das jüdische Volk in einer ungeheuren Bedrohung rettet, ist nicht historisch. Zwar tauchen historische Gestalten auf, so Nebukadnezar (604–562), der babylonische König, der Jerusalem zweimal eroberte und einen großen Teil der Bevölkerung ins Exil führte. Aber er wird in die Zeit nach dem Exil, aus dem die Juden schon zurückgekehrt sind (vgl. Kap. 5, Vers 21), versetzt; und der Name des gefährlichen Feldherrn Holofernes gleicht auffallend dem eines kappadozischen Fürsten um die Mitte des 4. Jahrhunderts v. Chr., der aber von einem Feldzug nach Ägypten, auf dem er auch jüdische Gefangene machte, heil zurückkehrte. Auch die Stadt Bethulia ist nicht identifizierbar, doch muß man sie sich in der Nähe der Jesreel-Ebene und von Dothaim (heute Tel Dotan) in Samarien vorstellen (vgl. Kap. 7, Vers 3).

Zwei Gefahren sind es, gegen die das Buch geschrieben ist: einmal die der Entweihung des Jerusalemer Tempels im Zusammenhang mit der Eroberung des Landes durch Heiden, zum anderen die der Mutlosigkeit angesichts solcher Bedrohung. Dem stellt das Buch eine Auffassung von Gottes Schutz seines Volkes – wenn es ihm treu bleibt – gegenüber, die sich ganz stark an alttestamentlichen Vorbildern orientiert: Der wunderbare Durchzug durchs Schilfmeer, Moses ausgereckte Arme während der Amalekiterschlacht, aber auch die brutale List Simeons und Levis werden lobend hervorgehoben (vgl. 4,12; 9,2; 9,5–7). In der Rettungstat der Judith mischen sich denn auch List und göttlicher Beistand, persönliche Gesetzestreue und raffinierte Verschlagenheit.

Die Gefahr der heidnischen Überfremdung der Juden selbst scheint den unbekannten Verfasser wenig zu interessieren, so daß man die Abfassung des Buches nicht unbedingt in die Zeit der Makkabäer, als dieser Konflikt im Vordergrund stand, datieren muß (dazu s. S. 21ff.). Das 3. vorchristliche Jahrhundert ist somit nicht ganz auszuschließen. Dennoch nimmt man meist die Makkabäerzeit bzw. das 2. Jahrhundert v. Chr. als wahrscheinlichste Abfassungszeit an.

Ursprünglich war das Judithbuch hebräisch geschrieben; es ist aber in dieser Sprache nicht erhalten. Die Übersetzung der Lutherbibel geht von der Vulgata aus, die erheblich von den griechischen Übersetzungen abweicht. Daher wird man auch auf große Unterschiede (bis in die Verszählung) im einzelnen stoßen, wenn man moderne Übersetzungen mit der hier wiedergegebenen vergleicht, etwa die Apokryphen der Zürcher Bibel oder die katholische Einheitsübersetzung.

1

Die Stadt Ekbatana; Nebukadnezars Sieg und Stolz

1 Arphaxad, der Meder König, hatte viel Land
und Leute unter sich gebracht und baute eine
große, gewaltige Stadt; die nannte er Ekbatana.
2 Ihre Mauern machte er aus eitel Werkstücken[1],
siebzig Ellen hoch und dreißig Ellen dick. 3 Ihre
Türme aber machte er hundert Ellen hoch 4 und
zwanzig Ellen dick ins Gevierte. 5 Und der Stadt
Tore machte er so hoch wie Türme; und trotzte auf
seine Macht und große Heereskraft.

6 Nebukadnezar aber, der König von Assyrien,
regierte in der großen Stadt Ninive und stritt im
zwölften Jahr seines Königreichs wider den Arphaxad. Und die Völker, die am Wasser Euphrat,
Tigris und Hydaspes wohnten, halfen ihm; und er
schlug ihn im großen Feld, Ragau genannt, welches vorzeiten gehört hatte dem Arioch, dem König zu Ellasar (1. Mose 14,1).

7 Da ward das Reich Nebukadnezars mächtig
und sein Herz stolz; und er sandte Botschaften zu
allen, die da wohnten in Zilizien, Damaskus, auf
dem Libanon, 8 dem Karmel und in Kedar, auch
zu denen in Galiläa und auf dem großen Felde
Esdrelom[2] 9 und zu allen, die da waren in Samaria
und jenseit des Jordans bis gen Jerusalem, auch ins
ganze Land Gosen bis an die Grenzen des Mohrenlandes[3]. 10 Zu denen allen sandte Nebukadnezar,
der König von Assyrien, Botschaften. Aber sie
schlugen's ihm alle ab und ließen die Boten mit
Schanden wieder heimziehen. 11 Da ward der
König Nebukadnezar sehr zornig wider alle diese

Lande und schwur bei seinem Königsstuhl und Reich, daß er sich an allen diesen Landen rächen wollte.

2

Feldzug des Holofernes

1 Im dreizehnten Jahr Nebukadnezars, des Kö-
nigs, am zweiundzwanzigsten Tage des ersten Mo-
nats, ward geratschlagt im Hause Nebukadnezars,
des Königs von Assyrien, daß er sich wollte rä-
chen. 2 Und er forderte alle seine Räte, Fürsten
und Hauptleute 3 und ratschlagte heimlich mit
ihnen und hielt ihnen vor, wie er gedächte, alle
diese Lande unter sein Reich zu bringen.

4 Da solches ihnen allen wohl gefiel, forderte
der König Nebukadnezar Holofernes, seinen Feld-
hauptmann, und sprach: 5 Zieh aus wider alle
Reiche, die gegen Abend liegen, und sonderlich
wider die, so mein Gebot verachtet haben. 6 Du
sollst kein Reich verschonen, und alle festen Städte
sollst du mir untertänig machen.

7 Da forderte Holofernes die Hauptleute und die
Obersten des assyrischen Kriegsvolks und rüstete
das Volk zum Kriege, wie ihm der König gebo-
ten hatte: hundertundzwanzigtausend zu Fuß und
zwölftausend Schützen zu Roß. 8 Und er ließ all
sein Kriegsvolk vor ihm hinziehen mit unzähli-
gen Kamelen, großem Vorrat, dazu mit Ochsen
und Schafen ohne Zahl für sein Volk, 9 und ließ
aus ganz Syrien Korn zuführen zu seinem Zug.
10 Gold und Geld aber nahm er aus der Maßen viel
mit sich aus des Königs Kammer. 11 Und also zog
er fort mit dem ganzen Heer, mit Wagen, Reitern
und Schützen, welche den Erdboden bedeckten
wie Heuschrecken.

12 Da er nun über die Grenze des assyrischen
Landes gezogen war, kam er zu dem großen Ge-
birge Ange an der linken Seite Ziliziens und er-
oberte alle ihre Flecken und festen Städte; 13 und
zerstörte Melothi[4], eine berühmte Stadt, und be-
raubte alle Leute in Tharsis und die Kinder Ismael,
die da wohnten gegen die Wüste und gegen Mit-
tag des Landes Chellon. 14 Er zog auch über den
Euphrat und kam gen Mesopotamien und zer-
störte alle hohen Städte, die er fand, vom Bach
Mambre an bis ans Meer, 15 und nahm da die
Gebiete ein von Zilizien an bis an die Grenzen
Japheths, die gegen Mittag liegen; 16 und führte
auch weg die Kinder Midians und raubte all ihr Gut
und schlug alle, die ihm widerstrebten, mit der
Schärfe des Schwerts. 17 Darnach zog er hinab ins
Land Damaskus in der Ernte und verbrannte all ihr
Getreide und ließ niederhauen alle Bäume und
Weinberge. 18 Und das ganze Land fürchtete sich
vor ihm.

3

Holofernes unterwirft die ausländischen Könige

1 Da schickten die Könige und Fürsten von
Syrien, Mesopotamien, Syrien-Sobal, Libyen und
Zilizien ihre Botschafter aus allen Städten und
Landen. Die kamen zu Holofernes und sprachen:
2 Wende deinen Zorn von uns! 3 denn es ist besser,
daß wir Nebukadnezar, dem großen König, dienen
und dir gehorsam seien und lebendig bleiben, denn
daß wir umkommen und gewönnen gleichwohl
nichts. 4 Alle unsre Städte, Güter, Berge, Hügel,
Äcker, Ochsen, Schafe, Ziegen, Rosse und Kamele
und was wir nur haben, dazu auch unser Gesin-
de, ist alles dein; schaffe damit, was du willst. 5 Ja

auch wir samt unsern Kindern sind deine Knechte.
Komm zu uns und sei unser gnädiger Herr und
brauche unsers Dienstes, wie dir's gefällt.
6 Da zog Holofernes vom Gebirge herab mit
dem ganzen Kriegsvolk und nahm die festen Städte
und das ganze Land ein 7 und las da Knechte aus,
das beste Volk, das er unter ihnen fand. 8 Davon
erschraken alle Lande so sehr, daß die Regenten
und Vornehmsten aus allen Städten samt dem
Volk ihm entgegenkamen und nahmen ihn auf
mit Kränzen, Kerzen, Reigen, Pauken und Pfeifen.
9 Und sie konnten dennoch mit solcher Ehre keine
Gnade erlangen; 10 denn er zerbrach ihre Städte
und hieb ihre Haine um. 11 Denn Nebukadnezar,
der König, hatte ihm geboten, daß er alle Götter in
den Landen vertilgen sollte, auf daß alle Völker, die
Holofernes bezwingen würde, ihn allein als Gott
priesen.
12 Da er nun Syrien-Sobal, Apamea und Meso-
potamien durchzogen hatte, kam er zu den Edomi-
tern ins Land Gabaa und nahm ihre Städte ein und
lag allda dreißig Tage lang. Indes forderte er sein
Kriegsvolk alles zusammen[5].

4

Rüstung und Buße der Juden

1 Da die Kinder Israel, die im Lande Juda wohn-
ten, solches hörten, fürchteten sie sich sehr vor
ihm, 2 und Zittern und Schrecken kam sie an;
denn sie besorgten, er möchte der Stadt Jerusalem
und dem Tempel des Herrn auch so tun, wie er den
andern Städten und ihren Götzenhäusern getan
hatte. 3 Darum sandten sie ins ganze Land Sama-
ria umher bis an Jericho und besetzten die Höhen

der Berge 4 und machten Mauern um ihre Flecken
und schafften Vorrat zum Kriege.

5 Und der Priester Jojakim schrieb an alle, so
gegen Esdrelom wohnten, das ist gegen das gro-
ße Feld bei Dothaim, und an alle, da die Feinde
mochten durchkommen, daß sie die engen Wege
im Gebirge gegen Jerusalem sollten verwahren.
6 Und die Kinder Israel taten, wie ihnen Jojakim,
des Herrn Priester, befohlen hatte.

7 Und alles Volk schrie mit Ernst zum Herrn,
und sie und ihre Weiber demütigten sich mit Fasten
und Beten. 8 Die Priester aber zogen Säcke an, und
die Kinder lagen vor dem Tempel des Herrn, und
des Herrn Altar bedeckte man mit einem Sack.
9 Und sie schrien zum Herrn, dem Gott Israels,
einmütig, daß ihre Kinder und Weiber nicht weg-
geführt, ihre Städte nicht zerstört, ihr Heiligtum
nicht verunreinigt und sie nicht den Heiden zur
Schmach würden.

10 Und Jojakim, der Hohepriester des Herrn,
ging umher, vermahnte das ganze Volk Israel
11 und sprach: Ihr sollt ja wissen, daß der Herr euer
Gebet erhören wird, so ihr nicht ablasset mit Fasten
und Beten vor dem Herrn. 12 Gedenket an Mose,
den Diener des Herrn, der nicht mit dem Schwert,
sondern mit heiligem Gebet den Amalek schlug,
der sich auf seine Kraft und Macht, auf sein Heer,
Schild, Wagen und Reiter verließ (2. Mose 17,
8–13). 13 So soll es auch gehen allen Feinden Is-
raels, so ihr euch also bessert, wie ihr angefangen
habt.

14 Nach solcher Vermahnung baten sie den
Herrn und blieben vor dem Herrn, also daß auch
die Priester in Säcken gingen und Asche auf dem

Haupt hatten und also Brandopfer dem Herrn brachten; und baten alle den Herrn von ganzem Herzen, daß er sein Volk Israel heimsuchen wollte.

5

Der Ammoniter Achior beschreibt dem Holofernes das jüdische Volk

1 Und es ward dem Holofernes, dem Feldhaupt-
mann von Assyrien, angesagt, daß die Kinder
Israel sich rüsteten und sich wehren wollten und
wie sie die engen Wege im Gebirge eingenommen
hätten. Da ergrimmte Holofernes und forderte
alle Obersten und Hauptleute der Moabiter und
Ammoniter und sprach zu ihnen: 2 Saget an: Was
ist dies für ein Volk, das im Gebirge wohnt? Was
haben sie für große Städte? Was vermögen sie?
Und was für Kriegsvolk und Könige haben sie, daß
sie allein vor allen andern im Morgenland uns
verachten und sind uns nicht entgegengegangen,
daß sie uns aufnähmen mit Frieden?

3 Da antwortete Achior, der Oberste aller Kin-
der Ammon, und sprach: 4 Mein Herr, willst du es
gern hören, so will ich dir die Wahrheit sagen, was
dies für ein Volk sei, das im Gebirge wohnt, und
dir nicht lügen. 5 Dies Volk ist aus Chaldäa her-
gekommen 6 und hat erstlich in Mesopotamien
gewohnt, denn sie wollten nicht folgen den Göt-
tern ihrer Väter in Chaldäa. 7 Darum verließen sie
die Sitten ihrer Väter, welche viele Götter hatten,
auf daß sie dem einigen Gott des Himmels dienen
möchten, welcher ihnen auch gebot, zu ziehen von
dannen und zu wohnen in Kanaan (1. Mose 11, 31
bis 12,5).

8 Da nun in allen den Landen teure Zeit war,

reisten sie hinab nach Ägyptenland. Da sind ihrer
in vierhundert Jahren so viel geworden, daß man
sie nicht zählen konnte (1. Mose 46,5–7; 2. Mose
1,7). 9 Da aber der König in Ägypten sie be-
schwerte mit Erdeführen und Ziegelmachen, seine
Städte zu bauen (2. Mose 1,11–14), riefen sie zu
ihrem Herrn; der schlug ganz Ägypten mit man-
cherlei Plage (2. Mose 7–11). 10 Da nun die Ägyp-
ter sie von sich ausgestoßen hatten und die Plage
von ihnen abließ, und wollten sie wieder fangen
und zum Dienst ins Land führen, tat ihnen auf der
Flucht der Gott des Himmels das Meer auf, also
daß das Wasser auf beiden Seiten fest stand wie
eine Mauer; und sie gingen trockenen Fußes auf
des Meeres Grund und kamen davon (2. Mose
14,5–22). 11 Da aber die Ägypter ihnen mit ihrem
ganzen Heer nacheilten, wurden sie alle ersäuft im
Meer, also daß auch nicht einer übrigblieb, der es
hätte können ansagen (2. Mose 14,23–31).

12 Und da dies Volk aus dem Roten Meer kam,
lagerte es sich in der Wüste des Berges Sinai, da
zuvor kein Mensch wohnen noch sich aufhalten
konnte (2. Mose 19 ff.). 13 Da ward das bittere
Wasser süß, daß sie es trinken konnten, und sie
kriegten Brot vom Himmel vierzig Jahre lang
(2. Mose 15,22–25; 16,2–35); 14 und wo sie zogen
ohne Bogen, Pfeil, Schild und Schwert, da stritt
Gott für sie und siegte. 15 Und niemand konnte
diesem Volk Schaden tun als allein, wenn es ab-
wich von den Geboten des Herrn, seines Gottes.
16 Denn so oft sie außer ihrem Gott einen andern
anbeteten, wurden sie erschlagen und weggeführt
mit allen Schanden. 17 So oft aber sie es reute, daß
sie abgewichen waren von den Geboten ihres Got-

tes, gab ihnen der Gott des Himmels wiederum
Sieg wider ihre Feinde.

18 Darum vertilgten sie die Könige der Kanaani-
ter, der Jebusiter, der Pheresiter, der Hethiter, der
Heviter, der Amoriter und alle Gewaltigen zu Hes-
bon und nahmen ihr Land und ihre Städte ein
(Jos. 12); 19 und es ging ihnen wohl, solange sie
sich nicht versündigten an ihrem Gott; denn ihr
Gott haßt das Unrecht. 20 Sie sind auch vor diesen
Zeiten oft vertrieben worden von vielen Völkern
und weggeführt in fremde Lande, darum daß
sie abgewichen waren von dem Gebot, das ihnen
Gott gegeben hatte, daß sie darin wandeln sollten.
21 Aber sie sind neulich wiedergekommen aus der
Fremde, darin sie waren, nachdem sie sich wieder
bekehrt haben zum Herrn, ihrem Gott; und haben
sich wieder festgesetzt in diesem Gebirge und
wohnen wiederum zu Jerusalem, da ihr Heiligtum
ist[6].

22 Darum, mein Herr, laß forschen, ob sich dies
Volk versündigt hat an ihrem Gott, so wollen wir
hinaufziehen, und ihr Gott wird sie dir gewiß in die
Hände geben, daß du sie bezwingst. 23 Haben sie
sich aber nicht versündigt an ihrem Gott, so schaf-
fen wir nichts wider sie; denn ihr Gott wird sie
beschirmen, und wir werden zu Spott werden dem
ganzen Lande.

24 Da Achior solches geredet hatte, wurden alle
Hauptleute des Holofernes zornig und gedachten
ihn zu töten und sprachen untereinander: 25 Wer
ist dieser, der solches sagen darf, daß die Kinder
Israel sich sollten erwehren wider den König Ne-
bukadnezar und sein Kriegsvolk? Sind es doch eitel
wehrlose Leute und keine Krieger. 26 Daß aber

Tobias erschrickt vor dem Fisch

Tobias 6,2–4

Achior sehe, daß er gelogen habe, so laßt uns hinaufziehen; und wenn wir ihre besten Leute fangen, so wollen wir Achior mit ihnen erstechen lassen, auf daß alle Völker innewerden, daß Nebukadnezar Gott auf Erden sei und kein anderer.

6

Achior wird nach Bethulia gebracht

1 Darnach ergrimmte auch Holofernes über den
Achior und sprach: 2 Wie darfst du uns weissagen,
daß das Volk Israel solle von seinem Gott Schutz
haben? Wenn wir sie aber nun schlagen wie einen
einzigen Menschen, so wirst du sehen, daß kein
anderer Gott ist denn allein Nebukadnezar; und
dann sollst du auch durch der Assyrer Schwert mit
ihnen erstochen werden, und ganz Israel soll mit
dir umkommen. So wirst du dann innewerden,
daß Nebukadnezar ein Herr sei aller Welt, 3 wenn
du mit meinem Schwert erstochen wirst und liegst
unter den Erschlagenen Israels und mußt sterben
und verderben. 4 Meinst du aber, daß deine Weis-
sagung gewiß ist, so brauchst du nicht zu er-
schrecken noch zu erblassen. 5 Wie es ihnen ge-
hen wird, so soll es dir auch gehen; denn ich will
dich jetzt zu ihnen schicken, daß ich dich mit
ihnen strafe.

6 Da befahl Holofernes seinen Knechten, daß
sie Achior greifen sollten und hinein gen Bethulia
führen in die Hände der Kinder Israel. 7 Und die
Knechte des Holofernes griffen ihn. Und da sie
übers Blachfeld ans Gebirge kamen, zogen gegen
sie heraus die Schützen. 8 Da wichen sie auf eine
Seite am Berge und banden Achior an einen Baum
mit Händen und Füßen und ließen ihn also gebun-

den und zogen wieder zu ihrem Herrn. 9 Aber die
Kinder Israel kamen herunter von Bethulia zu ihm
und machten ihn los und brachten ihn hinein gen
Bethulia und führten ihn unter das Volk und fragten ihn, wie das zugegangen wäre, warum ihn die
Assyrer gebunden zurückgelassen hätten.

10 Zur selben Zeit waren die Obersten in der
Stadt: Osias, der Sohn Michas, vom Stamm Simeon, und Charmi, der auch Othniel hieß. 11 Vor
diesen Ältesten und vor allem Volk sagte Achior
alles, was ihn Holofernes gefragt und was er geantwortet hätte, und daß ihn des Holofernes Leute um
dieser Antwort willen hätten töten wollen; aber
Holofernes hätte befohlen, man sollte ihn den Kindern Israel überantworten, auf daß, wenn er die
Kinder Israel geschlagen hätte, er ihn, den Achior,
auch wollte strafen und umbringen, 12 darum daß
er gesagt hatte, der Gott des Himmels würde ihr
Schutz sein.

13 Da Achior solches gesagt hatte, fiel alles Volk
auf ihr Angesicht und beteten den Herrn an, weinten alle zugleich und beteten zum Herrn und sprachen: 14 Herr, Gott des Himmels und der Erde,
siehe an ihren Hochmut und unser Elend und siehe
deine Heiligen gnädig an und beweise, daß du nicht
verlässest, die auf dich trauen, und stürzest, die auf
sich und auf ihre Macht trotzen.

15 Also weinten und beteten sie den ganzen Tag
und trösteten den Achior und sprachen: 16 Der
Gott unsrer Väter, des Macht du gepriesen hast,
wird dir's also vergelten, daß sie nicht ihre Lust an
dir sehen, sondern daß du sehest, wie sie geschlagen und vertilgt werden. 17 Und wenn uns der
Herr, unser Gott, errettet, so sei Gott mit dir unter

uns. Und willst du, so sollst du mit allen den
Deinen bei uns wohnen.
18 Da nun das Volk wieder voneinander ging,
führte ihn Osias mit sich in sein Haus und richtete
ein großes Abendmahl zu 19 und bat zu sich alle
Ältesten, und sie lebten wohl, nachdem sie lange
gefastet hatten. 20 Darnach ward das Volk wieder
zusammengefordert und beteten um Hilfe von
dem Gott Israels in der Versammlung die ganze
Nacht.

7

Belagerung der Stadt Bethulia[7]

1 Des andern Tages gebot Holofernes seinem
Kriegsvolk, daß man auf sein sollte wider Bethulia.
2 Und er hatte hundertundzwanzigtausend zu Fuß
und zwölftausend zu Roß, ohne den Haufen, den er
gewählt hatte an jedem Ort, wo er ein Land eingenommen hatte. 3 Dieses Kriegsvolk rüstete sich
alles wider die Kinder Israel; und sie lagerten sich
oben auf den Berg gegen Dothaim, von Belma an
bis gen Chelmon, das da liegt gegen Esdrelom.
4 Da nun die Kinder Israel das große Volk der
Assyrer sahen, fielen sie auf die Erde und legten
Asche auf ihre Häupter und baten alle zugleich,
daß der Gott Israels seine Barmherzigkeit erzeigen
wollte über sein Volk. 5 Und sie rüsteten sich mit
ihren Waffen und legten sich in die Orte, die zu den
engen Wegen im Gebirge führen, und bewahrten
sie Tag und Nacht.
6 Da aber Holofernes umherzog, merkte er, daß
außerhalb der Stadt gegen Mittag ein Brunnen
war, welcher durch Röhren in die Stadt geleitet
war. Diese Röhren hieß er abhauen. 7 Und wiewohl sie nicht fern von der Mauer kleine Brünnlein

hatten, da sie heimlich Wasser holten, so war es
doch kaum so viel, daß sie sich damit laben konn-
ten.

8 Darum kamen die Ammoniter und Moabiter
zu Holofernes und sprachen: 9 Die Kinder Israel
wagen nicht, sich gegen uns zu wehren, sondern
halten sich auf in den Bergen und Hügeln, darunter
sie sicher sind. 10 Darum laß nur die Brunnen
verwahren, daß sie nicht Wasser holen können, so
müssen sie ohne Schwert sterben, oder die Not
wird sie dringen, daß sie die Stadt übergeben müs-
sen, davon sie meinen, daß sie nicht zu gewinnen
sei, weil sie in Bergen liegt. 11 Dieser Rat gefiel
Holofernes und seinen Kriegsleuten wohl, und er
legte je hundert zu jeglichem Brunnen.

12 Da man nun zwanzig Tage die Brunnen ver-
wahrt hatte, hatten die von Bethulia kein Wasser
mehr, weder in Zisternen noch sonst, daß sie einen
Tag länger nach Notdurft[8] haben möchten; und
man mußte täglich den Leuten das Wasser zumes-
sen. 13 Da kam Weib und Mann, jung und alt, zu
Osias und den Ältesten, klagten und sprachen:
Gott sei Richter zwischen euch und uns, daß ihr
uns in solche Not gebracht habt damit, daß ihr
nicht wolltet mit den Assyrern Frieden machen; so
hat uns nun Gott in ihre Hände gegeben, 14 und
wir haben keine Hilfe, sondern müssen vor ihren
Augen vor Durst verschmachten und jämmerlich
umkommen.

15 Darum fordert das Volk zusammen, daß wir
uns dem Holofernes willig ergeben. 16 Denn es ist
besser, daß wir uns ergeben und am Leben bleiben
und also Gott loben, denn daß wir umkommen
und vor aller Welt zu Schanden werden und sehen

sollen, daß unsre Weiber und Kinder so jämmer-
lich vor unsern Augen sterben müssen. 17 Wir
bezeugen heute vor Himmel und Erde und vor
unsrer Väter Gott, der uns jetzt straft um unsrer
Sünden willen, daß wir euch gebeten haben, die
Stadt dem Holofernes zu übergeben, daß wir lieber
durchs Schwert alsbald umkämen und nicht so
lange vor Durst verschmachteten.

18 Da ward ein großes Heulen und Weinen im
ganzen Volk etliche Stunden lang, und sie schrien
zu Gott und sprachen: 19 Wir haben gesündigt
samt unsern Vätern, wir haben übel gehandelt und
sind gottlos gewesen. 20 Aber du bist barmherzig,
darum sei uns gnädig oder strafe du selbst uns; und
dieweil wir dich bekennen, übergib uns nicht den
Heiden, die dich nicht kennen, daß sie nicht rüh-
men: Wo ist nun ihr Gott?

21 Da sie nun lange geschrien und geweint hatten
und es ein wenig still geworden war, stand Osias
auf, weinte und sprach: 22 Liebe Brüder, habt
doch Geduld und laßt uns noch fünf Tage der
Hilfe erharren von Gott, 23 ob er uns wolle Gna-
de erzeigen und seinen Namen herrlich machen.
24 Wird uns diese fünf Tage nicht geholfen, so
wollen wir tun, wie ihr gebeten habt.

8

Judith gibt den Ältesten Mahnung und guten Rat

1 Solches kam vor Judith, welche war eine
Witwe, eine Tochter Meraris, des Sohnes des Uz,
des Sohnes Josephs, des Sohnes Osias, des Sohnes
Elais, des Sohnes Jamnors, des Sohnes Gideons,
des Sohnes Raphaims, des Sohnes Achitobs, des
Sohnes Malchias, des Sohnes Enans, des Sohnes

Nathanjas, des Sohnes Sealthiels, des Sohnes Si-
meons. 2 Und ihr Mann hatte geheißen Manasse;
der war in der Gerstenernte gestorben. 3 Denn da
er auf dem Felde war bei den Arbeitern, ward er
krank von der Hitze und starb in seiner Stadt
Bethulia und ward zu seinen Vätern begraben.
4 Der ließ die Judith nach; die war nun drei Jahre
und sechs Monate eine Witwe. 5 Und sie hatte sich
oben in ihrem Hause ein besonderes Kämmerlein
gemacht, darin sie saß mit ihren Mägden; 6 und
war bekleidet mit einem Sack und fastete täglich,
außer an den Sabbaten, Neumonden und andern
Festen des Hauses Israel. Und sie war schön und
reich und hatte viel Gesinde und Höfe voll Ochsen
und Schafe. 7 Und hatte ein gutes Gerücht[9] bei
jedermann, daß sie Gott fürchtete; und konnte
niemand übel von ihr reden.

8 Diese Judith, da sie hörte, daß Osias zugesagt
hatte, die Stadt nach fünf Tagen den Assyrern zu
übergeben, sandte sie zu den Ältesten Chabri und
Charmi. 9 Und da sie zu ihr kamen, sprach sie zu
ihnen: Was soll das sein, daß Osias eingewilligt hat,
die Stadt den Assyrern zu übergeben, wenn uns in
fünf Tagen nicht geholfen wird! 10 Wer seid ihr,
daß ihr Gott versuchet? Das dient nicht, Gnade zu
erwerben, sondern vielmehr Zorn und Ungnade.
11 Wollt ihr dem Herrn nach eurem Gefallen Zeit
und Tag bestimmen, wann er helfen soll? 12 Doch
der Herr ist geduldig; darum laßt uns das leid sein
und Gnade suchen mit Tränen. 13 Denn Gott
zürnt nicht wie ein Mensch, daß er sich nicht
versöhnen lasse.

14 Darum sollen wir uns demütigen von Herzen
und ihm dienen und mit Tränen vor ihm beten, daß

er nach seinem Gefallen Barmherzigkeit uns erzei-
gen wolle; 15 und, wie wir jetzt trauern müssen
wegen ihres Hochmuts, daß wir uns nach diesem
Jammer wieder freuen mögen, daß wir nicht ge-
folgt sind der Sünde unsrer Väter, die ihren Gott
verließen und fremde Götter anbeteten, darum sie
ihren Feinden übergeben und von ihnen erschla-
gen, gefangen und geschändet sind. 16 Wir aber
kennen keinen andern Gott als ihn allein und wol-
len mit Demut von ihm Hilfe und Trost erwarten,
17 so wird er, der Herr, unser Gott, unser Blut
retten von unsern Feinden und alle Heiden, die
uns verfolgen, demütigen und zu Schanden ma-
chen.

18 Und ihr, liebe Brüder, dieweil ihr seid die
Ältesten des Volks und ihr Leben in eurer Hand
ist, tröstet das Volk mit eurem Wort, daß sie be-
denken, wie unsre Väter auch versucht wurden,
daß sie bewährt würden, ob sie Gott von Herzen
dienen. 19 Erinnert sie, wie unser Vater Abraham
auf mancherlei Weise versucht ist und ist Gottes
Freund geworden, nachdem er durch mancher-
lei Anfechtung bewährt war (1. Mose 22,1–18).
20 Also sind auch Isaak, Jakob, Mose und alle, die
Gott lieb gewesen sind, beständig geblieben und
haben viel Trübsale überwinden müssen. 21 Die
andern aber, so die Trübsale nicht haben wollen
annehmen mit Gottesfurcht, sondern mit Unge-
duld wider Gott gemurrt und gelästert haben, sind
von dem Verderber und durch die Schlangen um-
gebracht (4. Mose 21,4–9). 22 Darum laßt uns
nicht ungeduldig werden in diesem Leiden, son-
dern bekennen, daß es eine Strafe ist von Gott, viel
geringer denn unsre Sünden sind, und glauben, daß

wir gezüchtigt werden als seine Knechte zur Besse-
rung und nicht zum Verderben.
23 Darauf antwortete Osias und die Ältesten: Es
ist alles wahr, wie du gesagt hast, und ist an deinen
Worten nichts zu strafen[10]. 24 Darum bitte für uns
zum Herrn; denn du bist ein heiliges, gottesfürch-
tiges Weib. 25 Und Judith sprach: Weil ihr dafür
haltet, daß aus Gott sei, was ich gesagt habe, so
wollet auch prüfen, ob das, was ich vorhabe zu tun,
aus Gott sei, und bittet, daß Gott Glück dazu gebe.
26 Diese Nacht wartet am Tor, wenn ich hinaus-
gehe mit meiner Magd, und betet, daß der Herr in
diesen fünf Tagen, wie ihr gesagt habt, sein Volk
Israel trösten wolle. 27 Was ich aber vorhabe, dem
sollt ihr nicht nachforschen, sondern betet allein
für mich zum Herrn, unserm Gott, bis ich euch
weiter anzeige, was ihr tun sollt. 28 Und Osias, der
Fürst Judas, sprach zu ihr: Gehe hin im Frieden; der
Herr sei mit dir und räche uns an unsern Feinden!
Und sie gingen also wieder von ihr.

9

Gebet der Judith

1 Darnach ging Judith in ihr Kämmerlein und
verkleidete sich mit einem Sack und streute Asche
auf ihr Haupt und fiel nieder vor dem Herrn und
schrie zu ihm und sprach:
2 Herr, Gott meines Vaters Simeon, dem du das
Schwert gegeben hast, die Heiden zu strafen, so die
Jungfrau genotzüchtigt und zu Schanden gemacht
hatten, und hast wiederum ihre Weiber und Töch-
ter fangen und sie berauben lassen durch deine
Knechte, die da in deinem Eifer geeifert haben
(1. Mose 34), hilf mir armen Witwe, Herr, mein

Gott! 3 Denn alle Hilfe, die vorzeiten und hernach
je geschehen ist, die hast du getan; und was du
willst, das muß geschehen. 4 Denn wenn du willst
helfen, so kann's nicht fehlen; und du weißt wohl,
wie du die Feinde strafen sollst.

5 Schaue jetzt auf der Assyrer Heer, wie du
vorzeiten auf der Ägypter Heer schautest, da sie
deinen Knechten nachjagten mit großer Macht und
trotzten auf ihre Wagen, Reiter und großes Kriegs-
volk. 6 Da du sie aber ansahst, wurden sie verzagt,
7 und die Tiefe übereilte sie, und das Wasser er-
säufte sie (2. Mose 14,24–31). 8 Also geschehe
auch jetzt diesen, Herr, die da trotzen auf ihre
Macht, Wagen, Spieße und Geschütze und kennen
dich nicht und denken nicht, daß du, Herr, unser
Gott, der seist, der da den Kriegen steuert von
Anfang, und heißest billig[11] Herr. 9 Strecke aus
deinen Arm wie vorzeiten und zerschmettere die
Feinde durch deine Macht, daß sie umkommen
durch deinen Zorn, die sich rühmen, sie wollen
dein Heiligtum zerstören und die Hütte deines
Namens entheiligen und mit ihrem Schwert das
Horn deines Altars abhauen. 10 Strafe seinen
Hochmut durch sein eigenes Schwert; laß ihn
durch seine eigenen Augen gefangen werden,
wenn er mich ansieht, und durch meine freund-
lichen Worte betrogen werden.

11 Gib mir einen Mut, daß ich mich nicht ent-
setze vor ihm und vor seiner Macht, sondern daß
ich ihn stürzen möge. 12 Das wird deines Namens
Ehre sein, daß ihn ein Weib darniedergelegt hat.
13 Denn du, Herr, kannst wohl Sieg geben ohne alle
Menge und hast nicht Lust an der Stärke der Rosse.
Es haben dir die Hoffärtigen noch nie gefallen; aber

allezeit hat dir gefallen der Elenden und Demüti-
gen Gebet. 14 O Herr, du Gott des Himmels,
Schöpfer der Wasser und Herr aller Dinge, erhöre
mein armes Gebet, die ich allein auf deine Barm-
herzigkeit vertraue! 15 Gedenke, Herr, an deinen
Bund und gib mir ein, was ich reden und denken
soll, und gib mir Glück dazu, auf daß dein Haus
bleibe und alle Heiden erfahren, daß du Gott bist
und kein anderer außer dir!

10

Judith geht in das Zelt des Holofernes

1 Da sie nun ausgebetet hatte, stand sie auf 2 und
rief ihre Magd und ging herunter ins Haus, leg-
te den Sack ab und zog ihre Witwenkleider aus
3 und wusch sich und salbte sich mit köstlichem
Wasser und flocht ihr Haar ein und setzte eine
Haube auf und zog ihre schönen Kleider an und
tat Schuhe an ihre Füße 4 und schmückte sich
mit Spangen und Geschmeide und zog all ihren
Schmuck an. 5 Und der Herr gab ihr Gnade, daß
sie lieblich anzusehen war; denn sie schmückte sich
nicht aus Vorwitz, sondern Gott zu Lob. 6 Und
sie gab ihrer Magd einen Schlauch voll Wein und
einen Krug mit Öl und einen Sack, darin sie hatte
Feigenkuchen, Mehl und Brot, das sie essen durfte;
und sie ging dahin.

7 Und am Tor fand sie Osias und die Ältesten,
die ihrer warteten. 8 Und sie wunderten sich, daß
sie so schön war. 9 Doch fragten sie nicht, was sie
vorhätte, sondern ließen sie hinaus und sprachen:
Der Gott unsrer Väter gebe dir Gnade und lasse
dein Vornehmen geraten, daß sich Israel dein freue
und dein Name gerechnet werde unter die Heili-

gen. 10 Und alle, die da waren, sprachen: Amen,
Amen! 11 Aber Judith betete und ging fort mit
ihrer Magd.

12 Und da sie frühmorgens den Berg hinabging,
begegneten ihr die Wächter der Assyrer und fielen sie an und fragten sie, woher sie käme und
wohin sie wollte. 13 Und sie antwortete: Ich bin
ein hebräisches Weib und bin von ihnen geflohen; denn ich weiß, daß sie euch in die Hände kommen werden, darum daß sie euch verachtet haben und nicht wollen Gnade suchen und sich willig ergeben. 14 Darum habe ich mir vorgenommen, zu
dem Fürsten Holofernes zu kommen, daß ich ihm ihre Heimlichkeiten offenbare und sage ihm, wie er sie leicht gewinnen könne, daß er nicht einen Mann verlieren dürfe.

15 Dieweil sie so redete, schauten sie sie an und
verwunderten sich sehr, daß sie so schön war,
16 und sprachen: Das möchte dir helfen, daß du es
so gut meinst und zu unserm Herrn gehen willst.
17 Denn wenn du vor ihn kommst, so wird er dir
gnädig sein und wirst von Herzen ihm wohl gefallen. 18 Und sie führten sie hin in des Holofernes
Gezelt und sagten ihm von ihr. 19 Und da sie vor
ihn kam, ward er alsbald entzündet gegen sie.
20 Und seine Diener sprachen untereinander: Das
hebräische Volk ist traun nicht zu verachten, weil es schöne Weiber hat. Sollte man um solcher schönen Weiber willen nicht kriegen? 21 Da nun Judith den Holofernes sah sitzen unter seinem Vorhang, der schön gewirkt war mit Purpur und Gold und mit Smaragden und viel Edelsteinen geziert, bückte sie sich und fiel vor ihm nieder. Und Holofernes hieß sie wieder aufrichten.

11

Gespräch der Judith mit Holofernes

1 Und Holofernes sprach zu ihr: Sei getrost und
fürchte dich nicht; denn ich habe nie einem Menschen
Leid getan, der sich unter den König Nebukadnezar
ergeben hat. 2 Und hätte mich dein Volk
nicht verachtet, so hätte ich nie einen Spieß aufgehoben
wider sie. 3 Nun sage an, warum du bist
von ihnen gewichen und zu mir gekommen.

4 Judith antwortete ihm und sprach: Du wollest
deine Magd gnädig hören. Wirst du tun, wie dir
deine Magd anzeigen wird, so wird's der Herr mit
dir wohl ausrichten. 5 Gott gebe Nebukadnezar
Glück und Heil, dem König der ganzen Erde, der
dich ausgeschickt hat, alle Ungehorsamen zu strafen;
denn du kannst ihm untertan machen nicht
allein die Leute, sondern auch alle Tiere auf dem
Felde. 6 Denn deine Vernunft und Weisheit ist
hochberühmt in aller Welt, und jedermann weiß,
daß du der gewaltigste Fürst bist im ganzen Königreich,
und dein gutes Regiment wird überall gepriesen.
7 So wissen wir auch, was Achior geredet
hat und wie du dagegen mit ihm getan hast.
8 Denn unser Gott ist also erzürnt über unsre
Sünden, daß er durch seine Propheten hat verkündigen
lassen, er wolle das Volk strafen um seiner
Sünden willen.

9 Weil nun das Volk Israel weiß, daß sie ihren
Gott erzürnt haben, sind sie erschrocken vor dir.
10 Dazu leiden sie großen Hunger und müssen vor
Durst verschmachten; 11 und haben jetzt vor, ihr
Vieh zu schlachten, daß sie sein Blut trinken, und
das heilige Opfer zu essen an Korn, Wein und Öl,
das ihnen Gott verboten hat, daß sie es auch nicht

anrühren sollten. Darum ist gewiß, daß sie müssen
umkommen, weil sie solches tun. 12 Und weil ich
das weiß, bin ich von ihnen geflohen; und der Herr
hat mich zu dir gesandt, daß ich dir solches solle
anzeigen. 13 Denn ob ich wohl zu dir bin gekom-
men, so bin ich doch nicht darum von Gott abge-
fallen, sondern will meinem Gott noch dienen bei
dir. Und deine Magd wird hinausgehen und Gott
anbeten; der wird mir offenbaren, wann er ihnen
ihren Lohn geben will für ihre Sünde. So will ich
dann kommen und will dir's anzeigen und dich mit-
ten durch Jerusalem führen, daß du alles Volk Israel
habest wie Schafe, die keinen Hirten haben, und
wird nicht ein Hund dich dürfen anbellen. Denn das
hat mir Gott offenbart, 14 weil er über sie erzürnt
ist, und hat mich gesandt, daß ich dir's anzeige.
15 Diese Rede gefiel Holofernes und seinen
Knechten wohl; und sie wunderten sich ihrer
Weisheit und sprachen untereinander: 16 Des Wei-
bes gleichen ist nicht auf Erden von Schöne und
Weisheit. 17 Und Holofernes sprach zu ihr: Das
hat Gott also geschickt, daß er dich hergesandt hat,
ehe denn das Volk in meine Hand käme. Wird nun
dein Gott solches ausrichten, wie du gesagt hast, so
soll er auch mein Gott sein; und du sollst groß wer-
den beim König Nebukadnezar, und dein Name
soll gepriesen werden im ganzen Königreich.

12

Des Holofernes Gastmahl und Trunkenheit

1 Da ließ er sie hineinführen in die Schatzkam-
mer, da sie bleiben sollte, und befahl, daß man sie
von seinem Tisch speisen sollte. 2 Aber Judith
antwortete und sprach: Ich darf noch nicht essen

von deiner Speise, daß ich mich nicht versündige;
sondern ich habe ein wenig mit mir genommen,
davon will ich essen. 3 Da sprach Holofernes
selbst: Wenn das aufgezehrt ist, was du mit dir
gebracht hast, woher sollen wir dir anderes schaf-
fen? 4 Judith antwortete: Mein Herr, so gewiß du
lebst: ehe deine Magd alles verzehren wird, wird
Gott durch mich ausrichten, was er vorhat.

5 Und da sie die Knechte in das Gemach führen
wollten, wie er befohlen hatte, 6 bat sie, daß man
ihr erlaubte, abends und morgens herauszugehen
und ihr Gebet zu tun zum Herrn. 7 Da befahl
Holofernes seinen Kammerdienern, daß man sie
drei Tage sollte frei aus und ein lassen gehen, ihr
Gebet zu tun zu Gott. 8 Und des Abends ging sie
heraus in das Tal vor Bethulia und wusch sich im
Wasser. 9 Darnach betete sie zum Herrn, dem
Gott Israels, daß er ihr Glück gäbe, sein Volk zu
erlösen; 10 und ging wieder in das Gezelt und
hielt sich rein und aß nicht vor abends.

11 Am vierten Tage machte Holofernes ein
Abendmahl seinen nächsten Dienern allein und
sprach zu Bagoas, seinem Kämmerer: Gehe hin
und berede das hebräische Weib, daß sie sich nicht
weigere, zu mir zu kommen; 12 denn es ist eine
Schande bei den Assyrern, daß ein solch Weib
sollte unberührt von uns kommen und einen Mann
genarrt haben. 13 Da kam Bagoas zu Judith:
Schöne Frau, Ihr wollet Euch nicht weigern, zu
meinem Herrn zu kommen, daß er Euch ehre und
Ihr mit ihm esset und trinket und fröhlich seid.
14 Da sprach Judith: Wie darf ich's meinem Herrn
versagen? 15 Alles, was ihm lieb ist, das will ich
von Herzen gerne tun all mein Leben lang.

16 Und sie stand auf und schmückte sich und
ging hinein vor ihn und stand vor ihm. 17 Da
wallte dem Holofernes sein Herz; denn er war
entzündet mit Begierde nach ihr. 18 Und er sprach
zu ihr: Sitz nieder, trink und sei fröhlich; denn du
hast Gnade gefunden bei mir. 19 Und Judith ant-
wortete: Ja, Herr, ich will fröhlich sein; denn ich
bin mein Leben lang so hoch nicht geehrt worden.
20 Und sie aß und trank vor ihm, was ihr ihre Magd
bereitet hatte. 21 Und Holofernes war fröhlich mit
ihr und trank so viel, wie er nie getrunken hatte
sein Leben lang.

13

Judith tötet den Holofernes und dankt Gott mit ihrem Volke

1 Da es nun sehr spät ward, gingen seine Diener
hinweg in ihre Gezelte; und sie waren allesamt
trunken. 2 Und Bagoas machte des Holofernes
Kammer zu und ging davon. Und Judith war allein
bei ihm in der Kammer. 3 Holofernes aber war auf
sein Bett hingefallen und schlief; denn er war ganz
trunken. 4 Da sprach Judith zu ihrer Magd, sie
sollte draußen warten vor der Kammer.

5 Und Judith trat vor das Bett und betete heim-
lich mit Tränen 6 und sprach: Herr, Gott Israels,
stärke mich und hilf mir gnädig das Werk vollbrin-
gen, das ich mit ganzem Vertrauen auf dich mir
habe vorgenommen, daß du deine Stadt Jerusalem
erhöhest, wie du zugesagt hast.

7 Nach solchem Gebet trat sie zu der Säule oben
am Bett und langte das Schwert, das daran hing,
8 und zog es aus und ergriff ihn beim Schopf
und sprach abermals: 9 Herr Gott, stärke mich in
dieser Stunde! Und sie hieb zweimal in den Hals

mit aller Macht und schnitt ihm den Kopf ab;
darnach wälzte sie den Leib aus dem Bette und
nahm den Vorhang von den Säulen weg mit sich.
10 Darnach ging sie heraus und gab das Haupt
des Holofernes ihrer Magd und hieß sie es in ihren
Sack stoßen. 11 Und sie gingen miteinander hin-
aus nach ihrer Gewohnheit, als wollten sie beten
gehen, durch das Lager und gingen umher durch
das Tal, bis sie heimlich ans Tor der Stadt ka-
men.

12 Und Judith rief den Wächtern auf der Mauer
von ferne zu: Tut die Tore auf; denn Gott ist mit
uns, der hat Israel Sieg gegeben! 13 Da nun die
Wächter ihre Stimme hörten, forderten sie alsbald
die Ältesten der Stadt. 14 Da kam alles herzu, klein
und groß; denn sie hatten schon gefürchtet, daß sie
nicht würde wiederkommen. 15 Und sie zündeten
Fackeln an und umringten sie. 16 Sie aber trat auf
einen höhern Ort und hieß sie still sein und zu-
hören und sprach also:

17 Danket dem Herrn, unserm Gott, der nicht
verläßt diejenigen, so auf ihn trauen, und hat uns
Barmherzigkeit erzeigt durch mich, seine Magd,
wie er dem Hause Israel verheißen hat, und hat
diese Nacht den Feind seines Volks durch meine
Hand umgebracht. 18 Und sie zog das Haupt des
Holofernes heraus und zeigte es ihnen und sprach:
19 Sehet, dies ist das Haupt des Holofernes, des
Feldhauptmanns der Assyrer; und sehet, das ist der
Vorhang, darunter er lag, da er trunken war. Da
hat ihn der Herr, unser Gott, durch Weibeshand
umgebracht. 20 So wahr der Herr lebt, hat er mich
durch seinen Engel behütet, daß ich nicht bin
verunreinigt worden, solange ich bin außen gewe-

sen, und hat mich ohne Sünde wieder hergebracht
mit großen Freuden und Sieg. 21 Darum danket
ihm alle; denn er ist gütig und hilft immerdar!
22 Und sie dankten alle dem Herrn und sprachen
zu ihr: Gelobt sei der Herr, der durch dich unsre
Feinde heute hat zu Schanden gemacht. 23 Und
Osias, der Fürst des Volks Israel, sprach zu ihr:
Gesegnet bist du, Tochter, vom Herrn, dem höch-
sten Gott, vor allen Weibern auf Erden; 24 und
gelobt sei der Herr, der Himmel und Erde geschaf-
fen hat, der dir hat Glück gegeben, den Hauptmann
unsrer Feinde zu töten, und hat deinen Namen so
herrlich gemacht, daß dich allezeit preisen werden
alle, die des Herrn Werk achten, darum daß du
deines Lebens nicht geschont hast in der Trübsal
und Not deines Volks, sondern hast es errettet
vor dem Herrn, unserm Gott! 25 Und alles Volk
sprach: Amen, Amen!
26 Darnach forderte man den Achior; zu dem
sprach Judith: Der Gott Israels, von dem du ge-
zeugt hast, daß er sich an seinen Feinden rächen
kann, hat diese Nacht der Gottlosen Haupt um-
gebracht durch meine Hand. 27 Und daß du es
sehest, so ist hier der Kopf des Holofernes, der den
Gott Israels trotzig gelästert hat und dir den Tod
gedroht, da er sprach, 28 wenn das Volk Israel
gefangen würde, so wollte er dich mit ihnen er-
stechen lassen. 29 Und da Achior des Holofer-
nes Kopf sah, entsetzte er sich, daß er erstarrte.
30 Darnach, da er wieder zu sich selbst kam, fiel er
zu ihren Füßen und sprach: 31 Gesegnet bist du
von deinem Gott in allen Hütten Jakobs! denn der
Gott Israels wird an dir gepriesen werden bei allen
Völkern, die deinen Namen hören werden.

14

Der Judith Rat zum Angriff · Bestürzung der Assyrer

1 Darnach sprach Judith zu allem Volk: Liebe
Brüder, höret mich! 2 Sobald der Tag anbricht, so
hänget den Kopf über die Mauer hinaus und neh-
met eure Waffen und fallet allesamt hinaus in Hau-
fen und mit großem Geschrei; 3 so werden die in
der Schildwacht fliehen und werden dann ihren
Herrn aufwecken wollen zur Schlacht. 4 Und
wenn die Hauptleute zu des Holofernes Gezelt
kommen werden und den Leichnam da sehen im
Blut liegen, so werden sie erschrecken. 5 Und
wenn ihr merkt, daß sie verzagt sein werden und
die Flucht geben[12], so dringet getrost auf sie; denn
der Herr hat sie unter eure Füße gegeben.

6 Da nun Achior sah, daß der Gott Israels ge-
holfen hatte, verließ er die heidnische Weise und
glaubte an Gott und ließ sich beschneiden; und ist
unter Israel gerechnet worden, er und alle seine
Nachkommen, bis auf diesen Tag.

7 Und da der Tag anbrach, hängten sie den Kopf
über die Mauer hinaus und nahmen ihre Wehr[13]
und fielen hinaus in Haufen und mit großem Ge-
schrei. 8 Und da solches die in der Schildwacht
sahen, liefen sie zu des Holofernes Gezelt; und die
darin richteten ein Poltern an vor seiner Kammer,
davon er sollte aufwachen. 9 Denn es wagte nie-
mand anzuklopfen oder hineinzugehen in des Für-
sten zu Assyrien Kammer. 10 Aber da die Haupt-
leute der Assyrer kamen, sagten sie den Kammer-
dienern: 11 Gehet hinein und wecket ihn auf! denn
die Mäuse sind herausgelaufen aus ihren Löchern
und sind kühn geworden, daß sie uns nun angreifen.

12 Da ging Bagoas hinein und trat vor den Vor-

hang und klatschte mit den Händen; denn er
meinte, er schliefe bei Judith. 13 Und horchte, ob
er sich regen wollte. Da er aber nichts vernahm,
hob er den Vorhang auf: da sah er den Leichnam
ohne den Kopf in seinem Blut auf der Erde liegen.
Da schrie und heulte er laut und zerriß seine Klei-
der 14 und sah in der Judith Kammer; und da er
sie nicht fand, lief er heraus zu den Kriegern
und sprach: Ein einziges hebräisches Weib hat das
ganze Haus Nebukadnezars zu Spott und Hohn
gemacht vor aller Welt; denn Holofernes liegt da
tot auf der Erde, und ist ihm der Kopf abgehauen.
15 Da das die Hauptleute von Assyrien hörten,
zerrissen sie ihre Kleider und erschraken über
die Maßen sehr, 16 und ward ein großes Zeter-
geschrei unter ihnen.

15

Flucht und Niederlage der Assyrer
Beute und Triumph der Juden

1 Da nun das Kriegsvolk hörte, daß Holofernes
der Kopf ab war, erschraken sie und wurden irr
und konnten nicht Rat halten, was sie tun sollten,
so war ihnen der Mut entfallen; 2 und sie flohen
auf allen Wegen in der Ebene und im Gebirge, daß
sie den Hebräern entrinnen möchten; denn sie
hörten, daß sie gegen sie daherzögen.
3 Und da die Kinder Israel sahen, daß die Feinde
flohen, 4 eilten sie ihnen nach mit großem Ge-
schrei und Drommeten. 5 Weil aber der Assyrer
Ordnung zertrennt war und die Kinder Israel in
ihrer Ordnung zogen, schlugen sie alle, die sie
ereilen konnten.
6 Und Osias sandte zu allen Städten im Lande

Israel, 7 daß man in allen Städten auf wäre, und
jagte den Feinden nach bis zum Lande hinaus.
8 Aber das übrige Volk zu Bethulia fiel in der
Assyrer Lager und plünderten und führten hin-
weg, was die Assyrer dagelassen hatten, und
brachten großes Gut davon. 9 Die andern aber, da
sie wiederkamen, brachten sie mit sich alles, was
jene mitgeführt hatten an Vieh und an anderm Gut;
und das ganze Land ward reich von solchem Raub.

10 Darnach kam Jojakim, der Hohepriester, von
Jerusalem gen Bethulia mit allen Priestern, daß sie
Judith sähen. 11 Und sie ging hervor zu ihnen. Da
priesen sie sie alle zugleich und sprachen: 12 Du
bist die Krone Jerusalems, du bist die Wonne Is-
raels, du bist eine Ehre des ganzen Volks, daß du
solch löbliche Tat getan und Israel so große Wohl-
tat erzeigt hast, daß sie Gott wiederum errettet hat.
Gesegnet seist du vor Gott ewiglich! 13 Und alles
Volk sprach: Amen, Amen!

14 Und da man nun dreißig Tage lang die Beute
gesammelt hatte, 15 gaben sie Judith alle köstli-
chen Geräte, so Holofernes gehabt hatte, an Gold,
Silber, Kleidern und Edelsteinen. 16 Und jeder-
mann war fröhlich, sangen und sprangen, beide,
jung und alt.

16

Der Judith Triumphlied und übriger Lebenslauf

1 Da sang Judith dem Herrn dies Lied und sprach:

2 Spielet dem Herrn mit Pauken und klinget
ihm mit Zimbeln; singet ihm ein neues Lied, seid
fröhlich und rufet seinen Namen an!

3 Der Herr ist's, der den Kriegen steuern[14] kann;
Herr heißt sein Name.

4 Er streitet für sein Volk, daß er uns errette von
allen unsern Feinden.

5 Assur kam vom Gebirge von Mitternacht mit
einer großen Macht; seine Menge verstopfte die
Bäche, und seine Pferde bedeckten das Land;

6 er drohte mein Land zu verbrennen und meine
Mannschaft zu erwürgen, Kinder und Jungfrauen
wegzuführen.

7 Aber der Herr, der allmächtige Gott, hat ihn
gestraft und hat ihn in eines Weibes Hände ge-
geben.

8 Denn kein Mann und kein Krieger hat ihn
umgebracht, und kein Riese hat ihn angegriffen;
sondern Judith, die Tochter Meraris, hat ihn nie-
dergelegt mit ihrer Schönheit.

9 Denn sie legte ihre Witwenkleider ab und zog
ihre schönen Kleider an zur Freude den Kindern
Israel;

10 sie bestrich sich mit köstlichem Wasser und
flocht ihre Haare ein, ihn zu betrügen;

11 ihre schönen Schuhe verblendeten ihn, ihre
Schönheit fing sein Herz; aber sie hieb ihm den
Kopf ab,

12 daß sich die Perser und Meder entsetzten vor
solcher kühnen Tat.

13 Und der Assyrer Heer heulte, da meine Elen-
den hervorkamen, so vor Durst verschmachtet
waren.

14 Die Knaben erstachen die Assyrer und schlu-
gen sie auf der Flucht wie Kinder. Sie sind vertilgt
von dem Heer des Herrn, meines Gottes.

15 Laßt uns singen ein neues Lied dem Herrn,
unserm Gott!

16 Herr Gott, du bist der mächtige Gott, der

große Taten tut; und niemand kann dir widerstehen.

17 Alle deine Kreatur muß dir dienen; denn was du sprichst, das muß geschehen. Wo du einem einen Mut gibst, das muß fortgehen, und deinem Wort kann niemand Widerstand tun.

18 Die Berge müssen zittern, und die Felsen zerschmelzen wie Wachs vor dir.

19 Aber die dich fürchten, denen erzeigst du große Gnade. Denn alles Opfer und Fett ist viel zu gering vor dir; aber den Herrn fürchten, das ist sehr groß.

20 Weh den Heiden, die mein Volk verfolgen! denn der allmächtige Herr richtet sie und sucht sie heim zur Zeit der Rache.

21 Er wird ihren Leib plagen mit Feuer und Würmern; sie werden brennen und heulen in Ewigkeit.

22 Nach solchem Sieg zog alles Volk von Bethu-
lia gen Jerusalem, den Herrn anzubeten, und rei-
nigten sich und opferten Brandopfer und was sie
gelobt hatten. 23 Und Judith hängte auf im Tem-
pel alle Waffen des Holofernes und den Vorhang,
den sie von seinem Bette genommen hatte, daß es
dem Herrn geweiht sein sollte ewiglich. 24 Und
das Volk war fröhlich zu Jerusalem bei dem Heilig-
tum mit der Judith drei Monate lang und feierten
den Sieg. 25 Darnach zog jedermann wieder heim;
und Judith kam auch wieder gen Bethulia
26 und ward hoch geehrt im ganzen Lande Israel.
27 Und sie nahm keinen Mann nach ihres ersten
Mannes Manasse Tod. 28 Und sie ward sehr alt
und blieb in ihres Mannes Hause, bis sie hundert-
undfünf Jahre alt ward. Und ihre Magd machte sie

frei[15]. Darnach starb sie zu Bethulia, und man
begrub sie bei ihrem Mann Manasse. 29 Und das
Volk trauerte um sie sieben Tage lang. Und ehe sie
starb, teilte sie all ihr Gut unter ihre und ihres
Mannes Verwandte. 30 Und solange sie lebte, und
dazu lange hernach, wagte niemand, Israel zu über-
fallen. 31 Und der Tag des Sieges wird bei den
Hebräern für ein großes Fest gehalten und von
ihnen gefeiert bis auf diesen Tag[16].

Anmerkungen

1 d. h. aus behauenen Quadersteinen
2 Gemeint ist die Ebene Jesreel (vgl. auch 4,5; 7,3).
3 d. h. Äthiopien. Zu Gosen vgl. 1. Mose 45,10.
4 evtl. Melitene am Oberlauf des Euphrat
5 d. h. versammelte es
6 vgl. die Bücher Esra und Nehemia
7 Zur Lage dieser Stadt vgl. die Einleitung S. 219.
8 d. h. ihrem Bedarf entsprechend
9 d. h. einen guten Ruf
10 d. h. zu tadeln
11 d. h. zu Recht
12 d. h. fliehen
13 d. h. Waffen
14 d. h. wehren (vgl. auch 9,8)
15 d. h. ließ sie frei
16 Gemeint ist das Chanukka- oder Tempelweihfest, zu dessen Liturgie das Judithbuch gehört. Zur Entstehung dieses Festes vgl. 1. Makk. 4,59.

Das Buch Tobias

Einleitung

Die Eigenart dieses Buches läßt sich gut beim Vergleich mit dem Buch Judith beschreiben. Luther hat das in seiner Vorrede «auffs Buch Tobie» wie folgt getan:

Denn Judith gibt eine gute / ernste / dapffere Tragedien / So gibt Tobias eine feine liebliche / gottselige Comedien. Denn gleich wie das Buch Judith anzeigt / wie es Land vnd Leuten offt elendiglich gehet / vnd wie die Tyrannen erstlich hoffertiglich toben / vnd zu letzt schendlich zu boden gehen. Also zeigt das Buch Tobias an / wie es einem fromen Bawr oder Bürger auch vbel gehet / vnd viel leidens im Ehestand sey / Aber Gott jmer gnediglich helffe / vnd zu letzt das ende mit freuden beschließe. Auff das die Eheleute sollen lernen gedult haben / vnd allerley leiden / auff künfftig hoffnung gerne tragen / in rechter furcht Gottes vnd festem glauben.

Wie das Buch Judith und das Buch Esther ist Tobias (Tobit) eine romanhafte Erzählung und weist einen stark lehrhaften Charakter auf. Im Unterschied zu Judith, wo die politische Selbständigkeit des Volkes vorausgesetzt ist, und im Unterschied zu Esther und Daniel, wo die Diaspora-Situation idealisiert und auf «very important persons» beschränkt erscheint, bietet Tobit eine Alltagsschilderung der Diaspora-Juden, die der Realität des nichtpalästinischen Judentums der letzten Jahrhunderte vor Christus recht nahe kommt. Ein erhebliches Maß an Anerkennung (1,13ff.), aber auch Gefährdung (1,21ff.), und ein ebenfalls stets bedrohter Wohlstand kennzeichnen die Situation der Familie.

Kontakte mit anderen Juden, selbst über riesige Distanzen hinweg, sind von größter Bedeutung, ja Familie und Verwandtschaft erweisen sich geradezu als Keimzelle des Gottesvolkes in der «Zerstreuung» (Diaspora) unter den Heiden. So steht auch die häusliche Frömmigkeit ganz im Vordergrund, und Jerusalem taucht zwar im 13. Kapitel (und in 1,6) auf, aber diese Stücke sind wohl spätere Zutaten ohne Verankerung im ursprünglichen Erzählgang.

Wer sich an die Gebote hält – und zu ihnen gehört auch die Pflicht zur innerjüdischen (evtl. Verwandten-) Ehe –, kann mit Gottes ganz persönlicher Vorsehung rechnen, selbst wenn immer wieder schwere Schicksalsschläge zur Anfechtung werden, ja sogar zu Konflikten in Familie oder Ehe führen (vgl. 1,19ff. und 10,4ff.). Konkret heißt Vorsehung Gottes Fürsorge durch Vermittlung von Engeln, und konkret heißt Gebotserfüllung das Spenden von Almosen, Bestatten von Toten und andere «Werke der Barmherzigkeit» (vgl. Anm. 7), die den Volksgenossen erwiesen werden.

Das Buch Tobit ist im 3. oder 2. vorchristlichen Jahrhundert entstanden, und zwar vielleicht in Ägypten, vielleicht im westlichen Syrien (z. B. Antiochia), mit großer Wahrscheinlichkeit jedenfalls im Bereich der jüdischen Diaspora. Fingiert ist die Selbstdarstellung, wonach es sich um einen Bericht aus dem 8. oder 7. vorchristlichen Jahrhundert handelt, aus dem Kreis der Deportierten des Nordreichs (vgl. Anm. 2). Aus der nordisraelitischen Diaspora ist tatsächlich nichts Schriftliches überliefert. Dagegen hat die Legendenbildung dort gerne angesetzt (bis zur Entstehungsgeschichte des Buches Mormon!).

Das Buch Tobit verwendet Märchenmotive und wahrscheinlich die Geschichte von der Brautwerbung für Isaak nach 1. Mose 24, wobei diese biblische Reminiszenz und die biblisch-jüdische Tendenz zur Umdeutung des Märchenstoffs dient. Ein Märchenelement ist vor allem die Geschichte vom bösen Geist, der die Ehemänner in der Hochzeitsnacht umbringt; auch die Verbindung mit der Bestattung von Toten – bei Tobit sachlich ganz getrennt von der Bezwingung des Geistes – ist aus der Märchentradition bekannt.

Was den Text des Tobitbuches betrifft, so ist er in sehr verschiedenen Formen überliefert. Schon derjenige der griechischen Bibel ist in drei verschiedenen Gestalten überliefert, außerdem sind hebräische und aramäische Fragmente erhalten. Die Übersetzung der Vulgata, also die lateinische des Hieronymus, vor der es zwar schon andere gab, die aber zur offiziellen der römisch-katholischen Kirche wurde, bietet einen Text, der auf ein aramäisches Original zurückgeht. Diese Vorlage benutzt die Lutherbibel, und deshalb weicht der im vorliegenden Buch gebotene Text von vielen anderen deutschen Bibelübersetzungen ab, denen eine der griechischen Fassungen zugrunde liegt. Allerdings wirkt sich die Verwendung der Lutherbibel von 1912 in dieser Sammlung (vgl. S. 17) insofern aus, als man dort gelegentlich den griechischen Text bevorzugt hat und deshalb die Verse 7 und 12 bis 22 des 6. Kapitels anders lauten als in der Lutherbibel von 1545 und wiederum in der heute geltenden Lutherbibel (Apokryphen von 1970).

Mit dem Unterschied der Namensform «Tobit» bzw. «Tobias» hat es folgende Bewandtnis: Da, wie erwähnt, die Lutherbibel auf der lateinischen Übersetzung beruht, hat sie deren Eigenart übernommen, nämlich Vater und Sohn «Tobias» zu nennen. Die griechische Überlieferung, die für die heutigen Bibeln sonst maßgebend ist, nennt den Vater «Tobit» und den Sohn «Tobias», und darum heißt das Buch heute in der Regel auch «Tobit», in den Lutherbibeln jedoch weiterhin «Tobias».

1

Des alten Tobias Gottesfurcht und Kreuz

1 Es war ein Mann mit Namen Tobias, aus dem
Stamme Naphthali, aus Thisbe, einer Stadt in
Ober-Galiläa, über Aser[1], an der Straße zur linken
Seite gegen das Meer. 2 Derselbe ward mitgefan-
gen zu den Zeiten Salmanassers, des Königs in
Assyrien[2]. Und wiewohl er also unter Fremden
gefangen war, ist er dennoch von Gottes Wort
nicht abgefallen[3]. 3 Und alles, was er hatte, teilte er
seinen mitgefangenen Brüdern und Verwandten
mit. 4 Und wiewohl er der jüngste Mann war des
Stammes Naphthali, so hielt er sich doch nicht
kindisch. 5 Und da sonst jedermann den goldenen
Kälbern diente, welche Jerobeam, der König Is-
raels, hatte machen lassen, mied er doch solchen
Greuel 6 und hielt sich zum Tempel und Gottes-
dienst zu Jerusalem und diente da dem Herrn und
betete an den Gott Israels, gab auch seine Erstlinge
und Zehnten ganz treulich, 7 also daß er allezeit im
dritten Jahr den Fremdlingen, Witwen und Waisen
ihren Zehnten gab. 8 Solches hielt er von Jugend
auf nach dem Gesetz des Herrn.

9 Da er nun erwachsen war, nahm er ein Weib,
auch aus dem Stamm Naphthali, mit Namen
Hanna, und zeugte mit ihr einen Sohn, welchen er
auch Tobias nannte; 10 und lehrte ihn Gottes Wort
von Jugend auf, daß er Gott fürchtete und die
Sünde miede.

11 Und als er mit seinem ganzen Stamm, mit
seinem Weibe und Sohne unter den Gefangenen
weggeführt ward in die Stadt Ninive 12 und jeder-

mann aß von den Opfern und Speisen der Heiden,
hütete er sich und verunreinigte sich nicht mit
solcher Speise. 13 Und weil er von ganzem Herzen
den Herrn fürchtete, gab ihm Gott Gnade vor
Salmanasser, dem König von Assyrien, 14 daß er
ihm erlaubte, frei zu gehen, wohin er wollte, und
auszurichten, was er zu tun hatte. 15 So zog er nun
zu allen, die gefangen[4] waren, und tröstete sie mit
Gottes Wort.

16 Und er kam in die Stadt Rages in Medien[5] und
hatte bei sich zehn Pfund Silber, damit ihn der
König begabt hatte. 17 Und da er unter andern
Israeliten sah einen mit Namen Gabael aus seinem
Stamm, der sehr arm war, lieh er ihm das Geld und
nahm eine Handschrift[6] von ihm.

18 Lange aber hernach, nach dem Tode Salman-
assers, da sein Sohn Sanherib nach ihm regierte,
welcher den Kindern Israel feind war, 19 ging
Tobias täglich zu allen Israeliten und tröstete sie
und teilte einem jeglichen mit von seinen Gütern,
was er vermochte. 20 Die Hungrigen speiste er, die
Nackten kleidete er, die Erschlagenen und Toten
begrub er sorglich[7]. 21 Sanherib aber, der König,
war geflohen aus Judäa, da ihn Gott geschlagen
hatte um seiner Lästerung willen[8]. Da er nun
wiederkam, war er ergrimmt und ließ viele der
Kinder Israel töten; deren Leichname pflegte
Tobias zu begraben. 22 Als aber solches der
König erfuhr, hieß er ihn töten und nahm ihm
alle seine Güter. 23 Tobias aber floh mit seinem
Weibe und Sohne und hielt sich heimlich bei
guten Freunden.

24 Aber nach fünfundvierzig Tagen ward der
König von seinen eigenen Söhnen erschlagen.

Tobias nimmt den Fisch aus

Tobias 6,6 u. 7

25 Und Tobias kam wieder heim, und all sein Gut
ward ihm wiedergegeben.

2

*Tobias wird blind und zeigt gegen seine Freunde
und seine Gattin sein Gottvertrauen*

1 Darnach am Feste der Pfingsten, da Tobias
in seinem Hause ein herrliches Mahl zugerichtet
hatte, sprach er zu seinem Sohne: Gehe hin und
lade etliche Gottesfürchtige aus unserm Stamme,
daß sie mit uns essen. 2 Und als er wieder heim-
kam, sagte er dem Vater Tobias, daß einer auf der
Gasse erschlagen läge. 3 Da stand Tobias alsbald
auf vom Tisch, vor dem Essen, und ging zu dem
Leichnam und hob ihn auf und trug ihn heimlich in
ein Haus, daß er ihn des Nachts heimlich begrübe.
4 Und als er die Leiche heimlich versteckt hatte,
wusch er sich und aß sein Brot mit Trauern
5 und dachte an das Wort, welches der Herr ge-
redet hatte durch Amos, den Propheten: 6 Eure
Feiertage sollen zu Trauertagen werden (Amos
8,10). 7 Und des Nachts ging er hin und begrub
den Toten.

8 Seine Freunde aber alle straften[9] ihn und spra-
chen: Erst neulich hat dich der König um der Sache
willen heißen töten und bist kaum davongekom-
men, und dennoch begräbst du die Toten. 9 To-
bias aber fürchtete Gott mehr denn den König und
trug heimlich zusammen die Erschlagenen und
hielt sie heimlich in dem Hause, und des Nachts
begrub er sie.

10 Es begab sich aber an einem Tage, da er
heimkam, als er Tote begraben hatte und müde
war und sich an die Wand des Hofes legte, weil er

verunreinigt war[10], und einschlief, 11 schmeißte
eine Schwalbe aus ihrem Nest; das fiel ihm heiß in
die Augen; davon ward er blind. 12 Solche Trübsal
aber ließ Gott über ihn kommen, daß die Nach-
kommen ein Beispiel der Geduld hätten wie an
dem heiligen Hiob. 13 Denn nachdem er von
Jugend auf Gott gefürchtet und seine Gebote ge-
halten hatte, zürnte und murrte er nicht wider
Gott, daß er ihn hatte lassen blind werden, sondern
blieb beständig in der Furcht Gottes und dankte
Gott all sein Leben lang. 14 Und wie die Könige
des heiligen Hiob spotteten, also verlachten Tobias
seine eigenen Freunde und sprachen: 15 Wo ist nun
dein Vertrauen, darum du deine Almosen gegeben
und so viel Tote begraben hast? 16 Und Tobias
strafte sie und sprach: 17 Saget nicht also; denn wir
sind Kinder der Heiligen und warten auf ein Leben,
18 welches Gott geben wird denen, so im Glauben
stark und fest bleiben vor ihm.

19 Hanna aber, sein Weib, die arbeitete fleißig
mit ihrer Hand und ernährte ihn mit Spinnen.
20 So begab es sich, daß sie eine junge Ziege heim-
brachte, die sie bekommen hatte. 21 Und da sie
ihr Mann Tobias hörte blöken, sprach er: Sehet
zu, daß es nicht gestohlen sei! Gebet's dem rechten
Herrn wieder; denn uns gebührt nicht, zu essen
vom gestohlenen Gut oder dasselbe anzurühren.
22 Über diese Rede ward seine Hausfrau zornig,
antwortete und sprach: Da sieht man, daß dein
Vertrauen nichts ist und deine Almosen verloren
sind. 23 Mit solchen und andern Worten mehr
warf sie ihm sein Elend vor[11].

3

Gebet des alten Tobias in Ninive und der gekränkten Sara in Ekbatana

1 Da seufzte Tobias tief und hob an zu weinen
und zu beten und sprach: 2 Herr, du bist gerecht,
und all dein Tun ist recht und eitel Güte und Treue.
3 Und nun, mein Herr, sei mir gnädig und räche
nicht meine Sünden, gedenke nicht meiner oder
meiner Väter Missetaten. 4 Denn weil wir deine
Gebote nicht gehalten haben, so sind wir auch
dahingegeben unsern Feinden, daß sie uns berauben, gefangenhalten und töten, und sind zu Schanden und Spott und Hohn geworden den Fremden,
dahin du uns zerstreut hast. 5 Und nun, Herr,
schrecklich sind deine Gerichte, weil wir deine
Gebote nicht gehalten und nicht recht gewandelt
haben vor dir. 6 Ach Herr, erzeige mir Gnade und
nimm meinen Geist weg im Frieden; denn ich will
viel lieber tot sein denn leben.

7 Und es begab sich desselben Tages, daß Sara,
die Tochter Raguels, in der Meder Stadt Ekbatana[12] auch übel geschmäht und gescholten ward
von einer Magd ihres Vaters. 8 Man hatte ihr
nämlich sieben Männer nacheinander gegeben,
und ein böser Geist, Asmodi genannt, hatte sie alle
getötet, alsbald wenn sie sich zu ihr tun sollten.
9 Da nun Sara die Magd wegen einer Verschuldung
schalt, antwortete diese und sprach: 10 Gott gebe,
daß wir nimmer einen Sohn oder Tochter von dir
sehen auf Erden, du Männermörderin! 11 Willst
du mich auch töten, wie du die sieben Männer
getötet hast? 12 Auf solche Worte ging sie in eine
Kammer oben im Haus und aß und trank nicht drei
Tage und drei Nächte und hielt an mit Beten und

Weinen und bat Gott, daß er sie von der Schmach erlösen wollte.

13 Darnach am dritten Tage, da sie ihr Gebet vollendet hatte, lobte sie Gott und sprach:
14 Gelobet sei dein Name, Herr, du Gott unsrer
Väter! denn wenn du gezürnt hast, erzeigst du
Gnade und Güte, und in der Trübsal vergibst du
Sünden denen, die dich anrufen. 15 Zu dir, mein
Herr, kehre ich mein Angesicht, zu dir hebe ich
meine Augen auf 16 und bitte dich, daß du mich
erlösest aus dieser schweren Schmach oder mich
von hinnen nehmest. 17 Du weißt, Herr, daß ich
keines Mannes begehrt habe und meine Seele rein
behalten von aller bösen Lust 18 und habe mich
nie zu unzüchtiger und leichtfertiger Gesellschaft
gehalten. 19 Einen Mann aber zu nehmen habe ich
eingewilligt in deiner Furcht und nicht aus Vorwitz; 20 und entweder bin ich ihrer oder sie sind
mein nicht wert gewesen, und du hast mich vielleicht einem andern Manne behalten[13]. 21 Denn
dein Rat steht nicht in Menschengewalt.

22 Das weiß ich aber fürwahr: wer Gott dient, der wird nach der Anfechtung getröstet und aus der Trübsal erlöst, und nach der Züchtigung findet er Gnade. 23 Denn du hast nicht Lust an unserm Verderben. Denn nach dem Ungewitter lässest du die Sonne wieder scheinen, und nach dem Heulen und Weinen überschüttest du uns mit Freuden. Deinem Namen sei ewiglich Ehre und Lob, du Gott Israels!

24 In der Stunde ward dieser beider Gebet erhört
von dem Herrn im Himmel. 25 Und der heilige
Raphael, der Engel des Herrn, ward gesandt, daß er ihnen beiden hülfe, weil ihr Gebet zu der gleichen Zeit vor dem Herrn vorgebracht ward.

4

Des Tobias letzter Wille an seinen Sohn

1 Da nun Tobias gedachte, daß sein Gebet also
erhört wäre, daß er sterben würde, rief er seinen
Sohn zu sich und sprach zu ihm: 2 Lieber Sohn,
höre meine Worte und behalte sie fest in deinem
Herzen. 3 Wenn Gott wird meine Seele wegneh-
men, so begrabe meinen Leib und ehre deine Mut-
ter all dein Leben lang. 4 Denke daran, was sie für
Gefahr ausgestanden hat, da sie dich unter ihrem
Herzen trug. 5 Und wenn sie gestorben ist, so
begrabe sie neben mich.

6 Und dein Leben lang habe Gott vor Augen und
im Herzen, und hüte dich, daß du in keine Sünde
willigst und tust wider Gottes Gebote.

7 Von deinen Gütern hilf dem Armen, und
wende dich nicht vom Armen, so wird dich Gott
wieder gnädig ansehen. 8 Wo du kannst, da hilf
den Dürftigen. 9 Hast du viel, so gib reichlich; hast
du wenig, so gib doch das wenige mit treuem
Herzen. 10 Denn du wirst sammeln einen rechten
Lohn in der Not. 11 Denn die Almosen erlösen
von allen Sünden, auch vom Tode, und lassen nicht
in der Not[14]. 12 Almosen ist ein großer Trost[15] vor
dem höchsten Gott.

13 Hüte dich, mein Sohn, vor aller Hurerei, und
nimm ein Weib aus dem Geschlechte deiner Väter.

14 Hoffart laß weder in deinem Herzen noch in
deinen Worten herrschen, denn sie ist ein Anfang
alles Verderbens.

15 Wer dir arbeitet, dem gib alsbald seinen Lohn,
und behalte niemand seinen verdienten Lohn vor.
16 Was du nicht willst, daß man dir tue, das tu
einem andern auch nicht[16].

17 Teile dein Brot den Hungrigen mit und be-
decke die Nackten mit deinen Kleidern. 18 Gib
Almosen von deinem Brot und Wein bei dem
Begräbnis der Frommen; und iß und trinke nicht
mit den Sündern. 19 Allezeit suche Rat bei den
Weisen.

20 Und danke allezeit Gott und bete, daß er dich regiere und du in allem deinem Vornehmen seinem Wort folgest.

21 Du sollst auch wissen, mein Sohn, daß ich zehn Pfund Silber, da du noch ein Kind warst, geliehen habe dem Gabael in der Stadt Rages in Medien; und seine Handschrift habe ich bei mir (vgl. Kap. 1,16f.). Darum denke, wie du zu ihm kommest und solch Geld forderst und ihm seine Handschrift wiedergebest.

22 Sorge nur nichts, mein Sohn. Wir sind wohl arm; aber wir werden viel Gutes haben, so wir Gott werden fürchten, die Sünde meiden und Gutes tun.

5

Der junge Tobias erhält einen Engel zum Geleitsmann nach Medien

1 Da antwortete der junge Tobias seinem Vater
und sprach: Alles, was du mir gesagt hast, mein
Vater, das will ich tun. 2 Wie ich aber das Geld
einmahnen soll, das weiß ich nicht: er kennt mich
nicht, so kenne ich ihn auch nicht. Was soll ich ihm
für ein Zeichen bringen, daß er mir Glauben gebe?
So weiß ich auch den Weg nicht dahin. 3 Da
antwortete ihm sein Vater und sprach: Seine Hand-
schrift habe ich bei mir; wenn du die ihm wei-
sen wirst, so wird er dir alsbald das Geld geben.
4 Gehe nun hin und suche einen treuen Gesellen,

der um seinen Lohn mit dir ziehe, daß du solch
Geld bei meinem Leben[17] wiederkriegest.
5 Da ging der junge Tobias hinaus und fand
einen feinen jungen Gesellen stehen, der hatte sich
angezogen und bereitet zu wandern; 6 und er
wußte nicht, daß es ein Engel Gottes war, grüßte
ihn und sprach: Woher bist du, guter Gesell?
7 Und er sprach: Ich bin ein Israeliter. 8 Und
Tobias sprach zu ihm: Weißt du den Weg ins Land
Medien? 9 Er antwortete: Ich weiß ihn wohl und
bin ihn oft gezogen und bin zur Herberge gelegen
bei unserm Bruder Gabael, welcher wohnt in der
Stadt Rages in Medien. 10 Und Tobias sprach zu
ihm: Verzieh doch ein wenig, bis daß ich dies
meinem Vater wieder sage.

11 Und Tobias ging hinein und sagte solches
seinem Vater; und der Vater verwunderte sich und
bat den Jüngling, daß er hineinkäme. 12 Und er
ging zum Alten hinein und grüßte ihn und sprach:
Gott gebe dir Freude! 13 Und Tobias sprach zu
ihm: Was soll ich für Freude haben, der ich im
Finstern sitzen muß und das Licht des Himmels
nicht sehen kann? 14 Und der Jüngling sprach zu
ihm: Habe Geduld, Gott wird dir bald helfen.
15 Und Tobias sprach zu ihm: Willst du meinen
Sohn geleiten in die Stadt Rages in Medien zu
Gabael, so will ich dir deinen Lohn geben, wenn du
wiederkommst. 16 Und der Engel sprach zu ihm:
Ich will ihn hinführen und wieder zu dir herbringen.

17 Und Tobias sprach zu ihm: Ich bitte dich,
zeige mir an, aus welchem Geschlecht und von
welchem Stamme bist du? 18 Und der Engel
Raphael sprach: Sei zufrieden! Ist's nicht genug,

daß du einen Boten hast? Was bedarfst du zu
wissen, woher ich bin? 19 Doch daß du desto
weniger sorgen dürfest, so will ich dir's sagen:
Ich bin Asarja, des großen Ananja Sohn. 20 Und
Tobias sprach: Du bist aus einem guten Ge-
schlechte; 21 ich bitte dich, du wollest nicht zür-
nen, daß ich nach deinem Geschlecht gefragt habe.
22 Und der Engel sprach: Ich will deinen Sohn
gesund hin und wieder her führen. 23 Tobias
antwortete: So ziehet hin! Gott sei mit euch auf
dem Wege, und sein Engel geleite euch!

24 Da versah sich Tobias mit allem, was er
mitnehmen wollte, und segnete Vater und Mutter
und zog mit seinem Gesellen dahin. 25 Und seine
Mutter fing an zu weinen und sprach: Den Trost
unsers Alters hast du uns genommen und wegge-
schickt. 26 Ich wollte, daß das Geld nie gewesen
wäre, darum du ihn weggeschickt hast. 27 Wir
wären wohl zufrieden gewesen mit unsrer Armut;
das wäre ein großer Reichtum, daß unser Sohn bei
uns wäre. 28 Und Tobias sprach: Weine nicht;
unser Sohn wird frisch und gesund hin und wie-
der her ziehen, und deine Augen werden ihn sehen.
29 Denn ich glaube, daß ein guter Engel Gottes ihn
geleitet und alles wohl schicken[18] wird, was er
vorhat, also daß er mit Freuden wird wieder zu
uns kommen. Also schwieg seine Mutter still und
gab sich zufrieden.

6

Tobias fängt im Fluß Tigris einen sonderlichen Fisch

1 Und Tobias zog hin, und sein Hündlein lief mit
ihm. Und die erste Tagereise blieb er bei dem
Wasser Tigris. 2 Und er ging hin, daß er seine

Füße wüsche; und siehe, ein großer Fisch fuhr
heraus, ihn zu verschlingen.
3 Vor dem erschrak
Tobias und schrie mit lauter Stimme und sprach:
O Herr, er will mich fressen!
4 Und der Engel
sprach zu ihm: Ergreife ihn bei den Floßfedern[19]
und ziehe ihn heraus!
5 Und er zog ihn aufs Land:
da zappelte er vor seinen Füßen.

6 Da sprach der Engel: Haue den Fisch voneinander; das Herz, die Galle und die Leber behalte dir,
denn sie sind sehr gut zur Arznei.
7 Und Tobias
tat, wie ihm der Engel gesagt hatte; den Fisch aber
brieten und aßen sie. Und sie reisten weiter miteinander, bis sie kamen nahe zu Ekbatana.
8 Da fragte
Tobias den Engel und sprach zu ihm: Ich bitte dich,
Asarja, mein Bruder, du wollest mir sagen, was
man für Arznei machen kann von den Stücken, die
du hast heißen behalten.
9 Da sprach der Engel:
Wenn du ein Stücklein vom Herzen und von der
Leber auf glühende Kohlen legst, so vertreibt solcher Rauch allerlei böse Gespenster von Mann und
von Frau, also daß sie nicht mehr schaden können.
10 Und die Galle vom Fisch ist gut, die Augen damit zu salben, daß sie einem den Star vertreibe.

11 Und Tobias sprach: Wo wollen wir denn einkehren? Und der Engel antwortete und sprach:
12 Es ist hier ein Mann mit Namen Raguel, dein
Verwandter, von deinem Stamme, der hat nur eine
einzige Tochter, die heißt Sara, und sonst kein
Kind.
13 Dir sind alle seine Güter beschert, und du
wirst die Tochter nehmen.
14 Darum wirb um sie
bei ihrem Vater, so wird er sie dir zum Weibe
geben.
15 Da sprach Tobias: Ich habe gehört, daß
sie bereits sieben Männern zuvor vertraut war, die
sind alle tot; und dazu sagt man, ein böser Geist

habe sie getötet. 16 Darum fürchte ich mich, daß
mir's nicht auch also möchte gehen; so würden
dann meine Eltern vor Leid sterben, weil ich ein
einziger Sohn bin.

17 Da sprach der Engel zu ihm: Gedenkst du
nicht der Worte, die dir dein Vater geboten hat, daß
du dir ein Weib aus deinem Geschlecht nehmest?
18 Und nun höre mich, Bruder; denn dein Weib
wird sie werden, und um den bösen Geist küm-
mere dich nicht; denn in dieser Nacht wird dir
diese zum Weibe gegeben werden. 19 Und wenn
du in die Kammer kommst, sollst du glühende
Kohlen nehmen und von dem Herzen und der
Leber des Fisches darauf legen und räuchern, so
wird der böse Geist es riechen und fliehen und in
alle Ewigkeit nicht wiederkommen. 20 Wenn du
aber zu ihr nahst, so stehet beide auf und rufet zu
dem barmherzigen Gott, so wird er euch erretten
und sich erbarmen. 21 Fürchte dich nicht; denn dir
war sie bestimmt von Ewigkeit, und du wirst sie
erretten, und sie wird mit dir ziehen; und ich achte,
du werdest von ihr Kinder haben. 22 Und als
Tobias das hörte, gewann er sie lieb, und seine
Seele hing sehr an ihr[20].

7

Der junge Tobias erhält Sara zum Weibe

1 Und sie kehrten bei Raguel ein, und Raguel
empfing sie mit Freuden. 2 Und er sah Tobias
an und sprach zu der Hanna, seinem Weibe: Wie
gleich sieht der junge Gesell unserm Vetter! 3 Und
als er das sagte, sprach er: Woher seid ihr, liebe
Brüder? 4 Sie sprachen: Aus dem Stamm Naph-
thali sind wir, von den Gefangenen in Ninive.

5 Raguel sprach zu ihnen: Kennt ihr Tobias, meinen Bruder? Sie sprachen: Ja, wir kennen ihn wohl.
6 Und als er nun viel Gutes von Tobias redete,
sprach der Engel zu Raguel: Der Tobias, nach dem
du fragst, ist dieses Jünglings Vater. 7 Und Raguel
neigte sich vor ihm, weinte und fiel ihm um den
Hals und küßte ihn und sprach: O mein lieber
Sohn, gesegnet seist du, denn du bist eines recht
frommen Mannes Sohn! 8 Und Hanna, sein Weib,
und Sara, ihre Tochter, fingen auch an zu weinen.
9 Darnach hieß Raguel einen Schöps[21] schlachten
und das Mahl bereiten. 10 Und als sie sie baten, daß
sie sich wollten zu Tisch setzen, sprach Tobias: Ich will heute nicht essen noch trinken, du gewährest mir denn eine Bitte und sagest zu, mir Sara, deine
Tochter, zu geben. 11 Da das Raguel hörte, erschrak er; denn er dachte, was den sieben Männern widerfahren war, welchen er zuvor seine Tochter gegeben hatte, und fürchtete sich, es möchte diesem auch also gehen. 12 Und da er nicht antworten
wollte, sprach der Engel zu ihm: Scheue dich nicht, ihm die Jungfrau zu geben; deine Tochter ist ihm beschert zum Weibe, weil er Gott fürchtet; darum hat deine Tochter keinem andern werden können.
13 Da sprach Raguel: Ich zweifle nicht, daß Gott
meine heißen Tränen und Gebete erhört hat,
14 und glaube, daß er euch hat darum lassen zu mir kommen, daß meine Tochter diesen kriegen wird aus ihrem Geschlecht nach dem Gesetz Moses; und nun habe keinen Zweifel, ich will dir sie geben.
15 Und nahm die Hand der Tochter und schlug sie Tobias in die Hand und sprach: Der Gott Abrahams, der Gott Isaaks und der Gott Jakobs sei mit euch und helfe euch zusammen und gebe seinen

Segen reichlich über euch! 16 Und sie nahmen
einen Brief und schrieben die Ehestiftung; 17 und
lobten Gott und hielten Mahlzeit. 18 Und Raguel
rief zu sich Hanna, sein Weib, und hieß sie die
andere Kammer zurichten. 19 Dieselbe tat also und
führte hinein Sara, ihre Tochter; und sie weinte.
20 Und sie sprach zu ihr: Sei getrost, meine Toch-
ter! Der Herr des Himmels gebe dir Freude für das
Leid, das du erlitten hast.

8

Wie der junge Tobias seinen Ehestand gottselig angefangen

1 Und nach dem Abendmahl führten sie den
jungen Tobias zu der Jungfrau in die Kammer.
2 Und Tobias dachte an die Rede des Engels und
langte aus seinem Sack ein Stücklein von dem
Herzen und der Leber des Fisches und legte es auf
die glühenden Kohlen. 3 Und der Engel Raphael
nahm den Geist gefangen und band ihn in die
Wüste fern in Ägypten. 4 Darnach vermahnte
Tobias die Jungfrau und sprach: Schwester, stehe
auf und laß uns beten, daß der Herr sich unser
erbarme! 5 Denn wir sind Kinder der Heiligen,
und uns gebührt nicht, solchen Stand anzufangen
wie die Heiden, die Gott verachten.

6 Und sie standen auf und beteten beide fleißig,
daß sie Gott behüten wolle. 7 Und Tobias betete
und sprach: Herr, mein Gott, du Gott unsrer Väter,
dich sollen loben Himmel, Erde, Meer, alle Wasser
und Brunnen[22] und alle Kreaturen, die darinnen
sind. 8 Du hast gemacht Adam aus einem Erden-
kloß und hast ihm gegeben Eva zu einer Gehilfin.
9 Und nun, Herr, du weißt, daß ich nicht böser Lust
halben diese meine Schwester zum Weibe genom-

men, sondern daß ich möge Kinder zeugen, da-
durch dein heiliger Name ewiglich gepriesen und
gelobt werde. 10 Und Sara sprach: Herr, erbarme
dich unser, daß wir beide gesund mögen unser
Alter erlangen! Da schliefen die beiden die Nacht.
11 Und um Mitternacht rief Raguel seine Diener
und ging mit ihnen, daß sie ein Grab machten.
12 Denn er sprach: Es möchte ihm vielleicht auch
gegangen sein wie den andern sieben, welche mit
ihr vertraut gewesen sind. 13 Und als sie das Grab
gemacht hatten, kam Raguel zu seinem Weibe und
sprach: 14 Schicke hin eine Magd und laß sehen,
ob er auch tot sei, daß wir ihn vor Tage begraben.
15 Und die Magd schlich in die Kammer, fand sie
beide gesund und frisch und schlafend beieinander.
16 Und sie brachte ihnen die gute Botschaft.
17 Und Raguel und sein Weib Hanna dankten
Gott und sprachen: Wir danken dir, Herr, du Gott
Israels, daß es nicht geschehen ist, wie wir besorg-
ten. Denn du hast deine Barmherzigkeit an uns
erzeigt und hast unsern Feind, der uns Leid tat,
vertrieben. 18 Du hast dich erbarmt über diese zwei
einzigen Kinder. Und nun, Herr, gib ihnen, daß sie
dich allezeit loben für solche Gnade und dir allezeit
Preis und Lob opfern, daß andere Leute an ihnen
erkennen, daß du allein Gott bist in aller Welt.
19 Und alsbald befahl Raguel, daß sie das Grab
wieder füllten, ehe es Tag würde. 20 Und seinem
Weibe befahl er, daß sie wieder ein Mahl zurich-
tete, und schaffte ihnen alle Notdurft[23] auf den
Weg. 21 Und er ließ zwei feiste Rinder schlachten
und vier Schafe und lud alle seine Nachbarn und
Freunde zu Gast. 22 Und Raguel vermahnte und
bat Tobias hoch, daß er zwei Wochen wollte bei

ihm verziehen[24]. 23 Und von all seinen Gütern gab
er die Hälfte dem Tobias und machte eine Ver-
schreibung, daß nach seinem Tode die andere
Hälfte auch dem Tobias werden sollte.

9

Gabael bezahlt seine Schuld an Tobias und kommt zu dessen Hochzeit

1 Da rief Tobias den Engel zu sich; denn er
meinte, es wäre ein Mensch, und sprach zu ihm:
Asarja, mein Bruder, ich bitte dich, höre mein
Wort! 2 Wenn ich mich dir gleich selbst zu einem
eigenen Knecht gäbe, so wäre es doch nichts gegen
deine Wohltat. 3 Doch bitte ich dich: nimm diese
Knechte und Kamele und zieh zu Gabael gen Rages
in Medien und gib ihm diese Handschrift und
nimm von ihm das Geld und bitte ihn, daß er wolle
zu meiner Hochzeit kommen. 4 Denn du weißt,
mein Vater zählt Stunden und Tage; und wenn ich
einen Tag zu lange außen bliebe, so würde seine
Seele betrübt. 5 Und du weißt, wie sehr mich
Raguel gebeten hat, daß ich's ihm nicht kann ab-
schlagen[25].

6 Da nahm der Engel Raphael vier der Knechte
Raguels und zwei Kamele und zog gen Rages und
fand den Gabael und gab ihm die Handschrift und
empfing das Geld von ihm. 7 Und er zeigte ihm
an vom Sohne des Tobias alles, was geschehen
war, und bat ihn zur Hochzeit.

8 Und da sie miteinander kamen in das Haus
Raguels, fanden sie Tobias über Tisch[26]; und siehe,
er stand vor ihnen auf, und sie küßten einander.
Und Gabael weinte und lobte Gott und sprach:
9 Es segne dich der Gott Israels! denn du bist eines

frommen, gerechten und gottesfürchtigen Mannes Sohn, der den Armen viel Gutes getan hat.
10 Gesegnet sei dein Weib und eure Eltern! 11 Und
Gott gebe, daß ihr sehet eure Kinder und eure
Kindeskinder bis in das dritte und vierte Glied; und
gesegnet sei dein Geschlecht von dem Gott Israels,
der da herrschet und regieret ewiglich! 12 Und als
sie alle «Amen!» gesprochen hatten, setzten sie sich
zu Tische; aber das Mahl und die Freude hielten sie
in Gottesfurcht.

10

Des jungen Tobias Heimfahrt zu seinen besorgten Eltern

1 Als aber der junge Tobias seiner Hochzeit
halben lange außen war, fing der alte Tobias, sein
Vater, an zu sorgen und sprach: Warum wird mein
Sohn so lange außen sein, und was hält ihn auf?
2 Vielleicht ist Gabael gestorben, und niemand will
ihm das Geld wiedergeben. 3 Und sie wurden sehr
traurig, Tobias und Hanna, seine Hausfrau, und
weinten beide, daß ihr Sohn auf die bestimmte Zeit
nicht wieder heimkam.

4 Und seine Mutter weinte, daß sie sich nicht
wollte trösten lassen, und sprach: 5 Ach mein
Sohn! ach mein Sohn! Warum haben wir dich
lassen wandern, unsrer Augen Licht, unser einziger
Trost in unserm Alter, unser Herz und unser Erbe!
6 Wir hätten Schatzes genug gehabt, wenn wir dich
nicht hätten weggelassen. 7 Und Tobias sprach zu
ihr: Schweig und sei getrost! Unserm Sohn geht's,
so Gott will, wohl; er hat einen treuen Gesellen mit
sich. 8 Sie aber wollte sich nicht trösten lassen
und lief alle Tage hinaus und sah auf alle Straßen,
da er herkommen sollte, ob sie ihn von ferne sähe.

9 Raguel aber sprach zu seinem Eidam Tobias:
Bleibe bei uns; ich will einen Boten schicken zu
Tobias, deinem Vater, und ihn wissen lassen, daß
dir's wohl geht. 10 Und Tobias sprach: Ich weiß,
daß mein Vater und Mutter jetzt alle Tage und
Stunden zählen und sind meinethalben hoch be-
kümmert. 11 Und als Raguel mit vielen Worten
Tobias bat und er in keinem Weg darein willigen
wollte, befahl er ihm Sara und gab ihm die Hälfte
aller seiner Güter an Knechten, Mägden, an Vieh,
Kamelen und Rindern und viel Geld und ließ ihn
gesund und fröhlich von sich ziehen und sprach:
12 Der heilige Engel des Herrn sei bei dir auf dem
Wege und bringe dich gesund wieder heim, daß du
deine Eltern gesund findest; und Gott gebe, daß
meine Augen mögen eure Kinder sehen, ehe ich
sterbe.

13 Und die Eltern nahmen die Tochter und
küßten sie und ließen sie von sich und vermahnten
sie, daß sie ja wollte ihres Mannes Eltern ehren als
ihre eigenen Eltern, ihren Mann lieben, das Ge-
sinde fleißig regieren und sich selbst züchtig halten.

11

Tobias wird von seinen Eltern mit großer Freude empfangen und heilt die Blindheit seines Vaters

1 Und auf dem Wege, da sie gen Haran[27] kamen,
welches auf halbem Wege ist gegen Ninive, am
elften Tage, 2 sprach der Engel: Tobias, mein
Bruder, du weißt, wie wir deinen Vater verlassen
haben. 3 Wenn dir's gefiele, so wollen wir voraus-
ziehen und dein Weib gemach lassen nachziehen
mit dem Gesinde und Vieh. 4 Und als Tobias
solches gefiel, sprach Raphael: Nimm zu dir von

des Fisches Galle, denn du wirst ihrer bedürfen.
5 Da nahm Tobias des Fisches Galle zu sich, und sie
zogen also voraus.

6 Hanna aber saß täglich am Wege auf einem
Berge, daß sie konnte weit um sich sehen. Und als
sie an dem Ort nach ihm sah, ward sie ihres Sohnes
gewahr von ferne und kannte ihn alsbald und lief
hin und sagte es ihrem Manne und sprach: Siehe,
dein Sohn kommt!

7 Und Raphael sprach zu Tobias: Sobald du
wirst ins Haus kommen, so bete und rufe zum
Herrn und danke ihm; und darnach gehe zu deinem
Vater und küsse ihn; 8 und alsbald salbe ihm die
Augen mit der Galle vom Fisch, welche du bei dir
hast, so werden von Stund an seine Augen geöff-
net werden, und dein Vater wird das Licht des
Himmels schauen und über deinen Anblick sich
freuen.

9 Da lief der Hund voran, welchen sie mit
sich genommen hatten, und wedelte mit seinem
Schwanz, sprang und stellte sich fröhlich. 10 Und
sein blinder Vater stand eilend auf und eilte, daß er
sich stieß. Da rief er einen Knecht, der ihn bei der
Hand führte seinem Sohn entgegen. 11 Desglei-
chen tat die Mutter, und sie küßten ihn und wein-
ten beide vor Freuden. 12 Und als sie gebetet
hatten und Gott gedankt, setzten sie sich zusam-
men nieder.

13 Da nahm Tobias von der Galle des Fisches
und salbte dem Vater seine Augen. Und er litt
das fast eine halbe Stunde. 14 Und der Star ging
ihm von den Augen wie ein Häutlein von einem
Ei. 15 Und Tobias nahm es und zog es von sei-
nen Augen, und alsbald ward er wieder sehend.

16 Und sie priesen Gott, er und sein Weib und alle,
die es erfuhren. 17 Und Tobias sprach: Ich danke
dir, Herr, du Gott Israels, daß du mich gezüchtigt
hast und doch mir wieder geholfen, daß ich meinen
lieben Sohn wieder sehen kann.

18 Und nach sieben Tagen kam auch Sara, seines
Sohnes Weib, mit allem ihrem Gesinde, Vieh und
Kamelen und brachte viel Geld mit sich und auch
das Geld, das er empfangen hatte von dem Gabael.
Und Tobias erzählte seinen Eltern so viel Gutes,
das Gott an ihm getan hatte durch den Gesellen, der
mit ihm gezogen war. 19 Und Achior und Nabath,
des Tobias Vettern, kamen zu ihm und wünschten
ihm Glück, freuten sich mit ihm alles des Glücks,
das ihm Gott gegeben hatte. 20 Und sieben Tage
lang aßen sie miteinander und waren fröhlich.

12

Der bisherige Begleiter des jungen Tobias gibt sich als Engel Raphael zu erkennen und verschwindet

1 Darnach rief Tobias seinen Sohn zu sich und
sprach: Was sollen wir doch dem heiligen Manne,
deinem Gesellen, geben, der mit dir gezogen ist?
2 Und Tobias antwortete seinem Vater: Wie kön-
nen wir die großen Wohltaten, die er mir getan hat,
vergelten? 3 Er hat mich gesund hin- und wieder-
gebracht, hat das Geld selbst bei Gabael geholt, hat
mir zu diesem Weibe geholfen; dazu hat er den
bösen Geist vertrieben und ihre Eltern erfreut. 4 Ja
mich selbst hat er errettet, da mich der große Fisch
fressen wollte, und hat dir wieder geholfen zu
deinem Gesicht und hat uns über die Maßen viel
Gutes getan. 5 Wie können wir ihm denn solche
großen Wohltaten vergelten? Aber ich bitte dich,

mein Vater: biet ihm an die Hälfte aller Habe, die wir mit uns gebracht haben, daß er's wolle annehmen.

6 Und beide, Vater und Sohn, forderten ihn an
einen Ort und baten ihn, daß er wolle annehmen
die Hälfte aller Güter, die sie mit sich gebracht
hatten. 7 Und er sagte heimlich zu ihnen: Lobet
und danket ihr dem Gott des Himmels bei jedermann, daß er euch solche Gnade erzeigt hat! 8 Der
Könige und Fürsten Rat und Heimlichkeit soll man
verschweigen; aber Gottes Werke soll man herrlich preisen und offenbaren. 9 Ein solch Gebet
mit Fasten und Almosen ist besser als viel Gold
zum Schatz sammeln; denn die Almosen erlösen
vom Tode, tilgen die Sünden, erhalten am Leben.
10 Die Gottlosen aber bringen sich selber um ihr
Leben.

11 So will ich nun die Wahrheit offenbaren
und den heimlichen Befehl euch nicht verbergen.
12 Da du so heiß weintest und betetest, standest von
der Mahlzeit auf und begrubst die Toten, hieltest
die Leichen heimlich in einem Hause und begrubst
sie bei der Nacht, da brachte ich dein Gebet vor den
Herrn. 13 Und weil du Gott lieb warst, so mußte
es so sein: ohne Anfechtung solltest du nicht bleiben, auf daß du bewährt würdest. 14 Und nun hat
mich Gott geschickt, daß ich dich solle heilen und
den bösen Geist vertreiben, der um Sara, deines
Sohnes Weib, war. 15 Und ich bin Raphael, einer
von den sieben Engeln, die wir vor dem Herrn
stehen.

16 Als sie das hörten, erschraken sie, zitterten
und fielen auf ihr Angesicht zur Erde. 17 Und der
Engel sprach zu ihnen: Seid getrost und fürchtet

euch nicht! 18 Denn Gott hat's so haben wollen,
daß ich bei euch gewesen bin; den lobet und dem
danket! 19 Es schien wohl, als äße und tränke
ich mit euch; aber ich brauche unsichtbarer Speise
und eines Trankes, den kein Mensch sehen kann.
20 Und nun ist's Zeit, daß ich zu dem wieder hin-
gehe, der mich gesandt hat. Danket ihr Gott und
verkündigt seine Wunder!

21 Und als er das gesagt hatte, verschwand er vor
ihren Augen, und sie sahen ihn nimmer. 22 Und
sie fielen nieder drei Stunden lang und dankten
Gott; und darnach standen sie auf und sagten sol-
ches weiter und verkündigten seine großen Wunder.

13

Lobgesang des Tobias

1 Der alte Tobias aber tat seinen Mund auf, lobte Gott und sprach:

2 Herr, du bist ein großer, starker Gott, und dein Reich währet ewiglich. Du züchtigest und tröstest wieder; du kannst in die Hölle stoßen und wieder herausführen; deiner Hand kann niemand entfliehen.

3 Ihr Kinder Israel, lobet den Herrn, und vor den Heiden preiset ihn!

Denn darum hat er euch zerstreut unter die Heiden, welche ihn nicht kennen, daß ihr seine Wunder verkündiget und die Heiden erkennen, daß kein allmächtiger Gott ist denn er allein.

4 Er hat uns gezüchtigt um unsrer Sünden willen, und durch seine Güte hilft er uns wieder.

5 Sehet, was er an uns getan hat! Mit Furcht und Zittern lobet ihn in seinen Werken und preiset den, der ewiglich herrschet!

6 Und ich will ihn auch preisen in diesem Lande,
darin wir gefangen sind; denn er hat seine Wunder
über ein sündliches Volk erzeigt. 7 Darum bekeh-
ret euch, ihr Sünder, und tut Gutes vor Gott und
glaubet, daß er euch Güte erzeigt!

8 Und ich will mich nun von Herzen freuen in
Gott. 9 Lobet den Herrn, ihr seine Auserwählten,
haltet Freudentage und preiset ihn!

10 Jerusalem, du Gottesstadt, Gott wird dich
züchtigen um deiner Werke willen[28]; aber er wird
sich wieder dein erbarmen.

11 Lobe den Herrn um seine Gaben, und preise
den ewigen Gott, daß er seine Hütte in dir wieder
baue

und alle deine Gefangenen wieder hole, daß du
ewiglich dich freuen mögest!

12 Du wirst wie ein heller Glanz leuchten, und
an allen Enden auf Erden wird man dich ehren.

13 Von fernen Landen wird man zu dir kommen
und Geschenke bringen.

14 In dir werden sie den Herrn anbeten, und du
wirst das «Heiligtum» heißen; den großen Namen
des Herrn werden sie in dir anrufen. 15 Verflucht
werden sein alle, die dich verachten; verdammt
werden sein alle, die dich lästern;

gesegnet werden sein alle, die dich bauen.

16 Du aber wirst dich freuen über deine Kinder;
denn sie werden alle gesegnet und zum Herrn
gebracht werden. 17 Wohl denen, die dich lieben
und die dir wünschen, daß dir's wohl gehe!

18 Meine Seele lobe den Herrn; denn der Herr,
unser Gott, wird die Stadt Jerusalem von allen
Trübsalen erlösen.

19 Wohl mir, so die übrigen[29] von meinem Sa-

men sehen werden Jerusalem in seiner Herrlichkeit!

20 Die Pforten Jerusalems werden von Saphir und Smaragd gebaut werden und aus Edelsteinen ringsum all ihre Mauern.

21 Mit weißem und reinem Marmor werden alle ihre Gassen gepflastert werden, und in allen Straßen wird man «Halleluja!» singen.

22 Gelobet sei Gott, der sie erhöht hat; und sein Reich bleibe ewiglich über ihr! Amen.

14

Abschied des Vaters Tobias von seinem Sohn
Tod der Eltern und des Sohnes

1 Nach dieser Geschichte, als Tobias war wieder
sehend geworden, lebte er noch zweiundvierzig
Jahre und sah seine Kindeskinder. 2 Und als er nun
hundertundzwei Jahre alt war, ward er mit Ehren
begraben zu Ninive. 3 Denn da er sechsundfünfzig
Jahre alt war, ward er blind, und im sechzigsten
Jahr ward er wieder sehend. 4 Und hat die übrige
Zeit seines Lebens fröhlich zugebracht und nahm
zu in Gottesfurcht und starb in gutem Frieden.

5 Vor seinem Tod aber forderte er Tobias, seinen
Sohn, zu sich und sieben junge Knaben, seines
Sohnes Kinder, und sprach zu ihm: 6 Zieh nach
Medien, mein Sohn! Ninive wird bald zu Boden
gehen, denn das Wort des Herrn wird geschehen[30];
aber in Medien wird alsdann noch eine Zeitlang
Friede sein. Und unsere Brüder, die noch im Lande sind, werden zerstreut werden aus dem guten
Lande. Und Jerusalem wird wüst sein und das
Haus Gottes darin verbrannt werden und wird
wüst sein eine Zeitlang. 7 Aber Gott wird sich

ihrer wieder erbarmen und sie in das Land zurückführen; und sie werden das Haus bauen, nicht so, wie das erste gewesen ist, bis der Zeit Lauf erfüllt ist. Und darnach werden sie zurückkehren aus ihren Gefängnissen und Jerusalem herrlich aufbauen; und das Gotteshaus darin wird prächtig erbaut werden auf ewige Zeiten, wie die Propheten
geredet haben. 8 Und auch die Heiden werden
sich bekehren, daß sie Gott den Herrn wahrhaftig
fürchten, und werden ihre Götzen verlassen und
gen Jerusalem kommen und da wohnen. 9 Und
alle Heiden und Könige werden sich darin freuen
und anbeten den Gott Israels.

10 So höret nun, meine Söhne, euren Vater:
dienet dem Herrn in der Wahrheit und haltet euch
zu ihm rechtschaffen. 11 Tut, was er geboten hat,
und lehret solches eure Kinder, daß sie auch Almosen geben, daß sie Gott allezeit fürchten und ihm
trauen von ganzem Herzen. 12 Und, liebe Kinder,
höret mich und bleibet nicht hier zu Ninive; sondern wenn ihr eure Mutter auch begraben habt
neben mich in meinem Grabe, alsdann macht euch
auf, daß ihr von hinnen zieht. 13 Denn ich sehe,
daß die Sünde Ninives wird mit ihr ein Ende
machen.

14 Und alsbald nach seiner Mutter Tod zog
Tobias von Ninive mit seinem Weib, Kindern und Kindeskindern und zog gen Medien zu seinem Schwiegervater und seines Weibes Verwandten
15 und fand sie frisch und gesund in einem guten,
ruhigen Alter; und er pflegte ihrer. Und als sie starben, drückte er ihnen auch ihre Augen zu und kriegte also das ganze Erbe und alle Güter Raguels; und lebte bis in das fünfte Geschlecht und sah seine

Kinder und Kindeskinder.
16 Und als er neunund-
neunzig Jahre alt war, welche er in Gottesfurcht
fröhlich zugebracht hatte, begruben ihn seine Ver-
wandten.
17 Und all sein Geschlecht blieb in heili-
gem Wandel und Leben, also daß sie angenehm
waren vor Gott und den Leuten und allen, die im
Lande wohnten.

Kinder und Kindeskinder [illegible]. Und als er [illegible]-
neunzig Jahre alt war, [illegible] Gottes [illegible]
wohl[illegible] zur [illegible] hatte [illegible] Ver-
wandten [illegible]. Und [illegible] sein Geschlecht [illegible]
gen [illegible] und Leben, aber [illegible]
waren [illegible] Gott und den Leuten und allen, die [illegible]
Dank [illegible] konnten.

Anmerkungen

1 As(s)er ist die griechische Form für biblisch Hazor, heute Tell Hazor.

2 vgl. 2. Kön. 17 und 18,9–12. Die Deportation des Stammes Naphthali wäre allerdings unter Thiglath-Pileser anzusetzen (vgl. 2. Kön. 15,29). Seine Regierungsdaten: 745–727; diejenige Salmanassars 727 bis 722.

3 Was damit gemeint ist, ergibt sich aus dem Folgenden, Verse 11 ff. Die Verse 4 bis 10 blenden zurück in die Zeit vor der Deportation.

4 Gemeint sind die weit verstreut wohnenden, deportierten Juden.

5 Rages in Medien: heute Rai, 13 km südöstlich von Teheran

6 d. h. Schuldschein, Quittung

7 Aus dieser und ähnlichen (z. B. Kap. 4) Aufzählungen, etwa auch Matth. 25,35 f., ist später die Lehre von den «sieben Werken der Barmherzigkeit» entstanden.

8 vgl. 2. Kön. 19,35 f. bzw. Jes. 37,36 f. Infolge seines durch göttliches Strafgericht veranlaßten Rückzuges von der Belagerung Jerusalems nimmt er jetzt Rache an den Juden in seinem Reich.

9 d. h. schelten

10 Nach 4. Mose 19,11 ff. wird für eine bestimmte Zeit kultisch unrein, wer einen Toten berührt. Tobias betritt deshalb das Haus nicht gleich.

11 Das «Vorbild» von Hiobs Frau (Hiob 2,9) hat hier wohl eingewirkt.

12 Ekbatana in Medien: heute Hamadan, 280 km südwestlich von Teheran

13 d. h. bewahren, zurückhalten für

14 Diese Hochschätzung bzw. Verdienstlichkeit der Almosen gehört zu den Elementen der alttestamentlichen Apokryphen, die ihre Anerkennung als kanonische Schriften seitens der Reformatoren ausschlossen (vgl. parallel dazu 12,9).

15 d. h. Anlaß zu Vertrauen

16 Parallelen zu diesen Ermahnungen finden sich allenthalben in der Bibel, vgl. zum Beispiel zur «Goldenen Regel» in diesem Vers: Matth. 7,12.

17 d. h. zu meinen Lebzeiten

18 d. h. in Ordnung bringen, lenken

19 d. h. Flossen

20 Von Vers 17 bis 22 weicht die hier wiedergegebene Luther-Übersetzung (s. S. 259) von der ursprünglichen erheblich ab.

21 d. h. Hammel

22 d. h. Quellen

23 d. h. was nötig ist, Lebensunterhalt

24 d. h. verweilen

25 nämlich zwei Wochen länger zu bleiben für das Fest

26 d. h. beim Essen

27 Haran liegt nicht zwischen Ekbatana und Ninive, sondern zwischen Ninive und Kleinasien.

28 Jerusalem ist zur Zeit dieser Prophezeiung noch nicht zerstört – so will es der Verfasser, der Tobit mit der Deportation der nördlichen Stämme lange vor dem babylonischen Exil des 6. Jahrhunderts v. Chr. nach Ninive kommen läßt (vgl. auch 14,6 f. und die Einleitung).

29 d. h. die Überlebenden

30 vgl. Nah. 1–3, außerdem Zeph. 2,13 und das Buch Jona. Ninive ist 612 v. Chr. zerstört worden.

Die Zusätze zu Daniel

Einleitung

Unter den Zusätzen oder «Stücken» zu Daniel versteht man drei Erzählungen und zwei Gebete, die nur in der griechischen, alttestamentlichen Bibel überliefert sind und so in die christliche Bibel gelangten, dagegen in der hebräischen Bibel fehlen und vom Judentum seit dem 2. Jahrhundert n. Chr. wie von den Kirchen der Reformation nicht als Teil des biblischen Kanons angesehen werden (Näheres dazu s. Einleitung S. 9f.). Das Buch Daniel selbst ist unbestritten ein kanonisches Buch, aber es weist Merkmale der Apokryphen auf: Daniel und die drei anderen jungen Judäer, Hananja, Misael und Asarja, werden zur Zeit des babylonischen Exils (6. Jahrhundert v. Chr.) am Hof Nebukadnezars in Babylon erzogen und in hohe Ämter befördert, wo sie wegen ihrer strikten Ablehnung des Herrscherkultes Verfolgungen ausgesetzt sind, die sie alle heldenhaft bestehen oder eher: aus denen sie durch Gottes Hilfe gerettet werden. Daniel ist zudem mit prophetischen Gaben versehen und deutet deshalb die Träume und Visionen des Königs. Das Buch (in seiner heutigen Form) ist jedoch mit Sicherheit erst gegen die Mitte des 2. Jahrhunderts v. Chr. abgefaßt worden und spiegelt die Probleme, Hoffnungen und Erfahrungen der Juden zur Zeit der Makkabäer wider, als sie sich gegen die gewaltsame Hellenisierung durch die Nachfolger Alexander des Großen wehren mußten (dazu s. S. 21ff.).

Grundsätzlich weichen die Zusätze nicht von der Ausrichtung des hebräischen (und aramäischen) Danielbuches ab. Sie sind also keine Verfälschungen, die aus diesem Grund nicht als kanonwürdig akzeptiert wurden.

Man kann deshalb nach wie vor nicht mit letzter Sicherheit sagen, weshalb diese Zusätze nur getrennt vom kanonischen (hebräisch-aramäischen) Danielbuch überliefert sind. Ebenso weiß man nicht sicher, ob die Stücke ursprünglich hebräisch (oder aramäisch) verfaßt waren und die griechische Fassung eine Übersetzung ist. Von der Entscheidung dieser Frage hängt wiederum ab, ob man als Ort der Entstehung eher Ägypten (griechisch sprechendes Judentum) oder Palästina annimmt.

Auf jeden Fall sind die Verfasser dieser Fragmente Juden, und als Abfassungszeit (in der heutigen Form) kommt das 2. vorchristliche Jahrhundert in Frage. Die Einfügung ins Danielbuch erfolgte wohl gegen 100 v. Chr.

In den einzelnen Textstücken sind allerdings zum Teil viel ältere Traditionen verarbeitet. So dürfte die Geschichte von Susanna und Daniel auf ältere Volkserzählungen zurückgehen. «Daniel» in dieser Geschichte hat mit der Rolle der Hauptperson im Danielbuch nicht viel mehr als den Namen gemeinsam, d. h. die Rettergestalt in der Susannageschichte ist wohl nachträglich mit seinem Namen verbunden worden. Die Tendenz der vorliegenden Erzählung ist deutlich religiös: Die Treue zu Gottes Gebot ist selbst im Falle grausamster Bedrohung zu bewahren, und Gott wird seine Getreuen auch immer wieder wunderbar zu erretten wissen. Im übrigen ist die historische Szenerie legendarisch, und Namen wie Jojakim und Hilkia sind nicht mit den aus der Bibel bekannten historischen Persönlichkeiten gleichen Namens zu identifizieren.

Gegenüber «Susanna» ist die Verknüpfung der zusammengehörenden Geschichten von Bel und dem Drachen mit dem Danielbuch viel enger: Hier wie dort geht es um den heidnischen Kult, den ein frommer Jude um jeden Preis meiden muß, und hier wie dort ist Daniel beim Hof des Königs hoch angesehen und setzt sich gegen seine Widersacher durch. Dieses «Stück» ist seinerseits aus vier Stücken zusammengefügt: die Entlarvung der Bel-Priester, die Zerstörung des Drachen, Daniel in der Löwengrube (Abwandlung von Dan. 6) und das Eingreifen des Propheten Habakuk. In der vorliegenden Form bilden sie jedoch eine Einheit. Die antiheidnische Tendenz ist hier ungewöhnlich stark angereichert mit «rationalistischen» Argumenten: Der Kult der Götter ist durch den Nachweis widerlegbar, daß die Statuen eben nur Statuen sind. Mit «Bel» ist der große Schutzpatron Babylons gemeint, nämlich Marduk, der auch als Weltschöpfer und Sieger über Thiamat, das Urmeer, gefeiert wurde. Hier ist er jedoch einfach eine Statue, während in der zweiten Geschichte offenbar eine lebende Schlange gemeint ist, die man mit entsprechend raffinierter Nahrung zugrunde richten kann. Von einem Schlangenkult in Babylon ist allerdings historisch nichts bekannt. Diese Schlangengeschichte bildet jedoch insofern eine Steigerung der Bel-Erzählung, als dieser nur scheinbar, jene aber offensichtlich essen und trinken konnte, also lebte und als Gott verehrungswürdig erschien.

Der dritte Zusatz ist noch enger mit dem Buch Daniel selbst verknüpft. In der griechischen Übersetzung des Alten Testaments sind die 66 Verse des hier abgedruckten Textes mit den Versen Dan. 3,24–90 identisch, und die Verse 24–30 des hebräisch-aramäischen Danielbuchs sind in der griechischen Bibel entsprechend verschoben und tragen die Ziffern 91–97. Im Danielbuch bietet sich der Übergang von Vers 23 zu Vers 24 des 3. Kapitels tatsächlich für eine Ergänzung an. Es ist nicht ausgeschlossen, daß unser apokryphes Stück oder ein Teil desselben (z.B. die Verse 22–26) dort ursprünglich seinen Platz hatte und später ausgeschieden wurde.

Die beiden Teile, das Gebet Asarjas und der Gesang der drei Männer im Feuerofen, sind zunächst ohne Zusammenhang mit der Erzählung zu lesen: Das eine ist ein Bußgebet, das auf die Zerstörung Jerusalems Bezug nimmt (Verse 13ff.), der Hymnus dagegen ein Psalm von der Art des 136. und 148. Psalms der Bibel. Daß beide Texte in der Feuerofengeschichte einen Sinn haben, der Hymnus als Dank für die Rettung und das Gebet als für die Rettung vorausgesetzte Buße, leuchtet ein, wenn man in Betracht zieht, daß auch anderswo im Alten Testament, etwa 1. Sam. 2 oder Jona 2, Psalmen und Erzählungen zusammengefügt sind, die untereinander nur in sehr lockerer Verbindung stehen.

Das Gebet Asarjas könnte aus der Zeit des Danielbuchs stammen, ebenso der Hymnus, aber eingefügt wurden sie wohl später und wohl hebräisch (bzw. aramäisch), und zwar zuerst der Gesang der drei Männer und später das Gebet Asarjas.

Geschichte von Susanna und Daniel

1 Es war ein Mann zu Babylon, mit Namen
Jojakim; 2 der hatte ein Weib, die hieß Susanna,
eine Tochter Hilkias, die war sehr schön und dazu
gottesfürchtig. 3 Denn sie hatte fromme Eltern,
die sie unterwiesen hatten nach dem Gesetz Moses.
4 Und ihr Mann Jojakim war sehr reich und hatte
einen schönen Garten an seinem Hause. Und die
Juden kamen stets bei ihm zusammen, weil er der
vornehmste Mann war unter ihnen allen.

5 Es wurden aber im selben Jahr zwei Älteste aus
dem Volk zu Richtern gesetzt, das waren solche
Leute, von welchen der Herr gesagt hatte: Ihre
Richter üben alle Bosheit zu Babylon[1]. 6 Diesel-
ben kamen täglich zu Jojakim; und wer eine Sache
hatte, mußte daselbst vor sie kommen.

7 Und wenn das Volk hinweg war um den
Mittag, pflegte die Susanna in ihres Mannes Garten
zu gehen. 8 Und da sie die Ältesten sahen täglich
darin umhergehen, wurden sie gegen sie entzündet
mit böser Lust 9 und wurden darüber zu Narren
und warfen die Augen so ganz auf sie, daß sie nicht
konnten gen Himmel sehen und gedachten weder
an Gottes Wort noch Strafe.

10 Sie waren aber beide zugleich gegen sie ent-
brannt; 11 und schämte sich einer dem andern es
zu offenbaren: und jeglicher hätte gern mit ihr
gebuhlt. 12 Und warteten täglich mit Fleiß auf sie,
daß sie sie nur sehen möchten. Es sprach aber einer
zum andern: 13 Ei, laß uns heimgehen! denn es
ist nun Essenszeit. 14 Und wenn sie voneinander

gegangen waren, kehrte darnach jeglicher wieder
um, und sie kamen zugleich wieder zusammen. Da
nun einer den andern fragte, bekannten sie beide
ihre böse Lust. Darnach wurden sie miteinander
eins, darauf zu warten, wann sie das Weib möchten
allein finden.

15 Und da sie einen bequemen Tag bestimmt
hatten, auf sie zu lauern, kam die Susanna nur mit
zwei Mägden, wie ihre Gewohnheit war, in den
Garten, sich zu baden; denn es war sehr heiß.
16 Und es war kein Mensch im Garten außer diesen
zwei Ältesten, die sich heimlich versteckt hatten
und auf sie lauerten. 17 Und sie sprach zu ihren
Mägden: Holet mir Balsam und Seife und schließet
den Garten zu, daß ich mich bade! 18 Und die
Mägde taten, wie sie befohlen hatte, und schlossen
den Garten zu und gingen hinaus zur Hintertür,
daß sie ihr brächten, was sie haben wollte, und
wurden der Männer nicht gewahr, denn sie hatten
sich versteckt.

19 Da nun die Mägde hinaus waren, kamen die
zwei Ältesten hervor und liefen zu ihr und spra-
chen: 20 Siehe, der Garten ist zugeschlossen, und
niemand sieht uns, und wir sind entbrannt in dei-
ner Liebe; darum so tue unsern Willen. 21 Willst
du aber nicht, so wollen wir auf dich bekennen[2],
daß wir einen jungen Gesellen allein bei dir gefun-
den haben und daß du deine Mägde darum habest
hinausgeschickt.

22 Da seufzte Susanna und sprach: Ach, wie bin
ich in so großen Ängsten! Denn wo ich solches
tue, so bin ich des Todes; tue ich's aber nicht, so
komme ich nicht aus euren Händen. 23 Doch will
ich lieber unschuldig in der Menschen Hände kom-

Der Engel führt Tobias und Sara nach Ninive

Tobias 11,1

men denn wider den Herrn sündigen. 24 Und sie
fing an, laut zu schreien; aber die Ältesten schrien
auch über sie. 25 Und der eine lief hin zu der Tür
des Gartens und tat sie auf. 26 Da nun das Gesinde
solch Geschrei hörte, liefen sie heraus in den Garten
durch die Hintertür, zu sehen, was ihr widerfahren
wäre. 27 Und die Ältesten fingen an, von ihr zu
sagen, daß sich die Knechte ihrethalben schämten;
denn desgleichen war zuvor nie von Susanna ge-
hört worden.

28 Und des andern Tages, da das Volk in Jo-
jakims, ihres Mannes, Hause zusammenkam, da
kamen auch die zwei Ältesten voll falscher List wi-
der Susanna, daß sie ihr zum Tod hülfen; 29 und
sprachen zu allem Volk: Schicket hin und las-
set Susanna, die Tochter Hilkias, Jojakims Weib,
herholen! 30 Und da sie gefordert war, kam sie
mit ihren Eltern und Kindern und ihrer ganzen
Freundschaft[3]. 31 Sie aber war sehr zart und schön;
32 darum hießen diese Bösewichte ihr den Schleier
wegreißen, mit dem sie verhüllt war, auf daß sie
sich ergötzten an ihrer Schönheit. 33 Und alle, die
bei ihr standen und die sie kannten, weinten um sie.

34 Und die zwei Ältesten traten auf mitten unter
dem Volk und legten die Hände auf ihr Haupt.
35 Sie aber weinte und hob die Augen auf gen
Himmel; denn ihr Herz hatte ein Vertrauen zu dem
Herrn. 36 Und die Ältesten fingen an und spra-
chen: Da wir beide allein in dem Garten umhergin-
gen, kam sie hinein mit zwei Mägden und schloß
den Garten zu und schickte die Mägde von sich.
37 Da kam ein junger Geselle zu ihr, der sich
versteckt hatte, und legte sich zu ihr. 38 Da wir
aber in einem Winkel im Garten solche Schande

sahen, liefen wir eilend hinzu und fanden sie bei-
einander. 39 Aber des Gesellen konnten wir nicht
mächtig werden; denn er war uns zu stark und stieß
die Tür auf und sprang davon. 40 Sie aber ergriffen
wir und fragten, wer der junge Gesell wäre. Aber
sie wollte es uns nicht sagen. Solches bezeugen wir.

41 Und das Volk glaubte den zweien als Richtern
und Obersten im Volk, und man verurteilte die
Susanna zum Tode. 42 Sie aber schrie mit lauter
Stimme und sprach: Herr, ewiger Gott, der du
kennst alle Heimlichkeiten und weißt alle Dinge
zuvor, ehe sie geschehen, 43 du weißt, daß diese
falsch Zeugnis wider mich gegeben haben. Und
nun siehe, ich muß sterben, so ich doch dessen
unschuldig bin, was sie böse über mich gelogen
haben. 44 Und Gott erhörte ihr Rufen.

45 Und da man sie hin zum Tode führte, er-
weckte Gott den Geist eines jungen Mannes, der
hieß Daniel; der fing an, laut zu rufen: 46 Ich will
unschuldig sein an diesem Blut! 47 Und alles Volk
wandte sich um zu ihm und fragte ihn, was er mit
solchen Worten meinte. 48 Er aber trat unter sie
und sprach: Seid ihr von Israel solche Narren,
daß ihr eine Tochter Israels verdammt, ehe ihr
die Sache erforscht und gewiß werdet? 49 Kehret
wieder um vors Gericht, denn diese haben falsch
Zeugnis wider sie geredet!

50 Und alles Volk kehrte eilend wieder um. Und
die Ältesten[4] sprachen zu Daniel: Setze dich her zu
uns und berichte uns, weil dich Gott zu solchem
Richteramt fordert. 51 Und Daniel sprach zu ih-
nen: Tut sie voneinander, so will ich jeglichen
sonderlich verhören! 52 Und da sie voneinander
getan waren, forderte er den einen und sprach zu

ihm: Du böser, alter Schalk, jetzt treffen dich dei-
ne Sünden, die du vordem getrieben hast, 53 da
du unrecht Urteil sprachst und die Unschuldigen
verdammtest, aber die Schuldigen lossprachst; so
doch der Herr geboten hat: Du sollst die From-
men und Unschuldigen nicht töten (2. Mose 23,7).
54 Hast du nun diese gesehen, so sage an: Unter
welchem Baum hast du sie beieinander gefunden?
Er aber antwortete: Unter einer *Linden*. 55 Da
sprach Daniel: O recht! der Engel des Herrn wird
dich *finden* und zerscheitern[5]; denn mit deiner
Lüge bringst du dich selbst um dein Leben.

56 Und da dieser hinweg war, hieß er den andern
auch vor sich kommen und sprach zu ihm: Du
Kanaans Art und nicht Judas[6], die Schöne hat dich
betört, und die böse Lust hat dein Herz verkehrt.
57 Also habt ihr mit den Töchtern Israels verfahren,
und sie haben aus Furcht müssen euren Willen tun[7].
Aber diese Tochter Judas hat nicht in eure Bosheit
gewilligt. 58 Nun sage an: Unter welchem Baum
hast du sie beieinander ergriffen? Er aber antwor-
tete: Unter einer *Eichen*. 59 Da sprach Daniel: O
recht! der Engel des Herrn wird dich *zeichnen* und
wird dich zerhauen[8]; denn mit deiner Lüge bringst
du dich selbst um dein Leben.

60 Da fing alles Volk an, mit lauter Stimme zu
rufen, und sie priesen Gott, der da hilft denen, so
auf ihn hoffen und vertrauen. 61 Und traten auf
wider die zwei Ältesten, weil sie Daniel aus ihren
eigenen Worten überwiesen hatte, daß sie falsche
Zeugen wären. 62 Und taten ihnen nach dem
Gesetz Moses, wie sie gedacht hatten, ihrem Näch-
sten zu tun, und töteten sie[9]. Also ward desselben
Tages das unschuldige Blut errettet. 63 Aber Hil-

kia samt seinem Weibe lobten Gott um Susanna, ihre Tochter, mit Jojakim, ihrem Mann, und der ganzen Freundschaft, daß nichts Unehrliches an ihr
erfunden ward. 64 Und Daniel ward groß vor dem
Volk von dem Tage an und hernach für und für.

Vom Bel zu Babel

1 Nach dem Tod des Astyages kam das Königreich an Cyrus aus Persien[10]. Und Daniel war stets um den König und herrlicher gehalten denn alle Freunde des Königs.

2 Nun hatten die zu Babylon einen Abgott, der
hieß Bel; dem mußte man täglich opfern zwölf
Malter Weizen und vierzig Schafe und drei Eimer
Wein. 3 Und der König diente dem Abgott selbst
und ging täglich hinab, denselben anzubeten; aber
Daniel betete seinen Gott an.

4 Und der König sprach zu ihm: Warum betest
du nicht auch den Bel an? Er aber sprach: Ich diene
nicht den Götzen, die mit Händen gemacht sind,
sondern dem lebendigen Gott, der Himmel und
Erde gemacht hat und ein Herr ist über alles, was
da lebt. 5 Da sprach der König zu ihm: Hältst du
denn den Bel nicht für einen lebendigen Gott?
Siehst du nicht, wieviel er täglich ißt und trinkt?
6 Aber Daniel lachte und sprach: Herr König, laß
dich nicht verführen; denn dieser Bel ist inwendig
nichts denn Lehm und auswendig ehern und hat
noch nie etwas gegessen.

7 Da ward der König zornig und ließ alle seine Priester rufen und sprach zu ihnen: Werdet ihr mir nicht sagen, wer dies Opfer verzehrt, so müßt ihr

sterben! 8 Könnt ihr aber beweisen, daß der Bel
solches verzehre, so muß Daniel sterben, denn
er hat den Bel gelästert. Und Daniel sprach: Ja,
Herr König, es geschehe also, wie du geredet
hast.

9 Es waren aber ihrer siebzig Priester des Bel,
ohne ihre Weiber und Kinder. Und der König ging
mit Daniel in den Tempel des Bel. 10 Da sprachen
die Priester desselben: Siehe, wir wollen hinausge-
hen; und du, Herr König, sollst die Speise und den
Trank selbst hinsetzen und die Tür nach dir zu-
schließen und mit deinem eigenen Ring versiegeln.
11 Und wenn du morgens früh wiederkommst und
findest, daß der Bel nicht alles verzehrt habe, so
wollen wir gern sterben; oder Daniel muß getötet
werden, der solches auf uns gelogen hat. 12 Sie
verließen sich aber darauf, daß sie hatten einen
heimlichen Gang unter dem Tisch gemacht; durch
denselben gingen sie allezeit hinein und verzehrten,
was da war.

13 Da nun die Priester hinaus waren, ließ der
König dem Bel die Speise vorsetzen. Aber Daniel
befahl seinen Knechten, daß sie Asche holten, und
ließ sie streuen durch den ganzen Tempel vor dem
König. Darnach gingen sie hinaus und schlossen
die Tür zu und versiegelten sie mit des Königs
Ring und gingen davon.

14 Die Priester aber gingen des Nachts hinein
nach ihrer Gewohnheit mit ihren Weibern und
Kindern, fraßen und soffen alles, was da war.
15 Und des Morgens sehr früh war der König auf
und Daniel mit ihm. 16 Und der König sprach:
Ist das Siegel unversehrt? 17 Er aber antwortete:
Ja, Herr König. Und sobald die Tür aufgetan war,

sah der König auf den Tisch und rief mit lauter
Stimme: Bel, du bist ein großer Gott, und es ist
nicht Betrug mit dir! 18 Aber Daniel lachte und
hielt den König, daß er nicht hineinging, und
sprach: Siehe auf den Boden und merke, wes sind
diese Fußtapfen? 19 Der König sprach: Ich sehe
wohl Fußtapfen von Männern und Weibern und
Kindern. 20 Da ward der König zornig und ließ die
Priester fangen mit ihren Weibern und Kindern.
Und sie mußten ihm zeigen die heimlichen Gänge,
durch die sie waren ein und aus gegangen und
verzehrt hatten, was auf dem Tisch war. 21 Und
der König ließ sie töten und gab Daniel den Bel in
seine Gewalt; derselbe zerstörte ihn und seinen
Tempel.

Vom Drachen zu Babel

22 Es war auch ein großer Drache daselbst, den
die zu Babel anbeteten. 23 Und der König sprach
zu Daniel: Wie, willst du von dem auch sagen, daß
er nichts denn ein eherner Götze sei? Siehe, er lebt
ja, denn er ißt und trinkt; und du kannst nicht
sagen, daß er nicht ein lebendiger Gott sei. Darum
so bete ihn an! 24 Aber Daniel antwortete: Ich will
den Herrn, meinen Gott, anbeten; denn der ist der
lebendige Gott. 25 Du aber, Herr König, erlaube
mir, so will ich diesen Drachen umbringen ohne
Schwert oder Stange. Und der König sprach: Ja,
es sei dir erlaubt. 26 Da nahm Daniel Pech, Fett
und Haare und kochte es untereinander und machte Küchlein daraus und warf's dem Drachen ins
Maul; und der Drache barst davon mitten entzwei.
Und Daniel sprach: Siehe, das sind eure Götter!

27 Da nun die zu Babel solches hörten, verdroß
sie es sehr, und sie machten einen Aufruhr wider
den König und sprachen: Unser König ist ein Jude
geworden, denn er hat den Bel zerstört und den
Drachen getötet und die Priester umgebracht.
28 Und sie traten vor den König und sprachen: Gib
uns den Daniel her; wo nicht, so wollen wir dich
und dein ganzes Haus umbringen! 29 Da nun der
König sah, daß sie mit Gewalt auf ihn drangen,
mußte er ihnen den Daniel übergeben. 30 Und sie
warfen ihn zu den Löwen in den Graben; darin lag
er sechs Tage lang[11].

31 Und es waren sieben Löwen im Graben,
denen gab man täglich zwei Menschen und zwei
Schafe. Aber diese Tage gab man ihnen nichts, auf
daß sie Daniel fressen sollten.

32 Es war aber ein Prophet, Habakuk[12], in Judäa;
der hatte einen Brei gekocht und Brot eingebrockt
in eine tiefe Schüssel und ging damit aufs Feld, daß
er's den Schnittern brächte. 33 Und der Engel des
Herrn sprach zu Habakuk: Du mußt das Essen,
das du trägst, dem Daniel bringen gen Babel in
den Löwengraben. 34 Und Habakuk antwortete:
Herr, ich habe die Stadt Babel nie gesehen und
weiß nicht, wo der Graben ist.

35 Da faßte ihn der Engel oben bei dem Schopf
und führte ihn wie ein starker Wind gen Babel an
den Graben. 36 Und Habakuk rief und sprach:
Daniel, Daniel, nimm hin das Essen, das dir Gott
gesandt hat! 37 Und Daniel sprach: Herr Gott, du
gedenkst ja noch an mich und verlässest die nicht,
die dich anrufen und dich lieben! 38 Und er stand
auf und aß. Aber der Engel Gottes brachte Haba-
kuk von Stund an wieder an seinen Ort.

39 Und der König kam am siebenten Tage,
Daniel zu beklagen. Und da er zum Graben kam
und hineinschaute, siehe, da saß Daniel mitten
unter den Löwen. 40 Und der König rief laut und
sprach: O Herr, du Gott Daniels, du bist ein großer
Gott, und ist sonst kein Gott denn du! 41 Und er
ließ ihn aus dem Graben nehmen; aber die andern,
so ihn zum Tode wollten gebracht haben, ließ er in
den Graben werfen; und sie wurden alsbald vor
seinen Augen von den Löwen verschlungen.

Das Gebet Asarjas

1 Und Asarja stand mitten im glühenden Ofen
und tat seinen Mund auf, betete mit seinen Genossen und sprach:

2 Gelobt seist du, Herr, du Gott unsrer Väter,
und dein Name müsse gepriesen und geehrt werden ewiglich!
3 Denn du bist gerecht in allem, was
du uns getan hast; alle deine Werte sind rechtschaffen, und was du tust, das ist recht, und alle deine
Gerichte sind unsträflich. 4 Du tust uns recht, daß
du uns gestraft hast mit solcher Strafe, die du über
uns hast gehen lassen und über Jerusalem, die
Heilige Stadt unsrer Väter; ja, du tust recht und
wohl daran um unsrer Sünden willen. 5 Denn wir
haben gesündigt und übel getan, damit, daß wir
von dir gewichen sind und allenthalben wider dich
getan haben 6 und deinen Geboten nicht gehorcht
noch ihrer geachtet, daß wir darnach täten, wie du
uns befohlen hast, auf daß es uns wohl ginge.
7 Darum hast du recht getan, daß du solches alles
über uns hast gehen lassen 8 und uns gegeben in

die Hände unsrer Feinde, der gottlosen, bösen
Leute, und des ungerechten, grausamsten Königs
auf Erden.

9 Und wir dürfen unsern Mund nicht auftun,
so[13] sind deine Knechte und alle, die dich fürchten,
zu Schanden und zu Spott geworden. 10 Aber
doch verstoße uns nicht ganz um deines heiligen
Namens willen und verwirf deinen Bund nicht
11 und nimm deine Barmherzigkeit nicht von uns
um Abrahams, deines geliebten Freundes, willen
und deines Knechtes Isaak und Israels, deines Heili-
gen, 12 welchen du verheißen hast, ihren Samen
zu mehren wie die Sterne am Himmel und wie den
Sand am Meer[14].

13 Denn wir sind geringer geworden denn alle
Heiden und sind jetzt die Verachtetsten auf Erden
um unsrer Sünden willen, 14 daß wir nun keinen
Fürsten, Propheten noch Lehrer mehr haben und
weder Brandopfer noch tägliches Opfer, noch
Speisopfer, noch Räuchwerk; und haben keine
Stätte, da wir vor dir opfern und Gnade finden
möchten; 15 sondern mit betrübtem Herzen und
zerschlagenem Geist kommen wir vor dich, 16 als
brächten wir Brandopfer von Widdern und Rin-
dern und viel tausend fetten Schafen. Also wollest
du unser Opfer heute vor dir gelten und angenehm
sein lassen; denn du lässest nicht zu Schanden
werden die, so auf dich hoffen.

17 Also kommen wir nun mit ganzem Herzen
und suchen dein Angesicht mit Furcht. 18 Darum
laß uns nicht zu Schanden werden; sondern tue
uns, Herr, nach deiner Gnade und nach deiner
großen Barmherzigkeit! 19 Und errette uns nach
deinen Wundertaten und gib deinem Namen die

Ehre, 20 daß sich schämen müssen alle, die deinen
Knechten Leid tun, und zu Schanden werden vor
deiner großen Macht und Gewalt, daß ihre Macht
zerstört werde; 21 damit sie erfahren, daß du bist
der Herr, der einige Gott, herrlich auf dem ganzen
Erdboden.

22 Und die Diener des Königs, die sie in den
Ofen geworfen hatten, hörten nicht auf und war-
fen immer zu Erdharz und Pech und Werg und
dünne Reiser, 23 daß die Lohe oben aus dem Ofen
schlug bei neunundvierzig Ellen hoch 24 und um
sich fraß und verbrannte die Chaldäer, die es er-
reichte, vor dem Ofen. 25 Aber der Engel des
Herrn trat mit Asarja und denen, die bei ihm
waren, in den Ofen, 26 und stieß die Lohe vom
Feuer aus dem Ofen und machte es im Ofen wie
einen kühlen Tau, daß das Feuer sie gar nicht
anrührte noch schmerzte oder beschädigte.

Der Gesang der drei Männer im Feuerofen

27 Da fingen diese drei miteinander an zu singen,
priesen und lobten Gott in dem Ofen und sprachen:
28 Gelobet seist du, Herr, der Gott unsrer Väter,
und müssest gepriesen und hoch gerühmt werden
ewiglich!
29 Gelobet sei dein herrlicher und heiliger Name
und müsse gepriesen und hoch gerühmt werden
ewiglich!
30 Gelobet seist du in deinem heiligen, herrlichen
Tempel und müssest gepriesen und hoch gerühmt
werden ewiglich!
31 Gelobet seist du, der du sitzest auf den Cheru-

bim und siehest in die Tiefen und müssest geprie-
sen und hoch gerühmt werden ewiglich!
32 Gelobet seist du auf deinem herrlichen könig-
lichen Stuhl und müssest gepriesen und hoch ge-
rühmt werden ewiglich!
33 Gelobet seist du in der Feste des Himmels
und müssest gepriesen und hoch gerühmt werden
ewiglich!
34 Es loben den Herrn alle seine Werke und
müssen ihn preisen und rühmen ewiglich!
35 Ihr Himmel, lobet den Herrn, preiset und
rühmet ihn ewiglich!
36 Lobet den Herrn, ihr Engel des Herrn, preiset
und rühmet ihn ewiglich!
37 Alle Wasser droben am Himmel, lobet den
Herrn, preiset und rühmet ihn ewiglich!
38 Alle Heerscharen des Herrn, lobet den Herrn,
preiset und rühmet ihn ewiglich!
39 Sonne und Mond, lobet den Herrn, preiset
und rühmet ihn ewiglich!
40 Alle Sterne am Himmel, lobet den Herrn,
preiset und rühmet ihn ewiglich!
41 Regen und Tau, lobet den Herrn, preiset und
rühmet ihn ewiglich!
42 Alle Winde, lobet den Herrn, preiset und
rühmet ihn ewiglich!
43 Feuer und Hitze, lobet den Herrn, preiset und
rühmet ihn ewiglich!
44 Schloßen und Hagel, lobet den Herrn, preiset
und rühmet ihn ewiglich!
45 Tag und Nacht, lobet den Herrn, preiset und
rühmet ihn ewiglich!
46 Licht und Finsternis, lobet den Herrn, preiset
und rühmet ihn ewiglich!

47 Eis und Frost, lobet den Herrn, preiset und
rühmet ihn ewiglich!
48 Reif und Schnee, lobet den Herrn, preiset und
rühmet ihn ewiglich!
49 Blitze und Wolken, lobet den Herrn, preiset
und rühmet ihn ewiglich!
50 Die Erde lobe den Herrn, preise und rühme
ihn ewiglich!
51 Berge und Hügel, lobet den Herrn, preiset
und rühmet ihn ewiglich!
52 Alles, was aus der Erde wächst, lobe den
Herrn, preise und rühme ihn ewiglich!
53 Ihr Brunnen, lobet den Herrn, preiset und
rühmet ihn ewiglich!
54 Meer und Wasserströme, lobet den Herrn,
preiset und rühmet ihn ewiglich!
55 Walfische und alles, was sich regt im Wasser,
lobet den Herrn, preiset und rühmet ihn ewiglich!
56 Alle Vögel unter dem Himmel, lobet den
Herrn, preiset und rühmet ihn ewiglich!
57 Alle wilden Tiere und Vieh, lobet den Herrn,
preiset und rühmet ihn ewiglich!
58 Ihr Menschenkinder, lobet den Herrn, preiset
und rühmet ihn ewiglich!
59 Israel, lobe den Herrn, preise und rühme ihn
ewiglich!
60 Ihr Priester des Herrn, lobet den Herrn, prei-
set und rühmet ihn ewiglich!
61 Ihr Knechte des Herrn, lobet den Herrn, prei-
set und rühmet ihn ewiglich!
62 Ihr Geister und Seelen der Gerechten, lobet
den Herrn, preiset und rühmet ihn ewiglich!
63 Ihr Heiligen, so elend und betrübt sind, lobet
den Herrn, preiset und rühmet ihn ewiglich!

64 Hananja, Asarja und Misael, lobet den Herrn, preiset und rühmet ihn ewiglich! Denn er hat uns erlöst aus der Hölle und hat uns geholfen vom Tode und hat uns errettet aus dem glühenden Ofen und hat uns mitten im Feuer erhalten.

65 Danket dem Herrn, denn er ist freundlich, und seine Güte währet ewiglich.

66 Alle, die den Herrn fürchten, lobet den Gott aller Götter, preiset ihn und rühmet, daß seine Güte ewiglich währet!

Anmerkungen

1 Dieses «Herrenwort», d. h. Bibelwort, ist tatsächlich nirgends zu finden. Es mag eine ferne Reminiszenz an Jer. 29,20–23 sein.

2 d. h. wider dich aussagen

3 d. h. Verwandtschaft

4 Das sind natürlich die übrigen Ältesten, die offenbar plötzlich von Daniels Sendung überzeugt sind.

5 Das griechische Wortspiel, das auf der Ähnlichkeit des Namens des Baumes (schinos) und «er wird spalten» (schisei) beruht, ist von der Lutherbibel mit «Linden» und «finden» wiedergegeben. «Schinos» bedeutet eigentlich den Mastixbaum.

6 «Kanaan» und «Juda» bedeuten hier soviel wie «gottlos» und «gottesfürchtig». Vielleicht ist in «Same Kanaans», wie es im Urtext wörtlich heißt, d. h. Nachkomme Kanaans, eine Anspielung auf 1. Mose 9,20–25 oder Ez. 16,3 zu sehen.

7 Hier scheint «Israel» das Nordreich zu bedeuten, in dem es nach Ansicht des Verfassers und vieler Repräsentanten des Südreichs (Juda und Benjamin) keine einwandfreie Gesetzestreue gab. In Babylon, wo die Geschichte spielt, wären dann Juden beider Reiche der Amtsgewalt der zwei verbrecherischen Ältesten ausgesetzt gewesen.

8 Wie oben in Vers 54f. ist auch hier ein griechisches Wortspiel in eine vergleichbare deutsche Form gebracht.

9 vgl. 5. Mose 19,18–21

10 Gemeint ist Kyros, der von 550 bis 530 v. Chr. regierte und von dem auch im Danielbuch als einem Herrscher

die Rede ist, unter dem Daniel in Babylon weilte (Dan. 1,21; 6,29; 10,1).

11 Wir haben es hier mit einer Verdoppelung der Geschichte von Daniel in der Löwengrube zu tun, die im Danielbuch Kapitel 6 unter Darius spielt (aber vgl. dort 6,29!). Manche Einzelheiten sind hier übernommen.

12 Wahrscheinlich ist der biblische Prophet Habakuk gemeint, von dem aber keine solche Geschichte bekannt ist und der wohl im 7. Jahrhundert v. Chr. wirkte.

13 d. h. so sehr sind wir, deine Knechte, … zu Schanden … geworden.

14 vgl. 1. Mose 15,5; 22,17

Der Aristeasbrief

Einleitung

Der Aristeasbrief präsentiert sich selbst als eine in Briefform gekleidete Erzählung des Hofbeamten Aristeas von der Übersetzung des hebräischen Alten Testaments ins Griechische. Der Herrscher, in dessen Dienst Aristeas steht, ist Ptolemaios II., genannt Philadelphos (285–246 v. Chr.), Sohn des ersten Ptolemäers (Ptolemaios, genannt Soter, gest. 283 v. Chr.), der zu den Diadochen, d. h. Nachfolgern Alexanders des Großen (gest. 323 v. Chr.), zählte und Herrscher Ägyptens wurde. Ptolemaios Philadelphos machte Alexandrien zum Zentrum hellenistischer Bildung, pflegte und förderte dabei ganz besonders die berühmte und große Bibliothek, die sein Vater in Alexandrien gegründet hatte.

Unsere Erzählung berichtet, wie der König den Hohenpriester Eleasar in Jerusalem um Entsendung von Gelehrten bittet, die den Text der hebräischen fünf Bücher Mose aus Jerusalem bringen und ins Griechische übersetzen. Da es zweiundsiebzig Männer («Greise») sind, nennt man noch heute das griechische Alte Testament «Septuaginta» (lateinisch für «siebzig»), entsprechend der Zahl der Übersetzer in der späteren Legende. Somit ist der Aristeasbrief so etwas wie die Entstehungslegende der Septuaginta.

Aber es ist eine Legende. Der eben kurz geschilderte Inhalt des Dokuments ist fingiert. Weder sind Aristeas und sein Briefempfänger Philokrates historische Persönlichkeiten oder Aristeas gar Verfasser des Briefes, noch hat Demetrios von Phaleron (Vers 9 erstmals erwähnt) unter Ptolemäus II. die Funktion eines Vorste-

hers der Bibliothek innegehabt, vielmehr war Demetrios mit ihm verfeindet, hatte aber am Hof Ptolemäus' I. eine hervorragende Stellung eingenommen. Weitere Merkwürdigkeiten der Erzählung ließen sich nennen, aber wichtiger ist die Frage, weshalb, wann und wo die Schrift entstand. Was den Ort betrifft, so ist Alexandrien, jedenfalls Ägypten, naturgemäß fast ganz sicher. Hinsichtlich der Person kann mit ebenso großer Sicherheit gesagt werden, daß der Verfasser griechisch gebildeter Jude und nicht, wie er vorgibt, ein heidnischer Bewunderer der Juden war.

Wir wissen, daß es in Alexandrien eine große jüdische Kolonie gab (vgl. auch die Verse 308–311), die an der Harmonisierung von hellenistischer Philosophie mit biblischem Glauben sehr interessiert war. Ihr bekanntester Theologe war Philo von Alexandrien, ein Zeitgenosse Jesu. Was den Zeitpunkt der Abfassung des Aristeasbriefs betrifft, so ist er schwer zu bestimmen. Man nimmt in der Regel das 2. vorchristliche Jahrhundert an, Argumente für einen enger eingrenzbaren Zeitraum zwischen ca. 200 und ca. 100 v. Chr. sind zwar vorhanden, aber insgesamt nicht zwingend. Mit Sicherheit schreibt der Verfasser aus relativ großer Distanz zu den von ihm berichteten bzw. erfundenen Ereignissen.

Wenn die Ereignisse legendarisch oder mindestens ganz stark legendarisch ausgeschmückt sind, mit welcher Absicht wurden sie dann ausgedacht oder erzählt? Die von uns gegebene Auswahl, d. h. die Auslassung der Abschnitte 51–120 und 187–287, verstärkt den Eindruck, der ohnehin vorherrscht: Es geht dem Autor um die Legitimation der Septuaginta, einmal gegenüber seinen jüdischen Zeitgenossen, denen die Zuverlässigkeit und Zulässigkeit der griechischen Übersetzung klargemacht werden mußte; denn es gab keineswegs nur eine Übersetzung, und die Umsetzung des heiligen Textes aus der Ursprache in die «heidnische» Weltsprache war vielen verdächtig oder galt sogar als Profanierung (vgl. dazu etwa die Verse 312–316). Aber auch den Heiden gegenüber mußte die Bibel empfohlen und das nur scheinbar in sich abgeschlossene Judentum als wahre, allen verständliche Philosophie und Frömmigkeit dargestellt werden. Dazu dienen auch etwa die Erklärungen der Speisegebote in den Versen 128–171.

Die Annahme einer ausschließlichen Zielsetzung des Aristeasbriefes zugunsten der Septuaginta stößt bei genauerer Untersuchung aber auf Schwierigkeiten. Neben anderen Argumenten müssen gerade die hier weggelassenen Abschnitte, besonders das ungewöhnlich lange Tischgespräch des Königs mit den zweiundsiebzig jüdischen Weisen, als Anzeichen dafür genommen werden, daß der Verfasser eine Empfehlung des Judentums an die Adresse eines Herrschers, wahrscheinlich eines Ptolemäus des 2. vorchristlichen Jahrhunderts, für nötig hielt (vgl. auch die Befreiungserzählung in den Versen 12–27) und sein Werk als Apologie einer Gruppe alexandrinischer Juden konzipierte, die gleichzeitig wohl auch gegen innerjüdische Parteien mit abweichenden Überzeugungen gerichtet war.

Doch wie dem auch sei: In unsere Sammlung ist der Aristeasbrief hauptsächlich wegen der Septuaginta-Legende aufgenommen worden. Diese muß schon in irgendeiner Form vor ihm existiert haben und hat ein Nachleben gehabt, das gegenüber unserer Schrift geradezu als Wucherung einer Legende gelten kann. Pseudo-Aristeas blieb aber immer (und ist es noch heute) der zeitlich erste Gewährsmann für die Legende.

Diese entwickelte sich vor allem bei den christlichen Schriftstellern der ersten Jahrhunderte folgendermaßen:

Das Wunderbare des Übersetzungsvorgangs kommt im Aristeasbrief selbst nur einmal am Rande vor, bei der Abfassung in zweiundsiebzig Tagen (Vers 307). Die Übersetzung selbst beruht auf gegenseitiger Absprache (Vers 302). Hier greift nun die Verstärkung des Wunderhaften ein: Um die Richtigkeit der Textwiedergabe und die göttliche Inspiriertheit der Septuaginta sicherzustellen, werden die Übersetzer voneinander getrennt und liefern am Ende doch einen absolut einheitlichen Text ab. Außerdem übersetzen sie nicht nur die Thora, d. h. die fünf Bücher Mose, sondern das ganze Alte Testament. Auch reduziert sich die Zahl mit der Zeit auf runde siebzig, analog den siebzig Ältesten von 2. Mose 24,1 und den siebzig Jüngern von Lukas 10,1. Von dieser Stelle wiederum dürfte der Gedanke herrühren, daß die Übersetzer je zu zweit in eine Zelle eingeschlossen wurden. Überreste von kleinen Räumen hat man offenbar auf der Insel Pharos noch im 2. Jahrhundert besichtigen können, und diese wurden natürlich von gutgläubigen Besuchern mit den Übersetzerzellen identifiziert.

Das Interesse der christlichen Autoren an der weitergesponnenen Legende, der nur der wirkliche Bibelübersetzer Hieronymus widersprach, war in dem Wunsch begründet, für die alttestamentlich-griechische Bibel eine uneingeschränkte Legitimation zu besitzen, d. h. sie neben der jüdisch-hebräischen Bibel als vollwertige Heilige Schrift der Christen in Anspruch nehmen zu können. Über die verschiedenen Abgrenzungen und Sprachen des Alten Testaments und ihre Auswirkung auf die Apokryphen s. S. 9f. (Vorwort).

Aristeas an Philokrates

1 Da ein interessanter Bericht über unsere Gesandtschaft an Eleazar, den Hohenpriester der Juden, zustande gekommen ist, und weil du stets großen Wert darauf legtest zu hören, wenn ich an Motive und Zweck unserer Mission erinnerte, habe ich versucht, dir alles genau darzulegen; kenne ich doch deine Wißbegierde[1]. 2 Das ist ja auch das Wichtigste für den Menschen, immer etwas dazuzulernen und aufzunehmen, sei es durch historische Darstellungen, sei es durch die eigene Erfahrung. So nämlich wird die Seele rein, indem sie das Schönste in sich aufnimmt und, auf das Allerwichtigste, die Frömmigkeit, gerichtet, eine sichere Richtschnur gewinnt. 3 Da ich den Wunsch hatte, genaue Kenntnisse über religiöse Dinge zu erwerben, widmete ich mich gern der Gesandtschaft an den obengenannten, einen durch Tugend und Rang von seinen Bürgern und allen anderen Menschen hochgeachteten Mann, der auch den höchsten Beistand für seine Bürger, die einheimischen und die in der Diaspora, bedeutet. Die Gesandtschaft betraf die Übersetzung des göttlichen Gesetzes, weil es sich bei ihnen auf Pergament in hebräischen Buchstaben geschrieben befindet. 4 Diese Gesandtschaft betrieb ich also mit Eifer und nahm die Gelegenheit wahr, beim König für die aus Judäa nach Ägypten von dem Vater des Königs, dem ersten Herrn der Stadt Alexandria und Eroberer Ägyptens, umgesiedelten Juden einzutreten. Es lohnt sich, dir auch dies

mitzuteilen[2]. 5 Denn ich bin überzeugt, daß ganz besonders du mit deiner Vorliebe für den Ernst und die Haltung der nach dem ehrwürdigen Gesetz lebenden Menschen, über die ich berichten will, gerne zuhören wirst, zumal du gerade erst von der Insel[3] zu uns gekommen bist und etwas Erbauliches hören willst. 6 Auch früher schon sandte ich dir ja eine Schrift mit meines Erachtens denkwürdigem Material über das jüdische Volk, die ich von den weisesten Oberpriestern des weisen Ägypten erhielt. 7 Denn selbst voller Lernbegierde bin ich verpflichtet, besonders alle Gleichgesinnten, vor allem aber dich, der du denselben edlen Wunsch hast und nicht nur als mein leiblicher Bruder in bezug auf die Lebensweise, sondern auch durch den Drang zum Schönen mein zweites Ich bist, an dem, was den Geist fördern kann, teilhaben zu lassen. 8 Denn weder der Zauber des Goldes noch anderer Besitz an den Dingen, die von den törichten Menschen geschätzt werden, bringt denselben Nutzen wie ein Leben für die Bildung und das Streben nach ihr. Doch um nicht die Vorrede geschwätzig auszudehnen, will ich zum Gang der Erzählung zurückkehren.

9 Der Vorsteher der königlichen Bibliothek, Demetrios von Phaleron[4], war mit großen Summen ausgestattet worden, um nach Möglichkeit alle Bücher der Welt zu sammeln; und was an ihm lag, erfüllte er den Auftrag des Königs durch Ankäufe und Abschriften. 10 In meiner Gegenwart einmal gefragt, wieviel Bücher denn in der Alexandrinischen Bibliothek vorhanden seien, antwortete er: Über zweihunderttausend, mein König! Ich will aber in kurzer Zeit die restlichen beschaffen,

um die Zahl von fünfhunderttausend zu erreichen. Es wurde mir aber berichtet, daß auch die jüdischen Gesetze einer Abschrift und der Anwesenheit in deiner Bibliothek wert seien. 11 Was hindert dich, dies zu tun? fragte der König. Alles ist dir doch zu diesem Zweck unterstellt! Demetrios aber erwiderte: Sie bedürfen einer Übersetzung. In Judäa gebraucht man nämlich eigene Buchstaben, die wie die ägyptischen gesetzt werden; dementsprechend haben sie auch eine eigene Sprache. Man nimmt immer an, daß sie syrisch sprechen; das stimmt aber nicht, sondern es ist ein anderer Dialekt. Als nun der König über alles informiert war, befahl er, an den Hohenpriester der Juden zu schreiben, damit das obengenannte Vorhaben ausgeführt werde.

12 Ich hielt dies für den rechten Zeitpunkt, eine Angelegenheit vorzutragen, in der ich schon oft Sosibios aus Tarent und Andreas, die Obersten der Leibgarde, gebeten hatte, nämlich für die Befreiung der von dem Vater des Königs aus Judäa Verschleppten einzutreten. Denn als jener ganz Koile-Syrien und Phönizien mit Glück und Tapferkeit überrannte, siedelte er sie zum Teil um, zum Teil versklavte er sie, indem er sich durch Terror alles untertan machte. Dabei verschleppte er auch aus Judäa an die hunderttausend nach Ägypten, 13 von denen er ungefähr dreißigtausend ausgesuchte Männer bewaffnete und in Wehrdörfern im Lande ansiedelte. Es waren zwar auch schon vorher viele mit dem Perser gekommen, und vor diesen sind andere als Hilfstruppen ausgesandt worden, um mit Psammetich gegen den König der Äthiopier zu kämpfen, aber es waren nicht so

viele eingewandert, wie Ptolemaios Lagu umsiedelte[5].

14 Wie schon gesagt, sonderte er die nach Alter und Körperkraft am besten geeigneten aus und bewaffnete sie; die restliche Masse an Greisen und Jünglingen aber, dazu noch die Frauen, überließ er der Versklavung, nicht so sehr aus eigenem Antrieb als von den Soldaten gezwungen, die sie für ihre Dienste in den Kriegen beanspruchten. Da ich nun, wie oben erklärt, einen Vorwand für ihre Befreiung erhalten hatte, wandte ich mich etwa folgendermaßen an den König: 15 Es ist niemals unvernünftig, Majestät, sich von den Tatsachen selbst überzeugen zu lassen! Da nämlich das Gesetz, das wir nicht nur abzuschreiben, sondern auch zu übersetzen beabsichtigen, für alle Juden gilt, welche Berechtigung werden wir zu einer Gesandtschaft haben, wenn noch so große Massen von Juden sich in deinem Reich in Sklaverei befinden? Befreie doch edel und großzügig die Leidenden, denn der Gott, der deine Herrschaft aufrechterhält, hat ihnen das Gesetz auferlegt, wie ich erfahren habe! 16 Als Bewahrer und Schöpfer des Alls verehren sie nämlich Gott, und den verehren alle Menschen; wir nennen ihn nur anders: Zeus. So haben die Alten nicht ungeschickt angedeutet[6], daß der, durch den alles belebt wird und entsteht, auch alles leitet und regiert. Befreie doch die Versklavten, und du hast alle Menschen an Großzügigkeit übertroffen! 17 Kurze Zeit besann er sich, und ich betete innerlich zu Gott, er möge seinen Sinn auf die Befreiung aller lenken. Denn das menschliche Geschlecht ist ja eine Schöpfung Gottes und wird von ihm verändert und gewandelt. Daher rief

ich auf mancherlei Weise den an, der die Herzen regiert, damit er gezwungen würde, nach meiner Bitte zu handeln. 18 Denn da ich die Befreiung von Menschen angeregt hatte, hoffte ich stark, daß Gott die Bitte erfüllen werde. Was nämlich Menschen für Gerechtigkeit und Wohltätigkeit fromm selbst zu wirken glauben, die Taten und Vorhaben führt in Wahrheit der alles regierende Gott aus. 19 Er hob wieder seinen Kopf, lächelte freundlich und fragte: Wieviel Tausende werden es nach deiner Meinung sein? Da trat Andreas hinzu und antwortete: Etwas mehr als hunderttausend! Er aber sagte: Da trägt Aristeas ja eine kleine Bitte vor. Sosibios aber und einige Anwesende sprachen: Es ist auch deiner Großzügigkeit würdig, daß du mit der Befreiung dieser Leute dem höchsten Gott ein Dankopfer weihst. Denn da du gewaltig geehrt bist von dem Herrscher des Alls und mehr giltst als deine Vorfahren, ziemt es dir, wenn du auch gewaltige Dankopfer spendest. 20 Hoch erfreut befahl er, das Lösegeld dem Sold hinzuzufügen; für jeden Sklaven solle man zwanzig Drachmen erhalten, und diesbezüglich solle ein Erlaß veröffentlicht werden. Die Listen sollten sogleich angefertigt werden. Dabei bewies er großartigen Eifer: erfüllte doch Gott meine gesamte Bitte und bewegte ihn, nicht nur die mit dem Heer seines Vaters, sondern auch die früher oder später ins Reich gekommenen jüdischen Sklaven zu befreien. Man setzte die Schenkung mit mehr als vierhundert Talenten an. 21 Ich glaube auch, es ist nicht unnütz, eine Abschrift des Erlasses hier einzurükken: um vieles deutlicher wird nämlich die Großzügigkeit des Königs, der durch Gottes Hilfe zur

Rettung so großer Massen wurde. 22 Er lautete wie folgt:

Befehl des Königs! Jene Soldaten, die mit meinem Vater nach Syrien und Phönizien gezogen sind, dort Besitzer jüdischer Sklaven wurden und diese in die Stadt und ins Land gebracht oder auch weiterverkauft haben, ebenso aber auch, wenn solche vorher im Lande waren oder auch später hineingebracht wurden: die Besitzer haben sie sofort freizulassen! Sie erhalten für jeden Sklaven sogleich zwanzig Drachmen, die Soldaten mit ihrem Sold, die übrigen von der königlichen Bank. 23 Denn ich glaube, daß diese sowohl gegen meines Vaters Willen als auch gegen Sitte und Anstand gefangengenommen wurden; mit militärischer Rücksichtslosigkeit wurde ihr Land verwüstet, die Juden selbst nach Ägypten verschleppt. Über die Maßen groß war nämlich die Beute für die Soldaten; deswegen war die Versklavung völlig grausam und eine Vergewaltigung von Menschen. 24 Wir nun sind bekannt dafür, daß wir allen Menschen Recht zuteil werden lassen, ganz besonders aber denen, die grundlos unterdrückt werden, und da wir stets, was Recht und Frömmigkeit anbetrifft, auf die beste Weise uns zu verhalten suchen, haben wir befohlen, daß alle Juden, die sich unter welchen Umständen auch immer irgendwo im Reiche als Sklaven befinden, von ihren Besitzern für die festgesetzte Summe freizulassen sind. Niemand soll in dieser Angelegenheit saumselig verfahren! Binnen drei Tagen nach Bekanntgabe des Erlasses sind die Listen für die dafür zuständigen Beamten anzufertigen und zugleich auch die Sklaven vorzuweisen. 25 Denn wir haben erkannt, daß es sowohl uns als auch dem Staat nützt, dies auszuführen. Jeder Beliebige kann Zuwiderhandelnde anzeigen und, sollten sie schuldig sein, Eigentümer derselben werden; ihr Besitz geht in das Eigentum des Königs über.

26 Als der Erlaß eingebracht wurde, um ihn dem König wieder vorzulesen, da fand sich der ganze Text außer «ebenso aber auch, wenn solche vorher im Lande waren oder auch später hineingebracht wurden»: diese Worte fügte der König großzügig und großmütig selbst hinzu. Auch befahl er, den Zahlmeistern und königlichen Bankiers die gesamte Summe auszuzahlen. 27 So wurde der Beschluß in sieben Tagen ausgeführt; die Summe aber betrug mehr als sechshundertsechzig Talente, denn es wurden auch viele Säuglinge mit ihren Müttern freigelassen. Auf die Anfrage, ob auch für diese der volle Betrag von zwanzig Drachmen gezahlt werden sollte, befahl der König, dies zu tun; so führte er den Beschluß ganz und gar aus.

28 Als dies durchgeführt war, ließ er Demetrios eine Eingabe bezüglich der jüdischen Bücher machen. Denn bei diesen Königen wurde alles durch Anordnungen und mit großer Sorgfalt verwaltet; nichts wurde nachlässig behandelt oder dem Zufall überlassen. Deswegen habe ich auch die Eingabe und die Abschriften der Briefe angeführt sowie die Menge der abgesandten Geschenke und die Beschaffenheit jedes einzelnen, da sich jedes von ihnen durch Pracht und Kunstfertigkeit auszeichnet[7]. Es folgt die Abschrift der Eingabe:

29 Dem großen König von Demetrios! Da du angeordnet hast, Majestät, daß die noch fehlenden Bücher zur Vervollständigung der Bibliothek an-

geschafft werden, und daß die beschädigten Bände mit der geziemenden Sorgfalt behandelt werden, habe ich mich mit allem Eifer dieser Aufgabe gewidmet und berichte dir folgendes: 30 Neben gewissen anderen fehlen die Bücher des Gesetzes der Juden; sie sind nämlich in hebräischer Sprache verfaßt und unsorgfältig und nicht wie es sich gehört geschrieben[8], wie die Sachverständigen berichten; ihnen fehlte es nämlich an königlicher Fürsorge. 31 Es ist aber notwendig, daß sich nach einer Verbesserung auch diese in deiner Bibliothek befinden, da dies eine philosophische und reine, weil göttliche Gesetzgebung ist. Daher verzichteten auch die Schriftsteller, Dichter und all die Historiker darauf, die obengenannten Bücher und die Männer, die ihnen gemäß lebten und noch leben, zu erwähnen, weil sich in ihnen eine heilige und reine Anschauung findet, wie Hekataios von Abdera sagt[9]. 32 Wenn du es wünschst, dann soll an den Hohenpriester in Jerusalem geschrieben werden, er möge Greise mit besonders gutem Lebenswandel herschicken, die sich in ihrem Gesetz auskennen, und zwar von jedem Stamm sechs, damit wir den Text, in welchem die Mehrheit übereinstimmt, prüfen und eine genaue Übersetzung erhalten. Diese wollen wir – würdig ihres Inhaltes und deines Vorsatzes – an einem Ehrenplatz deponieren. Möge es dir immer gutgehen!

33 So der Text der Eingabe; der König ließ nun diesbezüglich an Eleazar schreiben und auch die Befreiung der Kriegsgefangenen erwähnen. Er gab auch zur Anfertigung von Mischkrügen, Schalen, eines Opfertisches und von Gefäßen zum Opfer fünfzig Talente Gold und zwanzig Talente Silber,

dazu eine gewaltige Menge Edelsteine – er befahl aber, daß die Schatzwächter den Künstlern nach deren freier Auswahl[10] geben sollten – sowie Münzgeld für Opfer und dazu noch einmal einhundert Talente. 34 Ich werde dir aber über die Anfertigung der Geschenke berichten, sobald wir die Abschriften der Briefe mitgeteilt haben. Der Brief des Königs sah nun so aus:

35 König Ptolemaios grüßt den Hohenpriester Eleazar und wünscht Gesundheit. Da viele Juden sich in unserem Land angesiedelt haben, weil sie von den Persern, als diese mächtig waren, aus Jerusalem vertrieben worden waren, dazu aber noch Kriegsgefangene mit unserem Vater nach Ägypten kamen, 36 – von diesem nahm er viele für hohen Sold ins Heer auf; ebenso errichtete er Wehrdörfer und, da er die vorher im Lande Wohnenden als treu erkannt hatte, übergab sie ihnen, damit das Volk der Ägypter sich vor ihnen fürchtete. Und seit wir die Königswürde übernommen haben, begegnen wir allen Menschen freundlich, besonders aber deinen Bürgern – 37 haben wir über hunderttausend Kriegsgefangene befreit. Wir haben den Herren den gültigen Marktpreis gezahlt und haben auch wieder ins Lot gebracht, wenn manchmal durch das Ungestüm der Massen ein Unrecht geschah[11]; wir haben erkannt, daß es fromm ist, dies zu tun, und ein Weihgeschenk für den größten Gott bedeutet, der uns das Reich in Frieden und höchstem Ruhm in der ganzen Welt erhalten hat. Auch haben wir jene, die im besten Alter stehen, in das Heer aufgenommen und die zu meinem Dienst Fähigen und des Vertrauens am Hofe Würdigen in Ämter eingesetzt. 38 Da wir

nun diesen und allen Juden in der Welt wie auch den späteren Generationen eine Gunst erweisen wollen, haben wir beschlossen, daß euer Gesetz aus dem bei euch gebräuchlichen Hebräisch ins Griechische übersetzt wird, damit sich auch dieses in unserer Bibliothek bei den anderen königlichen Büchern befindet. 39 Du wirst nun richtig und unserem Eifer entsprechend handeln, wenn du Greise mit gutem Lebenswandel auswählst, die des Gesetzes kundig und fähig sind, es zu übersetzen. Sende aus jedem Stamm sechs, damit die Mehrheit in einem Text übereinstimmt: ist doch die Angelegenheit von höchster Wichtigkeit. 40 Wir haben zu diesem Zweck den Obersten der Leibgarde Andreas und Aristeas zu dir gesandt. Sie nehmen bei uns Ehrenstellungen ein und sollen mit dir sprechen und als Ehrengaben Weihgeschenke für den Tempel und für Opfer und zur anderen Verwendung einhundert Talente überbringen. Du wirst uns einen Gefallen tun und einen Freundschaftsbeweis geben, wenn du auch uns deine Wünsche mitteilst, damit wir sie dir schnellstens erfüllen. Lebe wohl!

41 Auf diesen Brief schrieb Eleazar postwendend zurück: Der Hohepriester Eleazar grüßt König Ptolemaios, seinen wahren Freund. Wenn es dir und der Königin Arsinoe, deiner Schwester, und den Kindern gutgeht, dann ist es schön und nach unserem Wunsch; wir selbst sind wohlauf. 42 Deinen Brief haben wir empfangen und uns sehr gefreut über deinen Vorsatz und deinen edlen Wunsch. Wir haben das ganze Volk zusammengerufen und ihm deinen Brief vorgelesen, damit es weiß, welche Ehrfurcht du gegen unseren Gott

Die Heimkehr des jungen Tobias

Tobias 11,10 u. 11

hegst. Wir haben ihm auch die von dir als Weihgeschenk gesandten Opferschalen – zwanzig goldene und dreißig silberne –, die fünf Mischkrüge und den Tisch gezeigt, auch die einhundert Talente Silber für Opfer und nötige Einrichtungen des Tempels, 43 welche Andreas und Aristeas, die Ehrenämter bei dir innehaben, brachten: edle Männer von vorzüglicher Bildung und deinem Lebenswandel und deiner Gerechtigkeit ganz und gar würdig. Sie haben uns auch deine Botschaft ausgehändigt und von uns Worte gehört, die mit deinem Brief in Einklang stehen. 44 Denn in allem, was dir nützt, gehorchen wir, auch wenn es uns hart ankommt; denn das ist ein Zeichen der Freundschaft und Liebe. Große und unvergeßliche Wohltaten hast du unseren Bürgern auf vielerlei Art erwiesen.
45 Wir haben nun sogleich für dich, deine Schwester, Kinder und Freunde Opfer dargebracht, und das ganze Volk hat gebetet, daß deine Vorhaben immer so gelingen mögen, wie du es planst, daß der alles beherrschende Gott dir das Reich in Frieden und Ruhm bewahren und daß die Übersetzung des heiligen Gesetzes dir zum Nutzen und mit aller Sorgfalt geschehen möge. 46 Als alle versammelt waren, haben wir edle Greise ausgewählt, aus jedem Stamm sechs, und sie mit dem Gesetz abgesandt. Du wirst nun wohltun, gerechter König, wenn du nach Beendigung der Übersetzung anordnest, daß die Männer sicher wieder zu uns zurückkehren. Lebe wohl!

47 Es sind aber vom ersten Stamm: Joseph, Ezekias, Zacharias, Johannes, Ezekias, Elissaios; vom zweiten: Judas, Simon, Somoelos, Adaios, Mattathias, Eschlemias; vom dritten: Nehemias,

Joseph, Theodosios, Baseas, Ornias, Dakis; 48 vom vierten: Jonathas, Abraios, Elissaios, Ananias, Chabrias[12]; vom fünften: Isakos, Jakob, Jesus, Sabbataios, Simon, Levi; vom sechsten: Judas, Joseph, Simon, Zacharias, Somoelos, Selemias; 49 vom siebenten: Sabbataios, Sedekias, Jakob, Isachos, Jesias, Natthaios; vom achten: Theodosios, Jason, Jesus, Theodotos, Johannes, Jonathas; vom neunten: Theophilos, Abramos, Arsamos, Jason, Endemias, Danielos; 50 vom zehnten: Jeremias, Eleazar, Zacharias, Baneas, Elissaios, Dathaios; vom elften: Samuel, Joseph, Judas, Jonathes, Chaleb, Dositheos; vom zwölften: Isaelos, Johannes, Theodosios, Arsamos, Abietes, Ezekelos. Dies sind alle zweiundsiebzig.

Der hier ausgelassene Abschnitt beschreibt ausführlich (Verse 51–82) die auch im eben zitierten Brief (Vers 42) erwähnten Geschenke und gibt dann (Vers 83–120) eine «idealtypische» Beschreibung Jerusalems und seiner Umgebung. Der letzte Vers endet mit dem Satz:

Im folgenden werden wir nun die Vorgänge um die Übersetzung schildern.

121 Eleazar wählte nämlich ausgezeichnete Männer aus, die, weil vornehmer Abkunft, auch eine hervorragende Bildung besaßen und nicht nur die jüdische Sprache beherrschten, sondern auch eifrig die griechische studiert hatten. 122 Deswegen waren sie auch für Gesandtschaften gut geeignet und erfüllten, wenn nötig, diese Aufgabe; auch waren sie zu Gesprächen und Diskussionen über das Gesetz sehr begabt, wobei sie sich einer mittleren Haltung – diese ist ja die schönste – befleißigten: Grobheit und Unkultur hatten sie abgelegt, gleichermaßen aber auch Selbstgefälligkeit und das

sich anderen überlegen Dünken überwunden. Im Gespräch ließen sie sowohl die Fähigkeit zum Zuhören als auch die, stets eine Antwort bereit zu haben, erkennen, und alle pflegten diese Fähigkeiten und wollten – würdig ihres Leiters und seiner Tugend – besonders darin einander übertreffen. 123 Man konnte aber daran, daß sie sich nur ungern von ihm trennten, erkennen, wie sehr sie Eleazar liebten. Und jener selbst hatte nicht nur an den König bezüglich ihrer Rückkehr geschrieben, sondern bat auch oft Andreas, dafür einzutreten, und mich bat er, nach Kräften mitzuhelfen. 124 Und als wir versprachen, wir wollten dafür sorgen, sagte er, er habe nur allzu große Bedenken. Er wisse nämlich, daß der König ein Freund des Guten ist und es über alles liebt, wo ein Mann dadurch bekannt wird, daß er sich durch seine Lebensführung und Klugheit von anderen abhebt, diesen holen zu lassen. 125 «Ich habe nämlich erfahren, er sage sehr richtig, daß er mit gerechten und weisen Männern in seiner Umgebung den sichersten Schutz seines Thrones gewinnen werde, wenn sie als Freunde freimütig zu seinem Nutzen raten.» Dieses treffe nun auch auf die von ihm Abgesandten zu. 126 Und er bekräftigte durch Schwüre, er würde die Männer nicht ziehen lassen, wenn irgendein anderer persönlicher Vorteil ihn drängte: nur zum gemeinsamen Nutzen für alle Bürger sende er sie aus. 127 Denn die rechte Lebensführung bestünde im Einhalten der Gesetze; dies werde aber viel eher durch Anhören als durch Lesen erreicht. Indem er nun dieses und ähnliches vorbrachte, wurde seine Einstellung ihnen gegenüber deutlich.

128 Einer kurzen Erwähnung wert sind aber auch seine Antworten auf unsere Fragen. Ich glaube nämlich, daß viele gerne wissen möchten, was es mit den Bestimmungen in der Gesetzgebung über Speisen und Getränke sowie über die als unrein angesehenen Tiere auf sich hat. 129 Wir fragten nämlich, weswegen man glaube, manche Tiere verunreinigten durch ihren Genuß und manche sogar schon durch die bloße Berührung, wo die Schöpfung doch eine Einheit sei, – wenn die Gesetzgebung überhaupt sehr streng ist, so ist sie es in dieser Beziehung ganz besonders. Dazu begann er wie folgt: 130 Du siehst, sagte er, was Umgang und Verkehr vermögen: Menschen, die Umgang mit Schlechten haben, werden verdorben und bleiben erbärmlich ihr ganzes Leben lang. Wenn sie aber mit Weisen und Verständigen zusammenleben, gelangen sie aus der Unwissenheit ins Leben. 131 Unser Gesetzgeber hat nun zuerst Gebote erlassen, die Frömmigkeit und Gerechtigkeit betreffen, und er behandelte jeden einzelnen Punkt, indem er – nicht nur in der Form des Verbots, sondern auch in der der Belehrung – die schädlichen Folgen und göttlichen Heimsuchungen für die Schuldigen vorher zu erkennen gab. 132 Zuallererst zeigte er, daß nur *ein* Gott ist und seine Kraft durch alle Dinge offenbar wird, da alles allenthalben voll seiner Macht ist, und daß nichts, was die Menschen auf Erden heimlich tun, vor ihm verborgen ist, sondern was einer tut, und sogar das zukünftige Geschehen, ist ihm offenbar.

133 Indem er nun dies gründlich behandelte und klar vor Augen führte, zeigte er, daß keiner, auch wenn er nur beabsichtigt, etwas Schlechtes zu tun,

im Verborgenen bleibt, geschweige denn, er führt es aus; so tat er im Ganzen der Gesetzgebung Gottes Macht kund. 134 An diesem Punkt einsetzend, legte er auch dar, daß alle übrigen Menschen außer uns, wie er sagte, glauben, es gebe viele Götter, obwohl sie selbst doch viel mächtiger sind als jene, die sie törichterweise verehren. 135 Sie basteln sich nämlich Standbilder aus Holz und Stein und sagen, es seien Bilder von denjenigen, die etwas für ihr Leben Nützliches erfunden haben. Diese beten sie an, obwohl sie deren Bewußtlosigkeit doch vor Augen haben. 136 Denn wenn einer wegen seiner Erfindung zum Gott gemacht wird, so ist dies völlig sinnlos. Die Erfinder nehmen nämlich nur einzelne Teile, die schon geschaffen sind, setzen sie zusammen und zeigen einen zusätzlichen Nutzen auf: die Grundbeschaffenheit der Dinge ist aber nicht ihr Werk. 137 Daher ist es dumm und töricht, seinesgleichen zu vergotten. Außerdem sind auch heute noch viele Menschen reicher an Erfindungsgabe und Kenntnissen als die damals lebenden, und doch denkt keiner daran, sie kultisch zu verehren. Und die, die das ersonnen und erdichtet haben, halten sich für die weisesten Griechen! 138 Lohnt es sich da, über die anderen, noch viel dümmeren zu reden, die Ägypter und ähnlichen Völker, die an Tiere glauben, und dabei noch meistens an Kriech- und Raubtiere, und ihnen opfern, lebendigen wie auch ihren Kadavern? 139 Da nun der Gesetzgeber als Weiser, der von Gott zur Erkenntnis aller Dinge befähigt wurde, dies alles klar erkannte, umgab er uns mit undurchdringlichen Wällen und eisernen Mauern, damit wir uns mit keinem anderen Volk irgendwie vermischen, sondern rein an Leib und Seele bleiben und – befreit von den törichten Lehren – den einzigen und gewaltigen Gott überall in der ganzen Schöpfung verehren. 140 Daher nennen uns die Oberpriester der Ägypter, die in vieles Einblick haben und vertraut sind mit solchen Dingen, «Menschen Gottes». Diese Bezeichnung steht den übrigen nicht zu, es sei denn, jemand verehrt den wahren Gott; sie sind vielmehr Menschen der Speisen, Getränke und Kleidung, 141 denn all ihr Streben richtet sich darauf. Bei uns aber hat dies gar keinen Wert; wir betrachten das ganze Leben lang Gottes Herrschaft. 142 Damit wir nun nicht besudelt und durch schlechten Umgang verdorben werden, umgab er uns von allen Seiten mit Reinheitsgeboten in bezug auf Speisen und Getränke und Berühren, Hören und Sehen[13].

143 Einerseits ist nämlich alles im ganzen genommen hinsichtlich seines natürlichen Sinnes gleich, da es ja durch *eine* Macht regiert wird, andererseits hat jedes für sich einen tiefen Sinn: sowohl das, was wir vermeiden, als auch, was wir benutzen. Ich will dir zum Beispiel das eine oder andere kurz erläutern. 144 Denn vertritt doch nicht die längst zurückgewiesene Auffassung, daß Mose wegen der Mäuse und des Wiesels und dergleichen diese Gesetze mit solcher Sorgfalt aufgestellt habe. Vielmehr ist alles um der Gerechtigkeit willen zur frommen Beachtung und zur Bildung des Charakters ehrwürdig angeordnet worden. 145 Denn die Vögel, die wir essen, sind alle zahm und vorzüglich rein, da sie sich selbst von Weizen und Hülsenfrüchten ernähren, wie zum Beispiel Tauben, Turteltauben, Heuschrecken, Rebhühner, dazu noch

Gänse und ähnliches Geflügel. 146 Was aber die verbotenen Vögel betrifft, so wirst du finden, daß sie wild und fleischfressend sind und die übrigen mit ihrer Kraft vergewaltigen. Auch ernähren sie sich ungerechterweise von den obengenannten zahmen Vögeln. Aber nicht nur diese verzehren sie, sondern sie reißen auch Lämmer und Ziegen und vergehen sich gegen die Menschen, gegen Leichen wie gegen Lebendige. 147 Indem er sie unrein nannte, setzte er durch sie ein Zeichen, daß diejenigen, denen das Gesetz auferlegt ist, in ihrer Seele Gerechtigkeit üben und niemanden im Vertrauen auf die eigene Kraft unterdrücken und auch nichts wegnehmen, sondern ihr Leben in Gerechtigkeit führen sollen, wie von den obengenannten Vögeln die zahmen nur Hülsenfrüchte, die auf der Erde wachsen, verzehren und nicht zur Vernichtung verwandter Wesen Gewalt anwenden. 148 Durch derartige Tiere gab also der Gesetzgeber den Einsichtigen zu verstehen, sie sollten gerecht sein, nichts mit Gewalt vollenden und nicht im Vertrauen auf die eigene Kraft andere unterdrükken. 149 Wenn man nämlich die obengenannten Tiere wegen ihres jeweiligen Verhaltens nicht einmal berühren darf, wie sollte man sich nicht davor hüten, seine Handlungsweise dahin ausarten zu lassen? 150 Er hat uns nun alle Gebote hinsichtlich dessen, was uns von diesen Tieren und von den Haustieren erlaubt ist, wegen ihres Symbolgehalts gegeben. Denn die Zweihufigkeit und das Spalten der Klauen[14] ist ein Zeichen dafür, alle Handlungen nach ihrer Rechtlichkeit zu beurteilen. 151 Denn die Kraft des ganzen Leibes und seine Tätigkeit leitet sich her von den Schultern und Schenkeln. Er zwingt also, mit Unterscheidungsvermögen alles auf Gerechtigkeit zielend zu vollenden: diese symbolische Bedeutung haben die Bestimmungen; dazu aber noch, daß wir uns von allen Menschen unterscheiden. 152 Denn die meisten übrigen Menschen beflecken sich durch Geschlechtsverkehr, wobei sie großes Unrecht begehen, und ganze Länder und Städte rühmen sich dessen noch. Sie verkehren nämlich nicht nur mit Männern, sondern beflecken auch Mütter und Töchter. Wir aber halten uns davon fern.

153 Er charakterisierte aber jemanden, der die erwähnte Unterscheidungsfähigkeit besitzt, auch als einen, dem die Gabe der Erinnerung eignet. Denn alles, was die Klauen spaltet und wiederkäut[15], weist für die Einsichtigen auf die Erinnerung. 154 Das Wiederkäuen ist nämlich nichts anderes als ein Gedenken an Leben und Bestehen, denn er ist der Meinung, daß das Leben durch die Nahrung seinen Bestand hat. 155 Deshalb gebietet er auch in der Schrift: Gedenke des Herrn, der an dir das Große und Wunderbare getan hat (5. Mose 7,18; 10,21). Wenn man nämlich überlegt, erscheint einem zunächst die Konstitution des Körpers groß und herrlich, und zwar in der Verwertung der Nahrung wie in dem differenzierten Zweck jedes einzelnen Gliedes; 156 weit mehr aber noch bleiben die Sinne, die Tätigkeit und Bewegung des Geistes, auch die Fähigkeit, stets schnell zu handeln, sowie die Erfindung der Künste unübertrefflich. 157 Deshalb mahnt er auch, dessen eingedenk zu sein, wie das Beschriebene durch göttliche Macht und Fürsorge erhalten wird. Er ordnete nämlich an, immer und überall Gottes, des

Herrschers und Erhalters, stets eingedenk zu sein. 158 Denn auch von den Speisen und Getränken befiehlt er uns erst zu opfern und dann selbst zu genießen. Folglich gab er uns auch an der Kleidung Erinnerungszeichen, und ebenso befahl er uns, an Toren und Türen die Sprüche anzubringen, damit wir an Gott denken. 159 Auch um die Handgelenke befiehlt er uns ausdrücklich, das Zeichen umzubinden, wobei er deutlich darauf hinweist, daß man jede Handlung in Gerechtigkeit ausführen muß, eingedenk der eigenen Herkunft und stets gottesfürchtig. 160 Ferner befiehlt er, sowohl wenn man sich zur Ruhe begibt als auch beim Aufstehen, über die Anordnungen Gottes nachzudenken, indem man nicht nur mit Worten, sondern auch im Geiste die eigene Bewegung und Vorstellung beim Einschlafen und Aufwachen beobachtet, wie göttlich und unbegreiflich der Wechsel dieser Zustände ist.

161 Der überaus tiefe Sinn der Rede über Unterscheidung und Erinnerung – wie wir Zweihufigkeit und Wiederkäuen auslegen – ist dir gerade aufgewiesen worden. Die Gesetze sind nämlich nicht unüberlegt und aus plötzlicher Eingebung formuliert worden, sondern wegen der Wahrheit und um auf die richtige Einstellung hinzuweisen. 162 Da er nämlich auch, was Essen, Trinken und Berühren anbetrifft, alles festgesetzt hat, befiehlt er, nichts aufs Geratewohl zu tun und zu hören und sich auch nicht durch Mißbrauch der Redegewalt dem Unrecht zuzuwenden. 163 Auch bezüglich der Landtiere kann man dasselbe feststellen. Denn Wiesel, Mäuse und derlei ähnliche Tiere, soweit sie im Gesetz (3. Mose 11,29) genannt werden, sind

schädlich. 164 Mäuse verunreinigen und verderben nämlich alles, – und nicht nur zu ihrer eigenen Nahrung, sondern was auch immer sie zu beschädigen begonnen haben, das lassen sie für den Menschen gänzlich unbrauchbar werden. 165 Auch das Wesen des Wiesels ist eigentümlich: außer dem eben Genannten hat es noch eine schändliche Eigenschaft, denn es empfängt durch die Ohren, gebiert aber durch die Schnauze. 166 Ebenso ist deswegen eine derartige menschliche Handlungsweise unrein. Was sie nämlich durch das Gehör aufnehmen, dem geben sie in der Rede Gestalt und stürzen andere ins Unglück. Selbst völlig besudelt mit dem Makel der Gottlosigkeit, vollbringen sie eine außerordentliche Unreinheit. Euer König aber tut recht daran, diese Menschen töten zu lassen, wie wir erfahren.

167 Ich aber sagte: Ich glaube, du meinst die Denunzianten; denn mit Folterungen und schmerzhaften Hinrichtungen verfolgt er sie dauernd. Und er antwortete: Gerade diese meine ich. Denn das Lauern auf das Verderben anderer Menschen ist ruchlos. 168 Unser Gesetz befiehlt uns dagegen, niemandem mit Wort oder Tat Böses anzutun. Auch hierüber haben wir dich also kurz informiert, daß alles zum Zwecke der Gerechtigkeit gesetzlich geregelt ist, und daß durch die Schrift nichts zufällig oder nur um des Erzählens willen angeordnet ist, sondern damit wir zeitlebens auch in unseren Taten gegen alle Menschen Gerechtigkeit üben, eingedenk Gottes des Herrschers. 169 Auch bezüglich der Speisen und der unreinen Schlangen und Tiere zielt jedes Wort auf die Gerechtigkeit und das gerechte Zusammenleben der Menschen.

170 Mir jedenfalls schien er die einzelnen Bestimmungen gut zu rechtfertigen. Denn auch bei den Opfertieren – den Stieren, Widdern und Ziegen – sagte er, daß man diese aus den Herden nehmen und zahme opfern müsse – und keine wilden –, damit die Opfernden sich keiner Schlechtigkeit bewußt sind und so den Hinweis des Gesetzgebers beachten. Denn der Opfernde bringt seine ganze Seelenhaltung dar. 171 Auch darüber halte ich seine Auslegung für erwähnenswert; deshalb fühle ich mich veranlaßt, dir, Philokrates, wegen deiner Wißbegierde die Erhabenheit und den natürlichen Sinn des Gesetzes zu erläutern.

172 Nachdem Eleazar geopfert, die Männer ausgewählt und viele Geschenke für den König zusammengestellt hatte, ließ er uns unter starken Sicherheitsvorkehrungen ziehen. 173 Als wir nach Alexandria kamen, wurde dem König unsere Ankunft gemeldet. Andreas und ich wurden zum Hof vorgelassen; wir entboten dem König freundlich unseren Gruß und übergaben die Briefe von Eleazar. 174 Da der König sogleich mit den Abgesandten zusammentreffen wollte, ließ er alle übrigen Beamten fortschicken und die Männer rufen. 175 Dies erschien allen außerordentlich, weil gewöhnlich diejenigen, die in Staatsgeschäften kommen, erst am fünften Tag vor den König treten dürfen, während die Gesandten von Königen oder angesehenen Städten frühestens nach dreißig Tagen bei Hof vorgelassen werden. Weil er aber die jetzt Angekommenen größerer Ehre würdigte und den Rang dessen, der sie schickte, höher einschätzte, hatte er alle, deren Anwesenheit er für überflüssig hielt, entlassen und wartete auf und ab ge-

hend darauf, sie bei ihrem Eintreffen zu begrüßen.
176 Diese kamen mit den übersandten Geschenken und den verschiedenen Pergamenten, auf denen das Gesetz geschrieben stand. Es war aber mit goldener Schrift in jüdischen Buchstaben geschrieben; das Pergament war wunderbar gearbeitet, und die Verbindung zwischen den einzelnen Pergamentstreifen konnte man nicht erkennen. Als der König die Männer sah, fragte er zuerst nach den Büchern.
177 Als sie die Rollen aus den Futteralen geholt und die Blätter entrollt hatten, verharrte er lange Zeit davor; und nachdem er sich etwa siebenmal vor ihnen verneigt hatte, sprach er: Männer, ich danke euch, mehr noch dem, der euch gesandt hat, am meisten aber dem Gott, dessen Sprüche dies sind.
178 Wie da alle, die Eingetroffenen und wer sonst noch zugegen war, einmütig und einstimmig riefen: Es lebe der König!, da begann er vor Freude zu weinen. Denn die seelische Anspannung und das Übermaß der Ehre rühren auch in glücklichen Situationen zu Tränen.
179 Er ließ die Bücher wieder in Ordnung bringen, und erst danach begrüßte er die Männer: Es war recht, gottesfürchtige Männer, erst jenem die Ehre zu erweisen, weswegen ich euch habe kommen lassen, und danach euch die Rechte entgegenzustrekken; deshalb habe ich dies zuerst getan.
180 Den Tag eurer Ankunft habe ich aber als Feiertag angesehen, und er wird zeit meines Lebens in jedem Jahr festlich begangen werden. Er fällt nämlich auch mit dem Gedenktag unseres Seesieges über Antigonos zusammen. Daher will ich auch heute mit euch ein Festmahl halten.
181 Alles, sagte er, wird für euch nach euren Bräuchen zubereitet sein,

und mir mit euch. Als jene freudig zustimmten, ließ er ihnen die schönsten Quartiere in der Nähe der Akra[16] zuweisen und das Mahl vorbereiten.
182 Der oberste Hofküchenmeister Nikanor rief Dorotheos, dem die Betreuung von Gästen dieser, der jüdischen Nation oblag, und befahl ihm, für jeden das Mahl zu bereiten. Denn so war es vom König angeordnet, was du auch heutzutage noch beobachten kannst. Wie viele Städte eigene Gebräuche kannten in bezug auf Getränke, Speisen und Lager, so viele Beamte gab es. Und wenn solche zu dem König kamen, wurde es nach ihren Gebräuchen zubereitet, damit sie, durch nichts gestört, die Zeit ihres Aufenthaltes angenehm verbrachten. So geschah es auch bei diesen Gästen.
183 Denn mit Dorotheos hatte ein sehr zuverlässiger Mann die Aufsicht darüber. Er breitete alles aus, was ihm zur Verfügung stand und zur Aufnahme solcher Gäste bestimmt war. Die Liegen stellte er, wie der König es befohlen hatte, in zwei Reihen auf: die Hälfte ließ er nämlich zu seiner Rechten Platz nehmen, die übrigen Männer hinter seiner eigenen Liege; so unterließ er nichts zur Ehrung der Männer. 184 Als sie sich niederlegten, beauftragte er den Dorotheos, die Gebräuche so zu beachten, wie es bei allen seinen Gästen aus Judäa geschieht. Deshalb verbat er sich die Opferherolde, die Opferpriester und die anderen, die gewöhnlich die Gebete sprechen, und bat Elissaios, den ältesten Priester unter denen, die mit uns gekommen waren, das Gebet zu sprechen. Der stand auf und sprach die denkwürdigen Worte: 185 Der allmächtige Gott möge dich, König, mit allen Gütern seiner Schöpfung überhäufen; auch möge er dir

geben, sie unaufhörlich mit deiner Frau, deinen Kindern und Freunden zeit deines Lebens zu besitzen! 186 Als er dies gesagt hatte, erhob sich lang andauernder, lauter und freudiger Beifall. Und dann wandten sie sich dem Genuß des vorbereiteten Mahles zu, wobei sie ausschließlich durch die Abteilung des Dorotheos bedient wurden; darunter waren königliche Pagen und Leute, die beim König ein Ehrenamt innehatten.

Der hier ausgelassene Abschnitt ist nichts anderes als ein sehr langes Tischgespräch zwischen dem König und seinen zweiundsiebzig jüdischen Gästen; an jeden von ihnen richtet er (an sieben aufeinanderfolgenden Tagen) eine Frage und bekommt jedesmal eine Antwort, die ihn voll zufriedenstellt. Diese Antworten sind aus alttestamentlich-jüdischem und griechisch-philosophischem Gedankengut gespeist und betreffen Fragen der Ethik und Lebensgestaltung besonders eines Fürsten. Um wenigstens einen minimalen Eindruck von dieser «Fürstenspiegel»-artigen Passage des Aristeasbriefes zu vermitteln sowie die Einschätzung derselben durch den Verfasser wiederzugeben, wird der Text von der zweitletzten Frage an im vollen Wortlaut abgedruckt:

288 Erfreut über das Gesagte befragte der König den nächsten: Was ist für die Völker besser: wenn ihr Herrscher niedriger Herkunft oder wenn er königlichen Geblüts ist? Jener aber antwortete: Wenn es der von Natur aus Beste ist! 289 Denn auch Herrscher königlicher Abkunft sind bisweilen rücksichtslos und hart gegen die Untertanen; viel eher aber haben sich solche niedriger Herkunft, die selber Elend und Armut kennengelernt haben, als Herrscher von Völkern grausamer als die gottlosen Tyrannen gezeigt. 290 Aber wie ge-

sagt: ein guter und gebildeter Charakter befähigt zur Herrschaft. So bist auch du ein großer König und überragst alle Menschen weniger durch Ruhm deiner Herrschaft und den Reichtum als vielmehr durch Milde und Menschenfreundlichkeit, womit Gott dich beschenkt hat. 291 Nachdem er auch diesen längere Zeit gelobt hatte, fragte er den letzten: Was ist die wichtigste Aufgabe einer Regierung? Darauf antwortete er: Daß die Untertanen immer in Frieden leben und schnellen Rechtsentscheid erlangen! 292 Das aber erreicht der Herrscher, wenn er das Schlechte haßt, das Gute liebt und die Rettung von Menschenleben als vorrangig beurteilt. So hältst auch du die Ungerechtigkeit für das größte Übel und hast dir durch ein stets gerechtes Regiment unvergänglichen Ruhm erworben, da Gott dir eine reine und makellose Gesinnung verliehen hat. 293 Sobald er aufgehört hatte, brach lauter und freudiger Beifall los, der längere Zeit anhielt. Als er sich gelegt hatte, ergriff der König einen Becher und ließ sich zu Ehren aller Anwesenden und ihrer Reden einschenken. Schließlich sagte er: Euer Kommen war für mich höchst segensreich, 294 denn ich ziehe großen Nutzen aus der Lehre, die ihr mir für das Regieren erteiltet. Er ließ jedem drei Talente Silber geben samt dem Sklaven, der das Geschenk überbringen sollte. Alle stimmten zu, und als sich der König den Tafelfreuden zuwandte, wurde die Tafelgesellschaft unablässig von Freude erfüllt.

295 Wenn ich hierin[17] zu ausführlich war, Philokrates, so bitte ich um Verzeihung. Ich habe die Männer nämlich außerordentlich bewundert, wie sie Antworten, die eigentlich längerer Überlegung

bedurften, aus dem Stegreif gaben. 296 Und da einerseits der Fragende alles genau durchdacht hatte, andererseits die Antworten konsequent auf die Fragen eingingen, erschienen sie mir und den Anwesenden, vor allem aber den Philosophen, der Bewunderung wert. Auch glaube ich, daß dieser Bericht allen, die ihn in die Hände bekommen werden, unglaubwürdig erscheinen wird. 297 Nun schickt es sich zwar überhaupt nicht, in den Aufzeichnungen zu lügen; wenn ich aber schon irgendwo von der Wahrheit abweichen würde, so wäre es bei diesem Thema geradezu sündhaft. Nein: wie es geschehen, so berichte ich es und vermeide jeden Fehler. In Bewunderung ihrer Reden habe ich daher versucht, den Wortlaut von den Protokollanten der königlichen Audienzen und Gastmähler zu erfahren. 298 Es ist nämlich, wie auch du weißt, Brauch, von der Stunde an, in der der König beginnt, Audienzen zu geben, bis er schlafen geht, alle Worte und Taten aufzuzeichnen, und dies ist eine gute und nützliche Praxis. 299 Denn am darauffolgenden Tag werden die Taten und Reden des Vortages vor der Audienz vorgelesen, und wenn etwas nicht ordentlich geschah, wird es korrigiert. 300 Ich habe also, wie gesagt, alles von den Protokollanten erfahren und der Reihe nach aufgeschrieben, kenne ich doch deinen Eifer, Nützliches dazuzulernen.

301 Drei Tage später zog Demetrios mit ihnen über den sieben Stadien[18] langen Damm zur Insel, überschritt die Brücke und begab sich zum Nordteil der Insel. Dort versammelte er die Männer in einem prachtvollen und ruhig gelegenen Haus am Strand und forderte sie auf, die Übersetzung

durchzuführen; alles Nötige stünde ihnen reichlich zur Verfügung. 302 Sie führten sie nun folgendermaßen aus: Zunächst brachten sie die einzelnen Übersetzungen durch Vergleich in Übereinstimmung; worin sie nun übereingekommen waren, das schrieb Demetrios in diesem Wortlaut ordentlich nieder[19]. 303 Und die Sitzungen dauerten bis zur neunten Stunde; darnach gingen sie auseinander, um sich um ihr leibliches Wohl zu kümmern, wobei für alles, was sie sich wünschten, verschwenderisch gesorgt war. 304 Außerdem aber traf Demetrios täglich für sie die gleichen Zurüstungen wie für den König; denn so war es ihm vom König befohlen worden. Jeden Tag begaben sie sich frühmorgens an den Hof, machten dem König ihre Aufwartung und zogen sich dann an ihren Versammlungsort zurück. 305 Wie es aber bei allen Juden Brauch ist, wuschen sie sich die Hände im Meer und wandten sich, sobald sie zu Gott gebetet hatten, der Lektüre und Übersetzung der einzelnen Stellen zu. 306 Dazu stellte ich auch die Frage, warum sie sich erst die Hände waschen und dann beten. Und sie erläuterten, daß sie damit bezeugten, nichts Schlechtes getan zu haben – denn jede Tätigkeit geschieht vermittels der Hände –, indem sie in schöner und frommer Weise alles auf Gerechtigkeit und Wahrheit bezogen. 307 Doch wie schon gesagt, kamen sie täglich an jenem angenehmen, weil ruhigen und hellen Ort zusammen und vollendeten ihr Vorhaben. Es ergab sich aber, daß die Übersetzung in zweiundsiebzig Tagen fertiggestellt wurde, als ob dies absichtlich so geschehen wäre. 308 Als sie nun fertig war, versammelte Demetrios die jüdische Gemeinde an dem Ort, wo auch die Übersetzung angefertigt worden war, und las sie allen vor. Dabei waren auch die Übersetzer zugegen, denen auch von der Menge herzlicher Beifall dafür zuteil wurde, daß sie ihr große Dienste erwiesen hatten. 309 Ebenso brachten sie dem Demetrios ihre Anerkennung zum Ausdruck und baten ihn, ihren Vorstehern eine Abschrift des ganzen Gesetzes zu geben. 310 Als die Rollen verlesen waren, traten die Priester, die Ältesten der Übersetzer, Vertreter der jüdischen Bürgerschaft und die Vorsteher der Gemeinde zusammen und sprachen: Da die Übersetzung gut, fromm und völlig genau ist, ist es recht, daß sie so erhalten bleibt und keine Überarbeitung stattfindet. 311 Da nun alle diesen Worten zustimmten, ließen sie, wie es bei ihnen Sitte ist, den verfluchen, der durch Zusätze, Umstellungen oder Auslassungen die Übersetzung überarbeiten würde. Das taten sie zu Recht, damit sie für alle Zukunft stets unverändert erhalten bleibt[20].

312 Als auch dies dem König gemeldet wurde, freute er sich sehr; denn sein Vorsatz schien genau erfüllt zu sein. Auch ihm wurde alles vorgelesen, und er bewunderte die Einsicht des Gesetzgebers[21] sehr. Auch fragte er Demetrios: Wie kommt es, daß kein Historiker oder Dichter ein so bedeutendes Werk erwähnt hat? 313 Jener erwiderte: Weil die Gesetzgebung heilig ist und von Gott stammt! Auch haben manche es schon versucht, doch sie wurden von Gott geschlagen und ließen daraufhin von ihrem Vorhaben ab. 314 Und er erzählte, er habe von Theopomp[22] gehört, dieser sei länger als dreißig Tage von Sinnen gewesen, als er etwas aus dem Gesetz, was schon früher, aber ungenau über-

setzt worden war, in seiner Geschichte verwenden wollte. Nach seiner Gesundung habe er Gott angefleht, ihm zu offenbaren, weswegen ihm dies zugestoßen sei. 315 Da wurde ihm in einem Traum bedeutet, daß er vorwitzig Göttliches unreinen Menschen[23] mitteilen wollte; davon ablassend sei er wiederhergestellt worden. 316 «Und von dem Tragödiendichter Theodektes[24] erfuhr ich, er sei erblindet, als er etwas aus dem Buch in einem Drama verwenden wollte. Und weil er vermutete, diese Krankheit habe ihn eben deshalb befallen, habe er Gott angefleht und sei nach vielen Tagen wieder gesundet.»

317 Als der König, wie berichtet, von Demetrios Auskünfte darüber eingeholt hatte, verneigte er sich und befahl, die Bücher mit großer Sorgfalt zu behandeln und sie heiligzuhalten. 318 Und die Übersetzer bat er, sie möchten ihn nach ihrer Rückkehr nach Judäa doch häufiger besuchen, – er hielt es nämlich für gerecht, ihnen die Ausreise zu gestatten[25]. Kämen sie aber wieder, dann werde er sie selbstverständlich als Freunde behandeln und sie höchst freigebig beschenken. 319 Dann ließ er ihre Rückreise vorbereiten und beschenkte die Männer großzügig. Einem jeden gab er nämlich drei von den besten Mänteln, zwei Talente Gold, einen Becher von einem Talent und ein vollständiges Tischlager für drei Personen. 320 Auch für Eleazar gab er ihnen Geschenke auf die Reise mit: zehn Liegen mit silbernen Füßen und alles, was dazugehört; eine Anrichte im Gewicht von dreißig Talenten; zehn Mäntel, ein Purpurgewand und einen prächtigen Kranz, einhundert feine Leinentücher, Schalen, Teller sowie zwei goldene Misch-

gefäße als Weihgeschenk. 321 Ferner bat er noch in einem Brief, falls einige von den Männern zu ihm zurückzukehren wünschten, möge er sie nicht hindern; er lege nämlich großen Wert darauf, mit Gebildeten zu verkehren und für solche seinen Reichtum zu verwenden und nicht für leeren Aufwand.

322 Da hast du die versprochene Erzählung, Philokrates. Denn ich glaube, daß dich dies mehr erfreut als die Bücher der Fabeldichter, neigst du doch zur Beschäftigung mit dem, was den Geist fördern kann, und verbringst damit die meiste Zeit. Ich werde aber versuchen, auch sonst noch Denkwürdiges aufzuschreiben, damit du bei der Lektüre den schönsten Lohn für deinen Eifer empfängst.

Anmerkungen

1 Zum Verständnis dieses Satzes vgl. die Einleitung S. 317.

2 vgl. unten Verse 12–27

3 Was für eine Insel gemeint ist, wird nicht recht klar. Für Zypern spricht u. a., daß der Adressat sicher weit weg war, als die erzählten Ereignisse sich zutrugen, und diese Insel sich dennoch zeitweise im Besitz der ägyptischen Herrscher befand.

4 vgl. die Einleitung S. 317f.

5 Die drei Umsiedlungen von Juden nach Ägypten sind etwa so zu datieren: frühes 6. Jahrhundert unter oder nach Psammetich II. (593–588), 525 Eroberung Ägyptens durch Kambyses («der Perser»), 320–302 Feldzüge Ptolemaios' I. Lagu (= Soter, vgl. Einleitung) nach Palästina und Syrien. Koile-Syrien und Phönizien sind Provinznamen jener Zeit.

6 Im Griechischen steht nicht einfach «Zeus», sondern zwei mögliche Akkusativformen, «Zena» und «Dia», die wie das griechische Verb «leben» und wie die griechische Präposition «durch» klingen, daher dann die folgende Erklärung (*durch* den alles *belebt* wird).

7 Diese Beschreibung der Geschenke steht in den hier nicht abgedruckten Versen 51–82.

8 Möglich wäre auch statt «geschrieben» (im Sinne sorgfältiger Kopie vom hebräischen Original) «übersetzt», womit die früheren griechischen Übersetzungen des Alten Testaments desavouiert würden. So oder so aber soll das nun geplante Unternehmen von höchster (und königlicher) Sorgfalt bestimmt sein.

9 Alexandrinischer Historiker zur Zeit Ptolemaios I.

Über den «Verzicht» der griechischen Dichter und Historiker vgl. unten Verse 312–316.

10 d. h. aus den Edelsteinen

11 Hier wie im vorangehenden Vers wird indirekt auf antijüdische Gefühle und Ausschreitungen in Ägypten angespielt.

12 Der sechste Name fehlt in den Handschriften.

13 Während im bisherigen Text die jüdischen Speisegebote von ihrer Schutz- oder Absonderungs*funktion* her erklärt wurden, folgt nun eine der im hellenistischen Judentum beliebten allegorischen Erklärungen des Ritualgesetzes, hier besonders 3. Mose 11.

14 Anspielung auf die Zulässigkeit der Tiere mit ganz gespaltenen Klauen (3. Mose 11,3; 5. Mose 14,6). Das Wortspiel ist nur im Griechischen verständlich («diastello» für «Spalten» *und* für «Beurteilen» sowie «diastole» = «Unterscheidungsvermögen» im folgenden Vers und Vers 153).

15 Anspielung auf dieselben zwei Bibelverse wie in Anm. 14.

16 «Akra» ist ungefähr gleichbedeutend mit «Akropolis», Zitadelle usw., also wohl die königliche Residenz.

17 nämlich in der Schilderung der Tischgespräche, die hier zum größten Teil ausgelassen wurden

18 1 Stadion = 180 bis 200 m

19 Hier wird sich die Legende ins Wunderhafte weiterentwickeln (vgl. die Einleitung).

20 Hier spürt man deutlich die Absicht unserer Schrift, unter den griechischen Übersetzungen des Alten Testaments eine einzige als für immer und in jeder Hinsicht richtig hervorzuheben. Die Wucherung der Legende im Sinne des Inspirationsbeweises (vgl. vorhergehende Anmerkung) erstaunt darum keineswegs.

21 nämlich Mose
22 griechischer Geschichtsschreiber des 4. Jahrhunderts v. Chr.
23 Im Unterschied zu den Juden gelten die Heiden als unrein.
24 ebenfalls ein Schriftsteller (Tragiker) des 4. vorchristlichen Jahrhunderts
25 vgl. dazu oben die Verse 123 ff. sowie Vers 321

Martyrium und Himmelfahrt des Jesaja

Einleitung

Wie schon die Formulierung des Titels zeigt – Martyrium und *Himmelfahrt –, ist diese Schrift aus zwei Elementen zusammengesetzt, deren eines noch zu den alttestamentlichen Apokryphen, das andere zu den neutestamentlichen gehört. Darum bildet diese Jesaja-Apokryphe in unserer Sammlung auch den Übergang vom – apokryphen – Alten zum Neuen Testament. Sie ist nicht das einzige Beispiel für die christliche Aneignung oder Umarbeitung jüdischen Materials, aber die Zweigleisigkeit ist besonders gut erkennbar und befindet sich auch quantitativ in einer gewissen Balance. Allerdings ist die Selbständigkeit des alttestamentlichen Teils nur aus dem Text zu erschließen, der bereits christlich überarbeitet ist. Zwar gibt es eine rein jüdische Überlieferung vom Martyrium des Jesaja, aber nach dieser flieht er vor König Manasse in einen hohlen Baumstamm, und in diesem wird er dann von den Häschern Manasses entdeckt und mit dem Baum zusammen zersägt. In unserer Geschichte ist die Zersägung ohne besondere Umstände zwar kurz in Kapitel 5 geschildert, aber alles Gewicht liegt auf der Unheilprophetie Jesajas (vor allem 3,6), auf der Gottlosigkeit des Königs und der falschen Prophetie des «königstreuen» Propheten Belchira. Zu diesem Teil gehören Kapitel 1,1 bis 3,12 und 5,1–14.*

Ihnen ein- bzw. angefügt sind die zwei großen – christlichen – Visionsberichte 3,13 bis 4,22 und 6 bis 11. Die Idee ist, daß im zwanzigsten Jahre des Königs Hiskia (1,6; 6,1) Jesaja in einer großen Audienz (Kap. 6) eine Entrückung und Vision erlebt, die er danach dem König schildert und aufschreiben läßt. Der

König will sie im sechsundzwanzigsten Jahre seiner Herrschaft seinem Sohn Manasse übermitteln – damit beginnt das Buch –, aber schon da prophezeit Jesaja, daß der neue Herrscher statt vom Heiligen Geist vom Geist Beliars bzw. Sammael Malkiras oder Satans verführt werden und mit ihm das Volk vom wahren Gott abtrünnig werden wird. Tatsächlich geschieht das dann unter dem Einfluß Belchiras, des Lügenpropheten (ab 2,5, vor allem Kap. 3,1–12), und endet mit Jesajas standhaftem, geisterfülltem Leiden (Kap. 5).

Die Visionen, die die Gegner so sehr erzürnen (bes. 11,41), sind Voraussagen des Kommens Jesu Christi vom siebenten Himmel, sowie dessen, was in der Frühzeit der Kirche geschehen wird. Letzteres findet sich vor allem in 3,13 bis 4,18, die große Vision (7–11) dagegen ist eine Himmelswanderung des Propheten in Begleitung eines Engels. Im siebenten Himmel sind die Throne und Gewänder der Heiligen – auch Jesajas! – des Alten und Neuen Bundes bereitgestellt, und von jenem höchsten Himmel steigt Christus unerkannt zur Erde nieder, um nach seinem Leiden im Triumph aufzufahren unter Lobpreis der guten und Reue der bösen Engelmächte. Das alles sieht Jesaja voraus und wird in der Folge Märtyrer.

Für die Datierung ist eben dies ein Anhaltspunkt: Das Werk dürfte noch zur Zeit der Christenverfolgungen fertiggestellt worden sein, evtl. schon im 2. Jahrhundert, nach manchen Autoren selbst im 1. Jahrhundert. Sicher bezeugt ist es im 4. Jahrhundert. Die jüdische Legende kann sehr viel älter sein, bekannt ist sie dem Neuen Testament (Hebr. 11,37).

Das biblische «Szenario» ist im wesentlichen gewonnen aus den Hiskia- und Manasse-Kapiteln 18–21 im 2. Königsbuch, wo sich auch eine Notiz über Manasses

Vergießen unschuldigen Blutes findet (21,16), sowie aus den parallelen Überlieferungen 2. Chron. 29–33 und Jes. 36–39 mit Kleinigkeiten aus anderen Bibelstellen (z. B. Jesajas Sohn Schear-Jaschub aus Jes. 7,3, hier «Jasub» genannt). Zum Visionsbericht und dem Charakter solcher Apokalyptik s. S. 725. Über jüdische Martyrien s. S. 84f. und 159.

1

1 Es geschah im sechsundzwanzigsten Jahre der
Herrschaft Hiskias, des Königs von Juda, da berief
er den Manasse, seinen Sohn, denn er war der
einzige, den er hatte. 2 Und er berief ihn in Gegen-
wart des Propheten Jesaja, des Sohnes des Amoz,
und in Gegenwart Jasubs, des Sohnes des Jesaja,
um ihm die Worte der Gerechtigkeit zu überlie-
fern, die er, der König, selbst gesehen hatte[1], 3 und
die ewigen Gerichte und die Strafen der Hölle und
des Fürsten dieser Welt und seiner Engel, Herr-
schaften und Mächte, 4 und die Worte des Glau-
bens an den Geliebten[2], den er selbst gesehen hatte
im fünfzehnten Jahre seiner Herrschaft während
seiner Krankheit. 5 Und er übergab ihm die auf-
gezeichneten Worte, die Sebna, der Schreiber, ge-
schrieben hatte, und auch das, was ihm samt den
Propheten Jesaja, der Sohn des Amoz, übergeben
hatte, daß sie es aufschreiben und bei ihm nieder-
legen sollten, was er selbst im Hause des Königs
über das Gericht der Engel und über die Vernich-
tung dieser Welt und über die Kleider der Gerech-
ten und über den Ausgang, die Verwandlung,
Verfolgung und Himmelfahrt des Geliebten ge-
sehen hatte. 6 Und im zwanzigsten Jahre der Herr-
schaft Hiskias hatte Jesaja die Worte dieser Weis-
sagung gesehen und sie seinem Sohne Jasub über-
liefert. Und während jener Befehle[3] gab im Bei-
sein Jasubs, des Sohnes Jesajas, 7 sagte Jesaja zum
König Hiskia, aber nicht in Gegenwart Manasses,
allein sagte er zu ihm: So wahr der Herr lebt, dessen

Name nicht in diese Welt gesandt worden ist, und
so wahr der Geliebte meines Herrn lebt und so
wahr der Geist lebt, der in mir redet: alle diese
Befehle und diese Worte werden keine Geltung
haben bei deinem Sohne Manasse, und durch die
Freveltat seiner Hände werde ich unter Martern
meines Leibes dahingehen. 8 Und Sammael Mal-
kira wird dem Manasse dienen und allen seinen
Willen tun, und er wird mehr Beliars als mein
Nachfolger sein[4]. 9 Und viele in Jerusalem und
Juda wird er vom wahren Glauben abtrünnig
machen, und Beliar wird in Manasse wohnen,
und durch seine Hand werde ich zersägt werden.
10 Und als Hiskia dieses Wort hörte, weinte er sehr
heftig, zerriß seine Kleider, warf Staub auf sein
Haupt und fiel auf sein Angesicht. 11 Und Jesaja
sprach zu ihm: Der Plan Sammaels gegen Manasse
ist schon abgemacht, nichts wird dir helfen. 12 An
jenem Tage erwog Hiskia bei sich, seinen Sohn
Manasse zu töten. 13 Aber Jesaja sprach zu Hiskia:
Der Geliebte wird deinen Plan vereiteln, und die
Gedanken deines Herzens werden nicht geschehen,
denn mit dieser Berufung bin ich berufen worden[5],
und am Erbe des Geliebten soll ich mein Erbteil
haben.

2

1 Und nachdem Hiskia gestorben und Manasse
König geworden war, gedachte er nicht mehr der
Gebote seines Vaters Hiskia, sondern vergaß sie,
und Sammael ließ sich auf Manasse nieder und
klammerte sich fest an ihn. 2 Und Manasse hörte
auf, dem Gotte seines Vaters zu dienen, und dien-
te dem Satan und seinen Engeln und Mächten.

3 Und er machte das Haus seines Vaters, nämlich
die, welche unter den Augen Hiskias gewesen
waren, abtrünnig von den Worten der Weisheit
und dem Gottesdienst. 4 Auch änderte Manasse
seinen Sinn, so daß er ein Diener Beliars wurde,
denn der Fürst der Ungerechtigkeit, der diese Welt
beherrscht, ist Beliar, dessen Name Matanbukus
ist. Dieser hatte seine Freude in Jerusalem an Ma-
nasse, und er bestärkte ihn in der Verführung zum
Abfall und in der Ungerechtigkeit, die in Jerusalem
verbreitet war. 5 Und es nahm zu die Zauberei,
die Beschwörungskunst, das Wahrsagen aus dem
Vogelflug, die Zeichendeutung, die Hurerei, der
Ehebruch und die Verfolgung der Gerechten durch
Manasse, Belchira, Tobia den Kanaaniter, Johan-
nes von Anathot und Zadok, den Oberaufseher der
Arbeiten. 6 Der Rest der Erzählung ist in dem
Buche der Könige von Juda und Israel aufgezeich-
net[6]. 7 Und als Jesaja, der Sohn des Amoz, das
Unrecht sah, das in Jerusalem geschah, den Dienst
des Satans und seine Possen, zog er sich aus Jerusa-
lem zurück und ließ sich in Bethlehem-Juda nieder.
8 Aber auch da war viel Ungerechtigkeit; und in-
dem er auch aus Bethlehem sich zurückzog, ließ
er sich auf einem Berge in wüster Umgebung
nieder. 9 Und der Prophet Micha und Anania, der
Alte, und Joel, Habakuk und Jasub, sein Sohn, und
viele Gläubige, die an die Himmelfahrt glaubten,
zogen sich zurück und ließen sich auf dem Berge
nieder. 10 Alle legten einen Sack um, und alle
waren Propheten, die nichts bei sich hatten, son-
dern sie waren nackt und trauerten tief über den
Abfall Israels. 11 Und sie hatten nichts zu essen als
wilde Kräuter, die sie auf den Bergen sammelten

und, nachdem sie sie gekocht hatten, mit dem
Propheten Jesaja zusammen verspeisten. Und so
brachten sie zwei Jahre Zeit auf den Bergen und
Hügeln zu. 12 Und darnach, als sie sich in der
Wüste befanden, trat ein Mann auf in Samarien,
mit Namen Belchira aus dem Geschlecht Zedekias,
des Sohnes Kenaans, eines Lügenpropheten[7], der
seinen Wohnsitz in Bethlehem hatte, – und Zede-
kia, der Sohn Kenaans, der Bruder seines[8] Vaters,
war in den Tagen Ahabs, des Königs von Israel, der
Lehrer der vierhundert Baalspropheten, und er
schlug und beschimpfte den Propheten Micha, den
Sohn Jimlas. 13 Und er, Micha, war auch von
Ahab beschimpft und in das Gefängnis geworfen
worden. Und er war mit dem Lügenpropheten
Zedekia zusammen. Sie befanden sich bei Ahasja,
dem Sohne Ahabs, in Samarien. 14 Aber Elia, der
Prophet aus Thisbe in Gilead, schalt den Ahasja
und Samarien und weissagte über Ahasja, daß er
auf dem Krankenlager sterben[9] und daß Samarien
in die Hand Salmanassars gegeben werden würde,
weil er die Propheten Gottes getötet habe. 15 Und
als die Lügenpropheten, die sich bei Ahasja, dem
Sohne Ahabs, befanden, und ihr Lehrer Jallarias
vom Gebirge Joel es hörten 16 – Jallarias war ja ein
Bruder des Zedekia –, als sie es hörten, überredeten
sie den Ahasja, König von Gomorrha[10], und töte-
ten den Micha.

3

1 Belchira aber erfuhr und sah den Aufenthalts-
ort Jesajas und der Propheten, die um ihn waren,
denn er hauste in der Gegend von Bethlehem und
hing dem Manasse an. Und er trat als falscher

Die Heilung des alten Tobias

Tobias 11,13–15

Prophet in Jerusalem auf, und viele aus Jerusalem
schlossen sich mit ihm zusammen, obwohl er aus
Samarien war. 2 Und es geschah, als Salmanassar,
der König von Assyrien, kam, Samarien gefangen
fortführte und die neuneinhalb Stämme in die Ge-
fangenschaft führte und sie fortschleppte in die
Berge der Meder und an den Fluß Gozan[11], 3 da
entkam dieser, noch ein Jüngling, und gelangte in
den Tagen Hiskias, des Königs von Juda, nach
Jerusalem; aber er wandelte nicht auf den Wegen
seines Vaters, des Samaritaners, denn er fürchtete
den Hiskia. 4 Und man traf ihn[12] an in den Tagen
Hiskias, wie er gottlose Reden in Jerusalem hielt.
5 Da klagten ihn die Diener Hiskias an, und er
entfloh in die Gegend von Bethlehem. 6 Und
Belchira klagte den Jesaja und die Propheten, die
bei ihm waren, an, indem er sprach: Jesaja und
seine Genossen weissagen gegen Jerusalem und
gegen die Städte Judas, daß sie verwüstet werden
sollen, und gegen die Kinder Judas und Benjamins,
daß sie in die Gefangenschaft wandern sollen, und
auch gegen dich, o Herr König, daß du mit Haken
und eisernen Ketten gebunden dahin gehen sollst[13];
7 aber sie weissagen Lügenworte über Israel und
Juda. 8 Und Jesaja selbst hat gesagt: Ich sehe mehr
als der Prophet Moses. 9 Moses hat zwar gesagt:
Es gibt keinen, der Gott schaute und am Leben
blieb, Jesaja aber hat gesagt: Ich habe Gott ge-
schaut, und siehe, ich lebe[14]. 10 Erkenne doch, o
König, daß er ein Lügner ist. Und weiter hat er
Jerusalem Sodom genannt und die Fürsten von
Juda und Jerusalem für das Volk Gomorrhas er-
klärt[15]. Und er klagte in vielen Dingen Jesaja und
die Propheten bei Manasse an. 11 Aber Beliar hatte

sich eingenistet im Herzen Manasses und im Herzen der Fürsten Judas und Benjamins, der Eunuchen und Ratgeber des Königs. 12 Und die Rede Belchiras gefiel ihm gar sehr, und er schickte und ließ den Jesaja ergreifen.

13 Denn Beliar hegte großen Zorn auf Jesaja wegen des Gesichtes und wegen der Enthüllung, durch die er Sammael enthüllt hatte, und daß durch ihn die Ankunft des Geliebten aus dem siebenten Himmel offenbart worden war, und seine Verwandlung und sein Hinabsteigen und seine Gestalt, in die er verwandelt werden sollte, nämlich in Menschengestalt, und die Verfolgungen, die er erleiden sollte, und die Martern, mit denen die Kinder Israels ihn martern sollten, und das Kommen der zwölf Jünger und die Unterweisung, und daß er vor dem Sabbat am Holze gekreuzigt werden sollte, und daß er mit Übeltätern zusammen gekreuzigt werden sollte und daß er in einem Grabe begraben werden würde, 14 und daß die zwölf, die bei ihm waren, an ihm Anstoß nehmen würden, und die Bewachung durch die Wächter des Grabes; 15 und das Hinabsteigen des Engels der Kirche, die in den Himmeln ist, den er rufen wird in den letzten Tagen, 16 und daß der Engel des Heiligen Geistes und Michael, der Oberste der heiligen Engel, am dritten Tage sein Grab öffnen werden, 17 und daß der Geliebte auf ihren Schultern sitzend hervortreten[16] und seine zwölf Jünger aussenden wird, 18 und daß sie alle Völker und alle Zungen die Auferstehung des Geliebten lehren werden, und daß die, welche an sein Kreuz glauben, werden gerettet werden, und an seine Auffahrt in den siebenten Himmel, woher er gekom-

men ist; 19 und daß viele, die an ihn glauben, in der
Kraft des Heiligen Geistes reden werden, 20 und
daß viele Zeichen und Wunder geschehen werden
in jenen Tagen. 21 Und darnach, wenn er nahe ist,
werden seine Jünger die Lehre der zwölf Apostel
und den Glauben, ihre Liebe und ihre Reinheit
verlassen, 22 und es wird viel Streit entstehen über
seine Ankunft und sein Nahesein. 23 Und in jenen
Tagen wird es viele geben, die das Amt lieben,
obwohl sie der Weisheit bar sind, 24 und viele
Älteste werden ungerecht und gewalttätige Hirten
ihrer Schafe sein, und sie werden zu Räubern an
den Schafen werden, weil sie keine heiligen Hirten
fanden. 25 Und viele werden die Herrlichkeit des
Kleides der Heiligen mit dem Kleid des Habgieri-
gen vertauschen, und Rücksichtnahme auf die Per-
son wird in jenen Tagen oft vorkommen, und sol-
che, welche die Ehre dieser Welt lieben. 26 Und
es wird viel Lästerung und Ruhmredigkeit geben
beim Nahen des Herrn, und der Heilige Geist wird
sich von vielen zurückziehen. 27 Und in jenen
Tagen wird es nicht viele Propheten geben, noch
solche, welche Gewisses reden, außer einigen hier
und dort 28 wegen des Geistes des Irrtums, der
Hurerei, der Ruhmredigkeit und der Habgier, die
in denen sein wird, die doch Diener jenes genannt
werden und die ihn aufnehmen. 29 Und es wird
unter ihnen große Zwietracht entstehen, zwischen
Hirten und Ältesten untereinander. 30 Denn große
Eifersucht wird in den letzten Tagen herrschen,
denn jeder wird reden, was in seinen Augen wohl-
gefällig scheint. 31 Und sie werden die Weissagun-
gen der Propheten, die vor mir waren, beiseite
lassen und sich auch um diese meine Gesichte nicht

kümmern, um aus dem Schwall ihres Herzens heraus zu reden.

4

1 Und nun, Hiskia und Jasub, mein Sohn, das
sind die Tage der Vollendung der Welt. 2 Und
nachdem es mit ihr zu Ende gekommen ist, wird
Beliar, der große Fürst, der König dieser Welt, der
sie beherrscht hat, seit sie besteht, herabkommen,
und er wird aus seinem Firmament herabsteigen in
der Gestalt eines Menschen, eines ungerechten Kö-
nigs, eines Muttermörders, was eben dieser König
ist. 3 Die Pflanzung, die die zwölf Apostel des
Geliebten gepflanzt haben, wird er verfolgen, und
von den zwölfen wird einer in seine Hand gegeben
werden[17]. 4 Dieser Herrscher Beliar also wird in
der Gestalt jenes Königs kommen, und es werden
mit ihm alle Mächte dieser Welt kommen, und sie
werden ihm in allem gehorchen, was er will. 5 Auf
sein Wort wird die Sonne in der Nacht aufgehen,
und er wird bewirken, daß der Mond in der sech-
sten Stunde erscheint. 6 Alles, was er will, wird er
in der Welt tun, er wird tun und reden in der Weise
des Geliebten und sagen: Ich bin Gott, und vor mir
hat es keinen gegeben. 7 Und alle Menschen in der
Welt werden an ihn glauben 8 und werden ihm
opfern und ihm dienen, indem sie sagen: Das ist
Gott, und außer ihm gibt es keinen andern. 9 Und
der größte Teil derer, die sich vereinigt haben, um
den Geliebten zu empfangen, wird sich ihm zu-
wenden. 10 Und die Kraft seiner Wunder wird
sich in den Städten und Ländern zeigen, 11 und er
wird sein Bild vor sich aufstellen in allen Städten
12 und wird drei Jahre, sieben Monate und sieben-

undzwanzig Tage herrschen. 13 Und die vielen
Gläubigen und Heiligen, nachdem sie gesehen ha-
ben, den sie erhofften, Jesum Christum, den Ge-
kreuzigten – nachdem ich, Jesaja, ihn gesehen habe,
der gekreuzigt worden und aufgefahren ist –, die
also gläubig wurden an ihn: nur wenige von ihnen
werden in jenen Tagen als seine Diener übrigblei-
ben, von Wüste zu Wüste fliehend und seine An-
kunft erwartend. 14 Und nach eintausenddreihun-
dertundzweiunddreißig Tagen wird der Herr mit
seinen Engeln und mit den Heerscharen der Hei-
ligen aus dem siebenten Himmel kommen mit
der Herrlichkeit des siebenten Himmels und wird
Beliar samt seinen Heerscharen in die Gehenna
schleppen, 15 und er wird den Frommen, die er in
dieser Welt in Leibesleben finden wird, Ruhe brin-
gen – und die Sonne wird schamrot werden[18] –
16 und allen, die um des Glaubens an ihn willen
Beliar und seine Könige verflucht haben. Die Hei-
ligen aber werden mit dem Herrn kommen, mit
ihren Kleidern, die oben im siebenten Himmel
niedergelegt sind; mit dem Herrn werden die kom-
men, deren Geister bekleidet sind, sie werden her-
absteigen und in der Welt sein, und es wird stärken,
die im Leibe angetroffen werden, das Bild der
Heiligen in den Kleidern der Heiligen, und der
Herr wird denen, die in dieser Welt wachsam
gewesen sind, dienen[19]. 17 Und darnach werden
sie sich in ihren Kleidern aufwärts wenden, aber
ihr Leib wird in der Welt zurückbleiben. 18 Dann
wird die Stimme des Geliebten im Zorn diesen
Himmel und diese Erde schelten und die Berge und
Hügel, die Städte, die Wüste und die Bäume, den
Engel der Sonne und den Mond und alles, wo

Beliar sich zeigt und offen handelt in dieser Welt[20],
und Auferstehung und Gericht wird unter ihnen
in jenen Tagen stattfinden, und der Geliebte wird
Feuer von sich ausfahren lassen, und es wird alle
Gottlosen verzehren, und sie werden sein, als wä-
ren sie nicht geschaffen.
19 Und der Rest der Worte des Gesichts ist
aufgezeichnet im Gesicht über Babylon[21]. 20 Und
der Rest des Gesichts des Herrn, siehe, er ist in
Gleichnissen aufgezeichnet in meinen Worten, in
dem, was in das Buch geschrieben ist, das ich offen
verkündet habe. 21 Und auch das Hinuntersteigen
des Geliebten in das Totenreich, es ist aufgezeich-
net in dem Abschnitt, wo der Herr spricht: Siehe,
mein Knecht ist verständig. Und siehe, dieses alles
steht geschrieben in den Psalmen, in den Sprüchen
Davids, des Sohnes Isais, in den Sprüchen seines
Sohnes Salomo, in den Reden Korahs und Ethans,
des Israeliten, und in den Reden Asaphs und in
den übrigen Psalmen, die der Engel des Geistes
hat reden lassen, 22 bei denen, deren Name nicht
verzeichnet ist, und in den Reden des Amoz, mei-
nes Vaters, und des Propheten Hosea und Micha,
Joel, Nahum, Jona, Obadia, Habakuk, Haggai,
Zephanja, Sacharja und Maleachi und in den Reden
Josephs, des Gerechten, und in den Reden Daniels.

5

1 Dieser Gesichte wegen nun ergrimmte Beliar
über Jesaja, und er nahm Platz im Herzen Manas-
ses, und man zersägte den Jesaja mit einer Baum-
säge. 2 Und während Jesaja zersägt wurde, stand
sein Ankläger Belchira und alle Lügenpropheten

dabei, indem sie lachten und ihre Schadenfreude
über Jesaja äußerten. 3 Und Belchira stand auf
Veranlassung des Mekembekus[22] vor Jesaja, ihn
verlachend. 4 Da sagte Belchira zu Jesaja: Sprich:
Alles, was ich geredet habe, habe ich gelogen; die
Wege Manasses sind gut und recht, 5 auch die
Wege Belchiras und seiner Genossen sind gut.
6 Dies sprach er zu ihm, als man anfing, ihn zu
zersägen. 7 Aber Jesaja war versunken in ein Ge-
sicht des Herrn, und obwohl seine Augen aufgetan
waren, sah er sie nicht. 8 Und Belchira sprach also
zu Jesaja: Sprich, was ich dir vorsagen werde, so
will ich ihren Sinn ändern und Manasse und die
Fürsten Judas und das Volk und ganz Jerusalem
dahin bringen, daß sie dich kniefällig verehren.
9 Da antwortete Jesaja und sprach: Soweit es von
mir abhängt, sage ich: Verwünscht und verflucht
seist du, alle deine Mächte und dein ganzes Haus,
10 denn du kannst nicht mehr als die Haut meines
Fleisches nehmen. 11 Da ergriffen und zersägten
sie Jesaja, den Sohn des Amoz, mit einer Baum-
säge. 12 Und Manasse, Belchira, die Lügenpro-
pheten, die Fürsten, das Volk: alle standen dabei
und sahen zu. 13 Und den Propheten, die bei ihm
waren, sagte er, bevor er zersägt wurde: Geht in die
Gegend von Tyrus und Sidon, denn mir allein hat
Gott den Becher gemischt[23]. 14 Aber Jesaja schrie
nicht und weinte nicht, als er zersägt wurde, son-
dern sein Mund redete mit dem Heiligen Geiste,
bis er in zwei Stücke zersägt worden war.

15 Das tat Beliar dem Jesaja durch Belchira und
Manasse, denn Sammael hegte gewaltigen Zorn
auf Jesaja seit den Tagen Hiskias, des Königs von
Juda, um der Dinge willen, die er in betreff des

Geliebten geschaut hatte, 16 und wegen der Ver-
nichtung Sammaels, die er durch den Herrn ge-
sehen hatte, als noch sein Vater Hiskia König war.
Und er handelte nach dem Willen Satans.

Das Gesicht, welches Jesaja, der Sohn des Amoz, sah

6

1 Im zwanzigsten Jahre der Herrschaft Hiskias,
des Königs von Juda, kamen Jesaja, der Sohn des
Amoz, und Jasub, der Sohn Jesajas, von Gilgal nach
Jerusalem zu Hiskia. 2 Und nachdem Jesaja einge-
treten war, setzte er sich auf das Bett des Königs,
und obwohl man ihm einen Sessel brachte, wollte
er sich nicht darauf niederlassen. 3 Da fing Jesaja
an, mit dem König Hiskia Worte des Glaubens und
der Gerechtigkeit zu reden, während alle Fürsten
Israels herum saßen samt den Eunuchen und Räten
des Königs. Und es waren daselbst vierzig Prophe-
ten und Prophetensöhne, die waren aus den Nach-
barbezirken, aus den Bergen und von den Feldern
gekommen, als sie hörten, Jesaja würde aus Gilgal
zu Hiskia kommen. 4 Und sie waren gekommen,
ihn zu begrüßen und seine Reden zu hören, 5 und
daß er seine Hand auf sie legen sollte und daß sie
weissagten und er ihre Weissagung höre; und sie
alle waren vor Jesaja. 6 Dann redete Jesaja mit
Hiskia Worte der Wahrheit und des Glaubens,
und alle hörten die Tür, die geöffnet war, und
die Stimme des Geistes. 7 Da rief der König alle
Propheten und das ganze Volk, das sich daselbst
vorfand, und sie kamen herein, und Micha und

Anania, der Alte, und Joel und Jasub setzten sich zu
seiner Rechten und zu seiner Linken. 8 Und es
geschah, als sie alle die Stimme des Heiligen Gei-
stes hörten, fielen sie alle anbetend auf ihre Knie
und priesen den Gott der Gerechtigkeit, den Höch-
sten in der höchsten Welt, der als Heiliger hoch
oben seinen Sitz hat und unter den Heiligen ruht[24],
9 und sie gaben Ehre dem, der solch eine Tür zu
einer fremden Welt verliehen hat, einem Menschen
verliehen hat. 10 Und während er durch den Heili-
gen Geist redete, indem alle zuhörten, schwieg er
plötzlich still, und sein Bewußtsein ward von ihm
genommen, und er sah die Männer nicht mehr, die
vor ihm standen; 11 und seine Augen waren geöff-
net, aber sein Mund war stumm, und das Bewußt-
sein seiner Körperlichkeit war von ihm genom-
men, 12 aber sein Odem war noch in ihm, denn
er sah ein Gesicht. 13 Und der Engel, der entsandt
war, ihn schauen zu lassen, gehörte nicht zu diesem
Firmament und nicht zu den Engeln der Herrlich-
keit dieser Welt, sondern er war aus dem siebenten
Himmel gekommen. 14 Und das Volk, welches
herumstand, mit Ausnahme des Kreises der Pro-
pheten, meinte nicht, daß der heilige Jesaja hinauf-
genommen sei. 15 Und das Gesicht, das er sah,
war nicht von dieser Welt, sondern aus der Welt,
die allem Fleisch verborgen ist. 16 Und nachdem
Jesaja dieses Gesicht geschaut hatte, teilte er es dem
Hiskia, seinem Sohne Jasub und den übrigen Pro-
pheten, die gekommen waren, mit. 17 Aber die
Obersten, die Eunuchen und das Volk hörten nicht
zu, mit Ausnahme von Sebna, dem Schreiber,
Jojakim und Asaph, dem Chronisten, denn die
waren Täter der Gerechtigkeit, und der Wohlge-

ruch des Geistes war in ihnen. Das Volk aber hörte nicht zu, denn Micha und Jasub, sein Sohn, hatten es hinaustreten lassen, als das Wissen um diese Welt dem Jesaja genommen und er wie ein Toter war.

7

1 Das Gesicht aber, welches Jesaja gesehen hatte,
erzählte er dem Hiskia, seinem Sohne Jasub, dem
Micha und den übrigen Propheten und sprach:
2 In dem Zustande, als ich weissagte, als ihr mir
zuhörtet, sah ich einen hehren Engel, und er glich
nicht der Herrlichkeit der Engel, die ich sonst
immer zu sehen pflegte, sondern er besaß große
Herrlichkeit und Würde, so daß ich die Herrlich-
keit dieses Engels nicht beschreiben kann. 3 Und
als er mich bei meiner Hand gefaßt hatte, führte er
mich empor; und ich sprach zu ihm: Wer bist du,
und wie ist dein Name, und wohin führst du mich
aufwärts? Denn mir war die Macht verliehen wor-
den, mit ihm zu reden. 4 Und er sprach zu mir:
Wenn ich dich stufenweise aufwärts geführt haben
werde und dir das Gesicht, zu dem ich gesandt
worden bin, gezeigt haben werde, dann wirst du
erkennen, wer ich bin; 5 aber meinen Namen
wirst du nicht erfahren, denn du mußt in diesen
deinen Leib zurückkehren[25]. Wohin ich dich aber
emportragen werde, wirst du sehen, denn dazu bin
ich gesandt worden. 6 Und ich freue mich, daß er
freundlich mit mir redete. 7 Und er sprach zu mir:
Freust du dich, daß ich freundlich mit dir geredet
habe? Und er sprach weiter: Aber du wirst einen
sehen, der größer ist als ich, wie er freundlich und
ruhig mit dir reden wird; 8 und auch den Vater

dessen, der größer ist, wirst du sehen, denn dazu bin ich aus dem siebenten Himmel gesandt worden, um dir Licht zu bringen in dies alles.
9 Und wir stiegen hinauf zum Firmament, ich und er, und daselbst sah ich den Sammael und seine Heerscharen[26], und ein großer Kampf fand gegen ihn statt, und die Engel Satans waren aufeinander neidisch.
10 Und so wie droben, also ist es auch auf der Erde, denn das Abbild dessen, was in dem Firmament ist, ist hier auf Erden.
11 Und ich sprach zu dem Engel: Was ist's mit diesem Kampf, und was ist's mit diesem Neide?
12 Und er sprach zu mir: So geht es, seitdem diese Welt besteht, bis jetzt, und dieser Kampf wird dauern, bis der kommen wird, den du sehen sollst, und Satan vernichten wird.
13 Und darnach brachte er mich hinauf über das Firmament, das ist der erste Himmel.
14 Und daselbst sah ich in der Mitte einen Thron, und rechts und links davon waren Engel.
15 Aber die Engel zur Linken waren nicht gleich den Engeln, die zur Rechten standen, sondern die zur Rechten stehenden besaßen eine größere Herrlichkeit; und sie lobsangen alle mit *einer* Stimme, und ein Thron war in der Mitte; und in derselben Weise lobsangen auch die zur Linken nach ihnen, aber ihre Stimme war nicht wie die Stimme derer zur Rechten und ihr Lobgesang nicht wie der Lobgesang jener.
16 Und ich fragte den Engel, der mich führte, und sprach zu ihm: Wem wird dieser Lobgesang gesandt?
17 Und er sprach zu mir: Er ist zum Preis dessen, der im siebenten Himmel ist, für den, der unter den Heiligen in Ewigkeit ruht, und für seinen Geliebten, woher ich zu dir gesandt worden bin.
18 Und weiterhin ließ er mich aufsteigen in den

zweiten Himmel, und die Höhe jenes Himmels ist
wie die vom Himmel zur Erde. 19 Und ich sah
daselbst wie im ersten Himmel rechts und links
Engel und einen Thron in der Mitte und den
Lobgesang der Engel im zweiten Himmel; und
der, welcher im zweiten Himmel auf dem Throne
saß, hatte eine größere Herrlichkeit als alle andern.
20 Und viel mehr Herrlichkeit war im zweiten
Himmel, und ihr Lobgesang war nicht wie der
Lobgesang jener im ersten Himmel. 21 Und ich
fiel auf mein Angesicht, um ihn anzubeten, aber
der Engel, der mich führte, gestattete es mir nicht,
sondern sprach zu mir: Bete nicht an weder Engel
noch Thron, die zu den sechs Himmeln gehören,
weshalb ich gesandt bin, dich zu führen, bis ich es
dir sagen werde im siebenten Himmel. 22 Denn
über alle Himmel und ihre Engel ist dein Thron
gestellt und auch deine Kleider und deine Krone,
die du sehen sollst. 23 Und ich freute mich sehr,
daß diejenigen, welche den Höchsten und seinen
Geliebten liebhaben, bei ihrem Ende durch den
Engel des Heiligen Geistes hier hinaufsteigen wer-
den. 24 Und er brachte mich hinauf in den dritten
Himmel, und ich sah in gleicher Weise welche zur
Rechten und zur Linken, und auch hier stand mit-
ten darin ein Thron; aber das Gedächtnis dieser
Welt wird daselbst nicht erwähnt[27]. 25 Und ich
sprach zu dem Engel, der bei mir war, denn die
Herrlichkeit meines Angesichts verklärte sich, als
ich von Himmel zu Himmel emporstieg: Nichts
Eitles aus jener Welt wird hier genannt. 26 Und er
antwortete und sprach zu mir: Nichts wird ge-
nannt wegen seiner Schwachheit, und nichts ist
hier verborgen von dem, was geschieht. 27 Und

ich begehrte zu erforschen, wie es erkannt wird,
aber er antwortete und sprach zu mir: Wenn ich
dich in den siebenten Himmel gebracht habe, wo-
her ich gesandt bin, hoch über diesen, dann wirst
du erkennen, daß nichts verborgen ist den Thronen
und denen, die in den Himmeln weilen, und den
Engeln. Und die Lobgesänge, die sie sangen, und
die Herrlichkeit dessen, der auf dem Throne saß,
war groß, und die Engel zur Rechten und zur
Linken besaßen eine größere Herrlichkeit als die im
Himmel unter ihnen. 28 Und er trug mich weiter
empor zum vierten Himmel, und die Entfernung
vom dritten Himmel zum vierten ist größer als die
von der Erde zum Firmament. 29 Und daselbst
sah ich wiederum welche zur Rechten und welche
zur Linken, und der auf dem Throne saß, war
mitten darin, und auch hier sangen sie Lobgesänge.
30 Und die Lobgesänge und die Herrlichkeit der
Engel zur Rechten waren größer als die derer zur
Linken, 31 und wiederum war die Herrlichkeit
dessen, der auf dem Throne saß, größer als die der
Engel zur Rechten und ihre Herrlichkeit größer
als die derjenigen, die darunter waren. 32 Und er
brachte mich hinauf zum fünften Himmel. 33 Und
wiederum sah ich welche zur Rechten und welche
zur Linken und den, der auf dem Throne saß, mit
größerer Herrlichkeit angetan als die im vierten
Himmel. 34 Und die Herrlichkeit derer zur Rech-
ten übertraf die derer zur Linken. 35 Und die
Herrlichkeit dessen, der auf dem Throne saß, war
größer als die Herrlichkeit der Engel zur Rechten,
36 und ihre Lobgesänge waren herrlicher als die im
vierten Himmel. 37 Und ich pries den Unnennba-
ren und den Einzigen, der in den Himmeln wohnt,

dessen Name unergründbar ist für alles Fleisch, der eine solche Herrlichkeit von Himmel zu Himmel verliehen hat, der die Herrlichkeit der Engel groß macht und größer die Herrlichkeit dessen, der auf dem Throne sitzt.

8

1 Und wiederum hob er mich empor in den
Luftkreis des sechsten Himmels, und ich sah da-
selbst eine Herrlichkeit, wie ich sie im fünften
Himmel nicht gesehen hatte, 2 als ich aufstieg,
nämlich Engel in großer Herrlichkeit, 3 und da-
selbst war ein heiliger und wunderbarer Lobge-
sang. 4 Und ich sprach zu dem Engel, der mich
führte: Was ist das, was ich sehe, mein Herr?
5 Und er sprach: Ich bin nicht dein Herr, sondern
dein Genosse. 6 Und ich fragte abermals und
sprach zu ihm: Warum sind die Engel nicht mehr
paarweis? 7 Und er sprach: Vom sechsten Him-
mel an und aufwärts gibt es nunmehr keine zur
Linken und keinen Thron in der Mitte stehend,
sondern von der Kraft des siebenten Himmels, wo
der Unnennbare sitzt und sein Auserwählter, des-
sen Name unergründbar ist und dessen Namen
alle Himmel nicht erfahren können, empfangen sie
ihre Ordnung, 8 denn er allein ist es, auf dessen
Stimme alle Himmel und Throne Antwort geben.
Ich bin also ermächtigt und gesandt worden, um
dich hier hinaufzubringen, daß du diese Herrlich-
keit sehest, 9 und sehest den Herrn aller jener
Himmel und dieser Throne 10 sich verwandeln,
bis er euer Aussehen und eure Gestalt bekommt[28].
11 Ich sage dir aber, Jesaja, daß keiner, der in einen
Leib dieser Welt zurückkehren muß, aufgestiegen

ist und gesehen und wahrgenommen hat, was
du wahrgenommen hast und was du noch sehen
sollst, 12 denn dir ist es bestimmt nach dem Lose
des Herrn, dem Lose des Kreuzholzes, hierherzu-
kommen, und von hier kommt die Kraft des sech-
sten Himmels und des Luftkreises. 13 Und ich
erhob mit Lobpreisung meinen Herrn, daß ich
nach seinem Lose hierherkommen würde. 14 Und
er sprach: Höre nun noch dies von deinem Genos-
sen: wenn du aus dem Leibe nach dem Willen
Gottes als Geist hier hinaufgestiegen bist, dann
wirst du das Kleid empfangen, das du sehen wirst,
und auch die andern Kleider, gezählt und beiseite
gelegt, wirst du sehen, 15 und dann wirst du den
Engeln im siebenten Himmel gleichen. 16 Und
er brachte mich hinauf in den sechsten Himmel,
da gab es keine zur Linken und keinen Thron in
der Mitte, sondern alle hatten *ein* Aussehen, und
ihr Lobgesang war der gleiche. 17 Und mir war
Macht gegeben, und ich lobsang mit ihnen, und
auch jener Engel, und unser Lobgesang war wie
der ihrige. 18 Und daselbst nannten alle den ersten
Vater und seinen Geliebten Christus und den Heili-
gen Geist, alle mit einer Stimme, 19 und sie war
nicht wie die Stimme der Engel im fünften Him-
mel, 20 und nicht wie ihre Rede, sondern eine
andere Stimme erscholl daselbst, und viel Licht
war daselbst. 21 Und dann, als ich im sechsten
Himmel war, hielt ich für Finsternis jenes Licht,
das ich in den fünf Himmeln gesehen hatte.
22 Und ich freute mich und pries den, der solches
Licht denen, die seine Verheißung erwarten, ge-
schenkt hat. 23 Und ich flehte den Engel, der mich
führte, an, daß er mich von nun an nicht mehr in

die Welt des Fleisches zurückführen solle. 24 Ich
sage euch aber, Hiskia und Jasub, mein Sohn, und
Micha, daß viel Finsternis hier ist. 25 Und der
Engel, der mich führte, fühlte, was ich dachte, und
sprach: Wenn du dich schon über dieses Licht
freust, wie viel mehr, wenn im siebenten Himmel
du das Licht sehen wirst, wo Gott und sein Gelieb-
ter ist, woher ich gesandt worden bin, 26 und die
Kleider und Throne und Kronen, die für die Ge-
rechten zurückgelegt sind, für die, welche an jenen
Herrn glauben, der in eurer Gestalt herabkommen
wird. Denn das Licht daselbst ist groß und wun-
derbar. 27 Was aber deinen Wunsch, nicht in das
Fleisch zurückzukehren, betrifft, so sind deine
Tage noch nicht erfüllt, daß du hierherkommen
könntest. 28 Als ich das hörte, wurde ich traurig;
er aber sprach: Sei nicht traurig.

9

1 Und er trug mich in den Luftkreis des sieben-
ten Himmels, und ich hörte nochmals eine Stimme,
die sprach: Bis wieweit soll er hinaufsteigen, der
bei Fremden wohnt? und ich fürchtete mich und
begann zu zittern. 2 Und als ich zitterte, siehe
da kam eine andere Stimme von da gesandt und
sprach: Es sei dem heiligen Jesaja erlaubt, bis hier-
her aufzusteigen, denn hier ist sein Kleid. 3 Und
ich fragte den Engel, der mit mir war, und sprach:
Wer ist jener, der mir verbot, und wer ist dieser,
der mir erlaubte aufzusteigen? 4 Und er sprach
zu mir: Der es dir verbot, ist der, welcher über
die Lobgesänge des sechsten Himmels gesetzt ist,
und der dir Erlaubnis gab, ist dein Herr, Gott, der

Herr Christus, der auf Erden Jesus genannt werden
soll, aber seinen Namen kannst du nicht hören, bis
du aufsteigen wirst aus diesem Leibe. 6 Und er
ließ mich aufsteigen in den siebenten Himmel, und
daselbst sah ich ein wunderbares Licht und Engel
ohne Zahl. 7 Und daselbst sah ich alle Gerechten
von Adam an, 8 und daselbst sah ich den heiligen
Abel und alle Gerechten. 9 Und daselbst sah ich
Henoch und alle, die mit ihm waren, entkleidet des
fleischlichen Gewandes, und ich sah sie in ihren
höheren Gewändern, und sie waren wie die Engel,
die daselbst in großer Herrlichkeit stehen. 10 Aber
auf ihren Thronen saßen sie nicht, noch waren
die Kronen ihrer Herrlichkeit auf ihrem Haupte.
11 Und ich fragte den Engel, der mit mir war: Wie
kommt es, daß sie wohl ihre Kleider empfangen
haben, aber ohne ihre Throne und ihre Kronen
sind? 12 Und er sprach zu mir: Die Kronen und
Throne der Herrlichkeit haben sie jetzt nicht empfangen, sondern erst, wenn der Geliebte hinabsteigen wird in der Gestalt, in der du ihn herabsteigen
sehen wirst; 13 es wird nämlich in den letzten
Tagen der Herr, der Christus genannt werden soll, in die Welt hinabsteigen. Aber dennoch sehen sie die Throne und wissen, wem von ihnen sie gehören werden und wem die Kronen gehören werden, nachdem er hinabgestiegen und euch an Aussehen gleich geworden sein wird, und man meinen wird,
er wäre Fleisch und ein Mensch. 14 Und der Gott
jener Welt wird die Hand gegen seinen Sohn ausstrecken[29], und sie werden Hand an ihn legen und ihn kreuzigen am Holze, ohne zu wissen, wer es ist.
15 Und so wird sein Herabkommen, wie du sehen
wirst, den Himmeln verborgen sein, so daß un-

bemerkt bleibt, wer es ist. 16 Und wenn er dem
Engel des Todes die Beute genommen haben wird,
wird er am dritten Tage aufsteigen und wird in
jener Welt fünfhundertundfünfundvierzig Tage
bleiben[30], 17 und dann werden viele von den
Gerechten mit ihm aufsteigen, deren Geister die
Kleider nicht empfangen, bevor der Herr Chri-
stus aufsteigen wird und sie mit ihm aufsteigen.
18 Dann also werden sie ihre Kleider und ihre
Throne und Kronen empfangen, wenn jener in den
siebenten Himmel aufgestiegen sein wird. 19 Und
ich sprach zu ihm: Wonach ich dich schon im
dritten Himmel fragte: 20 zeige mir, wie das, was
in jener Welt geschieht, hier bekannt wird. 21 Und
während ich noch mit ihm redete, siehe da kam
einer von den Engeln, die umherstanden, herr-
licher als die Herrlichkeit jenes Engels, der mich
aus der Welt heraufgebracht hatte. 22 Und er
zeigte mir Bücher, aber nicht wie Bücher dieser
Welt, und er öffnete sie, und die Bücher waren
geschrieben, aber nicht wie Bücher dieser Welt.
Und er gab sie mir und ich las sie, und siehe, die
Taten der Kinder Israels waren darin aufgezeich-
net, und die Taten solcher, die ich nicht kenne,
mein Sohn Jasub. 23 Und ich sprach: Wahrhaftig,
es ist nichts verborgen im siebenten Himmel von
dem, was in dieser Welt geschieht. 24 Und ich
sah daselbst viele Kleider niedergelegt und viele
Throne und viele Kronen. 25 Und ich sprach zu
dem Engel, der mich führte: Wem gehören die-
se Kleider und Throne und Kronen? 26 Und er
sprach zu mir: Diese Kleider sollen viele aus jener
Welt empfangen, wenn sie glauben an die Worte
jenes, der, wie ich dir gesagt habe, genannt wer-

den soll, und sie halten und daran glauben und an
sein Kreuz glauben. Für sie sind sie niedergelegt.
27 Und ich sah einen dastehen, dessen Herrlichkeit
alles überragte, und seine Herrlichkeit war groß
und wunderbar[31]. 28 Und nachdem ich ihn er-
blickt hatte, kamen alle Gerechten, die ich sah, und
alle Engel, die ich sah, zu ihm, und Adam, Abel
und Seth und alle Gerechten traten zunächst her-
an, beteten ihn an und priesen ihn alle mit *einer*
Stimme, und auch ich lobsang mit ihnen, und mein
Lobgesang war wie der ihrige. 29 Und dann traten
alle Engel heran, beteten und lobsangen. 30 Und ich
wandelte mich und wurde wie ein Engel. 31 Da
sprach der Engel, der mich führte, zu mir: Den bete
an! Und ich betete an und lobsang. 32 Und der
Engel sprach zu mir: Es ist der Herr aller Herr-
lichkeit, den du gesehen hast. 33 Und während er
noch redete, sah ich einen andern Herrlichen, der
ihm glich, und die Gerechten traten zu ihm heran,
beteten an und lobsangen, und auch ich lobsang
mit ihnen, aber meine Herrlichkeit wandelte sich
nicht nach ihrem Aussehen. 34 Und darnach tra-
ten die Engel heran und beteten an. 35 Und ich sah
den Herrn und den zweiten Engel, und sie standen,
der andere aber, den ich gesehen hatte, war zur Lin-
ken meines Herrn. 36 Und ich fragte: Wer ist die-
ser? Und er sprach zu mir: Bete ihn an, denn die-
ser ist der Engel des Heiligen Geistes[32], der durch
dich und die andern Gerechten redet. 37 Und ich
schaute die große Herrlichkeit, indem die Augen
meines Geistes geöffnet wurden, und ich ver-
mochte darnach nicht zu sehen, noch der Engel,
der mit mir war, noch alle Engel, die ich meinen
Herrn hatte anbeten sehen. 38 Aber die Gerechten

sah ich mit großer Kraft die Herrlichkeit jenes
schauen. 39 Da trat mein Herr zu mir, und der
Engel des Geistes, und sprach: Siehe, wie dir gege-
ben ist, Gott zu schauen! Und um deinetwillen ist
dem Engel bei dir Macht gegeben worden. 40 Und
ich sah, wie mein Herr anbetete und der Engel des
Heiligen Geistes und wie beide zusammen Gott
priesen. 41 Und darnach traten alle Gerechten her-
an und beteten an, 42 und die Engel traten heran
und beteten an, und alle Engel lobsangen.

10

1 Und darnach hörte ich die Stimmen und Lob-
gesänge, die ich in jedem einzelnen der sechs Him-
mel hatte aufsteigen hören und die hier vernehm-
bar waren. 2 Und sie wurden alle jenem Herrli-
chen geschickt, dessen Herrlichkeit ich nicht sehen
konnte. 3 Und ich selbst hörte und sah den Lob-
gesang für ihn. 4 Und der Herr und der Engel des
Geistes hörten alles und sahen alles. 5 Und alle
Lobgesänge, die aus den sechs Himmeln gesandt
wurden, wurden nicht allein gehört, sondern sie
waren auch sichtbar. 6 Und ich hörte den Engel,
der mich führte, wie er sprach: Das ist der Höchste
der Hohen, der in der heiligen Welt wohnt und
unter den Heiligen ruht, der von dem Heiligen
Geiste durch den Mund der Gerechten Vater des
Herrn genannt werden soll. 7 Und ich hörte die
Worte des Höchsten, des Vaters meines Herrn, wie
er zu meinem Herrn Christus, der Jesus genannt
werden soll, sprach: 8 Geh und steige hinab durch
alle Himmel und steige hinab zum Firmamente
und zu dieser Welt, bis zum Engel im Totenreich,

aber bis zur Hölle sollst du nicht gehen. 9 Und du
sollst gleich werden dem Bilde aller, die in den fünf
Himmeln sind, 10 und der Gestalt der Engel im
Firmament wirst du mit Sorgfalt gleichen und
auch den Engeln, die im Totenreich sind. 11 Und
keiner von den Engeln dieser Welt wird erkennen,
daß du mit mir zusammen der Herr der sieben
Himmel und ihrer Engel bist. 12 Und sie werden
nicht erkennen, daß du zu mir gehörst, bis ich mit
der Stimme der Himmel ihre Engel und ihre Lich-
ter rufen und die gewaltige Stimme zum sechsten
Himmel hin erschallen lassen werde, daß du rich-
ten und vernichten sollst den Fürsten und seine
Engel und die Götter dieser Welt, und die Welt, die
von ihnen regiert wird, 13 denn sie haben mich
verleugnet und gesagt: Wir allein und außer uns
niemand. 14 Und dann wirst du von den Engeln
des Todes zu deinem Platze aufsteigen und dich
nicht verwandeln in jedem Himmel, sondern in
Herrlichkeit wirst du aufsteigen und zu meiner
Rechten sitzen. 15 Und dann werden dich die
Fürsten und Mächte dieser Welt anbeten. 16 Das
hörte ich die große Herrlichkeit meinem Herrn
befehlen. 17 Und darnach sah ich, wie mein Herr
aus dem siebenten Himmel in den sechsten Him-
mel heraustrat. 18 Und der Engel, der mich aus
dieser Welt führte, war bei mir und sprach: Merke
auf, Jesaja, und schau, daß du die Verwandlung des
Herrn und sein Hinabsteigen siehst. 19 Und ich
schaute, und als die Engel ihn dann sahen, die im
sechsten Himmel sind, priesen und lobten sie ihn,
denn er war noch nicht verwandelt in die Gestalt
der Engel daselbst, und sie priesen ihn, und auch
ich pries mit ihnen. 20 Und ich sah, wie er in den

fünften Himmel hinabstieg und im fünften Him-
mel das Aussehen der Engel daselbst annahm, und
sie priesen ihn nicht, denn sein Aussehen war wie
das ihrige. 21 Und alsbald stieg er in den vierten
Himmel hinab und nahm das Aussehen der Engel
daselbst an, 22 und als sie ihn sahen, priesen und
lobten sie ihn nicht, denn sein Aussehen war wie
das ihrige. 23 Und wiederum sah ich, wie er in den
dritten Himmel hinabstieg und das Aussehen der
Engel im dritten Himmel annahm. 24 Und die
Hüter an der Pforte des Himmels verlangten das
Losungswort, und der Herr gab es ihnen, um nicht
erkannt zu werden, und als sie ihn sahen, priesen
und lobten sie ihn nicht, denn sein Aussehen war
wie das ihrige. 25 Und wiederum sah ich, wie er in
den zweiten Himmel hinabstieg, und abermals gab
er daselbst das Losungswort, denn die Türhüter
verlangten es, und der Herr gab es. 26 Und ich sah,
wie er die Gestalt der Engel im zweiten Himmel
annahm und sie ihn sahen und nicht priesen, weil
sein Aussehen wie das ihrige war. 27 Und aber-
mals sah ich, wie er in den ersten Himmel hinab-
stieg und auch daselbst das Losungswort den Tür-
hütern gab und das Aussehen der Engel annahm,
die zur Linken jenes Thrones sind, und wie sie ihn
nicht priesen und lobten, weil sein Aussehen wie
das ihrige war. 28 Mich aber fragte niemand we-
gen des Engels, der mich führte. 29 Und weiterhin
stieg er hinab in das Firmament, wo der Fürst
dieser Welt wohnt, und er gab das Losungswort
denen zur Linken, und sein Aussehen war wie das
ihrige, und sie priesen ihn nicht daselbst, sondern
sie bekämpften einander aus Neid, denn daselbst
herrscht die Macht des Bösen und Neid um das

Geringste. 30 Und ich sah, wie er hinabstieg und
den Engeln der Luft gleich wurde, und er war wie
einer von ihnen. 31 Und er gab kein Losungswort,
denn einer beraubte und vergewaltigte den andern.

11

1 Und darnach schaute ich, und der Engel, der
mit mir redete, welcher mich führte, sprach zu mir:
Merke auf, Jesaja, Sohn des Amoz, denn dazu bin
ich von Gott gesandt. 2 Und ich sah aus dem
Geschlechte Davids, des Propheten, ein Weib mit
Namen Maria, die war eine Jungfrau und einem
Manne mit Namen Joseph verlobt (Luk. 1,27),
einem Zimmermann, und auch er war aus dem
Samen und dem Geschlechte des gerechten David
aus Bethlehem in Juda. 3 Und er kam zu seinem
Anteil[33]. Und als sie verlobt war, fand es sich, daß
sie schwanger war, und Joseph, der Zimmermann,
wollte sie verlassen. 4 Aber der Engel des Geistes
erschien in dieser Welt, und darnach verließ Jo-
seph Maria nicht, sondern bewahrte sie (Matth. 1,
18–24); er offenbarte aber niemand diese Ange-
legenheit. 5 Und er nahte sich nicht Maria, son-
dern bewahrte sie wie eine heilige, wenn auch
schwangere Jungfrau. 6 Und er wohnte noch
nicht zwei Monate mit ihr. 7 Und nach zwei
Monaten, als Joseph in seinem Hause war und
Maria sein Weib, jedoch beide allein, 8 da geschah
es, während sie allein waren, daß Maria alsbald mit
ihren Augen hinschaute und ein kleines Kind sah,
und sie war bestürzt. 9 Und als die Bestürzung
gewichen war, wurde ihr Mutterleib wie zuvor
befunden, ehe sie schwanger war. 10 Und als ihr

Mann Joseph zu ihr sagte: Was macht dich bestürzt? wurden seine Augen geöffnet, und er sah das Kind und pries Gott, daß der Herr zu seinem Anteil gekommen sei[34].
11 Und eine Stimme kam zu ihnen: Erzählt dieses Gesicht niemand.
12 Aber das Gerücht über das Kind verbreitete sich in Bethlehem.
13 Einige sagten: Die Jungfrau Maria hat geboren, bevor sie zwei Monate verheiratet war,
14 und viele sagten: Sie hat nicht geboren, und die Wehmutter ist nicht zu ihr hinaufgegangen, und wir haben keinen Schmerzensschrei gehört[35]. Und sie waren alle im Dunkel über ihn, alle wußten von ihm, aber keiner wußte, woher er war.
15 Und sie nahmen ihn und kamen nach Nazareth in Galiläa (Matth. 2,23; Luk. 2,39).
16 Und ich sah, o Hiskia und mein Sohn Jasub, und erkläre vor den übrigen Propheten, die hier stehen, daß er allen Himmeln und allen Fürsten und jedem Gott dieser Welt verborgen war.
17 Und ich sah: er sog in Nazareth die Brust wie ein Säugling und wie es Sitte war, um nicht erkannt zu werden.
18 Und als er herangewachsen war, tat er große Zeichen und Wunder im Lande Israel und in Jerusalem.
19 Und darnach wurde der Widersacher neidisch auf ihn und reizte die Kinder Israels gegen ihn auf, indem sie nicht wußten, wer er war, und überlieferten ihn dem Könige und kreuzigten ihn, und er stieg hinab zum Engel der Unterwelt.
20 In Jerusalem nämlich sah ich, wie sie ihn kreuzigten am Holze,
21 und auch wie er nach drei Tagen auferstand und noch manche Tage blieb.
22 Und der Engel, der mich führte, sprach zu mir: Merke auf, Jesaja! Und ich sah, wie er seine zwölf Jünger aussandte und auffuhr.
23 Und ich sah ihn, und er war im Firmament, aber

er hatte sich nicht verwandelt in ihre Gestalt, und
alle Engel des Firmamentes und Satan sahen ihn
und beteten ihn an. 24 Und es erhob sich daselbst
große Trauer, indem sie sprachen: Wie ist unser
Herr herabgekommen über uns, und wir merkten
nicht die Herrlichkeit, die, wie wir sehen, sich über
ihm befand vom sechsten Himmel her? 25 Und er
stieg auf in den zweiten Himmel und verwandelte
sich nicht, sondern alle Engel zur Rechten und zur
Linken und der Thron in der Mitte 26 beteten ihn
an und priesen ihn und sprachen: Wie ist unser
Herr uns verborgen geblieben, als er hinabstieg,
und wir merkten nichts? 27 Und ebenso stieg er
auf zum dritten Himmel, und sie lobsangen und
sprachen in gleicher Weise, 28 und in dem vierten
und fünften Himmel sprachen sie genau ebenso,
29 es war vielmehr *ein* Lobgesang, und auch dar-
nach verwandelte er sich nicht. 30 Und ich sah,
wie er in den sechsten Himmel aufgestiegen war
und sie ihn anbeteten und ihn priesen, 31 aber in
allen Himmeln wuchs die Lobpreisung. 32 Und
ich sah ihn, wie er in den siebenten Himmel auf-
stieg und alle Gerechten und alle Engel ihn priesen.
Und alsbald sah ich, wie er zur Rechten jener
großen Herrlichkeit sich niedersetzte, deren Herr-
lichkeit ich, wie ich euch sagte, nicht zu schauen
vermochte. 33 Und auch den Engel des Heiligen
Geistes sah ich zur Linken sitzen. 34 Und dieser
Engel sprach zu mir: Jesaja, Sohn des Amoz, es ist
genug für dich, denn das sind gewaltige Dinge, du
hast ja geschaut, was kein Fleischgeborener sonst
geschaut hat, 35 und du wirst in dein Kleid zurück-
kehren, bis deine Tage erfüllt sind; dann wirst du
hierherkommen. Dies habe ich gesehen. 36 Und

Jesaja erzählte es allen, die vor ihm standen, und sie lobsangen. Und er redete mit dem König Hiskia und sprach: Solches habe ich geredet, 37 und das Ende dieser Welt 38 und dieses ganze Gesicht wird sich erfüllen im letzten Geschlecht. 39 Und Jesaja ließ ihn schwören, daß er dies dem Volke Israel nicht erzählen würde, noch irgendeinem Menschen gestattet würde, die Worte niederzuschreiben. 40 Soweit ihr vom Könige vernehmen werdet, was in den Propheten gesagt ist, soweit sollt ihr es lesen[36]. Und auch ihr sollt im Heiligen Geiste sein, damit ihr eure Kleider und die Throne und Kronen der Herrlichkeit, die im siebenten Himmel aufbewahrt werden, empfangt.

41 Wegen dieser Gesichte und Weissagungen zersägte Sammael Satan durch die Hand Manasses den Propheten Jesaja, den Sohn des Amoz. 42 Und dieses alles überlieferte Hiskia dem Manasse im sechsundzwanzigsten Jahre. 43 Aber Manasse dachte nicht daran und nahm es nicht zu Herzen, sondern nachdem er dem Satan untertan geworden war, ging er zugrunde.

Hier ist zu Ende das Gesicht des Propheten Jesaja samt seiner Himmelfahrt.

Jesaja erzählte es allen, die vor ihm standen, und sie lobsangen. Und er redete mit dem König Hiskia und sprach: „[illegible] habe ich geredet [illegible] und das Ende dieser Welt und dieses ganze Gesicht wird sich erfüllen in den letzten Geschlechtern.“ Und Jesaja ließ ihn schwören, daß er es dem Volke Israel nicht erzählen würde, noch irgendeinem Menschen gestattet würde, diese Worte niederzuschreiben. [illegible] soweit ihr vom König [illegible] werden, was in den Propheten [illegible] sollt ihr es lesen. Und auch ihr sollt im Heiligen Geiste sein, damit ihr eure Kleider und die Throne und Kronen der Herrlichkeit, die im siebenten Himmel aufbewahrt werden, empfangt.

Wegen dieser Gesichte und Weissagungen zersägte Sammael Satan durch die Hand Manasses den Propheten Jesaja, den Sohn des Amoz; [illegible] denn dieses alles [illegible] hatte Jesaja [illegible] Manasse im sechsundzwanzigsten Jahre. [illegible] Aber Manasse dachte nicht daran und nahm es nicht in sein Herzen, sondern wurde [illegible] dem Sammael [illegible] geworden [illegible] zugrunde.

Hier ist zu Ende das Gesicht des Propheten Jesaja samt seiner Himmelfahrt.

Anmerkungen

1 Zu den hier auftretenden Personen und den Belegstellen im Alten Testament vgl. die Einleitung S. 360f. Der Textzusammenhang hier ist seltsam, weil offenbar eine Ermahnung des Königs an seinen Sohn abgeändert wurde in einen Visionsbericht. Statt «Gerechtigkeit» könnte man auch «Wahrheit» übersetzen, andere Handschriften bieten einen Text, der schon hier von der später erzählten Prophetie bzw. Vision *Jesajas,* nicht des Königs, spricht. Auch unser Text spricht in Vers 5, zweite Hälfte, von *Jesajas* Vision und meint diejenige der Kapitel 6 bis 11.

2 «Geliebter» ist hier immer für Jesus Christus verwendet.

3 Hier kommt der Text wieder auf die Szene vom Anfang zurück.

4 Sammael Malkira und Beliar sind beide satanische Gestalten, also böse Dämonen, wie sich am Anfang von Kapitel 2 gleich zeigt.

5 d.h. berufen zum Martyrium

6 Die Wendung stammt aus dem Manasse-Kapitel des 2. Königsbuchs (21,17) sowie 2. Chron. 33,18. Das «Umlegen eines Sackes» (Vers 10) erinnert an Johannes den Täufer (Matth. 3,4 und alttestamentliche Vorbilder). Die nachfolgend erwähnte Nacktheit ist übertragen zu verstehen als Besitzlosigkeit.

7 Ab hier bis zum Kapitelende wird die Erzählung durch einen historischen Rückblick unterbrochen: Anspielung auf die Geschichte von den vierhundert (falschen) Heilspropheten mitsamt Zedekia, dem Sohn Kenaans, der in eine Auseinandersetzung mit

dem (wahren) Unheilspropheten Micha, Sohn Jimlas, geriet, nach 1. Kön. 22,1–28.

8 d.h. Belchiras

9 Anspielung auf 2. Kön. 1

10 Gomorrha, die Sündenstadt von 1. Mose 19, steht hier als Schimpfwort für Samaria.

11 Anspielung auf die Deportation der israelitischen Nordstämme nach 2. Kön. 17,6 und 18,11, im Jahre 722 v. Chr.

12 Ergänze sinngemäß «dennoch» oder «später».

13 Anspielung auf 2. Chron. 33,11

14 Anspielung auf 2. Mose 33,20 und Jes. 6,5

15 Anspielung auf Jes. 1,10

16 Ähnlichkeit dieser Vorstellung von der Auferstehung Jesu mit der Schilderung im Petrus-Evangelium (in den Versen 35–40) s. S. 483f.

17 Anspielung auf Nero und das Martyrium des Petrus, anschließend Anklänge an Offb. 13 und 17

18 vgl. Jes. 24,22f.

19 Anspielung auf Luk. 12,37

20 Evtl. ist an die von Beliar, dem bösen Dämon (s. Anm. 4), veranlaßte Anbetung von Sonne und Mond zu denken.

21 Gemeint ist wohl Jes. 13, wo in der Septuaginta im ersten Vers als Überschrift «Gesicht über Babylon» steht. Auch der folgende Satz nennt das Buch Jesaja, und der Hinweis in Vers 21 betrifft Jes. 52,13 in der Septuaginta (= griechische Übersetzung des Alten Testaments).

22 «Mekembekus» ist ein anderer Name für die schon oft genannte satanische Gestalt «Beliar».

23 Nur Jesaja sollte dieses Martyrium (= Becher, Kelch) erleiden, nicht seine Prophetenschüler.

24 Ausdruck aus Jes. 57,15 in der Septuaginta.

25 Erführe Jesaja den für einen Sterblichen unaussprechbaren Namen, so würde er im Himmel bleiben.

26 Die Vorstellung ist in der späteren Antike weit verbreitet, daß die Dämonen im Raum zwischen der Erde und dem untersten Himmelsgewölbe (= Firmament) wohnen.

27 d.h. man spricht dort nicht über die irdische Welt.

28 Gemeint ist Jesus Christus.

29 d.h. der «Fürst dieser Welt» wird gegen den Gottessohn aus dem siebenten Himmel die Hand ausstrekken.

30 Wahrscheinlich ist gemeint: «wird im ganzen fünfhundertundfünfundvierzig Tage in der unteren Welt geblieben sein» – das wäre ein gnostisierender Gedanke: Der wahre, obere Christus kommt erst zu Beginn der öffentlichen Wirksamkeit zur Erde, wird also zum Beispiel nicht als Mensch geboren. Das widerspricht jedoch Kapitel 11.

31 Es muß sich, wie der folgende Text zeigt, um den himmlischen Christus handeln. Die Herrlichkeit des Vaters kann Jesaja nicht sehen (s. unten 10,2 und 11,32).

32 Dies widerspricht den Andeutungen in Kapitel 7, wo der begleitende Engel selbst der Engel des Heiligen Geistes zu sein scheint.

33 Wahrscheinlich ist gemeint: Joseph erhielt sie (Maria) gemäß dem ihm zuteil gewordenen Los, wie es im Protevangelium Jacobi, Kapitel 9 (s. unten S. 420), geschildert wird. Oder ist an eine Wendung wie Joh. 1,11 («Er kam in das Seine») zu denken? Dies gilt wohl sicher für die entsprechende Wendung unten, Vers 10.

34 Hier ist in noch wunderhafterer Form als im Protevangelium des Jakobus (Kap. 19f.) die immerwährende Jungfräulichkeit auch beim Geburtsvorgang

«erzählt». Zum Anteil des Herrn vgl. vorhergehende Anmerkung.

35 Fast wörtlich gleich in den Petrus-Akten (Kap. 24).

36 Während Vers 39 erzählt, redet in Vers 40 wieder Jesaja, aber der Sinn ist unklar.

Worte Jesu, die nicht in den Evangelien stehen

Für diese Sprüche Jesu hat sich der Begriff «Agrapha» eingebürgert, der eigentlich «ungeschriebene» (Worte Jesu) bedeutet. Aber «ungeschrieben», nämlich zuerst mündlich überliefert, sind auch die Worte Jesu in den Evangelien des Neuen Testaments, und schriftlich auf uns gekommen sind alle, auch die sogenannten Agrapha. Sinnvoll ist es, von «verstreuten» oder «unbekannten» Herrenworten zu sprechen. Damit ist dann auch gleich angedeutet, daß Jesu Reden in apokryphen Evangelien und seine Aussagen in Apostelgeschichten und ähnlichen Schriften, wo er als Auferstandener noch auf Erden weilt oder vom Himmel her erscheint und mit Menschen spricht, im Grunde nicht zu den verstreuten Herrenworten zu rechnen sind. Gemeint sind einzelne Sprüche, teils ohne, teils mit kurzer begleitender Geschichte. Solche «Agrapha» gibt es schon im Neuen Testament selbst, etwa bei Paulus:

Der Herr wird mit lautem Befehl, Erzengelgeschrei und Gottesposaune vom Himmel herabkommen. Und zuerst werden die Toten in Christus auferstehen. Dann werden wir Lebenden, die wir übrigbleiben, mit ihnen zusammen auf Wolken emporgerissen werden in die Luft zur Einholung des Herrn (1. Thess. 4,16f.).

Oder in der Apostelgeschichte in einer Paulus zugeschriebenen Rede:

Geben ist seliger denn Nehmen (Apg. 20,35, Luther-Übersetzung).

Beide Agrapha brauchen keineswegs echte Jesusworte zu sein, da das erste seiner Formulierung nach ja «vom

Herrn» spricht und vielleicht ein urchristliches (vom Geiste Jesu eingegebenes) Prophetenwort, das zweite ein antikes Sprichwort war, das auch ohne die (mögliche) Verwendung durch Jesus umlief.

Zu den im Neuen Testament selbst überlieferten Agrapha kann man auch solche rechnen, die sich in die ungezählten Handschriften, durch die uns die Bibel erhalten ist, eingeschlichen haben. So bietet zum Beispiel ein berühmter Codex aus Cambridge (in den griechischen Ausgaben des Neuen Testaments mit «D» bezeichnet) nach der Geschichte vom unerlaubten Ährenessen der Jünger am Sabbat (Luk. 6,1–4) folgende kleine Geschichte:

Als er an demselben Tage einen Mann am Sabbat eine Arbeit verrichten sah, sagte er zu ihm: Mensch! Wenn du weißt, was du tust, bist du selig! Wenn du es aber nicht weißt, bist du verflucht und ein Übertreter des Gesetzes.

Über den Sinn dieses sicher recht alten, evtl. wirklich von Jesus stammenden Spruches kann man verschiedene Vermutungen anstellen. Auf jeden Fall geht es wie in anderen Sabbat-Episoden um die Nichtbeachtung von Sabbat-Geboten und um die richtige Einstellung, aus der solche «Gesetzwidrigkeit» entspringen soll oder kann.

Zitate von Jesusworten finden sich natürlich in großer Zahl bei den kirchlichen Schriftstellern der ersten Jahrhunderte, die vom 3. Jahrhundert an alle die vier neutestamentlichen Evangelien kennen. Im 2. und an der Wende zum 3. Jahrhundert ist die Übermittlung auch auf anderen Wegen denkbar. In der Mitte des 2. Jahrhunderts zum Beispiel sagt Justin der Märtyrer in seinem Dialog mit dem Juden Tryphon (Kap. 35):

Jesus sagte: Viele werden in meinem Namen kommen und sagen: Ich bin der Christus, und werden viele irreführen. Und: Es wird Spaltungen geben und Parteihader.

Um das Jahr 200 zitiert der christliche Schriftsteller Tertullian in Karthago ein Wort, das er in der Passionsgeschichte gelesen haben will:

Niemand kann das Himmelreich erlangen, der noch nicht durch die Versuchung ging.

In Mark. 14, Matth. 26, Luk. 22, d. h. in den Gethsemane-Berichten, gibt es allerdings Worte über die Versuchung, die Tertullian hätte verwechselt haben können mit einem ihm sonst bekannten Wort aus den Heiligen Schriften oder von Jesus selbst. So oder so aber kann der Spruch echt sein.

Gegen Mitte des 3. Jahrhunderts zitiert Origenes ein Wort, das ihm als Jesusspruch bekannt ist, an dessen Echtheit er aber selbst Zweifel hat:

Wer mir nahe ist, ist dem Feuer nahe, wer mir fern ist, ist dem Reiche fern.

Die absichtlich paradoxe Form, die auch von Jesus selbst stammen kann, hat nicht nur Origenes, sondern auch die von ihm bekämpften Gnostiker (s. S. 7f.) fasziniert. Derselbe Spruch ist deshalb auch in einer sehr alten Sammlung von Herrenworten enthalten, die, wie oben erklärt, als ganze in diesen Band keine Aufnahme fand, aber zu den «neuen» Apokryphen gerechnet werden kann, die nach dem Zweiten Weltkrieg bei Nag Hammadi gefunden wurden (s. S. 12). Es handelt sich um das Thomas-Evangelium, das mit dem in diesem Buch wiedergegebenen Thomas-Kindheitsevangelium nichts zu tun hat.

Das koptisch erhaltene, ursprünglich griechisch verfaßte Thomas-Evangelium ist eine besonders wichtige Sammlung von Herrenworten, die wahrscheinlich im 2. Jahrhundert bereits existierte und bei gnostischen

Gruppen sehr beliebt war. Es enthält 114 Sprüche, zum Teil auch kleinere Erzählungen in der Art der oben berichteten vom Sabbat-Übertreter. Diese Sprüche und Erzählungen sind lose aneinandergereiht, und viele von ihnen stehen den im Neuen Testament überlieferten Herrenworten sehr nahe. Das Aufsehenerregende dieses Fundes besteht nicht darin, daß hier endlich die wahre oder ursprüngliche Botschaft Jesu wiedergefunden wäre. Dazu ist die gnostische Überarbeitung zu deutlich. Wohl aber bietet die Form des Thomas-Evangeliums ein Beispiel für jene Gattung, die man schon lange als Hintergrund für die Gleichnis- und Redepartien annimmt, die den Verfassern des Matthäus- und des Lukas-Evangeliums (neben dem Markus-Evangelium) vorgelegen haben muß, für die es aber bis zur Entdeckung des Thomas-Evangeliums kein konkretes, historisch nachweisbares Vorbild gab. Ein solches ist nun mit dem Thomas-Evangelium gefunden, d.h. daß die Gattung der reinen Spruchsammlung mindestens im Jahrhundert nach der Entstehung der Evangelien bekannt war. Außerdem ist es wahrscheinlich, daß einige Verse des Thomas-Evangeliums die Worte Jesu in ursprünglicherer oder ebenso originaler Form wiedergeben, wie wir sie in den neutestamentlichen Evangelien vorfinden. So erinnert folgendes Gleichnis (Spruch Nr. 8) unmittelbar an diejenigen von der Perle und vom Schatz im Acker sowie an das Fischnetz-Gleichnis (alle drei Matth. 13,44 bis 50), ist aber charakteristisch ähnlich und doch verschieden von ihnen:

Und er sprach: Der Mensch gleicht einem Fischer, einem klugen, der sein Netz warf ins Meer. Er zog es heraus aus dem Meer, voll kleiner Fische. In ihrer Mitte fand er einen großen, guten Fisch, der kluge Fischer. Er warf alle kleinen Fische fort

Tobias' Frau Hanna

ins Meer. Er wählte den großen Fisch ohne Hemmung. Wer Ohren hat, zu hören, möge hören!

Hier befinden wir uns offensichtlich sehr nahe beim historischen Jesus, anderswo führt das Thomas-Evangelium weit von ihm weg, etwa im Spruch Nr. 77:

Jesus sprach: Ich bin das Licht, das über allen ist. Ich bin das All. Es ist das All aus mir hervorgegangen, und das All ist zu mir gelangt. Spaltet ein Holz – ich bin dort. Hebt den Stein hoch, und ihr werdet mich dort finden.

Daß dieses Agraphon nicht von Jesus stammen könne, ist allerdings eine Meinung, die von bestimmten Voraussetzungen ausgeht, welche keineswegs allgemein Zustimmung finden. Insbesondere liest man das Thomas-Evangelium anders, wenn man im Sinne der antiken Gnostiker die höhere geistige, verborgene, von den Kirchen bekämpfte und aus der Bibel verdrängte Wahrheit über Jesus in ihm zu finden glaubt (s. S. 14f.). Aber auch wenn man die richtige Erkenntnis Jesu aus den neutestamentlichen Evangelien allein glaubt gewinnen zu können, läßt sich nicht bestreiten, daß das Thomas-Evangelium wohl die einzige apokryphe Schrift überhaupt ist, die historisch eine gewisse Bereicherung unserer Kenntnis von Jesus bietet, wobei allgemein gilt, daß unter den Agrapha auch außerhalb des Thomas-Evangeliums einige besonders wertvoll sind im Blick auf die historische Rekonstruktion der Worte des wirklichen Jesus von Nazareth.

Historisch nahezu wertlos, aber interessant ist die große Zahl von Jesusworten, die im Bereich des Islam überliefert werden. Anders als das Judentum bzw. die jüdischen Schriften enthält schon der Koran durchaus Positives über Jesus, und das setzt sich in der mohammedanischen Literatur fort. Das bekannteste Agraphon aus dem Bereich des Islam ist wohl jene Inschrift, die Großmogul Akbar im Jahre 1601 an der Moschee von Fatehpur-Sikri in Indien (südlich von Delhi in der Nähe von Agra) anbringen ließ:

Jesus, über dem Friede sei, hat gesagt: Die Welt ist eine Brücke. Geht über sie hinüber, aber laßt euch nicht auf ihr nieder.

Abschließend sei auf denjenigen Wissenschaftler hingewiesen, durch dessen sorgfältige Arbeit die Erforschung der Agrapha einen großen Fortschritt erlebte, dessen Buch aber auch für ein etwas weiteres Publikum verständlich ist und die einzige derzeit noch erhältliche allgemeine Darstellung des Themas enthält: Joachim Jeremias, Unbekannte Jesusworte (s. Bibliographie auf S. 756).

Das Protevangelium des Jakobus

Einleitung

Die heute übliche Bezeichnung dieser Schrift als «Protevangelium» besagt lediglich, daß es sich um ein «Erstevangelium» handelt, d.h. um eine evangelienähnliche Schrift, die aber nur die Anfänge dessen bietet, was die kanonischen Evangelien teils auch, nämlich in den Kapiteln 1 und 2 bei Matthäus und Lukas, teils aber gar nicht kennen. Offensichtlich lehnt sich die Erzählung an die erwähnten Evangeliengeschichten an, was im Text durch Hinweise auf die deutlichsten Anspielungen kenntlich gemacht ist. Die hier erstmals auftretende Vorgeschichte von der Geburt und Erziehung der Maria lehnt sich stark an die Geschichte der zunächst kinderlosen Hanna (= Anna), der Mutter Samuels, in 1. Sam. 1 und 2 an. Der Erzähler möchte wohl den Eindruck erwecken, Jakobus, der Bruder Jesu aus einer früheren Ehe Josephs, zu sein.

Geschrieben ist das Buch in erster Linie zum Preis der Maria. Als Abfassungszeit kann man etwa die Mitte des 2. Jahrhunderts annehmen. Es verkörpert deshalb die Anfänge der Marienverehrung in besonders eindrücklicher Weise. Die Originalsprache dürfte das Griechische sein, und die Anklänge an hebräische Ausdrucksweise ebenso wie die jüdische Umwelt, die überall vorausgesetzt ist, sind als Stilmittel anzusehen, die der Schrift einen eigentümlichen Reiz geben. Sie hat, nicht zuletzt dank ihrer erzählerischen Qualitäten, sehr stark nachgewirkt und zur Abfassung weiterer Legenden angeregt. Dazu gehören auch das arabische Kindheitsevangelium und das Pseudo-Matthäus-Evangelium, aus dem unten S. 461ff. kurze Stücke wiedergegeben sind.

In der Kunst vor allem, aber auch in der Verehrung heiliger Stätten hat aus dieser Schrift vielleicht am stärksten die Erzählung von der Geburt in der Höhle (Kap. 18–20) nachgewirkt. Schon im 3. Jahrhundert zeigte man in Bethlehem eine Höhle, in der Christus geboren worden sein sollte. Es handelt sich um eine Anschauung, die auch sonst im 2. Jahrhundert auftaucht und offenbar unabhängig ist von der bei Lukas (2,7) bezeugten Tradition der Krippe. Eine Höhle als Stall ist freilich nicht undenkbar, in unserer Erzählung jedoch nicht vorausgesetzt (vgl. 22,2). Das Protevangelium Jacobi ist in einem alten Papyrus aus dem 3. Jahrhundert (Papyrus Bodmer V) und daneben in vielen jüngeren Handschriften und Übersetzungen überliefert. Der hier wiedergegebene Text berücksichtigt jedoch die längeren Passagen der späteren Überlieferung.

1

1 In den «Geschichten der zwölf Stämme Israels»
war Joachim ein sehr reicher Mann, und er brachte
alle seine Opfergaben für den Herrn doppelt; denn
er sagte sich: Was ich zuviel darbringe, soll für das
ganze Volk sein, und was ich zur Vergebung mei-
ner Sünden darbringe, soll für den Herrn sein, mir
zur Versöhnung. 2 Nun war der große Tag des
Herrn herangekommen, und die Kinder Israels
brachten ihre Opfergaben dar. Da traten sie vor
ihn, auch Ruben, der sagte: Es ziemt dir nicht,
deine Opfergaben als erster darzubringen, denn du
hast in Israel keine Nachkommen erzeugt. 3 Da
wurde Joachim sehr traurig, und er ging weg zu
dem Zwölfstämmeregister des Volkes[1] und sagte:
Ich habe nachgeforscht, ob ich der einzige bin, der
in Israel keine Nachkommen erzeugt hat, und ich
habe gefunden von allen Gerechten, daß sie in
Israel Nachkommen erweckt hatten. Und ich habe
an den Erzvater Abraham gedacht, daß ihm Gott in
seinen letzten Tagen noch einen Sohn, den Isaak,
geschenkt hatte. 4 Und Joachim war sehr traurig,
und er zeigte sich seiner Frau nicht, sondern er
begab sich in die Wüste; dort schlug er sein Zelt auf
und fastete vierzig Tage und vierzig Nächte; und er
sagte bei sich: Ich werde nicht hinuntergehen, we-
der um Speise noch um Trank, bis Gott, mein
Herr, mich heimgesucht hat; das Gebet soll mir
Speise und Trank sein.

2

1 Anna, seine Frau, stimmte indessen ein zwie-
faches Klagelied an und erhob ein zwiefaches Jam-
mern: Meine Witwenschaft will ich bejammern,
bejammern meine Kinderlosigkeit dazu. 2 Nun
kam der große Tag des Herrn heran, und Judith[2],
ihre Magd, sprach zu ihr: Wie lange beugst du
deine Seele, da doch der große Tag des Herrn nahe
ist, und da darfst du nicht trauern. Nimm statt
dessen dieses Kopftuch, das mir die Arbeitsherrin
gegeben hat; mir geziemt es nicht, es zu tragen,
weil ich deine Sklavin bin und es doch königliches
Gepräge hat. 3 Aber Anna sagte: Weg von mir!
Das tue ich nie! Der Herr hat mich tief gebeugt.
Wer weiß, ob nicht ein Betrüger es dir gegeben hat,
und du bist gekommen, um mich an deiner Sünde
teilhaben zu lassen! Judith antwortete: Was brau-
che ich dir noch Böses zu wünschen dafür, daß du
nicht auf mich gehört hast? Gott, der Herr, hat
ja schon deinen Mutterleib verschlossen, um dir
keine Leibesfrucht in Israel zu geben. 4 Und Anna
wurde sehr traurig; aber sie legte ihre Trauerklei-
der ab, wusch sich das Haupt, zog ihre Brautklei-
der an und ging um die neunte Stunde in ihrem
Garten spazieren. Da sah sie einen Lorbeerbaum,
setzte sich darunter und flehte den Herrn an mit
den Worten: O Gott unserer Väter, segne mich und
erhöre meine Bitte, wie du den Mutterleib Saras
gesegnet und ihr einen Sohn, den Isaak, geschenkt
hast (1. Mose 21,1–3).

3

1 Und Anna seufzte zum Himmel empor, und
sie sah ein Sperlingsnest im Lorbeerbaum, und
alsbald erhob sie für sich eine Klage: Wehe mir,
wer hat gezeugt mich, was für ein Mutterleib mich
hervorgebracht? Denn zum Fluche bin ich geboren
vor ihnen allen und vor Israels Söhnen, und ich
wurde geschmäht, und sie verspotteten und ver-
trieben mich aus dem Tempel des Herrn. 2 Weh
mir, wem ward ich gleich? Nicht ward ich gleich
den Vögeln des Himmels: denn auch die Vögel des
Himmels sind fruchtbar vor dir, Herr! Weh mir,
wem ward ich gleich? Nicht ward ich gleich den
vernunftlosen Wesen: denn auch die vernunftlosen
Wesen sind fruchtbar vor dir, Herr! Weh mir, wem
ward ich gleich? Nicht ward ich gleich den Tieren
der Erde: denn auch die Tiere der Erde sind frucht-
bar vor dir, Herr! 3 Weh mir, wem ward ich
gleich? Nicht ward ich gleich diesen Wassern: denn
auch diese Wasser sprudeln freudig dahin, und ihre
Fische preisen dich, Herr! Weh mir, wem ward ich
gleich? Nicht ward ich gleich dieser Erde: denn
auch diese Erde bringt ihre Frucht zu gegebener
Zeit und preiset dich, Herr!

4

1 Und siehe, ein Engel des Herrn trat zu ihr und
sprach: Anna, Anna, der Herr hat deine Bitte er-
hört. Du wirst empfangen und gebären, und deine
Nachkommenschaft wird in der ganzen Welt ge-
nannt werden. Da sprach Anna: So wahr der Herr,
mein Gott, lebt, wenn ich gebären werde, sei es ein

Knabe oder ein Mädchen, so will ich es dem Herrn, meinem Gott, als Opfergabe darbringen, und es soll ihm Dienste verrichten alle Tage seines Lebens. 2 Und siehe, da kamen zwei Boten und sprachen zu ihr: Siehe, Joachim, dein Mann, kommt mit seinen Herden; denn ein Engel des Herrn ist zu ihm herabgestiegen und hat ihm gesagt: Joachim, Joachim, Gott, der Herr, hat deine Bitte erhört. Ziehe hinab! Siehe, Anna, dein Weib, hat in ihrem Leib empfangen[3]. 3 Und Joachim zog hinab und rief seine Hirten und sprach: Bringet mir zehn Lämmer herbei, ohne Fehl und Makel, sie sollen dem Herrn, meinem Gott, gehören. Und bringt mir zwölf Kälber für die Priester und Ältesten, und hundert Böcke, sie sollen für das ganze Volk sein. 4 Und siehe, da kam Joachim mit seinen Herden, und Anna stand unter der Türe[4], und sie sah Joachim kommen, lief alsbald herbei, fiel ihm um den Hals und sprach: Jetzt weiß ich, daß Gott, der Herr, dich reich gesegnet hat; denn siehe, die Witwe ist nicht mehr Witwe, und ich, die Kinderlose, habe in meinem Leibe empfangen.

Und Joachim ruhte am ersten Tage in seinem Hause aus.

5

1 Am nächsten Tage aber brachte er seine Gaben dar, indem er bei sich sprach: Wenn Gott, der Herr, mir gnädig ist, wird mir das Stirnband des Priesters es offenbar machen[5]. Und Joachim brachte seine Gaben dar und achtete auf das Stirnband des Priesters, als er zum Altar des Herrn hinaufstieg; und er sah keine Sünde an ihm. Da sprach Joachim: Jetzt weiß ich, daß Gott, der Herr, mir gnädig ist und

mir alle meine Sünden vergeben hat. Und er stieg hinab vom Tempel des Herrn, gerechtfertigt, und ging in sein Haus.

2 Es erfüllten sich aber ihre sechs Monate, wie der Engel gesagt hatte: im siebenten Monat gebar Anna. Und sie sprach zu der Hebamme: Was habe ich geboren? Und sie sprach: Ein Mädchen. Da sprach Anna: Erhoben ist meine Seele an diesem Tag. Und sie legte es nieder. Als aber die Tage erfüllt waren, da reinigte sich Anna von ihrem Wochenbett und gab dem Kinde die Brust, und sie verlieh ihm den Namen Maria.

6

1 Das Kind wurde nun von Tag zu Tag kräftiger; als es sechsmonatig war, stellte es seine Mutter zu Boden, um in Erfahrung zu bringen, ob es schon stehen könne. Und es machte sieben Schritte und gelangte an ihren Schoß. Sie aber hob es in die Höhe und sprach: So wahr der Herr, mein Gott, lebt, du sollst nicht mehr auf diesem Erdboden Schritte machen, bis ich dich in den Tempel des Herrn führen werde! Und sie machte ein Heiligtum in seinem Schlafgemach[6] und ließ nicht zu, daß es etwas Profanes oder Unreines zu sich nähme. Dann rief sie die unbefleckten Töchter der Hebräer, und diese sorgten für ihre Zerstreuung.

2 Am ersten Geburtstag des Kindes veranstaltete Joachim ein großes Festmahl und lud dazu die Hohenpriester, die Priester und Schriftgelehrten, die Ältesten und das ganze Volk Israel ein. Und Joachim brachte das Kind vor die Priester, und sie segneten es mit den Worten: Gott unserer Väter,

segne dieses Kind und verleihe ihm einen unter allen Geschlechtern ewig gerühmten Namen! Und das ganze Volk sprach: So sei es. Amen! Und sie brachten es vor die Hohenpriester, und sie segneten es mit den Worten: Gott der Himmelshöhen, blicke auf dieses Kind herab und segne es mit dem höchsten, unüberbietbaren Segen! 3 Und seine Mutter brachte es hinauf in das Heiligtum seines Schlafgemaches und gab ihm die Brust. Und Anna stimmte Gott, dem Herrn, folgendes Loblied an: Lob will ich singen dem Herrn, meinem Gott, denn heimgesucht hat er mich und von mir genommen die Schmähung durch meine Feinde. Und es gab mir der Herr die Frucht der Gerechtigkeit, die einzigartige und überreiche vor ihm. Wer meldet's den Söhnen Rubens, daß Anna säugt? Höret, höret, ihr zwölf Stämme Israels: Anna säugt! Und sie brachte es zur Ruhe in dem Schlafgemach mit seinem Heiligtum und ging hinaus und wartete ihnen auf. Nach Beendigung des Mahles zogen sie wieder hinab, in großer Freude und mit Lobpreis auf den Gott Israels.

7

1 Die Monate verstrichen, und das Kind wurde älter. Als es nun zweijährig war, sprach Joachim zu Anna: Wir wollen es hinaufbringen in den Tempel des Herrn, damit wir das Versprechen erfüllen, das wir gegeben haben, und der Herr nicht etwa zu uns sende und unsere Gabe unwillkommen werde! Aber Anna entgegnete: Warte noch das dritte Jahr ab, damit das Kind nicht mehr nach Vater und Mutter begehre. Und Joachim sagte: Einverstan-

den. 2 Und als das Kind dreijährig geworden war, sagte Joachim: Wir wollen die unbefleckten Töchter der Hebräer rufen, die mögen jede eine Fackel nehmen, und diese sollen brennend sein, auf daß sich das Kind nicht zurückwende und sein Herz nicht vom Tempel des Herrn weggelockt werde! Und er verfuhr in dieser Weise, bis sie hinaufkamen zum Tempel des Herrn. Und der Priester empfing es, küßte und segnete es mit den Worten: Der Herr hat deinen Namen groß gemacht unter allen Geschlechtern; an dir wird der Herr am Ende der Tage seine Erlösung für die Söhne Israels offenbaren! 3 Und er setzte es auf die dritte Stufe des Altars, und Gott, der Herr, legte Anmut auf das Kind, und es tanzte vor Freude mit seinen Füßchen, und das ganze Haus Israel gewann es lieb.

8

1 Und seine Eltern zogen hinab, verwundert und mit Lob und Preis für Gott, den Allmächtigen, darum daß sich das Kind nicht rückwärts gewandt hatte zu ihnen. Maria aber wurde im Tempel wie eine Taube gehegt und empfing Nahrung aus der Hand eines Engels. 2 Als sie zwölf Jahre alt war, fand eine Beratung der Priester statt, die sprachen: Siehe, Maria ist im Tempel des Herrn zwölf Jahre alt geworden, was sollen wir nun mit ihr tun, damit sie nicht den Tempel des Herrn beflecke? Und sie sprachen zum Hohenpriester: Du stehst am Altar des Herrn, geh ins Heiligtum hinein und bete ihretwegen, und wir wollen dann das tun, was dir der Herr offenbaren wird. 3 Und der Hohepriester nahm das Amulett mit den zwölf Glöck-

chen und begab sich ins Allerheiligste und betete ihretwegen. Und siehe da, ein Engel des Herrn stand plötzlich vor ihm und sprach zu ihm: Zacharias, Zacharias, gehe hinaus und versammle die Witwer des Volkes, die sollen jeder einen Stab tragen, und welchem der Herr ein Wunderzeichen geben wird, dessen Weib soll sie sein! Und die Boten gingen aus und verbreiteten sich über die ganze Umgegend Judäas; die Posaune des Herrn erscholl, und alle liefen herzu.

9

1 Joseph aber warf die Axt weg und ging auch seinerseits hinaus, um ihnen zu begegnen. Und als sie versammelt waren, nahmen sie die Stäbe und gingen zum Hohenpriester. Der nun nahm die Stäbe aller und ging in den Tempel und betete. Nach der Beendigung des Gebets nahm er die Stäbe, trat wieder hinaus und gab sie ihnen; ein Wunderzeichen war indessen nicht an ihnen. Den letzten Stab bekam Joseph, und siehe, eine Taube kam aus dem Stab hervor und flog auf das Haupt Josephs. Da sprach der Priester zu Joseph: Joseph, du hast durchs Los die Jungfrau des Herrn zugeteilt bekommen; nimm sie in deine Obhut! 2 Joseph aber entgegnete ihm: Ich habe schon Söhne und bin alt, sie aber ist ein junges Mädchen. Ich fürchte, ich werde zum Gelächter für die Söhne Israels! Da sprach der Priester zu Joseph: Fürchte den Herrn, deinen Gott, und denke an alles, was Gott Dathan, Abiram und Korah getan hat, wie die Erde gespalten ward und sie um ihrer Auflehnung willen alle verschlungen wurden (4. Mose 16,1–35). Fürchte

dich nun, Joseph, daß dies nicht auch in deinem Haus geschehe!
3 Und Joseph fürchtete sich und nahm sie in seine Obhut. Und Joseph sprach zu ihr: Maria, ich habe dich aus dem Tempel des Herrn empfangen und lasse dich nun in meinem Hause und gehe fort, um meine Bauten zu errichten; darnach werde ich wieder zu dir kommen; der Herr wird dich bewahren!

10

1 Es fand aber eine Beratung der Priester statt, die beschlossen: Wir wollen einen Vorhang für den Tempel des Herrn anfertigen lassen. Und der Priester sprach: Rufet mir unbefleckte Jungfrauen vom Stamme Davids! Und die Diener gingen fort und suchten, und sie fanden sieben solche Jungfrauen. Und der Priester erinnerte sich an das Mädchen Maria, daß sie aus dem Stamme Davids und unbefleckt vor Gott war. Und die Diener gingen hin und holten sie.
2 Dann führten sie sie in den Tempel des Herrn, und der Priester sprach: Werft mir das Los, wer das Gold, den Amiant, die Baumwolle, die Seide, das Hyazinthenblau, den Scharlach und den echten Purpur verweben soll. Und auf Maria fiel das Los «echter Purpur» und «Scharlach». Und sie nahm es und verfertigte es in ihrem Haus. Zu jener Zeit wurde Zacharias stumm (vgl. Luk. 1,20–22), und Samuel trat so lange an seine Stelle, bis Zacharias wieder zu sprechen vermochte. Maria aber nahm den Scharlach und spann.

11

1 Und sie nahm den Krug und ging hinaus,
um Wasser zu schöpfen, und siehe, eine Stimme
sprach: Sei gegrüßt, du Begnadigte, der Herr
sei mit dir, du Gesegnete unter den Weibern
(Luk. 1,28). Und sie schaute sich nach rechts und
links um, woher diese Stimme komme. Und sie
erbebte, ging in ihr Haus, stellte den Krug ab,
nahm den Purpur, setzte sich damit auf ihren Stuhl
und spann ihn aus. 2 Und siehe, ein Engel des
Herrn stand plötzlich vor ihr und sprach: Fürchte
dich nicht, Maria; denn du hast Gnade gefunden
vor dem Allmächtigen und wirst aus seinem Wort
empfangen (Luk. 1,30f.). Als sie das hörte, zwei-
felte sie bei sich selbst und sprach: Ich sollte emp-
fangen vom Herrn, dem lebendigen Gott, und
gebären, wie jedes Weib gebiert? 3 Und der Engel
des Herrn sprach: Nicht so, Maria; denn Kraft des
Herrn wird dich überschatten; darum wird auch
das, was aus dir geboren wird, heilig, Sohn des
Höchsten, genannt werden. Und du sollst seinen
Namen Jesus heißen; denn er wird sein Volk von
seinen Sünden retten! (Luk. 1,31; 32; 35). Und
Maria sprach: Siehe, ich bin die Magd des Herrn
vor ihm: mir geschehe nach deinem Wort! (Luk.
1,38).

12

1 Und sie machte den Purpur und den Scharlach
fertig und brachte sie zum Priester. Und der Prie-
ster nahm sie, segnete Maria und sprach: Maria,
Gott, der Herr, hat deinen Namen groß gemacht,
und du wirst gesegnet sein unter allen Geschlech-

tern der Erde. 2 Freude ergriff nun Maria, und sie begab sich zu Elisabeth, ihrer Verwandten, und klopfte an die Tür. Als Elisabeth es hörte, ließ sie den Scharlach fallen, lief zur Tür und öffnete, und als sie Maria sah, grüßte sie sie und sprach: Woher geschieht mir dies, daß die Mutter meines Herrn zu mir kommt? Denn siehe, das Kind in mir hüpfte und grüßte dich (Luk. 1,43f.). Maria aber dachte nicht an die Geheimnisse, die der Erzengel Gabriel ihr gesagt hatte, und seufzte zum Himmel empor und sprach: Wer bin ich, Herr, daß alle Geschlechter der Erde mich glücklich preisen? 3 Und sie blieb drei Monate bei Elisabeth. Tag für Tag nahm ihr Leib zu, und Maria fürchtete sich und ging fort in ihr Haus und verbarg sich vor den Söhnen Israels. Maria war aber sechzehn Jahre alt, als alle diese geheimnisvollen Dinge geschahen.

13

1 Als sie aber im sechsten Monat war, siehe, da kam Joseph von seinen Bauten, und da er in sein Haus eintrat, fand er sie schwanger. Und er schlug sein Angesicht, warf sich nieder auf den Sack, weinte bitter und sprach: Mit welchem Angesicht soll ich zu dem Herrn, meinem Gott, aufblicken? Was soll ich beten wegen dieses Mädchens? Denn als Jungfrau habe ich sie aus dem Tempel des Herrn, meines Gottes, empfangen und habe sie nicht behütet. Wer hat mich hintergangen? Wer hat diese Schlechtigkeit in meinem Hause verübt und sie befleckt? Sollte sich an mir die Geschichte Adams wiederholt haben? Denn wie Adam in der Stunde seines Gebets abwesend war und die

Schlange kam und Eva allein fand, sie betrog und sie so befleckte, so ist es auch mir widerfahren.
2 Und Joseph stand auf von dem Sack und rief Maria und sprach zu ihr: Du von Gott Umsorgte, warum hast du das getan und hast des Herrn, deines Gottes, vergessen? Warum hast du deine Seele erniedrigt, die du im Allerheiligsten aufgezogen wurdest und Speise aus der Hand eines Engels
empfingst? 3 Sie aber weinte bitterlich und sprach:
Rein bin ich, und von einem Manne weiß ich nicht (Luk. 1,34). Und Joseph sprach zu ihr: Woher ist nun das in deinem Leib? Sie aber sprach: So wahr der Herr, mein Gott, lebt, ich weiß nicht, woher mir das kommt.

14

1 Und Joseph fürchtete sich sehr und entfernte sich von ihr, und er überlegte, was er mit ihr tun sollte. Und Joseph sprach: Verberge ich ihre Sünde, so werde ich als einer erfunden, der gegen das Gesetz des Herrn streitet. Stelle ich sie bloß vor den Söhnen Israels, so fürchte ich, das, was in ihr ist, könnte von den Engeln stammen, und ich könnte so als einer erfunden werden, der unschuldiges Blut dem Todesgericht ausliefert. Was soll ich nun mit ihr tun? Ich will sie heimlich von mir entlassen (Matth. 1,19). Darüber überraschte ihn
die Nacht. 2 Und siehe, ein Engel des Herrn erscheint ihm im Traum und spricht: Fürchte dich nicht wegen dieses Mädchens. Denn das, was in ihr ist, entstammt dem Heiligen Geist. Sie wird einen Sohn gebären, und seinen Namen sollst du Jesus heißen; denn er wird sein Volk von seinen Sünden retten (Matth. 1,20f.). Und Joseph stand auf vom

Schlaf, lobte den Gott Israels, der ihm diese Gnade erwiesen hatte, und nahm sie weiterhin in seine Obhut.

15

1 Aber Annas, der Schriftgelehrte, kam zu ihm und sprach zu ihm: Joseph, warum bist du nicht in unserer Ratsversammlung erschienen? Und Joseph sprach zu ihm: Ich war müde von der Reise und ruhte mich den ersten Tag aus. Und Annas wandte sich um und sah, daß Maria schwanger war.
2 Und er lief eilends zum Priester und sprach zu ihm: Joseph, für den du Zeuge bist, hat sich schwer vergangen. Und der Hohepriester sprach: Wieso? Und er sprach: Die Jungfrau, die er aus dem Tempel des Herrn empfing, die hat er befleckt, und er hat ihr Beilager gestohlen und hat es den Söhnen Israels nicht kundgegeben. Und der Hohepriester sprach zu ihm: Joseph, Joseph hat das getan? Und Annas sprach zu ihm: Entsende Diener, und du wirst die Jungfrau schwanger finden. Und die Diener gingen fort und fanden sie, wie er gesagt hatte, und führten sie zum Tempel. Und sie trat vors Gericht. Und der Priester sprach: Maria, warum hast du das getan? Warum hast du deine Seele erniedigt und des Herrn, deines Gottes, vergessen, die du erzogen wurdest im Allerheiligsten und Speise empfingst aus der Hand eines Engels und Lobgesänge hörtest und vor ihm tanztest? Warum hast du das getan? Sie aber weinte bitterlich und sprach: So wahr der Herr, mein Gott, lebt, ich bin rein vor ihm und weiß von keinem Mann. Und der Hohepriester sprach zu Joseph: Warum hast du das getan? Und Joseph sprach: So wahr der

Herr, mein Gott, lebt, ich bin unschuldig an ihr. Und der Hohepriester sprach: Lege kein falsches Zeugnis ab, sondern sprich die Wahrheit! Du hast ihr Beilager gestohlen und es den Söhnen Israels nicht kundgetan und hast dein Haupt nicht unter die starke Hand Gottes gebeugt, daß dein Same gesegnet würde. Und Joseph schwieg.

16

1 Und der Hohepriester sprach: Gib die Jungfrau zurück, die du aus dem Tempel des Herrn empfangen hast. Und Joseph weinte sehr. Und der Hohepriester sprach: Ich werde euch das Prüfungswasser des Herrn zu trinken geben, und es wird eure Sünden vor euren Augen offenbar machen (vgl. 4. Mose 5,11–31). 2 Und der Hohepriester nahm es und gab es dem Joseph zu trinken und schickte ihn in die Wüste; und er kam wohlbehalten zurück. Er ließ auch Maria trinken und schickte sie in die Wüste, und auch sie kam wohlbehalten zurück. Und das ganze Volk wunderte sich, daß das Wasser keine Sünde an ihnen offenbart hatte. Und der Hohepriester sprach: Wenn Gott, der Herr, eure Sünden nicht offenbar gemacht hat, so richte auch ich euch nicht. Und er entließ sie. Und Joseph nahm Maria zu sich und ging fort in sein Haus, voll Freude und Lobpreis gegen den Gott Israels.

17

1 Es wurde aber vom König Augustus ein Befehl ausgegeben, alle Einwohner Bethlehems in Judäa sollten sich aufschreiben lassen (Luk. 2,1). Und Joseph sprach: Ich werde meine Söhne aufschrei-

ben lassen, – was aber soll ich mit diesem Mädchen machen? Wie soll ich sie aufschreiben lassen? Als meine Frau? Da schäme ich mich. Oder als Tochter? Aber es wissen ja alle Söhne Israels, daß sie nicht meine Tochter ist. Der Tag des Herrn selbst wird es machen, wie der Herr will. 2 Und er sattelte seine Eselin und setzte sie darauf; sein Sohn zog und Joseph folgte. Und sie näherten sich auf drei Meilen. Da wandte Joseph sich um und sah sie traurig und sprach bei sich selbst: Vielleicht bedrängt sie das, was in ihr ist. Und wiederum wandte Joseph sich um und sah sie lachen. Und er sprach zu ihr: Maria, was ist das mit dir, daß ich dein Angesicht bald lachend, bald traurig sehe? Und sie sprach zu ihm: Joseph, ich sehe zwei Völker[7] mit meinen Augen, ein weinendes und klagendes und ein fröhliches und jauchzendes. 3 Und sie kamen halbwegs, und Maria sprach zu ihm: Joseph, hebe mich von der Eselin herab, denn das Kind in mir bedrängt mich und will herauskommen. Und er hob sie dort herunter und sprach zu ihr: Wo soll ich dich hinbringen und deine Unziemlichkeit in Schutz bringen? Denn der Ort ist einsam.

18

1 Und er fand dort eine Höhle und führte sie hinein und ließ seine Söhne bei ihr stehen und ging hinaus, um eine hebräische Hebamme in der Gegend von Bethlehem zu suchen. 2 (Ich aber, Joseph, ging umher und ging doch nicht umher, und ich blickte hinauf in die Luft und sah die Luft erstarrt. Und ich blickte hinauf zum Himmelsgewölbe, und ich sah es stillstehen und die Vögel

des Himmels unbeweglich bleiben. Und ich blickte auf die Erde, und ich sah eine Schüssel stehen und Arbeiter darum gelagert, und ihre Hände in der Schüssel. Aber die Kauenden kauten nicht, und die etwas aufhoben, hoben nichts auf, und die etwas zum Munde führten, führten nichts zum Munde, sondern alle hatten das Angesicht nach oben gerichtet. Und siehe, Schafe wurden umhergetrieben und kamen doch nicht vorwärts, sondern standen still; und der Hirte erhob die Hand, sie mit dem Stecken zu schlagen, aber seine Hand blieb oben stehen. Und ich blickte auf den Lauf des Flusses, und ich sah die Mäuler der Böcke darübergehalten und nicht trinken. Dann aber ging alles auf einmal wieder seinen Gang.)[8]

19

1 (Und siehe, eine Frau stieg vom Berge herab und sprach zu mir: Mann, wohin gehst du? Und ich sprach: Ich suche eine hebräische Hebamme. Und sie antwortete mir: Bist du aus Israel? Und ich sprach zu ihr: Ja. Sie aber sprach: Und wer ist die, die in der Höhle gebiert? Und ich sprach: Meine Verlobte. Und sie sprach zu mir: Sie ist nicht deine Frau? Und ich sprach zu ihr: Es ist Maria, die im Tempel des Herrn aufgezogen wurde, und ich bekam sie durchs Los zur Frau. Und doch ist sie nicht meine Frau, sondern ihre Empfängnis ist aus dem Heiligen Geist. Und die Hebamme sprach zu ihm: Ist das wahr? Und Joseph sprach zu ihr: Komm und siehe!) Und die Hebamme ging mit ihm. 2 Und er trat an den Ort der Höhle, und siehe, eine lichte Wolke überschattete die Höhle.

Und die Hebamme sprach: Erhoben ist heute
meine Seele, denn meine Augen haben Wunderba-
res gesehen; denn Israel ist das Heil geboren. Und
sogleich verschwand die Wolke aus der Höhle, und
ein großes Licht erschien, so daß die Augen es nicht
ertragen konnten. Kurz darauf zog sich jenes Licht
zurück, bis das Kind erschien, und es kam und
nahm die Brust von seiner Mutter Maria. Und die
Hebamme schrie auf: Was für ein großer Tag ist
das heute für mich, daß ich dies nie dagewesene
Schauspiel gesehen habe. 3 Und die Hebamme
kam aus der Höhle heraus, und begegnete ihr Salo-
me. Und sie sprach zu ihr: Salome, Salome, ich habe
dir ein nie dagewesenes Schauspiel zu erzählen: eine
Jungfrau hat geboren, was doch die Natur nicht
zuläßt. Und Salome sprach: So wahr der Herr,
mein Gott, lebt, wenn ich nicht meinen Finger
hinlege und ihren Zustand untersuche, so werde
ich nicht glauben, daß eine Jungfrau geboren hat[9].

20

1 Und die Hebamme ging hinein und sprach zu
Maria: Lege dich bereit, denn ein nicht geringer
Streit besteht um dich. Und Salome legte ihren
Finger hin zur Untersuchung ihres Zustandes.
Und sie erhob ein Wehgeschrei und sprach: Wehe
über meinen Frevel und meinen Unglauben; denn
ich habe den lebendigen Gott versucht; und siehe,
meine Hand fällt von Feuer verzehrt von mir ab!
2 Und sie beugte ihre Knie vor dem Herrn und
sprach: Gott meiner Väter, gedenke meiner; denn
ich bin Abrahams, Isaaks und Jakobs Same; stelle
mich nicht an den Pranger vor den Söhnen Israels,

sondern gib mich den Armen wieder. Denn du
weißt, Herr, daß ich in deinem Namen meine
Dienste erfülle und meinen Lohn von dir empfan-
gen habe! 3 Und siehe, da stand ein Engel des
Herrn vor Salome und sprach zu ihr: Gott, der
Herr, hat dein Gebet erhört. Tritt herzu, faß das
Kind an, so wird dir Heilung geschehen. 4 Und
Salome tat so. Und sie sprach: Ich will es anbeten,
denn in ihm ist Israel ein großer König geboren
worden. Und Salome wurde geheilt, wie sie es
erbeten hatte, und sie ging gerechtfertigt aus der
Höhle hinaus. Und siehe, eine Stimme rief: Sa-
lome, Salome, verkündige nicht, was du Wunder-
bares gesehen hast, bis der Knabe nach Jerusalem
kommen wird.

21

1 Und siehe, Joseph schickte sich an, nach Ju-
däa hinauszuziehen. Und eine große Erregung
entstand in Bethlehem in Judäa. Es kamen näm-
lich Magier, die sagten: Wo ist der neugeborene
König der Juden? Denn wir haben seinen Stern im
Osten gesehen und sind gekommen, ihn anzubeten
(Matth. 2,1 f.). 2 Als Herodes das hörte, erschrak
er und sandte Diener zu den Magiern und ließ die
Hohenpriester kommen und fragte sie aus: Wie
steht über den Messias geschrieben? Wo wird er
geboren? Sie sprachen zu ihm: In Bethlehem in
Judäa; so steht es nämlich geschrieben (Matth.
2,4 f.). Da entließ er sie. Und er fragte die Magier
aus und sprach zu ihnen: Was für ein Zeichen habt
ihr über dem neugeborenen König gesehen? Und
die Magier sprachen: Wir haben gesehen, wie ein
unbeschreiblich großer Stern unter diesen Sternen

schien und die anderen verdunkelte, so daß sie
nicht mehr schienen; und so erkannten wir, daß für
Israel ein König geboren wurde. Und wir sind
gekommen, ihn anzubeten. Da sprach Herodes:
Gehet und suchet, und wenn ihr ihn gefunden habt,
berichtet mir, damit ich auch hingehe, um ihn anzu-
beten (Matth. 2,8). 3 Und die Magier gingen fort.
Und siehe, der Stern, den sie im Osten gesehen
hatten, zog vor ihnen her, bis sie zur Höhle kamen.
Und er blieb zu Häupten der Höhle stehen (Matth.
2,9). Und die Magier sahen das Kindlein mit Ma-
ria, seiner Mutter, und sie holten Geschenke aus
ihrer Reisetasche: Gold, Weihrauch und Myrrhe
(Matth. 2,11). 4 Und da ihnen von dem Engel
offenbart war, sie sollten nicht nach Judäa gehen,
zogen sie auf einem anderen Weg in ihr Land
(Matth. 2,12).

22

1 Als aber Herodes erkannte, daß er von den
Magiern hintergangen worden war, geriet er in
Zorn und schickte seine Mörder und befahl ihnen,
alle Kinder von zwei Jahren und darunter zu töten
(Matth. 2,16). 2 Als Maria hörte, daß die Kinder
getötet wurden, fürchtete sie sich und nahm das
Kind, wickelte es in Windeln und legte es in eine
Ochsenkrippe.

3 Elisabeth aber, als sie hörte, daß Johannes ge-
sucht wurde, nahm diesen und stieg hinauf ins
Gebirge. Und sie blickte umher, wo sie ihn verber-
gen könnte, und es gab keinen Ort zum Versteck.
Und Elisabeth seufzte mit lauter Stimme und
sprach: Berg Gottes, nimm mich, die Mutter, mit
dem Kinde auf! Elisabeth konnte nicht weiter hin-

aufsteigen vor Angst. Und alsbald spaltete sich der Berg und nahm sie auf. Und jener Berg ließ für sie ein Licht durchschimmern; ein Engel des Herrn war nämlich mit ihnen und behütete sie.

23

1 Herodes aber suchte den Johannes und sandte
Diener zu Zacharias zum Altar, um ihn zu fragen:
Wo hast du deinen Sohn verborgen? Er aber ant-
wortete und sprach zu ihnen: Ich bin ein Diener
Gottes und weile beständig in seinem Tempel. Was
weiß ich, wo mein Sohn ist. 2 Und die Diener
gingen fort und meldeten dies alles dem Herodes.
Da geriet Herodes in Zorn und sprach: Sein Sohn
soll wohl König über Israel werden? Und er sandte
die Diener wiederum zu ihm und ließ ihm sagen:
Sprich die Wahrheit! Wo ist dein Sohn? Du weißt
doch, daß dein Blut in meiner Hand ist. Und die
Diener gingen hin und meldeten ihm das alles.
3 Da sprach Zacharias: Ich bin ein Märtyrer Gottes,
nimm mein Blut hin! Meinen Geist aber wird der
Herr aufnehmen, denn du vergießest unschuldiges
Blut in dem Vorraum des Tempels des Herrn. Und
um die Morgendämmerung wurde Zacharias er-
mordet. Und die Söhne Israels wußten nicht, daß
er ermordet worden war.

24

1 So machten sich die Priester auf zur Stunde der
Begrüßung, aber der Segen des Zacharias kam
ihnen nicht wie gewöhnlich entgegen. Und die
Priester standen und erwarteten den Zacharias, um
ihn mit Gebet zu begrüßen und den Höchsten zu

preisen. 2 Als er aber ausblieb, bekamen sie alle Angst. Einer von ihnen aber faßte Mut und ging hinein in das Heiligtum. Und er nahm beim Altar geronnenes Blut wahr und eine Stimme, die sprach: Zacharias ist ermordet worden, und sein Blut wird nicht abgewaschen, bis sein Rächer kommt. Als er diese Worte hörte, fürchtete er sich, ging hinaus und meldete den Priestern, was er gesehen hatte. 3 Und sie hörten und sahen, was geschehen war. Und das Fächerwerk der Tempeldecke wehklagte, und sie selbst zerrissen sich die Kleider von oben bis unten. Und sie fanden seinen Leichnam nicht, wohl aber fanden sie sein Blut, zu Stein geworden. Und sie fürchteten sich, gingen hinaus und verkündeten allem Volk: Zacharias ist ermordet worden! Und es hörten es alle Stämme des Volkes, und sie trauerten um ihn und klagten drei Tage und drei Nächte. 4 Nach den drei Tagen aber hielten die Priester Rat, wen sie an seiner Statt bestimmen sollten. Und das Los fiel auf Simeon; dieser war es nämlich, dem durch den Heiligen Geist offenbart worden war, er werde den Tod nicht sehen, bis er den Christus im Fleische sähe (Luk. 2,25 f.).

25

1 Ich aber, Jakobus, der ich diese Geschichte aufgeschrieben habe, begab mich, als in Jerusalem bei Herodes' Tod ein Aufruhr entstand, in die Wüste, bis der Aufstand in Jerusalem sich gelegt hatte. Ich werde den Herrn preisen, der mir die Weisheit geschenkt hat, diese Geschichte zu schreiben. 2 Gnade wird mit allen sein, die den Herrn fürchten. Amen.

Anmerkungen

1 Das «Zwölfstämmeregister des Volkes» ist ebenso wie die «Geschichten der zwölf Stämme Israels» (in Vers 1 dieses Kapitels) eine imaginäre Größe. Man wird an ein öffentlich zugängliches Geschlechtsregister denken müssen, vielleicht in der Art von 1. Chron. 1–8.

2 Der Papyrus Bodmer V (vgl. die Einleitung S. 412) nennt die Magd «Euthine».

3 Die Empfängnis ist also schon erfolgt. Manche Handschriften bieten hier das Futurum («wird empfangen»), so daß in diesen später (Kap. 5, Vers 2) von neun Monaten gesprochen wird. An eine Empfängnis ohne Einwirkung eines Mannes (Jungfrauengeburt) ist *nicht* gedacht. Auch die spätere katholische Lehre von der unbefleckten Empfängnis Mariens nimmt eine natürliche Zeugung an.

4 Die spätere Legende läßt sie an der «goldenen Pforte» Jerusalems warten, was sich auch in bildlichen Darstellungen spiegelt.

5 Nach 2. Mose 28,36–38 trägt der Hohepriester ein goldenes Stirnband, das eine sühnende Wirkung hat. Daß man jedoch die eigene ungesühnte Sünde oder die eigene Unschuld an ihm *erkennen* könne, beruht auf Volksglauben.

6 Durch Fernhalten von allem (kultisch) Unreinen wird das Schlafgemach zum Heiligtum.

7 Anspielung auf 1. Mose 25,23 (Jakob und Esau), aber bezogen auf die Menschengruppen, die den Erlöser annehmen oder ablehnen werden (vgl. Luk. 2,34).

8 Dieser und der folgende in Klammern gesetzte Abschnitt fehlen im Papyrus Bodmer (vgl. die Einlei-

tung) und in anderen Handschriften. Dort wird nur die Begegnung mit der Hebamme und die Mitteilung von der wunderbaren Empfängnis erzählt. Es muß sich um ein Stück handeln, das später in den ursprünglichen Text gelangt ist, was auch an der Ichform der Erzählung zu erkennen ist.

9 Hier ist bereits das vorausgesetzt, was später zur Kirchenlehre werden sollte, die «virginitas in partu», d. h. die Lehre von der unverletzten Jungfräulichkeit Mariens auch bei der Geburt selbst.

Das Kindheitsevangelium des Thomas

Einleitung

Im Unterschied zum Protevangelium des Jakobus ist das Thomas-Evangelium nicht an den Vorgängen um die Geburt Jesu und somit auch nicht an seinen Eltern, besonders der Mutter, interessiert; vielmehr ist der den Verfasser interessierende Zeitraum der des Heranwachsens Jesu vom fünften (Kap. 2) bis zwölften Lebensjahr (Kap. 19) mit einigen Zwischenstufen (Kap. 11f.). Die Erzählung mündet denn auch in die einzige Geschichte aus den biblischen Evangelien, die eine Neugier dieser Art zu befriedigen vermag: Luk. 2,41–52 (Der zwölfjährige Jesus im Tempel). Diese Entwicklungsstufe Jesu mußte ein besonderes Interesse auf sich ziehen, wenn die entsprechenden Kreise in Jesus von Anfang an ein übernatürliches Wesen sehen zu müssen glaubten, dem man eine «gewöhnliche» Kindheit niemals zumuten konnte. Das waren einerseits gnostische Gruppen, die das Rätselhafte, auch und gerade den gesetzestreuen Juden total Unbegreifliche an Jesus geradezu als sein Wesen ansahen (vgl. Anm. 12 zu Kap. 6). Auf der anderen Seite konnte auch ein naiver, auf sensationelle Beweise wartender Volksglaube derartige Geschichten liebgewinnen. Deshalb hinterlassen vor allem die Geschichten bis zum 7. Kapitel zwiespältige Gefühle. Jesus erscheint hier als ein widerwärtiges kleines Ungeheuer, das seine Umwelt terrorisiert und sich bei allen auf seine jenseitige Vollmacht beruft. Eine gewisse Kompensation bringt allerdings Kapitel 8, und die weiteren Abschnitte verlaufen eher in den Bahnen dessen, was man von Wundergeschichten erwartet. Das Widerliche der ersten Kapitel läßt es verständlich erscheinen, daß dieser Text nie in ernsthafte Konkurrenz zur Bibel treten konnte, aber doch große Beliebtheit genoß. Die lange Wirkungsgeschichte, über die unten S. 463 einiges mitzuteilen ist, zeigt dies wie fast bei keiner anderen apokryphen Schrift. Eine Besonderheit unserer Schrift ist auch, daß die Parallelen aus anderen Religionen und Kulturkreisen hier besonders reich und auffallend sind. Ähnliche Taten werden von jungen Göttern und Erlösergestalten erzählt: von Krischna und Rama, von Buddha in Indien, von Osiris und Harpokrates in Ägypten.

Die abgedruckte Übersetzung beruht hauptsächlich auf zwei Handschriften, die zwar sehr jung sind (15. und 16. Jahrhundert). Dennoch dürfte diese Fassung der Erzählung nicht weit von dem entfernt sein, was schon im 2. Jahrhundert bekannt (vgl. Anm. 12) und griechisch verfaßt war. Es sind zwar sehr viele abweichende Fassungen erhalten, aber auch diejenigen aus sehr viel älteren Manuskripten können nicht den Anspruch erheben, direkt zur Urform dieses Thomas-Evangeliums zu führen.

Das andere Thomas-Evangelium, nämlich die koptische Sammlung von Aussprüchen Jesu, war bis zur Entdeckung der Handschriften von Nag Hammadi (s. S. 403ff.) praktisch unbekannt. Inzwischen interessiert sich die Forschung wie auch eine weitere Öffentlichkeit wesentlich mehr für dieses gnostische Thomas-Evangelium. Zwischen unserer Kindheitserzählung und dem Text von Nag Hammadi besteht nur eine geringfügige Querverbindung. Schon früher bekannt war ein Ausspruch Jesu, den ein Kirchenvater (Hippolyt, Ref. V, 7,20) als gnostische Bildung überliefert: «Wer mich sucht, wird mich finden unter den Kindern von sieben Jahren an . . .» Und der vierte Spruch des koptisch-gnostischen Tho-

mas-Evangeliums lautet: «Nicht wird zögern der Greis in seinen Tagen zu fragen ein ganz kleines Kind von sieben Tagen wegen des Ortes des Lebens, und er wird leben. Denn viele Erste werden sein Letzte . . .» Nur der Gedanke, daß ein Kind Weisheit haben könnte, verbindet die beiden Thomas-Evangelien.

Des israelitischen Philosophen Thomas Bericht über die Kindheit des Herrn[1]

1

Ich, Thomas der Israelit, verkündige und mache euch allen, ihr Brüder aus den Heiden, die Kindheits- und Großtaten unseres Herrn Jesus Christus bekannt, die er in unserem Lande, wo er geboren wurde, vollbrachte. Folgendermaßen fing es an:

2

1 Als dieser Knabe Jesus fünf Jahre alt geworden war, spielte er an einer Furt eines Baches; das vorbeifließende Wasser leitete er in Gruben zusammen und machte es sofort rein; mit dem bloßen Worte gebot er ihm[2]. 2 Er bereitete sich weichen Lehm und bildete daraus zwölf Sperlinge[3]. Es war Sabbat, als er dies tat[4]. Auch viele andere Kinder spielten mit ihm. 3 Als nun ein Jude sah, was Jesus am Sabbat beim Spielen tat, ging er sogleich weg und meldete dessen Vater Joseph: Siehe, dein Knabe ist am Bach, er hat Lehm genommen, zwölf Vögel gebildet und hat den Sabbat entweiht. 4 Als nun Joseph an den Ort gekommen war und es gesehen hatte, da herrschte er ihn an: Weshalb tust du am Sabbat, was man nicht tun darf? Jesus aber klatschte in die Hände und schrie den Sperlingen zu: Fort mit euch! Die Sperlinge öffneten ihre Flügel und flogen mit Geschrei davon. 5 Als aber

die Juden das sahen, staunten sie, gingen weg und erzählten ihren Ältesten, was sie Jesus hatten tun sehen[5].

3

1 Der Sohn des Schriftgelehrten Annas aber stand dort bei Joseph[6]; er nahm einen Weidenzweig und brachte damit das Wasser, das Jesus zusammengeleitet hatte, zum Abfließen. 2 Als Jesus sah, was geschah, wurde er aufgebracht[7] und sprach zu ihm: Du Frecher, du Gottloser, du Dummkopf, was haben dir die Gruben und das Wasser zuleide getan? Siehe, jetzt sollst auch du wie ein Baum verdorren und weder Blätter noch Wurzel, noch Frucht tragen. 3 Und alsbald verdorrte jener Knabe ganz und gar. Da machte Jesus sich davon und ging in das Haus Josephs. Die Eltern des Verdorrten aber trugen diesen, sein Jugendalter beklagend, weg, brachten ihn zu Joseph und machten ihm Vorwürfe: Solch einen Knaben hast du, der so etwas tut.

4

1 Hernach ging er abermals durch das Dorf; da stieß ein heranlaufender Knabe an seine Schulter. Jesus wurde erbittert und sprach zu ihm: Du sollst auf deinem Weg nicht weitergehen! Sogleich fiel der Knabe hin und starb. Einige aber, die sahen, was geschah, sagten: Woher stammt dieser Knabe, daß jedes Wort von ihm gerade fertige Tat ist?
2 Da kamen die Eltern des Verstorbenen zu Joseph, schalten ihn und sagten: Da du so einen Knaben hast, kannst du nicht mit uns im Dorfe wohnen; oder dann lehre ihn, zu segnen und nicht zu fluchen[8]. Denn er tötet unsere Kinder.

5

1 Da rief Joseph den Knaben beiseite und wies ihn mit den Worten zurecht: Warum tust du solche Dinge, daß diese Leute leiden müssen, uns hassen und verfolgen? Jesus aber antwortete: Ich weiß, daß diese Worte nicht die deinen sind, trotzdem will ich deinetwegen schweigen. Jene aber sollen ihre Strafe tragen[9]. Und alsbald erblindeten die, welche ihn angeklagt hatten. 2 Die es sahen, gerieten in große Furcht, waren ratlos und sagten über ihn: Jedes Wort, das er redete, ob gut oder böse, war eine Tat und wurde zum Wunder. Als Joseph sah, daß Jesus so etwas tat, stand er auf, nahm ihn beim Ohr und zupfte ihn gehörig. Der Knabe aber ward ungehalten und sagte zu ihm: Genug, daß du suchst und nicht findest, und höchst unweise hast du gehandelt. Weißt du nicht, daß ich dein bin? So betrübe mich nicht[10].

6

1 Ein Lehrer namens Zachäus, der in irgendeiner Angelegenheit dabeistand, hörte Jesus solches zu seinem Vater sagen, und er wunderte sich sehr, daß er, obschon er ein Kind war, solche Aussprüche tat. 2 Und nach wenigen Tagen machte er sich an Joseph heran und sagte zu ihm: Da hast du einen gescheiten Knaben; er hat Verstand. Wohlan, übergib ihn mir, damit er die Buchstaben lerne, und ich will ihm mit den Buchstaben alles Wissen beibringen und ihn lehren, alle älteren Leute zu grüßen und sie zu ehren wie Großväter und Väter, und die Gleichaltrigen zu lieben. 3 Und er sagte ihm alle Buchstaben vom A bis zum O[11] in langer Auf-

zählung und eindringlich. Er aber sah den Lehrer Zachäus an und sagte ihm: Wenn du selbst nicht einmal das A seinem Wesen nach kennst, wie willst du andere das B lehren? Heuchler, lehre zuerst, wenn du weißt, das A, und dann wollen wir dir auch wegen des B glauben. Darauf fing er an, den Lehrer über den ersten Buchstaben auszufragen, und der vermochte ihm nicht zu erwidern. 4 Vor vielen Zuhörern spricht der Knabe zu Zachäus: Höre, Lehrer, die Anordnung des ersten Schriftzeichens und achte hier darauf, wie es Geraden hat und einen Mittelstrich, der durch die zusammengehörenden Geraden, die du siehst, hindurchgeht, wie diese Linien zusammenlaufen, sich erheben, im Reigen schlingen, drei Zeichen gleicher Art, sich unterordnend und tragend, gleichen Maßes; da hast du die Linien des Alpha[12].

7

1 Als der Lehrer Zachäus so zahlreiche und bedeutende allegorische Beschreibungen des ersten Buchstabens vortragen hörte, geriet er in Verlegenheit über soviel Verteidigung und Lehre und sagte zu den Anwesenden: Weh mir, ich bin in die Enge getrieben, ich Unglückseliger, der ich mir selbst Schaden verursacht habe, indem ich dieses Kind an mich zog. 2 Nimm es darum wieder fort, ich bitte dich, Bruder Joseph. Ich ertrage die Strenge seines Blickes nicht, noch auch nur ein einziges Mal seine durchdringende Rede. Dieses Kind ist nicht erdgeboren. Das kann auch Feuer bändigen. Es ist wohl gar vor der Erschaffung der Welt gezeugt worden. Welcher Mutterleib es ge-

Der Engel verläßt das Haus des Tobias

Tobias 12,21 u. 22

tragen, welcher Mutterschoß es genährt hat, ich weiß es nicht. Weh mir, Freund, es bringt mich aus aller Fassung, ich kann seinem Verstand nicht nachfolgen; ich habe mich selbst betrogen, ich dreimal Unglücklicher! Ich habe darnach gestrebt, einen Schüler zu bekommen, und ich habe erreicht, einen Lehrer zu haben. 3 Freunde, meine Schande geht mir zu Herzen, daß ich, ein Greis, von einem Kind besiegt worden bin. Ich habe nur noch zu verzweifeln und zu sterben wegen dieses Knaben. Denn in dieser Stunde kann ich ihm nicht ins Auge sehen. Und wenn alle sagen, daß ich von einem kleinen Kind besiegt worden bin, was soll ich dazu sagen? Und was berichten über die Linien des ersten Buchstabens, von denen er mir sagte? Ich weiß es nicht, Freunde; denn ich verstehe davon weder Anfang noch Ende. 4 So bitte ich dich denn, Bruder Joseph, führ ihn fort in dein Haus. Dieser ist irgendwie etwas Großes, ein Gott oder ein Engel oder was weiß ich, was ich sagen soll.

8

1 Als nun die Juden den Zachäus trösten wollten, da lachte der Knabe laut und sagte: Jetzt soll das Deinige Frucht tragen, und die Herzensblinden sollen sehen. Ich bin von oben her da, damit ich sie verfluche und nach oben rufe, wie mir der aufgetragen hat, der mich um euretwillen gesandt hat[13].
2 Und als der Knabe mit seiner Rede aufgehört hatte, wurden sofort alle geheilt, die unter seinen Fluch gefallen waren. Und von da an wagte es keiner, ihn zu erzürnen, damit er ihn nicht verfluche und er nicht zum Krüppel werde.

9

1 Und nach einigen Tagen spielte Jesus auf einem
Dach auf dem Söller[14], und einer von den Knaben,
die mit ihm spielten, stürzte vom Dach herunter
und starb. Und als das die anderen Knaben sahen,
flohen sie, und Jesus blieb allein dort stehen. 2 Da
kamen die Eltern des Gestorbenen und beschuldig-
ten ihn: Du hast ihn heruntergeworfen. Und Jesus
antwortete: Ich habe ihn nicht heruntergeworfen.
Jene aber wollten gegen ihn tätlich werden. 3 Da
sprang Jesus vom Dache herab und stand bei
der Leiche des Knaben und rief mit lauter Stim-
me: Zenon – so hieß er nämlich –, stehe auf und
sage mir: habe ich dich heruntergeworfen? Und er
stand sofort auf und sagte: Nein, Herr, du hast
mich nicht heruntergeworfen, vielmehr mich auf-
erweckt. Und die es sahen, erschraken. Die Eltern
des Knaben aber priesen Gott für das geschehene
Wunder und fielen vor Jesus nieder.

10

1 Nach wenigen Tagen entfiel einem jungen
Manne, der in einem Winkel Holz spaltete, die Axt,
und sie spaltete ihm seinen ganzen Fuß entzwei,
und da er verblutete, war er am Sterben. 2 Als nun
Geschrei und Auflauf entstand, lief auch der Jesus-
knabe dorthin. Mit Gewalt drängte er sich durch
die Menge, faßte den verletzten Fuß an, und so-
gleich wurde er geheilt. Er aber sagte zu dem jun-
gen Mann: Steh jetzt auf, spalte das Holz und
gedenke mein. Als die Menge sah, was geschehen
war, da fiel sie vor dem Knaben nieder und sagte:

Wahrhaftig, der Geist Gottes wohnt in diesem Knaben.

11

1 Als er sechs Jahre alt war, gab seine Mutter ihm einen Krug und schickte ihn, Wasser zu schöpfen und nach Hause zu bringen. 2 Im Gedränge aber stieß er an, und der Krug zerbrach. Jesus aber breitete das Oberkleid, das er anhatte, aus, füllte es mit Wasser und brachte es seiner Mutter. Als nun seine Mutter das Wunder sah, küßte sie ihn und behielt bei sich[15] die geheimnisvollen Dinge, die sie ihn hatte tun sehn.

12

1 Ein anderes Mal, zur Saatzeit, ging der Knabe mit seinem Vater aus, um Weizen auf ihr Land zu säen. Und als sein Vater säte, da säte auch der Jesusknabe ein Weizenkorn. 2 Und als er erntete und die Tenne füllte, brachte er hundert Kor ein[16], und er rief alle Armen des Dorfes auf die Tenne und schenkte ihnen den Weizen, und Joseph nahm, was vom Weizen übrigblieb. Er war acht Jahre alt, als er dieses Wunder tat.

13

1 Sein Vater war Zimmermann und stellte zu jener Zeit Pflüge und Joche her. Nun erhielt er von einem Reichen den Auftrag, ihm ein Bett anzufertigen. Da aber das eine Brett kürzer war als das sogenannte Gegenstück und sie nicht wußten, was tun, sagte der Jesusknabe zu seinem Vater Joseph: Lege die beiden Hölzer nieder und mache sie von

der Mitte aus auf der einen Seite gleich. 2 Und Joseph tat, wie ihm der Knabe gesagt hatte. Jesus aber trat auf die andere Seite, faßte das kürzere Holzstück an, streckte es und machte es dem anderen gleich[17]. Und sein Vater Joseph sah es und staunte, und er umarmte den Knaben und küßte ihn und sprach: Selig bin ich, daß mir Gott diesen Knaben geschenkt hat!

14

1 Als nun Joseph den Verstand des Knaben und sein Alter sah, daß er heranreifte, beschloß er noch einmal, daß er der Schrift nicht unkundig bleiben sollte, und er führte ihn hin und übergab ihn einem anderen Lehrer. Der Lehrer aber sprach zu Joseph: Zuerst will ich ihn im Griechischen unterrichten, dann im Hebräischen. Denn der Lehrer wußte von der Kenntnis des Knaben und hatte Angst vor ihm. Gleichwohl schrieb er das Alphabet auf, übte es mit ihm eine ganze Weile, und er entgegnete ihm nichts. 2 Dann aber sprach Jesus zu ihm: Wenn du wirklich Lehrer bist und die Buchstaben recht kennst, so sage mir die Bedeutung des A, und ich will dir die des B sagen. Der Lehrer jedoch ärgerte sich und schlug ihn auf den Kopf. Der Knabe aber, dem das weh tat, verfluchte ihn, und sofort wurde er ohnmächtig und fiel zu Boden aufs Gesicht. 3 Der Knabe kehrte ins Haus Josephs zurück. Joseph aber wurde traurig und ermahnte seine Mutter: Daß du mir ihn nicht hinaus vor die Türe lässest! Denn alle, die ihn erzürnen, sterben.

15

1 Nach einiger Zeit sprach wieder ein anderer
Schulmeister, der ein guter Freund Josephs war, zu
ihm: Bringe den Knaben zu mir in die Schule.
Vielleicht kann *ich* ihm mit gutem Zureden die
Buchstaben beibringen. Und Joseph sprach zu
ihm: Wenn du den Mut hast, Bruder, so nimm ihn
mit dir. Und er nahm ihn mit sich voll Furcht und
viel Besorgnis. Der Knabe aber ging gern mit.
2 Und er trat keck in das Lehrhaus, fand ein Buch
auf dem Lesepult liegen, nahm es, las jedoch die
Buchstaben, die darin standen, nicht, sondern tat
seinen Mund auf, redete im Heiligen Geist und
lehrte die Umstehenden das Gesetz. Viel Volk
aber, das zusammengekommen war, stand dabei,
hörte ihm zu, und sie verwunderten sich über die
Anmut seiner Lehre und die Gewandtheit seiner
Worte, daß er, obwohl er ein unmündiges Kind
war, solche Aussprüche tat[18]. 3 Als aber Joseph
das hörte, bekam er Angst und lief zum Lehrhaus;
denn er sagte sich, auch dieser Schulmeister könnte
nicht auf dem laufenden sein. Der Schulmeister
aber sprach zu Joseph: Damit du es weißt, Bruder,
ich habe den Knaben als Schüler angenommen;
aber er ist voll großer Anmut und Weisheit, und im
übrigen bitte ich dich, Bruder, nimm ihn wieder in
dein Haus. 4 Als der Knabe dies hörte, lachte er
ihn gleich an und sprach: Da du recht geredet und
recht Zeugnis abgelegt hast, soll dir zuliebe auch
jener Geschlagene wieder geheilt werden. Und
sofort war der andere Schulmeister geheilt. Joseph aber nahm den Knaben mit und ging in sein
Haus.

16

1 Joseph schickte seinen Sohn Jakobus[19] fort, Holz zusammenzubinden und nach Hause zu bringen, und der Jesusknabe folgte ihm hinterdrein. Während nun Jakobus das Reisig sammelte, biß eine Natter den Jakobus in die Hand. 2 Und als er hingestreckt dalag und am Umkommen war, trat Jesus hinzu und blies auf den Biß, und sofort hörte der Schmerz auf, und das Tier zerplatzte, und von dem Augenblick an blieb Jakobus wohlbehalten.

17

1 Darnach starb in der Nachbarschaft Josephs ein krankes Kind, und seine Mutter weinte sehr. Jesus aber hörte, daß große Klage und Lärm anhob, und lief eilig hinzu; und er fand das Kind tot und berührte seine Brust und sprach: Ich sage dir, stirb nicht, sondern lebe und sei bei deiner Mutter! Und alsbald schlug es die Augen auf und lachte. Er aber sprach zu der Frau: Nimm es und gib ihm Milch und denke an mich. 2 Und als das umstehende Volk das sah, wunderte es sich und sprach[20]: Wahrlich, dieses Kind ist entweder ein Gott oder ein Engel Gottes; denn jedes Wort von ihm ist eine fertige Tat. Und Jesus ging weg von dort und spielte mit anderen Kindern.

18

1 Als nach einiger Zeit ein Haus gebaut wurde und großer Lärm war, stand Jesus dabei und ging bis nahe hin. Und er sah einen Menschen tot

daliegen, nahm ihn bei seiner Hand und sprach: Ich
sage dir, Mensch, steh auf, tu deine Arbeit! Und
alsbald stand er auf und fiel vor ihm nieder. 2 Als
aber das Volk dies sah, wunderte es sich und
sprach: Dieser Knabe ist vom Himmel. Denn er hat
viele Leben vom Tode gerettet und vermag sein
ganzes Leben lang zu retten.

19

1 Als er aber zwölf Jahre alt geworden war,
gingen seine Eltern der Sitte gemäß nach Jerusalem
aufs Passahfest mit den Reisegefährten, und nach
dem Passah kehrten sie nach Hause zurück. Und
während sie heimwärtszogen, kehrte der Jesus-
knabe um nach Jerusalem; seine Eltern aber mein-
ten, er sei bei den Reisegefährten. 2 Als sie aber
eine Tagereise gewandert waren, suchten sie ihn
unter ihren Verwandten, und da sie ihn nicht fan-
den, wurden sie betrübt und kehrten wieder um in
die Stadt, ihn zu suchen. Und nach dem dritten
Tage fanden sie ihn, wie er im Tempel mitten unter
den Lehrern saß, das Gesetz anhörte und sie fragte.
Alle aber achteten auf ihn und wunderten sich, wie
er, ein kleiner Knabe, die Ältesten und Lehrer des
Volkes zum Verstummen brachte, indem er ihnen
die Hauptstücke des Gesetzes und die Sprüche der
Propheten auslegte. 3 Seine Mutter aber trat zu
ihm und sprach: Warum hast du uns das getan,
mein Kind, siehe, wir haben dich mit Schmerzen
gesucht. Jesus sprach zu ihnen: Warum suchet
ihr mich? Wisset ihr nicht, daß ich in dem sein
muß, was meines Vaters ist? 4 Die Schriftgelehr-
ten und Pharisäer aber sagten: Bist du die Mutter

dieses Knaben? Sie sagte: Ja, ich bin's. Da sprachen sie zu ihr: Selig bist du unter den Weibern, denn der Herr hat die Frucht deines Leibes gesegnet. Denn solche Herrlichkeit, solches Vergnügen und solche Weisheit haben wir niemals gesehen noch gehört.
5 Jesus aber stand auf und folgte seiner Mutter und war seinen Eltern untertan; seine Mutter aber behielt alles Geschehene bei sich. Jesus aber nahm zu an Weisheit, Alter und Anmut[21]. Ihm sei die Herrlichkeit von Ewigkeit zu Ewigkeit. Amen.

dieses Knaben? Sie sagte [illegible]: Da sprach sie zu ihr: Selig bist du unter den Weibern, denn der Herr hat die Frucht deines Leibes gesegnet. Denn solche Herrlichkeit, solches Vergnügen und solche Weisheit haben wir niemals gesehen noch gehört. Jesus aber stand auf und folgte seiner Mutter und war seinen Eltern untertan; seine Mutter aber behielt alles Geschehene bei sich. Jesus aber nahm zu an Weisheit, Alter und Anmut; [illegible] bis er [illegible] Jahr [illegible] [illegible] zu [illegible] [illegible] [illegible]

Anmerkungen

1 So lautet der Titel in den Handschriften, die der hier gebotenen Übersetzung zugrunde liegen (für die Wahl vgl. die Einleitung S. 440). Andere nennen den *Apostel* Thomas als Verfasser. Dieser Anspruch auf Apostolizität dürfte ursprünglich sein. Mit der Weglassung des Aposteltitels konnte man den später verdächtigen Anspruch auf höchste (kanonische) Geltung umgehen und damit die Schrift besser empfehlen. «Philosoph» ist hier so verwendet, wie der Titel im antiken Christentum für besonders hervorragende, aber keineswegs unbedingt für besonders gelehrte Christen gebraucht wurde, also zum Beispiel auch für Mönche.

2 Dem Verfasser kommt es darauf an zu zeigen, wie der fünfjährige Jesus – wie Gott – allein durch sein Wort die Dinge verändert und besonders Wunder wirkt (vgl. etwa 1. Mose 1; Ps. 33,9; Jes. 44,27 f.).

3 Auch das erinnert an das Schöpfungswerk: Adam wird nach 1. Mose 2,7 aus Erde gemacht.

4 Hier wird beim Kind Jesus mirakulös vorweggenommen, was die Evangelien von Jesus an Auseinandersetzungen um Heilungen und andere Taten am Sabbat erzählen, zum Beispiel Mark. 2,23 bis 3,6; Joh. 5,1–16; 9,1–38.

5 Schon die neutestamentlichen Evangelien zeigen eine Tendenz, die jüdische Auffassung des Sabbat zu karikieren. Hier wirkt die Sache unbeabsichtigt lächerlich. Für das Nachleben dieser Schrift ist aber interessant, daß sowohl in der antichristlichen jüdischen Jesus-Schrift «Toledoth Jeschu» als auch im Koran (Suren

3,48 und 5,119) diese Belebung der Tonvögel nachwirkt.

6 vgl. denselben (?) im Protevangelium Jacobi 15,1 (S. 425).

7 Über solche Reaktionen Jesu und das Echo bei den Leuten vgl. die Einleitung.

8 Das ist, im Sinne von Jesu Bergpredigt, ein Zitat aus dem Neuen Testament (Röm. 12,14, vgl. Matth. 5,44). Ob der Text damit sich selbst in Frage stellt? Schwerlich!

9 Mit dieser Antwort wird Joseph entlastet: die andern haben es ihm eingeredet, und jene andern sind zu Recht bestraft worden – und werden es noch! Vgl. die Fortsetzung.

10 Hier wird auch Joseph denen zugeteilt, die Jesu Geheimnis, seine Göttlichkeit, nicht begreifen. Immerhin scheint sich Jesus, wie Luk. 2,51, ihm irgendwie doch unterordnen zu wollen.

11 Gemeint ist der griechische Buchstabe Omega, der letzte Buchstabe des griechischen Alphabets (wie in Offb. 1,8). Der geheimnisvolle Sinn ist jedoch nicht direkt erkennbar, weil das Vor- und Nachsagen für den Elementarunterricht jener Zeit typisch war.

12 Mit dieser «Belehrung des Lehrers» hat eine gnostische Gruppe im 2. Jahrhundert, die Markosier, nach dem eindeutigen Zeugnis des Irenäus von Lyon (Adv. haer. I, 20) die Vorstellung von der besonderen, evtl. geheimen Offenbarung höheren Wissens durch Jesus verbunden. Was dieses Wissen im Falle der Alpha-Beschreibung hier in der Geschichte oder bei den Markosiern tatsächlich sein sollte, ist nicht erkennbar. Aber auch der belehrte Lehrer versteht ja nicht (vgl. Kap. 7). Nur auf das unheimlich Geheimnisvolle kommt es dem Erzähler an.

13 Wirklich klar ist auch das nicht, obschon die Anklänge an Reden Jesu im Johannes-Evangelium deutlich sind: Joh. 3,31 f.; 8,23 f.; 9,39–45. Offenbar soll das harte («verfluchen») und nun das versöhnliche («nach oben rufen») Verhalten Jesu erklärt werden mit seiner überirdischen Herkunft und Beauftragung.

14 Unter «Söller» ist ein kleiner Aufbau auf dem flachen Dache zu verstehen.

15 Anklang an den Schluß der Weihnachtsgeschichte (Luk. 2,19) und der Geschichte vom zwölfjährigen Jesus (Luk. 2,41).

16 Die hier begegnende Anspielung auf Luk. 16,7 besagt weniger als der Anklang an das Sämannsgleichnis (Mark. 4,1 ff., vor allem Vers 8); entfernt klingt (im folgenden) die Speisung der fünftausend an. 1 Kor = 360 Liter.

17 Es ist nicht ganz klar, wie man sich das vorstellen soll. Dagegen sind die extrem einfachen Verhältnisse, unter denen Jesus mit seiner Familie lebt (nur ein Reicher hat ein Bett), anschaulich geschildert.

18 Anspielungen auf Luk. 4,16–22.

19 Es ist nicht klar, ob an einen echten Bruder Jesu oder an einen Sohn aus früherer Ehe (vgl. das Protevangelium Jacobi) zu denken ist oder ob der Verfasser Jesus so weit weg vom normalen Menschen denkt, daß nicht nur Joseph nicht Jesu Vater, sondern auch Maria eigentlich nicht seine Mutter sein kann (vgl. Kap. 7!).

20 Bis hier sind in dieser Geschichte Elemente zweier Heilungsgeschichten aus dem Neuen Testament verwendet: die Auferweckung der Tochter des Jairus (Mark. 5,22–43) und diejenige des Jünglings von Nain (Luk. 7,11–17). Ähnliches gilt für das nächste Kapitel.

21 Dieses Kapitel ist eine ausgeweitete Fassung von

Luk. 2,41–52. Außer dem Segensspruch der Pharisäer und Schriftgelehrten (Ave Maria) aus Luk. 1,42 zeigt der Rest die Tendenz des Verfassers zur Steigerung und Übertreibung des überlieferten Evangelienstoffes.

Das Pseudo-Matthäus-Evangelium

Einleitung

Die Kindheitsevangelien (Protevangelium und Thomas-Evangelium) haben vom 2. Jahrhundert an in vielerlei Richtungen gewirkt und eine Unzahl von Abschriften, Erweiterungen, Änderungen erlebt. Was hier nachfolgt, ist eine der erfolgreichsten Kompositionen, die den abendländischen Überlieferungsstrom verkörpert. Sie vereinigt die Erzählstoffe des Protevangeliums und des Thomas-Evangeliums und bietet darüber hinaus – was hier wiedergegeben wird – eine Anzahl von Legenden über die Flucht der Heiligen Familie nach Ägypten. Dieses angeblich von Matthäus verfaßte Werk mit dem Titel «Über die Geburt der seligen Maria und die Kindheit des Erlösers» stammt aus dem 8. oder 9. Jahrhundert.

Dem Buch vorangestellt ist ein – hier nicht wiedergegebener – gefälschter Briefwechsel des Hieronymus (gest. 420), wonach dieser die hebräisch verfaßte und bisher nicht (bzw. nur von einem Häretiker) publizierte Schrift des Evangelisten Matthäus nunmehr erstmals übersetzt habe.

Eine gekürzte Fassung unseres «Matthäus» ging schließlich Ende des 13. Jahrhunderts in die «Legenda aurea» des Jacobus von Voragine ein, die ihr eine noch viel größere Verbreitung verschaffte. Ihre Wirkung auf Kunst und Literatur, auf Volksglauben und Frömmigkeit war enorm.

Eine sehr späte Nachwirkung sind Selma Lagerlöfs «Christuslegenden», durch die auch heute noch ein Teil dieses Legendenguts weit herum bekannt ist.

14[1]

Am dritten Tage nach der Geburt unseres Herrn Jesus Christus trat die seligste Maria aus der Höhle, ging in einen Stall hinein und legte ihren Knaben in eine Krippe, und Ochs und Esel beteten ihn an. Da erfüllte sich, was durch den Propheten Jesaja verkündet ist, der sagt: Der Ochse kennt seinen Besitzer und der Esel die Krippe seines Herrn. So beteten sogar die Tiere, Ochs und Esel, ihn ständig an, während sie ihn zwischen sich hatten. Da erfüllte sich, was durch den Propheten Habakuk verkündet ist, der sagt: Zwischen zwei Tieren wirst du erkannt[2]. Joseph blieb am gleichen Ort mit Maria drei Tage.

18

1 Da sie zu einer Höhle kamen und in ihr rasten wollten, stieg die selige Maria von ihrem Lasttier, setzte sich nieder und hielt das Jesuskind in ihrem Schoß. Mit Joseph waren zugleich drei Knaben und mit Maria ein Mädchen auf der Reise. Und siehe, plötzlich kamen aus der Höhle viele Drachen hervor. Als die Knaben dies sahen, schrien sie in großem Entsetzen laut auf. Da stieg Jesus vom Schoße seiner Mutter herab und stellte sich vor die Drachen auf seine Füße. Darauf beteten jene Jesus an und wichen dann vor ihnen zurück. Da erfüllte sich, was durch den Propheten David verkündet ist, als er sagt: Lobet den Herrn, ihr Drachen von der Erde, Drachen und alle Abgründe! (Ps. 148,7).
2 Das Jesuskind selbst aber ging vor den Drachen

umher und gebot ihnen, sie sollten keinem Menschen Schaden zufügen. Maria und Joseph aber hatten große Angst, das Kind möchte von den Drachen verletzt werden. Da sagte Jesus zu ihnen: Habt keine Angst und achtet nicht darauf, daß ich ein Kind bin; denn ich bin immer vollkommen gewesen und bin es auch jetzt; alle wilden Tiere müssen vor mir zahm werden.

19

1 Gleichermaßen beteten Löwen und Leoparden ihn an und begleiteten sie in der Wüste. Wohin auch Joseph und die selige Maria gingen, schritten sie ihnen voran, indem sie ihnen den Weg zeigten und ihre Köpfe senkten; mit ihren Schwänzen wedelnd, taten sie ihre Dienstfertigkeit kund und verehrten ihn mit großer Ehrfurcht. Aber als Maria die Löwen und Leoparden und allerhand Arten von wilden Tieren um sie herumlaufen sah, wurde sie zuerst von heftigem Schrecken erfaßt. Da schaute ihr das Jesuskind mit fröhlicher Miene ins Gesicht und sprach: Fürchte dich nicht, Mutter; denn sie kommen nicht, um dir ein Leid zu tun, sondern in Eile kommen sie, dir und mir zu gehorchen. Mit diesen Worten nahm er die Furcht aus ihrem Herzen. 2 Die Löwen aber gingen zusammen mit ihnen einher mit den Ochsen und Eseln und mit den Packtieren, die ihnen das Notwendige trugen, und sie fügten keinem ein Leid zu, obgleich sie mit ihnen zusammen blieben. Vielmehr waren sie zahm unter Schafen und Böcken, die sie mit aus Judäa hergeführt und bei sich hatten. Unter Wölfen wandelten sie einher, ohne etwas zu befürchten,

und keines wurde vom andern verletzt. Da erfüllte sich, was durch den Propheten gesagt ist: Die Wölfe weiden mit den Lämmern; Löwe und Ochse fressen Stroh zusammen (Jes. 11,6f.; 65,25). Den zwei Ochsen und dem Wagen, in dem sie zusammen das Notwendige zogen, wiesen die Löwen auf ihrer Fahrt den Weg.

20

1 Am dritten Tag ihrer Reise, während sie weiterzogen, traf es sich, daß die selige Maria von der allzu großen Sonnenhitze in der Wüste müde wurde, und als sie einen Palmbaum sah, sagte sie zu Joseph: Ich möchte im Schatten dieses Baumes ein wenig ausruhen. So führte Joseph sie denn eilends zur Palme und ließ sie vom Lasttier herabsteigen. Als die selige Maria sich niedergelassen hatte, schaute sie zur Palmkrone hinauf und sah, daß sie voller Früchte hing. Da sagte sie zu Joseph: Ich wünschte, man könnte von diesen Früchten der Palme holen. Joseph aber sprach zu ihr: Es wundert mich, daß du dies sagst; denn du siehst doch, wie hoch diese Palme ist, und es wundert mich, daß du auch nur daran denkst, von den Palmfrüchten zu essen. Ich für mein Teil denke eher an den Mangel an Wasser, das uns in den Schläuchen bereits ausgeht, und wir haben nichts, womit wir uns und die Lasttiere erfrischen können. 2 Da sprach das Jesuskind, das mit fröhlicher Miene in seiner Mutter Schoß saß, zur Palme: Neige, Baum, deine Äste, und mit deiner Frucht erfrische meine Mutter. Und alsbald senkte die Palme auf diesen Anruf hin ihre Spitze bis zu den Füßen der seligen Maria, und

sie sammelten von ihr Früchte, an denen sie sich alle labten. Nachdem sie alle ihre Früchte gesammelt hatten, verblieb sie aber in gesenkter Stellung und wartete darauf, sich auf den Befehl dessen wieder aufzurichten, auf dessen Befehl sie sich gesenkt hatte. Da sprach Jesus zu ihr: Richte dich auf, Palme, werde stark und geselle dich zu meinen Bäumen, die im Paradies meines Vaters sind[3]. Und erschließe unter deinen Wurzeln eine Wasserader, die in der Erde verborgen ist, und die Wasser mögen fließen, damit wir aus ihr unseren Durst stillen. Da richtete sie sich sofort auf, und eine ganz klare, frische und völlig helle Wasserquelle begann an ihrer Wurzel zu sprudeln. Als sie aber die Wasserquelle sahen, freuten sie sich gewaltig, und sie löschten ihren Durst, sie selber, alle Lasttiere und alles Vieh. Dafür dankten sie Gott.

21

Am nächsten Tage, als sie von dort weiterzogen, und zur Stunde, wo sie sich auf den Weg machten, wandte Jesus sich zur Palme und sprach zu ihr: Dieses Vorrecht gebe ich dir, Palme, daß einer von deinen Zweigen von meinen Engeln fortgetragen und im Paradies meines Vaters gepflanzt werde. Diesen Segen aber will ich auf dich übertragen: daß zu allen, die in einem Wettstreit siegen werden, gesagt werde: Ihr habt die Siegespalme erlangt. Als er dies sprach, siehe, da erschien ein Engel des Herrn, blieb über dem Palmbaum stehen, nahm einen von seinen Zweigen und flog zum Himmel, den Zweig in seiner Hand haltend. Als sie dieses sahen, fielen sie auf ihr Angesicht und waren wie tot. Da redete Jesus sie an und sprach: Warum erfaßt Furcht eure Herzen? Wisset ihr nicht, daß diese Palme, die ich ins Paradies habe tragen lassen, für alle Heiligen am Orte der Seligkeit bereitstehen wird, wie sie für uns am Orte der Einsamkeit bereitgestanden hat? Und jene wurden mit Freude erfüllt, und gestärkt erhoben sich alle.

22

1 Als sie darauf weiterzogen, sagte Joseph zu Jesus: Herr, von dieser Hitze werden wir ausgebraten; wenn es dir recht ist, wollen wir am Meere entlang ziehen, um in den Küstenstädten ausruhen zu können. Da sprach Jesus zu ihm: Fürchte dich nicht, Joseph; ich werde euch den Weg abkürzen: was ihr in einem Zeitraum von dreißig Tagen zurückzulegen im Begriffe wart, sollt ihr an einem Tage ausführen. Während sie so redeten, siehe, da erblickten sie schon die Berge Ägyptens und begannen seine Städte zu sehen.

2 Und freudig und jubelnd kamen sie im Gebiet von Hermopolis an und zogen in eine ägyptische Stadt ein, die Sotinen heißt. Und da sich in ihr kein Bekannter befand, den sie um Gastfreundschaft hätten bitten können, traten sie in einen Tempel ein, der «Kapitol Ägyptens» genannt wurde. In diesem Tempel waren dreihundertfünfundsechzig Götzenbilder aufgestellt, denen an bestimmten Tagen göttliche Ehre in götzendienerischen Weihen erwiesen wurde. Die Ägypter derselben Stadt traten in das Kapitol, in dem die Priester sie ermahnten, an soundsoviel bestimmten Tagen der Hoheit ihrer Gottheit gemäß Opfer darzubringen.

23

Es traf sich aber, als die seligste Maria mit dem Kind in den Tempel eintrat, da fielen sämtliche Götzenbilder auf den Boden, so daß sie alle gänzlich umgestürzt und zerbrochen auf ihrem Angesicht dalagen. So taten sie offen kund, daß sie nichts waren. Da erfüllte sich, was durch den Propheten Jesaja gesagt ist: Siehe, der Herr wird auf einer schnellen Wolke kommen und in Ägypten einziehen, und alle Bilder, die von den Händen der Ägypter gefertigt sind, werden vor seinem Angesicht entfernt werden (Jes. 19,1).

24

Als dies Affrodosius, dem Vorsteher jener Stadt, gemeldet worden war, kam er mit seinem ganzen Heer zum Tempel. Als aber die Hohenpriester des Tempels sahen, daß Affrodosius mit seinem ganzen Heer zum Tempel kam, machten sie sich darauf gefaßt, alsbald seine Rache an denen zu sehen, um derentwillen die Götter zerbrochen waren. Jener aber trat in den Tempel ein, und als er alle Götzenbilder auf ihrem Angesicht darniedergestreckt liegen sah, ging er hin zur seligen Maria, die an ihrem Busen den Herrn trug, betete ihn an und sprach zu seinem ganzen Heere und zu allen seinen Freunden: Wenn dieser nicht der Gott unserer Götter wäre, so wären unsere Götter gewiß nicht vor ihm auf ihr Angesicht gefallen, und sie würden nicht in seiner Gegenwart hingestreckt daliegen. So bekennen sie sich vielmehr stillschweigend zu ihm als ihrem Herrn. Wenn wir aber nicht in weiser Vorsicht alle das tun, was wir unsere Götter tun sehen, werden wir möglicherweise Gefahr laufen, ihn zu erzürnen und dem allgemeinen Verderben zu verfallen, wie dem Pharao, dem König der Ägypter, geschehen ist, der mit seinem ganzen Heer im Meer ertrunken ist, weil er so großen Wundern nicht geglaubt hat. Da glaubte das ganze Volk dieser Stadt an Gott, den Herrn, durch Jesus Christus.

werden? Vielleicht soll das nun, wie wir unsere Götter und Ahnen verehren, welchen wir bisher stetig [illegible]ten, [illegible] zu erzürnen und den ältern Eltern [illegible] verlieren [illegible] gefallen, wie dem Pharao, dem König der Ägypter, geschehen ist, [illegible] der [illegible] ganzen Heer im Meer ertrunken ist, weil er so großen Wundern nicht [illegible] Da glaubte das ganze Volk dieser Stadt an Gott den Herrn durch Jesus Christus.

Anmerkungen

1 Die hier wiedergegebenen Kapitel entsprechen inhaltlich ungefähr den Ergänzungen zu den Erzählungen des Protevangeliums und des Thomas-Evangeliums.

2 Hier werden zum erstenmal Ochs und Esel an der Krippe erzählerisch dargestellt. Inspiriert ist die Vorstellung von den zwei alttestamentlichen Bibelstellen: Jes. 1,3 und Hab. 3,2, aber die zuletzt genannte Stelle nur in der griechischen Übersetzung. Auch die Jesajastelle, die im Neuen Testament sowenig wie Ochs und Esel erwähnt wird, bedeutet in ihrem eigenen Zusammenhang etwas anderes. Im übrigen schafft dieses Kapitel eine zusätzliche Verbindung zur Weihnachtsgeschichte bei Lukas, besonders zu 2,7.

3 Vielleicht hat Selma Lagerlöf (im Kapitel «Die Flucht nach Ägypten» ihrer «Christuslegenden») aus diesem Satz die Vorstellung entnommen, die Palme sei sofort nach der Begegnung mit Jesus abgestorben. Der Sinn der Erzählung ergibt sich aus dem nächsten Kapitel.

[illegible]

Da hier wieder ... Kapitel ... abgeschlossen ... [illegible] ... unmittelbar den Begegnungen ... in den Erzählungen des ... evangeliums und des Johannes-Evangeliums ... werden ... [illegible] ... Gott und ... an den Kreuzestod ... [illegible] ... Vorstellung von ... [illegible] ... Bild stellen ... und ... [illegible] ... genannte ... [illegible] ... Übersetzung ... [illegible] ... die im Neuen Testament ... [illegible] ... und ... erwähnt wird ... [illegible] ... Zusammenhang, etwas anderes. Im ... [illegible] ... des ... [illegible] ... Verbindung ... zur ... [illegible] ... bei Lukas, besonders ... 2,7.

Vielleicht ... [illegible] ... Kapitel. Die ... [illegible] ... «Christusleben» ... [illegible] ... diesem ... Vorstellung ... [illegible] ... Name ... sofort nach der ... [illegible]. Der ... [illegible] ... Erzählung ... sich ... [illegible] ... nächsten Kapitel.

Das Petrus-Evangelium

Einleitung

Während die Kindheitsevangelien und das Nikodemus-Evangelium jeweils eine Episode aus dem Anfang oder Ende des irdischen Lebens Jesu breit und wunder- oder romanhaft ausgestalten, paßt sich das Petrus-Evangelium ganz der Diktion der kanonischen Evangelien an und mischt neutestamentliche Stellen oder Wendungen raffiniert und den Sinn verändernd durcheinander. Allerdings ist das, was uns von ihm erhalten ist, wie andere apokryphe Evangelien keine vollständige, das Leben Jesu von Anfang bis Ende umfassende Erzählung, sondern bietet nur die Passions- und Auferstehungsgeschichten. Auch wissen wir nichts über seinen ursprünglichen Umfang. Dennoch bemüht sich der uns bekannte Text, Petrus als Augenzeugen im Stil der bekannten vier Evangelien sprechen zu lassen. Das heißt: der Verfasser kennt alle vier und muß also einige Zeit nach *deren Abschluß, also sicher im 2. Jahrhundert geschrieben haben. Da das Petrus-Evangelium um 200 in Antiochien bekannt ist und benutzt wird, kann man seine Abfassung ungefähr in die Mitte des 2. Jahrhunderts datieren. Der einzige Textzeuge ist eine Pergamenthandschrift, die in Achmin in Oberägypten 1886 im Grab eines christlichen Mönchs gefunden wurde (Handschrift und Grab: 8. Jahrhundert oder später).*

Nicht ganz leicht zu beantworten ist die Frage, welche Absichten und Tendenzen das Petrus-Evangelium verfolgt. Der Bischof Serapion, von dem wir wissen, daß die Schrift um 200 in der Umgebung Antiochiens gelesen wurde, wirft ihr «doketische» Tendenzen vor, also, im Sinne des antiken Gnostizismus, eine

Neigung, das reale Menschsein Jesu oder die wirkliche Einheit der Gottheit mit der Menschheit in Jesus zu bestreiten. In diesem Sinne können die Verse 10 (Schmerzlosigkeit Jesu) und 19 (die «Kraft» verläßt den unteren, irdischen Jesus und wird als der höhere Christus in den Himmel «aufgenommen») verstanden werden, aber nichts zwingt zu einer solchen Interpretation. Verwendbar und gut brauchbar waren solche Stellen aber sicher für gnostische Gruppen. Eher scheint der Verfasser bestrebt zu sein, auf ganz ungnostische Art die Realität der leiblichen Auferstehung durch Zufügung vieler mirakulöser Vorgänge zum Bericht der kanonischen Evangelien noch besser zu «beweisen». Im übrigen ist die Judenfeindschaft und die Entlastung des Pilatus von der Schuld am Tod Jesu sehr deutlich. Das Petrus-Evangelium gehört nicht zu den Schriften, die im Abendland eine große Legenden- und Bildtradition geprägt haben. Ganz anders die Petrus-Apokalypse, die im selben Codex wie das Evangelium gefunden wurde und möglicherweise einmal Teil desselben war (s. Seite 723ff.). Dennoch ist das Fragment interessant und wird hier in zwei verschiedenen Schriftarten präsentiert: Alle wörtlichen Anspielungen auf das Neue Testament sind kursiv gesetzt; der Rest ist jedoch auch sehr stark von der Bibel beeinflußt; nur weniges ist als eigentliches «Sondergut» des Petrus-Evangeliums anzusehen. Die Anmerkungen zu den Kapitelzahlen geben die Bibelstellen an, auf die der Kursivsatz Bezug nimmt. Wo mehrere Evangelien, meist die ersten drei, sehr Ähnliches bieten, ist in der Regel nur Markus, der Matthäus und Lukas als Quelle diente, zitiert.

1[1]

1 Von den Juden aber *wusch* sich keiner *die Hände,* weder Herodes noch einer seiner Richter. Und als sie sich nicht waschen wollten, stand Pilatus auf[2]. 2 Und da befiehlt der König Herodes, den Herrn abzuführen, indem er ihnen sagt: Was ich euch befohlen habe, an ihm zu tun, das tut.

2[3]

3 Es stand aber daselbst *Joseph,* der Freund des Pilatus und des Herrn[4], und als er sah, daß sie ihn kreuzigen würden, *kam er zu Pilatus und bat um den Leib* des Herrn zum Begräbnis. 4 Und Pilatus sandte zu Herodes und bat um seinen Leib. 5 Und Herodes sprach: Bruder Pilatus, auch wenn niemand um ihn gebeten hätte, würden wir ihn begraben, da ja auch der *Sabbat aufleuchtet.* Denn es steht im Gesetz geschrieben, die *Sonne* dürfe nicht über einem Getöteten *untergehen.* Und *er übergab* ihn dem Volke am Tag vor den *ungesäuerten Broten* ihrem Feste.

3[5]

6 Sie aber *nahmen* den Herrn und stießen ihn eilends und sprachen: Lasset uns den Sohn Gottes schleifen, da wir Gewalt über ihn bekommen haben. 7 Und sie *legten ihm ein Purpurgewand um* und setzten ihn auf den Richtstuhl und sprachen: Richte gerecht, *o König* Israels! 8 Und einer von ihnen brachte einen *Dornenkranz und setzte ihn auf das*

Haupt des Herrn. 9 Und andere, die dabeistanden,
spien ihm ins Angesicht, und andere schlugen ihm
auf die Wangen, andere stießen ihn mit einem
Rohr, und etliche geißelten ihn und sprachen: Mit
solcher Ehre wollen wir den Sohn Gottes ehren.

4[6]

10 Und sie brachten *zwei Übeltäter und kreuzigten*
den Herrn *mitten zwischen ihnen.* Er aber *schwieg,*
wie wenn er keinen Schmerz empfände. 11 Und als
sie das Kreuz aufgerichtet hatten, schrieben sie
darauf: *Dies ist der König* Israels. 12 Und sie legten
die Kleider vor ihm nieder *und teilten* sie unter sich
und *warfen das Los* über sie. 13 *Einer aber von den*
Übeltätern schalt sie und sprach: *Wir* sind ins Leiden
geraten um der Freveltaten willen, die wir began-
gen haben. *Dieser aber,* der der Heiland der Men-
schen geworden ist, was hat er euch zuleide getan?
14 Und sie wurden zornig über ihn und befahlen,
daß ihm die *Schenkel* nicht gebrochen würden, da-
mit er unter Qualen sterbe.

5[7]

15 Es war aber *Mittag,* und eine *Finsternis* be-
deckte ganz Judäa. Und sie gerieten in Angst und
Unruhe darüber, daß die Sonne schon untergegan-
gen sei, da er ja noch am Leben war. Denn es
steht bei ihnen geschrieben, die *Sonne* dürfe nicht
über einem Getöteten *untergehen.* 16 Und einer
unter ihnen sprach: Gebet ihm *Galle* mit *Essig* zu
trinken. Und sie mischten es und gaben *ihm zu*
trinken. 17 Und sie erfüllten alles[8] und machten das

Susanna und die beiden Alten

Zusätze zu Daniel. Geschichte von Susanna und Daniel, 18

Maß der Sünden über ihr Haupt voll. 18 Viele aber
gingen mit Lichtern umher, und da sie meinten, es
sei Nacht, begaben sie sich zur Ruhe. 19 Und der
Herr schrie auf und rief: Meine Kraft, o Kraft, *du hast*
mich verlassen! Und indem er dies sagte, wurde er
aufgenommen[9]. 20 Und zu derselben Stunde riß
der Vorhang des Tempels zu Jerusalem *entzwei*.

6[10]

21 Und da zogen die Juden *die Nägel* aus den
Händen des Herrn und legten ihn auf die Erde.
Und die ganze *Erde erbebte,* und *große Furcht* ent-
stand. 22 Da leuchtete die Sonne wieder, und es
fand sich, daß es die neunte Stunde war. 23 Die
Juden aber freuten sich und gaben seinen Leib dem
Joseph, damit er ihn beerdige, da er ja all das Gute
geschaut hatte, das er getan hatte. 24 Er nahm aber
den Herrn, wusch ihn, *hüllte ihn in eine Leinwand*
und brachte ihn in sein eigenes Grab, genannt
Josephs *Garten*.

7[11]

25 Da erkannten die Juden und die Ältesten und
die Priester, welch großes Übel sie sich selbst zu-
gefügt hatten, und begannen zu klagen und zu sa-
gen: Wehe über unsere Sünden; das Gericht und
das Ende Jerusalems ist nahe herbeigekommen.
26 Ich aber trauerte mit meinen Genossen, und
verwundeten Sinnes verbargen wir uns. Denn wir
wurden von ihnen gesucht als Übeltäter und sol-
che, die den Tempel anzünden wollten. 27 Wegen
all dieser Dinge *fasteten wir* und saßen *trauernd und*
weinend da Nacht und Tag bis zum Sabbat.

8[12]

28 Als sich aber die Schriftgelehrten und Phari-
säer und Ältesten miteinander versammelten und
hörten, daß das ganze Volk murre und sich an die
Brust schlage und sage: Wenn bei seinem Tode
diese überaus großen Zeichen geschehen sind, so
sehet, wie *gerecht* er war! 29 Da fürchteten sie sich
und kamen zu *Pilatus,* baten ihn und sprachen:
30 Gib uns Soldaten, damit wir sein Grab *drei Tage
lang* bewachen, *damit nicht seine Jünger kommen und
ihn stehlen* und das *Volk* glaube, er sei *von den Toten
auferstanden,* und uns Böses antue. 31 Pilatus aber
gab ihnen den Hauptmann Petronius mit Soldaten,
um das Grab zu bewachen. Und mit diesen kamen
Älteste und Schriftgelehrte zum Grabe. 32 Und
alle, die dort waren, *wälzten* zusammen mit dem
Hauptmann und den Soldaten einen großen *Stein*
herbei und legten ihn *vor den Eingang des Grabes*
33 und *legten* sieben *Siegel* an, schlugen ein Zelt auf
und hielten Wache.

9[13]

34 Frühmorgens, als der Sabbat anbrach, kam
ein Volkshaufe aus Jerusalem und der Umgebung,
um das versiegelte Grab zu sehen. 35 In der Nacht
aber, in welcher der Herrntag aufleuchtete, als die
Soldaten, jede Ablösung zu zweit, Wache stan-
den, erscholl eine laute *Stimme am Himmel,* 36 und
sie sahen die *Himmel geöffnet* und zwei Männer in
einem großen Lichtglanz von dort *herniedersteigen*
und sich dem Grabe nähern. 37 Jener *Stein,* der vor
den Eingang des Grabes gelegt war, geriet von

selbst *ins Rollen* und wich zur Seite, und das Grab öffnete sich, und beide Jünglinge traten ein.

10

38 Als nun jene Soldaten dies sahen, weckten sie den Hauptmann und die Ältesten, auch diese waren nämlich bei der Wache zugegen. 39 Und wäh-
rend sie erzählten, was sie gesehen hatten, sehen sie wiederum drei Männer aus dem Grabe herauskommen und die zwei den einen stützen und ein
Kreuz ihnen folgen 40 und das Haupt der zwei bis zum Himmel reichen, dasjenige des von ihnen an der Hand Geführten aber die Himmel überragen.
41 Und sie hörten eine Stimme aus den Himmeln rufen: Du hast den Entschlafenen gepredigt,
42 und es wurde vom Kreuze her die Antwort laut: Ja[14].

11[15]

43 Jene erwogen nun miteinander, hinzugehen
und dies dem Pilatus zu melden. 44 Und während
sie noch beratschlagten, sieht man wieder, wie die Himmel sich öffnen und ein Mensch heruntersteigt
und ins Grab hineingeht. 45 Als die Leute um den
Hauptmann dies sahen, eilten sie in der Nacht zu Pilatus und verließen das Grab, das sie bewachten, und erzählten alles, was sie gesehen hatten, voller Unruhe und sprachen: *Wahrhaftig, er war Gottes*
Sohn. 46 Pilatus antwortete und sprach: Ich bin rein *am Blute* des Sohnes Gottes, ihr habt solches
beschlossen. 47 Da traten alle zu ihm, baten und ersuchten ihn dringend, den Hauptmann und den Soldaten zu befehlen, niemandem zu sagen, was sie

gesehen hatten. 48 Denn *es ist besser* für uns, sag-
ten sie, uns der größten Sünde vor Gott schuldig
zu machen, als in die Hände des Judenvolkes zu
fallen und gesteinigt zu werden. 49 Pilatus befahl
nun dem Hauptmann und den Soldaten, nichts zu
sagen.

12[16]

50 In der *Frühe* des Herrntages nahm *Maria Mag-
dalena,* die Jüngerin des Herrn – aus *Furcht* wegen
der *Juden,* da diese vor Zorn brannten, hatte sie am
Grabe des Herrn nicht getan, was die Frauen an den
von ihnen geliebten Sterbenden zu tun pflegten[17] –,
51 mit sich ihre Freundinnen und kam zum Grabe,
wo er hingelegt war. 52 Und sie fürchteten, die
Juden würden sie sehen, und sprachen: Wenn wir
auch an jenem Tage, da er gekreuzigt wurde, nicht
weinen und klagen konnten, so wollen wir solches
wenigstens jetzt an seinem Grabe tun. 53 *Wer aber
wird uns* auch *den Stein,* der *an den Eingang des Grabes*
gelegt ist, *wegwälzen,* damit wir hineingelangen,
uns neben ihn setzen und tun, was sich gehört?
54 Denn *der Stein war groß,* – und wir fürchten, daß
uns jemand sieht. Und wenn wir es nicht können,
so wollen wir wenigstens am Eingang niederlegen,
was wir zu seinem Gedächtnis mitbringen, wollen
weinen und klagen, bis wir wieder heimgehen.

13[18]

55 Und als sie hingingen, fanden sie das Grab
geöffnet. Und sie traten herzu, *bückten sich nieder*
und sahen dort *einen Jüngling* sitzen mitten im
Grabe, anmutig und *bekleidet mit einem hell leuchten-*

den Gewande, welcher zu ihnen sprach: 56 Wozu seid ihr gekommen? *Wen sucht ihr?* Doch nicht jenen *Gekreuzigten? Er ist auferstanden* und weggegangen. Wenn ihr aber nicht glaubt, so bückt euch hierher und *sehet den Ort, wo er gelegen hat, denn er ist nicht da.* Denn er ist auferstanden und dorthin gegangen, von woher er gesandt worden ist. 57 Da *flohen* die Frauen *voller Entsetzen.*

14

58 Es war aber der letzte Tag der ungesäuerten Brote, und viele gingen weg und wandten sich nach Hause, da das Fest zu Ende war. 59 Wir aber, die zwölf Jünger des Herrn, weinten und trauerten, und ein jeder, voller Trauer über das Geschehene, ging nach Hause. 60 Ich aber, Simon Petrus, und mein Bruder Andreas nahmen unsere Netze und gingen ans Meer. Und es war bei uns Levi, der Sohn des Alphäus, welchen der Herr vom Zoll weggerufen hatte[19].

Anmerkungen

1 vgl. Matth. 27,24

2 Offenbar ist das Händewaschen des Pilatus vorangegangen; als er feststellt, daß die Juden diese Unschuldsbezeigung verweigern, hebt er die Sitzung auf.

3 vgl. Mark. 15,43; Luk. 23,54; Joh. 19,31 bzw. 5. Mose 21,22 f.; Mark. 15,15; 14,12

4 Das muß Joseph von Arimathia sein, der hier an Pilatus als «Freund» herangerückt wird, womit dieser fast zum Freund Jesu wird. Auch daß nur Herodes über Jesu Leichnam verfügen kann, weist in diese Richtung (vgl. dazu Mark. 15,43).

5 vgl. Mark. 15,16–20

6 vgl. Mark. 15,27; 14,61 und 15,5; 15,26; 15,24; Luk. 23,39–41; Joh. 19,31–33

7 vgl. Mark. 15,33 und oben Vers 5; Matth. 27,34 und 48; Mark. 15,34; 15,38

8 «Alles erfüllen» kann auf die alttestamentlichen Weissagungen bezogen sein im Sinne von Joh. 19,28 oder muß im Sinne der zweiten Vershälfte verstanden werden.

9 Zu diesem Vers s. die Einleitung S. 478.

10 vgl. Joh. 20,25–27; Matth. 27,51 und 54; Mark. 15,33; 15,46; Joh. 19,41

11 vgl. Mark. 16,10, dazu 2,20

12 vgl. Luk. 23,47; Matth. 27,62–66; Mark. 15,46

13 vgl. Matth. 3,16 f.; 28,1 f.

14 Die Ausmalung der Auferstehung verläßt weitgehend die neutestamentlichen Elemente. Nur der Ruf «Du hast den Entschlafenen gepredigt» ist eine Anspielung auf 1. Petr. 3,19. Zu diesem Gedanken siehe auch die

Erzählung im Nikodemus-Evangelium (S. 528 ff.). Den drei Riesengestalten begegnet man in anderen Apokryphen, zum Beispiel im sogenannten Buch Elchasai (Fragment 1 bei Hennecke-Schneemelcher, Bd. II, S. 530). Die zwei stützenden Männer sind wahrscheinlich die Erzengel Gabriel und Michael. Zur selbständigen Symbolik des Kreuzes vgl. Petrus-Akten, Kapitel 37 f. (S. 645 ff.). Noch näher stehen Kapitel 97–102 der Johannes-Akten (Erscheinung des Lichtkreuzes, bei Hennecke-Schneemelcher, Bd. II, S. 157–159). Hier ist das Kreuz ein Teil (die «Kraft» von Vers 19?) Jesu. Vgl. auch das 1. Kapitel der Petrus-Apokalypse (S. 729).

15 vgl. Mark. 15,39; Matth. 27,24; Joh. 11,50

16 vgl. Matth. 28,1; Joh. 20,19; Mark. 16,3 f.

17 nämlich den Leichnam zu «salben» (vgl. Mark. 16,1)

18 vgl. Mark. 16,3–8

19 Der Gang von Petrus und Andreas ans Meer (See Genezareth) spielt auf Joh. 21 an und zeigt, daß der Verfasser nur eine Erscheinung des Auferstandenen berichten wollte. Das Fragment bricht mit «welchen der Herr» ab, und die letzten vier Wörter sind sinngemäß aus Mark. 2,14 ergänzt.

Das Nikodemus-Evangelium

Einleitung

Der Titel «Nikodemus-Evangelium» ist zwar nicht unpassend, da Nikodemus (wegen Joh. 3) als heimlicher Christ und Joseph von Arimathia, der Jesus begrub, Hauptrollen spielen und als genuin jüdische Zeugen der christlichen Wahrheit auftreten. In der hier wiedergegebenen Fassung ist Nikodemus sogar der Autor der Pilatus-Akten oder ihrer unmittelbaren Vorlage (Prolog), obschon er nachher nicht nur in dritter Person auftritt, sondern als handelnde Person neu eingeführt wird (Kap. 5, Vers 1). Das Nikodemus-Evangelium setzt sich aus zwei Teilen zusammen, die zwar in der vorliegenden Fassung zusammengefügt, aber doch zwei sehr verschiedenartige Texte sind: Die Pilatus-Akten sind eine Ausschmückung der Berichte in den Evangelien über den Prozeß, die Grablegung und Auferstehung Jesu, mit der Tendenz, Pilatus noch sehr viel mehr zu entlasten, als es dort geschieht, und die Schuld der «schlechten» Juden – im Unterschied zu den «guten» – noch zu steigern. Der Höllenfahrtsbericht (vor allem ab Kap. 2 bzw. 18) ist demgegenüber eine ganz selbständige Einheit, die anschaulich schildert, wie die Unterwelt mit den Seelen der alttestamentlichen Väter durch Christus unmittelbar nach seiner Auferstehung aufgebrochen wird, was später in der christlichen Kunst (vgl. Anm. 9) gern gezeigt wurde. Interessant ist, daß die Unterwelt (also nicht die Hölle, in der Gottlose gequält werden) als reale Höhle und Aufenthaltsort der bisherigen Menschheit (oder nur der Rettungswürdigen) geschildert und gleichzeitig durch den griechischen Unterweltsgott Hades als Vorsteher repräsentiert, ja perso-

nifiziert wird, während andererseits der Satan dort nur als Gast anwesend zu sein scheint.

Es muß Vorformen dieser Pilatus-Akten schon im 2. Jahrhundert gegeben haben, sicher waren sie im 4. Jahrhundert bekannt, aber unser Text, der der älteste erhaltene ist, gibt im Prolog das Jahr 425 für die Niederschrift an. Auch die Höllenfahrtserzählung muß erheblich älter sein. Am ältesten ist wohl der Brief des Pilatus an den Kaiser, den wir am Ende wiedergeben. Über ihn (oder eine sehr ähnliche Fassung desselben) spricht schon Tertullian um 200 n. Chr. Er war ursprünglich als Brief an Tiberius (Kaiser von 14 bis 37 n. Chr.), nicht an seinen Nachfolger Claudius, abgefaßt. Echt sind weder dieser Brief noch irgendwelche Stücke des Nikodemus-Evangeliums. Wirkliche Akten des Prozesses Jesu gibt es nicht, dagegen existiert eine wissenschaftliche Literatur, die sich um die Rekonstruktion der Verfahren bemüht, die zur Hinrichtung Jesu führten (vgl. Bibliographie S. 757).

Es gibt in der koptischen Kirche die Tradition der Verehrung des Pilatus als eines Heiligen, wozu eine Erzählung von seinem Martyrium, ausgelöst durch den Brief an den Kaiser, gehört, während umgekehrt im Westen eine Art Verteufelung des Pilatus die Form annahm, die wir im folgenden mit den Worten des Bearbeiters und Übersetzers des Nikodemus-Evangeliums, Felix Scheidweiler, wiedergeben:

«In allen drei westlichen Darstellungen von Pilatus' Tod ist Tiberius schwer krank. Er hört von dem wundertätigen Arzt Jesus und erhofft von ihm Heilung. Sein Abgesandter Volusianus muß aber von Pilatus hören, daß Jesus nicht mehr lebt. Er trifft aber Veronika, deren Schweißtuch das Wunder wirkende Bild Jesu trägt, und nimmt sie nach Rom mit. So wird Tiberius geheilt.

Seine Strafe trifft nun den Pilatus. Zwar weiß dieser sich eine Zeitlang vor dem Zorn des Kaisers zu schützen, indem er den nahtlosen Rock Jesu anzieht. Doch das kommt heraus, und nun zwingt ihn der Kaiser zum Selbstmord. Die Leiche wird in den Tiber geworfen. Dort lockt sie die bösen Geister an, die sich in einer Weise austoben, daß alle Anwohner von Schrecken erfüllt werden. So wird denn die Leiche aus dem Tiber gezogen und in der Rhone versenkt. Aber auch dort wiederholt sich das Toben der bösen Geister, so daß die Bewohner von Vienna, welches als via gehennae (Weg zur Hölle) mit Rücksicht auf Pilatus gedeutet wird, ihn ebenfalls los sein wollen. Er kommt dann in die Gegend von Lausanne und findet, auch von da fortgeschafft, seine Ruhe endlich in einem von Bergen umgebenen Brunnen, also in einem Alpensee bei dem nach ihm benannten Berge. Dort stört das Rumoren der Geister nicht mehr.» (Hennecke-Schneemelcher, Bd. II, S. 358.)

Pilatus-Akten

Prolog

Ich, Ananias, Leibgardist mit Offiziersrang, gesetzeskundig, erkannte aus der Heiligen Schrift, an die ich gläubigen Herzens herantrat, daß Jesus Christus unser Herr ist, und wurde auch der heiligen Taufe für würdig befunden. Da ich nun auch nach den seinerzeit aufgesetzten Prozeßakten unseres Herrn Jesu Christi forschte und nach dem, was die Juden unter Pontius Pilatus schriftlich niederlegten, so fand ich diese Akten in hebräischer Sprache und übersetzte sie nach Gottes Willen ins Griechische zur Kenntnisnahme für alle, die den Namen unseres Herrn Jesus Christus anrufen, im 18. Jahre der Regierung unseres Kaisers Flavius Theodosius und im 5. Jahre des Nobilissimats des Flavius Valentinianus, in der 9. Indiktion[1].

Alle, die ihr das leset und abschreibet, gedenket mein und betet für mich, damit Gott mir gnädig sei und mir das, was ich gegen ihn gesündigt habe, gütig verzeihe. Friede allen, die es lesen und hören, und ihren Hausgenossen. Amen.

Im 19. Regierungsjahr des römischen Kaisers Tiberius, als Herodes König von Galiläa war, im 19. Jahre seiner Herrschaft, am 8. Tage vor den Kalenden des April oder am 25. März, unter dem Konsulate des Rufus und Rubellio, im 4. Jahre der 202. Olympiade, unter dem jüdischen Hohenpriester Joseph Kaiphas[2].

Was Nikodemus nach der Passion des Herrn am Kreuze über das Vorgehen der Hohenpriester und der übrigen Juden festgestellt und überliefert hat –

es hat aber derselbe Nikodemus seine Feststellungen in hebräischer Sprache zusammengestellt –, das lautet ungefähr folgendermaßen:

1

1 Die Hohenpriester und Schriftgelehrten Annas und Kaiphas, Semes, Dathaes und Gamaliel, Judas, Levi und Nephthalim, Alexander und Jairus und die übrigen Juden hielten nämlich eine Ratssitzung ab und kamen dann zu Pilatus, um Jesus wegen vieler Vergehen anzuklagen. Sie erklärten: Wir wissen, daß dieser der Sohn des Zimmermanns Joseph und von Maria geboren ist; trotzdem behauptet er, er sei Gottes Sohn und ein König. Aber er schändet auch den Sabbat und will unser väterliches Gesetz abschaffen. Pilatus entgegnete: Was tut er denn, daß er es abschaffen will? Darauf die Juden: Wir haben ein Gesetz, am Sabbat solle man keinen heilen. Dieser aber hat Lahme, Bucklige, Ausgemergelte, Blinde, Paralytiker und Besessene am Sabbat mit verwerflichen Mitteln geheilt. Pilatus fragte sie: Mit welchen verwerflichen Mitteln? Sie entgegneten ihm: Er ist ein Magier und vertreibt mit Hilfe Beelzebubs, des Herrschers der Teufel, die bösen Geister, und alles ist ihm untertänig. Darauf Pilatus zu ihnen: Das bedeutet nicht mit Hilfe eines unreinen Geistes die Dämonen austreiben, sondern mit Hilfe des Gottes Asklepios. 2 Da sagten die Juden zu Pilatus: Wir bitten deine Hoheit, ihn vor deinen Richterstuhl zu stellen und zu verhören. Und Pilatus rief sie näher heran und sprach: Saget mir! wie kann ich als Statthalter einen König verhören? Sie antworteten:

Wir behaupten nicht, daß er ein König ist, sondern daß er sich dafür ausgibt. Da rief Pilatus seinen Läufer und sprach zu ihm: In rücksichtsvoller Weise soll Jesus vorgeführt werden. Der Läufer aber ging hinaus, und da er ihn erkannte, bezeigte er ihm seine Ehrfurcht. Er nahm ein Tuch, das er in seiner Hand hatte, breitete es auf dem Boden aus und sprach zu ihm: Herr, wandle auf diesem und geh hinein. Denn es ruft dich der Statthalter. Als aber die Juden sahen, was der Läufer tat, schrien sie gegen Pilatus und sagten: Weshalb hast du ihn nicht von einem Herold holen lassen statt vom Läufer? Denn der Läufer erwies ihm, sobald er ihn erblickte, seine Ehrfurcht, und sein Tuch breitete er auf der Erde aus und hieß ihn wie einen König darauf wandeln. 3 Da rief Pilatus den Läufer zu sich und sprach zu ihm: Weshalb hast du das getan und dein Tuch auf dem Boden ausgebreitet und Jesus darauf wandeln lassen? Der Läufer antwortete ihm: Herr Statthalter, als du mich nach Jerusalem zu Alexander schicktest, sah ich ihn auf einem Esel sitzen, und die Kinder der Hebräer hielten Zweige in ihren Händen und schrien; andere aber breiteten ihre Gewänder vor ihm aus, wobei sie ausriefen: Rette doch, der du weilst in der Höhe! Gesegnet sei, der da kommt im Namen des Herrn![3]
4 Da schrien die Juden den Läufer an: Die Kinder der Hebräer riefen doch auf hebräisch, woher weißt du's auf griechisch? Der Läufer erwiderte: Ich fragte einen der Juden und sprach: Was ist das, was sie auf hebräisch rufen? Und jener verdolmetschte es mir. Da sagte Pilatus zu ihnen: Was aber riefen sie auf hebräisch? Die Juden antworteten: Hosanna membrome baruchamma adonai.

Pilatus fragte weiter: Und das Hosanna usw., wie wird das übersetzt? Die Juden erwiderten: Rette doch, der du in der Höhe weilst! Gesegnet sei, der da kommt im Namen des Herrn! Nun sprach Pilatus zu ihnen: Wenn ihr die Äußerungen der Kinder bestätigt, worin hat dann der Läufer gefehlt? Da verstummten sie. Der Statthalter aber wandte sich an den Läufer: Geh hinaus und führe ihn herein, auf welche Art du willst! Da ging der Läufer hinaus und verfuhr nach der vorigen Weise und sprach zu Jesus: Geh hinein! Der Statthalter
ruft dich. 5 Als nun Jesus hineinging, während die
Standartenträger die Standarten hielten, da verneigten sich die kaiserlichen Brustbilder auf den Standarten und bezeigten Jesus ihre Ehrfurcht. Da aber die Juden das Verhalten der Standarten sahen, wie sie sich neigten und Jesus ihre Ehrfurcht bezeigten, da schrien sie überlaut gegen die Standartenträger. Pilatus aber sprach zu ihnen: Staunt ihr nicht darüber, wie die Kaiserbilder sich neigten und Jesus ihre Ehrfurcht bezeigten? Darauf die Juden zu Pilatus: Wir sahen, wie die Standartenträger diese senkten und ihm damit ihre Ehrfurcht bezeigten. Da rief der Statthalter die Standartenträger und fragte sie: Weshalb habt ihr das getan? Sie antworteten: Wir sind griechische Männer und im Tempeldienst. Welchen Anlaß hatten wir also, ihn zu verehren? Wir hielten die Kaiserbilder; diese aber neigten sich von sich aus und verehrten ihn.
6 Daraufhin schlug Pilatus den Synagogenvorstehern und den Ältesten des Volkes vor: Wählet recht kräftige Männer zum Tragen der Standarten aus! Dann wollen wir sehen, ob die Bilder von sich aus sich neigen. Da bestimmten die Ältesten der

Juden zwölf recht kräftige Männer und hießen sie je sechs die Standarten halten, und sie mußten vor dem Richterstuhl des Statthalters Aufstellung nehmen. Pilatus aber sprach zum Läufer: Führe ihn aus dem Prätorium hinaus und wieder herein, auf welche Art du willst! Und Jesus verließ mit dem Läufer das Prätorium. Pilatus aber rief die bisherigen Träger der Kaiserbilder und erklärte ihnen: Ich habe beim Heil des Kaisers geschworen, wenn die Standarten beim Eintritt Jesu sich jetzt nicht verneigen, daß ich dann euch die Köpfe werde abschneiden lassen. Und der Statthalter befahl, Jesu solle zum zweiten Mal eintreten. Und der Läufer verfuhr wie vorher und forderte Jesus auf, auf das Tuch zu treten. Dieser trat darauf und ging hinein. Und als er hineinging, da neigten sich wieder die Standarten und bezeigten ihm ihre Verehrung.

2

1 Als Pilatus das sah, geriet er in Furcht und wollte vom Richterstuhl aufstehen. Und während er noch ans Aufstehen dachte, schickte seine Frau zu ihm und ließ sagen: Habe du nichts mit diesem Gerechten zu tun! Denn ich habe in der Nacht viel seinetwegen ausstehen müssen (Matth. 27,19). Da rief Pilatus alle Juden herbei, stand auf und sagte zu ihnen: Ihr wißt, daß meine Frau gottesfürchtig ist und eher mit euch dem Judentum anhängt. Sie antworteten ihm: Ja, das wissen wir. Weiter sprach Pilatus zu ihnen: Seht, da schickte meine Frau und ließ mir sagen: Habe du nichts mit diesem Gerechten zu tun! Denn ich habe in der Nacht viel seinetwegen ausstehen müssen. Darauf antworte-

ten die Juden dem Pilatus: Haben wir dir nicht gesagt, daß er ein Magier ist? Siehe, da hat er zu deiner Frau einen Traum geschickt. 2 Pilatus aber ließ Jesus rufen und sprach zu ihm: Was bezeugen diese wider dich? Sagst du nichts dazu? Jesus entgegnete: Stünde es nicht in ihrer Macht, so würden sie nichts vorgebracht haben. Denn jeder hat Macht über seinen Mund, zu reden Gutes und Böses. Da sollen sie selbst zusehen. 3 Darauf griffen die Ältesten der Juden ein und sprachen zu Jesus: Was sollen wir sehen? Erstens, daß du außerehelich geboren bist. Zweitens, daß deine Geburt den Tod der Kindlein von Bethlehem bedeutet hat, und drittens, daß dein Vater Joseph und deine Mutter Maria nach Ägypten geflohen sind, weil sie bei den Leuten nichts galten. 4 Da erklärten einige der dabeistehenden Juden, gewissenhafte Männer: Wir bestreiten, daß er aus einem vorehelichen Verhältnis stammt; wir wissen, daß Joseph Maria geheiratet hat und keinerlei Hurerei zu seiner Geburt geführt hat. Pilatus sprach daraufhin zu den Juden, die uneheliche Abstammung behauptet hatten: Eure Aussage entspricht nicht der Wahrheit; denn Vermählung hat stattgefunden, wie eure eigenen Volksgenossen zugeben. Darauf Annas und Kaiphas zu Pilatus: Wir, die ganze Volksmenge, schreien, daß er aus Hurerei stammt, und finden keinen Glauben. Diese da sind Proselyten und Jünger von ihm. Und Pilatus rief Annas und Kaiphas zu sich und fragte sie: Was sind Proselyten? Sie antworteten: Solche wurden geboren als Kinder von Griechen und sind jetzt Juden geworden. Da erklärten die, welche bestritten hatten, daß er aus vorehelichem Verkehr stamme, nämlich

Lazarus, Asterius, Antonius, Jakobus, Amnes, Zeras, Samuel, Isaak, Phinees, Krispus, Agrippa und Judas: Wir sind keine Proselyten, sondern Abkömmlinge von Juden und reden die Wahrheit. Denn wir waren bei der Hochzeit von Joseph und Maria zugegen. 5 Pilatus rief nun diese zwölf Männer, die seine uneheliche Geburt bestritten, heran und sprach zu ihnen: Ich nehme euch einen Eid ab beim Heil des Kaisers, daß eure Aussage, er sei nicht unehelich geboren, wahr ist. Da erklärten sie dem Pilatus: Wir haben ein Gesetz, nicht zu schwören. Denn Schwören ist Sünde. Sie aber sollen beim Heil des Kaisers schwören, daß es sich nicht so verhält, wie wir es sagten. Dann wollen wir des Todes sein. Pilatus wandte sich also an Annas und Kaiphas: Wie, ihr antwortet nichts darauf? Annas und Kaiphas aber erklärten dem Pilatus: Diesen zwölf Männern wird geglaubt, er entstamme nicht der Hurerei. Wir aber, das ganze Volk, schreien, er sei ein uneheliches Kind und ein Magier und werfe sich zum Sohn Gottes und König auf, aber man glaubt uns nicht. 6 Und Pilatus schickte die ganze Menge hinaus außer den zwölf Männern, die seine uneheliche Geburt bestritten, und auch Jesus ließ er absondern. Jene aber fragte er: Aus welchem Grunde wollen sie ihn töten? Sie antworteten dem Pilatus: Sie ereifern sich, weil er am Sabbat heilt. Darauf Pilatus: Wegen eines guten Werkes wollen sie ihn töten? Sie erwiderten ihm: Ja.

3

1 Und Pilatus wurde von Zorn erfüllt, ging hinaus aus dem Prätorium und sprach zu ihnen: Ich

nehme den Sonnengott zum Zeugen, daß ich keine Schuld an diesem Menschen finde. Antworteten die Juden und sprachen zum Statthalter: Wäre dieser nicht ein Verbrecher, so hätten wir ihn dir nicht übergeben (Joh. 18,30). Da sagte Pilatus: Nehmt ihr ihn und richtet ihn nach eurem Gesetz! Darauf die Juden zu Pilatus: Uns ist es nicht erlaubt, jemanden zu töten (Joh. 18,31). Und Pilatus: Euch hat also Gott verboten zu töten, mir aber erlaubt[4]?
2 Und Pilatus ging wieder ins Prätorium, rief Jesus gesondert zu sich und fragte ihn: Du bist der König der Juden? Jesus antwortete dem Pilatus: Fragst du das aus dir selbst, oder haben andere dir das von mir gesagt? Pilatus entgegnete Jesus: Ich bin doch kein Jude! Dein Volk und die Hohenpriester haben dich mir überliefert. Was hast du getan? Jesus antwortete: Mein Reich ist nicht von dieser Welt. Denn wäre mein Reich von dieser Welt, so würden meine Diener für mich streiten, damit ich den Juden nicht ausgeliefert würde. Nun aber ist mein Reich nicht von hier. Da sagte Pilatus zu ihm: Bist du also ein König? Jesus antwortete ihm: Du sagst es, daß ich ein König bin. Denn dazu bin ich geboren und gekommen, damit jeder, der aus der Wahrheit ist, meine Stimme höre. Darauf Pilatus: Was ist Wahrheit? (Joh. 18,33–37). Da erwiderte ihm Jesus: Die Wahrheit stammt vom Himmel. Und Pilatus: Gibt es auf Erden keine Wahrheit? Darauf Jesus zu Pilatus: Du siehst doch, wie die, welche die Wahrheit sagen, von den irdischen Machthabern gerichtet werden.

4

1 Und Pilatus ließ Jesus im Prätorium, ging hinaus zu den Juden und sprach zu ihnen: Ich finde keine Schuld an ihm (Joh. 18,38). Da erklärten ihm die Juden: Er hat gesagt: Ich kann diesen Tempel zerstören und ihn in drei Tagen wieder aufbauen (Matth. 26,61). Darauf Pilatus: Welchen Tempel? Die Juden: Den Salomon in sechsundvierzig Jahren gebaut hat. Er aber sagt, er zerstöre ihn und baue ihn wieder auf in drei Tagen. Da sprach Pilatus zu ihnen: Ich bin unschuldig an dem Blut dieses Gerechten. Da mögt ihr zusehen! Die Juden erwiderten: Sein Blut komme über uns und unsere Kinder! (Matth. 27,24f.). 2 Darauf rief Pilatus die Ältesten, Priester und Leviten zu sich und sprach zu ihnen insgeheim: Handelt nicht so! Nichts, dessen ihr ihn bezichtigt, ist des Todes würdig. Denn eure Anklage lautet auf Krankenheilung und Sabbatschändung. Die Ältesten, Priester und Leviten entgegneten: Wenn einer den Kaiser lästert, ist er des Todes schuldig oder nicht? Pilatus: Er ist des Todes schuldig. Darauf die Juden zu Pilatus: Wenn einer den Kaiser lästert, ist er des Todes schuldig, er aber hat Gott gelästert. 3 Da hieß der Statthalter die Juden aus dem Prätorium hinausgehen, rief Jesus zu sich und sprach zu ihm: Was soll ich mit dir anfangen? Jesus antwortete dem Pilatus: Was in deine Macht gegeben wurde. Pilatus: Inwiefern das? Jesus: Moses und die Propheten haben meinen Tod und meine Auferstehung vorherverkündet. Die Juden hatten gelauscht und es gehört und sagten zu Pilatus: Was hast du davon, diese Lästerung anzuhören? Darauf Pilatus zu den Juden: Wenn diese

Rede eine Lästerung ist, so nehmt ihr ihn doch, führt ihn in eure Synagoge und richtet ihn nach eurem Gesetz! (Joh. 18,31). Die Juden entgegneten dem Pilatus: In unserem Gesetz steht: Wenn ein Mensch sich gegen einen Menschen verfehlt, so soll er vierzig Schläge weniger einen erhalten, wer
aber Gott lästert, soll gesteinigt werden. 4 Da
sagte Pilatus zu ihnen: Nehmt ihr ihn doch und bestraft ihn nach eurem Belieben! Darauf die Juden zu Pilatus: Wir wollen, daß er gekreuzigt werde.
Pilatus: Er verdient den Kreuzestod nicht. 5 Der
Statthalter schaute sich nun die herumstehenden Massen der Juden an. Er sah, wie viele von den Juden weinten, und sprach: Nicht das ganze Volk will, daß er sterbe. Die Ältesten aber der Juden erklärten: Deshalb sind wir, das ganze Volk, gekommen, damit er sterbe. Pilatus zu den Juden: Weshalb soll er sterben? Die Juden: Weil er sich Sohn Gottes und König genannt hat.

5

1 Da trat Nikodemus, ein Jude, vor den Statthalter und sprach: Ich bitte, Verehrungswürdiger, mir wenige Worte zu gestatten. Pilatus entgegnete: Sprich! Darauf Nikodemus: Ich sprach zu den Ältesten, Priestern, Leviten und dem ganzen Volke in der Synagoge: Was habt ihr mit diesem Menschen vor? Dieser Mensch tut viele Zeichen und Wunder, wie sie keiner getan hat noch tun wird. Lasset von ihm und plant nichts Böses gegen ihn! Wenn die Zeichen, die er bewirkt, von Gott sind, so werden sie Bestand haben; sind sie Menschenwerk, dann werden sie zunichte werden (Apg.

5,38f.). Denn auch Moses wirkte, von Gott gesandt, in Ägypten viele Wunder, die Gott ihn vor Pharao, dem König von Ägypten, wirken hieß. Und es waren da Diener Pharaos, Jannes und Jambres, und diese wirkten auch nicht wenige von den Wundern, die Moses vollbracht hatte, und die Ägypter hielten sie wie Götter, den Jannes und den Jambres. Aber da die Zeichen, die sie wirkten, nicht von Gott waren, gingen sie selbst und die, welche ihnen glaubten, zugrunde. Und jetzt lasset ab von diesem Menschen! Denn er verdient den Tod nicht. 2 Darauf die Juden zu Nikodemus: Du bist ein Jünger von ihm geworden und trittst deshalb für ihn ein. Nikodemus entgegnete ihnen: Ist etwa auch der Statthalter sein Jünger geworden, so daß er deshalb für ihn eintritt? Hat ihn nicht der Kaiser auf diesen hohen Platz gestellt? Da ergrimmten die Juden und knirschten mit den Zähnen gegen Nikodemus. Pilatus aber sprach zu ihnen: Warum knirscht ihr mit den Zähnen gegen ihn, wenn ihr die Wahrheit hört? Darauf die Juden zu Nikodemus: Nimm dir seine Wahrheit, ergreif seine Partei! Und Nikodemus: Wahrlich, es geschehe, wie ihr gesagt habt!

6

1 Da eilte einer der Juden herbei und bat den Statthalter ums Wort. Der Statthalter erwiderte: Wenn du etwas sagen willst, so sage es. Der Jude aber sprach: Ich war achtunddreißig Jahre durch ein schmerzvolles Leiden ans Bett gefesselt. Und als nun Jesus auftrat, da wurden viele Besessene und an mancherlei Krankheiten Darniederliegende

von ihm geheilt. Und einige Jünglinge hatten Mitleid mit mir, hoben mich samt dem Bett auf und trugen mich zu ihm. Und als Jesus mich sah, faßte ihn Erbarmen, und er sprach zu mir: Nimm dein Bett und wandle! Und ich nahm mein Bett und wandelte (Mark. 2,1 ff.; Joh. 5,1 ff.). Darauf die Juden zu Pilatus: Frage ihn, welcher Tag es war, an dem er geheilt wurde. Der Geheilte erklärte: An einem Sabbat. Die Juden: Haben wir dich nicht dahingehend unterrichtet, daß er am Sabbat heilt und die Dämonen austreibt? 2 Und ein anderer Jude eilte herbei und sprach: Ich wurde blind geboren, hörte wohl, wenn einer redete, sah aber sein Gesicht nicht. Und als Jesus vorbeiging, rief ich mit lauter Stimme: Habe Erbarmen mit mir, Sohn Davids! Und er hatte Erbarmen mit mir, legte seine Hände auf meine Augen, und ich konnte sogleich sehen (Mark. 10,46 ff.). Und ein anderer Jude eilte herbei und sagte: Ich war bucklig, und er hat mich durch ein Wort geradegemacht. Und wieder ein anderer sagte: Ich war aussätzig, und durch ein Wort heilte er mich.

7

Und ein Weib mit Namen Bernike[5] schrie von weitem und sagte: Ich litt am Blutfluß und berührte den Saum seines Gewandes, und der Blutfluß, der zwölf Jahre angedauert hatte, hörte auf (Mark. 5,25 ff.). Da sagten die Juden: Wir haben ein Gesetz, ein Weib nicht zum Zeugnis zuzulassen.

8

Und andere, eine Menge Männer und Frauen, schrien: Dieser Mensch ist ein Prophet, und die Geister sind ihm untertänig. Da sprach Pilatus zu denen, die gesagt hatten, die Geister seien ihm untertänig: Weswegen sind nicht auch eure Lehrer ihm untertänig? Sie antworteten dem Pilatus: Das wissen wir nicht. Andere sagten, er habe den toten Lazarus nach vier Tagen aus dem Grabe auferweckt. Da begann der Statthalter zu zittern und sagte zur gesamten Menge der Juden: Weshalb wollt ihr unschuldiges Blut vergießen?

9

1 Und er rief den Nikodemus zu sich und die zwölf Männer, die seine uneheliche Geburt bestritten hatten, und fragte sie: Was soll ich tun? Das Volk wird aufrührerisch. Sie antworteten ihm: Wir wissen es nicht. Sie selbst mögen zusehen. Wieder berief Pilatus die gesamte Menge der Juden und sprach: Ihr kennt die Sitte, euch am Feste der ungesäuerten Brote einen Gefangenen freizugeben. Ich habe nun im Gefängnis einen wegen Mordes Verurteilten, der Barabbas heißt, und diesen Jesus, der vor euch steht, an dem ich keine Schuld finde. Welchen soll ich euch freigeben? Die aber schrien: Den Barabbas! Darauf Pilatus: Was soll ich nun mit Jesus tun, den man den Messias nennt? Die Juden schrien: Er soll gekreuzigt werden (Matth. 27,15 ff.). Einige Juden aber antworteten: Du bist kein Freund des Kaisers, wenn du diesen freiläßt (Joh. 19,12). Denn er hat sich Sohn Gottes

und König genannt. Du willst also diesen zum Herrscher und nicht den Kaiser. 2 Da wurde Pilatus zornig und fuhr die Juden an: Immer neigt euer Volk zum Aufruhr und zur Rebellion gegen eure Wohltäter. Die Juden fragten: Welche Wohltäter? Pilatus erwiderte: Wie ich gehört habe, hat euer Gott euch aus Ägypten weggeführt aus harter Knechtschaft und euch wohlbehalten durchs Meer geleitet, als ob es trockenes Land gewesen wäre, und in der Wüste ernährte er euch, gab euch Manna und Wachteln, tränkte euch mit Wasser aus Felsen und gab euch das Gesetz. Und nach alledem erregtet ihr den Zorn eures Gottes: ihr wolltet ein gegossenes Kalb haben und erbittertet dadurch euren Gott, und er wollte euch vernichten; und Moses flehte um Gnade für euch, dadurch entgingt ihr dem Tode. Und jetzt bezichtigt ihr mich, daß ich den Kaiser hasse. 3 Er stand auf vom Richterstuhl und wollte weggehen. Da schrien die Juden: Wir kennen als König nur den Kaiser und nicht den Jesus. Freilich die Weisen brachten ihm aus dem Morgenland Geschenke, als ob er ein König wäre. Und als Herodes von den Weisen hörte, daß ein König geboren wäre, da suchte er ihn, um ihn zu töten. Als aber sein Vater Joseph das erfuhr, da nahm er ihn und seine Mutter, und sie flohen nach Ägypten. Und als Herodes das hörte, da ließ er die Kinder der Hebräer, soweit sie in Bethlehem geboren waren, umbringen. 4 Als Pilatus diese Worte hörte, bekam er Angst. Und er gebot den Massen Schweigen, weil sie noch immer schrien, und fragte sie: Also dieser ist es, den Herodes suchte? Die Juden antworteten: Ja, dieser ist es. Da nahm Pilatus Wasser, wusch sich die Hände vor der

Sonne und sagte: Ich bin unschuldig an dem Blute dieses Gerechten. Da mögt ihr zusehen. Wiederum schrien die Juden: Sein Blut komme über uns und unsere Kinder! (Matth. 27,24f.). Da ließ Pilatus den Vorhang vor den Richterstuhl ziehen, auf dem er saß, und sprach zu Jesus: Dein Volk hat dich der Anmaßung des Königsnamens überführt. Daher habe ich entschieden, daß du entsprechend der Satzung der frommen Kaiser zuerst gegeißelt und danach am Kreuze aufgehängt werdest in dem Garten, wo du gefaßt wurdest. Und Dysmas und Gestas, die beiden Missetäter, sollen mit dir gekreuzigt werden.

10

1 Und Jesus verließ das Prätorium und mit ihm die beiden Missetäter. Und als sie an den vorgeschriebenen Ort kamen, entkleideten sie ihn und umgürteten ihn mit einem linnenen Schurz und setzten ihm eine Dornenkrone aufs Haupt. Ebenso wie ihn hingen sie auch die beiden Missetäter auf. Aber Jesus sprach: Vater, vergib ihnen, denn sie wissen nicht, was sie tun (Luk. 23,34). Und die Soldaten verteilten seine Kleider untereinander. Und das Volk stand da und schaute auf ihn. Und es verhöhnten ihn die Hohenpriester und mit ihnen die Obersten, indem sie sagten: Anderen hat er geholfen, er helfe sich selbst! Wenn er Gottes Sohn ist, steige er herab vom Kreuze! Es verspotteten ihn aber auch die Soldaten, indem sie herantraten und ihm Essig mit Galle anboten und sagten: Wenn du der König der Juden bist, so hilf dir selbst! (Luk. 23,35 ff.). Es hatte aber Pilatus nach der Ur-

teilsverkündung den Befehl gegeben, die ihm zur Last gelegte Schuld in griechischer, römischer und hebräischer Sprache als Inschrift anzubringen entsprechend der jüdischen Anklage, er sei König der Juden (Joh. 19,19f.). 2 Einer von den gekreuzigten Missetätern aber sprach zu ihm: Wenn du der Messias bist, dann rette dich und uns! Da griff Dysmas ein und schalt ihn: Fürchtest du denn Gott gar nicht, da das gleiche Urteil dich trifft? Und zwar uns mit Recht. Denn wir empfangen die gerechte Vergeltung für unsere Taten. Dieser aber hat nichts Böses getan. Und er wandte sich an Jesus: Herr, gedenke mein in deinem Reiche! Da sprach Jesus zu ihm: Wahrlich, ich sage dir, heute wirst du mit mir im Paradiese sein (Luk. 23,39ff.).

11

1 Und es war um die sechste Stunde, da verbreitete sich Finsternis über die Erde bis zur neunten Stunde, da die Sonne sich verdunkelte. Und der Vorhang des Tempels riß mittendurch. Und Jesus rief mit lauter Stimme: Vater, baddach ephkid ruel[6], was bedeutet: In deine Hände befehle ich meinen Geist. Und nach diesen Worten gab er den Geist auf. Als aber der Hauptmann sah, was geschah, pries er Gott und sprach: Dieser Mensch war ein Gerechter! Und die ganzen Menschenmassen, die bei diesem Schauspiel dabei waren, schlugen, als sie sahen, was geschah, an ihre Brust und kehrten um (Luk. 23,44–48). 2 Der Hauptmann aber meldete dem Statthalter das Geschehene. Als dieser und sein Weib das hörten, wurden sie von großer Trauer erfaßt, und sie aßen nicht und tran-

ken nicht an jenem Tage. Pilatus aber ließ die Juden kommen und fragte sie: Habt ihr gesehen, was geschah? Sie aber antworteten: Eine Sonnenfinsternis ist eingetreten nach gewohnter Art.
3 Es hatten auch Bekannte von ihm in der Ferne dabeigestanden und Frauen, die mit ihm von Galiläa gekommen waren und dies sahen. Ein Mann aber, mit Namen Joseph, ein Ratsherr aus der Stadt Arimathia, der auch auf das Reich Gottes wartete, dieser ging zu Pilatus und bat um den Leichnam Jesu. Und er nahm ihn herab, wickelte ihn in reine Leinwand und legte ihn in ein Felsengrab, in dem noch niemand gelegen hatte (Luk. 23,50–53).

12

1 Als die Juden hörten, daß Joseph um den Leichnam gebeten hatte, da suchten sie ihn und die zwölf, welche Jesu uneheliche Geburt bestritten hatten, und den Nikodemus und viele andere, die vor Pilatus geeilt waren und seine guten Taten kundgemacht hatten. Da aber alle anderen sich verborgen hielten, kam ihnen nur Nikodemus zu Gesicht, da er ein Amtsträger bei den Juden war. Und Nikodemus sprach zu ihnen: Wie kommt es, daß ihr euch in der Synagoge versammelt habt? Die Juden entgegneten ihm: Wie kamst du in die Synagoge? Du bist ja ein Vertrauter von ihm, und in der zukünftigen Welt wird er dein Teilhaber sein. Darauf Nikodemus: Wahrlich, so sei es! In gleicher Weise kam nun auch Joseph und sprach zu ihnen: Weshalb seid ihr aufgebracht gegen mich, weil ich um Jesu Leichnam gebeten habe? Seht, in mein neues Grab habe ich ihn gelegt, nachdem ich

ihn in reine Leinwand gewickelt hatte, und dann wälzte ich einen Stein vor den Eingang der Felshöhlung. Ihr habt nicht schön an dem Gerechten gehandelt, daß ihr keine Reue empfunden habt ob seiner Kreuzigung, sondern ihn sogar mit einer Lanze durchbohrt habt. Da packten die Juden den Joseph und befahlen, ihn in sichere Verwahrung zu bringen bis zum ersten Tag der Woche. Sie erklärten ihm: Wisse, daß die Stunde verbietet, dir etwas anzutun, denn der Sabbat bricht an. Wisse aber auch, daß du nicht einmal eines Grabes wirst gewürdigt werden, sondern daß wir dein Fleisch den Vögeln des Himmels vorwerfen werden. Joseph entgegnete: Diese Rede klingt nach dem Prahlhans Goliath, der den lebendigen Gott und den heiligen David schmähte. Es sprach doch Gott durch den Propheten: Mein ist die Rache, ich werde vergelten, spricht der Herr (Röm. 12,19; vgl. 5. Mose 32,35). Und jetzt hat der, welcher unbeschnitten am Leibe, aber beschnitten am Herzen ist, Wasser genommen und sich angesichts der Sonne die Hände gewaschen und erklärt: Ich bin unschuldig am Blute dieses Gerechten. Ihr mögt zusehen! Und ihr entgegnetet dem Pilatus: Sein Blut komme über uns und unsere Kinder! (Matth. 27,25). Und jetzt fürchte ich, daß Gottes Zorn über euch und eure Kinder kommt, wie ihr es gesagt habt. Als die Juden diese Worte hörten, da wurden sie erbittert in ihrem Herzen, sie legten Hand an Joseph und packten ihn und schlossen ihn in einem fensterlosen Bauwerk ein, und Wächter hatten an seiner Tür zu bleiben. Und sie versiegelten die Tür des Bauwerks, in dem Joseph eingeschlossen war.
2 Am Sabbat aber verfügten die Synagogenvorste-

her, Priester und Leviten, daß am ersten Wochentag sich alle in der Synagoge einzufinden hätten. Und das ganze Volk kam in aller Frühe, und man beriet in der Synagoge, welchen Todes man Joseph sterben lassen solle. Als nun der Hohe Rat Platz genommen hatte, da befahlen sie, ihn unter der schmählichsten Behandlung vorzuführen. Und sie öffneten die Tür, fanden ihn aber nicht. Und das ganze Volk entsetzte sich, und Bestürzung ergriff alle, weil sie die Siegel unverletzt fanden und Kaiphas die Schlüssel verwahrte. Und sie wagten nicht mehr Hand zu legen an die, welche vor Pilatus für Jesus eingetreten waren.

13

1 Während sie noch in der Synagoge saßen und wegen des Joseph ihrem Staunen Ausdruck gaben, da kamen Leute von der Wache, welche die Juden von Pilatus zur Bewachung des Grabes Jesu erbeten hatten, damit nicht etwa seine Jünger kämen und ihn stählen. Und die meldeten den Synagogenvorstehern, Priestern und Leviten, was geschehen war: wie da ein großes Erdbeben losbrach. Und wir sahen einen Engel vom Himmel herabsteigen, und er wälzte den Stein von dem Eingang der Felshöhlung und setzte sich auf ihn, und er glänzte wie der Schnee und der Blitz. Und wir gerieten in große Angst und lagen da wie Tote (Matth. 28,2–4). Und wir hörten die Stimme des Engels, wie er zu den Frauen sprach, die beim Grabe weilten: Fürchtet euch nicht! Ich weiß, daß ihr Jesus sucht, den Gekreuzigten. Er ist nicht hier. Er wurde auferweckt, wie er sagte. Kommt her

und sehet den Ort, wo der Herr lag. Und gehet gleich los und meldet seinen Jüngern, daß er von den Toten auferweckt wurde und in Galiläa weilt (Matth. 28,5–7). 2 Da fragten die Juden: Mit was für Frauen sprach er? Die Leute von der Wache antworteten: Wir wissen nicht, welche es waren. Darauf die Juden: Zu welcher Stunde geschah es? Die Wachleute erwiderten: Um Mitternacht. Die Juden weiter: Und weshalb habt ihr die Frauen nicht ergriffen? Die Wachleute: Wir waren wie tot von der Furcht und glaubten, wir würden das Licht des Tages nicht mehr erblicken; wie hätten wir sie da festnehmen können? Da erklärten die Juden: So wahr der Herr lebt, wir glauben euch nicht. Darauf die Wachleute zu den Juden: So viele Wunder habt ihr bei diesem Menschen gesehen und nicht geglaubt; wie könnt ihr da uns glauben? Ihr habt mit Fug geschworen: So wahr der Herr lebt. Denn jener lebt. Die Wachleute fuhren fort: Wir haben gehört, daß ihr denjenigen, der um die Leiche Jesu bat, eingesperrt habt, indem ihr die Tür versiegeltet, und daß ihr beim Öffnen ihn nicht fandet. Gebt ihr uns also den Joseph, und wir werden euch den Jesus geben. Darauf die Juden: Der Joseph ist in seine Heimatstadt gegangen. Und die Wachleute zu den Juden: Und Jesus ist auferstanden, wie wir von dem Engel gehört haben, und weilt in Galiläa.
3 Als die Juden diese Worte gehört hatten, gerieten sie in große Furcht und sprachen: Daß nur nicht dieser Bericht zu den Ohren der Leute kommt und alle dem Jesus zufallen! Und die Juden faßten einen Beschluß, stifteten reichlich Geld und gaben es den Wachsoldaten mit den Worten: Saget, daß, als ihr schliefet, seine Jünger in der Nacht kamen und ihn

stahlen. Und wenn der Statthalter das hört, dann wollen wir ihm zureden und dafür sorgen, daß ihr unbekümmert bleibt (Matth. 28,12–14). Diese aber nahmen das Geld und redeten, wie sie angeleitet worden waren.

14

1 Phinees aber, ein Priester, und Adas, ein Lehrer, und Angäus, ein Levit, kamen von Galiläa nach Jerusalem und berichteten den Synagogenvorstehern, Priestern und Leviten: Wir sahen Jesus mit seinen Jüngern auf dem Berge sitzen, der Mamilch heißt. Und er befahl seinen Jüngern: Gehet in die ganze Welt und verkündet allen Menschen: Wer glaubt und sich taufen läßt, wird gerettet werden; wer aber nicht glaubt, der wird verdammt werden. Denen aber, die glauben, werden diese Wunderzeichen folgen: in meinem Namen werden sie böse Geister austreiben, mit neuen Zungen reden, Schlangen aufheben, und wenn sie etwas Todbringendes trinken, wird es ihnen keineswegs schaden; auf Kranke werden sie ihre Hände legen, und diese werden genesen (Mark. 16,16–18). Während nun Jesus noch zu seinen Jüngern sprach, sahen wir, wie er in den Himmel aufgenommen
wurde. 2 Da sprachen die Ältesten, Priester und Leviten: Gebt dem Gott Israels die Ehre und bekennet vor ihm, ob ihr wirklich das gehört und gesehen habt, so wie ihr es geschildert habt. Da sprachen die Berichterstatter: So wahr der Herr lebt, der Gott unserer Väter Abraham, Isaak und Jakob, das haben wir gehört, und wir sahen, wie er in den Himmel aufgenommen wurde. Darauf die Ältesten, Priester und Leviten: Kamt ihr, um uns

diese Botschaft zu verkünden, oder kamt ihr, um Gott euer Gebet darzubringen? Die aber antworteten: Um Gott unser Gebet darzubringen. Da sprachen die Ältesten, Hohenpriester und Leviten zu ihnen: Wenn ihr kamet, euer Gebet Gott darzubringen, wozu dann dieses dumme Geschwätz vor dem ganzen Volke? Darauf der Priester Phinees und der Lehrer Adas und der Levit Angäus zu den Synagogenvorstehern, Priestern und Leviten: Wenn die Worte, die wir sprachen über das, was wir hörten und sahen, Sünde sind, sehet, wir stehen vor euch. Verfahrt mit uns, wie es euch in euren Augen gut dünkt! Die aber nahmen das Gesetz und ließen sie schwören, keinem mehr diesen Bericht zu geben; und sie gaben ihnen zu essen und zu trinken und schickten sie aus der Stadt weg, nachdem sie ihnen Geld gegeben hatten und drei Männer als Begleiter, und sie hießen sie sich bis nach Galiläa entfernen; und die zogen los in Frieden.
3 Als aber jene Männer nach Galiläa aufgebrochen waren, da versammelten sich die Hohenpriester, die Synagogenvorsteher und die Ältesten in der Synagoge, verschlossen das Tor und erhoben ein großes Wehklagen und sprachen: Wozu ist dieses Wunder in Israel geschehen? Annas und Kaiphas aber sagten: Was regt ihr euch auf? Weshalb weinet ihr? Oder wisset ihr nicht, daß seine Jünger den Grabeswächtern reichlich Geld gaben, seinen Leichnam forttrugen und sie belehrten, sie sollten sagen, ein Engel sei vom Himmel gestiegen und habe den Stein vom Eingang des Grabes fortgewälzt? Die Priester und Ältesten aber warfen ein: Es mag sein, daß die Jünger seinen Leichnam stahlen. Wie aber kam die Seele wieder in den Leich-

Susanna und die beiden Alten

Zusätze zu Daniel. Geschichte von Susanna und Daniel, 19–23

nam, so daß Jesus jetzt in Galiläa weilt? Da jene darauf nichts erwidern konnten, kamen sie mit Mühe schließlich darauf zu sagen: Wir dürfen Unbeschnittenen nicht glauben.

15

1 Da stand Nikodemus auf, trat vor den Hohen Rat und sprach: Was ihr sagt, ist richtig. Volk des Herrn! Ihr wisset, daß die Männer, die von Galiläa kamen, gottesfürchtig und wohlhabend sind, daß sie die Habsucht hassen[7], daß sie Männer des Friedens sind. Und sie haben unter Eid erklärt: Wir haben Jesus auf dem Berge Mamilch mit seinen Jüngern gesehen. Er lehrte sie, was ihr von ihnen gehört habt. Und wir sahen, sagten sie, wie er in den Himmel aufgenommen wurde. Und keiner fragte sie, in welcher Weise diese Aufnahme vor sich ging. Wie uns nämlich die Heilige Schrift belehrt, wurde auch Elias in den Himmel aufgenommen, und Elisäus schrie mit lauter Stimme, und Elias warf seinen Schafpelz über Elisäus, und Elisäus warf den Schafpelz des Elias auf den Jordan, ging hinüber und kam nach Jericho. Und es begegneten ihm die Prophetenjünger und fragten: Elisäus, wo ist dein Meister Elias? Und er antwortete: Er ist in den Himmel aufgenommen worden. Jene aber sprachen zu Elisäus: Hat ihn etwa ein Geist entrafft und auf einen der Berge geworfen? Wohlan, laßt uns unsere Schüler mit uns nehmen und ihn suchen! Und sie überredeten den Elisäus, und er ging mit ihnen. Und sie suchten ihn drei Tage, ohne ihn zu finden, und erkannten so, daß er in den Himmel aufgenommen war (2. Kön. 2).

Und jetzt höret auf mich und lasset uns auf jeden Berg Israels senden und nachsehen, ob nicht Christus etwa von einem Geist emporgehoben und auf einen Berg geworfen wurde. Und allen gefiel dieser Vorschlag. Und sie sandten auf jeden Berg Israels und suchten Jesus und fanden ihn nicht. Sie fanden aber den Joseph in Arimathia, und keiner wagte, ihn festzunehmen. 2 Und sie meldeten den Ältesten, Priestern und Leviten: Wir gingen rings auf jeden Berg Israels und fanden Jesus nicht. Den Joseph aber fanden wir in Arimathia. Und da sie von Joseph hörten, freuten sie sich und gaben dem Gott Israels die Ehre. Und die Synagogenvorsteher, Priester und Leviten veranstalteten eine Ratsitzung über die Frage, auf welche Weise sie mit Joseph zusammentreffen könnten. Und sie nahmen eine Papyrusrolle und schrieben Joseph folgendes: Friede sei mit dir! Wir wissen, daß wir gegen Gott und gegen dich gesündigt haben, und wir beteten zum Gott Israels, du möchtest dich dazu herbeilassen, zu deinen Vätern und deinen Kindern zu kommen, weil Kummer uns alle erfaßt hat. Denn als wir die Tür öffneten, fanden wir dich nicht. Wir sind uns bewußt, daß wir einen bösen Plan gegen dich geschmiedet haben; aber der Herr hat sich deiner angenommen, und der Herr selbst hat unsern Anschlag gegen dich zunichte gemacht, geehrter Vater Joseph. 3 Und sie wählten aus ganz Israel sieben dem Joseph befreundete Männer, die auch Joseph selbst als Freunde anerkannte, und es sprachen zu ihnen die Synagogenvorsteher, Priester und Leviten: Schauet zu! Wenn er unseren Brief annimmt und liest, so wißt ihr, daß er mit euch zu uns kommen wird. Liest er ihn aber nicht,

so wißt ihr, daß er erbost ist auf uns. Dann verabschiedet euch von ihm in Frieden und kehret zu uns zurück! Und sie segneten die Männer und entließen sie. Nun gingen die Männer zu Joseph, grüßten ihn ehrerbietig und sprachen zu ihm: Friede sei mit dir! Er erwiderte: Friede sei mit euch und ganz Israel! Die aber gaben ihm die Briefrolle. Joseph nahm sie an, las und küßte den Brief, pries Gott und sprach: Gepriesen sei Gott, der die Israeliten davor bewahrt hat, unschuldiges Blut zu vergießen! Und gepriesen sei der Herr, der seinen Engel geschickt hat und mir unter seinen Fittichen Schutz bot! Und er lud sie zu Tisch. Sie aßen und tranken
und legten sich dort zur Ruhe. 4 Früh am Morgen
standen sie auf und sprachen ihr Gebet. Und Joseph sattelte seine Eselin und brach mit den Männern auf, und sie kamen zur heiligen Stadt Jerusalem. Und das ganze Volk ging dem Joseph entgegen und rief: Friede deinem Einzug! Er aber sprach zum ganzen Volke: Friede sei mit euch! Und alle küßten ihn und beteten mit Joseph und waren außer sich vor Freude, ihn zu sehen. Und Nikodemus nahm ihn in seinem Hause auf und bewirtete ihn großartig, und er berief die Ältesten, Priester und Leviten zu seinem Hause, und sie aßen und tranken fröhlich mit Joseph. Und nach einem Lobgesang ging jeder in sein Haus; Joseph aber blieb
im Hause des Nikodemus. 5 Am nächsten Mor-
gen – es war Rüsttag – kamen die Synagogenvorsteher, Priester und Leviten in aller Frühe zum Hause des Nikodemus. Nikodemus ging ihnen entgegen und sprach: Friede sei mit euch! Sie antworteten: Friede sei mit dir und mit Joseph, mit deinem ganzen Hause und mit dem ganzen Hause

Josephs! Und er führte sie in sein Haus. Und der ganze Hohe Rat nahm Platz, und Joseph saß zwischen Annas und Kaiphas. Und keiner wagte ihn anzureden. Da nahm Joseph das Wort: Weshalb habt ihr mich rufen lassen? Sie gaben dem Nikodemus einen Wink, daß er Joseph antworte. Nikodemus öffnete seinen Mund und sprach zu Joseph: Mein Vater, du weißt, daß die hochgeehrten Lehrer, Priester und Leviten von dir eine Auskunft wünschen. Joseph erwiderte: So fraget! Da nahmen Annas und Kaiphas das Gesetz und ließen Joseph schwören, indem sie sprachen: Gib dem Gott Israels die Ehre und bekenne vor ihm! Denn auch Achar, vom Propheten Josua in Eid genommen, schwor keinen Meineid, sondern bekannte ihm alles und verbarg ihm nichts (Jos. 7). So verbirg auch du uns nicht das Geringste! Joseph erwiderte: Ich werde euch nichts verschweigen. Da sprachen sie zu ihm: Wir waren sehr aufgebracht, als du um den Leichnam Jesu batest, ihn in reine Leinwand wickeltest und ihn ins Grab legtest. Und deshalb sperrten wir dich in ein fensterloses Bauwerk, verschlossen und versiegelten die Tür, und Posten wachten da, wo du eingeschlossen warst. Und am ersten Tage der Woche öffneten wir, fanden dich aber nicht und waren peinlich berührt, und das ganze Volk Gottes geriet in Bestürzung, die bis gestern andauerte. Und nun erzähle uns, was mit dir geschah! 6 Und Joseph erzählte: Am Rüsttag um die zehnte Stunde sperrtet ihr mich ein. Und ich blieb so den ganzen Sabbat. Als ich nun um Mitternacht dastand und betete[8], wurde das Gebäude, in das ihr mich eingesperrt hattet, an den vier Ecken in die Höhe gehoben, und ich sah etwas wie einen leuchtenden Blitz mit meinen Augen. Voller Furcht fiel ich zu Boden. Und jemand faßte mich bei der Hand und richtete mich von der Stelle, wo ich hingefallen war, auf, und etwas Feuchtes wie Wasser floß mir vom Kopf bis zu den Füßen, und der Geruch von duftendem Öl drang in meine Nase. Und er trocknete mein Gesicht, küßte mich und sprach zu mir: Fürchte dich nicht, Joseph! Öffne deine Augen und sieh, wer es ist, der mit dir spricht! Ich schlug die Augen auf und erblickte Jesus. Voller Schrecken glaubte ich, ein Gespenst zu sehen, und sprach die Zehn Gebote. Und er sprach sie mit mir. Wie ihr nun genau wisset, entweicht ein Gespenst schleunig, wenn es einem begegnet und die Zehn Gebote hört. Als ich also merkte, daß er sie mit mir sprach, sagte ich zu ihm: Rabbi Elias! Er erklärte: Ich bin nicht Elias. Und ich sprach zu ihm: Wer bist du, Herr? Er erwiderte: Ich bin Jesus, dessen Leichnam du von Pilatus erbeten, den du in reine Leinwand gewikkelt, auf dessen Antlitz du ein Schweißtuch gelegt und den du in deinem neuen Felsengrab beigesetzt hast, und dann hast du noch einen großen Stein vor den Eingang des Grabes gewälzt. Da forderte ich den Redenden auf: Zeig mir den Ort, wo ich dich hingelegt habe! Da trug er mich weg und zeigte mir den Ort, wo ich ihn hingelegt hatte. Und das linnene Tuch lag dort und das Schweißtuch, das sein Antlitz bedeckt hatte. Da erkannte ich, daß es Jesus war. Und er faßte mich bei der Hand und stellte mich bei verschlossenen Türen mitten in mein Haus, führte mich zu meinem Bett und sprach zu mir: Friede sei mit dir! Dann küßte er mich und sprach: Verlaß dein Haus nicht, bis vier

Tage verstrichen sind! Denn sieh, ich gehe zu meinen Brüdern nach Galiläa.

16

1 Als die Synagogenvorsteher, Priester und Leviten diesen Bericht von Joseph gehört hatten, wurden sie wie Tote und stürzten zu Boden und fasteten bis zur neunten Stunde. Da ermunterten Nikodemus und Joseph Annas und Kaiphas sowie die Priester und Leviten mit den Worten: Stehet auf und stellt euch auf eure Füße, genießet Brot und stärket eure Seelen! Denn morgen ist der Sabbat des Herrn. Da standen sie auf, beteten zu Gott, aßen und tranken und gingen dann ein jeder zu seinem Hause. 2 Am Sabbat aber hielten unsere Lehrer, Priester und Leviten eine Sitzung, forschten untereinander und sprachen: Was ist das für ein Zorn, der über uns kam? Wir kennen doch seinen Vater und seine Mutter. Da sagte der Lehrer Levi: Ich weiß, daß seine Eltern gottesfürchtige Leute sind und es am Gebet nicht fehlen lassen und dreimal im Jahr den Zehnten entrichten. Und als Jesus geboren war, trugen ihn seine Eltern hierhin und brachten Gott ihr Dankopfer und Brandopfer dar. Und damals nahm ihn der große Lehrer Symeon in seine Arme und sprach: Nun entlässest du deinen Knecht, Herr, nach deinem Worte in Frieden: denn meine Augen haben dein Heil gesehen, das du bereitet hast im Angesicht aller Völker, ein Licht zur Offenbarung für die Heiden und zum Ruhme deines Volkes Israel. Und Symeon segnete sie und sprach zu Maria, seiner Mutter: Ich verkünde dir gute Botschaft betreffs dieses Kindes.

Und Maria entgegnete: Gutes, mein Herr? Und Symeon sprach zu ihr: Gewiß! Siehe, dieser ist bestimmt zum Fallen und Aufstehen vieler in Israel und zu einem Zeichen, dem widersprochen wird, und durch deine eigene Seele wird ein Schwert dringen, damit die Gedanken vieler Herzen offenbar werden (Luk. 2,28–35). 3 Da sprachen sie zum Lehrer Levi: Woher weißt du das? Levi antwortete ihnen: Wisset ihr nicht, daß ich von ihm das Gesetz lernte? Darauf der Hohe Rat zu ihm: Wir wollen deinen Vater sehen. Und sie ließen seinen Vater holen. Und als sie ihn befragten, sagte er ihnen: Weshalb habt ihr meinem Sohne nicht geglaubt? Der selige und gerechte Symeon lehrte ihn das Gesetz. Darauf der Hohe Rat: Rabbi Levi, ist wahr das Wort, das du gesprochen hast? Er erwiderte: Es ist wahr. Da sprachen zueinander die Synagogenvorsteher, Priester und Leviten: Wohlan, laßt uns senden nach Galiläa zu den drei Männern, die kamen und erzählten, wie er lehrte und in den Himmel aufgenommen wurde: sie sollen uns berichten, wie er nach dem, was sie sahen, aufgenommen wurde. Und allen gefiel dieser Vorschlag. Und sie entsandten die drei Männer, die schon einmal mit ihnen nach Galiläa gegangen waren, und sprachen zu ihnen: Sagt dem Rabbi Adas und dem Rabbi Phinees und dem Rabbi Angäus: Friede sei mit euch und mit allen, die bei euch sind! Da eine wichtige Untersuchung im Hohen Rate stattfindet, wurden wir zu euch gesandt, um euch nach diesem heiligen Ort Jerusalem zu rufen. 4 Und die Männer zogen nach Galiläa und fanden sie, wie sie dasaßen und das Gesetz studierten, und grüßten sie im Frieden. Und es sprachen die galiläischen Män-

ner zu den zu ihnen Gekommenen: Friede sei ganz
Israel! Diese erwiderten: Friede sei mit euch! Jene
aber sprachen wiederum zu ihnen: Weshalb seid ihr
gekommen? Die Abgesandten antworteten: Der
Hohe Rat ruft euch in die heilige Stadt Jerusalem.
Als die Männer hörten, daß sie vom Hohen Rate
gesucht würden, beteten sie zu Gott, setzten sich zu
Tisch mit den Männern und aßen und tranken.
Dann standen sie auf und zogen in Frieden nach
Jerusalem. 5 Und am folgenden Tage hielt der
Hohe Rat in der Synagoge eine Sitzung ab. Und
man befragte sie: Habt ihr wirklich den Jesus auf
dem Berge Mamilch sitzen sehen, wie er seine elf
Jünger lehrte? Und sahet ihr seine Aufnahme in
den Himmel? Da antworteten ihnen die Männer
und sprachen: So wie wir seine Aufnahme sahen,
so haben wir sie auch berichtet. 6 Da sprach An-
nas: Trennt sie voneinander, dann wollen wir se-
hen, ob ihre Berichte übereinstimmen. Und sie
trennten sie voneinander. Und sie riefen zuerst
den Adas und fragten ihn: Wie wurde nach deiner
Beobachtung Jesus in den Himmel aufgenommen?
Adas antwortete: Während er noch auf dem Berge
Mamilch saß und seine Jünger lehrte, sahen wir,
wie eine Wolke ihn und seine Jünger überschat-
tete. Und die Wolke führte ihn hinauf zum Him-
mel, seine Jünger aber lagen auf ihrem Gesicht am
Boden. Dann riefen sie den Priester Phinees und
fragten auch ihn: Wie wurde nach deiner Beobach-
tung Jesus in den Himmel aufgenommen? Und er
berichtete in gleicher Weise. Und wiederum be-
fragten sie den Angäus, und er berichtete das glei-
che. Da sprachen die Mitglieder des Hohen Ra-
tes: Auf die Aussage von zwei oder drei Zeugen

hin soll jede Sache entschieden werden (5. Mose
19,15). Der Lehrer Abuthem sagte: Es steht ge-
schrieben im Gesetz: Enoch wandelte mit Gott und
war nicht mehr da, denn Gott hatte ihn hinwegge-
nommen (1. Mose 5,24). Der Lehrer Jairus sagte:
Auch vom Tode des heiligen Moses haben wir ge-
hört und wissen nicht, wie er starb. Denn es steht
geschrieben im Gesetz des Herrn: Und es starb
Moses, so wie des Herrn Mund es bestimmt hatte,
und kein Mensch bekam Kenntnis von seinem
Grabe bis auf den heutigen Tag (5. Mose 34,5 f.).
Und Rabbi Levi sagte: Was bedeutet das, was
Rabbi Symeon sagte, als er Jesus sah: Sieh, dieser ist
bestimmt zum Fallen und Aufstehen vieler in Israel
und zu einem Zeichen, dem widersprochen wird?
(Luk. 2,34). Und Rabbi Isaak sagte: Es steht im
Gesetz geschrieben: Sieh, ich sende meinen Engel
vor deinem Angesichte. Er wird vor dir herge-
hen, um dich auf jedem guten Wege zu behüten.
Auf ihm ruht mein Name (2. Mose 23,20 f.). 7 Da
sagten Annas und Kaiphas: Ihr habt das, was im
Gesetz des Moses geschrieben steht, richtig ange-
führt, daß keiner den Tod Enochs kennt und keiner
den Tod des Moses genannt hat. Jesus aber hat sich
vor Pilatus verantworten müssen; wir sahen, wie
er Backenstreiche erhielt, wie man ihm ins Gesicht
spie, daß die Soldaten ihm eine Dornenkrone auf-
setzten, daß er gegeißelt und von Pilatus verurteilt
und dann auf der Schädelstätte gekreuzigt wurde;
man tränkte ihn mit Essig und Galle, und der
Soldat Longinus durchbohrte mit einer Lanze seine
Seite. Unser verehrter Vater Joseph bat um seinen
Leichnam; wie er behauptet, ist Jesus auferstanden.
Und die drei Lehrer versichern: Wir sahen, wie er

in den Himmel aufgenommen wurde. Und Rabbi Levi führte zum Zeugnis für ihn die Worte Rabbi Symeons an: Siehe, dieser ist bestimmt zum Fallen und Auferstehen vieler in Israel und zu einem Zeichen, dem widersprochen wird (Luk. 2,34). Nun sprachen alle Lehrer zum ganzen Volk des Herrn: Wenn diese Lehre von Gott kam und in euren Augen der Bewunderung wert ist, so sollst du doch wahrlich wissen, Haus Jakobs, daß geschrieben steht: Verflucht ist jeder, der am Holze hängt (5. Mose 21,23). Und eine andere Schriftstelle lehrt: Götter, welche den Himmel und die Erde nicht geschaffen haben, werden vergehen (Jer. 10,11). Und es sprachen die Priester und Leviten zueinander: Wenn man nach fünfzig Jahren Jesu noch gedenkt, dann wird er für immer herrschen und ein neues Volk sich schaffen. Sodann schärften die Synagogenvorsteher, Priester und Leviten ganz Israel ein: Verflucht der Mann, der ein Werk von Menschenhand anbeten wird, aber verflucht auch der Mann, der Geschöpfe neben dem Schöpfer anbeten wird. Und das Volk antwortete: Amen, Amen. 8 Und das ganze Volk pries Gott, den Herrn, und sang: Gepriesen sei der Herr, der Ruhe und Frieden dem Volke Israel gegeben hat gemäß allen seinen Verheißungen! Nicht ein Wort von all dem Guten, das er seinem Knecht Moses in Aussicht stellte, ist unerfüllt geblieben. Möge Gott, unser Herr, mit uns sein, wie er es war mit unseren Vätern! Möge er uns nicht verlassen! Möge er in uns nicht den Willen ersterben lassen, unser Herz zu ihm zu neigen, immer auf seinen Wegen zu wandeln, seine Gebote und Gesetze, die er unseren Vätern gab, zu achten. Und der Herr wird König über die ganze Erde sein an jenem Tage. Und es wird dann ein Gott sein und sein Name ein einziger, unser Herr und König. Er wird uns retten. Niemand ist dir gleich, Herr. Du bist groß, Herr, und groß ist dein Name. Heile uns, Herr, in deiner Kraft, und wir werden geheilt werden. Rette uns, Herr, und wir werden gerettet werden. Denn wir sind dein Teil und Erbe. Nicht wird der Herr sein Volk verlassen um seines großen Namens willen, weil der Herr begonnen hat, uns zu seinem Volk zu machen. Nach diesem Lobgesang gingen alle weg, ein jeder zu seinem Hause, indem sie Gott priesen. Denn sein ist die Ehre für alle Ewigkeit! Amen!

Höllenfahrt Christi

1 (17)

1 Da sprach Joseph: Was wundert ihr euch denn
über die Auferweckung Jesu? Nicht sie ist zum
Verwundern, sondern vielmehr die Tatsache, daß
nicht er allein erweckt wurde, sondern daß er noch
viele andere Tote erweckt hat, die sich vielen in
Jerusalem gezeigt haben. Und wenn ihr die ande-
ren bis jetzt nicht kennt, Symeon, der Jesus in seine
Arme nahm, und seine zwei Söhne, die Jesus hat
auferstehen lassen, die sind euch doch inzwischen
bekannt geworden. Wir haben sie ja vor kurzem
beerdigt. Jetzt aber kann man ihre Gräber geöffnet
und leer sehen, sie selbst aber sind lebendig und
halten sich in Arimathia auf. Man entsandte also
Leute, und diese fanden ihre Gräber geöffnet und
leer. Darauf sprach Joseph: Wir wollen nach Ari-
mathia gehen und sie dort ausfindig machen. 2 Da

standen die Hohenpriester Annas und Kaiphas sowie Joseph, Nikodemus, Gamaliel und andere mit ihnen auf und gingen nach Arimathia, und sie fanden die von Joseph Genannten. Sie sprachen nun ihr Gebet und begrüßten einander. Dann gingen sie mit ihnen nach Jerusalem und brachten sie in die Synagoge, verriegelten dann die Tore, und die Hohenpriester legten das Alte Testament der Juden in die Mitte und sprachen zu ihnen: Wir wollen, daß ihr beim Gott Israels und bei Adonai schwört und danach die Wahrheit sagt, wie ihr auferstanden seid und wer euch von den Toten erweckt hat. Als die Auferstandenen das hörten, bezeichneten sie ihr Gesicht mit dem Zeichen des Kreuzes und sprachen zu den Hohenpriestern: Gebt uns Papier, Tinte und Schreibrohr! Man brachte es ihnen. Und sie setzten sich und schrieben wie folgt:

2 (18)

1 Herr Jesu Christe, Auferstehung und Leben der Welt, gib uns die Gnade, daß wir deine Auferstehung schildern dürfen und die Wunder, die du im Hades gewirkt hast! Wir weilten also in der Unterwelt mit allen von Anfang der Welt an Verstorbenen. Zu mitternächtlicher Stunde drang nun in die dortige Finsternis etwas wie Sonnenlicht und glänzte, und Licht fiel auf uns alle, und wir sahen einander. Und sogleich wurde unser Vater Abraham im Verein mit den Patriarchen und Propheten von Freude erfüllt, und sie sprachen zueinander: Dieses Leuchten kommt von einem großen Licht. Der Prophet Jesaja, der dort anwesend war, sprach: Dieses Leuchten kommt vom Vater, Sohn und

Heiligen Geist. Das habe ich prophezeit, als ich noch lebte: Land Sabulon und Land Nephtalim, das Volk, das im Finstern sitzt, sieht ein großes Licht (Jes. 8,23; 9,1 f.). 2 Da trat in die Mitte ein anderer, ein Asket aus der Wüste. Die Patriarchen fragten ihn: Wer bist du? Er antwortete: Ich bin Johannes, der letzte der Propheten. Ich habe die Wege des Gottessohnes geebnet und dem Volke Buße gepredigt zur Vergebung der Sünden. Und Gottes Sohn kam zu mir. Als ich ihn von ferne sah, sprach ich zum Volke: Seht, Gottes Lamm, das die Sünden der Welt hinwegnimmt! (Joh. 1,29). Und mit meiner Hand taufte ich ihn im Jordan und sah den Heiligen Geist wie eine Taube auf ihn herabkommen und hörte auch die Stimme Gottvaters, der so sprach: Dieser ist mein geliebter Sohn, an dem ich Wohlgefallen gefunden habe (Matth. 3, 16 f.). Und deshalb sandte er mich zu euch, damit ich verkünde, daß der eingeborene Sohn Gottes hierhin kommt, damit, wer an ihn glaubt, gerettet, wer aber nicht an ihn glaubt, gerichtet werde. Deshalb sage ich euch allen: Sowie ihr ihn sehet, betet ihn alle an! Denn nur jetzt habt ihr Gelegenheit zur Buße dafür, daß ihr in der oberen eitlen Welt die Götzen angebetet und daß ihr gesündigt habt. Zu anderer Zeit ist das unmöglich.

3 (19)

Als Johannes nun die Toten in der Unterwelt so belehrte, da hörte das auch der Erstgeschaffene, der Urvater Adam, und er sprach zu seinem Sohne Seth: Mein Sohn, ich wünsche, daß du den Vorvätern des Menschengeschlechts und den Propheten erzählst, wohin ich dich entsandte, als ich in eine tödliche Krankheit verfiel. Darauf sprach Seth: Propheten und Patriarchen, höret! Mein Vater Adam, der Erstgeschaffene, entsandte mich, als er auf den Tod krank wurde, ganz in die Nähe des Tores zum Paradiese. Ich sollte an Gott die Bitte richten, er möchte mich doch durch einen Engel zum Baum des Erbarmens führen lassen, damit ich Öl nähme und meinen Vater damit salbte und er so von der Krankheit aufstünde. Das tat ich denn auch. Und im Anschluß an mein Gebet kam ein Engel des Herrn und fragte mich: Was wünschest du, Seth? Wünschest du wegen der Krankheit deines Vaters das Öl, das die Kranken gesund macht, oder den Baum, dem solches Öl entfließt? Beides kannst du jetzt nicht bekommen. Geh also und sage deinem Vater, daß nach Verlauf von fünftausendfünfhundert Jahren seit Erschaffung der Welt der menschgewordene eingeborene Sohn Gottes unter die Erde steigen wird. Der wird ihn mit solchem Öl salben. Und er wird auferstehen und ihn und seine Nachkommen mit Wasser und Heiligem Geiste taufen. Und dann wird er von jeglicher Krankheit geheilt werden. Jetzt aber ist das unmöglich. Als die Patriarchen und Propheten das hörten, freuten sie sich sehr.

4 (20)

1 Da nun alle in solcher Freude waren, kam Satan, der Erbe der Finsternis, und sprach zu Hades: Unersättlicher, Allesverschlinger, höre meine Worte! Da gibt es einen aus dem Judenvolk, der Jesus heißt und sich Gottes Sohn nennt. Er ist aber

nur ein Mensch, und auf mein Betreiben hin haben ihn die Juden gekreuzigt. Und da er jetzt tot ist, so sei in Bereitschaft, damit wir ihn hier einsperren. Denn ich weiß, daß er nur ein Mensch ist, und ich habe ihn klagen hören: Meine Seele ist betrübt bis an den Tod (Matth. 26,38). Er hat mir viel Böses in der Welt droben angetan, als er mit den Sterblichen zusammenlebte. Denn wo er immer meine Diener fand, trieb er sie aus, und alle die Menschen, welche ich bucklig, blind, lahm, aussätzig und dergleichen mehr gemacht hatte, die heilte er durch bloßes Wort, und viele, die ich reif gemacht hatte, begraben zu werden, auch die machte er durch bloßes Wort wieder lebendig. 2 Da sprach Hades: Also so mächtig ist er, daß er durch bloßes Wort derartiges bewirkt? Kannst du ihm, der solches vermag, denn widerstehen? Mich dünkt, einem solchen wird keiner widerstehen können. Wenn du aber gehört zu haben behauptest, wie er den Tod fürchtete: solches sprach er, indem er sein Spiel und seinen Spott mit dir trieb, entschlossen, dich mit gewaltiger Hand zu packen. Und dann wehe, wehe dir für alle Ewigkeit! Satan erwiderte: Allesverschlingender, unersättlicher Hades, bist du in solche Angst geraten, da du von unserem gemeinsamen Feind hörtest? Ich hatte keine Angst vor ihm, sondern wirkte auf die Juden ein, und diese kreuzigten ihn und tränkten ihn mit Galle und Essig. Mache dich also bereit, ihn, wenn er kommt, fest in deine Gewalt zu kriegen. 3 Hades antwortete: Erbe der Finsternis, Sohn des Verderbens, Teufel, soeben hast du mir gesagt, er habe viele, die du zum Begrabenwerden reif machtest, durch bloßes Wort wieder ins Leben zurückgerufen. Wenn er also andere vom Grabe befreite, wie und mit welcher Macht wird er da von uns überwältigt werden können? Ich verschlang vor kurzem einen Toten mit Namen Lazarus, und bald danach riß mir einer der Lebenden durch bloßes Wort, mich vergewaltigend, diesen aus meinen Eingeweiden. Ich nehme an, es ist der gleiche, von dem du sprichst. Wenn wir nun jenen hier aufnehmen, dann setzen wir, fürchte ich, auch die übrigen aufs Spiel. Denn schau, ich sehe, wie alle, die ich von Weltbeginn an verschlang, in Unruhe geraten. Ich habe Bauchgrimmen. Der mir vorweg entrissene Lazarus dünkt mich kein gutes Vorzeichen. Denn nicht wie ein Toter, wie ein Adler flog er von mir weg. So schnell warf ihn die Erde hinaus. Deshalb beschwöre ich dich bei allem, was dir und mir wert ist, bring ihn nicht her! Denn ich glaube, er kommt mit der Absicht hierher, alle Toten aufzuwecken. Und das sage ich dir: Wahrlich, bei dem Dunkel, das uns umgibt, bringst du ihn her, wird mir keiner der Toten übrigbleiben.

5 (21)

1 Während Satan und Hades so miteinander sprachen, ertönte wie Donner eine gewaltige Stimme: Öffnet, ihr Herrscher, eure Tore, gehet auf, ewige Pforten! Einziehen wird der König der Herrlichkeit (Ps. 23,7 nach der Septuaginta). Als Hades das hörte, sprach er zu Satan: Geh hinaus, wenn du kannst, und tritt ihm entgegen! Satan ging nun hinaus. Dann befahl Hades seinen Dienern: Verrammelt gut und kräftig die ehernen Tore, schiebt die eisernen Querbalken vor, behaltet meine Verschlüsse in der Gewalt, steht gerade und schaut

nach allem! Denn kommt er herein, wird Wehe
über uns kommen. 2 Als die Vorväter das hörten,
begannen alle, ihn zu verspotten. Sie sagten: Du
Allesverschlinger, du Unersättlicher, öffne, damit
der König der Herrlichkeit einziehe! Der Prophet
David sprach: Weißt du nicht, du Blinder, daß ich,
als ich noch in der Welt lebte, einen solchen Ruf:
Öffnet eure Tore, ihr Herrscher! vorausgesagt
habe? Jesaja sprach: Ich habe, erleuchtet vom Heiligen Geist, vorausgesehen und geschrieben: Die
Toten werden auferstehen, und die in den Gräbern
werden auferweckt werden, freuen werden sich die
unter der Erde (Jes. 26,19). Wo ist dein Stachel,
Tod? Wo ist, Hades, dein Sieg? (1. Kor. 15,55,
soll auf Jes. 25,8 zurückgehen). 3 Da erscholl wieder die Stimme: Öffnet die Tore! Als Hades die Stimme zum zweiten Mal hörte, verhielt er sich wie ein Ahnungsloser und fragte: Wer ist dieser König der Herrlichkeit? Die Engel des Herrn erwiderten: Ein mächtiger und gewaltiger Herr, ein Herr, machtvoll im Kriege! (Ps. 23,8). Und zugleich mit diesem Bescheid wurden die ehernen Tore zerschlagen und die eisernen Querbalken zerbrochen und die gefesselten Toten alle von ihren Banden gelöst und wir mit ihnen[9]. Und es zog ein der König der Herrlichkeit wie ein Mensch, und alle dunklen Winkel des Hades wurden licht.

6 (22)

1 Sofort schrie Hades: Wir wurden besiegt, wehe uns! Aber wer bist du, der du solche Macht und Gewalt hast? Und wer bist du, der du ohne Sünde hierhin gekommen bist? Der du klein erscheinst

und Großes vermagst, der du niedrig bist und hoch, Knecht und Herr, Krieger und König, Gewalthaber über Tote und Lebendige? Ans Kreuz wurdest du genagelt und ins Grab gelegt, und eben erst frei geworden, hast du unsere ganze Macht zerbrochen. Bist du Jesus, von dem der Obersatrap Satan uns erzählte, du solltest durch Kreuz und Tod die ganze Welt erben? 2 Da packte der König der Herrlichkeit den Obersatrapen Satan am Kopfe und übergab ihn den Engeln mit den Worten: Mit Eisenketten fesselt ihm Hände und Füße, Hals und Mund! Dann übergab er ihn dem Hades und sprach: Nimm ihn und halte ihn fest bis zu meiner zweiten Ankunft!

7 (23)

Und Hades nahm Satan in Empfang und sprach zu ihm: Beelzebub, Erbe des Feuers und der Pein, Feind der Heiligen, was zwang dich, den Kreuzestod des Königs der Herrlichkeit zu veranstalten, so daß er hierhin kam und uns entmachtete? Wende dich um und schaue, daß kein Toter bei mir zurückgeblieben ist und daß du alles, was du durch das Holz der Erkenntnis gewonnen[10], durch das Holz des Kreuzes verloren hast! Deine ganze Freude wurde in Trauer verkehrt. Indem du den König der Herrlichkeit töten wolltest, hast du dich selbst getötet. Denn nachdem ich dich in sichere Verwahrung übernommen habe, wirst du durch Erfahrung belehrt werden, welche Peinigungen ich gegen dich durchführen werde. O Erzteufel, o Urheber des Todes, o Wurzel der Sünde, Ziel jeglicher Bosheit, was fandest du Böses an Jesus, daß du umhergingst, ihn zu verderben? Wie konntest du es wagen, solchen Frevel zu begehen? Wie konntest du darauf ausgehen, einen solchen Menschen in diese Finsternis hinabzuführen und dich durch ihn aller von Anbeginn an Verstorbenen berauben zu lassen?

8 (24)

1 Während Hades so mit Satan sprach, streckte der König der Herrlichkeit seine rechte Hand aus, ergriff den Urvater Adam und richtete ihn auf. Dann wandte er sich auch zu den übrigen und sprach: Her zu mir alle, die ihr durch das Holz, nach dem dieser griff, sterben mußtet! Denn seht, ich erwecke euch alle wieder durch das Holz des Kreuzes. Darauf ließ er sie alle hinaus. Und der Urvater Adam, dem man ansah, daß er voller Freude war, sprach: Ich danke deiner Majestät, Herr, daß du mich aus der tiefsten Unterwelt hinaufgeführt hast. Ebenso sprachen auch alle Propheten und Heiligen: Wir danken dir, Christus, Heiland der Welt, daß du unser Leben aus dem Verderben hinaufgeführt hast. 2 Als sie so gesprochen hatten, segnete der Heiland den Adam, indem er das Kreuzzeichen auf seine Stirn machte. Und so tat er es auch bei den Patriarchen, Propheten, Märtyrern und Vorvätern. Dann stieg er mit ihnen aus der Unterwelt empor. Während er ging, folgten ihm die heiligen Väter und stimmten den Lobgesang an: Gesegnet sei, der da kommt im Namen des Herrn! Alleluja! (Ps. 118,26). Ihm gebührt Ehre und Lob von allen Heiligen.

9 (25)

Der Herr ging also zum Paradiese. Er hielt den Urvater Adam bei der Hand und übergab ihn und alle Gerechten dem Erzengel Michael. Als sie nun durch das Tor des Paradieses einzogen, kamen ihnen zwei Greise entgegen. Die heiligen Väter fragten sie: Wer seid ihr, daß ihr den Tod nicht gesehen habt und in den Hades nicht hinabgestiegen seid, sondern mit Leib und Seele im Paradies wohnet? Einer von ihnen antwortete: Ich bin Enoch, der Gottes Wohlgefallen erwarb und von ihm hierhin entrückt wurde. Und dieser ist der Thesbiter Elias. Wir sollen leben bis ans Ende der Welt. Dann aber sollen wir von Gott entsandt werden, damit wir dem Antichrist entgegentreten und von ihm getötet werden. Und nach drei Tagen sollen wir wieder auferstehen und auf Wolken dem Herrn entgegen entrafft werden[11].

10 (26)

Während sie so miteinander sprachen, kam ein anderer, ein unscheinbarer Mensch, der auf seiner Schulter ein Kreuz trug. Ihn fragten die heiligen Väter: Wer bist du, der du das Aussehen eines Räubers hast, und was ist das für ein Kreuz, das du auf der Schulter trägst? Er antwortete: Ich war, wie ihr vermutet, ein Räuber und Dieb auf Erden, und deshalb faßten mich die Juden und überlieferten mich mit unserem Herrn Jesus Christus dem Kreuzestode. Als er nun am Kreuz hing, schaute ich die Wunder, die geschahen, und glaubte so an ihn. Und ich rief ihn an und sprach: Herr, wenn du deine Herrschaft antrittst, dann vergiß mich nicht! Und sogleich sprach er zu mir: Wahrlich! Heute, sage ich dir, wirst du mit mir im Paradiese sein (Luk. 23,43). Mein Kreuz tragend, kam ich also zum Paradiese, fand den Erzengel Michael und sagte zu ihm: Unser Herr Jesus, der Gekreuzigte, hat mich hergeschickt. Führe mich also zum Tor des Gartens Eden! Und da der Engel mit dem blitzenden Schwert das Zeichen des Kreuzes sah, öffnete er mir, und ich ging hinein. Dann sprach der Erzengel zu mir: Warte ein Weilchen! Denn auch Adam, der Urvater des Menschengeschlechts, kommt mit den Gerechten, damit auch sie hier eintreten. Und da ich euch jetzt sah, ging ich euch entgegen. Als die Heiligen das hörten, riefen sie alle mit lauter Stimme: Groß ist unser Herr, und groß ist seine Kraft!

11 (27)

Das alles sahen und hörten wir zwei leiblichen Brüder, die wir auch vom Erzengel Michael abgesandt und beauftragt wurden, die Auferstehung des Herrn zu verkünden, vorher aber zum Jordan zu gehen und uns taufen zu lassen. Dahin gingen wir auch und empfingen mit den anderen auferstandenen Toten die Taufe. Danach gingen wir auch nach Jerusalem und feierten dort das Passah der Auferstehung. Jetzt aber gehen wir wieder weg, da wir hier nicht verweilen können. Und die Liebe Gottes des Vaters und die Gnade unseres Herrn Jesus Christus und die Gemeinschaft des Heiligen Geistes sei mit euch allen! (2. Kor. 13,13). Das schrieben sie, siegelten die Rollen und gaben die eine den Hohenpriestern, die andere dem Joseph und dem Nikodemus. Und sofort waren sie verschwunden. Zur Ehre unseres Herrn Jesu Christi! Amen!

Der Brief des Pilatus an den Kaiser

Pontius Pilatus grüßt seinen Kaiser Claudius[12]. Kürzlich trug sich etwas zu, was ich selbst aufgedeckt habe. Die Juden haben aus Neid über sich und ihre Nachkommen ein grausames Strafgericht herabgezogen. Da nämlich ihre Väter die Verheißung hatten, Gott würde ihnen seinen Heiligen vom Himmel herabsenden, der mit Recht ihr König heißen würde und den Gott seinem Versprechen gemäß ihnen durch eine Jungfrau auf die Erde schicken würde: als dieser nun unter meiner Statthalterschaft nach Judäa gekommen war und sie sahen, daß er Blinden das Augenlicht wiedergab, Aussätzige reinigte, Gelähmte heilte, böse Geister aus den Menschen austrieb, sogar Tote auferweckte, den Winden gebot, trockenen Fußes über die Wogen des Meeres wandelte und viele andere Wunder vollbrachte, und als das ganze Judenvolk ihn als Gottessohn anerkannte, da wurden die Führer der Priesterschaft vom Neid gegen ihn ergriffen. Sie faßten ihn und übergaben ihn mir, und Lügen über Lügen vorbringend, beschuldigten sie ihn, er sei ein Magier und übertrete ihr Gesetz. Ich aber glaubte, es sei so, ließ ihn geißeln und übergab ihn ihrer Willkür. Sie aber kreuzigten ihn und stellten Wächter an sein Grab. Er aber stand am dritten Tage, während meine Krieger Wache hielten, wieder auf. Die Juden aber ließen sich in ihrer Schlechtigkeit so weit fortreißen, daß sie meinen Kriegern Geld gaben und sprachen: Saget, seine Jünger hätten seinen Leichnam gestohlen. Aber obwohl diese das Geld annahmen, brachten sie es nicht fertig, das Geschehene zu verschweigen. Sie bezeugten nämlich, er sei auferstanden und sie hätten es gesehen, und sie hätten von den Juden Geld bekommen. Dies habe ich deshalb vorgebracht, damit nicht einer den Sachverhalt falsch darstelle und du den Lügen der Juden Glauben schenken zu müssen vermeinest.

Anmerkungen

1 Das ist das Jahr 425. Mit dem Begriff «Indiktion» ist eine Einheit der Kalenderrechnung gemeint, die seit Diokletian gebräuchlich wurde.

2 Die Datierungen sind nicht ganz einheitlich: Luk. 3,1 gibt für die Taufe Jesu das 15. Regierungsjahr des Tiberius an, was dem hier genannten Konsulatsjahr entsprechen würde (29 n. Chr.). Mit dem 19. Regierungsjahr stimmt die 202. Olympiade überein.

3 Anspielung auf die Palmsonntagsgeschichte (Matth. 21; Mark. 11; Luk. 19; Joh. 12) und besonders im nachfolgenden Vers auf den Ruf, der in der griechischen Bibel mit «Hosanna» (bzw. «Hosianna») beginnt, dann aber griechisch – wie hier deutsch – weitergeht. Die Transkription des Hebräischen im nächsten Vers ist sehr ungenau, entsprechend der griechischen Textvorlage. Genauer wäre: Hoschianā bimromīm, barūch habbā beschēm adonāi, entsprechend der alttestamentlichen Vorlage (Ps. 118,25 f.).

4 Mißverständnis! Die Juden wollen sagen, daß sie nach römischem Recht niemanden töten dürfen. Zum jüdischen Recht s. unten 4,3 f.

5 lateinisch: Veronica

6 Dieses Zitat aus Lukas (bzw. Ps. 31,6) ist ebenfalls fehlerhaft transkribiert (vgl. Anm. 3).

7 Also sind sie nicht bestechlich.

8 Das ist nach 13,2 der Zeitpunkt der Auferstehung Jesu, vgl. auch Höllenfahrt, Kapitel 2 (18) (S. 529).

9 Diese Szene oder Vorstellung ist vor allem in der byzantinischen Kunst vielfach dargestellt.

10 Gemeint ist der Baum der Erkenntnis, von dem Adam

und Eva aßen nach 1. Mose 3, was über alle Menschen die Sünde = Teufelsherrschaft brachte. Darauf spielt auch das folgende Kapitel an. Daß *alle* gerettet werden, entspricht eigentlich nicht der offiziellen Lehre der Kirche, aber in dem hier geschilderten Hades befinden sich offenbar nur «Gerechte». In Kapitel 10(26) sind es jedenfalls nur die «Gerechten», die ins Paradies hinüberziehen.

11 Anspielung auf Offb. 11, wo allerdings sehr wahrscheinlich Mose und Elia gegen den Antichrist auftreten. Die «Logik», d. h. die direkte und alttestamentlich bezeugte Entrückung von Henoch und Elia in den Himmel, verlangte hier wohl die Wahl dieser beiden Zeugen (1. Mose 5,24 und 2. Kön. 2,1–14).

12 Über die Frage des Empfängers vgl. die Einleitung S. 492.

Legenden über Christusbilder

Ein wichtiger Gesichtspunkt bei der Zusammenstellung von Apokryphen, die in diesem Band vorliegen, war ihre Wirkung in der bildenden Kunst. Dabei war natürlich an jene zahllosen Darstellungen von apokryphen Erzählungen gedacht, wie sie vor allem aus der mittelalterlichen und frühneuzeitlichen Kunst bekannt sind. Eine von dieser Tradition abweichende Verbindung zwischen apokrypher Literatur und Bild soll hier ergänzend kurz dargestellt und durch ein paar Quellenstücke belegt werden. Unter den verschiedenen Legenden und Apokryphen, die hier gemeint sind, ist das verbindende Element die Vorstellung eines Original-«Porträts» Jesu Christi. Dabei kann dieses entweder vom historischen Jesus hergeleitet werden oder durch wunderbare Einwirkung während oder eher nach Jesu Erdentagen entstanden gedacht sein. Auch von Bildern Marias und vereinzelt von anderen Heiligen wurden entsprechende Legenden erzählt und gab es (bzw. gibt es noch) Bilder, von denen man eine übernatürliche Entstehung behauptete. Aber im Rahmen des vorliegenden Bändchens kann auf all diese weiteren Aspekte nicht eingegangen werden. Solche wunderbar entstandenen Bilder nennt man Acheiropoiiten («nicht von Händen gemachte» auf griechisch).

Auch die Entstehung christlicher Kunst und das mit ihr verflochtene Problem der Legitimität der Bilderverehrung, die auf dem 2. Konzil von Nizäa 787 n. Chr. kirchlich approbiert wurde und ihrerseits mit den Acheiropoiiten zu tun hat, können hier nicht berücksichtigt werden. Nur soviel kann hier gesagt werden: Das Inter-

esse an wunderbaren Bildern nimmt erst langsam vom 4. Jahrhundert an zu und erreicht zur Zeit des Bilderstreits im 8. und 9. Jahrhundert einen ersten Höhepunkt. Die Bilder selbst muß man sich als meist längst verehrte, selten neu gefundene oder hergestellte, durchaus natürlich entstandene Kultobjekte denken, um die sich die Legenden langsam bildeten oder auf die ältere Legenden bezogen wurden. Ergänzend sei das Turiner Grablinnen erwähnt, dessen Echtheit auch heute noch untersucht wird, auf das hier aber auch nicht eingegangen werden kann. Historisch nachweisbar ist es erst vom 14. Jahrhundert an, aber es gibt viele Versuche, es mit älteren Bildern zu identifizieren, vor allem mit dem Christusbild von Edessa, das im folgenden behandelt wird. Die bei weitem bekanntesten Bild-Legenden sind diejenige vom Schweißtuch der Veronika und, wie gesagt, von dem Bild, das in Edessa seinen Ursprung hatte und als Bildtypus unter dem Namen «Mandylion» bis in die neueste Zeit bekannt ist.

Das Bild von Edessa

Die Stadt Edessa, heute Urfa in der Türkei, aber ganz nahe der syrischen Grenze, war vom 2. Jahrhundert v. Chr. an Zentrum eines selbständigen Königreichs mit Herrschern, die meist den Namen Abgar trugen. Das Christentum gelangte dort früher als im Römischen Reich zu staatlicher Anerkennung, nämlich unter Abgar IX. (179–214 n. Chr.). 216 wurde das Gebiet römische Provinz, und Edessa hatte immer wieder unter den Kriegen zwischen Römern und Persern zu leiden, war aber auch ein wichtiges Zentrum kirchlichen Lebens und kirchlicher Gelehrsamkeit. Die Bevölkerung sprach mehrheitlich syrisch. Kulturell und staatlich war aber der Zusammenhang mit dem griechischsprachigen (römisch-)byzantinischen Reich eng bis zur Eroberung durch die Mohammedaner im Jahre 641 n. Chr.

Den Grundstock der Legende bildet ein Briefwechsel zwischen Abgar V. (9–46 n. Chr.) von Edessa und Jesus, der erstmals in der Kirchengeschichte des Eusebios um 300 n. Chr. auftaucht. Nachfolgend der Wortlaut und Bericht des Euseb (Kirchengeschichte I, 13,5–22):

Man hat dafür ein schriftliches Zeugnis, das dem Archiv von Edessa, einer Stadt, die damals noch von einem König regiert wurde, entnommen worden ist. Denn in den dort befindlichen öffentlichen Akten, die unter anderen Begebenheiten aus alter Zeit auch die Erlebnisse des Abgar enthalten, wird auch dieses von seiner Zeit an bis zur Gegenwart aufbewahrt gefunden. Am besten ist es wohl, die Briefe selbst zu hören, die wir aus dem Archiv empfangen und auf folgende Weise wörtlich aus der syrischen Sprache übersetzt haben.

Abschrift des Briefes, der von dem Toparchen Abgar an Jesus geschrieben und ihm durch den Eilboten Ananias nach Jerusalem gesandt worden ist:

Der Toparch Abgar Uchama entbietet Jesus, dem guten Heiland, der in der Ortschaft Jerusalem erschienen ist, seinen Gruß! Ich habe von dir und deinen Heilungen gehört, daß sie nämlich ohne Arzneimittel und Kräuter von dir vollbracht werden. Denn wie die Rede geht, machst du Blinde sehend, Lahme gehend und reinigst Aussätzige und treibst unreine Geister und Dämonen aus und heilst die von langer Krankheit Gepeinigten und weckst Tote auf. Und als ich dieses alles über dich hörte, erwog ich, daß du entweder Gott selber und vom Himmel herabgekommen bist, um es zu tun, oder Gottes Sohn bist, wenn du es tust. Deshalb nun schreibe ich und bitte dich, dich zu mir zu bemühen und das Leiden, das ich habe, zu heilen. Habe ich doch auch gehört, daß die Juden gegen dich murren und dir Übles antun wollen. Ich habe eine Stadt, zwar recht klein, aber würdig, die für uns beide ausreicht.

Was von Jesus durch den Eilboten Ananias dem Toparchen Abgar erwidert worden ist:

Selig bist du, der du an mich geglaubt hast, ohne mich gesehen zu haben (Joh. 6,41). Denn es steht über mich geschrieben, daß die, die mich gesehen haben, nicht an mich glauben werden, und daß gerade die, die mich nicht gesehen haben, glauben und leben sollen (Jes. 6,9; 52,15). Was aber das anbetrifft, was du mir geschrieben hast, zu dir zu kommen, so ist es nötig, alles, um deswillen ich gesandt bin, hier zu erfüllen und nach solcher Erfüllung hier aufgenommen zu werden zu dem, der mich gesandt hat. Und wenn ich hier aufgenommen worden bin, werde ich dir einen meiner Jünger senden, damit er dein Leiden heile und Leben übermittle dir und den Deinen.

Diesen Briefen war aber auch noch das Folgende in syrischer Sprache angehängt:

Nach der Himmelfahrt Jesu aber sandte ihm Judas, der auch Thomas heißt, den Apostel Thaddäus, einen der siebzig. Der kam und wohnte bei Tobias, dem Sohn des Tobias. Als man aber von ihm hörte, meldete man dem Abgar: Ein Apostel Jesu ist hier angekommen, so wie er dir geschrieben hat. Da begann nun Thaddäus in der Kraft Gottes alle Krankheit und Schwäche zu heilen, so daß sich alle wunderten. Als aber Abgar die Großtaten und die Wunderdinge, die er verrichtete, erfuhr, und wie er heilte, da kam er auf die Vermutung: der ist es, von dem Jesus schrieb: Wenn ich hinaufgenommen worden bin, werde ich dir einen meiner Jünger senden, welcher dein Leiden heilen wird. Er ließ also den Tobias kommen, bei dem er wohnte, und sprach: Ich habe gehört, daß ein machtvoller Mann gekommen ist und in deinem Haus Wohnung genommen hat. Führe ihn zu mir! Tobias aber kam zu Thaddäus und sprach zu ihm: Der Toparch Abgar hat mich kommen lassen und mich angewiesen, dich zu ihm zu führen, damit du ihn heilst. Und Thaddäus sagte: Ich gehe hin, da ich ja mit Macht ausgestattet zu ihm gesandt worden bin.

Am folgenden Tage machte sich nun Tobias in der Frühe auf, nahm den Thaddäus mit und kam zu Abgar. Als er aber hingekommen war, da wurde in Gegenwart von dessen dastehenden Würdenträgern gleich bei seinem Eintritt dem Abgar eine außerordentliche Erscheinung im Antlitz des Apostels Thaddäus sichtbar. Als Abgar das sah, fiel er vor Thaddäus nieder, und Staunen ergriff alle, die herumstanden; denn sie hatten die Erscheinung nicht gesehen, die allein dem Abgar sichtbar geworden war. Der fragte denn auch den Thaddäus: Bist du wirklich ein Jünger Jesu, des Sohnes Gottes, der zu mir gesagt hat: Ich will dir einen meiner Jünger senden, der dich heilen und dir Leben darreichen wird? Und Thaddäus sagte: Weil du fest geglaubt hast an den, der mich gesandt hat, deshalb bin ich zu dir gesandt worden; und ferner, wenn du an ihn glaubst, werden dir, wie du nur glaubst, die Wünsche deines Herzens erfüllt werden. Und Abgar sprach zu ihm: Mein Glaube an ihn war derart, daß ich sogar die Juden, die ihn gekreuzigt haben, mit Heeresaufgebot hätte vernichten wollen, wenn ich nicht durch die Römerherrschaft daran gehindert worden wäre. Und Thaddäus sagte: Unser Herr hat den Willen seines Vaters erfüllt; und nachdem er ihn erfüllt hatte, ist er hinaufgenommen worden zum Vater. Abgar sagte zu ihm: Auch ich glaube an ihn und an seinen Vater. Und Thaddäus sagte: Deshalb lege ich meine Hand auf dich in seinem Namen. Und als er dies getan hatte, wurde er alsbald geheilt von der Krankheit und dem Leiden, das er hatte. Und es staunte Abgar, daß er so, wie er über Jesus gehört hatte, so auch in Werken erfuhr durch seinen Jünger Thaddäus, der ihn ohne Arzneimittel und Kräuter heilte, und nicht ihn allein, sondern auch Abdus, den Sohn des Abdus, der Podagra hatte. Der kam gleichfalls, fiel ihm zu Füßen und wurde durch Gebete mit Handauflegung geheilt. Und viele andere ihrer Mitbürger heilte er ebenso, indem er wunderbare Großtaten verrichtete und das Wort Gottes verkündete. Danach aber sagte Abgar: Thaddäus, das tust du mit Gottes Kraft, und wir unsererseits sind in Verwunderung geraten. Aber ich bitte dich noch weiter, erzähle mir vom Kommen Jesu, wie es sich zutrug, und von seiner Kraft, und in was für einer Kraft er alles das vollführte, was mir zu Ohren gekommen ist. Und Thaddäus sagte: Jetzt werde ich zwar schweigen, da ich zur öffentlichen Verkündigung des Wortes gesandt bin, morgen aber

Susanna und die beiden Alten

Zusätze zu Daniel. Geschichte von Susanna und Daniel, 19–23

berufe mir alle deine Bürger zur Volksversammlung, und vor ihnen werde ich predigen und in ihnen das Wort des Lebens säen, über das Kommen Jesu, wie es sich zutrug, und über seine Sendung, und weswegen er vom Vater gesandt wurde, und über seine Kraft und Werke und die Geheimnisse, die er in der Welt geredet hat, und durch was für eine Kraft er das vollführte, und über seine neue Verkündigung, und über die Kleinheit und über die Erniedrigung, und wie er sich erniedrigt hat und seine Gottheit abgelegt und klein gemacht hat und gekreuzigt worden und hinabgestiegen ist in den Hades und den von Ewigkeit her unzerbrochenen Zaun durchbrochen hat und Tote auferweckte, und allein hinabgestiegen ist, hinaufgestiegen aber mit einer großen Menge zu seinem Vater.

Da gab Abgar den Befehl, es sollten sich am kommenden Morgen seine Bürger versammeln und die Predigt des Thaddäus anhören; und darauf ordnete er an, ihm ungemünztes Gold zu geben. Der aber nahm es nicht an mit den Worten: Wenn wir unser Eigentum verlassen haben, wie sollten wir dann das Fremde nehmen?

Dies geschah im Jahre 340*.

Von einem Bild weiß diese Legende noch nichts. Ende des 4. Jahrhunderts, in der syrischen «Lehre des Addai», wird erzählt, der Eilbote Ananias (bzw. syrisch Hannan) sei Maler des Königs gewesen und habe ein Porträt von Jesus angefertigt, das er Abgar mitgebracht habe und das dieser mit Ehren in einem seiner Paläste aufgestellt habe. Ebenfalls im 4. Jahrhundert wurde der

* 28/29 n. Chr.

Brief bereits als Schutzmittel gegen feindliche Belagerung Edessas angesehen und in gefährlichen Augenblikken zu den Stadttoren gebracht; so wollte man die Feinde vertreiben. Der oben abgedruckte Text des Briefes Jesu wurde dementsprechend auch erweitert um die Verheißung, daß die Stadt Abgars nie von Barbaren eingenommen werden solle.

Der Zeitpunkt des Zusammenwachsens beider Legenden ist wahrscheinlich bald nach der erfolglosen Belagerung Edessas durch die Perser unter Chosroes (Khosrev) im Jahre 544 anzunehmen. Der Historiker Prokop (gest. um 560) berichtet vom Brief, der Verheißung und im Detail von der Belagerung der Stadt, nicht aber vom Bild. Der Kirchenhistoriker Euagrios Scholastikos (gest. ca. 600) dagegen erzählt, daß in der höchsten Not «das gottgemachte Bild, das Menschenhände nicht gefertigt hatten, das vielmehr Christus, der Gott, dem Abgar, da dieser ihn zu sehen begehrte, gesandt hatte», hervorgeholt wurde. Der Erfolg stellt sich nach Euagrios dadurch ein, daß das Wasser, das zuerst mit dem Bild in Berührung gebracht worden ist, in einer bestimmten Phase des Kampfes ein unauslöschliches Feuer zum Schaden der feindlichen Belagerungsanlagen hervorruft.

Hier ist also das Bild nicht nur einbezogen in den unsichtbaren Schutz, den Gott der Stadt gewährt, es ist inzwischen auch schon zu einer Acheiropoiite geworden und entwickelt unmittelbarere Wunderkraft als der Brief, der mehr die Funktion eines unheilabwehrenden Amuletts gehabt hatte. Wir haben es hier mit einer Doppellegende zu tun, deren spätere Komponente, die Bild-Sage, sich in der Folge durchsetzen und die Brief-Sage fast verdrängen sollte. Schon die apokryphen Thaddäus-Akten, die man ebenfalls ins 6. Jahrhundert datieren kann und die das oben aus Euseb Zitierte weiter aus-

spinnen, reduzieren den Brief Jesu auf eine kurze Mitteilung und stellen den wunderbaren Abdruck von Jesu Antlitz auf einem Leinentuch ganz in den Vordergrund. Hier ist nun ein weiteres Element in die Legende eingetreten: die Überzeugung, das Bild habe sich durch direkten Gesichtskontakt mit Jesus ursprünglich in ein Tuch eingeprägt und sei in dieser Form aufbewahrt worden, wobei es mit seiner Wunderkraft ohne menschliches Zutun Abdrücke oder eher «Abstrahlungen» auf anderen Gegenständen hinterließ, zum Beispiel auf Ziegeln, die man davorgestellt hatte, und sich so vervielfältigte – womit auch die Existenz mehrerer gleicher Christusbilder (von der wir wissen) legitimiert war. Die Auffassung, das Bild sei auf Leinwand geprägt, erleichterte später die Identifikation mit dem Turiner Grablinnen und mit dem Schweißtuch der Veronika. Vor allem aber geht von hier der Bildtypus aus, der für das Mandylion aller folgenden Jahrhunderte prägend bleiben sollte: die Darstellung des Christuskopfes auf einem gemalten, oben beidseits gerafften und in Falten fallenden weißen Tuch.

Während der muslimischen Herrschaft blieb das Christentum in Edessa bestehen, und die Stadt, besonders ihr wundertätiges Bild, blieben ein Anziehungspunkt für christliche Pilger. So ist es verständlich, daß im Zuge einer Kräftigung der byzantinischen Ostpolitik und einer Schwächung des Kalifenreiches es zu einer Belagerung Edessas kam, das sich schließlich durch Auslieferung des hochberühmten Bildes im Jahre 944 freikaufte. Darauf erfolgte eine triumphale Überführung der kostbaren Reliquie nach Konstantinopel.

Dort blieb sie in einer Kapelle eines der kaiserlichen Paläste, bis im Jahre 1204 die Abendländer im Rahmen des 4. Kreuzzugs Konstantinopel besetzten und wäh-

rend der Zeit des lateinischen Kaisertums (1204–1261) ausplünderten. Wohin das Bild gebracht wurde, ist nun nicht mehr sicher zu rekonstruieren. Im 16. Jahrhundert glaubt man in Rom, daß dieses Bild in San Silvestro in Capite aufbewahrt sei, wo bis im letzten Jahrhundert ein entsprechendes Bild gezeigt wurde, doch ist der Anspruch Roms auf das Bild wesentlich älter. Er reicht ins 13. Jahrhundert zurück, also in die Zeit, als es mit großer Wahrscheinlichkeit in den Westen gebracht wurde. Heute soll es sich im Vatikan befinden.

Das Schweißtuch der Veronika

Ausgangspunkt dieser Legende ist ebenfalls ein Passus in Eusebs Kirchengeschichte (VII,18), aber diesmal nicht eine apokryphe Episode des Lebens Jesu, sondern die Schilderung einer Figurengruppe, die er selbst in Paneas, im Neuen Testament Caesarea Philippi genannt, gesehen hat und von der er berichtet, die Einwohner hätten sie für eine Darstellung Jesu und des «blutflüssigen Weibes» (Hämorrhousa oder -oissa) gehalten. Was über Jesu Aufenthalt in Caesarea Philippi im Neuen Testament erzählt wird, war hier also bereits mit der Heilung der an Blutfluß leidenden Frau verbunden (Matth. 16,13ff. mit 9,20ff.). Weiter wurde die Geschichte mit der Begegnung Jesu mit der Kanaanäerin (Matth. 15,21ff.) in Verbindung gebracht, deren Tochter seit dem 4. Jahrhundert unter dem Namen «Bernike» in apokrypher Literatur auftaucht. Der Name geht dann auf die Blutflüssige über.

Diese Bernike wiederum spielt in den Pilatus-Akten zunächst nur eine geringfügige Rolle als Zeugin für die Heilungswunder Jesu (Kap. 7, S. 506). Unter dem aus Berenike abgeleiteten Namen «Veronika» wächst in den westlichen Darstellungen von Pilatus' Tod ihre Bedeutung in der Folgezeit immer mehr an (vgl. die Einleitung zum Nikodemus-Evangelium auf S. 492f.), allerdings zuerst noch ganz ohne das Motiv des Schweißtuchs. Zuerst (in einer Quelle des 6. Jahrhunderts) hat Veronika ein heilkräftiges gemaltes Bild, das die Schuld des Pilatus erweist und Kaiser Tiberius heilt. Erst im 13. Jahrhundert kommt die Legende auf, wonach Veronika mit ihrem Tuch Christus, als er das Kreuz trug, begegnet sei und es ihm gereicht habe, um Schweiß und Blut abzuwischen, worauf sich sein Antlitz in dem Tuch verewigt habe.

Was nun das Bild selbst betrifft, so ist ein solches in Rom (in St. Peter) seit dem 12. Jahrhundert (bis heute) bekannt und wurde seither zunehmend verehrt und kopiert. Das Bild war ursprünglich sehr wahrscheinlich kein Bild des leidenden Christus(-kopfes), aber die Kopien zeigen seit dem 15. Jahrhundert Blutspuren mit Dornenkrone. Auch Bilder mit geschlossenen Augen und Narben von den Backenstreichen wurden als Kopien ausgegeben. Heute – aber wohl nicht erst heute – ist das Original derart verblaßt, daß eine präzise Aussage über den ursprünglichen Bildtypus nicht mehr möglich ist.

Es ist kein Zufall, daß im Osten während Jahrhunderten ein Bild die fromme Verehrung auf sich zog, das vor allem die Menschwerdung des Gottessohnes repräsentierte, während im Westen seit dem hohen oder späten Mittelalter das Bild des leidenden Christus eine solche zentrale Bedeutung erhielt. Letzteres entspricht der Kreuz- und Leidensmystik, die seit Bernhard von Clairvaux (12. Jahrhundert) für Jahrhunderte die abendländische Frömmigkeit auch des Protestantismus («O Haupt voll Blut und Wunden ...»!) prägen sollte.

Demgegenüber war, und ist zum Teil noch, für die Frömmigkeit des Ostens die Vergottung des Menschen durch das Mysterium der Menschwerdung Gottes von ungleich größerer Bedeutung als das Kreuz und die Betrachtung des Leidens Jesu.

Die Verehrung der «nicht mit Händen gemachten» Bilder spiegelt deshalb die Frömmigkeit ihrer Umgebung und Epoche recht deutlich wider.

Lukas der Maler und das Bild im Lateran

Aus allem bisher Dargestellten ergibt sich ohne weiteres, daß auch die Vorstellung eines apostolischen Malers irgendwann auftauchen konnte. Allerdings handelt es sich in diesem Falle ursprünglich um Marienbilder; da Lukas in seinem Evangelium (Kap. 1 u. 2) Maria und das Kind am eindrücklichsten beschreibt, konnte in einer bilderbegeisterten Zeit die Legende entstehen, er habe die Gottesmutter auch gemalt. Erste Zeugnisse stammen aus dem 6. Jahrhundert (wie die Thaddäus-Akten und die Veronika-Legende, S. 553 u. 556). Mit der Zeit wuchs diese Legende weiter, und es wurde erzählt, Lukas habe sich nach Jesu Himmelfahrt nicht in der Lage gesehen, ein Bild des Erlösers zu malen. Dennoch hätten ihn die übrigen Apostel dazu verpflichtet und drei Tage in Gebet und Fasten mit ihm verbracht, bis er schließlich das Werk in Angriff genommen habe. Kaum seien das (Palm-)Holz vorbereitet und die Umrisse gezeichnet gewesen, sei das göttliche Bild in aller Pracht auf der natürlichen Unterlage erschienen. Diese Legende entstand im 12. Jahrhundert und betrifft das Christusbild, welches noch heute über der Scala Santa in der Kapelle Sancta Sanctorum in Rom (beim Lateran) zu sehen ist.

Wir haben es hier also mit einer ganz anderen Art Acheiropoiite zu tun: nicht mit einem direkt vom («historischen») Jesus stammenden Abdruck oder Abglanz, sondern mit einem nach seiner Erdenzeit durch apostolische Autorität, aber doch wunderbar zustande gekommenen, selbstverständlich auch wunderwirkenden und verehrenswürdigen Bild.

Der Briefwechsel zwischen Paulus und Seneca

Einleitung

Unter den fälschlich dem Paulus zugeschriebenen Schriften ist der Briefwechsel mit Seneca – dessen acht eingeschobene Briefe genauso unecht sind – das interessanteste Dokument. Der 3. Korintherbrief gehört zu den Paulus-Akten (s. S. 681ff.), und der Laodizenerbrief ist inhaltlich völlig belanglos (auf deutsch bei Hennecke-Schneemelcher, Bd. II, S. 83f., abgedruckt).

Da Seneca der Jüngere (gest. 65 n. Chr.) zur selben Zeit wie Paulus in Rom gelebt hat, wäre es theoretisch möglich gewesen, daß sie voneinander Kenntnis gehabt oder sich sogar getroffen hätten. Tatsächlich hat nichts Derartiges stattgefunden, und der Briefwechsel ist eine Komposition aus dem 4. Jahrhundert, die dem Stil und Inhalt nach aus einem christlichen Milieu stammt. Zudem identifiziert der anonyme Verfasser den älteren Seneca, den Rhetor (ca. 55 v. Chr. bis ca. 39 n. Chr.), mit seinem Sohn, dem berühmten stoischen Philosophen und Autor von Tragödien. Dennoch ist die «Fälschung» bis ins 15. Jahrhundert geglaubt worden und hat sogar zu der Legende von einer Bekehrung Senecas zum Christentum geführt (seit dem 14. Jahrhundert). Entstehungszeit und Tendenz des Briefwechsels stehen dem heiligen Hieronymus (gest. 420) sehr nahe; so erscheint es zwar sehr seltsam, aber doch irgendwie verständlich, daß dieser, der auch unser ältester Zeuge für das Schriftwerk ist, die Fiktion nicht durchschaute. Gerade seine Autorität bahnte unserer Apokryphe den Weg zur Anerkennung während über tausend Jahren.

Die Absicht des Verfassers ist nicht sofort erkennbar. Scheinbar tauschen die zwei großen Männer nur Höf-

lichkeitsfloskeln aus und anerkennen gegenseitig den Wert ihrer Philosophie oder Religion, so daß zwar Seneca nicht als Christ, aber doch als einer erscheint, der die Wahrheit im Christentum aus seiner philosophischen Perspektive erkannt hat. Umgekehrt empfiehlt er dem Paulus, die erhabenen Wahrheiten seiner Botschaft in einen gepflegteren Stil zu kleiden. In dieser Funktion als Stil-Lehrer scheint er eher mit dem älteren Seneca, in seiner Funktion als ein dem Christentum nahestehender Philosoph eher mit dem jüngeren Seneca identisch gedacht zu sein.

Zweck des Briefwechsels ist nicht der Nachweis der Nähe von Stoa und Christentum. Diese wird vielmehr vorausgesetzt und ist seit dem 3. Jahrhundert bekannt, nach dem berühmten Ausspruch Tertullians: «Seneca saepe noster» (Seneca ist oft auf unserer [der Christen] Seite), und vermeintliche Begegnungen des Paulus mit Nero und seinem Hof sind ihrerseits aus den Paulus-Akten des 2. Jahrhunderts bekannt (s. dazu S. 689ff.). Zweck ist die Klärung des Problems vieler Gebildeter des 4. Jahrhunderts, nämlich daß die Heilige Schrift der Christen bzw. große Teile derselben nicht in einer gehobenen Sprache abgefaßt sind, sondern eine barbarische Diktion aufweisen. Cicero war für Leute wie Hieronymus und Augustin der maßgebende Klassiker des Stils, mit dem es die Offenbarungsurkunde des Christentums nicht aufnehmen konnte, und dies war beiden eine echte Anfechtung, um deren Überwindung sie ernsthaft zu ringen hatten. Die gepflegte Sprache war für sie Inbegriff der griechisch-römischen Bildungstradition, von deren Vereinbarkeit mit dem christlichen Glauben sie wie viele ihrer Zeitgenossen überzeugt waren. Diese Vereinbarkeit nachzuweisen ist letztlich die Absicht unseres apokryphen Briefwechsels, besonders deut-

lich in den Briefen Nr. 7, 9 und 13, aber bei genauerem Hinhören in jedem Brief. Zwar wird zugegeben, daß Paulus eigentlich kein im klassischen Sinne gebildeter Mann ist, aber die Erhabenheit seiner Botschaft überstrahlt diesen Mangel, so daß für spätere Generationen die Öffnung auf beide Seiten hin problemlos möglich ist. Bildung und Christentum sind einander providentiell zugeordnet, und diese Zuordnung bleibt als Aufgabe bestehen – das ist die «Botschaft» des apokryphen Briefwechsels zwischen Paulus und Seneca.

Die Briefe bilden eine sinnvolle Abfolge von Wort und Antwort, wenn man die traditionelle Reihenfolge, die die Handschriften bieten, etwas verändert: Auf die Briefe 1 bis 10 muß 12, dann 14 und schließlich 13 folgen, und Brief 11 ist außerhalb oder evtl. ganz am Ende der Folge zu plazieren. Die kalendarischen Datierungen jeweils am Ende der Briefe 10 bis 14 entsprechen zwar wirklichen Konsulatsjahren der Zeit Neros (10: 58, 11: 64, 12: 59, 13 und 14: 58 n. Chr.), ergeben aber keine sinnvolle Zeitabfolge der Briefe. Wie immer das zu erklären ist: man muß unsere Texte ohne Rücksicht auf diese Daten lesen.

Während die Briefe 1 bis 10 und 12 bis 14 auf keine Ereignisse jener Zeit Bezug nehmen, dafür Nero als recht milde gesinnten Kaiser erscheinen lassen und von einem scharfen Gegensatz zwischen Judentum und Christentum ausgehen (vgl. Anm. 6 zu Brief 5), zeigt der 11. Brief das in jener Zeit gängige Bild des Tyrannen Nero, der den Brand Roms (eigentlich mehrere!) verursacht, den Christen (und Juden) die Schuld daran zugeschoben und so ihre Hinrichtung in Massen herbeigeführt hat. Hier sind wirkliche historische Ereignisse genannt, und auch das Jahr 64 ist richtig.

[illegible] und [illegible] [illegible] Zeugnissen [illegible] Briefe [illegible] Kritik [illegible] Seite [illegible] [illegible] Gebrauch [illegible] die Grenzen [illegible] Schrift [illegible] Bildung [illegible] zu [illegible] als [illegible] des [illegible] Briefe [illegible] Dokumente [illegible] Bänden [illegible]

Die Briefe [illegible] Apologeten [illegible] Appolos [illegible] Seneca [illegible] die Handschriften [illegible] auf die Briefe 1 [illegible] 12 [illegible] 13 [illegible] folgen [illegible] Reihenfolge [illegible] Kalender [illegible] in Form der Briefe 10 [illegible] 14 [illegible] (10, 5, 11, 14 [illegible] 59, 14 [illegible] 14, 58 [illegible] Reihenfolge [illegible] Datum [illegible] Rücksicht [illegible] Daten [illegible]

[illegible] die Briefe [illegible] 12 [illegible] 14 [illegible] [illegible] [illegible] Christen [illegible] [illegible]

1. Seneca grüßt Paulus

Ich glaube, Paulus, man hat dir mitgeteilt, daß wir gestern mit unserm Lucilius ein Gespräch über die «Apokryphen»[1] und sonstige Dinge gehabt haben. Es waren nämlich einige Gefährten deiner Lehren bei mir. Wir hatten uns nämlich in die Gärten des Sallust zurückgezogen, wo bei dieser günstigen Gelegenheit für uns, obwohl sie anderswohin wollten, die oben Erwähnten, als sie unser ansichtig wurden, sich uns anschlossen. Ich kann dir versichern, daß wir deine Anwesenheit gewünscht haben, und ich möchte, daß du weißt: nach der Lektüre deines Büchleins, das heißt einer Anzahl von Briefen, die du an eine Stadt oder Provinzialhauptstadt gerichtet hast, die für das sittliche Leben wunderbare Ermahnung enthalten, sind wir durch und durch erquickt, und ich halte dafür, daß diese Äußerungen nicht aus dir, sondern durch dich gesprochen sind, so gewiß sie einmal aus dir und durch dich geäußert wurden[2]. Denn so groß ist die Erhabenheit dieser Dinge und durch solche edle Art zeichnen sie sich aus, daß meines Erachtens kaum Generationen von Menschen genügen werden, um durch sie unterwiesen und vollendet werden zu können. Ich wünsche dir Wohlergehen, Bruder.

2. Den L. Annaeus Seneca grüßt Paulus

Deinen Brief habe ich gestern mit Freuden in Empfang genommen. Ich hätte ihn sogleich beantworten können, wenn mir der junge Mann, den ich zu dir zu senden beabsichtigte, zur Verfügung gestanden hätte. Du weißt ja, wann und durch wen und zu welchem Zeitpunkt und wem etwas zur Übermittlung gegeben werden darf. Ich bitte also, sieh es nicht als Nachlässigkeit an, wenn ich die Zuverlässigkeit der Person erst berücksichtige. Wenn du aber schreibst, ihr wäret durch meinen Brief irgendwie angenehm berührt, so schätze ich mich glücklich über das Urteil eines aufrichtigen Mannes. Denn du, der du Kritiker[3], Philosoph und Lehrer eines so bedeutenden Fürsten und damit auch der Allgemeinheit bist, würdest das nicht sagen, wenn nicht wahr wäre, was du sagst. Ich wünsche dir langes Wohlergehen.

3. Seneca grüßt Paulus

Einige Schreibrollen habe ich geordnet und sie entsprechend ihrer jeweiligen Einteilung in bestimmte Ordnung gebracht[4]. Auch das bin ich entschlossen, dem Kaiser vorzulesen. Wenn nur das Geschick es günstig fügte, daß er neues Interesse zeigt, so wirst vielleicht auch du zugegen sein; sonst will ich dir ein andermal einen Tag angeben, wo wir zusammen dieses Werk einsehen können. Ich könnte ihm auch diese Schrift nicht eher vorlegen, als ich mit dir vorher zusammengekommen wäre, wenn es nur ohne Schaden möglich wäre, so daß du sicher sein könntest, daß man dich nicht übergeht[5]. Leb wohl, teuerster Paulus!

4. Den Annaeus Seneca grüßt Paulus

So oft ich deine Briefe höre, denke ich an deine Gegenwart, und ich stelle mir nichts anderes in Gedanken vor, als daß du jederzeit bei uns seiest. Sobald du daher dich anschickst zu kommen, werden wir uns einander auch aus nächster Nähe sehen. Ich wünsche dir Wohlergehen.

5. Seneca grüßt Paulus

Dein allzu langes Fernbleiben ängstigt uns. Was ist denn los? Was hält dich fern? Fall es der Unwille der Herrin ist, weil du dich vom alten Ritus und Glauben des Judentums abgewandt und anderswohin bekehrt hättest[6], so wirst du Gelegenheit finden, sie zu überzeugen, dies sei aus Überlegung und nicht aus Leichtfertigkeit geschehen. Leb wohl!

6. Den Seneca und Lucilius grüßt Paulus

Über die Dinge, von denen du mir geschrieben hast, kann man sich nicht mit Feder und Tinte äußern, denn erstere bezeichnet etwas deutlich, letztere zeigt es zu offensichtlich; zumal da ich weiß, daß unter euch, das ist bei euch und in eurer Mitte, Leute sind, die mich verstehen. Man muß allen mit Ehrfurcht begegnen, zumal wenn sie nach einer Gelegenheit zur Äußerung ihres Unwillens haschen. Wenn wir mit ihnen Geduld haben, werden wir sie auf jede Weise und in jeder Hinsicht gewinnen, wenn es nur Menschen sind, die über ihr Tun Reue zeigen können. Lebt wohl!

7. Annaeus Seneca grüßt Paulus und Theophilus

Ich gestehe offen, die Lektüre deiner Briefe an die Galater, an die Korinther und an die Achäer[7] hat mich angenehm berührt, und wir wollen so miteinander leben, wie auch du es mit göttlichem Schauer in ihnen verwirklichst[8]. Denn der Heilige Geist ist in dir, und überdies bringt er durch deinen erhabenen Mund hohe und durchaus ehrwürdige Gedanken zum Ausdruck. Darum wünschte ich, wenn du so hohe Gedanken vorbringst, möchte der Erhabenheit der Gedanken nicht die schöne Form der Rede fehlen[9]. Und um dir, lieber Bruder, nichts vorzuenthalten oder gar mein Gewissen zu belasten, gestehe ich, daß auf den Augustus[10] deine Gedanken Eindruck gemacht haben. Als ich ihm den Anfang deines Briefes von der Kraft, die in dir ist, vorgelesen hatte[11], äußerte er sich folgendermaßen: Er könne sich nur wundern, wie ein Mensch, der nicht die herkömmliche Bildung besitze, solcher Gedanken fähig sei. Ich gab ihm zur Antwort: Die Götter pflegen durch den Mund der Unschuldigen zu reden, nicht solcher, die sich auf ihre Gelehrsamkeit wunder was einbilden[12], und als Beispiel nannte ich ihm den Vatienus, einen ganz ungebildeten Menschen, dem zwei Männer im Gebiet von Reate erschienen, die man später Castor und Pollux genannt hat[13], und damit scheint er im Bilde zu sein. Lebt wohl!

8. Den Seneca grüßt Paulus

Wenn ich auch wohl weiß, daß unser Caesar zuweilen, wenn er mutlos ist, am Bewundernswerten Gefallen findet[14], so gestattet er doch nicht, daß er beleidigt, sondern nur, daß er ermahnt wird. Ich glaube nämlich, daß es übel angebracht war, daß du ihm das zur Kenntnis bringen wolltest, was seinem Glauben und seiner Lehre widerspricht. Da er ja die heidnischen Götter verehrt, sehe ich nicht ein, was du damit beabsichtigt hast, daß du ihn dies wissen lassen wolltest; ich müßte denn glauben, daß du es aus allzu großer Liebe zu mir tust. Ich bitte dich, in Zukunft so etwas nicht wieder zu tun. Du mußt dich nämlich hüten, während du mich liebhast, die Herrin[15] vor den Kopf zu stoßen; denn ihre Ungnade wird nicht schaden, wenn sie dabei bleibt, noch nützen, wenn es nicht der Fall ist; als Königin wird sie nicht Unwillen empfinden, aber als Frau wird sie sich beleidigt fühlen.

9. Seneca grüßt Paulus

Ich weiß, daß du nicht so sehr deinetwegen erregt bist über das Schreiben, das ich an dich über eine Ausgabe deiner Briefe für den Kaiser gerichtet habe, wie über die Natur der Dinge, die den Sinn der Menschen von allen Künsten und richtiger Gesittung fernhält, so daß ich mich heute nicht wundere, zumal da mir dies nunmehr aus mannigfachen Beweisstücken ganz genau bekannt geworden ist. So wollen wir denn aufs neue ans Werk gehen, und wenn in der Vergangenheit ein Fehler gemacht worden ist, wirst du mir Verzeihung gewähren. Ich habe dir ein Buch über «Wortreichtum» geschickt[16]. Leb wohl, teuerster Paulus!

10. Den Seneca grüßt Paulus

So oft ich dir schreibe und meinen Namen hinter den deinen setze, begehe ich einen schweren Fehler, der eigentlich mit meiner Stellung und mit meiner Religion unvereinbar ist. Jedenfalls muß ich, wie ich oft erklärt habe, mit allen alles sein[17] und gegenüber deiner Person das beobachten, was das römische Gesetz der Ehre des Senates zugestanden hat, nämlich nach Durchlesen eines Briefes die letzte Stelle zu wählen[18]; sonst könnte ich nur mit Verlegenheit und Schande das durchführen wollen, was meinem eigenen Urteil entsprochen hätte. Leb wohl, mein hochverehrter Lehrer! Gegeben am 27. Juni unter dem 3. Konsulat des Nero und dem des Messala[19].

11. Seneca grüßt Paulus[20]

Sei gegrüßt, mein teuerster Paulus! Glaubst du etwa, ich sei nicht betrübt und traurig darüber, daß an euch Unschuldigen immer noch die Todesstrafe vollzogen wird? Sodann, daß das ganze Volk von eurer Grausamkeit und verbrecherischen Schädlichkeit überzeugt ist, im Glauben, alles Unheil in der Stadt sei euch zu verdanken? Aber wir wollen es mit Gleichmut tragen und uns der günstigen Umstände bedienen, wie sie uns das Schicksal bietet, bis das unbesiegbare Glück den Übeltätern ein Ende bereitet. Hat doch auch die Zeit der Alten den Mazedonier, Philipps Sohn, ertragen, die Cyrusse, Darius und Dionys, auch unsere Zeit den Gaius Caesar, Männer, denen alles, was ihnen beliebte, erlaubt war. Was die Feuersbrunst betrifft, so liegt klar am Tage, von wem die römische

Hauptstadt sie so oft zu dulden hat. Aber wenn die menschliche Niedrigkeit[21] hätte aussagen können, was die Ursache ist, und ungestraft in dieser Finsternis sprechen dürfte, so würden schon alle alles sehen. Christen und Juden sind als Brandstifter – leider Gottes! – hingerichtet worden, wie es gewöhnlich geschieht. Dieser Rohling, wer immer es ist, der am Morden Vergnügen findet und die Lüge als Deckmantel benutzt, ist für seine Zeit bestimmt; und wie jeweils der Beste als *ein* Haupt für viele geopfert wird[22], so wird auch dieser Verfluchte für alle im Feuer verbrannt werden. 132 Paläste, 4000 Mietshäuser sind niedergebrannt in sechs Tagen; der siebente Tag brachte eine Pause. Ich wünsche dir gute Gesundheit, Bruder. Geschrieben am 28. März unter dem Konsulat des Frugi und Bassus.

12. Seneca grüßt Paulus

Sei gegrüßt, mein teuerster Paulus! Wenn du mit mir und meinem Namen als so bedeutender, von Gott auf jede Weise geliebter Mann, ich sage nicht verbunden, sondern notwendigerweise vereint bist, dann wird es aufs beste bestellt sein mit deinem Seneca. Da du nun der Scheitel und der höchste Gipfel aller Berge bist, willst du da etwa nicht, daß ich mich freue, wenn ich dir so sehr der Nächste bin, daß ich für dein zweites Ich gelte? Daher kannst du glauben, daß du nicht unwürdig bist, in den Briefen an erster Stelle genannt zu werden; sonst könnte es den Anschein gewinnen, als ob du mich eher versuchen als loben wolltest; zumal da du weißt, daß du römischer Bürger bist. Denn ich wünschte, daß meine Stelle deine wäre bei dir in deinem Schreiben und daß deine wäre wie meine. Gegeben am 23. März unter dem Konsulat des Apronianus und Capito.

13. Seneca grüßt Paulus[23]

Allegorisch und rätselhaft sind viele Sätze von dir allenthalben aneinandergefügt, und darum muß die dir verliehene Macht deines Stoffes und deiner Aufgabe nicht durch Schmuck der Worte, sondern durch eine gewisse Verfeinerung geziert werden. Und fürchte ja nicht, was ich, soweit ich mich entsinne, öfter schon geäußert habe, daß viele, die solches erstreben, die Gedanken verderben und die Kraft des Stoffes entmannen! Möchtest du mir wenigstens das Zugeständnis machen, daß du auf die Latinität achtest und für schöne Worte auch die äußere Form anwendest, so daß du die Aufgabe eines edlen Dienstes auch würdig durchführen kannst. Leb wohl! Geschrieben am 6. Juli im Konsulatsjahr des Lurco und Sabinus.

14. Paulus grüßt Seneca

Bei gründlicher Erwägung sind dir Dinge enthüllt, wie sie die Gottheit nur wenigen zugestanden hat. Unzweifelhaft säe ich auf einem bereits ertragreichen Ackerfeld den kräftigsten Samen, nämlich keinen Stoff, der zu verderben scheint, sondern das unerschütterliche Wort Gottes, den Quell aus ihm, der wächst und bleibt in Ewigkeit[24]. Was deine Einsicht sich angeeignet hat, wird immer ohne Abschwächung bestehen bleiben, nämlich, daß man der Heiden und Israeliten äußerliche

Beobachtungen vermeiden muß. Mache du dich zum neuen Herold Jesu Christi, indem du durch deine rhetorischen Verkündigungen die unwiderlegliche Weisheit zum Ausdruck bringst. Da du diese beinahe schon erreicht hast, wirst du dem zeitlichen König und seinen Dienern und treuen Freunden Zugang zu ihr verschaffen, obwohl ihnen deine Überzeugung hart und unfaßbar sein wird, da die meisten von ihnen keineswegs umgestimmt werden durch deine Darlegungen, durch die das eingeträufelte Wort Gottes den Lebenswert schafft, nämlich einen neuen Menschen ohne Verderbnis, eine unvergängliche Seele, die von hier zu Gott eilt. Leb wohl, du uns so teurer Seneca! Geschrieben am 1. August im Konsulatsjahr des Lurco und Sabinus.

Anmerkungen

1 Obschon zur Zeit der Entstehung dieses Briefwechsels (4. Jahrhundert) die Verwendung des Begriffs für apokryphe Schriften gut denkbar ist (s. S. 7f.), wäre auch ein anderes Verständnis möglich: verborgene *Lehren*, schwer erfaßbare Wahrheiten. Weshalb dafür jedoch dieses griechische Fremdwort gebraucht wird, bleibt dann allerdings rätselhaft.

2 Hier wird natürlich auf die göttliche Inspiriertheit der Briefe des Paulus angespielt, von denen einige an Provinzhauptstädte gerichtet waren, zum Beispiel die zwei Korintherbriefe.

3 Das Wort «censor» kann auch mit «Sittenrichter» übersetzt werden.

4 «Seneca» meint wohl seine eigenen Werke (Schreibrollen = Schriften, Bücher, lat. «volumina»), die er thematisch ordnet. Weiter unten spricht er nur noch von *einem* Werk, das er, wenn möglich, bevor er es dem Kaiser vorliest, Paulus zur Kenntnis bringen möchte.

5 Das Hinausschieben der Lesung vor dem Kaiser könnte diesen reizen, daher ist «Seneca» nicht sicher, ob er es «ohne Schaden» bewerkstelligen kann, will aber Paulus keinesfalls übergangen sehen.

6 Es muß sich um eine Anspielung darauf handeln, daß die zweite Frau Neros, Poppaea Sabina, dem Judentum zugeneigt gewesen sein soll, so daß die Abwendung des Paulus vom Judentum zum Christentum ihren Unwillen hätte hervorrufen können. Der nächste Brief dürfte sich auf dasselbe Problem beziehen.

7 d. h. der 2. Korintherbrief

8 Wenn man statt «horror» (Schauer) «honor» (Ehre) liest, wäre der Sinn etwa: «wie auch du es zur Ehre Gottes in ihnen darlegst».

9 Zu diesen zentralen Gedanken des Briefwechsels vgl. die Einleitung S. 562 f.

10 Nero

11 Der Brief, auf dessen Anfang angespielt wird, kann der Galaterbrief sein (bes. 1,1 und 1,12 ff.), denkbar wäre auch 1. Kor., wo 1,18 ff. von der Kraft Gottes in den Christen und von der falschen Weisheit, die hier gleich anschließend kritisiert wird, die Rede ist.

12 Außer 1. Kor. (vgl. Anm. 11) wären Matth. 11,25 und Ps. 8,3 zu nennen.

13 Anspielung auf eine Legende, die erstmals bei Cicero, De natura deorum II, 6, berichtet wird.

14 Gemeint ist wieder Nero, und das «Bewundernswerte» ist in diesem Zusammenhang die christliche Botschaft, die vielleicht irgendwie der (bekannten) Sensationsgier des Herrschers entsprochen haben könnte.

15 vgl. Anm. 6

16 Es handelt sich nicht um ein erhaltenes oder sonst bekanntes Werk Senecas. Zur Tendenz dieser Bemerkung vgl. die Einleitung.

17 vgl. 1. Kor. 9,22; 10,33

18 Entweder, was im Altertum unüblich war: den eigenen Namen nach dem Durchlesen ans Briefende setzen oder nach dem Falten den Namen außen anbringen.

19 Zu den Datierungen vgl. die Einleitung.

20 Zur Reihenfolge der Briefe und zum Inhalt dieses Briefes vgl. die Einleitung.

21 «humilitas humana», wahrscheinlich im Sinne von «das niedere Volk», evtl. auch im Sinne der demütigen Christen.

22 Zitat aus Vergil, Aeneis V, 815, mit Anspielung auf Christus (vgl. 2. Kor. 5,14).

23 Dieser Brief müßte wohl am Schluß der Sammlung stehen. Nr. 14 ist vorher zu lesen!

24 d. h. Gott. Anspielung auf 1. Petr. 1,23 und 25.

Die Petrus-Akten

Einleitung

Gemeinsam ist den meisten apokryphen Apostelgeschichten (bzw. -akten, d. h. Taten), daß an einen aus dem Neuen Testament bekannten Apostel angeknüpft, einige gutbezeugte Daten aus seinem Leben verwendet und im übrigen eine lange Geschichte (oft dem antiken Roman vergleichbar) erzählt wird, die im großen ganzen keinen historischen Wert hat. Was in diesen Apostelakten erkennbar wird, ist die hohe Wertschätzung, die die Apostel in späteren Jahrhunderten genossen, hier der für die römische Kirche so außerordentlich wichtige Petrus, als dessen Nachfolger sich die Päpste bis heute verstehen. Allerdings zeigt die Art der Ausschmückung, daß diese Wertschätzung hauptsächlich auf das Wunderwirken des Apostels gerichtet war und einem Wunschdenken entsprang, das der notvollen Situation der verfolgten Christengemeinden entsprach und keineswegs die offizielle kirchliche Meinung wiedergab oder gar auf theologischen Reflexionen beruhte.

Deshalb spiegeln diese Apostelgeschichten die christliche Volksreligiosität und befriedigen offensichtlich auch ein Unterhaltungsbedürfnis. Dazu passen die mehrfach wiederkehrenden «negativen» Liebesgeschichten (hier vor allem im M a r t y r i u m *des Petrus), die jeweils nach der Regel ablaufen, daß die Predigt des Apostels hochgestellte Frauen für die geschlechtliche Enthaltsamkeit gewinnt und sie deshalb ihren Männern abspenstig macht, mindestens was deren sexuelle Ansprüche betrifft. Das löst dann jeweils die Verfolgung des Apostels und evtl. der betroffenen Frauen aus und führt zum Martyrium oder – wie in der Geschichte von Paulus und*

Thekla, s. S. 665–679 – zur wunderbaren Errettung aus der Verfolgung.

Eine Besonderheit der Petrus-Akten ist der breit geschilderte Kampf mit dem Magier Simon, wofür in der Bibel ein Anknüpfungspunkt in Apg. 8,9–24 gegeben ist. Auch in anderen Schriften der ersten christlichen Jahrhunderte taucht Simon Magus auf, sehr oft als Erzketzer, d. h. als erster Vertreter von häretischen Lehrmeinungen im Sinne des Gnostizismus (s. hierzu S. 7f.). In unseren Akten beschränken diese sich auf die Bestreitung der Jungfrauengeburt Jesu Christi (Kap. 14 und 23f.) und auf eine Art Vollkommenheitsanspruch für sich selbst (Kap. 31), dem die Erkenntnis der früheren Sünden und der eigenen Unvollkommenheit bei Petrus gegenübersteht (Kap. 7). Aber die Hauptsache ist unverkennbar die dem Simon weit überlegene Kraft des Wundertäters Petrus.

Typisch für die Petrus- und die meisten anderen apokryphen Apostelakten sind gewisse Inkonsequenzen (vgl. z.B. Anm. 40), die den auch sonst penetranten Charakter des Unwahrscheinlichen verstärken, märchenhafte Elemente wie redende Tiere, hier ein Hund, in den Paulus-Akten ein Löwe, sowie Verwandtschaft mit nichtchristlichen Wundergeschichten: Zur Geschichte von dem Dämon, der in die Statue fährt, gibt es zum Beispiel in Philostrats «Leben des Apollonius von Tyana» (IV, 20, nach 200 n. Chr.) eine Parallele.

Eine bekannte Popularisierung erfuhr die Quo-vadis-Szene (vgl. Anm. 46 zu Kap. 35). Diese ist schon in den Paulus-Akten imitiert worden (s. S. 657f.). Da diese vor dem Ende des 2. Jahrhunderts entstanden sein müssen, lassen sich unsere Akten etwa in das Jahrzehnt 180–190 datieren. Der Abfassungsort ist unbekannt (Rom? Kleinasien?).

1. Die Abreise des Paulus von Rom

1

Als Paulus sich eine Zeitlang in Rom aufhielt[1] und viele im Glauben stärkte, geschah es auch, daß eine Frau mit Namen Candida, die Gattin des Quartus, eines Angehörigen der Wachmannschaft, den Paulus hörte und seiner Rede aufmerksam anhing und gläubig wurde. Und als sie nun ihrerseits ihren Gemahl unterrichtet hatte und er zum Glauben gekommen war, stellte es Quartus dem Paulus frei, aus der Hauptstadt wegzugehen, wohin er wolle. Paulus aber sagte ihm: Wenn es Gottes Wille ist, wird er selbst es mir offenbaren. Und Paulus fastete drei Tage lang und erbat vom Herrn das, was für ihn geeignet sei, und hatte daraufhin eine Erscheinung, in der der Herr zu ihm sprach: Paulus, stehe auf und sei den Menschen in Spanien ein Arzt! So berichtete er den Brüdern, was Gott ihm aufgetragen habe, und ohne jedes Bedenken war er schon so weit, die Hauptstadt zu verlassen. Als Paulus aber im Begriff war wegzugehen, ward ein großes Weinen in der ganzen Bruderschaft deswegen, weil sie glaubten, sie würden Paulus nicht mehr wiedersehen, so daß sie sogar ihre Kleider zerrissen; außerdem hielten sie sich vor Augen, daß Paulus öfter mit den Lehrern der Juden zusammengeraten war und sie widerlegt hatte mit folgenden Argumenten: Der, an den eure Väter die Hand gelegt haben, ist der Christus. Er schaffte ihren Sabbat ab und ihr Fasten und ihre Feiertage und ihre Beschneidung und hat die Menschenlehre und die übrigen Überlieferungen aufgelöst. Es bedrängten aber die Brüder Paulus bei der Ankunft unseres Herrn Jesu Christi[2], er möchte nicht länger als ein Jahr wegbleiben, indem sie sagten: Wir kennen deine Liebe zu deinen Brüdern; vergiß uns nicht, wenn du nach Spanien gekommen bist, und laß uns nicht allein wie Kinder ohne Mutter. Und als sie ihn lange unter Tränen anflehten, erscholl ein Ton vom Himmel, und eine sehr laute Stimme sprach: Paulus, der Diener Gottes, ist erwählt zum Dienst für die Zeit seines Lebens; in den Händen Neros, des gottlosen und schlechten Menschen, wird er vor euren Augen vollendet werden[3]. Es befiel aber die Brüder noch größere Furcht wegen der Stimme, die vom Himmel gekommen war, viel mehr aber wurden sie im Glauben gestärkt.

2

Sie reichten aber dem Paulus Brot und Wasser zum Opfer[4], damit er nach dem Gebet jedem austeile. Unter ihnen war auch eine Frau mit Namen Rufina, die durchaus auch ihrerseits die Eucharistie aus den Händen des Paulus empfangen wollte. Als sie herantrat, sagte Paulus vom Geiste Gottes erfüllt zu ihr: Rufina, nicht als eine Würdige trittst du an den Altar Gottes, da du dich von der Seite nicht eines Ehemannes, sondern eines Ehebrechers erhoben hast und nun versuchst, die Eucharistie Gottes zu empfangen. Denn siehe, der Satan wird deinen Körper zerschlagen und dich vor den Augen aller, die an den Herrn glauben, niederwerfen, damit sie sehen und glauben und wissen, daß sie an den lebendigen Gott, den Erforscher der Herzen, geglaubt haben. Wenn du aber deine Tat bereust, ist er treu, der deine Sünden tilgen und dich von dieser Sünde befreien kann (1. Joh. 1,9). Wenn du aber nicht bereust, solange du noch im Leibe bist, so wird dich das verzehrende Feuer und die äußere Finsternis (Matth. 25,30) aufnehmen in alle Ewigkeit. Und sofort brach Rufina zusammen, gelähmt auf der linken Seite vom Kopf bis zu den Zehen der Füße. Auch reden konnte sie nicht mehr, denn ihre Zunge war gebunden. Als dies aber die schon länger Gläubigen und die Neubekehrten sahen, schlugen sie an ihre Brust, indem sie ihrer früheren Sünden gedachten, klagten und sagten: Wir wissen nicht, ob Gott uns die früheren Sünden, die wir begangen haben, vergibt. Da gebot Paulus Schweigen und sagte: Ihr Brüder, die ihr jetzt an Christus zu glauben begonnen habt, wenn ihr nicht[5] in eurem früheren Wandel und in euren väterlichen Überlieferungen bleibt und euch enthaltet von allem Betrug und Jähzorn, von aller Grausamkeit und Ehebruch und Befleckung und von Hochmut und Eifersucht, Hoffart und Feindseligkeit, so wird euch Jesus, der lebendige Gott, nachlassen, was ihr in Unwissenheit getan habt. Deswegen, ihr Knechte Gottes, wappnet euch, ein jeder an seinem inwendigen Menschen, mit Frieden, Gleichmut, Milde, Glaube, Liebe, Erkenntnis, Weisheit, Bruderliebe, Gastfreundschaft, Barmherzigkeit, Enthaltsamkeit, Keuschheit, Güte, Gerechtigkeit! Dann werdet ihr in Ewigkeit den Erstgeborenen der gesamten Schöpfung zu eurem Führer haben und Tugend in Frieden mit unserm Herrn. Als sie dieses aber von Paulus gehört hatten, baten sie ihn, er möge für sie beten. Paulus aber erhob seine Stimme und sprach: Ewiger Gott, Gott der Himmel, Gott von unaussprechlicher Majestät, der du alles durch dein Wort befestigt hast, der du die dem Menschen angebundene Fessel zerbrochen hast, der du das Licht deiner Gnade aller Welt hast zuteil werden lassen, Vater deines heiligen Sohnes Jesu Christi, wir bitten dich miteinander durch deinen Sohn Jesus Christus, die Seelen zu stärken, die einst ungläubig waren, jetzt aber gläubig sind. Einst war ich ein Lästerer, jetzt aber werde ich gelästert; damals war ich ein Verfolger, jetzt aber leide ich Verfolgung von anderen; damals war ich ein Feind Christi, jetzt bete ich, ein Freund sein zu dürfen[6]. Denn ich vertraue auf seine Verheißung und Barmherzigkeit; denn ich meine, daß ich gläubig bin und Vergebung für meine früheren Sünden erhalten habe. Deshalb ermahne ich auch euch, Brüder, an den Herrn, den allmächtigen Vater, zu glauben und alle eure Hoffnung auf unseren Herrn Jesus Christus, seinen Sohn, zu setzen. Wenn ihr an ihn glaubt, wird auch niemand euch aus seiner Verheißung reißen können. In gleicher Weise beuget eure Knie und empfehlet mich dem Herrn, der ich im Begriff stehe, zu einem anderen Volk zu reisen, daß seine Gnade vor mir hergehe und meine Reise gut ordne, damit die Gnade seine heiligen Gefäße und die Gläubigen[7] aufnehmen könne und sie voller Dank gegen mich, der ich das Wort des Herrn verkünde, wohl gegründet werden können. Die Brüder aber weinten lange und flehten zu Gott mit Paulus und sagten: Du, o Herr Jesus Christus, sei mit Paulus und führe ihn uns unversehrt zurück, denn wir kennen unsere Schwachheit, die in uns bis jetzt noch ist!

3

Flehentlich aber bat ein großer Haufe von Frauen kniefällig den seligen Paulus, und sie küßten seine Füße und führten ihn hinab zum Hafen, darunter auch Dionysius und Balbus aus Asien, römische Ritter, vornehme Männer. Und ein Senator mit Namen Demetrius wich nicht von der rechten Seite des Paulus und sagte: Paulus, ich möchte aus dieser Stadt fliehen, wenn ich nicht Beamter wäre, um dich nicht verlassen zu müssen. Ebenso sagten vom Hause des Kaisers Kleobius und Iphitus und Lysimachus und Aristeus und zwei Matronen Berenike und Philostrate mit dem Presbyter Narcissus, nachdem sie ihn zum Hafen geleitet hatten. Da aber ein Sturm vom Meere drohte, schickte er die Brüder nach Rom zurück, damit, wer wolle, herabkomme und Paulus höre, bis er abfahre. Als die Brüder das hörten, stiegen sie zur Stadt hinauf. Sie teilten es den Brüdern, die in der Stadt geblieben waren, mit, und sogleich verbreitete sich das Gerücht. Und da kamen die einen mit Fuhrwerk, andere zu Fuß, andere auf dem Tiber zum Hafen hinab und wurden durch seinen Glauben sehr gestärkt drei Tage lang und am vierten Tag bis zur fünften Stunde. Sie beteten abwechselnd mit Paulus, brachten ihm Gaben und legten alles, was nötig war, in das Schiff und übergaben ihm zwei gläubige Jünglinge, daß sie mit ihm führen, und nahmen im Herrn Abschied von ihm.

2. Die Ankunft Simons in Rom und seine ersten Erfolge
Reise des Petrus nach Rom

4

Nach wenigen Tagen aber entstand in der Gemeinde eine große Unruhe, da einige sagten, sie hätten wunderbare Dinge durch einen Menschen mit Namen Simon gesehen, und er sei in Aricia[8]. Sie fügten hinzu: Er sagt, er sei die große Kraft Gottes (Apg. 8,10), und ohne Gott tue er nichts. Ist er etwa Christus selbst? Aber wir glauben an den, den uns Paulus verkündigt hat. Denn durch ihn haben wir Tote auferweckt und manche von mannigfachen Krankheiten befreit gesehen[9]. Was das aber für ein Kampf ist, wissen wir nicht. Denn die Erregung, die uns befallen hat, ist nicht gering. Vielleicht wird er jetzt schon Rom betreten. Denn am gestrigen Tage wurde er mit lauten Zurufen darum gebeten, indem man ihm sagte: Du bist in Italien Gott, du der Heiland der Römer, eile so schnell wie möglich nach Rom! Jener aber sprach die Volksmassen an und sagte mit zarter Stimme: Ihr werdet mich am morgigen Tage etwa um die siebte Stunde über das Tor der Stadt fliegen sehen, in derselben Erscheinung, in der ihr mich jetzt mit euch sprechen seht. Darum, ihr Brüder, wenn es euch recht ist, wollen wir gehen und mit allem Fleiß den Ausgang der Sache erwarten. So liefen sie alle miteinander hin und kamen an das Tor. Als aber die siebte Stunde kam, siehe, da erschien plötzlich eine Staubwolke am Himmel in der Ferne, wie Rauch, der durch Feuerstrahlen von fern aufleuchtet. Und nachdem die Wolke an das Tor gekommen war, verschwand sie plötzlich.

Und darauf erschien Simon mitten im Volk stehend, und sie verehrten ihn alle und erkannten, daß er es sei, der tags zuvor von ihnen gesehen worden war. Und in höchstem Maße wurden die Brüder untereinander angefochten, insbesondere da Paulus nicht in Rom war, und auch nicht Timotheus und Barnabas, da sie von Paulus nach Mazedonien geschickt worden waren, und da keiner vorhanden war, der uns stärken konnte, zumal diejenigen, die erst kürzlich im Glauben unterwiesen worden waren. Und Simons Ansehen hob sich immer mehr bei denen, unter denen er wirkte, und einige von ihnen nannten in ihren täglichen Gesprächen den Paulus einen Zauberer, andere einen Gaukler; so wurden von der großen Menge, die im Glauben gegründet worden war, alle abspenstig gemacht, außer dem Presbyter Narcissus und zwei Frauen in der Herberge der Bithynier und vier anderen, welche das Haus nicht mehr verlassen konnten; und sie widmeten sich, eingeschlossen, Tag und Nacht dem Gebet und baten den Herrn, daß Paulus so schnell wie möglich zurückgeführt würde oder irgendein anderer käme, der seine Knechte besuche, da der Teufel sie durch seine Schlechtigkeit abtrünnig gemacht hatte.

5

Während sie aber trauerten und fasteten, bereitete Gott den Petrus schon auf die Zukunft vor, nachdem die zwölf Jahre in Jerusalem, die der Herr Christus ihm vorgeschrieben hatte, vollendet waren[10]; er zeigte ihm folgendes Gesicht und sprach zu ihm: Petrus! Der, den du aus Judäa vertrieben hast, nachdem du ihn als Zauberer erwiesen hast,

Simon, ist euch wieder zuvorgekommen, und zwar in Rom. Und in Kürze sollst du wissen: alle nämlich, die an mich geglaubt haben, hat Satan durch seine Hinterlist und Macht abtrünnig gemacht, dessen Kraft zu sein er damit erweist. Aber verweile nicht länger. Am morgigen Tage reise nach Caesarea, und dort wirst du ein Schiff bereit finden, das nach Italien fährt. Und in wenigen Tagen will ich dir meine Gnade zeigen, die keine Anfeindung kennen soll. Petrus aber, durch dieses Gesicht gemahnt, berichtete es unverzüglich den Brüdern und sagte: Ich muß nach Rom hinaufziehen, um den Feind und Gegner des Herrn und unserer Brüder niederzuringen. Und er stieg hinab nach Caesarea, und sogleich bestieg er das Schiff, von dem die Treppe bereits weggezogen war und ohne daß noch für ihn Lebensmittel an Bord genommen worden waren. Der Kapitän aber, mit Namen Theon, sah Petrus an und sagte: Alles, was wir haben, gehört dir. Welcher Dank aber wird uns zuteil[11], wenn wir einen Menschen, der uns gleicht, in unsicherer Lage zwar aufnähmen, jedoch nicht alles, was wir haben, mit dir teilten? Mögen wir aber nun eine glückliche Fahrt haben! Petrus aber dankte für sein Anerbieten; er fastete jedoch im Schiff, betrübten Geistes, wiederum aber sich aufrichtend, weil Gott ihn für würdig erachtet habe, Diener in seinem Dienst zu sein. Nach wenigen Tagen aber stand der Kapitän zur Stunde seines Frühstücks auf. Er bat den Petrus, mit ihm zu speisen, und sagte zu ihm: Oh, wer du auch sein magst, ich kenne dich zu wenig, ob du ein Gott oder ein Mensch bist. Aber ich meine – soweit ich es verstehe –, daß du ein Diener Gottes bist. Denn

Susanna, zur Richtbank geführt, wird durch
das Zeugnis des jungen Daniel errettet

Zusätze zu Daniel. Geschichte von Susanna und Daniel, 45

während mitten in der Nacht mein Schiff von mir gesteuert wurde und ich eingeschlafen war, da schien es mir, als ob eine menschliche Stimme vom Himmel her zu mir sagte: Theon, Theon! Zweimal rief sie mich bei meinem Namen und sagte zu mir: Unter allen, die mit dir fahren, sei dir Petrus derjenige, der höchster Verehrung wert ist. Durch ihn werdet ihr, du und die übrigen, aus unverhoffter Situation heraus ohne jeden Schaden heil hervorgehen. Petrus aber glaubte, daß Gott denen, die auf dem Schiff waren, auf dem Meere seine Vorsehung zeigen wollte. Daraufhin begann Petrus dem Theon die großen Taten Gottes darzulegen (Apg. 2,11) und wie Gott ihn unter den Aposteln erwählt habe und welchen Zweck seine Reise nach Italien habe. Täglich aber teilte er ihm das Wort Gottes mit. Und er betrachtete ihn und erkannte durch den Verkehr mit ihm, daß er gleichgesinnt im Glauben sei und würdig des Dienstes[12]. Als aber das Schiff auf der Adria in eine Windstille geriet, wies Theon den Petrus auf die Windstille hin und sagte: Wenn du mich für würdig halten willst, in das Zeichen des Herrn[13] einzutauchen, so hast du jetzt Gelegenheit dazu. Denn alle, die auf dem Schiff waren, schliefen betrunken. Petrus ließ sich an einem Tau herab und taufte den Theon im Namen des Vaters und des Sohnes und des Heiligen Geistes. Jener aber stieg fröhlich und in großer Freude aus dem Wasser empor, auch Petrus war froher geworden, weil Gott den Theon seines Namens für würdig gehalten hatte. Es geschah aber, daß an derselben Stelle, an der Theon getauft worden war, ein Jüngling erschien, strahlend vor Glanz, und zu ihnen sprach: Friede sei mit euch![14]

Und sofort stiegen Petrus und Theon hinauf und gingen in die Kajüte hinein, und Petrus nahm Brot und dankte dem Herrn, der ihn seines heiligen Dienstes gewürdigt hatte, und dafür, daß ihnen der Jüngling erschienen wäre, der «Friede sei mit euch» sagte. Petrus sprach: Bester und allein Heiliger! Denn du bist uns doch erschienen, Gott Jesus Christus, in deinem Namen ist Theon eben getauft und mit deinem heiligen Zeichen ist er gezeichnet worden. Daher teile ich auch in deinem Namen ihm deine Eucharistie mit, damit er dein vollkommener Diener sei ohne Tadel für immer. Als sie aber aßen und sich im Herrn freuten, erhob sich plötzlich am Vorderteil des Schiffes ein Wind, nicht sehr heftig, eher mäßig, und flaute nicht ab sechs Tage und ebenso viele Nächte lang, bis sie nach Puteoli gelangten[15].

6

Als sie nun in Puteoli angelegt hatten, sprang Theon aus dem Schiff und begab sich in das Quartier, in dem er gewöhnlich einkehrte, um dort die Aufnahme des Petrus vorzubereiten. Der Mann aber, bei dem er einkehrte, hieß Ariston. Dieser fürchtete schon immer den Herrn, und Theon schloß sich ihm an um des Namens Christi willen. Und als er in das Quartier gekommen war und den Ariston gesehen hatte, sagte Theon zu ihm: Der Gott, der dich gewürdigt hat, ihm zu dienen, hat auch mir an seiner Gnade Anteil gegeben durch seinen heiligen Knecht Petrus, der jetzt mit mir von Judäa hergefahren ist, da er von unserem Herrn den Befehl erhalten hat, nach Italien zu kommen. Als aber Ariston das hörte, fiel er dem

Theon um den Hals, umarmte ihn und bat ihn, ihn zum Schiff zu führen und ihm den Petrus zu zeigen. Ariston sagte nämlich, seit Paulus nach Spanien abgereist sei, hätte es keinen unter den Brüdern gegeben, bei dem er sich hätte stärken können. Außerdem sei ein Jude, mit Namen Simon, in die Stadt eingedrungen. Dieser, so fuhr er fort, hat durch Zauberspruch und durch seine Schlechtigkeit von Grund auf die ganze Bruderschaft abtrünnig gemacht, so daß auch ich aus Rom floh in der Hoffnung, Petrus werde kommen. Denn Paulus hat von ihm berichtet, und ich habe vieles in einem Gesicht gesehen. Jetzt glaube ich daher an meinen Herrn, daß er seinen Dienst wieder aufrichtet, damit alle Verführung von seinen Knechten genommen werde. Denn treu ist unser Herr Jesus Christus, der unseren Sinn wieder erneuern kann. Als aber Theon dieses von dem weinenden Ariston hörte, da wuchs ihm der Mut noch mehr, und er wurde noch mehr bestärkt, da er erkannte, daß er an den lebendigen Gott gläubig geworden war. Als sie aber zusammen an das Schiff kamen, erblickte Petrus sie, und vom Geist erfüllt, lächelte er, so daß Ariston auf sein Angesicht Petrus zu Füßen fiel und folgendes sagte: Bruder und Herr, der du an den heiligen Geheimnissen teilhast und den rechten Weg zeigst, der in dem Herrn Jesus Christus, unserem Gott, ist. Er hat uns deine Ankunft offen gezeigt. Wir haben nämlich alle, die uns Paulus übergeben hatte, durch die Kraft Satans verloren. Aber jetzt hoffe ich auf den Herrn, der dir durch seinen gesandten Boten zu uns zu eilen befohlen hat, da er uns gewürdigt hat, uns durch dich seine großen und wunderbaren Taten sehen zu lassen.

Ich bitte dich daher: eile in die Stadt! Denn ich habe die Brüder, die ein Ärgernis gaben und die ich in der Versuchung des Teufels habe fallen sehen, verlassen und bin hierher geflohen, indem ich ihnen sagte: Brüder, stehet im Glauben! Denn notwendigerweise wird innerhalb der nächsten zwei Monate das Erbarmen des Herrn euch seinen Diener zuführen. Denn ich hatte eine Erscheinung gesehen, den Paulus, der zu mir sagte: Ariston, fliehe aus der Stadt! Als ich das gehört hatte, glaubte ich ohne Zögern, ging im Herrn aus der Stadt, wenn ich auch sehr schwaches Fleisch trage, und so bin ich hierher gelangt, stand täglich am Ufer und fragte die Seeleute: Ist etwa Petrus mit euch gefahren? Jetzt aber, da die Gnade des Herrn uns reichlich widerfährt, bitte ich, wir möchten ohne jede Verzögerung nach Rom hinaufsteigen, damit nicht die Lehre des verbrecherischen Menschen noch weiter um sich greift. Als Ariston dies unter Tränen sagte, gab ihm Petrus die Hand und hob ihn von der Erde auf, und Petrus selbst sprach unter Tränen und Seufzen: Es ist uns zuvorgekommen der, welcher den Erdkreis durch seine Engel versucht[16]. Aber auslöschen wird Gott seine Verführungen und unter die Füße derer legen, die an Christus, den wir verkündigen, geglaubt haben, er, der die Gewalt hat, seine Knechte aus aller Versuchung zu reißen. Und als sie zum Tore eintraten[17], bat Theon den Petrus und sagte: An keinem Tage bei der so langen Meerfahrt hast du auf dem Schiff dich erquickt. Jetzt aber willst du direkt vom Schiff aus den Weg auf einer so beschwerlichen Straße antreten? Bleibe doch und erquicke dich, und dann magst du reisen. Denn von hier bis Rom ist gepflasterte Straße, und ich fürchte, du könntest von der Erschütterung einen Schaden davontragen. Es antwortete aber Petrus und sprach zu ihnen: Wenn es aber geschähe, daß mir zusammen mit dem Feind unseres Herrn ein Mühlstein umgehängt würde, wie mein Herr zu uns sagte, wenn einer einem von den Brüdern Ärgernis gegeben hätte, und wir in die Tiefe versenkt würden? (Matth. 18,6). Es würde aber nicht nur geschehen, daß ein Mühlstein um den Hals gehängt würde, sondern, was schlimmer ist, es würde fern von denen, die an den Herrn Jesus Christus geglaubt haben, der Gegner dieses Verfolgers[18] seiner Knechte sein Ende finden. Auf keine Weise aber konnte Theon ihn überreden, auch nur einen Tag dort zu bleiben. Theon aber übergab nun seinerseits alles, was im Schiff war, denen, die als Interessenten kamen, und folgte dem Petrus nach Rom, wobei Ariston sie zur Wohnung des Presbyters Narcissus hinführte.

3. Die erste Predigt des Petrus in Rom

7

Das Gerücht ging im Fluge durch die Stadt zu den zerstreuten Brüdern: Petrus sei auf Geheiß des Herrn gekommen Simons wegen, um zu zeigen, daß dieser ein Verführer und Verfolger des Guten sei. Es lief darum die ganze Menge zusammen, um den Apostel des Herrn zu sehen, wie er die Gemeinde auf Christus gründe. Am ersten Tage der Woche aber kam die Menge zusammen, um den Petrus zu sehen. Daher begann Petrus mit sehr lauter Stimme zu reden: Ihr hier versammelten

Männer, die ihr auf Christus hofft, ihr, die ihr eine kleine Weile Versuchung erlitten habt, merket auf! Warum hat Gott seinen Sohn in die Welt gesandt, oder warum hat er ihn durch die Jungfrau Maria hervorgebracht, wenn er nicht irgendeine Gnade und einen Heilsweg schaffen wollte? Denn er wollte beseitigen alles Ärgernis und alle Unwissenheit und alle Macht des Teufels, seine Anschläge und Kräfte unwirksam machen, durch welche er einst die Oberhand hatte, bevor unser Gott in der Welt als Licht erstrahlte. Weil die Menschen mit ihren vielen und mannigfaltigen Schwachheiten durch Unwissenheit in den Tod stürzten, hat der allmächtige Gott, von Mitleid bewegt, seinen Sohn in die Welt gesandt, wobei ich zugegen gewesen bin. Und ich bin über die Wasser gewandelt (Matth. 14,22–33), wofür ich selbst Zeuge bleibe; ich bekenne, daß ich dabeigewesen bin, als er damals in der Welt durch Zeichen und alle Wunder, die er getan hat, gewirkt hat. Teuerste Brüder, ich habe unsern Herrn Jesus Christus verleugnet, und nicht nur einmal, sondern dreimal (Matth. 26,69–75). Es waren nämlich die, die mich umringt hatten, schlechte Hunde, wie der Prophet des Herrn sagt (Ps. 22,17). Aber der Herr hat es mir nicht angerechnet. Er wandte sich zu mir und erbarmte sich der Schwachheit meines Fleisches, so daß ich nachher bitterlich weinte, und ich war betrübt über meinen so schwachen Glauben, da ich von dem Teufel um den Verstand gebracht war und das Wort meines Herrn nicht im Sinn hatte. Und jetzt sage ich euch, ihr Brüder, die ihr im Namen Jesu Christi zusammengekommen seid: auch auf euch richtet der Betrüger Satan seine

Pfeile, damit ihr vom Wege abweicht. Aber werdet nicht abtrünnig, Brüder, und fallt nicht im Geist, sondern seid stark und stehet fest und zweifelt nicht! Denn wenn mich, den der Herr in so hoher Ehre hielt, Satan in Anfechtung gebracht hat, so daß ich das Licht meiner Hoffnung verleugnete, wenn er mich niederwarf und überredete, ich solle fliehen, als ob ich an einen Menschen glaubte, was glaubt ihr wohl, die ihr Neubekehrte seid? Meintet ihr, daß er euch nicht aus der Bahn werfen würde, um euch zu Feinden des Reiches Gottes zu machen und durch den schlimmsten Irrtum euch ins Verderben zu stürzen? Denn jeder, den er von der Hoffnung auf unseren Herrn Jesus Christus abdrängt, der ist ein Kind des Verderbens in alle Ewigkeit. Bekehrt euch also, vom Herrn erwählte Brüder, und seid stark in dem allmächtigen Herrn, dem Vater unseres Herrn Jesu Christi, den niemand je gesehen hat noch sehen kann außer dem, der an ihn glaubt. Erkennet aber, woher euch die Versuchung gekommen ist. Denn nicht nur deswegen, um euch mit Worten zu überzeugen, dieser, den ich verkündige, sei Christus, sondern auch durch Taten und großartige Kräfte mahne ich euch durch den Glauben an Christus Jesus, daß keiner von euch einen anderen als Heiland erwartet, als den Verachteten und von den Juden Geschmähten, diesen gekreuzigten Nazarener, der starb und am dritten Tage auferstand.

4. Marcellus · Wiederaufbau der Gemeinde in Rom

8

Voll Reue aber baten die Brüder den Petrus, den Simon zu überwinden, der von sich behauptete, er sei die Kraft Gottes – er hielt sich im Hause des Senators Marcellus auf, der von seinen Zaubersprüchen beschwatzt war –, und sie sprachen: Glaube uns, Bruder Petrus, niemand war so weise unter den Menschen wie dieser Marcellus. Alle Witwen, die auf Christus hofften, fanden bei ihm Zuflucht; alle Waisen wurden von ihm ernährt. Was weiter, Bruder? Marcellus nannten alle Armen ihren Schutzherrn, sein Haus trug den Namen Herberge der Pilger und Armen. Zu ihm sprach der Kaiser: Von jedem Amt halte dich fern, damit du nicht die Provinzen ausplünderst und den Christen die Erträge zukommen läßt. Ihm erwiderte Marcellus: Und alles, was mein ist, gehört dir. Ihm entgegnete der Kaiser: Es wäre mein, wenn du es für mich bewahren würdest; jetzt aber ist es nicht mein, weil du es schenkst, wem du willst, und ich weiß nicht welchen niedrigen Leuten. Das also, Bruder Petrus, haben wir vor Augen, und berichten dir, wie sich die große Barmherzigkeit des Mannes in Gotteslästerung verwandelt hat. Wenn nämlich jener sich nicht gewandelt hätte, dann hätten auch wir uns nicht entfernt von dem heiligen Glauben an Gott, unseren Herrn. Dieser Marcellus ist jetzt wütend und bereut sein Wohltun, indem er spricht: Ein so großes Vermögen habe ich so lange Zeit verwendet in dem vergeblichen Glauben, ich verausgabte es zur Erkenntnis Gottes. So weit geht er in seiner Wut, daß, wenn einer von den Fremden zu ihm an die Tür seines Hauses kommt, er ihn mit dem Stock schlägt und hinauswerfen läßt und sagt: Oh, hätte ich doch für jene Betrüger nicht soviel Geld ausgegeben! Aber er sagt noch mehr Gotteslästerungen. Wenn aber in dir noch etwas von dem Erbarmen unseres Herrn oder von der Güte seiner Vorschriften verblieben ist, so hilf seinem Irrtum auf; er hat doch in so großer Zahl den Dienern Gottes Almosen gegeben. Als aber Petrus dies sah, wurde er von großem Schmerz ergriffen und schalt: O mannigfaltige Künste und Versuchungen des Teufels! O Listen und Erfindungen von Bösem! Der für sich auf den Tag des Zorns[19] das große Feuer nährt, Verwüstung einfältiger Menschen, ein reißender Wolf, ein Verschlinger und Zerstreuer des ewigen Lebens! Du hast den ersten Menschen in böse Lust verstrickt und hast ihn durch deine frühere Schlechtigkeit und ein körperliches Band an dich gefesselt[20]. Du bist die Frucht des Baumes der Bitterkeit, die ganz bitter ist, der du mannigfaltige Lüste einflößest. Du hast meinen Mitschüler und Mitapostel Judas gezwungen, gottlos zu handeln, daß er unsern Herrn Jesus Christus verriet, der dich dafür notwendigerweise strafen muß. Du hast das Herz des Herodes verstockt und den Pharao entflammt und ihn gezwungen zu kämpfen gegen den heiligen Diener Gottes, Moses; du hast dem Kaiphas die Kühnheit beigebracht, daß er der feindlichen Menge unsern Herrn Jesus Christus übergab[21]; und auch jetzt noch schießest du mit deinen giftigen Pfeilen auf unschuldige Seelen. Du gottloser Feind aller, als ein Fluch wirst du von der Kirche des Sohnes des heiligen allmächtigen Gottes und wie ein vom Herd geworfener Feuerbrand von den Dienern unseres Herrn Jesu Christi ausgelöscht werden. Gegen dich möge sich kehren deine Schwärze und gegen deine Söhne, den schlechtesten Samen, gegen dich mögen sich kehren deine Schlechtigkeiten und gegen dich deine Drohungen und gegen dich deine Versuchungen und gegen deine Engel, du Anfang der Schlechtigkeit, Abgrund der Finsternis! Deine Finsternis, die du hast, sei mit dir und mit deinen Gefäßen, die du besitzest. Weiche darum von denen, die Gott glauben wollen, weiche von den Dienern Christi und denen, die für ihn Kriegsdienste leisten wollen! Behalte du für dich deine Kleider der Finsternis; vergeblich klopfest du an fremde Türen, die nicht dir gehören, sondern Christus Jesus, der sie bewacht. Denn du, reißender Wolf, willst die Schafe rauben, die nicht dir, sondern Jesus Christus gehören, der sie eifrig mit dem höchsten Eifer bewacht.

9

Während Petrus dies unter großem Schmerz seiner Seele sprach, wurden weit mehr, die an den Herrn glaubten, hinzugetan (Apg. 2,47). Die Brüder aber baten den Petrus, er möge sich mit Simon in einen Kampf einlassen und nicht zugeben, daß er noch länger das Volk aufhetze. Unverzüglich verließ Petrus die Versammlung und ging zum Hause des Marcellus, wo Simon wohnte. Es folgten ihm aber große Volkshaufen. Als er aber zur Tür kam, rief er den Türhüter und sprach zu ihm: Geh, sag dem Simon: Petrus, dessentwegen du aus Judäa geflohen bist, erwartet dich an der Tür! Der Türhüter antwortete dem Petrus: Ob du Petrus bist, weiß ich nicht, Herr. Ich habe aber einen Befehl: Simon erfuhr nämlich, daß du gestern die Stadt betreten hast; da sagte er mir: Ob bei Tag, ob bei Nacht, und zu welcher Stunde er auch kommen sollte, sag, daß ich nicht zu Hause bin! Petrus aber sagte zu dem Jüngling: Du hast recht geantwortet, daß du das vermeldet hast, von ihm dazu gezwungen. Und Petrus wandte sich zum Volk, das ihm folgte, und sprach: Ihr werdet gleich ein großes und wunderbares Zeichen schauen. Und Petrus sah hinter sich einen großen Hund, der an einer großen Kette gebunden war, ging auf ihn zu und band ihn los. Als aber der Hund losgebunden war, nahm er menschliche Stimme an und sprach zu Petrus: Was befiehlst du mir zu tun, du Diener des unaussprechlichen, lebendigen Gottes? Petrus sprach zu ihm: Geh hinein und sag dem Simon inmitten seiner Gesellschaft: Petrus läßt dir sagen: Komm hervor in die Öffentlichkeit; deinetwegen bin ich nach Rom gekommen, du Gottloser und Aufwiegler einfältiger Seelen! Und auf der Stelle rannte der Hund los und ging hinein, stürmte mitten hinein in die Gesellschaft, die um Simon versammelt war, erhob seine Vorderfüße und rief mit lauter Stimme: Du Simon, Petrus, der Diener Christi, der an der Tür steht, läßt dir sagen: Komm hervor an die Öffentlichkeit; denn deinetwegen bin ich nach Rom gekommen, du Gottlosester und Verführer einfältiger Seelen! Als Simon das hörte und die unglaubliche Erscheinung sah, verschlug es ihm die Rede, mit der er die Umstehenden verführt hatte; alle anderen aber staunten.

10

Als aber Marcellus dies sah, lief er hinaus zum Tor, warf sich dem Petrus zu Füßen und sprach: Petrus, ich umfasse deine Füße, du heiliger Knecht des heiligen Gottes; ich habe viel gesündigt! Strafe nicht meine Sünden, wenn etwas von dem wahren Glauben an Christus in dir ist, den du predigst, wenn du seiner Gebote eingedenk bist, niemanden zu hassen, gegen niemanden böse zu sein, wie ich von deinem Mitapostel Paulus gelernt habe. Rechne mir nicht meine Sünden an, sondern bitte für mich den Herrn, den heiligen Sohn Gottes, den ich zum Zorn verleitet habe, weil ich seine Knechte verfolgt habe. Bitte also für mich als guter Anwalt bei Gott, daß ich nicht mit den Sünden Simons dem ewigen Feuer übergeben werde, der mich sogar überredet hat, ihm ein Standbild zu errichten, mit der Inschrift: Dem Simon, dem jugendlichen Gott[22]. Wenn ich wüßte, Petrus, daß du durch Geld gewonnen werden könntest, würde ich mein ganzes Vermögen geben; ich würde es verachtet und dir gegeben haben, um meine Seele zu gewinnen. Wenn ich Söhne hätte, würde ich sie für nichts geachtet haben; nur an den lebendigen Herrn würde ich glauben. Ich gestehe aber, daß er mich dadurch verführt hat, daß er behauptete, er sei die Kraft Gottes. Und doch will ich dir berichten, lieber Petrus: nicht war ich würdig, dich zu hören, du Knecht Gottes, noch war ich befestigt im Glauben an Gott, der in Christus beruht. Deshalb bin ich gestrauchelt. Darum bitte ich dich, nimm mir nicht übel, was ich sagen werde. Christus, unser Herr, den du in Wahrheit verkündigst, sagte zu deinen Mitaposteln in deiner Gegenwart: Wenn ihr Glauben habt wie ein Senfkorn, so werdet ihr zu diesem Berge sagen: Hebe dich weg, und sogleich wird er sich wegheben (Matth. 17,20). Dich aber, Petrus, hat dieser Simon einen Ungläubigen genannt, weil du auf den Wassern gezweifelt hast (Matth. 14,30f.). Ich hörte nämlich, daß er auch gesagt hat: Die mit mir sind, haben mich nicht verstanden[23]. Darum, wenn ihr, denen er sogar die Hände aufgelegt und die er selbst erwählt hat, mit denen er auch Wunder gewirkt hat, in Zweifel geraten seid, so habe ich also dieses Zeugnis und werde von Reue ergriffen, und ich nehme zu deinen Gebeten Zuflucht. Nimm dich doch meiner Seele an, der ich von unserem Herrn und seiner Verheißung abgefallen bin. Aber ich glaube, daß er sich meiner erbarmen wird, wenn ich Buße tue. Denn treu ist der Allmächtige, mir die Sünde zu vergeben (1. Joh. 1,9). Petrus aber sagte mit lauter Stimme: Dir, unser Herr, sei Ruhm und Preis, allmächtiger Gott, Vater unseres Herrn Jesu Christi. Dir sei Lob und Ruhm und Ehre in alle Ewigkeit, Amen. Da du auch uns jetzt voll gestärkt und auf dich fest gegründet hast vor den Augen aller, die es sehen, heiliger Herr, so befestige den Marcellus und sende heute deinen Frieden in ihn und sein Haus; alles aber, was verlorengegangen ist oder in die Irre geht, du allein kannst es zum Rechten wenden. Dich flehen wir alle an, o Herr, du Hirt der einst zerstreuten Schafe; jetzt aber werden sie durch dich wieder vereinigt werden. So nimm auch den Marcellus wieder auf wie eines von deinen Schäflein und dulde nicht, daß er noch länger in Irrtum oder Unwissenheit umherschweift; sondern nimm ihn auf in die Zahl deiner Schafe. Ja, Herr, nimm ihn auf, ihn, der mit Schmerzen und Tränen dich bittet.

11

So sprach Petrus und umarmte den Marcellus. Petrus wandte sich der Menge zu, die bei ihm stand, und sah in der Menge einen lächeln; in dem war ein sehr bösartiger Dämon. Zu ihm sprach Petrus: Wer du auch bist, der du gelacht hast, zeige dich offen allen Umstehenden! Als der Jüngling dieses gehört hatte, stürzte er in die Vorhalle des Hauses und rief mit lauter Stimme, warf sich gegen die Wand und sagte: Petrus, es herrscht ein gewaltiger Streit zwischen Simon und dem Hund, den du geschickt hast. Denn Simon sagt zu dem Hund: Sag, ich sei nicht hier! Zu ihm aber spricht der Hund noch mehr, als du ihm aufgetragen hast. Und wenn er die geheimnisvolle Sache, die du ihm befohlen hast, erledigt haben wird, dann wird er vor deinen Füßen sterben. Petrus aber sprach: Und du nun, was du auch immer für ein Dämon bist, im Namen unseres Herrn Jesu Christi fahre aus dem Jüngling heraus, ohne ihm zu schaden; zeige dich allen Umstehenden! Als der Jüngling das gehört hatte, fuhr er aus; dabei ergriff er eine große Marmorstatue, die in der Vorhalle des Hauses stand, und zertrümmerte sie mit Fußtritten. Es war aber eine Kaiserstatue. Als Marcellus das sah, schlug er sich an die Stirn und sprach zu Petrus: Ein großes Verbrechen ist geschehen; wenn nämlich das der Kaiser durch einen der Spitzel erfährt, wird er uns schwer bestrafen. Petrus aber sprach zu ihm: Ich sehe, daß du nicht so bist, wie kurz zuvor; du sagtest nämlich, du seiest bereit, dein ganzes Vermögen hergeben zu wollen, um deine Seele zu retten. Aber wenn du wirklich Buße tust und aus ganzem Herzen an Christus glaubst, so fange das herabspringende Wasser mit deinen Händen auf, bete zum Herrn und sprenge es in seinem Namen über die Trümmer der Statue, und sie wird unversehrt sein wie vorher. Marcellus aber zweifelte nicht, sondern glaubte aus ganzem Herzen und sprach, bevor er das Wasser mit seinen Händen auffing, den Blick gen Himmel gerichtet: Ich glaube an dich, Herr Jesus Christus. Denn von deinem Apostel Petrus werde ich bezichtigt, daß ich nicht recht an deinen heiligen Namen glaube. Darum nehme ich das Wasser in meine Hände, und in deinem Namen besprenge ich diese Steine, damit die Statue wieder unversehrt werde, wie sie vorher war. Herr, wenn es also dein Wille ist, daß ich in meinem Körper bleibe und nicht irgend etwas vom Kaiser erleiden soll, so soll dieser Stein wieder heil werden, wie er vorher war! Und er sprengte Wasser über die Steine, und die Statue wurde wieder heil. Petrus war stolz, daß ihm keine Zweifel gekommen waren beim Gebet an den Herrn. Aber auch Marcellus wurde im Geiste erhoben, daß dieses erste Wunder unter seinen Händen geschehen war. Er glaubte daher aus seinem ganzen Herzen an den Namen Jesu Christi, des Sohnes Gottes, durch den alles Unmögliche möglich ist.

5. Wunder des Petrus und erste Angriffe auf Simon

12

Aber Simon sprach drinnen zu dem Hund folgendes: Sag dem Petrus, ich sei nicht drinnen! Der Hund sprach zu ihm vor Marcellus: Du Gottlosester und Schamloser, du Feind aller Lebewesen und derer, die an Christus Jesus glauben, zu dir ist ein stummes Tier gesandt worden, das menschliche Stimme annahm, um dich als platten Betrüger zu erweisen und zu bestätigen. Soviel Stunden hast du nachdenken müssen, um zu sagen: Sag, daß ich nicht hier bin!? Du hast dich nicht geschämt, deine kraftlose und unnütze Stimme zu erheben gegen Petrus, den Diener und Apostel Christi, als ob du vor dem verborgen bleiben könntest, der mir befohlen hat, dir ins Angesicht zu sprechen. Und das geschieht nicht deinetwegen, sondern um derentwillen, die du verführtest und ins Verderben schicktest. Darum wirst du verflucht sein, du Feind und Verderber des Weges zur Wahrheit Christi, der deine Bosheiten, die du getan hast, im ewigen Feuer prüfen wird, und du wirst in der äußeren Finsternis sein (Matth. 8,12; 22,13). Und als der Hund diese Worte gesprochen hatte, lief er weg. Es folgte ihm nun die Menge; Simon aber blieb allein zurück. Der Hund kam zu Petrus, der unter der Menge saß, die versammelt war, um das Antlitz des Petrus zu sehen; und der Hund berichtete, was er mit Simon verhandelt hatte. Folgendes aber sprach der Hund: Bote und Apostel des wahren Gottes, Petrus, einen schweren Kampf wirst du haben gegen Simon, den Feind Christi und seiner Anhänger, aber viele, die von ihm verführt wurden, wirst du zum Glauben bekehren. Darum wirst du von Gott deinen Lohn für dein Werk empfangen. Nach diesen Worten fiel der Hund vor den Füßen des Apostels Petrus hin und gab seinen Geist auf. Als aber die Menge mit großem Staunen den sprechenden Hund sah, begannen die einen daraufhin, sich dem Petrus zu Füßen zu werfen, andere aber sagten: Zeige uns noch ein anderes Zeichen, damit wir dir als dem Diener des lebendigen Gottes glauben; auch Simon hat viele Wunder in unserer Gegenwart gewirkt, und darum sind wir ihm gefolgt.

13

Petrus aber wandte sich um, sah einen geräucherten Thunfisch an einem Fenster hängen, ergriff ihn und sagte zum Volk: Wenn ihr jetzt diesen im Wasser wie einen Fisch schwimmen seht, werdet ihr dann an den glauben können, den ich predige? Jene aber sagten einmütig: Wahrlich, wir werden dir glauben! Da ein Fischteich dabeilag, so sagte er nun: In deinem Namen, Jesus Christus, an den bis jetzt noch nicht geglaubt wird; und er wandte sich zu dem Thunfisch und sprach: Werde vor allen diesen hier lebendig und schwimme wie ein Fisch! Und er warf den Thunfisch in den Teich, und er lebte und er begann zu schwimmen. Als aber die Menge den Fisch schwimmen sah, ließ er ihn, damit es nicht heiße, es sei ein Phantasiegebilde, nicht nur gerade eine Stunde, sondern noch länger schwimmen, so daß er von allen Seiten Scharen herbeilockte und zeigte, daß der Thunfisch ein richtiger Fisch geworden sei; und es kam soweit, daß mancher aus dem Volk ihm Brot zuwarf, und alles fraß er auf. Als sie das sahen, folgten ihm sehr viele und glaubten an den Herrn, und sie kamen Tag und Nacht im Hause des Presbyters Narcissus zusammen. Petrus erklärte ihnen die prophetischen Schriften und was unser Herr Jesus Christus vollbracht hatte in Wort und Taten.

14

Marcellus aber wurde täglich mehr im Glauben gefestigt durch die Zeichen, die er durch Petrus geschehen sah durch die Gnade Jesu Christi, die er ihm hatte zuteil werden lassen. Marcellus aber fiel in seinem Haus über Simon her, der im Speisezimmer saß. Er schmähte ihn mit den Worten: Du feindseligster und verkommenster unter den Menschen, du Verderber meiner Seele und meines Hauses, der du mich abtrünnig machen wolltest von Christus, meinem Herrn und Erlöser! Und er legte Hand an ihn und ließ ihn aus seinem Hause hinauswerfen. Als aber die Sklaven über ihn Macht bekommen hatten, überhäuften sie ihn so mit Schmähungen: die einen gaben ihm Schläge ins Gesicht, andere aber schlugen ihn mit einem Knüppel, andere warfen einen Stein, wieder andere gossen Gefäße voll Unrats über seinen Kopf; denn sie hatten seinetwegen ihren Herrn beleidigt[24] und waren lange Zeit gebunden gewesen; und andere Mitsklaven, über die er zu ihrem Herrn Schlechtes gesprochen hatte, beschimpften ihn und sprachen: Jetzt erstatten wir dir den würdigen Lohn nach Gottes Willen, der sich unser und unseres Herrn erbarmt hat. Simon aber wurde übel zugerichtet aus dem Hause geworfen und eilte zu dem Hause, wo Petrus wohnte. Am Haus des Presbyters Narcissus stellte er sich an die Tür und rief: Hier bin ich, Simon; komm aber herab, Petrus, und ich werde dir beweisen, daß du nur an einen jüdischen Mann und den Sohn eines Zimmermanns[25] geglaubt hast.

15

Es wurde aber dem Petrus gemeldet, daß Simon dieses gesagt hätte. Petrus schickte zu ihm eine Frau mit einem Säugling und sagte zu ihr: Geh schnell hinab, und du wirst einen sehen, der mich sucht. Du bist es zwar nicht, die ihm antworten soll. Vielmehr bleibe stumm und höre, was der Säugling, den du auf dem Arm hältst, zu ihm spricht. Die Frau ging also hinab; der Säugling aber war sieben Monate alt. Und er bekam eine männliche Stimme und sprach zu Simon: O du Scheusal vor Gott und den Menschen, du Vernichter der Wahrheit und der Verderbnis schlimmster Same, du unfruchtbare Frucht der Natur! Aber nur eine ganz kurze Zeit sollst du dich noch zeigen können, und dann harrt deiner ewige Strafe. Von einem schamlosen Vater stammst du, der du niemals in dem Guten, sondern nur in Gift Wurzeln treibst, ungläubige Kreatur, von jeglicher Hoffnung Verlassener! Daß ein Hund dich widerlegte, hat dich nicht erschüttert; nun werde ich, ein Kind, von Gott gezwungen zu reden, und du errötest auch jetzt noch nicht vor Scham! Doch gegen deinen Willen wird am kommenden Sabbat ein anderer dich auf das Julische Forum bringen, damit bewiesen wird, was in dir ist. Verlaß also die Tür, an der die Spuren der Heiligen haften. Denn nicht mehr wirst du unschuldige Seelen verderben, die du bisher zugrunde richtetest und irregemacht hast an Christus. Darum wird sich deine grundschlechte Natur offen zeigen, und dein Ränkespiel wird zunichte werden. Jetzt aber sage ich dir das letzte Wort: Jesus Christus läßt dir sagen: Verstumme unter dem Zwang meines Namens und verlasse Rom bis zum kommenden Sabbat! Sofort aber verstummte er, und gezwungen verließ er Rom bis zum Sabbat und blieb in einem Stall. Die Frau kehrte mit ihrem Säugling zu Petrus zurück und berichtete ihm und den übrigen Brüdern, was das Kind zu Simon gesprochen hatte. Aber jene priesen den Herrn, der dieses den Menschen gezeigt hatte.

6. Vision des Petrus und Bericht über Simon

16

Als aber die Nacht kam, sah Petrus Jesus, angetan mit einem leuchtenden Gewand, lächelnd; Petrus war noch wach, und Christus sagte zu ihm: Schon ist der größte Teil der Brüder durch dich und durch die Zeichen, die du getan hast in meinem Namen, zu mir zurückgekehrt. Du wirst aber einen Glaubenskampf haben am kommenden Sabbat, und es werden sich noch viel mehr von den Heiden und von den Juden in meinem Namen zu mir, dem Geschmähten, Verspotteten, Angespienen, bekehren. Denn ich will mich dir zeigen, wenn du um Zeichen und Wunder bittest, und du wirst viele bekehren, aber du wirst einen Widersacher an Simon haben infolge der Werke seines Vaters[26]. Aber all sein Tun wird als Zauberspruch und magischer Trug an den Tag kommen. Jetzt aber zögere nicht, und du wirst alle, die ich dir zuschikken werde, auf meinen Namen gründen. Als es nun hell geworden war, erzählte er den Brüdern, daß ihm der Herr erschienen wäre und was er ihm aufgetragen hätte[27]:

17

Glaubt mir aber, o ihr Brüder, ich habe diesen Simon aus Judäa vertrieben; er tat viel Böses durch seinen Zauberspruch; er hielt sich in Judäa bei einer Frau mit Namen Eubola auf, die sehr geachtet war in dieser Welt und eine Menge Gold und Perlen von nicht geringem Wert besaß. Mit zwei ihm ähnlichen Spießgesellen schlich sich Simon hier ein, jene zwei sah niemand aus dem Hause, nur den Simon allein sah man. Unter Anwendung von Zauberei trugen sie alles Gold der Frau weg und verschwanden. Nachdem Eubola aber dieses erfahren hatte, begann sie ihre Dienerschaft foltern zu lassen und sagte: Unter Ausnutzung der Gelegenheit des Besuches dieses göttlichen Menschen habt ihr mich beraubt, weil ihr ihn zu mir hineingehen saht, um eine einfache Frau zu ehren; sein Name aber ist «Kraft des Herrn». Ich fastete drei Tage und betete, daß dieses Ereignis offenbar werden möge. Da sah ich in einer Vision Italicus und Antulus, die ich unterwiesen hatte im Namen des Herrn, und einen unbekleideten Knaben, der gefesselt war[28], mir ein Weizenbrot gab und zu mir sprach: Petrus, halte noch zwei Tage aus, und du wirst die großen Taten Gottes (Apg. 2,11) sehen. Denn das, was aus dem Hause der Eubola abhanden gekommen ist, hat Simon mittels magischer

Kunst und durch eine vorgespiegelte Täuschung mit zwei anderen gestohlen. Diese wirst du am dritten Tage in der neunten Stunde an dem Tor, das nach Neapolis führt, sehen, wenn sie einem Goldschmied mit Namen Agrippinus einen goldenen Satyriscus von zwei Pfund Gewicht[29], der in sich einen kostbaren Stein trägt, verkaufen wollen. Du aber sollst ihn nicht berühren, damit du nicht dich befleckst; aber es sollen einige Sklaven der Frau bei dir sein. Du aber sollst ihnen den Laden des Goldschmiedes zeigen und dann von ihnen weggehen. Denn wegen dieses Geschehens werden viele an den Namen des Herrn glauben. Denn was jene in ihrer Gerissenheit und Schlechtigkeit oft geraubt haben, soll an das Tageslicht gebracht werden. Als ich dieses hörte, ging ich zu Eubola und fand sie mit zerrissenem Kleid und aufgelöstem Haar trauernd dasitzen. Ich sagte zu ihr: Eubola, steh auf vom Lager und bringe dein Gesicht wieder in Ordnung, stecke deine Haare auf und nimm ein Kleid, das zu dir paßt; und bete zu dem Herrn Jesus Christus, der jeden Menschen richtet. Er ist nämlich der Sohn des unsichtbaren Gottes, und in ihm mußt du gerettet werden, wenn du nur von ganzem Herzen für deine früheren Sünden Buße tust; und empfange Kraft von ihm. Denn siehe, durch mich sagt dir der Herr: Alles, was du verloren hast, wirst du finden. Und nachdem du es wiederbekommen haben wirst, sorge dafür, daß du den Weg finden mögest, dieser gegenwärtigen Welt abschwören und ewigen Trost finden zu können. Darum höre folgendes: Einige deiner Leute mögen an dem Tore, das nach Neapolis führt, aufpassen. Übermorgen, ungefähr in der neunten Stunde, werden sie zwei junge Männer sehen, die einen goldenen, zwei Pfund schweren, in Steine eingeschlossenen Satyriscus haben – so hat es mir eine Vision gezeigt –, den sie einem gewissen Agrippinus, einem Freunde der Frömmigkeit und des Glaubens an den Herrn Jesus Christus, zum Kauf anbieten wollen. Durch Christus wird dir gezeigt, daß du dem lebendigen Gott glauben sollst und nicht dem Magier Simon, dem unbeständigen Dämon, der wollte, daß du in Trauer bliebest und deine unschuldige Dienerschaft gefoltert werde, der dich mit schmeichelnder Rede, mit leeren Worten verführte und nur mit dem Munde von der Frömmigkeit zu Gott sprach, während er voll von Gottlosigkeit ist. Denn als du meintest, einen frohen Tag feiern zu können, und ein Götzenbild aufstelltest und schmücktest und allen Schmuck auf einem Prunktisch ausgestellt hast, da kam jener, führte zwei Jünglinge mit herein, die niemand von euch sah, sprach einen Zauberspruch, und nachdem deine Schmucksachen geraubt waren, verschwanden sie. Aber seine List hatte keinen Bestand. Denn mein Gott hat es mir offenbart, damit du nicht getäuscht werdest und auch nicht in der Hölle verdirbst, was auch immer Gottloses und Gottfeindliches du getan hast gegen den Gott, der voll von aller Wahrheit und ein gerechter Richter der Lebenden und der Toten ist. Und es gibt keine andere Hoffnung auf Leben für die Menschen außer in dem, durch den dir das, was du verloren hast, gerettet worden ist. Und jetzt rette du deine Seele! Aber jene warf sich mir vor die Füße und sprach: O Mensch, wer du bist, weiß ich nicht. Jenen hatte ich zwar wie einen Diener Gottes aufgenommen, und vieles, was auch immer er von mir für die Fürsorge an den Armen erbat, habe ich durch seine Hand gegeben und habe ihm außerdem noch vieles geschenkt. Welchen Schaden hat er von mir erlitten, daß er meinem Hause so großen Verdruß zugefügt hat? Zu ihr sagte Petrus: Nicht den Worten dürfen wir Glauben schenken, sondern den Werken und Taten. Darum muß man fortfahren, wie man begonnen hat. Daher verließ ich sie und ging mit zwei Angestellten der Eubola und komme zu Agrippinus und sage zu ihm: Siehe, daß du diese erkennst. Denn morgen werden zu dir zwei junge Männer kommen, die dir einen goldenen Satyriscus, in Steine eingeschlossen, der ihrer Herrin gehört, verkaufen wollen. Du aber wirst sie aufnehmen, als wolltest du die Arbeit des Künstlers prüfen und loben. Wenn nun diese beiden dazukommen, dann wird Gott das übrige zum Beweis herbeiführen. Am anderen Tage aber kamen die Angestellten der Frau ungefähr um die neunte Stunde, und jene jungen Männer wollten dem Agrippinus den goldenen Satyriscus verkaufen. Nachdem sie sogleich festgenommen waren, wurde die Sache der Frau gemeldet. Jene aber kam völlig verwirrt zu dem Statthalter und berichtete mit lauter Stimme, was sich mit ihr zugetragen hätte. Als der Statthalter Pompejus sie, die niemals in die Öffentlichkeit gekommen war, so völlig verwirrt sah, erhob er sich sofort von dem Tribunal[30] und ging in das Prätorium; er befahl, daß die jungen Männer vorgeführt und peinlich verhört würden. Als jene aber gefoltert wurden, gestanden sie, im Dienste des Simon zu stehen, der uns, so sagten sie, mit Geld dazu gebracht hat. Und nach weiterem Verhör gestanden sie, daß alles, was der Eubola abhanden gekommen war, in einer unterirdischen Höhle jenseits des Tores niedergelegt sei und anderes mehr. Als Pompejus das hörte, erhob er sich, um zu dem Tor zu gehen, nachdem jene beiden mit doppelten Ketten gefesselt waren. Und siehe, Simon kam an das Tor, um nach jenen zu sehen, weil sie so langsam machten; und er sieht eine große Menge kommen und jene mit Ketten gefesselt. Sogleich erkannte er die Situation und ergriff die Flucht und ward in Judäa bis auf diese Zeit nicht mehr gesehen. Eubola aber, nachdem sie ihr ganzes Eigentum wieder erhalten hatte, schenkte es zum Dienst an den Armen; sie glaubte an den Herrn Jesus Christus und wurde im Glauben gestärkt, verachtete diese Welt und sagte ihr ab, gab Almosen an Witwen und Waisen, kleidete die Armen, und nach längerer Zeit erlangte sie die ewige Ruhe. Dieses also, geliebteste Brüder, ist in Judäa geschehen; dadurch ist der, der Engel des Satans genannt wurde, von dort vertrieben worden.

18

Teuerste und geliebteste Brüder, wir wollen miteinander fasten und zum Herrn beten! Der, welcher ihn von dort vertrieben hat, ist auch mächtig, ihn von hier auszutreiben. Und er möge uns die Kraft geben, ihm und seinen Zaubersprüchen zu widerstehen und ihn als den Engel des Satans zu entlarven. Am Sabbat nämlich wird ihn, auch wenn er gar nicht will, unser Herr auf das Julische Forum führen. Daher wollen wir unsere Knie vor Christus beugen, der uns erhört, auch wenn wir nicht gerufen haben. Er ist es, der uns sieht, auch wenn er nicht mit diesen Augen gesehen wird; aber er ist unter uns. Wenn wir wollen, wird er nicht von uns weichen. Darum laßt uns unsere Seelen reinigen von jeder schändlichen Versuchung, dann wird Gott nicht von uns weichen; und wenn wir ihm nur mit den Augen zuwinken, so ist er bei uns.

7. Wunder des Petrus

19

Kaum aber hatte Petrus dies gesagt, da kam auch Marcellus hinzu und sagte: Petrus, ich habe mein ganzes Haus für dich von den Spuren des Simon gereinigt und jeden Rest seines schändlichen Staubes beseitigt. Denn ich habe Wasser genommen, und unter Anrufung des heiligen Namens Jesu Christi habe ich mit meinen übrigen Dienern, die ihm anhängen, mein ganzes Haus und alle Speisezimmer und jeden Säulengang bis hinaus vor die Tür besprengt und habe dabei gesprochen: Ich weiß, daß du, Herr Jesus Christus, rein und von aller Unreinheit unberührt bist, so daß mein Feind und Gegner vor deinem Anblick die Flucht ergreift. Und jetzt, Seligster, habe ich befohlen, daß Witwen und Alte in mein gereinigtes Haus zu dir kommen, damit sie mit uns beten. Sie sollen aber um des Dienstes willen je ein Goldstück erhalten, damit sie wirklich Christi Diener genannt werden können. Im übrigen ist alles zum Dienst vorbereitet. Ich bitte dich daher, seligster Petrus, ihre Bitten zu besiegeln, damit auch du ihre Gebete für mich verschönst. So wollen wir gehen, wollen auch den

Narcissus und alle hier befindlichen Brüder mitnehmen. Da Petrus nun seiner Einfalt zustimmte, ging er, um auch ihm den Willen zu tun, mit ihm und den übrigen Brüdern.

20

Petrus aber trat ein und sah eine von den alten Frauen, eine Witwe, die ohne Augenlicht war, und ihre Tochter, die ihr die Hand gab und sie in das Haus des Marcellus führte. Und Petrus sprach zu ihr: Komm herzu, Mutter; dir gibt Jesus von heute ab seine Rechte, er, durch den wir ein unzugängliches Licht haben, das die Finsternis nicht verdeckt. Er spricht durch mich zu dir: Öffne die Augen und sei sehend und gehe allein! Und sofort sah die Witwe, wie Petrus ihr die Hand auflegte. Petrus aber ging in das Speisezimmer und sah, daß das Evangelium gelesen wurde. Er rollte es zusammen und sagte: Ihr Männer, die ihr an Christus glaubt und hofft, ihr sollt erfahren, wie die Heilige Schrift unseres Herrn verkündet werden muß. Was wir nach seiner Gnade, soweit wir es verstanden haben, niedergeschrieben haben, erscheint euch zwar bisher noch schwach; dennoch haben wir es geschrieben gemäß unseren Kräften, soweit es erträglich ist, es in menschliches Fleisch zu bringen[31]. Wir müssen also zuerst Gottes Willen oder seine Güte kennenlernen, da ja einst der Betrug weit verbreitet war und viele Tausende von Menschen in das Verderben stürzten, und darum der Herr in seiner Barmherzigkeit veranlaßt war, sich in anderer Gestalt zu zeigen und im Bilde eines Menschen zu erscheinen, bezüglich dessen weder die Juden noch wir in der Lage sind, würdig erleuchtet zu werden. Denn jeder von uns sah ihn, wie er es zu fassen vermochte, je nachdem er es konnte. Jetzt aber will ich euch erklären, was euch gerade vorgelesen worden ist. Unser Herr wollte mich seine Herrlichkeit auf heiligem Berge sehen lassen[32]; als ich aber mit den Söhnen des Zebedäus den Glanz seines Lichtes sah, fiel ich wie tot nieder und schloß meine Augen und hörte seine Stimme so, wie ich es nicht beschreiben kann; ich glaubte, daß ich von seinem Glanze erblindet sei. Und als ich ein wenig aufatmete, sprach ich zu mir: Vielleicht hat mein Herr mich hierherführen wollen, um mich des Augenlichts zu berauben. Und ich sagte: Und wenn das dein Wille ist, Herr, dann widerspreche ich nicht. Und er gab mir die Hand und richtete mich auf. Und als ich aufstand, sah ich ihn wiederum so, wie ich ihn fassen konnte. So also, geliebteste Brüder, hat der barmherzige Gott unsere Schwachheiten getragen und unsere Sünden auf sich genommen, wie der Prophet sagt: Er trägt unsere Sünden, und für uns leidet er Schmerzen; wir aber glaubten, daß er in Schmerzen sei und von Wunden geplagt würde (Jes. 53,4). Denn: Er ist ja im Vater und der Vater in ihm (Joh. 14,11); er selbst ist auch die Fülle aller Herrlichkeit, der uns alle seine Güte gezeigt hat. Er hat gegessen und getrunken unsertwegen, obwohl er weder hungrig noch durstig war, er hat ertragen und Beschimpfungen erduldet unsertwegen, er ist gestorben und auferstanden um unsertwillen. Er, der auch mich, als ich sündigte, verteidigt und gestärkt hat in seiner Größe, wird auch euch trösten, auf daß ihr ihn liebt, diesen Großen und ganz Kleinen, den Schönen und Häßlichen, Jüngling und Greis, in der Zeit erscheinend und doch in Ewigkeit gänzlich unsichtbar, den eine menschliche Hand nicht gehalten hat und der von seinen Dienern gehalten wird, den das Fleisch nicht gesehen hat und der jetzt gesehen wird, der kein Gehör gefunden hat, der aber jetzt bekannt und das gehörte Wort geworden ist; dem die Leiden fremd waren und der jetzt gleichsam wie wir gelitten hat, er, der niemals gezüchtigt war, ist jetzt gezüchtigt; der vor der Welt ist und in der Zeit wahrgenommen wurde, aller Herrschaft großer Anfang und doch den Fürsten ausgeliefert; schön, aber unter uns niedrig und häßlich erschienen, aber voller Fürsorge: diesen Jesus habt ihr, Brüder, die Tür, das Licht, den Weg, das Brot, das Wasser, das Lebendige, die Auferstehung, den Trost, die Perle, den Schatz, den Samen, die Sättigung, das Senfkorn, den Weinstock, den Pflug, die Gnade, den Glauben, das Wort[33]. Dieser ist alles, und es ist kein anderer größer als er. Ihm sei Lob in alle Ewigkeit. Amen.

21

Und als die neunte Stunde abgelaufen war, erhoben sie sich, um zu beten. Und siehe, plötzlich riefen einige der alten blinden Witwen, die da saßen ohne Wissen des Petrus und nicht aufgestanden[34] waren, und sprachen zu Petrus: Wir sitzen hier zusammen, Petrus, hoffen auf Christus Jesus und glauben an ihn. Wie du nun eine von uns sehend gemacht hast, so bitten wir, Herr Petrus, gib auch uns Anteil an seiner Barmherzigkeit und Liebe! Petrus aber sprach zu ihnen: Wenn in euch Glauben an Christus ist, wenn er in euch befestigt ist, so sehet mit dem Geiste, was ihr mit den Augen nicht sehet; und eure Ohren sind verschlossen, aber in eurem Geiste innen mögen sie offen sein. Diese Augen werden wiederum geschlossen werden, die nichts anderes sehen als Menschen, Rinder und stumme Tiere, Steine und Holz; aber Jesus Christus sehen nur die inneren Augen. Aber jetzt, o Herr, möge dein süßer und heiliger Name jenen zu Hilfe kommen; berühre ihre Augen, denn du hast die Macht, daß sie mit ihren Augen sehen können. Als aber von allen das Gebet gesprochen worden war, da erstrahlte das Zimmer, in dem sie waren, als wenn es blitzt, und zwar so, wie es in den Wolken zu sein pflegt. Aber es war nicht solch ein Licht, wie es am Tage sichtbar ist, unbeschreiblich, unsichtbar, wie es kein Mensch beschreiben kann, ein solches Licht, das uns so blendete, daß wir von Sinnen kamen, zu dem Herrn riefen und sprachen: Erbarme dich über uns, deine Knechte, o Herr! Was wir ertragen können, o Herr, das teile uns zu; denn dies können wir weder sehen noch ertragen. Als wir aber so dalagen, standen nur jene Witwen aufrecht, sie waren ja ohne Augenlicht. Das helle Licht aber, das uns erschien, drang in ihre Augen und machte sie sehend. Zu ihnen sprach Petrus: Berichtet, was ihr gesehen habt. Sie sagten: Wir haben einen älteren Mann gesehen, der solches Aussehen hatte, wie wir es dir nicht erzählen können. Andere aber sagten: Wir haben einen heranwachsenden Jüngling gesehen. Andere aber sagten: Wir haben einen Knaben gesehen, der unsere Augen zart berührte, so sind uns die Augen geöffnet worden. Petrus nun pries den Herrn und sprach: Du allein bist Gott der Herr, dem Lob darzubringen ist. Wie viele Lippen haben wir nötig, damit wir dir gemäß deiner Barmherzigkeit Dank sagen können? So ist es, liebe Brüder, wie ich kurz vorher berichtet habe: sicherlich größer ist Gott als unsere Gedanken, wie wir es von den alten Witwen erfahren haben, wie sie in verschiedener Gestalt den Herrn gesehen haben.

22

Und er ermahnte alle, den Herrn aus ganzem Herzen zu erkennen; dann begann er mit Marcellus und anderen Brüdern den Jungfrauen des Herrn zu dienen[35] und bis zum Morgen auszuruhen. Zu ihnen sprach Marcellus: Ihr heiligen und unversehrten Jungfrauen des Herrn, hört: ihr habt, wo ihr wohnen könnt. Denn was als mein Eigentum gilt, wem sollte es sonst gehören als euch? Geht nicht fort von hier, sondern erholt euch; denn am morgigen Sabbattage, der kommen wird, hat Simon einen Kampf mit Petrus, dem Heiligen Gottes. Wie nun der Herr immer mit ihm gewesen ist, so möge auch jetzt Christus der Herr ihm als seinem Apostel beistehen! Petrus nämlich verharrt im Gebet und nimmt nichts zu sich, sondern fastet, um den bösen Feind und den Verfolger der Wahrheit des Herrn zu besiegen. Denn seht, da sind meine jungen Leute gekommen und berichten, sie hätten gesehen, wie auf dem Forum stufenförmige Gerüste aufgebaut würden, und die Menge sage dazu: Hier haben morgen nach Tagesanbruch zwei Juden einen Streit auszufechten wegen der Anrufung Gottes. Darum laßt uns jetzt bis zum Morgen wachbleiben und beten und unseren Herrn Jesus Christus bitten, er möge unsere Gebete für Petrus erhören. Marcellus aber schlief für kurze Zeit ein, und als er aufgewacht war, sprach er zu Petrus: Petrus, Apostel Christi, mutig wollen wir an unser Vorhaben gehen. Als ich nämlich jetzt für kurze Zeit eingeschlafen war, sah ich dich auf einem erhöhten Platz sitzen und vor dir eine große Menschenmenge; und ein sehr häßliches Weib, ihrem Aussehen nach eine Äthiopierin, keine Ägypterin, sondern eine ganz schwarze, in schmutzige Lumpen gehüllte Person, sah ich tanzen, eine eiserne Kette um den Hals und Ketten an Händen und Füßen. Als du sie sahst, sagtest du mit lauter Stimme zu mir: Marcellus, alle Kraft Simons und seines Gottes ist die, die da tanzt: enthaupte sie! Und ich sagte zu dir: Bruder Petrus, ich bin ein Senator von vornehmer Herkunft, und niemals habe ich meine Hände befleckt, und ich habe nicht einmal einen Sperling getötet. Und als du das gehört hattest, fingst du an, noch lauter zu rufen: Komm, unser wahres Schwert, Jesus Christus, und haue diesem Dämon nicht nur den Kopf ab, sondern zerschlage ihm auch alle seine Glieder, in Gegenwart aller jener, die ich in deinem Kriegsdienst erprobt habe. Und sofort nahm einer, der dir glich, das Schwert und hieb sie ganz zusammen, so daß ich mein Augenmerk auf euch beide richtete, auf die, die dir und jenem, der jenen Dämon zusammenhieb, so ähnlich waren, zu meiner großen Verwunderung. Nachdem ich erwacht bin, berichte ich dir dieses Zeichen Christi. Als Petrus dies gehört hatte, wurde er noch mehr ermutigt, weil Marcellus dies gesehen hatte; denn der Herr sorgt überall für die Seinen. Beglückt also und erquickt durch diese Worte, erhob er sich, um zum Forum zu gehen.

8. Der Kampf mit Simon auf dem Forum

23

Es kamen aber die Brüder und alle, die in Rom waren, zusammen und nahmen ihren Platz für je ein Goldstück ein. Es kamen aber auch Senatoren, Präfekten und Beamte zusammen. Als aber Petrus ankam, stellte er sich in die Mitte. Alle aber riefen: Zeige uns, Petrus, wer dein Gott ist oder welche Macht es ist, die dir Vertrauen gegeben hat. Sei den Römern nicht mißgünstig, sie sind Liebhaber der Götter. Wir haben aber die Proben Simons, wir wollen nun auch die deinen haben; beweiset uns also beide, wem wir in Wahrheit glauben müssen. Und als sie dies sagten, kam auch Simon dazu. Verwirrt trat er an die Seite des Petrus und schaute besonders auf ihn. Nach längerem Schweigen sagte Petrus: Ihr Römer, ihr sollt uns wahre Richter sein. Ich behaupte nämlich, daß ich an den lebendigen und wahren Gott gläubig geworden bin, von dem ich euch die Proben vorzuführen verspreche, soweit sie mir bereits bekannt sind, wie auch unter euch schon viele dafür Zeugnis ablegen können. Ihr seht nämlich, daß dieser nur schweigt, da er überführt worden ist und ich ihn aus Judäa vertrieben habe wegen der Betrügereien, die er an Eubola, einer ehrenwerten und einfältigen Frau, durch seine Zauberkunst verübt hat. Von dort durch mich vertrieben, kam er hierher in dem Glauben, er könne sich unter euch verbergen; und siehe, nun steht er persönlich da. Sage, Simon, bist du nicht in Jerusalem mir und dem Paulus zu Füßen gefallen, als du die Heilungen, die durch unsere Hände geschahen, sahest und sagtest: Ich bitte euch, nehmt Bezahlung von mir, soviel ihr wollt, damit ich die Hand auflegen und solche Taten tun kann (Apg. 8,18–24). Als wir aber das von dir hörten, haben wir dich verflucht: Glaubst du, du könntest uns in Versuchung führen, weil wir Geld besitzen wollen? Und jetzt fürchtest du nichts? Mein Name ist Petrus, weil der Herr Christus mich gewürdigt hat zu nennen «bereit zu allen Dingen»[36]. Denn ich glaube an den lebendigen Gott, durch den ich deine Zauberei zerstören werde. Jetzt möge er Simon die wunderbaren Dinge, die er getan hat, auch in eurer Gegenwart tun. Und was ich euch eben über ihn erzählt habe, wollt ihr es mir nicht glauben? Simon aber sagte: Du hast die Frechheit, von dem Nazarener Jesus zu sprechen, welcher der Sohn eines Zimmermanns und selbst ein Zimmermann war, dessen Familie aus Judäa stammt[37]. Höre, Petrus, die Römer haben Verstand, sie sind keine Toren. Und er wandte sich zu dem Volk und sprach: Ihr Römer, wird ein Gott geboren? wird er gekreuzigt? Wer einen Herrn hat, ist kein Gott! Als er aber dies sagte, sprachen viele: Du hast recht, Simon!

24

Petrus aber sagte: Fluch deinen Worten gegen Christus! Du hast die Frechheit gehabt, so zu reden, obwohl doch der Prophet über ihn sagt: Sein Geschlecht, wer wird es erzählen?[38] Und ein anderer Prophet sagt: Und wir sahen ihn, und er hat keine Gestalt und Schönheit (Jes. 53,2). Und: In den letzten Zeiten wird ein Knabe vom Heiligen Geiste geboren; seine Mutter kennt keinen Mann, und keiner sagt, daß er sein Vater sei. Und wiederum sagt er: Sie hat geboren und hat nicht geboren. Und wiederum: Ist es euch ein kleines Ding, einen Kampf zu bieten?... Siehe, im Leibe wird eine Jungfrau empfangen (Jes. 7,13f.). Und ein anderer Prophet sagt, um den Vater zu ehren: Wir haben weder ihre Stimme gehört, noch ist eine Hebamme dazugekommen (s. S. 398). Ein anderer Prophet sagt: Er ist nicht aus der Gebärmutter eines Weibes geboren, sondern von einem himmlischen Orte herabgestiegen; und: Ein Stein ist losgehauen worden ohne Hände und hat alle Reiche zertrümmert (Dan. 2,34); und: Der Stein, den die Bauleute verworfen haben, der ist zum Eckstein gemacht worden (Ps. 118,2; Mark. 12,10), und er nennt ihn den auserwählten, kostbaren Stein (Jes. 28,16). Und wiederum sagt der Prophet über ihn: Und siehe, ich habe ihn auf einer Wolke kommen sehen wie einen Menschensohn (Dan. 7,13; Mark. 13,26). Und was noch weiter? O ihr Römer! Wenn ihr die prophetischen Schriften kennen würdet, könnte ich euch alles erklären. Durch sie mußte im Geheimnis geredet und das Reich Gottes vollendet werden. Aber dies wird euch später offen erklärt werden. Nun zu dir, Simon: Tue doch irgend etwas von den Dingen, durch die du sie vorher verführt hast, und ich will es durch meinen Herrn Jesus Christus zunichte machen. Simon raffte sich frech auf und sprach: Wenn der Präfekt es erlaubt.

25

Der Präfekt aber wollte ihnen beiden Unparteilichkeit zeigen, um ja nicht den Anschein zu erwecken, ungerecht zu handeln. Es führte aber der Präfekt einen seiner jungen Leute vor und sagte zu Simon: Nimm diesen, übergib ihn dem Tode! Zu Petrus sprach er: Du aber erwecke ihn wieder! Und zum Volke sprach der Präfekt: Eure Aufgabe ist es, jetzt zu entscheiden, wer von jenen Gott wohlgefällig ist, der tötet oder der lebendig macht. Und sofort sagte Simon dem Knaben etwas ins Ohr und machte ihn stumm, und er starb. Während aber ein Murmeln im Volk begann, rief eine von den Witwen, die bei Marcellus zur Erholung weilte, hinter der Volksmenge stehend: Petrus, Diener Gottes, mein Sohn ist gestorben, der einzige, den ich hatte. Das Volk aber machte ihr Platz, und sie führten sie zu Petrus. Sie aber warf sich ihm zu Füßen und sprach: Einen einzigen Sohn hatte ich; dieser verschaffte mir mit seinen Händen den Lebensunterhalt, er hob mich, er trug mich. Wer wird mir, da er nun tot ist, die Hand reichen? Ihr erwiderte Petrus: Vor diesen Zeugen gehe hinweg und schaffe deinen Sohn herbei, damit diese, wenn sie es sehen, glauben können, daß er durch Gottes Kraft auferstanden ist. Jene aber, als sie das hörte, fiel nieder. Petrus aber sprach zu den Jünglingen: Hier brauchen wir junge Männer, außerdem solche, die glauben wollen. Und sofort erhoben sich dreißig Jünglinge, die bereit waren, sie zu tragen oder ihren toten Sohn herbeizuschaffen. Kaum aber war jene Witwe wieder zu sich gekommen, da hoben sie die Jünglinge auf. Aber jene rief mit lauter Stimme:

Siehe, mein Sohn, der Diener Christi hat zu dir geschickt. Und dabei raufte sie sich die Haare und zerfleischte sich das Gesicht. Die Jünglinge aber, als sie zu ihr nach Hause kamen, betrachteten die Nase des Knaben, ob er wirklich tot sei. Als sie aber sahen, daß er tot sei, trösteten sie seine Mutter und sprachen: Wenn du wirklich an den Gott des Petrus glaubst, so heben wir ihn auf und bringen ihn zu Petrus, damit er ihn auferwecke und dir wiedergebe.

26

So sprachen die Jünglinge. Der Präfekt aber auf dem Forum sah den Petrus an und sprach: Was sagst du, Petrus? Siehe, der Knabe liegt tot da, den auch der Kaiser gern hatte, und ich habe ihn nicht geschont. Gewiß hatte ich auch eine Anzahl anderer Jünglinge; aber weil ich auf dich vertraute und deinen Herrn, den du verkündigst, wenn ihr wirklich zuverlässig und wahrhaftig seid, darum wollte ich, daß dieser sterbe. Petrus aber sprach: Gott läßt sich nicht versuchen oder geringachten. Aber der, welcher von seinen Geliebten aus vollem Herzen verehrt werden muß, wird die erhören, die es wert sind. Aber da nun einmal jetzt unter euch Gott und mein Herr Jesus Christus versucht wird, so tut er auch solche Zeichen und Wunder durch mich zur Bekehrung seiner Sünder. Und nun vor aller Augen, o Herr, erwecke du den, den Simon durch Berührung getötet hat, durch meine Stimme mit deiner Kraft! Und es sprach Petrus zu dem Herrn des Knaben: Komm her, halte seine Rechte, und du wirst ihn lebend haben, so daß er mit dir gehen kann. Aber der Präfekt Agrippa lief hinzu

Alter mit Turban
Studie zur Susanna-Darstellung

und kam zu dem Knaben, und indem er seine Rechte hielt, erweckte er ihn. Als aber die Volksmasse das sah, riefen sie alle: Es gibt nur einen Gott, nur den einen Gott des Petrus!

27

Inzwischen wird auch der Sohn der Witwe auf einer Tragbahre von den Jünglingen herangetragen; das Volk machte ihnen Platz, und sie brachten ihn zu Petrus. Petrus aber erhob seine Augen zum Himmel, streckte seine Hände aus und sprach: Heiliger Vater deines Sohnes Jesu Christi, der du uns deine Kraft verliehen hast, daß wir durch dich bitten und erlangen und alles, was in dieser Welt ist, verachten, und dir allein folgen, der du von wenigen gesehen wirst und von vielen erkannt werden willst: umstrahle, Herr, erleuchte, erscheine, erwecke den Sohn der greisen Witwe, die sich ohne Sohn nicht helfen kann! Und ich nehme das Wort meines Herrn Christus und sage dir: Jüngling, stehe auf und wandle mit deiner Mutter, solange du ihr nützlich bist! Nachher aber wirst du dich mir in einem höheren Dienst widmen, im Amt des Diakons und Bischofs. Und sofort erhob sich der Tote, und es sahen dies die Massen voller Verwunderung, und das Volk rief: Du, Gott Heiland, du, Gott des Petrus, unsichtbarer Gott und Heiland. Und sie sprachen untereinander und bewunderten die Kraft eines Menschen, der mit seinem Worte seinen Herrn anrief, und nahmen es auf zu ihrer Heilung.

28

Während nun das Gerücht die ganze Stadt durcheilte, kam die Mutter eines Senators hinzu, drängte sich mitten durch die Menge und fiel dem Petrus zu Füßen und sprach: Ich habe von meinen Leuten erfahren, daß du ein Diener des barmherzigen Gottes bist und allen, die dieses Licht verlangen, seine Gnade mitteilst. Teile also auch meinem Sohn das Licht mit; denn ich habe erfahren, daß du niemandem mißgünstig bist; wenn dich auch nur eine Frau bittet, so wende dich nicht ab! Petrus sprach zu ihr: Glaubst du an meinen Gott, durch den dein Sohn auferstehen wird? Die Mutter aber rief unter Tränen mit lauter Stimme: Ich glaube, Petrus, ich glaube. Alles Volk rief: Schenke der Mutter den Sohn! Petrus aber sprach: Er soll hierhergebracht werden vor diesen allen! Und zum Volke gewandt, sprach Petrus: Römer, da auch ich einer von euch bin, der menschliches Fleisch trägt, und ein sündhafter Mensch, aber Mitleid erlangt habe: darum richtet euer Augenmerk nicht auf mich, als ob ich durch eigene Kraft täte, was ich tue, sondern es geschieht durch die Kraft meines Herrn Jesus Christus, der Richter ist über die Lebenden und die Toten. Im Glauben an diesen, von ihm gesandt, wage ich es, ihn anzurufen, Tote zu erwecken. Gehe also auch du hin, Weib, und laß deinen Sohn hierherbringen und auferwecken! Die Frau drängte sich wieder mitten durch die Menge und trat hinaus auf die Straße, mit großer Freude dahineilend; und von Herzen glaubend, kam sie zu Hause an, ließ durch ihre jungen Leute den Toten hinbringen und kam zum Forum. Sie sagte aber den Jünglingen, sie sollten ihre Mützen auf den Kopf setzen und vor der Bahre gehen, und was sie für den Leichnam[39] ihres Sohnes aufwenden wollte, ließ sie vor der Bahre hertragen, auf daß Petrus, wenn er das sähe, Mitleid mit dem Toten und mit ihr hätte. Unter allgemeiner Totenklage gelangte man zu der Menge; es folgte aber eine Schar von Senatoren und vornehmen Frauen, um die Wundertaten Gottes zu sehen. Nicostratus, der gestorben war, war aber sehr angesehen und beliebt im Senat. Den brachten sie und setzten ihn vor Petrus nieder. Petrus aber gebot Stillschweigen und sprach mit lauter Stimme: Römer, jetzt soll eine gerechte Entscheidung gefällt werden zwischen mir und Simon, und achtet darauf, wer von uns dem lebendigen Gott glaubt, dieser oder ich! Aber diesen hier liegenden Leichnam möge dieser auferwecken, und dann glaubt ihm als einem Engel Gottes. Wenn er es aber nicht vermag, so werde ich meinen Gott anrufen: ich werde der Mutter ihren Sohn lebend zurückgeben, und dann glaubt, daß dieser ein Zauberer und Verführer ist, der bei euch Gastfreundschaft genießt! Alle aber hörten dies, und es schien ihnen recht, was Petrus gesagt hatte. Sie ermahnten den Simon mit den Worten: Jetzt zeige offen, wenn etwas in dir ist: gib ihn dem Spott preis, oder du wirst dem Spott preisgegeben. Was stehst du noch da? Wohlan, fang an! Als Simon aber sah, daß alle in ihn drangen, stand er schweigend da. Als er sah, daß das Volk verstummt war und sich ihm zuwandte, erhob Simon seine Stimme und sprach: Römer, wenn ihr sehen werdet, daß ich den Toten auferweckt habe, werft ihr dann den Petrus aus der Stadt? Und das ganze

Volk rief: Wir werfen ihn nicht nur hinaus, sondern zur selben Stunde werden wir ihn im Feuer verbrennen. Da trat Simon zu dem Kopf des Toten, neigte sich dreimal und richtete sich dreimal auf und zeigte dem Volke, daß der Tote den Kopf erhoben habe und sich bewege, indem er die Augen aufschlug und sich zu Simon neigte. Sofort begannen sie Holz und Brennmaterial zusammenzusuchen, um den Petrus zu verbrennen. Petrus aber empfing die Kraft Christi, erhob seine Stimme und sagte zu denen, die gegen ihn anbrüllten: Jetzt sehe ich, Volk von Rom, daß ich euch nicht albern und eitel nennen darf, solange eure Augen, eure Ohren und euer Herz verblendet sind. Solange euer Sinn umnachtet ist, seht ihr nicht, daß ihr verzaubert seid, da ihr glaubt, der Tote sei auferstanden, der sich gar nicht erhoben hat. Mir genügte es, ihr Römer, zu schweigen und stumm zu sterben und euch dem Blendwerk dieser Welt zu überlassen. Aber ich habe die Strafe des unauslöschlichen Feuers vor Augen. Wenn es euch also richtig erscheint, so soll der Tote sprechen, sich erheben, wenn er lebt, sein festgebundenes Kinn mit seinen Händen von den Binden lösen, seine Mutter rufen und euch Lärmenden sagen: Was lärmt ihr? und euch mit seiner Hand zuwinken. Wollt ihr also sehen, daß er noch tot ist und daß ihr durch Zauberei gebunden seid, so möge dieser sich von der Bahre entfernen, der euch überredet hat, von Christus wegzugehen, und ihr werdet jenen so sehen, wie ihr ihn habt herbringen sehen. Aber der Präfekt Agrippa konnte nicht mehr an sich halten, erhob sich und drängte den Simon mit seinen Händen weg. Und so lag der Tote wieder da, wie er vorher war. Das Volk aber wandte sich voller Wut von der Zauberei des Simon ab und begann zu schreien: Höre, Caesar, wenn nun der Tote sich nicht erhebt, so soll Simon für Petrus verbrannt werden. Denn er hat uns wirklich verblendet. Petrus aber streckte seine Hand aus und sprach: Ihr Römer, habt noch Geduld! Ich sage euch nicht, daß nach der Auferweckung des Knaben[40] Simon verbrannt werden soll; wenn ich es nämlich sagen würde, werdet ihr es tun. Da rief das Volk: Auch wenn du es nicht willst, Petrus, werden wir es tun. Petrus sprach zu ihnen: Wenn ihr darauf beharrt, wird der Knabe sich nicht erheben. Denn Böses mit Bösem zu vergelten, haben wir nicht gelernt; vielmehr haben wir gelernt, unsere Feinde zu lieben und für unsere Verfolger zu beten (Röm. 12,17; Matth. 5,44). Denn wenn auch dieser noch Buße tun könnte, wäre es besser. Gott wird nämlich nicht des Bösen gedenken. Er möge also zu dem Licht Christi gelangen. Wenn er es aber nicht kann, dann möge er das Erbteil seines Vaters, des Teufels, besitzen. Aber eure Hände sollen nicht befleckt werden. Und als er das zu dem Volk gesagt hatte, trat er zu dem Knaben, und bevor er ihn erweckte, sprach er zu seiner Mutter: Sollen diese Jünglinge, welche du zur Ehre deines Sohnes freigelassen hast, als Freie weiter ihrem lebenden Herrn Dienst leisten? Ich weiß nämlich, daß manche sich gekränkt fühlen werden, wenn sie deinen Sohn erstehen sehen und sie dann wieder seine Sklaven sein sollen[41]. Aber sie sollen alle frei bleiben und zu essen bekommen, wie sie früher bekamen; denn dein Sohn wird auferstehen, und sie sollen mit ihm zusammen sein. Und Petrus betrachtete sie längere Zeit, was sie wohl denke. Und die Mutter des Knaben sagte: Was könnte ich anderes tun? Darum will ich vor dem Präfekten erklären: Alles, was ich für die Bestattung meines Sohnes aufwenden wollte, das sollen sie besitzen. Petrus sprach zu ihr: Das übrige soll an Witwen verteilt werden. Aber Petrus freute sich von Herzen und sprach: Herr, der du barmherzig bist, Jesus Christus, erscheine deinem Petrus, der dich anruft, wie du immer Barmherzigkeit und Güte geübt hast: in Gegenwart aller dieser, die die Freiheit erlangt haben, damit sie dienen können, soll jetzt Nicostratus auferstehen! Und Petrus berührte die Seite des Knaben und sprach: Steh auf! Und der Knabe stand auf, hob seine Kleider hoch, setzte sich, löste sein Kinn, bat um andere Kleider, stieg von der Bahre und sprach zu Petrus: Ich bitte dich, Mensch, wir wollen zu unserm Herrn Jesus Christus gehen, den ich mit dir sprechen sah und der dir sagte, indem er mich dir zeigte: Bring ihn mir hierher, denn er ist mein. Als Petrus dies von dem Knaben hörte, wurde er noch mehr im Herzen befestigt durch den Beistand des Herrn, und Petrus sprach zum Volk: Ihr Römer, so werden die Toten erweckt, so sprechen sie miteinander, so gehen sie einher, wenn sie auferstehen, und leben so lange, wie Gott will. Jetzt nun ihr, die ihr zum Schauspiel zusammengekommen seid, wenn ihr euch jetzt bekehrt von allen euren bösen Taten und von allen euren Götzen und von jeglicher Unreinheit und Begierde, so werdet ihr die Gemeinschaft Christi durch den Glauben empfangen, damit ihr das ewige Leben erlangt.

29

Von dieser Stunde ab verehrten sie ihn wie einen Gott; die Kranken aber, die sie in den Häusern hatten, legten sie ihm zu Füßen, damit er sie heile. Der Präfekt aber, als er sah, daß eine so große Menge sich zu Petrus hielt, befahl dem Petrus wegzugehen. Petrus aber sagte dem Volk, sie sollten in das Haus des Marcellus kommen. Die Mutter des Knaben aber bat den Petrus, er möge seinen Fuß in ihr Haus setzen. Petrus aber hatte bestimmt, am Sonntag zu Marcellus zu gehen, daß er die Witwen sähe, wie Marcellus versprochen hatte, damit sie von seiner eigenen Hand bedient würden. Der Knabe nun, der auferstanden war, sagte: Ich gehe von Petrus nicht weg. Die Mutter aber kam fröhlich und heiter in ihr Haus. Und am anderen Tage nach dem Sabbat kam sie in das Haus des Marcellus, brachte dem Petrus zweitausend Goldstücke und sagte zu Petrus: Verteile diese an die Jungfrauen Christi, die ihm dienen. Als aber der Knabe, der von den Toten auferstanden war, gesehen hatte, daß er niemandem etwas geschenkt hatte, lief er nach Hause, öffnete einen Schrank und brachte selbst viertausend Goldstücke und sagte zu Petrus: Siehe, auch ich, der ich auferweckt bin, bringe eine doppelte Gabe dar und mich selbst als sprechendes Opfer für Gott vom heutigen Tag an.

9. Martyrium des heiligen Apostels Petrus

30 (1)[42]

Als es Sonntag war, predigte Petrus den Brüdern und ermahnte zum Glauben an Christus. Es waren aber auch viele Senatoren dabei und mehrere Ritter und reiche Frauen und Matronen, und sie wurden im Glauben gestärkt. Auch eine sehr reiche Frau war darunter, die den Beinamen Chryse hatte, weil alle ihre Gefäße von Gold waren[43], – sie hatte nämlich seit ihrer Geburt weder ein silbernes noch ein gläsernes Gefäß benutzt, sondern nur goldene; diese sagte zu Petrus: Petrus, Diener Gottes, im Traum trat der zu mir, den du Gott nennst, und hat zu mir gesagt: Chryse, bringe meinem Diener Petrus zehntausend Goldstücke; denn du schuldest sie ihm. Ich habe sie nun gebracht aus Furcht, mir möchte etwas Schlimmes widerfahren von dem, den ich gesehen habe und der gen Himmel auffuhr. Und als sie das gesagt und das Geld niedergelegt hatte, entfernte sie sich. Petrus aber sah es und pries den Herrn, weil die Bedrückten nun erquickt werden sollten. Einige von den Anwesenden sagten daraufhin zu ihm: Petrus, es ist nicht gut, daß du dieses Geld von ihr angenommen hast. Sie ist nämlich in ganz Rom wegen Hurerei im Gerede, und es wird behauptet, daß sie sich nicht an einen Mann nur hält, ja sogar mit ihren eigenen Sklaven läßt sie sich ein. Du solltest daher keine Gemeinschaft mit dem goldenen Tisch, dem Tisch der Chryse, haben, sondern es werde zu ihr zurückgeschickt, was von ihr kam. Petrus hörte dies und lachte und sprach zu den Brüdern: Was diese ihrem sonstigen Lebenswandel nach ist, weiß ich nicht;

aber wenn ich dieses Geld empfangen habe, so habe ich es nicht ohne Grund empfangen; sie hat es mir nämlich als eine Schuldnerin Christi dargebracht und gibt es den Dienern Christi. Denn er selbst hat für sie gesorgt.

31 (2)

Sie brachten aber auch die Leidenden am Sabbat zu ihm und baten, sie möchten von ihren Krankheiten geheilt werden. Und es wurden viele Gelähmte und von der Gicht Geplagte und solche, die ein halbes Dreitage- und Viertagefieber hatten, geheilt, und von aller körperlichen Krankheit wurden geheilt, die an den Namen Jesu Christi glaubten, und sehr viele wurden an jedem Tage zu der Gnade des Herrn hinzugetan (Apg. 2,47). Simon der Zauberer aber versprach nach Ablauf einiger Tage dem Volk, den Petrus zu überführen, daß er nicht an den wahren, sondern an einen trügerischen Gott glaube. Da er nun viele Gaukelstücke tat, verlachten ihn diejenigen Jünger, die fest im Glauben waren. In den Speisezimmern ließ er nämlich einige Geister zu ihnen hereinkommen, die nur Scheinwesen, aber ohne Wirklichkeit waren. Und was ist noch weiter zu sagen? Nachdem er mit vielen Worten über die Zauberkunst geredet hatte, da ließ er auch Lahme gesund erscheinen auf kurze Zeit und Blinde in gleicher Weise, und Tote, so schien es, machte er einmal viele lebendig und ließ sie sich bewegen, wie auch den Nicostratus. In all diesem aber folgte ihm Petrus und widerlegte ihn bei denen, die es sahen. Und als er nun immer eine schlechte Figur spielte und von dem Volk der Römer verlacht wurde, und man ihm kein Vertrauen schenkte, weil er etwas zu tun versprach und nicht tun konnte, da kam es schließlich dahin, daß er zu ihnen sagte: Ihr Römer, ihr glaubt jetzt, daß Petrus mir überlegen sei, als wäre er mächtiger als ich, und ihr haltet euch mehr zu ihm. Ihr täuscht euch. Denn morgen werde ich euch Gottlose und Unfromme verlassen und werde hinauffliegen zu Gott, dessen Kraft ich bin, wenn auch schwach geworden. Wenn ihr nun gefallen seid, siehe, ich bin der Stehende[44]. Und ich gehe hinauf zum Vater und werde ihm sagen: Auch mich, deinen stehenden Sohn, wollten sie zu Fall bringen; aber ich habe mich mit ihnen nicht eingelassen, sondern bin zu mir selbst zurückgekehrt.

32 (3)

Und schon am folgenden Tage lief ein größerer Volkshaufe nach der Via Sacra zusammen, um ihn fliegen zu sehen. Petrus aber, der ein Gesicht gesehen hatte, kam auch zu dem Ort, damit er ihn auch darin widerlege. Denn als Simon in Rom einzog, verwirrte er das Volk durch seinen Flug. Aber damals war Petrus, der ihn überführte, noch nicht in Rom anwesend, wo Simon das Volk irreführte und täuschte, so daß einige durch ihn um ihren Verstand gebracht wurden. Dieser stand nun an einem hohen Ort, und als er Petrus erblickt hatte, begann er zu reden: Petrus, jetzt vor allem, da ich vor diesen allen, die es sehen, emporsteige, sage ich dir: Wenn dein Gott mächtig ist, er, den die Juden getötet haben – sie haben ja auch euch, seine Auserwählten, mit Steinen beworfen –, so möge er zeigen, daß sein Glaube von Gott kommt; möge sich dabei zeigen, ob er Gottes würdig ist[45]. Denn ich steige empor und will mich diesem ganzen Volke erweisen, wer ich bin. Und siehe, er wurde in die Höhe gehoben, und alle sahen ihn sich über ganz Rom und über seine Tempel und seine Hügel erheben. Die Gläubigen aber blickten auf Petrus. Und Petrus sah das Unglaubliche des Schauspiels und schrie zu dem Herrn Jesus Christus: Wenn du diesen tun läßt, was er unternommen hat, so werden jetzt alle, die an dich gläubig geworden sind, angefochten werden, und es werden die Zeichen und Wunder, die du ihnen durch mich gegeben hast, unglaubwürdig sein. Erzeige, Herr, schnell deine Gnade und bewirke, daß er von oben herabfällt, aber nicht sterbe, sondern unschädlich gemacht werde und den Schenkel an drei Stellen breche! Und er fiel von oben herab und brach den Schenkel an drei Stellen. Da warfen sie Steine auf ihn und gingen jeder nach Hause, schenkten im übrigen alle dem Petrus ihr Vertrauen. Einer aber von den Freunden Simons, mit Namen Gemellus, von dem Simon viel erhalten hatte – er hatte eine griechische Frau gehabt –, kam kurz darauf des Weges und sah ihn mit zerbrochenem Schenkel und sagte: Simon, wenn die «Kraft Gottes» zerbrochen wird, wird dann nicht auch der Gott selbst, dessen Kraft du bist, sich als Blendwerk erweisen? Es lief nun auch Gemellus davon und folgte dem Petrus und sagte zu ihm: Auch ich wünsche, einer von den an Christus Glaubenden zu sein. Petrus aber sagte: Was soll hier noch irgendwelche Mißgunst, mein Bruder? Komm und bleibe bei uns. Simon aber, so ins Unglück gekommen, fand einige, die ihn des Nachts auf einer Tragbahre von

Rom nach Aricia brachten. Und dort blieb er und wurde zu einem Mann mit Namen Kastor gebracht, der aus Rom wegen seiner Zauberei nach Terracina verbannt worden war. Und dort wurde er operiert, und so fand der Engel des Teufels, Simon, sein Lebensende.

33 (4)

Petrus aber weilte in Rom und freute sich mit den Brüdern in dem Herrn und dankte Tag und Nacht für die Menge, die täglich zu dem heiligen Namen durch die Gnade des Herrn hinzugeführt wurde (Apg. 2,47). Es kamen aber auch die vier Konkubinen des Präfekten Agrippa zu Petrus, Agrippina, Nikaria, Euphemia und Doris. Als diese die Predigt von der Keuschheit hörten und alle Worte des Herrn, wurden sie in ihrer Seele getroffen; sie verabredeten untereinander, keusch zu bleiben und sich vom Lager des Agrippa fernzuhalten, wurden aber von diesem bedrängt. Agrippa war nun in Verlegenheit und war ungehalten über sie, – denn er liebte sie sehr; darum ließ er sie beobachten und schickte Leute, um festzustellen, wohin sie gingen, und erfährt, daß sie zu Petrus gingen. Als sie nun wieder zurückkamen, sagte er zu ihnen: Jener Christ hat euch gelehrt, nicht mit mir zusammenzukommen; wisset, ich werde auch euch vernichten und jenen lebendig verbrennen. Diese nun nahmen es auf sich, alle Übel von Agrippa zu ertragen, sie wollten sich nur nicht mehr von heftiger Leidenschaft hinreißen lassen, gestärkt durch die Kraft Jesu.

34 (5)

Eine Frau aber, die von besonderer Schönheit war, die Gattin des Albinus, eines Freundes des Kaisers, Xantippe mit Namen, kam zusammen mit den anderen Matronen zu Petrus und versagte sich dem Albinus. Jener nun, voller Wut und von Liebe zu Xantippe entbrannt, wunderte sich, daß sie nicht mehr mit ihm zusammen auf demselben Lager schlafen wolle, und er wurde wild wie ein Tier und wollte des Petrus habhaft werden; denn er erkannte, daß Petrus schuld sei an der Trennung der Frau vom Bett. Aber auch viele andere Frauen wurden von der Predigt über die Keuschheit ergriffen und trennten sich von ihren Männern, und manche Männer trennten ihr Lager von dem der eigenen Frauen, weil sie rein und unberührt Gott dienen wollten. Es entstand nun in Rom ein gewaltiger Aufruhr, und Albinus berichtete seine Erlebnisse dem Agrippa, indem er zu ihm sprach: Entweder schaffe du mir Recht von Petrus, der meine Frau von mir getrennt hat, oder ich werde mir selber Recht schaffen. Und Agrippa erklärte, er habe dasselbe von ihm erlitten, da er die Konkubinen von ihm getrennt habe. Und Albinus sprach zu ihm: Worauf wartest du noch, Agrippa? Wir wollen ihn fangen und als unnützen Menschen töten, damit wir unsere Frauen wiederbekommen und damit wir auch jenen Recht schaffen, die ihn nicht töten können, deren Frauen er auch abspenstig gemacht hat.

35 (6)

Während sie so überlegten, schickte Xantippe, die die Beratung ihres Mannes mit Agrippa in Erfahrung gebracht hatte, und ließ dem Petrus sagen, er solle Rom verlassen. Und die übrigen Brüder forderten ihn gemeinsam mit Marcellus auf, wegzugehen. Petrus aber sagte zu ihnen: Sollen wir entlaufen, Brüder? Sie aber sagten zu ihm: Nein, sondern da du noch dem Herrn dienen kannst, sollst du weggehen. Er ließ sich aber von den Brüdern überreden und verließ allein die Stadt und sagte dabei: Keiner von euch soll mit mir hinweggehen, sondern ich will allein weggehen, nachdem ich mein Aussehen verändert habe. Als er aber zum Tore hinausging, sah er den Herrn nach Rom hineinkommen. Und er sah ihn und sprach: Herr, wohin gehst du hier?[46] Und der Herr sagte zu ihm: Ich gehe nach Rom hinein, um gekreuzigt zu werden. Und Petrus sprach zu ihm: Herr, wiederum wirst du gekreuzigt? Er sagte zu ihm: Ja, Petrus, wiederum werde ich gekreuzigt. Da kam Petrus zu sich und sah den Herrn in den Himmel fahren; er kehrte nach Rom zurück, freute sich und pries den Herrn, weil er selbst gesagt hatte: Ich werde gekreuzigt. Das sollte an Petrus geschehen.

36 (7)

Er ging nun wieder zu den Brüdern hinauf und erzählte ihnen, was ihm erschienen war. Sie aber trauerten in ihrer Seele, weinten und sagten: Wir beschwören dich, Petrus; denke an uns, die Jüngeren! Und Petrus sagte zu ihnen: Wenn es der Wille des Herrn ist, so geschieht es, auch wenn wir nicht wollen. Euch aber vermag der Herr im Glauben an ihn zu stärken, und er wird euch auf ihn gründen und in ihm ausbreiten, euch, die er selbst gepflanzt hat, damit auch ihr andere durch ihn pflanzt. Ich aber widerstehe nicht, solange mich der Herr am Leben lassen will; und wiederum, wenn er mich hinwegnehmen will, jauchze ich und freue mich. Während Petrus so redete und die Brüder alle weinten, siehe, da ergriffen ihn vier Soldaten und führten ihn vor Agrippa. Und dieser befahl in seiner Krankheit, ihn wegen Gottlosigkeit zu kreuzigen. Es lief nun die ganze Menge der Brüder zusammen, Reiche und Arme, Waisen und Witwen, Niedrige und Mächtige; sie wollten Petrus sehen und ihn hinwegreißen. Das Volk aber schrie unbändig und einstimmig: Was hat Petrus Unrechtes getan, Agrippa? Was hat er Böses getan? Sage es den Römern! Und andere sagten: Es ist zu fürchten, daß der Herr auch uns verderbe, wenn dieser stirbt. Und als Petrus an den Ort der Hinrichtung gekommen war, beruhigte er die Menge und sagte: Ihr Männer, die ihr für Christus Kriegsdienst leistet, ihr Männer, die ihr auf Christus hofft, gedenket der Zeichen und Wunder, die ihr durch mich gesehen habt; denket an Gottes Mitleid, wie viele Heilungen er euretwegen vollbracht hat. Erwartet ihn, der kommen wird und jedem nach seinen Taten vergilt. Und nun zürnet Agrippa nicht; denn er ist ein Diener der Kraft seines Vaters[47]. Und dieses geschieht jedenfalls, da mir der Herr offenbart hat, was geschehen soll. Aber was zögere ich und gehe nicht an das Kreuz?

37 (8)

Als er aber hinzukam und bei dem Kreuze stand, begann er zu sprechen: O Name des Kreuzes, verborgenes Geheimnis; o unaussprechliche Gnade, die mit dem Namen des Kreuzes ausgesprochen ist; o Natur des Menschen, die von Gott nicht getrennt werden kann[48]; o unsagbare und unzertrennbare Liebe, die von unreinen Lippen nicht bekannt werden kann: ich erfasse dich jetzt am Ende, da ich mich von hier löse. Ich will dich bekannt machen, wie du bist. Ich will das meiner Seele einst verschlossene und verborgene Geheimnis des Kreuzes nicht verschweigen. Das Kreuz sei euch, die ihr auf Christus hofft, nicht das, was sichtbar erscheint; denn etwas anderes als das Sichtbare ist dieses Leiden gemäß dem Leiden Christi. Und jetzt vor allem, da ihr, die ihr zu hören vermögt, es hören könnt von mir, der ich in der letzten Stunde und am Ende meines Lebens stehe, höret: von allem sinnlich Wahrnehmbaren haltet eure Seelen fern, von allem sichtbar Erscheinenden, das doch nicht wirklich ist. Verschließet diese eure Augen, verschließet diese eure Ohren, haltet euch fern von den Dingen, die sichtbar erscheinen! Und ihr werdet das, was Christus betrifft und das ganze Geheimnis eures Heils, erkennen. Und dies sei euch, die ihr es hört, gesagt, als wäre es nicht gesagt. Die Stunde aber ist da für dich, Petrus, deinen Leib denen, die ihn nehmen wollen, hinzugeben. Nehmt ihr also hin, deren Beruf es ist. Ich fordere nun von euch, den Scharfrichtern, kreuzigt mich so, mit dem Kopf nach unten und nicht anders! Und warum, das werde ich den Hörenden sagen.

38 (9)

Als sie ihn nun in der Art, wie er es gefordert hatte, aufgehängt hatten, begann er wieder zu reden: Ihr Männer, die ihr zum Hören berufen seid, vernehmt, was ich gerade jetzt, während ich am Kreuz hänge, euch verkündigen werde! Erkennet das Geheimnis der ganzen Schöpfung und den Anfang aller Dinge, wie er war. Denn der erste Mensch, dessen Art ich in meiner Gestalt trage, mit dem Kopf nach unten gestürzt[49], zeigte eine Entstehungsart, die ehemals nicht so war; denn sie war tot, da sie keine Bewegung hatte. Als er nun herabgezogen wurde, er, der auch seinen Ursprung auf die Erde warf, hat er das Ganze der Anordnung festgestellt, aufgehängt nach Art der Berufung, bei der er das Rechte als Linkes und das Linke als Rechtes gezeigt hat, und hat alle Zeichen der Natur geändert, nämlich das Nichtschöne als schön zu betrachten und das wirklich Schlechte als Gutes. Darüber sagt der Herr im Geheimnis: Wenn ihr nicht das Rechte macht wie das Linke und das Linke wie das Rechte und das Obere wie das Untere und das Hintere wie das Vordere, so werdet ihr das Reich Gottes nicht erkennen[50]. Dieses Verständnis nun habe ich zu euch gebracht, und die Art, in der ihr mich hängen seht, ist die Abbildung jenes Menschen, der zuerst zur Entstehung kam. Ihr nun, meine Geliebten, die ihr es jetzt hört und die ihr hören werdet, müßt ablassen von dem ersten Irrtum und wieder zurückkehren. Denn es sollte sich geziemen, an das Kreuz Christi zu kommen, der da ist einzig und allein das ausgebreitete Wort, von dem der Geist sagt: Denn was ist Christus anders als das Wort, der Schall Gottes? – damit Wort sei dieses aufrechtstehende Holz, an dem ich gekreuzigt bin; der Schall aber ist der Querbalken, nämlich die Natur des Menschen; der Nagel aber, der an dem geraden Holz den Querbalken in der Mitte festhält, ist die Bekehrung und Buße des Menschen[51].

39 (10)

Da du mir nun dieses kundgetan und offenbart hast, o Wort des Lebens, wie von mir jetzt das Holz genannt worden ist, so danke ich dir, nicht mit diesen Lippen, die angenagelt sind, auch nicht mit der Zunge, durch die Wahrheit und Lüge hervorgeht, auch nicht mit diesem Worte, das von der Kunst irdischer Natur hervorgebracht wird, sondern mit jener Stimme danke ich dir, o König, die durch Schweigen vernommen wird, die nicht im Offenbaren gehört wird, die nicht durch die Organe des Körpers hervorgeht, die nicht in fleischliche Ohren eingeht, die nicht vom vergänglichen Wesen gehört wird, die nicht in der Welt ist und auf der Erde ertönt, auch nicht in Büchern geschrieben wird, auch nicht dem einen gehört, dem anderen nicht, sondern mit dieser Stimme, Jesus Christus, danke ich dir: mit dem Schweigen der Stimme, der der Geist in mir, der dich liebt und mit dir spricht und dich sieht, begegnet. Du bist nur dem Geist erkennbar. Du bist mir Vater, du mir Mutter, du mir Bruder, du Freund, du Diener, du Haushalter. Du bist das All, und das All ist in dir; und du bist das Sein, und es gibt nichts anderes, was ist, außer dir allein. Zu ihm fliehet nun auch ihr, Brüder, und lernt, daß ihr euer Wesen in ihm habt, und ihr werdet dann das erlangen, von dem er zu euch sagt: Was weder ein Auge gesehen hat noch ein Ohr gehört hat, noch in ein Menschenherz gekommen ist (1. Kor. 2,9). Wir bitten nun um das, was du uns zu geben versprochen hast, unbefleckter Jesus; wir loben dich, wir danken dir und bekennen dich, indem wir – noch schwache Menschen – dich preisen. Denn du allein bist Gott und kein anderer, dem der Ruhm sei jetzt und in alle Ewigkeiten. Amen.

40 (11)

Als aber die herumstehende Menge mit lautem Schall das Amen rief, da übergab zugleich mit diesem Amen Petrus dem Herrn den Geist. Als aber Marcellus sah, daß der selige Petrus seinen Geist aufgegeben hatte, nahm er, ohne jemanden um Rat zu fragen, was auch nicht angegangen wäre, ihn mit eigenen Händen vom Kreuze herab und badete ihn in Milch und Wein. Und er zerrieb sieben Pfund Mastix und weitere fünfzig Pfund Myrrhe und Aloe und Gewürz und salbte seinen Leichnam und füllte einen sehr teuren steinernen Trog mit attischem Honig und setzte ihn in seinem eigenen Grabmal bei[52]. Petrus aber trat zu Marcellus bei Nacht und sagte: Marcellus, hast du den Herrn sagen hören: Laßt die Toten von den eigenen Toten begraben werden? (Matth. 8,22). Als aber Marcellus das bejaht hatte, sagte Petrus zu ihm: Das nun, was du an den Toten gewandt hast, hast du verloren. Denn du hast, obgleich du lebendig bist, wie ein Toter für einen Toten gesorgt. Marcellus aber, aus dem Schlaf erwacht, erzählte die Erscheinung des Petrus den Brüdern und war zusammen mit denen, die von Petrus im Glauben an Christus gestärkt worden waren, wodurch er auch selbst noch viel mehr Stärkung fand bis zur Wiederkunft des Paulus in Rom.

41 (12)

Als aber Nero später erfuhr, daß Petrus aus dem Leben geschieden war, tadelte er den Präfekten Agrippa, daß er getötet worden sei, ohne daß seine Meinung eingeholt worden wäre. Denn er hatte gewünscht, ihn mit kräftiger Strafe und härter zu züchtigen. Petrus hatte nämlich auch einige von seinen Dienern zu Jüngern und ihm abspenstig gemacht. Darum war er sehr zornig und redete einige Zeit nicht mit Agrippa. Er suchte nämlich alle Brüder, die von Petrus zu Jüngern gemacht worden waren, zu vernichten. Und eines Nachts sieht er einen, der ihn schlägt und zu ihm sagt: Nero, du kannst jetzt nicht die Diener Christi verfolgen oder verderben. Laß darum deine Hände von ihnen! Und darum geriet Nero infolge eines solchen Gesichtes in große Furcht und ließ ab von den Jüngern in jener Zeit, in der auch Petrus aus dem Leben geschieden war. Und es waren im übrigen die Brüder einmütig beisammen, freuten sich und jauchzten in dem Herrn und priesen den Gott und Heiland unseres Herrn Jesu Christi mit dem Heiligen Geiste, dem die Ehre sei in alle Ewigkeiten. Amen.

gekommen, um zu leiden, die von Petrus im Glauben
an [illegible] bereits gestärkt worden waren, wiederum
[illegible] jetzt noch [illegible] Stärkung und bis zur
[illegible] Kraft des Paulus in Rom.

III.

Als aber Nero später erfuhr, daß Petrus aus dem
Leben geschieden war, tadelte er den Präfekten
Agrippa, daß er getötet worden, ohne daß es sein
Meinung [illegible] worden wäre. Denn er hätte
gewünscht, ihn mit größerer Strafe zu strafen zu
[illegible]; Petrus hatte nämlich auch einige von
seinen Dienern zu Jüngern und aber [illegible]
gemacht. Darum war er sehr zornig und [illegible]
eine Zeitlang mit Agrippa. Er suchte nämlich
die Brüder, die von Petrus zu Jüngern gemacht
worden waren, zu vernichten. Und eine Nacht
[illegible] der ihn schlug und zu ihm sagte:
Nero, du kannst jetzt nicht die Diener Christi ver-
folgen oder verderben. Laß [illegible] deine Hände
von ihnen! Und darum geriet Nero infolge eines
solchen Gesichtes in große Furcht und ließ ab von
den Jüngern in jener Zeit, in der Petrus aus
dem Leben geschieden war. Und die Brüder waren
[illegible] einmütig [illegible] freuten
sich und frohlockten in dem Herrn und priesen den
Gott und Heiland unseres Herrn Jesus Christus mit
dem heiligen Geiste, denn die Ehre ist ihm in alle
Ewigkeit. Amen.

Anmerkungen

1 Vorausgesetzt ist vielleicht der Schluß der neutestamentlichen Apostelgeschichte, wo Paulus' Aufenthalt in Rom, in einer Mietwohnung, aber unter Bewachung, geschildert ist (bes. Apg. 28,16 und 30). Jedenfalls kann er sich nicht frei bewegen.

2 d. h. sie beschworen ihn unter Berufung auf die Wiederkunft Christi als Weltenrichter.

3 vgl. die Erzählung vom Martyrium des Paulus (siehe S. 698 ff.).

4 Brot und Wasser sind hier Elemente der Eucharistiefeier (= Opfer). Das deutet auf einen sehr alten Brauch hin und könnte hier asketisch (kein Weingenuß) gedacht sein.

5 Gemeint ist der frühere, heidnische Lebenswandel (vgl. 1. Petr. 1,18).

6 Anspielung auf die Bekehrung des Paulus, wie sie etwa in Apg. 9 erzählt wird.

7 d. h. die heiligen Gefäße, die die Gläubigen selbst *sind* (vgl. Apg. 9,15 und Röm. 9,23).

8 Simon Magus soll also (auf der Via Appia) schon bis Aricia (heute Arizzia) vorgedrungen sein, d. h. noch 25 km von Rom entfernt sein.

9 In den Petrus-Akten sind solche Geschichten nicht erzählt, aber zum Beispiel in den Paulus-Akten (s. S. 689 f.).

10 Diesen (unechten) Befehl Jesu überlieferte die ebenfalls apokryphe Schrift «Kerygma des Petrus».

11 Gemeint ist, in Anspielung auf Luk. 6,32, der Dank bzw. Lohn *von Gott*.

12 d. h. des Christ-Seins

13 d. h. die Taufe, zu der sich natürlich beide Männer zum Wasser hinunterlassen müssen (vgl. das Folgende)

14 Die Erscheinung spricht den Friedensgruß, der vom auferstandenen Jesus berichtet wird (Joh. 20,19; 21 und 26).

15 Auch in der Apostelgeschichte des Neuen Testaments landet Paulus in Puteoli (Pozzuoli, unweit Neapel) (Apg. 28,13).

16 d. h. der Teufel

17 wohl das Hafentor von Puteoli

18 nämlich Petrus selbst, wenn er nicht unverzüglich nach Rom ginge

19 Der Teufel nährt für sich selbst beim Letzten Gericht durch seine Bosheit ein großes Straffeuer.

20 Anspielung auf die Sündenfallgeschichte 1. Mose 3. Das «körperliche Band» könnte die bloße Tatsache der Körperlichkeit des Menschen, evtl. nur die Sinnlichkeit oder der Tod sein.

21 Anspielungen auf Bibelstellen (nicht genau), zum Beispiel Matth. 2,16–18 oder Luk. 23,6–12; Matth. 26,1–5, 27,1 f. und 15–26; 2. Mose 7–13.

22 Von einer dem Simon Magus in Rom errichteten Statue berichtet, etwa in der Mitte des 2. Jahrhunderts, auch Justin der Märtyrer (1. Apologie, Kap. 26 und 56), wo auch von seinen Wundertaten in Rom die Rede ist. Obschon tatsächlich in Rom die Basis einer Statue mit der Dedikation SEMONI SANCO (was nichts mit Simon zu tun hat, aber vielleicht mißverstanden wurde) gefunden wurde, ist die Nachricht höchst zweifelhaft.

23 Zu diesem sonst unbekannten Jesuswort vgl. J. Jeremias (s. Bibliographie S. 756).

24 oder: «waren ihm entlaufen» (Textvariante), weil sie

das Wirken des Simon und die Zustimmung des Marcellus mißbilligten.

25 Die Anspielung auf die ablehnende Haltung zu Jesus in Nazareth (Matth. 13,54–58) soll hier zeigen, daß Simon in ihm nur einen gewöhnlichen Menschen sah.

26 des Teufels (vgl. Joh. 8,44)

27 Zwischen diesem und dem nächsten Kapitel ist eine Lücke anzunehmen, die aber evtl. nur die nachfolgende Erzählung des Petrus einleitete.

28 Die Eigenarten dieser Erscheinung sind nicht leicht zu erklären. Es handelt sich aber zweifellos um eine Christus-, evtl. eine Engels-Erscheinung, vgl. etwa auch unten 7,21 (S. 621 f.).

29 Gemeint ist wohl eine Satyr-Statuette.

30 d. h. Richterstuhl

31 Der Text ist schwierig zu verstehen, evtl. ist der Sinn: «soweit es menschlichem Fassungsvermögen angepaßt (oder zugänglich) ist». Auch im folgenden spielt das jeweilige Fassungsvermögen der Apostel (und Christen überhaupt) eine sehr große Rolle bis hin zur optischen Faßbarkeit der Erscheinung Jesu.

32 Bezieht sich entweder auf 2. Petr. 1,18 oder Matth. 17,1–9.

33 Der größere Teil dieser Christus-Titel entstammt dem Johannes-Evangelium.

34 Möglich ist auch: «gläubig geworden waren».

35 Woher hier plötzlich Jungfrauen kommen und worin das Dienen bestehen soll, ist schwer verständlich. Jungfrauen waren wie Witwen ein eigener «Stand» in den frühen Christengemeinden. Vielleicht muß man sich vorstellen, daß sie mit den Witwen und Alten ins Haus des Marcellus kamen und nun hier gespeist wurden (vgl. dazu Kap. 8,29).

36 Nach Matth. 16,17–19 ist der Name des Petrus erklärt

durch den Anklang an Petra = Fels im Griechischen. Hier handelt es sich um ein lateinisches Wortspiel mit Petrus/paratus = bereit.

37 Dazu s. Anm. 25 und Mark. 6,3.

38 Dieses Zitat aus Jes. 53,8 soll durch «Geschlecht» (lat. genus) die besondere Art von Jesu Geburt andeuten. Bei den weiteren Zitaten sind nur, soweit eindeutig nachweisbar, die Fundstellen in Klammern angegeben.

39 Gemeint ist natürlich: für die Bestattung. Die Mützen, die die Jünglinge tragen sollen, weisen darauf hin, daß sie seine Sklaven gewesen und mit seinem Tode freigelassen worden waren.

40 Eine der vielen Ungereimtheiten: Während man im bisherigen Verlauf der Erzählung den Eindruck hatte, es handle sich um einen erwachsenen Senator, ist es nun auf einmal ein Knabe, wenn auch natürlich aus senatorischer Familie. Schon kurz zuvor ist auch die Anrede «Caesar» (= Kaiser) mit der Szenerie nicht in Einklang zu bringen.

41 s. Anm. 39

42 Die Numerierung ist ab hier doppelt, weil dieses Stück sowohl lateinisch mit den übrigen Akten als auch griechisch selbständig überliefert ist.

43 «Chryos» heißt auf griechisch «Gold», so daß etwas weiter unten die Formulierung des Urtextes ebensowohl «der goldene Tisch» wie «der Tisch der Chryse» bedeuten kann.

44 Dieser Passus spiegelt die Spekulationen wider, die sich um die Person des Simon bildeten, wonach er eine Kraft Gottes sei (auch als Hestoos, der Stehende, bezeichnet) und als solche eine Weile in der Welt gewirkt habe. Anknüpfungspunkt bot Apg. 8,10, wo er schon als die «große Kraft Gottes» bezeichnet wird.

45 d. h. Christus (angeblich ein Gott) möge zeigen, daß sein (von Petrus vertretener) Glaube von Gott sei und Gottes würdig sei.

46 lateinisch: Quo vadis? Diese Szene, die ein Wort aus dem Neuen Testament (Joh. 13,36) verwendet, taucht auch in den Paulus-Akten auf (s. S. 657 f.) und hat Sienkiewicz zum Titel seines gleichnamigen Romans und zur romanhaften Ausgestaltung der Szene inspiriert. Das Verschmelzen Christi mit dem Apostel (vgl. das Folgende) ist ein in diesen Apokryphen oft auftauchendes Motiv, vgl. hier zum Beispiel Kap. 7,22, der Traum des Marcellus, oder Anm. 52.

47 nämlich des Teufels. Hier, im Martyriumsbericht, ist Agrippa Petrus feindlich gesinnt, in den sonstigen Akten freundlich.

48 Diese Stelle, aber überhaupt diese Rede über das Mysterium des Kreuzes, ist nur verständlich, wenn man sie primär auf Christus («von Gott untrennbare Menschennatur») bezieht.

49 Anspielung auf den Sündenfall Adams, der hier durch die Kreuzigung mit dem Kopf nach unten äußerlich zur Darstellung kommt. Der Sinn ist: Adam hat die Menschennatur zum Schlechten verändert und Christus sie am Kreuz wiederhergestellt. Der Text dieses ganzen Kapitels läßt sich nicht restlos aufhellen und bedürfte eines umfangreichen Kommentars.

50 Einen ähnlichen Spruch bietet das koptische Thomas-Evangelium (Nr. 22).

51 Der Sinn ist wohl: Durch Buße werden bei den Christen Menschliches und Göttliches verbunden.

52 Der Honig ist auch eine Grabbeigabe. Im übrigen ist die Angleichung an das Begräbnis Jesu offensichtlich: Matth. 27,57–61; Joh. 19,38–42 und die übrigen Evangelien.

Die Paulus-Akten

Einleitung

Die Paulus-Akten sind eine Art Reiseroman, der an die in der Apostelgeschichte des Neuen Testaments berichteten Missionsreisen des Paulus anknüpft und so durch scheinbar historische Details den Eindruck erweckt, ausführlicher über Ereignisse Bescheid zu wissen, deren Rahmen man aus der Bibel kennt. In den Anmerkungen (s. S. 697ff.) sind dazu einige Hinweise enthalten. Aber auch der Gesamtplan der Paulus-Akten, soweit er rekonstruierbar ist, läßt einerseits sofort an die Kapitel 9 und 13 bis 28 der Apostelgeschichte denken: Damaskus (Bekehrung) – Jerusalem – Antiochien in Syrien – Ikonium – Antiochien in Kleinasien – Myra – Sidon – Tyrus – (?) – Smyrna – Ephesus – Philippi – Korinth – Italien – Rom. Man kann andererseits aber jeder Karte der Reisen des Apostels, wie sie in fast allen Bibelausgaben zu finden sind, entnehmen, daß Paulus vier Reisen machte, während der Verfasser unserer Akten alles in einer einzigen Reise unterzubringen versucht.

Man hat schon sehr bald nach der Abfassung der Akten gemerkt, daß es sich weitgehend um fromme Erfindung (bzw. historisch nahezu wertlose Legenden) handelte. Deshalb wissen wir über die Abfassungsverhältnisse Bescheid: Der Kirchenschriftsteller Tertullian in Nordafrika berichtet ungefähr im Jahre 200, ein Presbyter in Kleinasien habe gestanden, «aus Liebe zu Paulus» das Machwerk verfaßt zu haben (De baptismo 17). Andererseits muß man die Abfassungszeit n a c h *den Petrus-Akten ansetzen, weil offensichtlich die Quo-vadis-Szene in den Paulus-Akten eine Abwand-*

lung der Version in den Petrus-Akten 35(6) (S. 643) darstellt. Somit ergibt sich für Ort und Zeit der Abfassung ungefähr: 185–195 in Kleinasien.

Die erwähnte Nachahmung der Quo-vadis-Szene (Text bei Hennecke-Schneemelcher, Bd. II, S. 263) und viele andere, zum Teil eher langweilige Einzelepisoden, sind hier weggelassen. Dies nicht nur wegen des knapp bemessenen Raums, sondern auch wegen des fragmentarischen Überlieferungszustandes unserer Akten, die als Ganzes nicht erhalten sind. Sie müssen zum Teil aus Papyrusfragmenten rekonstruiert werden, die erst in unserem Jahrhundert aufgetaucht sind, zum Teil aber können sie zurückblicken auf eine lange und stark abwandelnde Überlieferung wie die Akten von Paulus und Thekla, den 3. Korintherbrief und die Erzählung vom Martyrium. Die gebotene Auswahl beschränkt sich auf zusammenhängend lesbare, besonders interessante Stücke, wobei nur der Bericht über die Erlebnisse in Ephesus und den getauften Löwen ganz aus neu entdeckten Papyri stammt.

Zu den einzelnen Erzählungen wäre noch zu bemerken, daß sie jeweils an Vorhergehendes anknüpfen, das meist nicht genau rekonstruierbar ist. Sie sind aber als in sich stimmige Legenden lesbar.

Die Paulus- und Thekla-Akten verkörpern den Typus der religiös abgewandelten romanhaften Liebesgeschichte. Nicht ein listiger Liebhaber prellt den arglosen Bräutigam, sondern der Apostel mit seiner Predigt von der Enthaltsamkeit macht die Heldin ihrem künftigen Ehemann abspenstig, was zu ihrem Martyrium führt. Der Lehrgehalt oder die Botschaft unserer Geschichte ist mit den Stichworten «Keuschheit» und «Auferstehungsglaube» schon fast ausreichend zusammengefaßt (vgl. etwa Verse 5 und 6 oder 17). Die Ge-

stalt der Thekla taucht hier zum ersten Mal in der christlichen Überlieferung auf. Sie wurde später im kleinasiatischen Seleukia (heute Silifke an der südöstlichen Küste Kleinasiens bzw. der Türkei) und weit darüber hinaus als Heilige verehrt und auch in der Kunst oft dargestellt. Unser Text profitierte hinsichtlich seiner Verbreitung von dieser Verehrung Theklas. Ob er auch von einem bereits bestehenden Thekla-Kult oder von historischen Nachrichten gespeist ist, läßt sich nicht sagen. Irgendein historischer Kern – und wäre es nur eine heidnische Lokalgottheit und ihr Kult – dürfte zugrunde liegen. Dazu paßt auch, daß die Beschützerin der Thekla, Tryphäna, die – in diesem Zusammenhang unverständlich – auch «Königin» genannt wird (Vers 28), eine historische Persönlichkeit war, und zwar wohl tatsächlich, wie es in Vers 36 heißt, eine Verwandte des Kaisers, nämlich des Claudius (41–54). Evtl. hatte sie sich im Alter in die Gegend von Ikonium (heute Konya in der Türkei) zurückgezogen, und ihr Sohn wäre dann Polemon II. von Pontus (nordöstliche Türkei) gewesen.

Das Martyrium des Paulus unter Nero ist historisch nicht belegt, muß aber als wahrscheinlich gelten. Dagegen ist die Darstellung in allen Einzelheiten, etwa auch was die wirkliche Christenverfolgung unter Nero betrifft, vollkommen unhistorisch, wie übrigens auch der sogenannte 3. Korintherbrief mit dem wirklichen Apostel Paulus nichts zu tun hat. Eine andere Paulus-Legende, die in Rom spielt, steht am Anfang der Petrus-Akten (S. 583ff.).

Die Akten des Paulus und der Thekla

1 Als Paulus nach der Flucht aus Antiochien[1] nach Ikonium hinaufzog, wurden Demas und Hermogenes, der Kupferschmied[2], seine Reisegefährten, voll Verstellung und hängten sich an Paulus, als ob sie ihn liebten. Paulus aber, der einzig und allein die Güte Christi im Auge hatte, tat ihnen nichts Schlechtes[3], sondern liebte sie sehr, so daß er ihnen alle Worte des Herrn, der Lehre und der Auslegung des Evangeliums sowohl von der Geburt wie von der Auferstehung des Geliebten süß zu machen suchte und die größten Taten Christi (Apg. 2,11) ihnen, wie sie ihm selbst offenbart worden waren, Wort für Wort erzählte.

2 Und ein Mann namens Onesiphorus[4], der gehört hatte, daß Paulus nach Ikonium käme, ging mit seinen Kindern Simmias und Zeno und seinem Weibe Lektra dem Paulus entgegen, um ihn bei sich aufzunehmen. Titus hatte ihm nämlich erzählt, welches Aussehen Paulus hätte. Denn er hatte ihn bisher nicht im Fleisch gesehen, sondern nur im Geist. 3 Und er ging an die königliche Straße, die nach Lystra führt, stellte sich dort auf, um ihn zu erwarten, und sah sich alle, die vorbeikamen, auf die Beschreibung des Titus hin an. Er sah aber Paulus kommen, einen Mann klein von Gestalt, mit kahlem Kopf und krummen Beinen, in edler Haltung mit zusammengewachsenen Augenbrauen und ein klein wenig hervortretender Nase, voller Freundlichkeit; denn bald erschien er wie ein Mensch, bald hatte er eines Engels Angesicht[5].

4 Und als Paulus den Onesiphorus sah, lächelte er;
und Onesiphorus sagte: Sei gegrüßt, Diener des
hochgelobten Gottes! Und jener erwiderte: Die
Gnade sei mit dir und deinem Hause! Demas aber
und Hermogenes wurden eifersüchtig und gin-
gen noch weiter in ihrer Verstellung; Demas aber
sprach: Sind wir denn nicht des Hochgelobten
Diener, daß du uns nicht so grüßt? Onesiphorus
aber sprach: Ich sehe an euch keine Frucht der
Gerechtigkeit; wenn ihr aber etwas seid, so kommt
auch ihr in mein Haus und ruht euch aus! 5 Und
als Paulus im Hause des Onesiphorus eingekehrt
war, herrschte dort große Freude; die Knie wurden
gebeugt, das Brot gebrochen und das Wort Gottes
von der Enthaltsamkeit und der Auferstehung ver-
kündet, indem Paulus sprach:

Selig sind, die reines Herzens sind, denn sie wer-
den Gott schauen[6]. Selig sind, die ihr Fleisch rein
bewahrt haben, denn sie werden ein Tempel Got-
tes werden. Selig sind die Enthaltsamen, denn Gott
wird zu ihnen reden. Selig sind, die dieser Welt
entsagt haben, denn sie werden Gott wohlgefallen.
Selig sind, die Frauen haben, als hätten sie nicht,
denn sie werden Gott beerben. Selig sind, die
Gottesfurcht haben, denn sie werden Engel Gottes
werden. 6 Selig sind, die vor den Worten Gottes
zittern, denn sie werden getröstet werden. Selig
sind, die die Weisheit Jesu Christi ergriffen haben,
denn sie werden Söhne des Höchsten heißen. Selig
sind, die die Taufe bewahrt haben, denn sie werden
bei dem Vater und dem Sohn ausruhen. Selig sind,
die die Erkenntnis Jesu Christi in sich aufgenom-
men haben, denn sie werden im Lichte sein. Selig
sind, die um der Liebe Gottes willen das weltliche

Wesen verlassen haben, denn sie werden Engel richten und zur Rechten des Vaters gesegnet werden. Selig sind die Barmherzigen, denn sie werden Barmherzigkeit erlangen, und den bitteren Tag des Gerichts werden sie nicht sehen. Selig sind die Leiber der Jungfrauen, denn sie werden Gott wohlgefallen, und sie werden den Lohn ihrer Keuschheit nicht verlieren. Denn das Wort des Vaters wird ihnen zum Werk der Rettung auf den Tag des Sohnes werden, und sie werden Ruhe finden in alle Ewigkeit.

7 Und während Paulus so sprach in der Gemeinde im Hause des Onesiphorus, saß eine Jungfrau namens Thekla – ihre Mutter war Theoklia –, die mit einem Mann namens Thamyris verlobt war, an einem benachbarten Fenster und hörte Tag und Nacht das Wort vom jungfräulichen Leben, wie es von Paulus verkündet wurde. Und sie neigte sich nicht vom Fenster fort, sondern drängte sich im Glauben in unaussprechlicher Freude herzu. Da sie aber auch noch viele Frauen und Jungfrauen zu Paulus hineingehen sah, hatte sie das Verlangen, auch sie möchte gewürdigt werden, vor dem Angesicht des Paulus zu stehen und das Wort Christi zu hören. Denn sie hatte Paulus von Angesicht noch nicht gesehen, sondern hörte nur sein Wort.
8 Da sie aber nicht vom Fenster wich, schickte ihre Mutter zu Thamyris. Der aber kam höchst erfreut, als sollte er sie schon zur Hochzeit nehmen. Thamyris sprach nun zu Theoklia: Wo ist meine Thekla, daß ich sie sehe? Und Theoklia antwortete: Eine unerhörte Geschichte habe ich dir zu berichten, Thamyris! Drei Tage und drei Nächte nämlich ist Thekla nicht vom Fenster aufgestanden, weder

zum Essen noch zum Trinken, sondern als ob sie sich einer großen Freude zugewandt hat, so hängt sie an einem fremden Mann, der trügerische und schillernde Worte lehrt, so daß ich mich wundere, wie eine Jungfrau, die von so großer Schüchternheit ist wie sie, sich so peinlich belästigen läßt.
9 Thamyris, dieser Mensch bringt die Stadt der Ikonier in Aufruhr und deine Thekla noch dazu. Denn alle Frauen und jungen Leute gehen zu ihm hinein und lassen sich von ihm belehren. Man muß, sagt er, einen einzigen Gott allein fürchten und enthaltsam leben. Es wird aber auch noch meine Tochter, die wie eine Spinne am Fenster klebt, durch seine Worte bewegt und von einer nie gekannten Begierde und unheimlichen Leidenschaft ergriffen. Ist doch das Mädchen ganz auf seine Rede ausgerichtet und läßt sich davon gefangennehmen. Aber gehe du zu ihr und sprich mit
ihr; denn dir ist sie ja verlobt! 10 Und Thamyris ging hin, zugleich in sie verliebt und doch voller Furcht vor ihrer Verwirrung, und sprach: Thekla, meine Braut, was ist mit dir? Was für eine Leidenschaft hält dich in dieser Verwirrung? Kehre zurück zu deinem Thamyris und schäme dich! Aber auch ihre Mutter sagte ihr noch dasselbe: Kind, was sitzest du hier so und blickst nach unten, antwortest nichts und bist gänzlich verstört? Und die im Hause waren, weinten sehr, Thamyris um den Verlust der Frau, Theoklia um den der Tochter, die Dienerinnen um den der Herrin. Ein großes Durcheinander und Wehklagen herrschte im Hause. Und obwohl das alles um sie herum geschah, wandte sich Thekla nicht ab, sondern war ganz dem Wort des Paulus zugewandt.

11 Thamyris aber sprang auf, ging auf die Straße und beobachtete alle, die bei Paulus ein und aus gingen. Und er sah zwei Männer, die heftig miteinander stritten, und sprach zu ihnen: Ihr Männer, wer seid ihr, sagt es mir, und wer ist der bei euch da drinnen, der Irrlehrer, der die Seelen der Jünglinge und Jungfrauen betrügt, daß sie nicht heiraten, sondern so bleiben sollen? Ich verspreche nun, euch viel Geld zu geben, wenn ihr mir über ihn berichtet; denn ich bin der Erste in der Stadt.
12 Und Demas und Hermogenes sagten zu ihm: Wer dieser ist, wissen wir nicht. Er macht aber Jünglingen die Frauen und Jungfrauen die Männer abspenstig, indem er sagt: Auf andere Weise gibt es für euch keine Auferstehung, es sei denn, daß ihr rein bleibt und das Fleisch nicht befleckt, sondern es keusch bewahrt. 13 Thamyris sprach aber zu ihnen: Kommt in mein Haus, ihr Männer, und ruht euch bei mir aus! Und sie gingen zu einer üppigen Mahlzeit, mit viel Wein, großem Reichtum und glänzender Tafel. Und Thamyris gab ihnen zu trinken, da er Thekla liebte und sie zur Frau haben wollte. Und während der Mahlzeit sprach Thamyris: Ihr Männer, sagt mir, was ist seine Lehre, damit auch ich sie kennenlerne; denn ich bin in großer Sorge um Thekla, weil sie den Fremden so liebt und ich um die Heirat komme. 14 Demas und Hermogenes sagten aber: Führe ihn vor den Statthalter Castellius, weil er die Menge überrede zu der neuen Lehre der Christen, und daraufhin wird er ihn hinrichten lassen, und du wirst Thekla als deine Frau erhalten. Und wir werden dich über die Auferstehung belehren, von der dieser sagt, daß sie geschehe, nämlich daß sie schon in den Kindern

geschehen ist, die wir haben, und wir auferstanden sind, indem wir den wahren Gott erkannt haben[7].

15 Als Thamyris dies von ihnen gehört hatte, stand er am frühen Morgen voll Eifersucht und Zorn auf und ging zu dem Haus des Onesiphorus mit Beamten und Polizisten und einer beträchtlichen Menge Volks mit Knüppeln und sprach zu Paulus: Du hast die Stadt der Ikonier verdorben und meine Verlobte, daß sie mich nicht will. Auf, wir wollen zum Statthalter Castellius! Und der ganze Haufen rief: Weg mit dem Zauberer! Denn er hat uns alle unsere Frauen verdorben! Und die Massen ließen sich mit aufwiegeln. 16 Und Thamyris trat vor den Richtstuhl und sprach mit lautem Geschrei: Prokonsul, dieser Mensch – wir wissen nicht, woher er ist –, der die jungen Mädchen nicht heiraten lassen will, soll vor dir darlegen, weshalb er dies lehrt. Demas aber und Hermogenes sagten zu Thamyris: Sag, daß er ein Christ ist, und so wirst du ihn verderben. Der Statthalter aber ging mit sich zu Rate und rief Paulus und sprach zu ihm: Wer bist du und was lehrst du? Verklagen sie dich doch nicht geringfügig. 17 Und Paulus erhob seine Stimme und sprach: Wenn ich heute verhört werde, was ich lehre, so höre, Prokonsul: der lebendige Gott, der Gott der Rache, der eifrige Gott, der Gott, der kein Bedürfnis kennt, der hat, weil er das Heil der Menschen will, mich gesandt, daß ich sie der Vergänglichkeit und der Unreinigkeit entreiße und aller Lust und dem Tode, damit sie nicht mehr sündigen. Darum hat Gott seinen Sohn gesandt, den ich als die frohe Botschaft verkünde und lehre, daß in ihm die Menschen Hoffnung haben, er, der

allein Mitleid hatte mit der verirrten Welt, damit die Menschen nicht mehr unter dem Gericht seien, sondern Glauben hätten und Gottesfurcht und Erkenntnis der Ehrbarkeit und Liebe zur Wahrheit. Wenn ich nun lehre, was mir von Gott offenbart ist, was tue ich dann für ein Unrecht, Prokonsul? Als der Statthalter das gehört hatte, gab er Befehl, Paulus zu binden und in das Gefängnis abzuführen, bis er Muße finden werde, ihn gründlicher zu verhören. 18 Thekla aber gab in der Nacht ihr Armband, das sie sich abgenommen hatte, dem Türhüter, und als ihr die Tür aufgetan war, ging sie in das Gefängnis. Dem Gefängniswärter schenkte sie einen silbernen Spiegel und ging nun zu Paulus hinein, und sie setzte sich ihm zu Füßen und hörte ihn die großen Taten Gottes verkünden. Und Paulus fürchtete nichts, sondern wandelte[8] voller Zuversicht zu Gott. Und ihr Glaube nahm zu, und sie küßte auch seine Fesseln. 19 Als aber Thekla von den Ihrigen und Thamyris vermißt wurde, lief man durch alle Straßen nach ihr, als sei sie verlorengegangen, und einer der Mitsklaven des Türhüters verriet, daß sie nachts hinausgegangen sei. Und sie fragten den Türhüter aus, und er sagte ihnen: Sie ist zu dem fremden Manne in das Gefängnis gegangen. Und sie gingen hin, wie er ihnen gesagt hatte, und fanden sie, sozusagen mitgefesselt durch ihre Liebe. Und sie gingen von dort hinaus, rissen die Volkshaufen mit sich fort und berichteten dem Statthalter, was geschehen war.

20 Und er ließ Paulus vor den Richtstuhl führen. Thekla aber wälzte sich auf der Stelle, wo Paulus lehrte, als er im Gefängnis saß. Der Statthalter ließ auch sie vor den Richtstuhl führen; sie aber ging

voller Freude und mit Frohlocken. Als Paulus aber wieder vorgeführt wurde, schrie die Menge noch mehr: Er ist ein Zauberer, weg mit ihm! Der Statthalter aber hörte den Paulus gern über die heiligen Werke Christi. Und nachdem er beraten hatte, rief er Thekla und sprach: Warum heiratest du nicht den Thamyris nach dem Gesetz der Ikonier? Sie aber stand da und schaute unverwandt auf Paulus. Als sie nun nicht antwortete, da schrie Theoklia, ihre Mutter, und rief: Verbrenne die Gesetzlose, verbrenne die Unglücksbraut mitten im Theater, damit alle Frauen, die sich von diesem haben belehren lassen, Angst bekommen! 21 Und der Statthalter hatte viel auszustehen und ließ den Paulus geißeln und zur Stadt hinauswerfen, Thekla aber verurteilte er zum Verbranntwerden.

Und sofort stand der Statthalter auf und ging in das Theater. Und der ganze Volkshaufen zog hinaus zu dem grausamen Schauspiel. Thekla aber suchte, wie ein Lamm in der Wüste nach dem Hirten umherschaut, nach Paulus. Und als sie über die Volksmenge hinwegblickte, sah sie den Herrn in der Gestalt des Paulus sitzen und sagte: Als ob ich nicht standhaft wäre, ist Paulus gekommen, um nach mir zu sehen. Und sie schaute auf ihn unverwandt; er aber entschwand in den Himmel.
22 Die Jünglinge und Jungfrauen aber brachten Holz und Stroh herzu, damit Thekla verbrannt würde. Wie sie nun nackt hereingeführt wurde, weinte der Statthalter und bewunderte die Kraft, die in ihr war. Die Henkersknechte aber schichteten das Holz auf und befahlen ihr, den Scheiterhaufen zu besteigen. Sie aber stieg auf das Holz, indem sie die Gestalt des Kreuzes machte[9]. Sie aber legten

von unten Feuer an. Und obwohl ein mächtiges
Feuer aufleuchtete, berührte das Feuer sie nicht.
Denn Gott hatte Erbarmen und ließ ein unterirdi-
sches Grollen eintreten, und von oben her über-
schattete eine Wolke voll Wasser und Hagel das
Theater, und ihr ganzer Inhalt ergoß sich, so daß
viele in Gefahr gerieten und starben und das Feuer
ausgelöscht, Thekla aber gerettet wurde. 23 Pau-
lus aber weilte fastend mit Onesiphorus, seiner
Frau und seinen Kindern in einer offenen Grab-
anlage an dem Wege, auf dem man von Ikonium
nach Daphne gelangt. Nachdem aber viele Tage
vergangen waren, während sie fasteteten, sprachen
die Kinder zu Paulus: Wir haben Hunger. Und sie
hatten nichts, wovon sie Brote hätte einkaufen
können; denn Onesiphorus hatte die weltlichen
Dinge verlassen und war dem Paulus mit seiner
ganzen Familie gefolgt. Paulus aber zog sein Ober-
gewand aus und sprach: Gehe hin, mein Kind,
verkaufe dies und kaufe mehrere Brote und bringe
sie her! Als der Knabe aber beim Einkaufen war,
sah er seine Nachbarin Thekla und erschrak und
sagte: Thekla, wohin gehst du? Sie antwortete: Ich
bin hinter Paulus her, nachdem ich aus dem Feuer
gerettet bin. Und der Knabe sprach: Komm, ich
führe dich zu ihm; denn er seufzt um dich und betet
und fastet schon sechs Tage. 24 Als sie aber zu dem
Grabe trat, hatte Paulus die Knie gebeugt und
betete: Vater Christi, möge das Feuer Thekla nicht
anrühren, sondern stehe du ihr bei, denn sie ist
dein! Sie aber rief hinter ihm stehend: Vater, der du
den Himmel und die Erde gemacht hast, du, der
Vater deines geliebten Sohnes Jesus Christus, ich
preise dich, daß du mich aus dem Feuer gerettet

hast, damit ich Paulus sehe! Und als Paulus auf-
stand, sah er sie und sprach: Gott, du Herzenskun-
diger, Vater unseres Herrn Jesu Christi, ich preise
dich, daß du das, worum ich dich bat, so schnell
getan hast und hast mich erhört. 25 Und drinnen
in der Grabanlage herrschte große Liebe; und Pau-
lus und Onesiphorus und alle jubelten. Sie hatten
aber fünf Brote und Gemüse und Wasser, und sie
waren fröhlich über die heiligen Werke Christi.
Und Thekla sprach zu Paulus: Ich will mich rund-
herum scheren und dir folgen, wohin du auch
gehst[10]. Er aber sprach: Die Zeit ist böse, und du
bist schön von Gestalt. Daß nur nicht eine andere
Versuchung über dich komme, schlimmer als die
erste, und du nicht aushältst und feige wirst! Und
Thekla sagte: Gib mir nur das Siegel in Christo[11],
und keine Versuchung wird mich ergreifen. Und
Paulus antwortete: Thekla, habe Geduld, und du
wirst das Wasser empfangen.

26 Und Paulus entließ den Onesiphorus mit sei-
ner ganzen Familie, nahm Thekla darauf zu sich
und kam nach Antiochien[12]. Gleich bei ihrer An-
kunft aber wurde ein Syrer mit Namen Alexander,
einer der Ersten der Antiochener, als er Thekla
erblickte, von Liebe zu ihr ergriffen und suchte
Paulus durch Geld und Geschenke zu erbitten.
Paulus aber sagte: Ich kenne die Frau nicht, von der
du sprichst; sie ist auch nicht mein. Er aber, der ja
ein mächtiger Mann war, umarmte sie einfach auf
offener Straße. Sie aber hielt nicht still, sondern sah
sich nach Paulus um. Und heftig schrie sie auf: Tue
einer Fremden nicht Gewalt an, tue nicht der Magd
Gottes Gewalt an! Unter den Ikoniern bin ich eine
der Ersten, und weil ich den Thamyris nicht heira-

ten wollte, bin ich aus der Stadt vertrieben. Und sie ergriff Alexander und zerriß ihm das Obergewand, riß ihm den Kranz vom Kopf und machte ihn zum Gespött. 27 Er aber, teils voll Liebe zu ihr, teils voll Scham über das, was ihm geschehen war, führte sie vor den Statthalter, und da sie gestand, daß sie das getan habe, verurteilte er sie zum Tierkampf, da Alexander Spiele veranstaltete. Die Weiber aber gerieten außer sich und schrien vor dem Richtstuhl: Ein übles Gericht! Ein gottloses Gericht! Thekla aber bat den Statthalter, daß sie unberührt bliebe, bis sie mit den Tieren kämpfen müsse. Und eine reiche Frau namens Tryphäna[13], deren Tochter gestorben war, nahm sie in ihre Obhut und fand an ihr Trost. 28 Als nun der Umzug der Tiere stattfand, band man sie an eine wilde Löwin, und die Königin Tryphäna folgte ihr. Und die Löwin leckte, während Thekla obendrauf saß, ihr die Füße, und die ganze Volksmenge geriet außer sich. Ihre Schuld aber lautete in der Überschrift[14]: Tempelräuberin. Die Frauen aber schrien mit den Kindern von oben her und riefen: O Gott, ein gottloses Gericht geschieht in dieser Stadt! Und nach dem Umzug nahm Tryphäna sie wieder zu sich. Ihre Tochter nämlich, die gestorben war, hatte im Traum zu ihr gesprochen: Mutter, die Fremde, die verlassene Thekla, sollst du an meiner Stelle annehmen, damit sie für mich bete und ich an den Ort der Gerechten versetzt werde. 29 Als nun nach dem Umzug Tryphäna sie zu sich nahm, war sie einerseits traurig, weil sie am folgenden Tag mit den Tieren kämpfen sollte, andererseits aber liebte sie sie wie ihre Tochter Falconilla; und sie sprach: Mein zweites Kind, Thekla, komm, bete für mein

Kind, daß es lebe; denn das habe ich im Traum geschaut. Sie aber erhob, ohne zu zögern, ihre Stimme und sprach: Du Gott der Himmel, Sohn des Höchsten, verleihe ihr nach ihrem Willen, daß ihre Tochter Falconilla leben möge in Ewigkeit! Und als Thekla so sprach, trauerte Tryphäna, da sie daran dachte, daß solche Schönheit vor die Tiere geworfen werden sollte. 30 Als es Morgen geworden war, kam Alexander, um sie abzuholen – er selbst nämlich veranstaltete die Tierkämpfe –, und sagte: Der Statthalter hat seinen Platz eingenommen, und die Volksmenge ruft lärmend nach uns; gib sie heraus, ich will die Tierkämpferin abführen. Tryphäna aber schrie auf, so daß er floh, indem sie ausrief: Die Trauer um meine Falconilla kommt zum zweiten Male über mein Haus, und keiner ist, der hilft; weder ein Kind, denn es ist tot, noch ein Verwandter, denn ich bin eine Witwe. Gott Theklas, meines Kindes, stehe der Thekla bei! 31 Und der Statthalter schickte Soldaten, um Thekla herbeiführen zu lassen. Tryphäna aber trat nicht zur Seite, sondern ergriff sie selbst bei der Hand und geleitete sie mit den Worten: Meine Tochter Falconilla habe ich zu Grabe geleitet; dich aber, Thekla, geleite ich zum Tierkampf. Und Thekla weinte bitterlich und seufzte zum Herrn und sprach: Herr Gott, dem ich vertraue, zu dem ich meine Zuflucht genommen habe, der mich aus dem Feuer errettet hat, belohne Tryphäna, die mit deiner Magd Mitleid hatte, daß sie mich rein bewahrt hat. 32 Es entstand nun Lärm und Gebrüll der Tiere und Geschrei des Volkes und der Frauen, die mit dabeisaßen, indem die einen riefen: Führe die Tempelräuberin herein! – die anderen: Daß doch die Stadt untergingе wegen dieses Frevels; töte uns alle, Statthalter; klägliches Schauspiel, schändliches Gericht! 33 Thekla aber wurde den Händen der Tryphäna entrissen und entkleidet und empfing einen Schurz und wurde in die Rennbahn gestoßen. Und Löwen und Bären wurden auf sie losgelassen, und eine wilde Löwin lief auf sie zu und legte sich ihr zu Füßen. Der Haufen der Frauen aber erhob ein großes Geschrei. Und es ging eine Bärin auf sie los; die Löwin aber lief ihr entgegen und zerriß die Bärin. Und wiederum ging ein Löwe auf sie los, der auf Menschen abgerichtet war und Alexander gehörte. Und die Löwin verbiß sich mit dem Löwen und kam mit ihm um. Lauter aber klagten die Frauen, weil auch die Löwin, die ihr beistand, tot war. 34 Da ließen sie viele Tiere herein, während sie dastand und die Hände ausgebreitet hatte und betete. Als sie aber ihr Gebet beendet hatte, wandte sie sich um und sah eine große Grube voll Wasser und sprach: Jetzt ist der Zeitpunkt gekommen, mich zu waschen. Und sie stürzte sich selbst hinein mit den Worten: Im Namen Jesu Christi taufe ich mich am letzten Tage! Als das die Frauen und das ganze Volk sahen, weinten sie und riefen: Stürze dich nicht selbst ins Wasser! Sogar der Statthalter vergoß Tränen, weil soviel Schönheit von den Robben gefressen werden sollte. Sie aber stürzte sich ins Wasser im Namen Jesu Christi; die Robben aber sahen den Glanz eines Blitzes und schwammen tot an der Oberfläche. Und um sie herum war eine Wolke von Feuer, so daß weder die Tiere sie anrühren konnten, noch sie in ihrer Nacktheit gesehen werden konnte. 35 Als aber andere schreckliche Tiere losgelassen wurden, klagten die

Frauen, und die einen warfen Grünes, die anderen Narde, andere Zimt und andere Amomum hinab, so daß eine Menge Spezereien dort waren. Alle losgelassenen Tiere aber waren wie vom Schlaf befangen und rührten sie nicht an. Daher sagte Alexander zum Statthalter: Ich habe sehr wilde Tiere, an die wollen wir die Tierkämpferin binden. Verdrießlich gestattete es der Statthalter und sagte: Tue, was du willst. Und man band sie mit den Füßen mitten zwischen die Stiere und legte unter deren Geschlechtsteile glühend gemachte Eisen, damit sie noch mehr gereizt würden und sie töten sollten. Die nun sprangen zwar; aber die ringsum lodernde Flamme brannte die Stricke durch, und sie war, als ob sie nicht gebunden wäre. 36 Tryphäna aber fiel in Ohnmacht, während sie bei der Arena stand, so daß die Dienerinnen sagten: Die Königin Tryphäna ist gestorben. Und der Statthalter merkte auf, und die ganze Stadt wurde bange. Und Alexander fiel dem Statthalter zu Füßen und rief: Habe Erbarmen mit mir und mit der Stadt und laß die Tierkämpferin frei, damit nicht auch die Stadt mit zugrunde gehe! Denn wenn der Kaiser dies hört, wird er wahrscheinlich mit uns auch die Stadt verderben, weil seine Verwandte Tryphäna am Zirkustor gestorben ist.

37 Und der Statthalter ließ Thekla mitten aus den Tieren herausrufen und sprach zu ihr: Wer bist du und was hat es mit dir auf sich, daß auch nicht eines von den Tieren dich anrührte? Sie antwortete: Ich bin eine Dienerin des lebendigen Gottes; was es aber mit mir auf sich hat: ich habe an den geglaubt, an dem Gott Wohlgefallen hatte, an seinen Sohn. Um seinetwillen hat mich keines von den Tieren

angerührt. Denn er allein ist das Ziel der Rettung
und die Grundlage unsterblichen Lebens. Ist er
doch für die, die vom Sturm geplagt sind, eine
Zuflucht, für Bedrängte Erquickung, für Verzwei-
felte Schutz, mit einem Wort: wer nicht an ihn
glaubt, wird nicht leben, sondern tot sein in Ewig-
keit. 38 Als der Statthalter das hörte, ließ er Kleider
herbeibringen und sprach: Ziehe die Kleider an!
Sie aber antwortete: Der mich bekleidet hat, als ich
nackt unter den Tieren war, der wird mich am
Tage des Gerichts mit Heil bekleiden. Und sie
nahm die Kleider und zog sie an.

Und sogleich gab der Statthalter eine Verfü-
gung heraus des Inhalts: Thekla, die fromme Die-
nerin Gottes, gebe ich euch los. Die Frauen aber
schrien alle mit lauter Stimme und lobten Gott wie
aus einem Munde und sprachen: Einer ist Gott, der
Thekla gerettet hat, so daß von dem Schreien die
ganze Stadt erbebte 39 und Tryphäna, als sie die
frohe Botschaft vernahm, mit der Volksmenge ihr
entgegenkam und Thekla umarmte und sprach:
Jetzt glaube ich, daß die Toten erweckt werden!
Jetzt glaube ich, daß mein Kind lebt! Komm her-
ein, und alles, was mein ist, will ich dir vermachen.
Thekla ging nun mit ihr hinein und ruhte sich in
ihrem Hause acht Tage aus und unterrichtete sie
im Worte Gottes, so daß auch von den Dienerinnen
mehrere zum Glauben kamen und in dem Hause
große Freude herrschte.

40 Thekla aber sehnte sich nach Paulus und such-
te ihn, indem sie überall herumschickte. Und es
wurde ihr mitgeteilt, er sei in Myra. Da nahm sie
Diener und Dienerinnen, gürtete sich und nähte ihr
Gewand zu einem Oberkleid nach Männerart, und

sie kam in Myra an und fand Paulus, wie er das Wort Gottes verkündete, und trat zu ihm. Er aber erschrak, als er sie sah, und die Menge bei ihr, da er daran dachte, ob ihr nicht eine andere Versuchung nahe sei. Sie aber bemerkte es und sprach zu ihm: Ich habe das Bad genommen, Paulus; denn der mit dir zusammen gewirkt hat für das Evangelium, hat auch mit mir zusammen gewirkt, mich zu waschen. 41 Und Paulus ergriff sie bei der Hand und führte sie in das Haus des Hermias und hörte von ihr alles, was sich ereignet hatte, so daß Paulus sich sehr wunderte und die Hörer gestärkt wurden und für Tryphäna beteten. Und Thekla stand auf und sprach zu Paulus: Ich gehe nach Ikonium. Paulus aber antwortete: Gehe hin und lehre das Wort Gottes! Tryphäna nun sandte ihr viele Gewänder und Gold, so daß sie davon Paulus zurücklassen konnte für den Dienst an den Armen. 42 Sie selbst aber zog nach Ikonium und trat in das Haus des Onesiphorus und warf sich auf den Boden, wo Paulus gesessen und die Worte Gottes gelehrt hatte, und sie weinte und sprach: Mein Gott und Gott dieses Hauses, wo mir das Licht aufleuchtete, Christus Jesus, Gottes Sohn, mein Helfer im Gefängnis, Helfer vor Statthalter, Helfer im Feuer, Helfer unter den Tieren, du selbst bist Gott und dir sei Ehre in Ewigkeit. Amen. 43 Und sie fand Thamyris gestorben, ihre Mutter aber noch am Leben; und sie rief ihre Mutter und sprach zu ihr: Theoklia, meine Mutter, kannst du glauben, daß ein Herr im Himmel lebt? Denn ob du nach Geld und Gut verlangst, der Herr wird es dir durch mich geben, oder ob du nach deinem Kinde verlangst, siehe, ich stehe an deiner Seite.

Und als sie solches Zeugnis abgelegt hatte, ging sie fort nach Seleukia[15]; und nachdem sie viele durch das Wort Gottes erleuchtet hatte, entschlief sie eines sanften Todes.

Der Briefwechsel des Paulus mit den Korinthern
(3. Korintherbrief)

Die Korinther waren in großer Betrübnis wegen Paulus, daß er aus der Welt gehen würde, ehe es an der Zeit wäre[16]. Denn es waren Männer nach Korinth gekommen, Simon und Kleobius, die sagten, daß es keine Auferstehung des Fleisches gebe, sondern nur die des Geistes, und daß der Körper des Menschen kein Gebilde Gottes sei; und von der Welt sagten sie, daß Gott sie nicht geschaffen habe und daß Gott die Welt nicht kenne; und daß Jesus Christus nicht gekreuzigt, sondern nur Schein gewesen sei und daß er nicht aus Maria noch aus dem Samen Davids geboren sei[17]. Mit einem Wort: vieles war es, was sie in Korinth verkündet haben, indem sie viele andere betrogen und sich selber. Deswegen, als die Korinther gehört hatten, daß Paulus in Philippi sei, schickten sie einen Brief an Paulus nach Mazedonien durch Threptus und Eutychus, die Diakonen. Der Brief aber war von dieser Gestalt[18]:

1

1 Stephanus und die Presbyter, die mit ihm sind, Daphnus, Eubulus, Theophilus und Xenon, grüßen den Paulus, den Bruder im Herrn. 2 Es sind zwei Männer nach Korinth gekommen, namens

Simon und Kleobius, die verkehren etlicher Glau-
ben durch verderbliche Worte, 3 welche du prü-
fen sollst. 4 Denn niemals haben wir solche Worte
weder von dir noch von anderen Aposteln gehört;
5 vielmehr, was wir von dir und jenen empfangen
haben, das bewahren wir. 6 Da nun der Herr Er-
barmen uns erweist, daß wir, während du noch
im Fleische bist, solches noch einmal von dir hören
sollen, 7 so schreibe uns oder komme zu uns.
8 Wir glauben nämlich, wie es der Theonoe offen-
bart ist, daß dich der Herr befreit hat aus der Hand
des Gesetzlosen. 9 Was sie sagen und lehren, ist
nun folgendes: 10 Man dürfe nicht, behaupten
sie, sich auf die Propheten berufen, 11 und Gott sei
nicht allmächtig, 12 und es gebe keine Auferste-
hung des Fleisches, 13 und nicht sei die Schaffung
des Menschen Gottes Werk, 14 und nicht sei der
Herr ins Fleisch gekommen, auch nicht von Maria
geboren, 15 und die Welt sei nicht Gottes, sondern
der Engel. 16 Deswegen, Bruder, wende jeden Ei-
fer auf, hierherzukommen, damit die korinthische
Gemeinde ohne Ärgernis bleibe und die Torheit
jener offenbar werde. Lebe wohl im Herrn!

2

1 Es überbrachten die Diakone das Schreiben
nach Philippi, Threptus und Eutychus, 2 und über-
gaben es dem Paulus, der im Gefängnis war wegen
der Stratonike, der Frau des Apollophanes; und er
begann viele Tränen zu vergießen und zu klagen
und rief aus: 3 Besser wäre es für mich, zu sterben
und bei dem Herrn zu sein, als im Fleische zu sein
und solche Reden zu hören, so daß Betrübnis über

Betrübnis über mich kommt, 4 und solches lei-
dend angebunden zu sein und sehen zu müssen,
wie die Machenschaften des Bösen voranlaufen!
5 Und so schrieb Paulus unter Leiden den folgen-
den Brief:

3

1 Paulus, der Gefangene Jesu Christi, an die Brü-
der in Korinth – Gruß! 2 Während ich in vielen
Bedrängnissen bin, wundere ich mich nicht, wenn
so schnell die Meinungen des Bösen Boden gewin-
nen. 3 Denn mein Herr Jesus Christus wird schnell
kommen, da er verworfen wird von denen, die
seine Worte verfälschen. 4 Ich habe euch ja im
Anfang überliefert, was ich von den Aposteln vor
mir empfangen habe, die allezeit mit dem Herrn
Jesus Christus zusammengewesen waren, 5 näm-
lich daß unser Herr Jesus Christus von Maria aus
dem Samen Davids geboren ist, indem der Heilige
Geist aus dem Himmel vom Vater in sie herab-
gesandt war, 6 damit er in die Welt käme und alles
Fleisch durch sein eigenes Fleisch erlöse und damit
er uns Fleischliche von den Toten auferwecke, wie
er selbst sich als Urbild erwiesen hat. 7 Und weil
der Mensch von seinem Vater[19] geschaffen ist,
8 deswegen wurde er auch, als er verlorengegan-
gen war, gesucht, auf daß er lebendig gemacht wür-
de durch die Annahme zur Kindschaft. 9 Denn
der allmächtige Gott, der Himmel und Erde ge-
macht hat, sandte zuerst die Propheten den Ju-
den, daß sie ihren Sünden entrissen würden; 10 er
hatte nämlich beschlossen, das Haus Israel zu ret-
ten, deshalb sandte er einen Teil vom Geiste Christi
in die Propheten, welche die irrtumslose Gottes-

verehrung verkündeten zu vielen Zeiten. 11 Aber
da der Fürst, der ungerecht war, selbst Gott sein
wollte[20], legte er Hand an sie und tötete sie, und so
fesselte er alles Fleisch der Menschen an die Begier-
den und an seinen Willen, und die Vollendung der
Welt trieb dem Gericht entgegen. 12 Aber Gott,
der Allmächtige, der gerecht ist und sein eigenes
Geschöpf nicht verstoßen wollte, 13 sandte den
Heiligen Geist durch Feuer in Maria, die Galiläerin,
14 die von ganzem Herzen glaubte, und sie empfing
im Leibe den Heiligen Geist, damit in die Welt Jesus
einträte, 15 damit der Böse, durch dasselbe Fleisch,
durch das er sein Wesen trieb, besiegt, dessen
überführt wurde, daß er nicht Gott sei. 16 Denn
durch seinen eigenen Leib hat Jesus Christus alles
Fleisch gerettet und zum ewigen Leben geführt
durch den Glauben, 17 indem er den Tempel der
Gerechtigkeit darstellte in seinem Leibe, 18 durch
den wir erlöst sind. 19 Sie sind also nicht Kinder
der Gerechtigkeit, sondern Kinder des Zorns, die
sie die Vorsehung Gottes zurückstoßen, indem
sie fern vom Glauben behaupten, Himmel und
Erde und alles, was in ihnen ist, seien nicht Wer-
ke des Vaters. 20 Sie selbst sind also Kinder des
Zorns, denn sie haben den verfluchten Glauben der
Schlange. 21 Von denen wendet euch ab und vor
ihrer Lehre fliehet! 22 Denn ihr seid nicht Söhne
des Ungehorsams, sondern der geliebtesten Kir-
che. 23 Deswegen ist die Zeit der Auferstehung
gepredigt worden.

24 Die euch aber sagen, es gebe keine Auferste-
hung des Fleisches, für die wird es keine Auferste-
hung geben, 25 die nicht an den so Auferstandenen
glauben. 26 Denn, ihr Korinther, nicht wissen sie

Bescheid über das Säen von Weizen oder anderen
Samen, daß sie nackt in die Erde geworfen werden,
und wenn sie vergangen sind, stehen sie wieder auf
nach dem Willen Gottes als ein Leib und bekleidet.
27 Und nicht allein wird der Leib, der in die Erde
geworfen ist, auferweckt, sondern auch vielfältig
gesegnet. 28 Und wenn man nicht nur von den
Samenkörnern das Gleichnis hernehmen darf, son-
dern von edleren Leibern, 29 so wißt ihr ja, daß
Jona, des Amathios Sohn, da er den Niniviten nicht
predigen wollte, sondern geflohen war, von einem
Walfisch verschlungen wurde, 30 und nach drei
Tagen und drei Nächten hat Gott das Gebet des
Jona aus der tiefsten Hölle erhört, und nichts von
ihm wurde verdorben, weder ein Haar noch ein
Augenlid. 31 Um wieviel mehr wird er euch,
ihr Kleingläubigen, die ihr an Christus geglaubt
habt, auferwecken, wie er selbst auferstanden ist.
32 Und wenn ein auf die Gebeine des toten Prophe-
ten Elisa von den Kindern Israels geworfener Kör-
per eines Menschen auferstand (2. Kön. 13,20 f.),
so werdet auch ihr, die ihr auf den Körper und
die Gebeine und den Geist des Herrn geworfen
seid, an jenem Tage auferstehen mit unversehrtem
Leibe[21].

34 Wenn ihr nun etwas anderes aufnehmt, so fallt
mir nicht zur Last; 35 denn ich habe diese Fes-
seln an mir, daß ich Christus gewinne, und seine
Wundmale an meinem Leibe, daß ich gelange zur
Auferstehung von den Toten. 36 Und wer immer
in dieser Regel, die er durch die seligen Propheten
und das heilige Evangelium empfangen hat, bleibt,
wird Lohn empfangen und, wenn er von den To-
ten aufersteht, das ewige Leben erlangen. 37 Wer

aber hiervon abweicht, – Feuer gibt es für ihn und für die, welche darin vorangegangen sind,
38 die da sind Menschen ohne Gott, Otterngezücht;
39 von denen wendet euch ab in der Kraft des Herrn,
40 und Friede, Gnade und Liebe wird mit euch sein. Amen.

Paulus in Ephesus · Der sprechende Löwe

Als Paulus dies gesagt hatte, verließ er Smyrna, um nach Ephesus zu gehen. Und er trat in das Haus von Aquila und Priszilla[22], voller Freude, die Brüder zu sehen, welche er, Paulus, liebhatte. Sie selbst freuten sich ebenfalls, hoben an und baten, daß sie als würdig erfunden würden, daß Paulus seinen Fuß in ihr Haus setze. Und es entstand Jubel und große Freude. Nun verbrachten sie die Nacht wachend im Gebet, prüfend den Willen Gottes, um ihr Herz zu stärken, und beteten alle einmütig in einerlei Weise.

Der Engel des Herrn trat in das Haus des Aquila und stellte sich vor sie alle. Er redete mit Paulus in einer Weise, daß sie alle bestürzt wurden: wirklich, dieser Engel, der da stand, ließ sich sehen; die Worte aber, die er zu Paulus sagte, hörten die Dabeistehenden nicht. Als der Engel aufgehört hatte, mit Paulus in Zungen zu reden, gerieten sie in Furcht und wurden bestürzt und verstummten. Aber Paulus blickte die Brüder an und sagte:

Ihr Männer und Brüder! Der Engel des Herrn ist zu mir gekommen, wie ihr alle es gesehen habt, und er hat mir gesagt: Ein großer Aufruhr wird zu Pfingsten über dich kommen ...[23]

Paulus konnte nun aber nicht schwermütig sein wegen Pfingsten, denn es war eine Art von Fest für die, die an Christus glauben, die Katechumenen sowohl wie die Gläubigen; vielmehr gab es große Freude und Zeichen der Zufriedenheit und Liebe, und Psalmen und das Lob Christi ertönten, die Hörer zu bestärken. Paulus sagte:

Ihr Männer und Brüder! Vernehmt, was mir widerfuhr, als ich zu Damaskus war, zu der Zeit, als ich den Glauben an Gott verfolgte[24]. Der Geist fiel auf mich vom Vater herab, er ist es, der mir das Evangelium gepredigt hat, mir den Sohn ankündigend, damit ich in ihm lebe: in der Tat, es gibt kein Leben außer dem, das in Christus ist. Ich trat in eine große Kirche ein, bei dem seligen Judas, dem Bruder des Herrn, der mir von Anfang an die hohe Liebe des Glaubens gegeben hat.

Ich führte meinen Wandel in der Gnade, bei dem seligen Propheten, und beschäftigte mich damit, Christus zu enthüllen, ihn, der vor allen Zeiten erzeugt ward. Während man ihn mir predigte, erfreute ich mich in dem Herrn, genährt durch seine Worte. Als ich es denn vermochte, wurde ich für würdig befunden zu reden; ich sprach zu den Brüdern – Judas trieb mich dazu – dergestalt, daß ich geliebt wurde von denen, die mich hörten.

Als es Abend geworden war, ging ich fort, mit Liebe von der Witwe Lemma und ihrer Tochter Ammia begleitet. Während ich in der Nacht ging, um Jericho in Phönizien[25] zu erreichen, legten wir große Strecken zurück. Als der Morgen dämmerte, waren Lemma und Ammia hinter mir, denn ich wurde geliebt von ihrem Herzen, so sehr, daß sie sich nicht von mir entfernten. Ein großer und schrecklicher Löwe kam aus dem Tal des Feldes der Gebeine. Wir jedoch, wir waren so sehr im Gebet vertieft, daß Lemma und Ammia durch das Gebet ...[26] Als ich mit meinem Gebet zu Ende war, hatte sich das Tier zu meinen Füßen geworfen. Ich ward voll Heiligen Geistes, sah es an und sagte zu ihm: Löwe, was willst du? Da sagte er: Ich möchte getauft werden.

Ich lobte Gott, der dem Tier Sprache verliehen hatte und seinen Dienern das Heil. Nun gab es an diesem Orte einen großen Fluß; ich stieg dort hinein ...[26] Dann, ihr Männer und Brüder, rief ich: Der, der in den obersten Orten wohnt, der seinen Blick auf die Demütigen richtet, der, der den Erschöpften die Ruhe gegeben hat, der, der das Maul der Löwen bei Daniel verstopft hat, der mir unseren Herrn Jesus Christus gesandt hat, o du, gib, daß unser ...[26] entkommt dem Tier, und den Plan, den du mir festgelegt hast, erfülle ihn! Nachdem ich mit diesen Worten gebetet hatte, nahm ich den Löwen bei seiner Mähne, und im Namen Jesu Christi tauchte ich ihn dreimal unter. Als er dem Wasser wieder entstieg, schüttelte er seine Mähne zurecht und sagte zu mir: Gnade sei mit dir! Und ich sagte ihm: Desgleichen mit dir!

Der Löwe lief nun zu dem Feld davon, voller Jubel; tatsächlich, es wurde mir im Herzen offenbart. Eine Löwin begegnete ihm, und er wandte sein Gesicht nicht zu ihr hin, sondern er lief davon[27].

Ihr selbst, Aquila und Priszilla, die ihr an den lebendigen Gott gläubig geworden seid und die ihr diese Worte gehört habt, geht hin und verkündigt ihn![28]

Als Paulus das sagte, wurde eine große Menge zum Glauben hinzugetan, so daß der Magistrat eifersüchtig wurde und das ganze Haus der Ammia[29] sich gegen Paulus wandte, damit er sterbe. Es gab in der Tat eine Frau in der Stadt, die viele gute Werke für die Epheser verfertigte: ihr Name war Prokla. Paulus taufte sie, sie und all die Ihrigen. Und es war da der Ruf der Gnade und vielfaches Lob zwischen ... und Pfingsten[30]. Der Kranz Christi vervielfältigte sich, so daß es einen großen Kranz und ein beträchtliches Ansehen in der Stadt gab. Man sagte, daß dieser Mensch die Götter zerstört durch sein Reden: Ihr werdet sie sehen, wie sie alle vom Feuer verzehrt werden!

Als Paulus hinausging, hielten ihn die Leute aus der Stadt außerhalb des Prytaneums fest, führten ihn zum Theater und verlangten, daß der Statthalter komme. Als er nun kam, fragte er Paulus und sagte: Warum sagst du das und lehrst ... sie haben die Götter der Römer und die der Leute hier zerstört. Wiederhole jetzt, was du gesagt hast, als du die Menge überredetest![31]

Aus einer anderen handschriftlichen Quelle erfahren wir nun einiges über das Verhör vor dem Statthalter Hieronymus, über die Faszination, die die Verkündigung des Paulus auf dessen Frau ausübt und über die Zuspitzung des Konflikts dadurch, daß Paulus diese tauft. Der folgende Text beginnt mit den Rufen der Volksmenge im Theater, in dessen Arena sich bereits Paulus und der Löwe befinden.

Fort mit dem Zauberer, hinweg mit dem Giftmischer! – Der Löwe aber blickte Paulus an und

Paulus den Löwen. Da erkannte Paulus, daß dieses der Löwe sei, der gekommen und getauft worden war. Und im Glauben getrieben, sagte Paulus: Löwe, warst du der, den ich getauft habe? Und es antwortete der Löwe und sprach zu Paulus: Ja! Paulus aber sprach wiederum zu ihm: Und wie bist du gefangen worden? Der Löwe sprach mit einer Stimme: Wie auch du, Paulus. Als Hieronymus viele Tiere losließ, damit Paulus getötet würde, und gegen den Löwen Bogenschützen, um auch jenen töten zu lassen[32], da stürzte, obwohl der Himmel heiter war, ein gewaltiges und überstarkes Hagelwetter vom Himmel herab, so daß viele starben und die übrigen alle die Flucht ergriffen[33]. Paulus aber und den Löwen berührte es nicht; wohl aber starben die anderen Tiere durch die Menge des Hagels, der so heftig war, daß auch das Ohr des Hieronymus getroffen und abgerissen wurde und das Volk flüchtend rief: Rette uns, Gott, rette uns, Gott des Menschen, der mit den Tieren gekämpft hat! Und Paulus nahm Abschied von dem Löwen, ohne daß er noch etwas sagte, ging aus dem Stadion, ging hinab zum Hafen und bestieg das Schiff, das nach Mazedonien fuhr; es waren nämlich viele, die abfuhren, als ob die Stadt im Begriff stünde unterzugehen; so stieg er nun auch mit ein, wie einer der Flüchtenden. Der Löwe aber ging in das Gebirge, wie es seine Gewohnheit war.

Das Martyrium des Paulus

1

Es erwarteten aber den Paulus in Rom[34] Lukas, der aus Gallien, und Titus, der aus Dalmatien gekommen war. Als Paulus sie sah, freute er sich, so daß er außerhalb Roms eine Scheune mietete, in der er mit den Brüdern das Wort der Wahrheit lehrte. Er wurde aber weithin bekannt, und viele Seelen wurden dem Herrn hinzugetan, so daß man in ganz Rom davon sprach und eine zahlreiche Menge von Gläubigen aus dem Hause des Kaisers bei ihm war und große Freude herrschte.

Ein gewisser Patroklus aber, ein Mundschenk des Kaisers, der zu spät in die Scheune gekommen war und wegen der Volksmenge nicht zu Paulus hineingelangen konnte, setzte sich in eine hochgelegene Fensteröffnung und hörte ihm zu, wie er das Wort Gottes lehrte. Da aber der böse Teufel eifersüchtig war auf die Liebe der Brüder, fiel Patroklus vom Fenster herab und starb, was eiligst dem Nero gemeldet wurde. Paulus aber, der es durch den Geist erfahren hatte, sprach: Ihr Brüder, es hat der Böse Raum gewonnen, daß er euch versuche. Gehet hinaus, und ihr werdet einen Knaben finden, der von oben herabgefallen ist und schon in den letzten Zügen liegt. Hebt ihn auf und bringt ihn hierher zu mir! Sie aber gingen fort und brachten ihn. Als aber die Leute ihn sahen, wurden sie bestürzt. Paulus sprach zu ihnen: Jetzt, Brüder, möge euer Glaube sich zeigen. Kommt alle, laßt uns unter Tränen zu unserem Herrn Jesus Christus schreien, damit dieser Knabe lebe und wir unbehelligt bleiben. Als aber alle klagten, da schöpfte der

Knabe wieder Atem; und sie setzten ihn auf ein Lasttier und entließen ihn lebend mit den andern zusammen, die aus dem Hause des Kaisers waren[35].

2

Als aber Nero von dem Tode des Patroklus gehört hatte, trauerte er sehr, und als er aus dem Bade herauskam, befahl er, daß ein anderer für den Wein angestellt werde. Es meldeten ihm aber seine Diener und sagten: Kaiser, Patroklus lebt und steht am Schenktisch. Und als der Kaiser hörte, daß Patroklus lebe, bekam er Angst und wollte nicht eintreten. Nachdem er aber eingetreten war, sah er Patroklus und rief ganz außer sich: Patroklus, du lebst? Der antwortete: Ich lebe, Kaiser! Jener sagte: Wer ist es, der dich lebendig gemacht hat? Der Knabe, von der Gesinnung des Glaubens getragen, sprach: Christus Jesus, der König der Äonen! Der Kaiser fragte bestürzt: Der also soll König über die Äonen sein und alle Königreiche zerstören? Spricht zu ihm Patroklus: Ja, alle Königreiche unter dem Himmel vernichtet er, und er allein wird in Ewigkeit bleiben, und es wird kein Königreich geben, das ihm entrinnen könnte. Er aber schlug ihn ins Angesicht und rief: Patroklus, auch du streitest für jenen König? Dieser aber antwortete: Ja, mein Herr und Kaiser, hat er mich doch vom Tode auferweckt. Und Barsabas Justus der Plattfuß und Orion der Kappadokier und Festus der Galater, die Großen des Nero, sprachen: Auch wir streiten für ihn, den König der Äonen. Er aber ließ sie gefangensetzen, nachdem er sie schrecklich gefoltert hatte, sie, die er doch so sehr liebte, und gab Befehl,

Daniel in der Löwengrube

Daniel 6. Zusätze zu Daniel. Vom Drachen zu Babel, 30

die Soldaten des großen Königs zu suchen, und erließ ein Edikt des Inhalts, daß alle, die als Christen und Soldaten Christi ausfindig gemacht würden, hingerichtet werden sollten.

3

Und unter der Menge wird auch Paulus gebunden herbeigeführt; auf ihn blickten alle Mitgefangenen, so daß der Kaiser merkte, dieser müsse der Befehlshaber sein. Und er sprach zu ihm: Mann des großen Königs, jetzt aber mein Gefangener, was ist dir eingefallen, heimlich in das Römische Reich einzudringen und Soldaten aus meinem Herrschaftsgebiet anzuwerben? Paulus aber, voll Heiligen Geistes, sagte in aller Gegenwart: Kaiser, nicht allein aus deinem Herrschaftsgebiet werben wir Soldaten an, sondern aus aller Welt. Denn das ist uns befohlen, keinen auszuschließen, der für meinen König streiten will. Wenn auch du das für gut hältst, leiste ihm Kriegsdienste! Denn nicht der Reichtum oder das, was in diesem Leben glänzt, wird dich retten, sondern wenn du dich unterwirfst und ihn bittest, wirst du gerettet werden. Denn er wird an einem Tage die Welt im Feuer vernichten.

Als aber der Kaiser das gehört hatte, gab er den Befehl, alle Gefangenen mit Feuer zu verbrennen, Paulus aber zu enthaupten nach dem Gesetz der Römer. Paulus aber verschwieg das Wort[36] nicht, sondern teilte es dem Präfekten Longus und dem Centurio Cestus mit.

In Rom war also auf Betreiben des Bösen Nero am Wüten, indem viele Christen ohne Urteil hingerichtet wurden, so daß die Römer sich bei dem Palast aufstellten und schrien: Es ist genug, Kaiser! Diese Menschen gehören ja auch zu uns; du vernichtest die Kraft der Römer! Da machte er ein Ende der Verfolgung, woraufhin niemand von den Christen angerührt werden sollte, bis er selbst ihren Fall untersucht habe.

4

Darauf wurde ihm Paulus vorgeführt gemäß dem Edikt, und er blieb dabei, dieser solle enthauptet werden. Paulus aber sprach: Kaiser, nicht nur für eine kurze Zeit lebe ich meinem Könige! Und wenn du mich enthaupten läßt, werde ich folgendes tun: ich werde auferstehen und dir erscheinen als Beweis dafür, daß ich nicht gestorben bin, sondern meinem Herrn Jesus Christus lebe, der da kommt, zu richten den Erdkreis.

Longus und Cestus aber sagten zu Paulus: Woher habt ihr diesen König, daß ihr ihm glaubt, ohne eure Gesinnung ändern zu wollen bis zum Tode? Paulus teilte ihnen das Wort mit und sprach: Ihr Männer, die ihr in dieser Unwissenheit und diesem Irrtum befangen seid, ändert euren Sinn und laßt euch retten von dem Feuer, das über den ganzen Erdkreis kommt! Denn wir kämpfen nicht, wie ihr denkt, für einen König, der von der Erde kommt, sondern der vom Himmel ist, für den lebendigen Gott, der um der Gesetzlosigkeiten willen, die in dieser Welt geschehen sind, als Richter kommt. Und selig ist *der* Mensch, der ihm glauben und leben wird in Ewigkeit, wenn er kommen wird, um die Erde zur Läuterung zu verbrennen. Sie aber baten ihn und sprachen: Wir flehen dich an, hilf uns, und wir geben dich frei! Er aber antwortete und sprach: Ich bin kein Fahnenflüchtiger Christi, sondern ein dem Gesetz gehorsamer Soldat des lebendigen Gottes. Wenn ich wüßte, daß ich tot bliebe, so würde ich es tun, Longus und Cestus. Da ich aber Gott lebe und mich selbst liebe, so gehe ich zum Herrn, damit ich mit ihm wiederkomme in der Herrlichkeit seines Vaters. Sprechen sie zu ihm: Wie sollen wir denn leben, nachdem du enthauptet bist?

5

Während sie noch diese Worte wechselten, schickt Nero einen gewissen Parthenius und Pheretas, um zu sehen, ob Paulus schon enthauptet sei. Und sie fanden ihn noch am Leben. Er aber rief sie zu sich und sprach: Glaubet an den lebendigen Gott, der mich wie auch alle, die an ihn glauben, von den Toten auferweckt! Sie aber sprachen: Wir gehen jetzt zu Nero; wenn du aber gestorben und auferstanden bist, dann wollen wir an deinen Gott glauben. Als Longus und Cestus aber noch weiter um Rettung baten, spricht er zu ihnen: Kommt eilends in der Morgenfrühe hierher zu meinem Grabe; dann werdet ihr zwei Männer im Gebet finden, Titus und Lukas; diese werden euch das Siegel im Herrn geben.

Darauf stellte sich Paulus hin gegen Osten gerichtet und erhob die Hände zum Himmel und betete lange; und nachdem er im Gebet auf hebräisch mit den Vätern sich unterredet hatte, neigte er den Hals, ohne noch weiterzusprechen. Als aber der Henker ihm den Kopf abschlug, spritzte

Milch[37] auf die Kleider des Soldaten. Der Soldat aber und alle, die dabeistanden, wunderten sich, als sie das sahen, und priesen Gott, der dem Paulus solche Herrlichkeit gegeben hatte. Und sie gingen hin und berichteten dem Kaiser, was geschehen war.

6

Als dieser es gehört hatte und sich sehr wunderte und in Verlegenheit war, kam Paulus um die neunte Stunde, während viele Philosophen und der Centurio bei dem Kaiser standen, und trat vor alle hin und sprach: Kaiser, da bin ich, Paulus, der Streiter Gottes; ich bin nicht gestorben, sondern ich lebe meinem Gott. Dir aber wird viel Übles und schwere Strafe widerfahren, du Elender, weil du der Gerechten Blut ungerechterweise vergossen hast, nicht lange nach diesen Tagen! Und nachdem Paulus dieses gesagt hatte, ging er von ihm weg. Als Nero aber das gehört hatte, befahl er äußerst bestürzt, daß die Gefangenen losgegeben würden, Patroklus sowohl wie die Gefährten des Barsabas.

7

Und Longus und der Centurio Cestus machten sich, wie Paulus angeordnet hatte, in der Morgenfrühe auf und kamen voll Furcht zum Grab des Paulus. Als sie aber hinzutraten, sahen sie zwei Männer im Gebet und in ihrer Mitte Paulus, so daß sie beim Anblick des unglaublichen Wunders vor Schrecken außer sich gerieten, während Titus und Lukas, als sie Longus und Cestus auf sich zukommen sahen, von menschlicher Furcht ergriffen sich zur Flucht wandten, worauf diese aber ihnen nachliefen und ihnen zuriefen: Wir verfolgen euch nicht, um euch zu töten, wie ihr wähnt, ihr seligen Männer Gottes, sondern um zu leben, damit ihr uns gebt, wie uns Paulus verheißen hat, den wir eben mitten unter euch im Gebet stehen sahen. Und als Titus und Lukas das von ihnen gehört hatten, gaben sie ihnen mit großer Freude das Siegel im Herrn[38] und priesen den Gott und Vater unseres Herrn Jesu Christi, dem Ehre sei in alle Ewigkeit. Amen.

Anmerkungen

1 Zum Reiseweg des Paulus, wie ihn sich unsere Schrift vorzustellen scheint, vgl. die Einleitung S. 659.

2 Typisch ist diese Stelle für viele neutestamentliche Apokryphen, weil unbedeutende Hinweise im Neuen Testament ausgeschmückt werden (hier 2. Tim. 1,15; 4,10 und 14) und damit der Eindruck erweckt werden soll, als ob der Verfasser bestens orientiert wäre und noch mehr wüßte als die Bibel.

3 Ursprünglich wohl: «versah sich von ihnen nichts Böses», später geändert, um Paulus nicht als unwissend erscheinen zu lassen.

4 vgl. zu diesem Namen (im Sinne von Anm. 2) 2. Tim. 1,16; 4,19; Entsprechendes gilt für den im folgenden genannten Titus.

5 Die Beschreibung von Paulus' Aussehen ist legendarisch und spielt am Schluß auf Apg. 6,15 an. Die Apostelakten zeigen mehrfach die Tendenz, ihre Helden engelgleich, manchmal christusähnlich zu beschreiben (vgl. z. B. Vers 21). Die frühen bildlichen Darstellungen des Paulus folgen meist dieser Beschreibung. Die Glatze bleibt bis in die Neuzeit Merkmal des Apostels.

6 Ein Vergleich mit den Seligpreisungen in Matth. 5,1–12 läßt die Tendenz leicht erkennen: Enthaltsamkeit, besonders vom Geschlechtsleben, ist zentral. Die zahlreichen biblischen Anspielungen über Matth. 5 hinaus können hier nicht im Detail angeführt werden.

7 Demas und Hermogenes werden hier als Irrlehrer im Sinne von 2. Tim. 2,18 geschildert: Die Auferstehung ist nicht ein künftiges Ereignis, sondern wird sowohl

in die Kindererzeugung (gegen die Keuschheit) als auch in die gegenwärtige Gotteserkenntnis verlegt.

8 «wandeln» hier im übertragenen Sinne wie in «Lebenswandel», vgl. auch biblische Wendungen wie Phil. 1,27.

9 d. h. indem sie die Arme ausbreitete.

10 Das Scheren der Haare dürfte den Zweck haben, nicht weiblich, d. h. nicht attraktiv, auszusehen und deshalb Paulus folgen zu können (vgl. auch Vers 40).

11 Gemeint ist die Taufe (s. Verse 34 und 40).

12 Vermutlich Antiochien in Pisidien (Kleinasien).

13 Zu Tryphäna s. die Einleitung S. 661. Daß sie eine zur Tierhetze Verurteilte privat zu sich nehmen konnte, ist reichlich unwahrscheinlich. Motiviert ist das durch den Wunsch Theklas, nicht sexuell mißbraucht zu werden (s. Vers 31).

14 Der Sinn des griechischen Wortes, lateinisch «sacrilegium», ist eher allgemeiner Art: Religionsfrevel.

15 Über Thekla und Seleukia s. die Einleitung S. 661.

16 Die Überlieferung dieser Geschichte in einem Heidelberger Papyrus ist lückenhaft. Man kann aber aus Kapitel 2 (und 3,34f.) erschließen, daß Paulus in Philippi im Gefängnis sitzt. Weshalb, ist nicht zu erfahren.

17 Die hier mitgeteilten Lehren entsprechen ziemlich genau dem Durchschnittsschema dessen, was von der sich ausbildenden altkatholischen Kirche als Gnosis bzw. Gnostizismus verurteilt wurde (vgl. auch Anm. 7).

18 In diesen zwei Briefen (Kap. 1 und 3) gibt es zahlreiche Anspielungen auf echte oder mindestens im Neuen Testament überlieferte Paulusbriefe, die hier nicht einzeln nachgewiesen werden.

19 d. h. von Gott, der die seit Adam in Sünde gefallenen Menschen durch Christus erlöst hat.

20 d. h. der Teufel, der in den Verfolgungen der Propheten wirkte.

21 Vers 33 fehlt im Papyrus Bodmer X, dem unser Text folgt.

22 Über Vorkommnisse in Smyrna und den Anlaß der Reise nach Ephesus ist nichts überliefert. Aquila und Priszilla werden öfter in der neutestamentlichen Apostelgeschichte (18,2; 18 und 26) und in den Paulusbriefen (Röm. 16,3; 1. Kor. 16,19; 2. Tim. 4,19) genannt.

23 Hier ist der Text des Papyrus unleserlich.

24 Gemeint ist die sogenannte Bekehrung des Paulus, wie sie im Neuen Testament von ihm selbst (Gal. 1,13–17) und dreimal in der Apostelgeschichte erzählt ist (Kap. 9; 22; 26).

25 Jericho liegt am Jordan, wo der Löwe getauft wird. «Phönizien» ist mißverstanden, ursprünglich war wohl von Palmen (griechisch: phoinix) die Rede.

26 wie Anm. 23

27 Hier wird das Keuschheitsmotiv auf den Löwen übertragen!

28 Die letzten Worte sind ein Rekonstruktionsversuch des fast unleserlichen Textes.

29 Ob diese Ammia mit der in der Erzählung des Paulus genannten identisch sein soll, ist unklar.

30 Hier ist der Text wieder unleserlich. Der «Kranz Christi» im folgenden muß die Gemeinde der Christen sein.

31 Auch hier ist der Text nicht ganz entzifferbar. Der Zusammenhang ist offenbar der, daß die Wirkung der Predigt des Paulus einen Teil der Bevölkerung zur Zerstörung (z. B. Verbrennung) von Götterstatuen veranlaßte.

32 Weil er offensichtlich nicht gewillt war, Paulus anzugreifen. In einem schlecht überlieferten Stück Text

wird sogar von einem Gebet des Löwen erzählt. Auch daß der Löwe «wie Paulus» gefangen worden sein will, deutet auf seine «Heiligkeit» oder gar Märtyrerqualität hin.

33 Ähnlich in den Paulus- und Thekla-Akten (s. S. 671).

34 Zur Reiseroute des Paulus und zur Verfolgung durch Nero s. die Einleitung S. 659ff.

35 Diese Geschichte ist derjenigen von Apg. 20,7–12 nachgebildet.

36 nämlich das Wort seiner Missionspredigt

37 Hier wirkt sich die in der Antike verbreitete Vorstellung, daß der Körper (z. B. der stillenden Mutter) Blut in Milch umzuwandeln vermöge, so aus, daß die Milch die Unschuld des Hingerichteten auf wunderbare Weise anzeigen soll.

38 d. h. die Taufe

Der Heimgang der seligen Maria

Einleitung

Über das Hinscheiden der Maria, der Mutter Jesu, sagt das Neue Testament nichts. Dagegen gilt in der römisch-katholischen Kirche seit dem 1. November 1950 als «eine von Gott geoffenbarte Glaubenswahrheit, daß die unbefleckte, immer jungfräuliche Gottesmutter Maria nach Vollendung ihres irdischen Lebenslaufes mit Leib und Seele zur himmlischen Herrlichkeit aufgenommen worden ist». Was sich zwischen diesen beiden «Grenz-Punkten» abgespielt hat, kann hier nicht dargestellt werden.

Das Neue Testament selbst kennt natürlich einige Geschichten über Maria; am wichtigsten sind die Kindheits-(Jesu-)Geschichten je in den zwei ersten Kapiteln des Matthäus- und Lukas-Evangeliums. Im Rahmen eines Kindheitsevangeliums erfahren wir auch einiges über die Marienverehrung im 2. Jahrhundert: Das Protevangelium Jacobi «beweist» die ständige Jungfräulichkeit der Mutter Jesu (s. S. 428f.). Zusammen mit dem seit dem 2. Jahrhundert aufkommenden Interesse an den Gebeinen der Märtyrer (Reliquienverehrung) mußte auch die Frage nach dem Ort des Grabes bzw. der Art des Todes der Maria auftauchen. Das Grab wurde teils in Ephesus, teils in der Umgebung Jerusalems (in unserem Text: am Ölberg) vermutet. Faßbar werden diese Traditionen vom 4. Jahrhundert an, und zwar bereits auch in Form einer abweichenden Meinung: Epiphanios von Salamis (gest. 403) wehrt sich gegen eine feste Annahme eines Begräbnisses oder gar der Verwesung von Marias Leichnam und neigt der Vorstellung einer Entrückung in den Himmel zu.

Erst das 5. Jahrhundert bringt das erste, förmlich von einem Konzil angenommene «Mariendogma», nämlich daß sie «Gottesmutter» genannt werden dürfe und müsse (Ephesus 431), und in demselben Jahrhundert sind wohl auch die Legenden über ihren Tod und ihre Entrückung entstanden. Jedenfalls tauchen seit dem 6. Jahrhundert in vielen Sprachen und Gegenden der damaligen Christenheit Geschichten auf von Marias Heimgang, griechisch «Koimesis» oder «Metastasis», lateinisch «Dormitio» oder «Transitus» genannt. Dabei gibt es nebeneinander die verschiedensten Varianten. In der Regel spielt das Begräbnis eine Rolle, aber die Jungfrau bleibt nicht im Grab. Ihre Seele wird zuerst unabhängig vom Leib entrückt, aber schließlich sind Leib und Seele in der himmlischen Herrlichkeit wieder vereint.

Die bekannteste bildliche Darstellung im Abendland ist wohl diejenige, die Maria, umgeben von den Aposteln, auf ihrem Sterbelager zeigt und im Hintergrund Christus, der ihre Seele in der Gestalt einer «kleinen» Maria auf den Armen trägt.

Aus der ungeheuren Fülle der überlieferten Legenden, von denen eine Fassung auch in der «Legenda aurea» (Manesse-Ausgabe S. 453–462) steht, ist hier ein Text wiedergegeben, der datierbar ist vom Jahre 500 an. Er gibt selbst als Verfasser Meliton, Bischof von Sardes, an, der im 2. Jahrhundert lebte und mit Sicherheit nicht der Autor ist. Wichtig ist, daß Meliton als jemand erscheint, der noch mit dem Apostel Johannes persönlich bekannt war. Während dies die Richtigkeit der Überlieferung garantieren soll, ist der gleich zu Beginn genannte Leucius eine Art Phantom, d. h. der legendäre Verfasser von ketzerisch gefärbten Apostelgeschichten, über den die Schriftsteller seit der zweiten Hälfte des 4. Jahrhun-

derts allerhand wissen oder zu wissen glauben. Offensichtlich will sich der Verfasser unseres Textes gegen andere Schilderungen vom Heimgang der Maria abheben und zugleich seine Rechtgläubigkeit und die Ursprünglichkeit seines Berichts beweisen.

1

Meliton, Diener Jesu Christi, Bischof der Kirche von Sardes, wünscht unseren ehrwürdigen Brüdern im Herrn aus Laodicea Heil und Frieden. Ich habe häufig an die Worte gedacht, die ich über einen gewissen Leucius schrieb, der gemeinsam mit uns in Beziehungen zu den Aposteln stand, sich jedoch durch seine Vermessenheit und seine persönlichen Auffassungen fortreißen ließ und sich vom Wege der Gerechtigkeit entfernte; so hat er in seine Bücher vieles über die Handlungen der Apostel eingefügt, sagte wahre Dinge über ihre Tugenden, aber brachte viele Lügen über ihre Lehre vor, versicherte, sie hätten verkündet, was sie niemals gesagt hatten, und stellte abscheuliche Behauptungen als ihre Worte hin. Dabei ließ er es nicht bewenden, sondern schilderte den Heimgang der hochseligen Maria, der immerwährenden Jungfrau und Mutter Gottes, auf eine so gottlose Weise, daß es in der Kirche Gottes nicht nur untersagt ist, sein Buch zu lesen, sondern ihn auch zu hören.

Ihr fragt uns, was wir vom Apostel Johannes gehört hätten; wir schreiben es in aller Schlichtheit und unterbreiten es euerer Brüderschaft, denn wir glauben nicht an die Glaubenssätze, wie sie die Häretiker verbreiten, sondern an den Vater im Sohne, an den Sohn im Vater, an die Person, die dreifach in der Gottheit bleibt, und an die ungeteilte Substanz; wir glauben nicht, daß zwei Naturen im Menschen sind, eine gute und eine schlechte, sondern wir glauben, daß es eine einzige gute Natur gibt, eine von Gott gut erschaffene, die durch die infolge der List der Schlange begangene Sünde verdorben und durch die Gnade Jesu Christi wiederhergestellt wurde[1].

2

Als unser Herr und Erlöser Jesus Christus, der für das Leben der ganzen Welt gekreuzigt wurde, am Kreuzesstamme hing, sah er seine Mutter neben dem Kreuze stehen und mit ihr Johannes, den Evangelisten, dem er mit besonderer Liebe und mehr als den anderen Aposteln zugetan war, weil er als einziger unter ihnen unberührten Leibes geblieben war[2]. Er trug ihm auf, für die hochselige Jungfrau Maria zu sorgen, und sprach zu ihm: Siehe, dies ist deine Mutter, und zu ihr: Siehe, dies ist dein Sohn. Und von dieser Stunde an blieb die hochselige Mutter Gottes, solange sie noch lebte, der besonderen Obhut des Johannes anvertraut. Und als die Apostel das Los gezogen hatten, in welche Gegenden sie ziehen sollten, um die Lehre zu verkünden[3], blieb sie im Hause seiner Eltern nahe dem Ölberge.

3

Im zweiundzwanzigsten Jahre, nachdem Jesus Christus den Tod besiegt und gen Himmel gefahren war, weilte Maria eines Tages, von dem Wunsche entflammt, den Erlöser wiederzusehen, an einem entlegenen Orte ihres Hauses und weinte; siehe, da erschien ihr ein Engel in strahlendem Lichte, begrüßte sie und sprach: Ich grüße dich, vom Herrn Gebenedeite; empfange den Gruß dessen, der Jakob seinen Gruß durch die Propheten entbot[4]; siehe, ich bringe dir einen Palmenzweig aus Gottes Paradies; lasse ihn vor deinem Sarge hertragen, wenn du in drei Tagen in deinem Leibe in den Himmel entrückt sein wirst. Denn dein Sohn erwartet dich mit den Thronen und mit den Engeln und mit allen Mächten des Himmels. Da sprach Maria zum Engel: Ich bitte dich, daß sich alle Apostel meines Herrn Jesus Christus um mich versammeln. Der Engel antwortete ihr: Alle Apostel werden durch die Macht Jesu Christi heute hierhergebracht werden. Maria sprach: Ich bitte dich, spende mir deinen Segen, damit keine Macht der Hölle mich angreife in der Stunde, in der meine Seele den Leib verläßt, und damit ich den Fürsten der Finsternis nicht erblicke[5]. Und der Engel erwiderte: Die Macht der Hölle wird dir nichts anhaben, und der Herr, dessen Diener und Abgesandter ich bin, wird dir den ewigen Segen erteilen; es ist mir nicht verliehen zu bewirken, daß du den Fürsten der Finsternis nicht erblickest; das steht in der Gewalt dessen, den du in deinem heiligen Schoße getragen hast und dessen Macht sich erstreckt von Ewigkeit zu Ewigkeit. Und als der Engel diese Worte gesprochen hatte, entfernte er sich, von einem großen Lichte umgeben, und der Palmenzweig, den er gebracht hatte, erstrahlte in wunderbarem Glanze.

Da tat Maria neue Kleider an, ergriff den Palmenzweig, den sie aus der Hand des Engels empfangen hatte; dann begab sie sich zum Ölberg, um dort zu beten, und sprach: Ich war nicht würdig, o Herr, dich zu empfangen, aber du hast dich meiner erbarmt; ich habe den Schatz verwahrt, den du mir anvertrautest; so bitte ich dich denn, König der

Herrlichkeit, daß mir die Macht der Hölle keinen Schaden antue. Wenn die Himmel und die Engel tagtäglich vor dir erbeben, wie muß dann erst ein Menschengeschöpf vor dir erzittern, ein aus Erde gebildetes, in dem nichts Gutes ist außer dem, was es von deiner Güte empfangen hat! Du bist Gott der Herr, der stets Gepriesene, von Ewigkeit zu Ewigkeit. Als sie diese Worte gesprochen hatte, kehrte sie in ihr Haus zurück.

4

Als nun der hochselige Johannes am Tage des Herrn in Ephesus predigte, siehe da geschah ein großes Erdbeben, und eine Wolke entführte ihn vor aller Augen; die trug ihn vor die Tür des Hauses, in dem sich die Jungfrau Maria, die Mutter Gottes, befand. Da öffnete er die Tür und trat sogleich ein. Als ihn die hochselige Jungfrau erblickte, sprach sie voller Freude: Ich bitte dich, Johannes, mein Sohn, gedenke der Worte des Herrn Jesus Christus, deines Meisters, der mich deiner Obhut anvertraut hat; in drei Tagen soll ich diesen Leib verlassen, und ich vernahm, wie die Juden Rat hielten und sagten: Warten wir auf den Tag, an dem das Weib, das jenen Betrüger im Schoße trug, sterben wird; dann wollen wir ihren Leib verbrennen!

Sie rief also den heiligen Apostel Johannes und führte ihn an den entlegensten Ort ihres Hauses; dort zeigte sie ihm die für ihr Begräbnis bestimmten Gewänder und den leuchtenden Palmenzweig, den sie vom Engel empfangen hatte, und riet ihm, er solle diesen Zweig vor ihrem Sarge tragen lassen, bis man sie an ihre Grabstätte gebracht hätte.

5

Der hochselige Johannes erwiderte der allerheiligsten Jungfrau: Wie könnte ich allein dein Begräbnis vorbereiten, wenn meine Brüder, die Jünger Jesu Christi, und meine Gefährten, die Apostel, nicht herbeikämen, um deinem Leibe die Ehre zu erweisen. Da wurden auf einmal auf Gottes Geheiß alle Apostel durch eine Wolke von den Orten fortgetragen, wo sie das Wort Gottes verkündeten, und vor der Tür des Hauses niedergesetzt, wo Maria, die Mutter des Erlösers, wohnte; voller Verwunderung grüßten sie sich und sprachen: Warum hat uns der Herr denn alle an diesem Orte versammelt?

Auch Paulus war gekommen, den der Herr unter den Juden erwählt hatte, damit er das Evangelium den Heiden verkünde. Und während zwischen ihnen ein frommer Streit darüber entbrannte, wer von ihnen als erster zum Herrn beten solle, damit ihnen die Ursache dieses Geschehens offenbart würde, und Petrus den Paulus bat, als erster zu beten, erwiderte Paulus: Gebührt nicht dir diese Pflicht, da du ja von Gott auserwählt wurdest, um die Säule der Kirche zu sein, und du allen anderen Aposteln vorstehst? Ich bin nur der Geringste unter euch, und ich kann nicht beanspruchen, euch gleich zu sein; doch durch Gottes Gnade bin ich, was ich bin[6].

6

Alle Apostel waren erbaut über die Demut des Paulus und begannen sodann zum Herrn zu beten. Als sie geendet und «Amen» gesagt hatten, trat der

Apostel Johannes zu ihnen und verkündete ihnen den Willen des Herrn. Sie betraten das Haus, wo sich Maria, die Mutter unseres Herrn, befand, grüßten sie und sprachen: Der Herr segne dich, der Himmel und Erde erschaffen hat! Und sie antwortete: Der Himmel sei mit euch, Brüder, vom Herrn Auserwählte! Dann fragte sie sie: Wie seid ihr hierhergekommen? Sie erzählten ihr, daß ein jeder von ihnen durch eine Wolke emporgehoben und zu ihr getragen worden sei. Sie sprach: Der Herr hat euch hierhergeführt, um mich in den Ängsten zu trösten, die mich treffen sollen. Ich bitte euch alle, unablässig mit mir zu wachen bis zu der Stunde, wo der Herr erscheint und ich diesen Leib verlassen werde.

7

Sie setzten sich und trösteten sie und verbrachten drei Tage mit dem Lobpreis Gottes; am dritten Tage aber kam der Schlaf über alle im Hause, und keiner vermochte wach zu bleiben, außer den Aposteln und drei Jungfrauen, den Gefährtinnen der hochheiligen Jungfrau. Und siehe, auf einmal erschien der Herr Jesus mit einer großen Schar von Engeln in strahlendem Glanze, und die Engel sangen Lobgesänge und priesen den Herrn. Und der Herr sprach: Komme, du Auserwählte, kostbarste Perle, tritt ein in die Wohnung des ewigen Lebens.

8

Da warf sich Maria zu Boden und betete zum Herrn: Gelobt sei der Name deiner Herrlichkeit, o Herr, mein Gott, der du geruhtest, deine demütige

Magd auszuwählen und mir das Geheimnis deines Mysteriums anzuvertrauen. Gedenke meiner, König der Herrlichkeit. Du weißt, daß ich dich von ganzem Herzen liebte und den Schatz bewahrte, den du mir anvertrautest. Empfange deine Magd, o Herr, und erlöse mich von der Macht der Finsternis, damit Satan mich nicht angreift und ich nicht die furchtbaren Geister um mich sehe! Der Heiland erwiderte: Als ich von meinem Vater zur Erlösung der Welt entsandt wurde und am Kreuze hing, kam der Fürst der Finsternis auf mich zu; aber da er an mir keine Spur seines Werkes entdecken konnte, zog er sich überwunden und verachtet zurück. Ich habe ihn gesehen, und du wirst ihn sehen, wie es das allgemeine Gesetz des Menschengeschlechtes verlangt, dem du dich im Sterben unterwirfst, aber er wird dir nicht schaden können, weil nichts von dem in dir ist, was er in sich hat, und ich bei dir bin, um dich zu behüten. Komme daher in Frieden, denn die himmlischen Heerscharen erwarten dich, damit ich dich einführe in die Freuden des Paradieses.

Und als der Herr diese Worte gesprochen hatte, erhob sich die Jungfrau, streckte sich auf ihr Bett und gab ihren Geist auf, indem sie Gott Dank sagte. Da sahen die Apostel einen solchen Glanz, wie ihn keine menschliche Zunge zu schildern vermag, denn er übertraf die Weiße des Schnees und die Helle des Silbers.

9

Und der Erlöser der Welt sprach: Erhebe dich, Petrus, mit den anderen Aposteln, nehmt den Leib meiner vielgeliebten Maria und tragt ihn zur rechten Seite der Stadt gen Osten, dort werdet ihr ein neues Grab finden; legt ihn dort nieder und wartet, bis ich zu euch komme. Als der Herr diese Worte gesprochen hatte, übergab er die Seele seiner hochheiligen Mutter Maria dem Erzengel Michael, der der Hüter des Paradieses und Fürst des hebräischen Volkes ist, und zugleich mit ihm dem Erzengel Gabriel; dann kehrte der Herr mit den anderen Engeln in den Himmel zurück.

10

Die drei Jungfrauen, die sich dort befanden, nahmen den Leib Marias und wuschen ihn, wie das allgemeiner Brauch bei den Begräbnissen ist. Und als sie ihn entkleidet hatten, erstrahlte dieser heilige Leib in solchem Glanze, daß man ihn nur durch Gottes Güte berühren konnte; er war völlig rein und ganz ohne Makel. Und als er wieder in gewöhnliche Leinentücher und Stoffe gehüllt wurde, verschwand dieser Glanz allmählich. Und das Gesicht der hochseligen Maria, der Mutter Gottes, glich einer Lilie[7]; ihr Leib aber strömte einen Duft aus von so wunderbarer Lieblichkeit, wie man nirgends dergleichen findet.

11

Die Apostel legten den heiligen Leib in den Sarg und sprachen zueinander: Wer soll denn den Palmenzweig dem Sarge vorantragen? Da sagte Johannes zu Petrus: Der du als Apostel über uns stehst, dir kommt es auch zu, diesen Palmenzweig zu tragen. Petrus erwiderte: Du bist der einzige unter uns, der unberührt geblieben ist, und du hast solche Gnade beim Herrn gefunden, daß du an seiner Brust ruhtest. Überdies hat er dir, als er am Kreuze hing, seine Mutter anvertraut. So mußt du den Palmenzweig halten; ich aber werde den heiligen und ehrwürdigen Leib bis zum Grabe tragen. Und Paulus sprach: Ich bin von euch allen der Jüngste, ich werde ihn mit dir tragen.

Als sie sich derart einig waren, hob Petrus den Sarg auf sein Haupt und begann die Worte zu singen: Als Israel auszog aus Ägypten[8], und Paulus half Petrus, den heiligen Leib zu tragen, und Johannes schritt voraus mit dem leuchtenden Palmenzweig, und die anderen Apostel sangen mit sehr wohllautender Stimme.

12

Und siehe, da geschah ein weiteres Wunder. Denn ein großer Wolkenkranz erschien über dem Sarge, dem großen Ringe gleich, der den Glanz des Mondes zu umgeben pflegt. Und die himmlichen Heerscharen waren in den Wolken und sangen Hymnen, und die Erde hallte wider von den Klängen einer köstlichen Harmonie. Und das Volk, an die fünfzehntausend an der Zahl, kam aus der Stadt und sprach: Was bedeuten diese Wohlklänge? Und einer aus der Menge sprach zu den anderen: Maria, die Mutter Jesu, hat ihren Leib verlassen, und die Jünger Jesu sind bei ihr und preisen Gott in Lobgesängen. Und sie erblickten die Apostel, wie sie singend den Sarg mit sich führten.

Da geriet einer von ihnen, der der Hohepriester der Juden war, in Zorn und sprach: Seht doch, welche Ehren der Mutter jenes Menschen zuteil werden, der in euerem Volke solche Unruhe angerichtet hat! Und er trat an den Sarg heran und wollte ihn umstürzen. Alsbald aber vertrockneten seine Arme vom Ellbogen an und blieben am Sarge haften, während er schreckliche Schmerzen erlitt; derweil zogen die Apostel weiter und sangen. Die Engel aber in der Wolke schlugen das Volk mit Blindheit.

13

Und er schrie auf und sprach: Ich flehe dich an, Petrus, dich, den Gott liebhat, verlaß mich nicht in so großer Not, denn ich verspüre furchtbare Qualen. Gedenke daran, daß ich dich verteidigte und ein gutes Wort für dich einlegte, als die Magd dich im Gericht erkannte und andere dich beschuldigten[9]. Petrus antwortete: Es steht nicht in meiner Macht, dir zu helfen, aber wenn du aus ganzem Herzen an den Herrn Jesus Christus glaubst, ihn, den die Jungfrau, die du zu schmähen gedachtest, in ihrem heiligen Schoße trug, worauf sie nach seiner Geburt unberührt blieb, so wird Gott dich heilen; errettet er doch in seiner großen Güte auch die, die ihrer nicht würdig sind.

Und der jüdische Priester antwortete: Der Feind des Menschengeschlechts verblendete unser Herz, damit wir nicht die Größe Gottes bekennten; er verleitete uns, Christus zu lästern durch den Ruf: Dein Blut komme über uns und unsere Kinder![10] Petrus sprach: Diese Lästerung wird nur denen schaden, die im Unglauben verharren. Gottes Barmherzigkeit versagt sich denen nicht, die sich zu ihm bekehren. Und der Priester antwortete: Ich glaube alles, was du sagst, doch erbarme dich meiner, damit ich nicht sterbe.

14

Da ließ Petrus den Sarg anhalten; dann sprach er zum Priester: Wenn du aus ganzem Herzen an den Herrn Jesus Christus glaubst, so mögen deine Hände wieder frei werden. Und als der Priester «ich glaube» gesagt hatte, lösten sich alsbald seine Hände vom Sarge, aber seine Arme blieben gelähmt, und seine Schmerzen hatten nicht nachgelassen. Und Petrus sprach zu ihm: Tritt heran, küsse den Sarg und sprich: Ich glaube an Gott und an den Sohn Gottes, Jesus Christus, den Maria in ihrem Schoße getragen hat, und ich glaube an alles, was Petrus, der Apostel Gottes, mir gesagt hat. Da trat der Priester heran und küßte den Sarg; alsbald spürte er keine Schmerzen mehr, und seine Arme waren geheilt. Und er begann Gott inbrünstig zu danken und zu loben und nach den Büchern Moses Zeugnis für Jesus Christus abzulegen, so daß die Apostel darob erstaunten und mit freudigen Tränen den Namen des Herrn priesen.

15

Und Petrus sprach zu ihm: Empfange den Palmenzweig aus den Händen unseres Bruders Johannes und kehre in die Stadt zurück, wo du eine große, mit Blindheit geschlagene Menge finden wirst; verkünde ihr das Wort Christi und berühre allen, die glauben, die Augen mit diesem Palmenzweige; so werden sie wieder sehend werden. Die Ungläubigen aber werden blind bleiben. Und als der Priester die Worte des Petrus befolgt hatte, stieß er auf eine Menschenmenge, die sprach: Wehe über uns, denn wie die Einwohner Sodoms sind wir mit Blindheit geschlagen. Und als sie die Erzählung des geheilten Priesters vernahmen, glaubten sie an Jesus Christus und wurden wieder sehend, nachdem die Palme ihre Augen berührt hatte. Wer aber nicht von der Verstocktheit seines Herzens abließ, blieb blind bis zum Tode. Und der Priester kehrte zu den Aposteln zurück, brachte ihnen den Palmenzweig und verkündete ihnen, was geschehen war.

16

Die Apostel trugen den Leichnam Marias und kamen in das Tal Josaphat, das der Herr ihnen bezeichnet hatte. Und sie legten ihn in eine neue Grabstätte und verschlossen sie; dann setzten sie sich davor, wie Gott ihnen geheißen hatte.

Und siehe, auf einmal erschien der Herr Jesus mit einem zahllosen Heere von Engeln; die leuchteten in großem Glanze. Er sprach zu den Aposteln: Der Herr sei mit euch. Und sie antworteten: Herr, deine Barmherzigkeit breite sich über uns, die wir auf dich gehofft haben. Da sprach der Herr zu ihnen: Bevor ich auffuhr zu meinem Vater, habe ich euch verheißen, euch, die ihr mir gefolgt seid, daß ihr auf den zwölf Thronen sitzen und über die zwölf Stämme Israels richten werdet, sobald des Menschen Sohn den Sitz seiner Herrlichkeit eingenommen hat[11]. Meines Vaters Gebot hat Maria auserwählt unter den Stämmen Israels, daß ich in ihr wohne; was wollt ihr also, daß mit ihr geschehen soll?

Und Petrus und die anderen Apostel sprachen: Herr, deine makellose Magd hast du als deine

Wohnung auserwählt, und uns, deine Diener, hast du auserwählt, um dein Wort zu verkünden. Vor Anbeginn der Zeiten hast du alles mit dem Vater und dem Heiligen Geiste geordnet; mit ihnen ist dir die gleiche, einzige Gottheit eigen und eine unbegrenzte Macht. Deinen Dienern dünkt es gerecht, daß du, so wie du selbst nach Besiegung des Todes im Himmel herrschest, auch den Leib Marias auferweckst und sie, die Freudenvolle, in den Himmel führst.

17

Da sprach der Erlöser: Es geschehe nach eueren Worten. Und er gebot dem Erzengel Michael, die heilige Seele Marias zu bringen. Und alsbald entfernte der Erzengel Gabriel den Stein, der das Grabmal verschloß, und der Herr sprach: Erhebe dich, meine Freundin. Du hast nicht den Mann berührt und so die Verderbnis gekostet; daher wirst du auch nicht die Verwesung des Leibes im Grabe erleiden. Und alsbald erhob sich Maria und pries den Herrn; dann fiel sie ihm zu Füßen, betete ihn an und sprach: Ich kann dir nicht so Dank sagen, o Herr, wie es die Wohltaten verlangen würden, die du deiner Magd zu erweisen geruhst. Erlöser der Welt, Gott Israels, dein Name sei gepriesen in Ewigkeit.

18

Da küßte sie der Herr und übergab sie den Händen der Engel, damit sie Maria ins Paradies trügen. Und er sprach zu den Aposteln: Kommt zu mir! Und als sie herangekommen waren, küßte er sie und sprach: Der Friede sei mit euch, immer werde ich bei euch sein, bis an der Welt Ende[12].

Nach diesen Worten fuhr der Herr in einer Wolke wieder gen Himmel; die Engel aber begleiteten ihn und trugen die hochselige Maria, die Mutter Gottes, in Gottes Paradies.

Und die Apostel wurden durch Wolken zurückgebracht, ein jeder an den Ort, wo er das Evangelium gepredigt, die Größe Gottes verkündet und unseren Herrn Jesus gepriesen hatte: ihn, der mit dem Vater und dem Heiligen Geist in vollkommener Einheit und der gleichen göttlichen Substanz lebt und herrscht, von Ewigkeit zu Ewigkeit. Amen.

Anmerkungen

1 Zu Meliton, Leucius, Johannes vgl. die Einleitung S. 704f. Im zweiten Abschnitt beteuert der Verfasser seine Rechtgläubigkeit im Hinblick auf die Trinitätslehre und gegen die Gnosis.

2 Wörtlich: «Jungfrau geblieben war»; vgl. auch Kapitel 11. Hier wird eine Hochschätzung der Virginität spürbar, die erst vom 3. Jahrhundert an im Christentum Geltung hatte und mit dem historischen Johannes nichts zu tun hat. Die folgende Bibelstelle: Joh. 19,26f.

3 Daß die Apostel durchs Los verschiedene Weltgegenden als Missionsgebiete zugeteilt bekamen, ist eine seit dem 3. Jahrhundert weitverbreitete Vorstellung.

4 vgl. Luk. 1,28. Unter «Jakob» ist wohl das Volk Israel zu verstehen, zu dem die Propheten gesandt waren.

5 In diesem Kapitel und vor allem in Kapitel 8 wird deutlich, daß alle, die sterben, dem Satan begegnen, der etwas von sich, nämlich Sünde, an ihnen finden kann, nur nicht an Christus und der Jungfrau Maria.

6 vgl. 1. Kor. 15,9f.

7 Eine andere Handschrift liest hier: «Der *Leib* der hochseligen Maria ... glich einer Lilie.» Die Lilie spielt in der künstlerischen Darstellung Marias bekanntlich eine große Rolle.

8 Ps. 114,1 (gehört zu den Lobpsalmen, die auch in Mark. 14,26 gemeint sind).

9 vgl. Mark. 14,66–72. Von einer Fürsprache des Hohenpriesters ist dort allerdings keine Rede.

10 Matth. 27,25

11 Matth. 19,28

12 Matth. 28,20

Anmerkungen

1 Zur Meliton, Leucius, Johannes vgl. die Einleitung S. 704f. Im zweiten Abschnitt betont der Verfasser seine Rechtgläubigkeit im Hinblick auf die Trinitätslehre und gegen die Gnosis.

2 »Während sie Jungfrau geblieben war«; vgl. auch Kapitel 11. Hier wird eine Hochschätzung der Virginität sichtbar, die erst vom 3. Jahrhundert an im Christentum Geltung hatte und mit dem historischen Johannes nichts zu tun hat. Die folgende Bibelstelle: Joh. 19,26f.

3 Daß die Apostel durchs Los verschiedene Weltgegenden als Missionsgebiete zugeteilt bekamen, ist eine seit dem 3. Jahrhundert weitverbreitete Vorstellung.

4 vgl. Luk. 1,28. Unter »Jakob« ist wohl das Volk Israel zu verstehen, zu dem die Propheten gesandt waren. In diesem Kapitel und vor allem in Kapitel 8 wird deutlich, daß alle, die sterben, dem Satan begegnen, der etwas von sich, nämlich Sünde, in ihnen finden kann, nur nicht an Christus und der Jungfrau Maria, vgl. 1. Kor 15,56.

5 Eine andere Handschrift liest hier: »Der Leib der hochseligen Maria glich einer Lilie.« Die Lilie spielt in der künstlerischen Darstellung Marias bekanntlich eine große Rolle.

6 Ps. 141,2 (gehört zu den Lobpsalmen, die auch in Mark. 14,26 gemeint sind).

7 vgl. Mark. 14,66–72. Von einer Fürsprache des Hohenpriesters ist dort allerdings keine Rede.

8 Matth. 27,25

9 Matth. 19,28

10 Matth. 25,34

Die Petrus-Apokalypse

Einleitung

Das apokalyptische Schrifttum des Judentums und des frühen Christentums ist, wenn man «apokalyptisch» wörtlich übersetzt, Enthüllungsliteratur. Enthüllt wird in erster Linie, was in der Zukunft geschehen wird oder was der apokalyptische Seher, indem er sich in die Vorzeit zurückversetzt (z. B. den Namen Henochs aus 1. Mose 5,18–23 annimmt), an bereits historisch Geschehenem scheinbar voraussagt, um mit einer Fortsetzung in die Zukunft über seine tatsächliche historische Gegenwart hinauszugreifen. Zur Apokalyptik gehören aber auch Enthüllungen über das, was in der himmlischen Welt ist, und dazu können auch Schilderungen von gegenwärtigem oder künftigem Lohn der Gerechten und der Strafe der Gottlosen gehören. Zukunftsorientierte Apokalyptik findet sich in der Bibel vor allem im Buch Daniel (Kap. 2 und 7 bis 12) und in der neutestamentlichen Apokalypse bzw. Offenbarung des Johannes. Das Element der Himmelsreise oder Himmelsschau, das in diesen biblischen Apokalypsen nur selten auftritt, ist innerhalb unserer Textsammlung vor allem in der «Himmelfahrt des Jesaja» breit ausgestaltet. Die Schilderung der ewigen Pein und ewigen Seligkeit der bösen und guten Menschen, gelegentlich auch in den kanonisch-biblischen Büchern anzutreffen, wird innerhalb des Christentums zum ersten Mal in der Petrus-Apokalypse ausführlich dargeboten. Darin besteht ihre Bedeutung; ihr Nachleben ist ungeheuer groß bis hin zu Dantes «Divina Commedia».

Die Elemente, aus denen sich diese Schilderungen zusammensetzen, sind einmal das ius talionis, das Ge-

setz der Wiedervergeltung des Gleichen mit Gleichem («Auge um Auge...»), so etwa, wenn die Lästerer des «Wegs der Gerechtigkeit» (womit in unserem Text einfach das Christentum gemeint ist) an ihren Zungen aufgehängt werden (Kap. 7). Dieses Prinzip der Wiedervergeltung ist keineswegs nur alttestamentlich und jüdisch, sondern auch bei den alten Griechen und Römern anzutreffen. Und so kommen denn die Bilder der Qualen und Seligkeiten sowohl aus der jüdischen Apokalyptik (z. B. vgl. Kap. 4, Anm. 13) als auch der griechisch-römischen Mythologie. Für letzteres ist das eindeutigste Beispiel die Erwähnung des Elysiums und des «Gefildes Acherusia» in Kapitel 14, wobei mit letzterem ursprünglich der Unterweltfluß Acheron oder der Acherusische See gemeint war, wie sich aus andern Überlieferungen ergibt.

Unter «anderen Überlieferungen» ist zunächst einmal gemeint, daß die Anschauungen der Petrus-Apokalypse sich auch in anderen Werken frühchristlicher Literatur finden. Als Beispiel sei hier eine Stelle aus den sibyllinischen Büchern (II, 330–338) vom 3. Jahrhundert zitiert, die gegenüber der Petrus-Apokalypse, von der sie inspiriert ist, eine Milderung des harten Wiedervergeltungsgesetzes kennt:

Und der allherrschende, ewige Gott wird noch etwas andres
Jenen Frommen verleihen, wenn sie flehen zum ewigen Gotte:
Aus dem schrecklichen Feuer und unvergänglichen Peinen
Wird er die Menschen zu retten verleihn. Dies wird er vollführen.
Denn er sammelt sie wieder, versetzt sie aus rastloser Flamme

Anderswohin und entsendet sie seinem Volke
zuliebe
Zu einem andern und ewig währenden Leben,
zur Flur des
Sel'gen Elysiums, wo weithin Wasser ihm fließen
Des Acherusischen Sees, des ew'gen, von grund-
loser Tiefe.

(Hennecke-Schneemelcher, Bd. II, S. 509)

Abgesehen von solchen Wirkungen oder Nebenströmen der Überlieferung ist auch die eigentliche Textüberlieferung unserer Apokalypse kurz zu schildern. Sie ist im wesentlichen in zwei neugefundenen Handschriften erhalten: einmal in demselben Pergamentcodex, der auch das Fragment des Petrus-Evangeliums enthält (siehe S. 478), vielleicht als Teil oder Fortsetzung desselben gedacht, sodann in einer äthiopischen Handschrift, die seit 1910 bekannt ist. Da die äthiopische Fassung (sprachlich allerdings eine Übersetzung aus dem Griechischen) wohl die ursprünglichere, die griechische zudem viel kürzer ist, wird hier im großen ganzen die deutsche Übersetzung des äthiopischen Texts geboten, aber zum Teil wegen der besseren Verständlichkeit, zum Teil wegen einiger vollständigerer Stellen wird zwischendurch zum griechisch erhaltenen Text hinübergewechselt.

Die Herausgeber der Texte haben jeweils Unterteilungen vorgenommen, so Adolf von Harnack beim griechischen Text die Einteilung in 34 Verse, d. h. kürzere Einheiten (hier die kleineren Ziffern), und Heinrich Weinel beim äthiopischen Text die Einteilung in 17 Kapitel, d. h. größere Einheiten (hier die größeren Ziffern). Daraus und durch eine weitere hier nicht im einzelnen zu erklärende Umstellung im griechischen

Text ergibt sich die etwas merkwürdige Abfolge: Kapitel 1–8 (äthiopisch), Verse 27–34 (griechisch), Kapitel 11–14 (äthiopisch), Verse 4–20 (griechisch), Kapitel 16f. (äthiopisch). So wird das Ganze erkennbar als eine Rede Jesu, einmal auf dem Ölberg, zunächst über die Endzeitereignisse, dann aber vor allem über die Strafe der Gottlosen (bis Kap. 14, s. S. 729–742), und daran anschließend als eine durch Jesus während seiner Verklärung dem Petrus gewährte Vision der Seligen (ab Vers 4, s. S. 742–744).

Obschon also dieser apokryphe Text, ähnlich wie die gnostischen Neuentdeckungen, die hier n i c h t aufgenommen sind (s. S. 16), als solcher keine direkte Überlieferung durch die Jahrhunderte hindurch erlebt hat, unterscheidet er sich doch von jenen Funden durch die Wirkung der Schilderungen und der Bilder, die, wie erwähnt, allenthalben im Abendland anzutreffen sind. Dazu gehört auch die erstaunliche Tatsache, daß diese Apokalypse neben derjenigen (auch nicht ganz problemlos in den Kanon gekommenen) des Johannes lange, wenn auch nicht überall, als echt petrinisch und als kanonisch galt. Erst vom 5. Jahrhundert an fällt sie definitiv aus dem Kreis der kanonischen Schriften der Bibel heraus.

Ort und Zeit der Abfassung sind nicht sicher zu bestimmen, aber Ägypten ist möglich und die Zeit «gegen Mitte des 2. Jahrhunderts» ist sogar wahrscheinlich. Die ursprüngliche Sprache ist das Griechische.

1

Und indem er auf dem Ölberg saß, traten zu ihm die Seinigen, und wir beteten ihn an und flehten einzeln ihn an und baten ihn, indem wir zu ihm sagten: Tue uns kund, was die Zeichen deiner Parusie und des Endes der Welt sind, damit wir erkennen und merken die Zeit deiner Parusie und die nach uns Kommenden unterweisen, denen wir das Wort deines Evangeliums predigen und die wir in deiner Kirche einsetzen, damit sie, wenn sie es hören, sich in acht nehmen, daß sie merken die Zeit deiner Parusie. Und unser Herr antwortete uns, indem er zu uns sagte: Gebt acht, daß man euch nicht verführe und daß ihr nicht Zweifler werdet und anderen Göttern dienet. Viele werden kommen in meinem Namen, indem sie sagen: Ich bin Christus[1]. Glaubet ihnen nicht und nähert euch ihnen nicht. Denn die Parusie des Gottessohnes wird nicht offenbar sein, sondern wie der Blitz, der scheint vom Osten bis zum Westen[2], so werde ich kommen auf der Wolke des Himmels mit großem Heer in meiner Herrlichkeit; indem mein Kreuz vor meinem Angesicht hergeht[3], werde ich kommen in meiner Herrlichkeit; indem ich siebenmal so hell wie die Sonne leuchte, werde ich kommen in meiner Herrlichkeit mit allen meinen Heiligen, meinen Engeln, wenn mein Vater mir eine Krone aufs Haupt setzt, damit ich richte die Lebendigen und die Toten und jedem vergelte nach seinem Tun[4].

2

Und ihr, nehmet von dem Feigenbaum das Gleichnis davon: sobald sein Sproß hervorgekommen und seine Zweige getrieben sind, wird eintreten das Ende der Welt[5]. Und ich, Petrus, antwortete ihm und sagte zu ihm: Deute mir betreffs des Feigenbaums und woran wir das erkennen, denn alle seine Tage hindurch sproßt der Feigenbaum, und jedes Jahr bringt er seine Frucht seinen Herren. Was bedeutet also das Gleichnis vom Feigenbaum? Wir wissen es nicht. Und es antwortete mir der Meister und sagte zu mir: Verstehst du nicht, daß der Feigenbaum das Haus Israel ist? Wie ein Mann in seinem Garten einen Feigenbaum gepflanzt hatte, und der brachte nicht Frucht. Und er suchte seine Frucht lange Jahre. Und da er sie nicht fand, sagte er zu dem Hüter seines Gartens: Reiß diese Feige aus, damit sie uns nicht unser Land unfruchtbar sein läßt! Und der Gärtner sagte zu Gott: Wir Diener wollen ihn vom Unkraut reinigen und den Boden unter ihm umgraben und ihn mit Wasser begießen. Wenn er dann nicht Frucht bringt, wollen wir sogleich seine Wurzeln aus dem Garten entfernen und einen andern an seiner Statt pflanzen[6]. Hast du nicht begriffen, daß der Feigenbaum das Haus Israel ist? Wahrlich, ich sage dir, wenn seine Zweige getrieben haben am Ende, werden lügnerische Christusse kommen[7] und die Hoffnung erwecken mit den Worten: Ich bin der Christus, der ich einst in die Welt gekommen bin. Und wenn sie die Bosheit ihres Tuns sehen, werden sie sich abwenden hinter ihnen her und den verleugnen, dem unsere Väter Lobpreis sagten, die den ersten Christus kreuzigten und damit schwer sündigten. Dieser Lügnerische ist aber nicht Christus. Und wenn sie ihn verschmähen, wird er mit Schwertern morden, und es wird viele Märtyrer geben. Alsdann werden die Zweige des Feigenbaumes, des Hauses Israel, treiben, allein es werden viele durch seine Hand Märtyrer werden, sie werden sterben und Märtyrer werden. Henoch und Elias werden gesandt werden, um sie zu belehren, daß das der Verführer ist, der in die Welt kommen und Zeichen und Wunder tun muß, um zu verführen[8]. Und deshalb werden diese, welche durch seine Hand gestorben sind, Märtyrer und werden gerechnet zu den guten und gerechten Märtyrern, welche Gott in ihrem Leben gefallen haben.

3

Und er zeigte mir in seiner Rechten die Seelen von allen Menschen und auf seiner rechten Handfläche das Bild von dem, was sich am Jüngsten Tage erfüllen wird; und wie die Gerechten und die Sünder geschieden werden, und wie diejenigen tun werden, die rechten Herzens sind, und wie die Übeltäter für alle Ewigkeit ausgerottet werden. Wir sahen, wie die Sünder in großer Betrübnis und Trauer weinten, bis alle, die es mit ihren Augen sahen, weinten, seien es Gerechte oder Engel oder auch er selbst. Ich aber fragte ihn und sagte zu ihm: O Herr, erlaube mir, daß ich in betreff dieser Sünder dein Wort sage: Es wäre ihnen besser, sie wären nicht geschaffen (Mark. 14,21). Und der Heiland antwortete mir und sagte zu mir: O Petrus, warum redest du so, das Nichtgeschaffensein wäre ihnen besser? Du bist es, der wider Gott streitet. Du würdest dich seines Gebildes nicht mehr erbarmen als er; denn er hat sie geschaffen und hat sie dahin gebracht, wo sie vorher nicht waren[9]. Und weil du gesehen hast die Klage, welche die Sünder treffen wird in den letzten Tagen, darum ist dein Herz betrübt, aber ich will dir ihr Tun zeigen, mit dem sie sich an dem Höchsten versündigt haben.

4

Sieh jetzt, was sie treffen wird in den letzten Tagen, wenn der Tag Gottes kommt. Und am Tage der Entscheidung des Gerichtes Gottes werden alle Menschenkinder vom Osten bis zum Westen vor meinem Vater, dem ewig Lebendigen, versammelt werden, und er wird der Hölle gebieten, daß sie ihre stählernen Riegel öffnet und alles, was in ihr ist, zurückgibt[10]. Und den wilden Tieren und Vögeln wird er gebieten, daß sie alles Fleisch, was sie gefressen haben, zurückgeben, indem er will, daß die Menschen wieder sichtbar werden; denn nichts geht für Gott zugrunde, und nichts ist ihm unmöglich, da alles sein ist. Denn alles geschieht am Tage der Entscheidung, am Tage des Gerichtes mit dem Sprechen Gottes, und alles geschieht, wie er die Welt schafft, und alles, was darin ist, hat er geboten, und alles geschah[11]; ebenso in den letzten Tagen, denn alles ist Gott möglich, und also sagt er in der Schrift: Menschenkind, weissage über die einzelnen Gebeine und sage zu den Knochen: Knochen zu den Knochen in Glieder, Muskel, Nerven, Fleisch und Haut und Haare darauf[12]. Und Seele und Geist soll der große Urael[13] auf

Daniel in der Löwengrube

Daniel 6. Zusätze zu Daniel. Vom Drachen zu Babel, 30

Befehl Gottes geben. Denn ihn hat Gott bestellt bei der Auferstehung der Toten am Tage des Gerichtes. Sehet und bedenkt die Samenkörner, die in die Erde gesät sind. Wie etwas Trockenes, das seelenlos ist, sät man sie in die Erde. Und sie leben auf, bringen Frucht, und die Erde gibt sie wieder wie ein anvertrautes Pfand. Und dieses, was stirbt, was als Same in die Erde gesät wird, lebendig wird und dem Leben zurückgegeben wird, ist der Mensch. Wie viel mehr wird Gott die an ihn Gläubigen und von ihm Erwählten, um derentwillen er die Erde gemacht hat, auferwecken am Tage der Entscheidung, und alles wird die Erde wiedergeben am Tage der Entscheidung, weil sie an ihm zugleich mit gerichtet werden soll und der Himmel mit ihr.

5

Und es wird geschehen am Tage des Gerichtes derer, die abgefallen sind vom Glauben an Gott und die Sünde getan haben: Feuerkatarakte werden losgelassen, und Dunkel und Finsternis wird eintreten und die ganze Welt bekleiden und einhüllen, und die Wasser werden sich verwandeln und gegeben werden in feurige Kohlen, und alles in der Erde wird brennen, und das Meer wird zu Feuer werden; unter dem Himmel ein bitteres Feuer, das nicht verlöscht, und fließt zum Gericht des Zorns. Und die Sterne werden zerfließen durch Feuersflammen, als ob sie nicht geschaffen wären, und die Festen des Himmels werden aus Mangel an Wasser dahingehen und werden wie ungeschaffen. Der Himmel wird zu Blitzen werden, und seine Blitze werden die Welt erschrecken. Und der Geist der Leichname wird ihnen gleichen und auf Befehl Gottes Feuer werden. Und sobald die ganze Schöpfung sich auflöst, werden die Menschen im Osten nach Westen fliehen und die im Westen nach Osten fliehen; und die im Süden werden nach Norden fliehen und die im Norden nach Süden, und überall wird sie der Zorn schrecklichen Feuers treffen. Und indem eine unverlöschliche Flamme sie treibt, bringt sie sie zum Zorngericht in den Bach unverlöschlichen Feuers, der fließt, indem Feuer darin flammt, und indem seine Wogen sich eine von der andern im Sieden trennen, entsteht viel Zähneknirschen der Menschenkinder.

6

Und alle werden sehen, wie ich auf ewig glänzender Wolke komme und die Engel Gottes, die mit mir sitzen werden auf dem Thron meiner Herrlichkeit zur Rechten meines himmlichen Vaters. Der wird eine Krone auf mein Haupt setzen[14]. Sobald das die Völker sehen, werden sie weinen[15], jedes Volk für sich. Und er wird ihnen befehlen, daß sie in den Feuerbach gehen, während die Taten jedes einzelnen von ihnen vor ihnen stehen. Es wird vergolten werden einem jeden nach seinem Tun[16]. Betreffs der Erwählten, die Gutes getan haben, sie werden zu mir kommen, indem sie den Tod verzehrenden Feuers nicht sehen werden. Die Bösewichter, Sünder und Heuchler aber werden in den Tiefen nicht verschwindender Finsternis stehen, und ihre Strafe ist das Feuer, und Engel bringen ihre Sünden herbei; und bereiten ihnen einen Ort, wo sie für immer bestraft werden, je nach ihrer Versündigung. Der Engel Gottes Urael bringt die Seelen derjenigen Sünder, die in der Sintflut umgekommen sind, und aller, die in allen Götzen, jeglichem Gußbild, allen erotischen Bildern und in Statuen, und derer, die auf allen Hügeln und in Steinen und am Wege wohnen, die man Götter nannte; man wird sie mit ihnen in ewigem Feuer verbrennen[17]. Nachdem alle mit ihrer Wohnstätte zugrunde gegangen sind, wird man sie ewig strafen.

7

Dann werden Männer und Weiber an den ihnen bereiteten Ort kommen. An ihrer Zunge, mit der sie den Weg der Gerechtigkeit gelästert haben, wird man sie aufhängen. Man bereitet ihnen nie verlöschendes Feuer. Und siehe wiederum ein Ort: da ist eine große volle Grube. Darin die, welche verleugnet haben die Gerechtigkeit. Und Strafengel suchen sie heim, und hier in ihr zünden sie das Feuer ihrer Strafe an. Und wiederum zwei Weiber: man hängt sie an ihren Nacken und Haaren auf, in die Grube wirft man sie. Das sind die, welche sich Haarflechten gemacht haben nicht zur Schaffung des Schönen, sondern um sich zur Hurerei zu wenden, damit sie fingen Männerseelen zum Verderben. Und die Männer, die sich mit ihnen in Hurerei niedergelegt haben, hängt man an ihren Schenkeln in diesen brennenden Ort, und sie sagen untereinander: Wir haben nicht gewußt, daß wir in die ewige Pein kommen müßten. Und die Mörder, und die mit ihnen gemeinschaftliche Sache gemacht haben, wirft man ins Feuer, an einem Ort, der angefüllt ist mit giftigen Tieren, und sie werden gequält ohne Ruhe, indem sie ihre Schmerzen fühlen, und ihr Gewürm ist so zahlreich wie eine finstere Wolke, und der Engel Ezrael bringt die Seelen der Getöteten herbei; und sie sehen die Qual derer, die sie getötet haben, und sie sagen untereinander: Gerechtigkeit und Recht ist das Gericht Gottes[18]. Denn wir haben es zwar gehört, aber nicht geglaubt, daß wir an diesen ewigen Gerichtsort kommen würden.

8

Und bei dieser Flamme ist eine große und sehr tiefe Grube, und es fließt da hinein alles von überall her: Gericht[19] und Schauderhaftes und Aussonderungen. Und die Weiber sind verschlungen davon bis an ihrem Nacken und werden bestraft mit großem Schmerz. Das sind also die, welche ihre Kinder abtreiben und das Werk Gottes, das er geschaffen hat, verderben. Gegenüber von ihnen ist ein anderer Ort, wo ihre Kinder sitzen; aber beide lebendig, und sie schreien zu Gott. Und Blitze gehen aus von diesen Kindern, welche die Augen derer durchbohren, welche durch diese Hurerei ihren Untergang bewirkt haben[20]. Andere Männer und Weiber stehen nackt oberhalb davon. Und ihre Kinder stehen hier ihnen gegenüber an einem Ort des Entzückens. Und sie seufzen und schreien zu Gott wegen ihrer Eltern: Das sind die, welche vernachlässigt und verflucht und deine Gebote übertreten haben. Und sie töteten uns und fluchten dem Engel, der uns geschaffen hatte, und hängten uns auf. Und sie enthielten das Licht, das du für alle bestimmt hast, uns vor. – Und die Milch ihrer Mütter fließt von ihren Brüsten und gerinnt und stinkt, und daraus gehen fleischfressende Tiere hervor, und sie gehen heraus, wenden sich und quälen sie in Ewigkeit mit ihren Männern, weil sie verlassen haben das Gebot Gottes und ihre Kinder getötet haben. Und ihre Kinder wird man dem Engel Temlakos geben[21]. Und die sie getötet haben, wird man ewig quälen, weil Gott es so will.

27[22] Und andere Männer und Frauen standen bis zur Mitte ihres Leibes in Flammen und waren an einen finstern Ort geworfen und wurden von bösen Geistern gepeitscht und in ihren Eingeweiden von nimmermüden Würmern zerfressen. Das waren die, welche die Gerechten verfolgt und sie ausgeliefert hatten.

28 Und nahe bei denen waren wieder andere Männer und Frauen, welche ihre Lippen zerbissen und gequält wurden und feuriges Eisen in ihre Augen bekamen. Das waren die, welche den Weg der Gerechtigkeit gelästert und verleumdet hatten.

29 Und diesen gegenüber waren wieder andere Männer und Frauen, welche ihre Zungen zerbissen und flammendes Feuer in ihrem Munde hatten. Das waren die falschen Zeugen.

30 Und an einem andern Ort waren glühende Kieselsteine, schärfer als Schwerter und als jeder Spieß; und Männer und Frauen, angetan mit schmutzigen Lumpen, wälzten sich auf ihnen in ihrer Qual. Das waren die, welche reich waren und auf ihren Reichtum vertraut und sich nicht der Waisen und Witwen erbarmt, sondern das Gebot Gottes mißachtet hatten.

31 In einem andern großen See, voll von Eiter und Blut und aufwallendem Schlamm, standen

Männer und Frauen bis zu den Knien; das waren die, welche Geld ausgeliehen und Zinseszins gefordert hatten.

32 Andere Männer und Frauen, welche von einem hohen Abhang heruntergeworfen wurden, kamen unten an und wurden von ihren Peinigern wieder angetrieben, den Abhang hinaufzusteigen, und wurden dort hinuntergeworfen und hatten keine Ruhe von dieser Qual. Das waren die, welche[23] ihre Leiber befleckt hatten, indem sie sich wie Frauen hingegeben hatten. Aber die Frauen bei ihnen, das waren die, welche untereinander verkehrt hatten wie Männer mit der Frau.

33 Und bei jenem Abhang war ein Ort, erfüllt von dem mächtigsten Feuer. Und dort standen Männer, welche sich mit ihren eigenen Händen Bilder an Stelle Gottes geschnitzt hatten. Und bei jenen waren andere Männer und Frauen, welche glühende Ruten hatten und einander schlugen und nie Ruhe hatten von dieser Qual[24].

34 Und nahe bei jenen waren wieder andere Frauen und Männer, welche gebrannt und im Feuer gewendet und gebacken wurden. Das waren die, welche den Weg Gottes verlassen hatten.

11[25]

Und ein anderer sehr hoher Ort[26] ... die Männer und Weiber, welche einen Fehltritt begehen, gehen rollend hinunter dahin, wo der Schrecken ist. Und wiederum, indem das bereitete Feuer fließt, steigen sie herauf und wieder herab und wiederholen so das Rollen. So werden sie gestraft in Ewigkeit. Das sind also die, welche Vater und Mutter nicht geehrt haben und freiwillig sich ihrer enthalten haben. Deshalb werden sie gestraft ewiglich. Weiter bringt der Engel Ezrael Kinder und Jungfrauen, um ihnen die Bestraften zu zeigen. Sie werden bestraft mit Schmerz, mit Aufhängen und vielen Wunden, die ihnen fleischfressende Vögel beibringen. Das sind die, welche trauen auf ihre Sünde, ihren Eltern nicht gehorsam sind und die Lehre ihrer Väter nicht befolgen und, die älter sind als sie, nicht ehren. Bei ihnen Jungfrauen, und die bekleiden sich mit Finsternis als Kleidern, und sie werden ernst bestraft, ihr Fleisch wird auseinandergerissen. Das sind die, welche ihre Jungfrauenschaft nicht bewahren bis dahin, wo sie in die Ehe gegeben werden, sie werden mit dieser Strafe bestraft, indem sie fühlen. Und wiederum andere Männer und Frauen, welche ruhelos ihre Zunge zerkauen, indem sie gequält werden mit ewigem Feuer. Das sind die Sklaven, welche ihren Herren nicht gehorsam gewesen sind. Dies ist also ihr Gericht für ewig.

12

Und bei dieser Qual sind blinde und stumme Männer und Weiber, deren Gewand weiß ist. Dann pferchen sie sich gegenseitig zusammen und fallen auf Kohlen nicht verlöschenden Feuers. Das sind die, welche Almosen geben und sagen: Wir sind gerecht vor Gott, – während sie doch der Gerechtigkeit nicht nachgetrachtet haben. Der Engel Gottes Ezrael läßt herausgehen aus dieser Flamme[27] ... ein Feuerbach fließt ... Die in der Grube sind, brennen. Das sind nämlich die Zauberer und Zauberinnen.

13

Darauf brachten Engel meine Auserwählten und Gerechten, die vollkommen sind in aller Gerechtigkeit, indem sie sie trugen auf ihren Händen, indem sie bekleidet waren mit den Kleidern des ewigen Lebens. Sie sehen ihre Lust an jenen, die ihn[28] gehaßt haben, indem er sie bestraft. Qual ist einem jeden in Ewigkeit nach seinem Tun. Und alle, die in der Qual sind, sagen einstimmig: Erbarm dich unser, denn jetzt haben wir erkannt das Gericht Gottes, das er uns vorher angekündigt hat und wir nicht geglaubt haben. Und es kommt der Engel Tatirokos und züchtigt sie mit noch größerer Qual und sagt zu ihnen: Jetzt habt ihr Reue, wo es nicht mehr Zeit zur Reue gibt und nichts vom Leben übriggeblieben ist. Und alle sagen: Gerecht ist das Gericht Gottes; denn wir haben gehört und erkannt, daß gut ist sein Gericht[29], denn wir werden gestraft nach unserm Tun.

14

Dann werde ich meinen Erwählten und Gerechten die Taufe und das Heil geben, um das sie mich gebeten haben, bei dem Gefilde Acherusia, das man nennt Elysium[30]. Sie schmücken mit Blumen das Teil der Gerechten, und ich gehe, um mich mit ihnen zu freuen. Ich lasse eintreten die Völker in mein ewiges Reich und erweise ihnen das Ewige, worauf ich ihre Hoffnung gerichtet habe, ich und mein himmlischer Vater. Ich habe es, Petrus, zu dir geredet und dir kundgetan. So gehe in die Stadt, welche herrscht über den Westen, und trinke den

Kelch, den ich dir verheißen habe aus den Händen des Sohnes dessen, der im Hades ist, damit seine Vernichtung den Anfang nehme und du der Verheißung würdig seiest[31].

4 Und der Herr fuhr fort und sprach: Lasset uns
auf den Berg gehen, wir wollen beten[32]. 5 Wir
aber, die zwölf Jünger, gingen mit ihm und baten
ihn, uns einen unserer gerechten Brüder zu zeigen,
welche von der Welt abgeschieden sind, damit wir
sähen, von welcher Gestalt sie seien, und Mut
schöpfend auch die Menschen, die auf uns hören,
mutig machen könnten. 6 Und wie wir beten,
erscheinen plötzlich zwei Männer, vor dem Herrn
stehend, welche wir nicht anschauen konnten.
7 Denn es ging von ihrem Angesicht ein Glanz wie
von der Sonne aus, und ihr Kleid war leuchtend,
wie es noch nie das Auge eines Menschen sah.
Denn auch die Herrlichkeit, womit sie bekleidet
waren, und die Schönheit ihres Angesichtes ver-
mag kein Mund zu schildern und kein Herz zu
erdenken. 8 Als wir sie sahen, entsetzten wir uns,
denn ihre Leiber waren weißer als aller Schnee und
röter als jede Rose. 9 Es war aber das Rot an ihnen
mit dem Weiß vermischt, und ich kann einfach ihre
Schönheit nicht schildern. 10 Denn auch das Haar
war gelockt und anmutig und paßte sich ihrem
Antlitz und ihren Schultern an wie ein einziger
Kranz, geflochten aus Nardenblüten und bunten
Blumen oder wie ein Regenbogen im Äther. So
wohlgestaltet war ihr Aussehen. 11 Als wir ihre
Schönheit sahen, entsetzten wir uns vor ihnen, da
sie plötzlich erschienen waren.

12 Und ich trat zum Herrn und sprach: Wer sind

diese? 13 Er spricht zu mir: Dies sind eure gerech-
ten Brüder, deren Gestalt ihr sehen wolltet. 14 Da
sprach ich zu ihm: Und wo befinden sich alle
Gerechten, oder wie ist der Äon[33] beschaffen, in
welchem diejenigen sind, die solche Herrlichkeit
haben? 15 Und der Herr zeigte mir einen weit
ausgedehnten Ort außerhalb dieser Welt, ganz
schimmernd im Lichte, und die Luft dort durch-
leuchtet von Sonnenstrahlen, und die Erde selbst
sprossend von unverwelklichen Blumen und voll
von Gewürzkräutern und von Pflanzen, welche
prächtig blühen und nicht verwelken und geseg-
nete Früchte tragen. 16 So stark war der Blumen-
duft, daß er von dort her sogar bis zu uns herüber-
getragen wurde. 17 Die Bewohner jenes Ortes
waren bekleidet mit einem leuchtenden Engelsge-
wand, und ihr Kleid paßte zu ihrem Aufenthalts-
ort. 18 Engel aber wandelten dort unter ihnen.
19 Alle dortigen Bewohner hatten den gleichen
Glanz, und mit *einer* Stimme priesen sie Gott den
Herrn, sich freuend an jenem Ort. 20 Da spricht
der Herr zu uns: Dies ist der Ort derer, die euch
vorangegangen sind, der gerechten Menschen.

16

Und ich ward froh und glaubte und begriff das, was geschrieben ist im Buche meines Herrn Jesus Christus. Und ich sagte zu ihm: Mein Herr, willst du, daß ich drei Hütten hier mache, eine dir, eine Moses, eine Elias?[34] Und er sagte zu mir im Zorn: Satan führt gegen dich Krieg, und er hat dein Denken verschleiert[35], und die Güter dieser Welt besiegen dich. Deine Augen sollen also geöffnet sein und deine Ohren sich auftun, daß[36] ... eine Hütte, die nicht Menschenhand gemacht hat, die gemacht mein himmlischer Vater mir und den Erwählten. Und wir sahen es voll Freude.

17

Und siehe, plötzlich kam eine Stimme vom Himmel, indem sie sagte: Dies ist mein Sohn, den ich liebe und an dem ich Gefallen habe, und meine Gebote[37] ... Und es kam eine so große und sehr weiße Wolke über unser Haupt und nahm unsern Herrn und Moses und Elias fort. Und ich erbebte und entsetzte mich, und wir blickten auf, und der Himmel öffnete sich, und wir sahen Menschen im Fleische, und sie kamen und begrüßten unsern Herrn und Moses und Elias und gingen in den zweiten Himmel. Und erfüllt war das Wort der Schrift: Dieses Geschlecht sucht ihn und sucht das Antlitz des Gottes Jakobs (Ps. 24,6). Und große Furcht und großes Entsetzen trat ein im Himmel. Die Engel scharten sich zusammen, damit erfüllt würde das Wort der Schrift, das sagt: Öffnet die Tore, ihr Fürsten! (Ps. 24,7 u. 9, in der griechischen Übersetzung). Darauf wurde der Himmel geschlossen, der geöffnet worden war. Und wir beteten und gingen vom Berge herab, indem wir Gott priesen, der die Namen der Gerechten im Himmel in das Buch des Lebens eingeschrieben hat[38].

Anmerkungen

1 Vom Anfang bis hier ist die Szene und zu großen Teilen der Wortlaut Matth. 24,3–5 angeglichen.
2 vgl. Matth. 24,26f.
3 vgl. Matth. 24,30, zum «Kreuz» auch Anm. 14 zum Petrus-Evangelium (S. 487f.)
4 Kombination von Matth. 16,27 mit dem Richten über Lebende und Tote (öfter im Neuen Testament, z. B. Apg. 10,43; 1. Petr. 4,5)
5 vgl. Matth. 24,32f.
6 vgl. Luk. 13,6–9
7 vgl. Matth. 24,24 sowie oben Anm. 1 für das Folgende
8 Kombination von Matth. 24,24 mit 2. Joh. 7 und Offb. 12,9
9 Der Sinn dürfte sein: Gott hat auch die (späteren) Sünder aus dem Nichts gut erschaffen. Das Mitleid mit ihnen mag menschlich verständlich sein, ist aber von Gott her gesehen ganz und gar ungerechtfertigt. Wofür sie bestraft werden, das soll im folgenden gezeigt werden.
10 vgl. Offb. 20,13
11 Der Gedanke, daß Auferstehung der Toten auch Wiederherstellung von menschlichen Leibern bedeutet, die zum Beispiel von Tieren zerfleischt wurden, ist in der christlichen Antike weit verbreitet (gegen den gnostischen Spiritualismus). Das «Sprechen Gottes» ist die Art, wie schon in 1. Mose 1 Gott alles wirkt, d. h. erschafft.
12 vgl. Ez. 37,1–14
13 Anspielung auf das alttestamentliche apokryphe Buch Henoch (20,1). Urael (= Uriel?) ist ein Erzengel.

14 vgl. Anm. 4

15 vgl. Matth. 24,30

16 vgl. Matth. 16,27

17 d. h. mit den Götzenbildern und sonstigen Gegenständen, in denen sie hausen, zusammen, werden die Götter verbrannt. Offenbar werden also nicht nur Menschen, sondern auch die für böse Dämonen gehaltenen heidnischen Götter bestraft.

18 Verschiedene Bibelverse sind hier kombiniert (vgl. dazu Ps. 19,10; Offb. 16,7; 19,2). Grundgedanke ist wohl die ausgleichende Gerechtigkeit («Auge um Auge ...»), vgl. die Einleitung S. 725 f.

19 Unklar! Der griechische Text redet von Lymphe und Unrat der Gestraften.

20 Es handelt sich also um Frauen, die ihre in der Hurerei empfangene Leibesfrucht abgetrieben haben.

21 Aus Kirchenväterzeugnissen wissen wir, daß man sich vorstellte, die abgetriebenen Säuglinge würden einem besonderen Schutzengel anvertraut, der sie aufziehen und zur Seligkeit geleiten werde.

22 Zum Wechsel der Zählung vgl. die Einleitung S. 728.

23 Im Griechischen ist «die, welche» eindeutig männlich, im nächsten Satz eindeutig weiblich.

24 Hier ist sehr wahrscheinlich die genaue Bezeichnung: «Das waren die, welche ...», ausgefallen.

25 Zum Wechsel der Zählung vgl. die Einleitung S. 728.

26 Lücke bzw. einige unverständliche Worte

27 Hier wird der Text nahezu ganz unverständlich. Klar scheint zu sein, daß von einem Feuersturm die Rede ist, der die Hölle von den Gefilden der Seligen trennt, die in den nächsten Kapiteln erwähnt werden.

28 Wen? Wahrscheinlich Gott.

29 vgl. Anm. 18

30 Zum Acherusischen See und zum Elysium vgl. die Einleitung S. 726f.

31 Der letzte Satz entstammt einem anderen Fragment der Petrus-Apokalypse (Papyrus der Sammlung des Erzherzogs Rainer in Wien) und spielt deutlich auf das Martyrium des Petrus an. Der «Sohn dessen, der im Hades ist», dürfte Nero sein (vgl. die Petrus-Akten S. 649).

32 vgl. die Erzählung von der Verklärung Jesu, bei der Petrus anwesend war (Mark. 9,2–13 mit den Parallelen Matth. 17,1–13 und Luk. 9,28–36 sowie 2. Petr. 1, 17f.). Anspielungen darauf auch in den Versen 6 und 7.

33 «Äon» hat hier eine vorwiegend räumliche Bedeutung.

34 Zitat aus der Verklärungsgeschichte (s. Anm. 32, hier besonders Matth. 17,4).

35 vgl. Matth. 16,23 und Mark. 8,33

36 Lücke im Text, evtl. zu ergänzen: «daß du sehest».

37 Lücke im Text. Vorher und nachher Anspielungen auf die Verklärungsgeschichte (s. Anm. 32 und 34, hier besonders Matth. 17,5).

38 Zuerst wieder Reminiszenz aus der Verklärungsgeschichte, dann das Buch des Lebens aus (z. B.) Dan. 12,1 und Offb. 17,8.

Anhang

Quellenverzeichnis

Der Lutherbibel sind entnommen: 1. und 2. Makkabäerbuch, Judith, Tobias, Zusätze zu Daniel.

Textvorlage ist die Bearbeitung der Lutherbibel von 1912, die meist auf dem Titelblatt den Vermerk trägt: «Neu durchgesehen nach dem vom Deutschen Evangelischen Kirchenausschuß genehmigten Text». Diese Bearbeitung blieb bis in die fünfziger Jahre in Geltung. Weiteres vgl. im Vorwort S. 17.

Übersetzungen der übrigen Quellen:

4. Makkabäerbuch, übersetzt von A. Deissmann: Die Apokryphen und Pseudepigraphen des Alten Testaments, herausgegeben von E. Kautzsch, J. C. B. Mohr (Paul Siebeck), Tübingen 1900, Band II, Seiten 149–177. Abdruck mit freundlicher Genehmigung des Verlags J. C. B. Mohr (Paul Siebeck), Tübingen.

Aristeasbrief, übersetzt von Norbert Meisner: Jüdische Schriften aus hellenistisch-römischer Zeit, herausgegeben von Werner Georg Kümmel u. a., Band II, Lieferung 1, Unterweisung in erzählender Form, Gütersloher Verlagshaus Gerd Mohn, Gütersloh 1973, Seiten 45–85. Abdruck mit freundlicher Genehmigung des Gütersloher Verlagshauses Gerd Mohn.

Protevangelium des Jakobus, Kindheitsevangelium des Thomas, Pseudo-Matthäus-Evangelium, Petrus-Evangelium, Nikodemus-Evangelium: Edgar Hennecke, Neutestamentliche Apokryphen in deutscher Übersetzung, herausgegeben von Wilhelm Schneemelcher, J. C. B. Mohr (Paul Siebeck), Tübingen [4]1968/71,

Band I, Seiten 280–290, 293—298, 306–309, 121–124, 333–354. Abdruck mit freundlicher Genehmigung des Verlags J. C. B. Mohr (Paul Siebeck), Tübingen.

Martyrium und Himmelfahrt des Jesaja, Briefwechsel zwischen Paulus und Seneca, Petrus-Akten, Paulus-Akten, Petrus-Apokalypse: Edgar Hennecke, Neutestamentliche Apokryphen in deutscher Übersetzung, herausgegeben von Wilhelm Schneemelcher, J. C. B. Mohr (Paul Siebeck), Tübingen [4]1968/71, Band II, Seiten 455–468, 85–89, 191–221, 243–268, 472–483. Abdruck mit freundlicher Genehmigung des Verlags J. C. B. Mohr (Paul Siebeck), Tübingen.

Der Heimgang der seligen Maria, übersetzt von Oswalt von Nostitz: Henri Daniel-Rops, Die apokryphen Evangelien des Neuen Testaments, © 1956 by Verlags-AG Die Arche, Zürich, Seiten 95–104. Abdruck mit freundlicher Genehmigung des Arche Verlags Raabe + Vitali, Zürich.

Bildnachweis

Ashmolean Museum, Oxford: S. 591
Graphische Sammlung Albertina, Wien: S. 367
Kupferstichkabinett der Staatlichen Museen Preußischer Kulturbesitz, Berlin: S. 35, 165, 331, 551
Louvre, Paris: S. 97, 629
Museum Dijon, Dijon: S. 405
Museum Groningen, Groningen: S. 733
Nationalmuseum Capodimonte, Neapel: S. 67
Ossolineum, Wrocław (Breslau): S. 263, 481
Pierpont Morgan Library, New York: S. 133, 447
Privatbesitz: S. 299
Reichsmuseum, Kupferstichkabinett, Amsterdam: S. 197, 229, 517, 691

Bibliographie

1. Quellensammlungen in deutscher Sprache

Die Apokryphen und Pseudepigraphen des Alten Testaments, übersetzt und herausgegeben von E. Kautzsch u. a., Band I: Die Apokryphen des Alten Testaments, Tübingen 1900; Band II: Die Pseudepigraphen des Alten Testaments, Tübingen 1900 (ohne Veränderungen mehrfach nachgedruckt).

Neutestamentliche Apokryphen, in Verbindung mit Fachgelehrten in deutscher Übersetzung und mit Erläuterungen herausgegeben von Edgar Hennecke, Tübingen und Leipzig 1904, 2. Auflage 1924, 3. Auflage herausgegeben von Wilhelm Schneemelcher, Band I 1959, Band II 1964 (4. Auflage = Nachdruck 1968/1971), 5. Auflage von Band I, Tübingen 1987 (Neubearbeitung).
Dazu: Handbuch zu den Neutestamentlichen Apokryphen, in Verbindung mit Fachgelehrten herausgegeben von Edgar Hennecke, Tübingen 1904, Nachdruck 1914 (durchgehender Kommentar).

Altjüdisches Schrifttum außerhalb der Bibel, übersetzt und erläutert von Paul Riessler, 1928, 2. Auflage (Nachdruck), Heidelberg 1966.

Jüdische Schriften aus hellenistisch-römischer Zeit, herausgegeben von Werner Georg Kümmel u. a., erscheint beim Gütersloher Verlagshaus in Einzellieferungen seit 1973.

Die Gnosis, Band I: Zeugnisse der Kirchenväter, 1969, Band II: Koptische und manichäische Quellen, 1971,

Band III: Der Manichäismus, 1980, alle drei in «Bibliothek der Alten Welt», herausgegeben von Carl Andresen, Artemis Verlag, Zürich und Stuttgart.

Die Legenda aurea des Jacobus de Voragine, aus dem Lateinischen übersetzt von Richard Benz, Heidelberg 1955 (und Nachdrucke, vollständig).

Jacobus de Voragine, Legenda aurea. Heiligenlegenden. Auswahl, Übersetzung aus dem Lateinischen, Anmerkungen und Nachwort von Jacques Laager, Manesse Bibliothek der Weltliteratur, Zürich 1982.

Erich Weidinger, Die Apokryphen. Verborgene Bücher der Bibel, Aschaffenburg 1985 (grundsätzlich ähnliche, im einzelnen aber sehr andersartige Auswahl und Präsentation als im vorliegenden Buch).

Otto Betz und Tim Schramm, Perlenlied und Thomas-Evangelium, Zürich, Einsiedeln, Köln 1985.

2. Quellensammlungen in modernen Fremdsprachen

Hier werden nur zwei Werke genannt, die wegen ihrer Vollständigkeit und ihres neueren Erscheinungsdatums bemerkenswert sind.

The Old Testament Pseudepigrapha, edited by James H. Charlesworth: New Translations from Authoritative Texts with Introductions and Critical Notes by an International Team of Scholars, 2 Bände, London 1983 und 1985.

Gli Apocrifi del Nuovo Testamento. Versione e Commento a cura di Mario Erbetta, 4 Bände, Marietti (Casale Monferrato) 1966, 1969, 1975, 1981.

3. *Bibelübersetzungen*

Die hier verwendete Luther-Übersetzung ist im Vorwort und im Quellenverzeichnis näher beschrieben. Die «Ausgabe letzter Hand», d. h. die Lutherbibel von 1545, die hier zum Teil berücksichtigt wurde, ist nachgedruckt:

D. Martin Luther: Biblia. Das ist die gantze Heilige Schrift, Wittenberg 1545; Faksimile-Ausgabe der Deutschen Bibelgesellschaft 1967, ebenso: herausgegeben von Hans Volz u. a., Deutscher Taschenbuch Verlag 1974.

Die letzte (1970) Neubearbeitung der Luther-Übersetzung der Apokryphen zum Alten Testament: Württembergische Bibelanstalt Stuttgart 1971 (seither auch in die Vollbibeln integriert).

Neuere Übersetzung: Neue Jerusalemer Bibel. Einheitsübersetzung mit dem Kommentar der Jerusalemer Bibel, herausgegeben von A. Deissler und A. Vögtle, Herder (Freiburg, Basel, Wien) 1985.
Dazu: Ökumenisches Verzeichnis der biblischen Eigennamen nach den Loccumer Richtlinien, Deutsche Bibelgesellschaft und Katholische Bibelanstalt, Stuttgart 1971, 2. revidierte Auflage 1981.

4. *Spezialliteratur (kleine Auswahl)*

Leonhard Rost, Einleitung in die alttestamentlichen Apokryphen und Pseudepigraphen, einschließlich der großen Qumran-Handschriften, Heidelberg 1971, 3. Auflage 1985.

Joachim Jeremias, Unbekannte Jesusworte, 1963, neu bearbeitet unter Mitwirkung von Otfried Hofius, Gütersloh 1983.

August Strobel, Die Stunde der Wahrheit. Untersuchungen zum Strafverfahren gegen Jesus, Tübingen 1980.

Ernst von Dobschütz, Christusbilder. Untersuchungen zur christlichen Legende, Leipzig 1899 (grundlegend zum Thema «Legenden über Christusbilder», S. 543ff.).

Sibyllinische Weissagungen. Urtext und Übersetzung, herausgegeben von A. Kurfess, München 1951.

Ein Standardwerk oder einen umfassenden Bildband zum Thema «Apokryphen in der bildenden Kunst» gibt es nicht. Am besten orientiert man sich mit Hilfe der einzelnen Personennamen in «Reclams Lexikon der Heiligen und biblischen Gestalten», bearbeitet von H. L. Keller, 6., (durchgesehene) Auflage 1987, oder – viel ausführlicher – mit E. Kirschbaum (Herausgeber), Lexikon der christlichen Ikonographie, 8 Bände, 1971 ff.

5. Über «moderne Apokryphen» und Verwandtes

Per Beskow, Strange Tales about Jesus. A Survey of Unfamiliar Gospels, Philadelphia 1983.

Günter Grönbold, Jesus in Indien. Das Ende einer Legende, München 1985.

Weiterführende Literatur sowie Angaben über den *Urtext* (Ausgaben, Kommentare) finden sich in den meisten der hier genannten Titel.

Abkürzungen der biblischen Bücher

Amos	Der Prophet Amos
Apg.	Die Apostelgeschichte des Lukas
Bar.	Das Buch Baruch
1./2. Chron.	Das 1./2. Buch der Chronik
Dan.	Der Prophet Daniel
Eph.	Der Brief des Paulus an die Epheser
Esra	Das Buch Esra
Esth.	Das Buch Esther
Ez.	Der Prophet Ezechiel
Gal.	Der Brief des Paulus an die Galater
Gebet Man.	Das Gebet Manasses
Hab.	Der Prophet Habakuk
Hagg.	Der Prophet Haggai
Hebr.	Der Brief an die Hebräer
Hiob	Das Buch Hiob
Hoheslied	Das Hohelied Salomos
Hos.	Der Prophet Hosea
Jak.	Der Brief des Jakobus
Jer.	Der Prophet Jeremia
Jes.	Der Prophet Jesaja
Joel	Der Prophet Joel
Joh.	Das Evangelium nach Johannes
1.–3. Joh.	Der 1.–3. Brief des Johannes
Jona	Der Prophet Jona
Jos.	Das Buch Josua
Judas	Der Brief des Judas
Judith	Das Buch Judith
Klagel.	Die Klagelieder Jeremias
Kol.	Der Brief des Paulus an die Kolosser

1./2. Kön.	Das 1./2. Buch der Könige
1./2. Kor.	Der 1./2. Brief des Paulus an die Korinther
Luk.	Das Evangelium nach Lukas
1.–4. Makk.	Das 1.–4. Buch der Makkabäer
Mal.	Der Prophet Maleachi
Mark.	Das Evangelium nach Markus
Matth.	Das Evangelium nach Matthäus
Micha	Der Prophet Micha
1.–5. Mose	Das 1.–5. Buch Mose
Nah.	Der Prophet Nahum
Neh.	Der Prophet Nehemia
Obad.	Der Prophet Obadja
Offb.	Die Offenbarung des Johannes
1./2. Petr.	Der 1./2. Brief des Petrus
Phil.	Der Brief des Paulus an die Philipper
Philem.	Der Brief des Paulus an Philemon
Pred.	Der Prediger Salomo
Ps.	Der Psalter
Richt.	Das Buch der Richter
Röm.	Der Brief des Paulus an die Römer
Ruth	Das Buch Ruth
Sach.	Der Prophet Sacharja
1./2. Sam.	Das 1./2. Buch Samuel
Sir.	Das Buch Jesus Sirach
Spr.	Die Sprüche Salomos
1./2. Thess.	Der 1./2. Brief des Paulus an die Thessalonicher
1./2. Tim.	Der 1./2. Brief des Paulus an Timotheus
Tit.	Der Brief des Paulus an Titus
Tob.	Das Buch Tobias
Weish.	Die Weisheit Salomos
Zeph.	Der Prophet Zephanja

Personenregister

Die Uneinheitlichkeit der Namensschreibung unter den in diesem Band gesammelten Quellen und Übersetzungen ist hier im Register nur vereinheitlicht, wo es sich um ein und dieselbe Person handelt. – *Kursiv* gesetzte Ziffern beziehen sich auf Einleitungen und Anmerkungen des Herausgebers.

Bildverzeichnis

Inhalt